BESTSELLER

Frank Patrick Herbert nació en Tacoma, Washington (1920). Antes de comenzar a escribir ciencia ficción, tuvo varias profesiones, desde fotógrafo y cámara de televisión hasta pescador de ostras. En 1965 presenta la serie de libros Las crónicas de Dune, con gran éxito de la crítica y del público, donde describe un mundo imaginario con su propia política, ecología y estructura social. La primera obra de la saga, *Dune*, supuso un auténtico fenómeno literario y obtuvo los premios Nébula y Hugo, además del Premio Internacional de Fantasía, que compartió con *El señor de las moscas* de William Golding. Falleció el 11 de febrero de 1986.

Biblioteca

FRANK HERBERT

Dune

Traducción de
Domingo Santos

Revisada por
David Tejera Expósito

DEBOLS!LLO

El papel utilizado para la impresión de este libro ha sido fabricado a partir de madera
procedente de bosques y plantaciones gestionadas con los más altos estándares ambientales,
garantizando una explotación de los recursos sostenible con el medio ambiente y beneficiosa para las personas.

Penguin
Random House
Grupo Editorial

Dune

Título original: *Dune*

Primera edición en Debolsillo en España: julio, 2020
Primera edición en Debolsillo en México: agosto, 2020
Primera reimpresión: octubre, 2020
Segunda reimpresión: junio, 2021
Tercera reimpresión: agosto, 2021
Cuarta reimpresión: octubre, 2021
Quinta reimpresión: noviembre, 2021
Sexta reimpresión: febrero, 2022
Séptima reimpresión: mayo, 2022
Octava reimpresión: septiembre, 2022
Novena reimpresión: enero, 2023
Décima reimpresión: marzo, 2024

D. R. © 1965, Frank Herbert

D. R. © 2019, 2020, Penguin Random House Grupo Editorial, S. A. U.
Travessera de Gràcia, 47-49, 08021, Barcelona

D. R. © 2024, derechos de edición mundiales en lengua castellana:
Penguin Random House Grupo Editorial, S. A. de C. V.
Blvd. Miguel de Cervantes Saavedra núm. 301, 1er piso,
colonia Granada, alcaldía Miguel Hidalgo, C. P. 11520,
Ciudad de México

penguinlibros.com

D. R. © 1965, Herederos de Domingo Santos, por la traducción
Adaptación del diseño e ilustración de portada originales de Jim Tierney

ISBN: 978-607-319-464-8

Impreso en México – *Printed in Mexico*

*A la gente cuyo trabajo va más allá del campo de las ideas
y penetra en la «realidad material».
A los ecólogos de las tierras áridas, dondequiera que estén,
en cualquier época en la que trabajen,
dedico esta tentativa de extrapolación con
humildad y admiración.*

Libro primero

DUNE

Cada principio es el momento ideal para cuidar atentamente que los equilibrios queden establecidos de la manera más exacta. Es algo que saben muy bien todas las hermanas Bene Gesserit. Así, para emprender el estudio sobre la vida de Muad'Dib, primero hay que situarlo exactamente en su tiempo: nacido en el 57.° año del emperador Padishah, Shaddam IV. Y, sobre todo, hay que situar a Muad'Dib en su lugar: el planeta Arrakis. No hay que dejarse engañar por el hecho de que naciese en Caladan y viviese allí los primeros quince años de su vida. Arrakis, el planeta conocido como Dune, será siempre su lugar.

De *Manual de Muad'Dib*,
por la princesa Irulan

La semana que precedió a la partida hacia Arrakis, cuando el frenesí de los últimos preparativos había alcanzado un nivel casi insoportable, una anciana acudió a visitar a la madre del muchacho, Paul.

La noche era agradable en Castel Caladan, y las antiguas piedras que habían sido el hogar de los Atreides durante veintiséis generaciones estaban impregnadas del húmedo frescor que presagiaba un cambio de tiempo.

La anciana entró por una puerta secreta y la condujeron a través del pasadizo abovedado hasta la habitación de Paul, donde lo observó un instante mientras yacía en su lecho.

A la débil luz de una lámpara a suspensor que flotaba cerca del suelo, Paul, medio dormido, apenas distinguió la voluminosa silueta femenina que se encontraba inmóvil en el umbral, y la de su madre, un paso más atrás. La sombra de la anciana se parecía a la de una bruja, con sus cabellos como telarañas enmarañadas alrededor de sus oscuras facciones y sus ojos brillando como piedras preciosas.

—¿No es un poco pequeño para su edad, Jessica? —preguntó la anciana. Su voz silbaba y vibraba como la de un baliset desafinado.

La madre de Paul respondió con su suave voz de contralto:

—Es bien sabido que entre los Atreides el crecimiento es algo tardío, Vuestra Reverencia.

—Eso he oído, sí. Eso he oído —siseó la anciana—. Pero ya tiene quince años.

—Sí, Vuestra Reverencia.

—Está despierto y nos está escuchando —dijo la anciana—. Astuto pillo. —Se rio—. La nobleza necesita de la astucia, y si de verdad es el Kwisatz Haderach... bien...

En las sombras de su lecho, Paul entornó los ojos hasta reducirlos a dos líneas. Los ojos de la anciana, que parecían dos óvalos brillantes como los de un pájaro, parecieron dilatarse y llamear mientras se clavaban en los suyos.

—Duerme bien, astuto pillo —murmuró la anciana—. Mañana necesitarás de todas tus facultades para afrontar mi gom jabbar.

Y desapareció, arrastrando afuera a su madre y cerrando la puerta con un ruido sordo.

Paul se quedó desvelado y se preguntó: «¿Qué será un gom jabbar?».

La anciana era lo más extraño a lo que Paul se había tenido que enfrentar entre toda la confusión de aquel período de cambio.

«Vuestra Reverencia.»

La mujer se había dirigido a su madre Jessica como a una sirvienta en lugar de como lo que era: una dama Gesserit, la concubina de un duque y la madre del heredero ducal.

«¿Es un gom jabbar algo de Arrakis que debo conocer antes de que vayamos allí?», se preguntó.

Silabeó esas extrañas palabras: «Gom jabbar... Kwisatz Haderach».

Había tenido que aprender tantas cosas. Arrakis era un lugar tan distinto a Caladan que Paul se desorientaba solo con pensar en él.

«Arrakis... Dune... el Planeta del Desierto.»

Thufir Hawat, el Maestro de Asesinos de su padre, se lo había explicado: sus mortales enemigos, los Harkonnen, residían en Arrakis desde hacía ochenta años y gobernaban el planeta en un cuasi-feudo bajo un contrato con la Compañía CHOAM para la extracción de la especia geriátrica, la melange. Ahora, los Harkonnen iban a ser reemplazados por la Casa de los Atreides en pleno-feudo... lo que daba la impresión de ser una victoria para el duque Leto. Pero Hawat había dicho que dicha fachada encerraba un peligro mortal, ya que el duque Leto era popular entre las Grandes Casas del Landsraad.

—Un hombre demasiado popular provoca los celos de los poderosos —había dicho Hawat.

«Arrakis... Dune... el Planeta del Desierto.»

Paul se durmió de nuevo y soñó con una caverna arrakena, con seres silenciosos que se erguían a su alrededor a la tenue luz de los globos. Todo era solemne, como en el interior de una catedral, y oía un débil sonido, el repiqueteo del agua. Aún en sueños, Paul sabía sin embargo que al despertar lo recordaría todo. Siempre recordaba sus sueños premonitorios.

El sueño se desvaneció.

Paul se despertó en el tibio lecho y pensó... pensó. Quizá aquel mundo de Castel Caladan, donde no tenía juegos ni compañeros de su edad, no mereciera su nostalgia ahora que se iba a marchar. El doctor Yueh, su preceptor, le había dado a entender de forma ocasional que el sistema de castas de las faufreluches no era tan rígido en Arrakis. En el planeta había gente que vivía al borde del desierto sin un caid o un bashar que la gobernase: los llamados Fremen, elusivos como el viento del desierto, que ni siquiera figuraban en los censos de los Registros Imperiales.

«Arrakis... Dune... el Planeta del Desierto.»

Paul se empezó a sentir nervioso y decidió practicar uno de los ejercicios corporales-mentales que le había enseñado su madre. Tres rápidas inspiraciones desencadenaron las respuestas: estado de percepción flotante... ajuste de su consciencia... dilatación aórtica... alejamiento de todo mecanismo no focalizado... concienciación deliberada... enriquecimiento de la sangre e irrigación de las regiones sobrecargadas... «nadie obtiene alimento-seguridad-libertad solo con el instinto...». La consciencia animal no se extiende más allá de un momento dado, como tampoco admite la posibilidad de la extinción de sus víctimas... el animal destruye y no produce... los placeres animales permanecen encerrados en el nivel de las sensaciones sin alcanzar la percepción... el ser humano necesita una escala graduada a través de la que poder ver el universo... una consciencia selectivamente centrada es lo que forma su escala... La integridad del cuerpo depende del flujo sanguíneo, sensible a las necesidades de cada una de las células... todos los seres/células/cosas son no permanentes... todo lucha para mantener el flujo de la permanencia...

La lección recorrió una y otra vez la divagante consciencia de Paul.

Cuando el alba acarició la ventana con su luz amarillenta, Paul la sintió a través de sus párpados cerrados; los abrió, oyó los ecos de la actividad del castillo y centró la vista en el dibujo del artesonado del techo.

La puerta del pasillo se abrió y apareció su madre, con sus cabellos color bronce oscuro atados con una cinta negra formando una corona, su rostro ovalado impasible y sus ojos verdes con expresión solemne.

—Estás despierto —dijo—. ¿Has dormido bien?

—Sí.

La observó de arriba abajo y notó la tensión en el movimiento de sus hombros mientras escogía su ropa de las perchas en el armario. Cualquier otro no se hubiera dado cuenta, pero él había sido educado a la Manera Bene Gesserit... conocía las complejidades de la observación. Su madre se giró y le enseñó una casaca de semiceremonia con el halcón rojo, emblema de los Atreides, bordado en el bolsillo del pecho.

—Apresúrate y vístete —dijo—. La Reverenda Madre espera.

—Una vez soñé con ella —dijo Paul—. ¿Quién es?

—Fue mi preceptora en la escuela Bene Gesserit. Hoy es la Decidora de Verdad del emperador. Y, Paul... —vaciló—. Tienes que hablarle de tus sueños.

—Lo haré. ¿Es ella la razón de que nos hayan dado Arrakis?

—No nos han dado Arrakis. —Jessica sacudió unos pantalones y los colocó junto a la casaca en el galán de noche que había al lado del lecho—. No debes hacer esperar a la Reverenda Madre.

Paul se sentó y se rodeó las rodillas con los brazos.

—¿Qué es un gom jabbar?

El adiestramiento que había recibido le hizo advertir de nuevo el imperceptible titubeo de su madre, una traición nerviosa que reconoció como miedo.

Jessica se acercó a la ventana, corrió las cortinas y contempló durante un instante el monte Syubi, que se encontraba al otro lado del río.

—Pronto sabrás lo que es el gom jabbar... Muy pronto —dijo.

Paul volvió a notar el miedo en la voz de su madre y se sintió intrigado.

Jessica habló de espaldas a él:

—La Reverenda Madre espera en mi salón matutino. Por favor, apresúrate.

La Reverenda Madre Gaius Helen Mohiam estaba sentada en una silla tapizada y contempló cómo se acercaban madre e hijo. A uno y otro lado, las ventanas se abrían sobre el meandro del río que discurría hacia el sur y las tierras de cultivo de los Atreides, pero la Reverenda Madre ignoraba el paisaje. La edad le pesaba y le lastraba los hombros esa mañana. Culpaba de ello al viaje espacial y a la relación con esa abominable Cofradía Espacial y sus oscuros designios. Pero era una misión que requería la atención personal de una Bene Gesserit con la Mirada. Y ni siquiera la propia Decidora de Verdad del emperador Padishah podía declinar tal responsabilidad cuando el deber la llamaba.

«¡Maldita Jessica! —exclamó para sí la Reverenda Madre—. ¡Si al menos hubiera engendrado una chica como se le ordenó!»

Jessica se detuvo a tres pasos de la silla y esbozó una pequeña reverencia, pellizcando apenas su falda con un ligero movimiento de la mano izquierda. Paul se dobló en una breve inclinación tal y como le había enseñado su maestro de danza, la que había que usar cuando «se dudaba acerca del rango de la otra persona».

Los matices de la actitud de Paul no pasaron inadvertidos para la Reverenda Madre.

—Es prudente, Jessica —dijo.

Jessica atenazó el hombro de Paul con la mano. El miedo latió a través de su palma por un instante, pero no tardó en recuperar el control.

—Así ha sido educado, Vuestra Reverencia.

«¿Qué es lo que teme?», se preguntó Paul.

La anciana estudió a Paul, cada detalle de él, con una sola mirada: el rostro ovalado como el de Jessica, pero con los huesos más marcados... Cabellos: muy negros como los del duque pero con la línea de la frente del abuelo materno, aquel que no puede ser nombrado, así como su nariz, fina y desdeñosa; y los ojos verdes y penetrantes del viejo duque, su abuelo paterno ya muerto.

«Aquel sí que era un hombre que apreciaba el poder de la audacia... incluso en la muerte», pensó la Reverenda Madre.

—La educación es una cosa —dijo—. Los ingredientes de base, otra. Ya veremos. —Sus viejos ojos fulminaron a Jessica con una dura mirada—. Déjanos. Te ordeno que practiques la meditación de paz.

Jessica retiró la mano del hombro de Paul.

—Vuestra Reverencia, yo...

—Jessica, sabes que hay que hacerlo.

Paul alzó sus ojos hacia su madre, perplejo.

Jessica se envaró.

—Sí... por supuesto.

Paul volvió a mirar a la Reverenda Madre.

La veneración y el sobrecogimiento que la anciana despertaba en su madre aconsejaban prudencia. Sin embargo, sintió crecer una rabiosa aprensión ante el miedo que irradiaba de ella.

—Paul... —Jessica respiró hondo—. Esta prueba a la que vas a ser sometido... es importante para mí.

—¿Prueba? —La miró.

—Recuerda que eres el hijo de un duque —dijo Jessica. Dio media vuelta y abandonó el salón a largos pasos que dejaron tras de sí el brusco rumor del roce de su vestido. La puerta se cerró con fuerza a sus espaldas.

Paul encaró a la anciana y contuvo la irritación.

—¿Desde cuándo se echa a la dama Jessica como si fuese una sirvienta?

Una sonrisa se dibujó por un instante en las comisuras de aquella boca llena de arrugas.

—La dama Jessica fue mi sirvienta durante catorce años en la escuela, muchacho. —Inclinó la cabeza—. Y una buena sirvienta, debo reconocer. ¡Ahora, acércate!

La orden le sentó como un latigazo. Paul se dio cuenta de que había obedecido incluso antes de haber pensado en ello.

«Ha usado la Voz contra mí», pensó.

Ella lo detuvo con un gesto, cerca de sus rodillas.

—¿Ves esto? —preguntó. Sacó de entre los pliegues de su ropa un cubo de metal verde que tenía unos quince centímetros de lado. Lo hizo girar, y Paul vio que una de sus caras estaba abierta, era negra y extrañamente aterradora. Ninguna luz penetraba en esa abierta oscuridad.

—Mete la mano derecha en esta caja —dijo ella.

El miedo se apoderó de Paul. Retrocedió, pero la anciana dijo:

—¿Es así como obedeces a tu madre?

Afrontó la mirada de sus brillantes ojos de pájaro.

Paul metió la mano dentro de la caja despacio y consciente del ansia ineludible que surgía de su interior. Al principio experimentó una sensación de frío a medida que la oscuridad se cerraba en torno a su mano; después, el contacto del liso metal en sus dedos y un hormigueo, como si se le durmiera la mano.

La anciana le dedicó una mirada de depredador. Apartó la mano derecha de la caja y la colocó junto a la nuca de Paul, quien vio un destello metálico y empezó a girar la cabeza.

—¡Quieto! —espetó la mujer.

«¡Ha vuelto a usar la Voz!»

Paul volvió a mirarla a la cara.

—He colocado el gom jabbar junto a tu cuello —dijo—. El gom jabbar, el peor enemigo. Es una aguja con una gota de veneno en la punta. ¡Quieto! No te muevas o el veneno te morderá.

Paul intentó tragar saliva, pero tenía la garganta seca. Era incapaz de apartar su atención de aquel viejo rostro arrugado, aquellos ojos brillantes, aquellas encías pálidas, aquellos dientes de metal plateado que brillaban a cada palabra.

—Es necesario que el hijo de un duque sepa sobre venenos —dijo—. Se podría decir que están de moda, ¿no? Musky, para envenenar la bebida. Aumas para envenenar la comida. Los venenos rápidos, los lentos y los intermedios. Este no lo conoces: el gom jabbar. Solo mata a los animales.

El orgullo dominó el miedo de Paul.

—¿Insinuáis que el hijo de un duque es un animal? —preguntó.

—Digamos que insinúo que podrías ser humano —dijo—. ¡No te muevas! Te lo advierto, no intentes apartarte. Soy vieja, pero podría clavarte esta aguja en el cuello antes de que consiguieras alejarte lo suficiente.

—¿Quién sois? —siseó Paul—. ¿Cómo habéis engañado a mi madre y conseguido que me dejara a solas con vos? ¿Os envían los Harkonnen?

—¿Los Harkonnen? ¡Cielos, no! Ahora, silencio. —Un dedo enjuto le tocó la nuca, y Paul tuvo que reprimir su involuntaria necesidad de escapar.

—Muy bien —dijo ella—. Has pasado la primera prueba.

Continuemos: si retiras tu mano de la caja, morirás. Esa es la única regla. Si dejas la mano en la caja, vivirás. Si la quitas, morirás.

Paul respiró hondo para contener el estremecimiento.

—Si grito, el lugar se llenará en un momento de sirvientes que caerán sobre vos, y moriréis.

—Los sirvientes no conseguirán atravesar la puerta que está custodiando tu madre. Puedes estar seguro. Ella sobrevivió a esta prueba. Ahora ha llegado tu turno. Siéntete honrado. Es raro que sometamos a los chicos a ella.

La curiosidad redujo el miedo de Paul hasta un nivel controlable. Había detectado certeza en las palabras de la anciana, era innegable. Si su madre estaba fuera montando guardia... si realmente se trataba de una prueba... Fuera como fuese, ya no podía librarse, atrapado por esa mano que tenía cerca de la nuca: el gom jabbar. Recordó las palabras de la *Letanía contra el miedo* del ritual Bene Gesserit, tal como su madre se las había enseñado: «No conoceréis el miedo. El miedo mata la mente. El miedo es la pequeña muerte que conduce a la destrucción total. Afrontaré mi miedo. Permitiré que pase sobre mí y a través de mí. Y cuando haya pasado, giraré mi ojo interior para escrutar su camino. Allá donde haya pasado el miedo ya no habrá nada. Solo estaré yo».

Sintió que recuperaba la calma y dijo:

—Terminemos ya con esto, anciana.

—¡Anciana! —gritó ella—. Sin duda tienes valor. Bien, vamos allá, señor mío. —Se inclinó hacia él y su voz se convirtió en un susurro—. Sentirás dolor en la mano que tienes dentro de la caja. ¡Dolor! Pero, si la sacas, mi gom jabbar tocará tu cuello... y la muerte será tan rápida como el hacha del verdugo. Retira la mano, y el gom jabbar te matará. ¿Has comprendido?

—¿Qué hay en la caja?

—Dolor.

Sintió aún más escozor en la mano. Apretó los labios.

«¿Cómo es posible que esto sea una prueba?», se preguntó. El escozor se convirtió en comezón.

—¿Has oído hablar de los animales que se devoran una pata

para escapar de una trampa? —dijo la anciana—. Es la astucia a la que recurriría un animal. Un humano se quedaría atrapado, soportaría el dolor y fingiría estar muerto para coger por sorpresa al cazador, intentar matarlo y eliminar así un peligro para su especie.

La comezón se convirtió en un ligero ardor.

—¿Por qué me hacéis esto? —preguntó.

—Para determinar si eres humano. Ahora, silencio.

Paul cerró con fuerza la mano izquierda mientras el ardor aumentaba en la otra. Crecía lentamente: calor y más calor... y más calor. Sintió que las uñas de la mano izquierda se le clavaban en la palma. Intentó abrir los dedos de la mano que le ardía, pero no consiguió moverlos.

—Quema —susurró.

—¡Silencio!

El dolor le ascendió por el brazo. El sudor le perló la frente. Cada fibra de su cuerpo gritaba para que retirara la mano de aquel pozo ardiente... pero... el gom jabbar. Sin girar la cabeza, intentó mover los ojos para ver la terrible aguja envenenada que acechaba su cuello. Se dio cuenta de que jadeaba e intentó dominarse sin conseguirlo.

¡Dolor!

El mundo a su alrededor se vació a excepción de su mano derecha, inmersa en aquella agonía, y el rostro surcado de arrugas que lo miraba fijamente a pocos centímetros del suyo.

Tenía los labios tan secos que le costó separarlos.

«¡Quema! ¡Quema!»

Le dio la impresión de que la piel de esa mano agonizante se arrugaba y ennegrecía, se agrietaba, caía y dejaba tan solo huesos carbonizados.

¡Y luego todo cesó!

Dejó de sentir dolor, como si alguien hubiera pulsado un interruptor.

Paul sintió que le temblaba el brazo derecho y que el sudor le seguía chorreando por todo el cuerpo.

—Suficiente —murmuró la anciana—. ¡Kull wahad! Ninguna chica había aguantado tanto jamás. Debería de haber deseado tu fracaso. —Se retiró y le apartó el gom jabbar del cuello—. Joven, retira la mano de la caja y mírala.

Reprimió un estremecimiento de dolor y miró fijamente el oscuro hueco donde su mano, que parecía haber adquirido voluntad propia, se obstinaba en permanecer. El recuerdo del dolor lo inmovilizaba. La razón le susurraba que lo único que iba a sacar de esa caja era un muñón renegrido.

—¡Retírala! —restalló ella.

Sacó la mano y la miró, atónito. Ni una marca. Ningún indicio de la agonía sufrida por su carne. Alzó la mano, la giró y distendió los dedos.

—Dolor por inducción nerviosa —dijo la anciana—. No puedo ir por ahí mutilando potenciales seres humanos. De todos modos, más de uno daría su mano por conocer el secreto de esta caja. —La cogió y la deslizó entre los pliegues de su ropa.

—Pero el dolor... —dijo Paul.

—El dolor —resopló la mujer—. Un humano puede dominar cualquier nervio del cuerpo.

Paul notó que le dolía la mano izquierda, la abrió y descubrió cuatro sangrantes marcas allí donde las uñas se le habían clavado en la palma. La dejó caer por el costado y miró a la anciana.

—¿Hicisteis lo mismo a mi madre?

—¿Has tamizado arena alguna vez? —respondió ella.

La tangencial agresividad de la pregunta le hizo ponerse muy alerta.

«Tamizar arena.»

Asintió.

—Nosotras, las Bene Gesserit, tamizamos a la gente para descubrir a los humanos.

Paul levantó la mano derecha y rememoró el dolor.

—¿Y todo se basa en... el dolor?

—Te he observado en tu dolor, muchacho. El dolor no es más que la base de la prueba. Tu madre te ha enseñado la forma en que observamos. He visto en ti los indicios de dicha enseñanza. Nuestra prueba consiste en provocar una crisis y observar.

Su tono de voz reafirmaba las palabras. Paul dijo:

—Es cierto.

La anciana lo miró.

«¡Percibe la verdad! ¿Podría ser el elegido? ¿Podría ser el elegido de verdad? —Refrenó la emoción y recordó para sí—: La esperanza ofusca la observación.»

—Sabes cuándo la gente cree en lo que dice —indicó.

—Lo sé.

Los armónicos de su voz confirmaban su capacidad experimentada. Ella lo percibió y dijo:

—Quizá seas el Kwisatz Haderach. Siéntate, hermanito, aquí a mis pies.

—Prefiero estar de pie.

—En el pasado, tu madre se sentó a mis pies.

—Yo no soy mi madre.

—Nos detestas un poco, ¿eh? —Miró hacia la puerta y llamó—: ¡Jessica!

La puerta se abrió. Jessica apareció en el umbral e inspeccionó la estancia con una mirada adusta que se relajó al ver a Paul. Consiguió esbozar una ligera sonrisa.

—Jessica, ¿has dejado de odiarme alguna vez? —preguntó la anciana.

—Os quiero y os odio a la vez —dijo Jessica—. El odio... es a causa del dolor que nunca podré olvidar. El amor... es...

—No te vayas por las ramas —dijo la anciana, pero su voz era suave—. Ya puedes entrar, pero guarda silencio. Cierra la puerta y asegúrate de que nadie nos interrumpa.

Jessica entró en la estancia, cerró la puerta y apoyó la espalda en ella para obstruirla.

«Mi hijo vive —pensó—. Mi hijo vive y es... humano. Lo sabía... pero... vive. Ahora yo también puedo seguir viviendo.»

El contacto de la puerta contra su espalda era duro y real. Todos los elementos de la estancia eran muy cercanos y ejercían presión contra sus sentidos.

«Mi hijo vive.»

Paul miró a su madre.

«Ha dicho la verdad.»

Hubiera preferido irse, estar solo y reflexionar sobre lo que acababa de ocurrir, pero sabía que no podría hacerlo hasta que le diesen permiso. La anciana había adquirido una especie de poder sobre él.

«Han dicho la verdad.»

Su madre había superado esa misma prueba. La finalidad de todo aquello debía ser terrible... el dolor y el miedo habían sido terribles. Y sabía adónde conducían esas terribles finalidades, las que se persiguen a toda costa, las que traen consigo la propia urgencia de ser llevadas a cabo. Paul sentía que le había sido inoculada, pero aún no sabía cuál era exactamente.

—Algún día, muchacho —dijo la anciana—, tú también deberás esperar fuera de una puerta como esa. Se necesita mucha voluntad para hacerlo.

Paul miró la mano en la que había experimentado el dolor; luego, a la Reverenda Madre. La voz de la mujer era diferente al resto de voces que había oído hasta aquel día. Las palabras tenían un resplandor y una agudeza particular. Sintió que cualquier pregunta que hubiera hecho habría recibido una respuesta capaz de sacarlo de su mundo carnal y transportarlo a un lugar mejor.

—¿Por qué buscáis a los humanos? —preguntó.

—Para hacerlos libres.

—¿Libres?

—Hubo un tiempo en que los hombres solo prestaban atención a las máquinas, con la esperanza de que ellas les hicieran libres. Pero esto solo permitió que otros hombres con máquinas los esclavizaran.

—«No construirás una máquina a semejanza de la mente del hombre» —citó Paul.

—Eso dicen la Yihad Butleriana y la Biblia Católica Naranja —afirmó la anciana—. Pero en realidad la Biblia C. N. tendría que haber dicho: «No construirás una máquina que imite la mente humana». ¿Has estudiado al mentat a tu servicio?

—Sí, he estudiado con Thufir Hawat.

—La Gran Revolución nos ha librado de nuestras muletas —dijo la anciana—. Ha obligado a las mentes humanas a desarrollarse. Se fundaron escuelas para adiestrar los talentos humanos.

—¿Las escuelas Bene Gesserit?

La mujer asintió.

—Dos de esas antiguas escuelas han sobrevivido: la Bene Gesserit y la Cofradía Espacial. La Cofradía concentra todos sus esfuerzos en las matemáticas puras, o eso parece al menos. La Bene Gesserit desarrolla otra función.

—Política —dijo Paul.

—¡Kull wahad! —dijo la anciana. Fulminó con la mirada a Jessica.

—No le he dicho nada, Vuestra Reverencia —dijo Jessica.

La Reverenda Madre volvió a centrarse en Paul.

—Has necesitado pocos indicios para deducirlo —dijo—. Política, en efecto. La escuela Bene Gesserit original estaba dirigida por aquellos que intuyeron que se necesitaba una continuidad en las relaciones humanas. Vieron que dicha continuidad no podía existir sin separar el linaje humano del linaje animal... por razones de selección.

Las palabras de la anciana perdieron de improviso ese resplandor tan particular que Paul había encontrado en ellas. Percibió una ofensa hacia lo que su madre llamaba «instinto para la sinceridad». No era que la Reverenda Madre le mintiera. La mujer sin duda creía en lo que le estaba diciendo. Era algo más profundo, algo ligado a esa terrible finalidad.

—Pero mi madre me ha dicho que muchas Bene Gesserit de las escuelas desconocen su genealogía —dijo.

—Todas las ascendencias genéticas están en nuestros archivos —dijo ella—. Tu madre sabe que es de ascendencia Bene Gesserit, o que fue aceptada como tal.

—Entonces ¿por qué nunca ha sabido quiénes fueron sus padres?

—Algunas lo saben... muchas no. Puede que, por ejemplo, hubiésemos deseado que procreara con un consanguíneo a fin de convertir en dominante algún rasgo genético. Tenemos multitud de razones.

Paul percibió de nuevo la ofensa hacia el instinto para la sinceridad. Luego dijo:

—Tomáis muchas decisiones unilaterales.

La Reverenda Madro lo miró en silencio y pensó: «¿Es crítica lo que percibo en su voz?».

—Nuestra carga es pesada —dijo.

Paul se dio cuenta de que se había ido recuperando poco a poco de la conmoción de la prueba. Le dedicó una mirada calculadora y dijo:

—Decís que tal vez yo sea el... Kwisatz Haderach. ¿Qué es? ¿Un gom jabbar humano?

—¡Paul! —dijo Jessica—. No debes emplear ese tono con...

—Yo me encargo, Jessica —dijo la anciana—. Muchacho, ¿conoces la droga de la Decidora de Verdad?

—La tomáis para incrementar vuestra habilidad de detectar falsedades —respondió Paul—. Mi madre me lo explicó.

—¿Has visto alguna vez un trance de verdad?

Agitó la cabeza.

—No.

—La droga es peligrosa —dijo la mujer—, pero te confiere la intuición. Cuando una Decidora de Verdad adquiere el don de la droga, puede contemplar muchos lugares de su memoria... de la memoria de su cuerpo. Podemos mirar muchas sendas del pasado... pero solo las femeninas. —Su voz tuvo un asomo de tristeza—. Sin embargo, hay un lugar donde ninguna Decidora de Verdad puede mirar. Nos vemos repelidas por él y nos aterroriza. Se dice que un día vendrá un hombre que, con el don de la droga, encontrará su ojo interior. Podrá ver donde ninguna de nosotras podemos... en ambos pasados, el masculino y el femenino.

—¿Vuestro Kwisatz Haderach?

—Sí, aquel que puede estar en muchos lugares a la vez: el Kwisatz Haderach. Muchos hombres han probado la droga... muchos, pero ninguno ha tenido éxito.

—¿Todos lo han intentado y han fracasado?

—Oh, no. —Agitó la cabeza—. Lo han intentado y han muerto.

> Intentar comprender a Muad'Dib sin comprender a sus mortales enemigos, los Harkonnen, es intentar ver la Verdad sin conocer la Mentira. Es intentar ver la Luz sin conocer las Tinieblas. Es imposible.
>
> De *Manual de Muad'Dib*,
> por la princesa Irulan

Era la esfera de un mundo, parcialmente en las sombras, que giraba bajo el impulso de una gruesa mano llena de brillantes anillos. La esfera estaba sujeta a un soporte articulado fijo a la pared de una estancia sin ventanas, cuyas otras paredes presentaban un mosaico multicolor de pergaminos, librofilms, cintas y bobinas. La luz, procedente de globos dorados suspendidos en sus campos móviles, iluminaba vagamente la estancia.

En el centro del lugar había un escritorio elipsoide revestido de madera de elacca petrificada de color rosa jade. A su alrededor se hallaban algunas sillas monoformes a suspensor. Dos estaban ocupadas. En una de ellas se sentaba un joven de cabello negro, de unos dieciséis años, de cara redonda y ojos tristes. El otro era un hombre pequeño y delgado de rostro afeminado.

Tanto el joven como el hombre contemplaban la esfera y al hombre que la hacía girar desde la penumbra.

Una risa ahogada surgió junto a ella y dejó paso a una voz grave y retumbante:

—Aquí está, Piter. El mayor cepo de toda la historia. Y el duque se apresura a colocarse de buen grado entre sus fauces. ¿No es un magnífico plan preparado por mí, el barón Vladimir Harkonnen?

—Por supuesto, barón —dijo el hombre. Su voz era de tenor, con una cualidad suave y musical.

La gruesa mano descendió hacia la esfera y detuvo su rotación. Todos los ojos de la estancia podían ahora contemplar la superficie inmóvil y ver que se trataba de una esfera hecha para los más ricos coleccionistas o los gobernadores planetarios del Imperio. Todas sus características eran propias de los artesanos imperiales. Las líneas de longitud y latitud estaban marcadas con alambres de platino finos como cabellos. Los casquetes polares eran maravillosos diamantes incrustados.

La gruesa mano se movió y recorrió los detalles de la superficie.

—Os invito a observar —retumbó la voz de bajo—. Observa bien, Piter, y tú también, Feyd-Rautha, querido: los exquisitos repliegues que hay desde los sesenta grados norte hasta los setenta grados sur. ¿No os recuerdan esos colores a un dulce caramelo? No veréis en ningún lugar el azul de los lagos, ríos o mares. Observad también esos encantadores casquetes polares... tan pequeños. ¿Puede alguien equivocarse al identificarlo? ¡Arrakis! Es un lugar único. Un escenario soberbio para una victoria singular.

Una sonrisa distendió los labios de Piter.

—Y pensar, barón, que el emperador Padishah cree haber ofrecido al duque vuestro planeta de especia. Qué enternecedor.

—Es una observación absurda —gruñó el barón—. Lo dices para confundir al joven Feyd-Rautha, pero no es necesario confundir a mi sobrino.

El joven de mirada triste se agitó en la silla y se alisó una arruga de sus medias negras. Luego se envaró al oír una discreta llamada en la puerta que se encontraba a su espalda.

Piter se levantó de improviso de la silla, se dirigió a la puerta y la abrió lo suficiente para coger el cilindro de mensajes que le tendían. Volvió a cerrarla, lo desenrolló y lo leyó. Rio en voz baja. Volvió a reír.

—¿Y bien? —preguntó el barón.

—¡El idiota ha respondido, barón!

—¿Desde cuándo un Atreides rechaza la oportunidad de actuar? —preguntó el barón—. Bien, ¿qué dice?

—Es una respuesta un tanto ordinaria, barón. Se dirige a vos como «Harkonnen»... sin el «Sire et cher Cousin», sin ningún título, sin nada.

—Es un buen nombre —gruñó el barón, y su impaciencia traicionó al tono de su voz—. ¿Y qué dice mi querido Leto?

—Dice: «Rechazo tu oferta de una reunión. He tenido que enfrentarme a tus engaños en incontables ocasiones, todo el mundo lo sabe».

—¿Y bien? —preguntó el barón.

—Continúa: «El arte del kanly tiene aún sus admiradores en el seno del Imperio». Y firma: «Duque Leto de Arrakis». —Piter se echó a reír—. ¡De Arrakis! ¡Oh, eso sí que es bueno!

—Silencio, Piter —dijo el barón, y la risa del otro se cortó como si alguien hubiera pulsado un interruptor—. ¿Kanly, dice? —preguntó—. Venganza, ¿eh? Y ha empleado ese antiguo término tan cargado de tradición para que entendiera bien lo que quería decir.

—Habéis hecho el gesto de paz —dijo Piter—. Habéis respetado las formalidades.

—Hablas demasiado para ser un mentat, Piter —dijo el barón. Y pensó: «Voy a tener que deshacerme de él tan pronto como pueda. Ya casi no tiene utilidad alguna». Miró a su mentat asesino, que se encontraba al otro lado de la habitación, y observó en él el detalle que la gente notaba en primer lugar: los ojos, dos hendiduras azules con un azul más intenso en su interior, sin la menor traza de blanco.

Una breve sonrisa cruzó el rostro de Piter, similar a la mueca de una máscara bajo aquellos ojos parecidos a dos profundos pozos.

—¡Pero, barón! Nunca una venganza ha sido más hermosa.

El plan constituye la traición más exquisita: hacer que Leto cambie Caladan por Dune... sin la menor alternativa, puesto que se trata de una orden del emperador. ¡Menuda ocurrencia!

—Hablas demasiado, Piter —dijo el barón con voz fría.

—Es que soy feliz, mi barón. Mientras que a vos... a vos os corroe la envidia.

—¡Piter!

—¡Ajá, barón! ¿No es lamentable que hayáis sido incapaz de concebir por vos mismo tal exquisito plan?

—Algún día haré que te estrangulen, Piter.

—Por supuesto, barón. ¡En fin! Pero hay que agradecer las buenas acciones, ¿no?

—¿Has mascado verite o semuta, Piter?

—La verdad sin miedo sorprende al barón —dijo Piter. Su rostro se convirtió en la caricatura de una hilarante máscara—. ¡Ja, ja! Pero, barón, tened en cuenta que soy un mentat y sé el momento exacto en que me mandaréis ejecutar. Evitaréis hacerlo mientras aún pueda seros útil. Precipitaros sería un despilfarro, puesto que aún os soy muy aprovechable. Es justo lo que os ha enseñado ese adorable planeta, Dune: no despilfarrar nunca. ¿No es cierto, barón?

El barón continuó mirando a Piter.

Feyd-Rautha se estremeció en la silla.

«¡Esos locos pendencieros! —pensó—. Mi tío no puede hablarle a su mentat sin discutir. ¿Creen que los demás no tenemos otra cosa que hacer sino escuchar sus disputas?»

—Feyd —dijo el barón—. Cuando te invité, te dije que escucharas y aprendieras. ¿Estás aprendiendo?

—Sí, tío. —La voz sonaba prudente y respetuosa.

—A veces me cuestiono la actitud de Piter —dijo el barón—. Yo causo dolor a los demás por necesidad, pero él... Juraría que se congratula de ello. Yo soy capaz de sentir piedad por el pobre duque Leto. El doctor Yueh se volverá contra él muy pronto, y será el fin de todos los Atreides. Pero seguro que Leto sabrá cuál es la mano que guía a ese maleable doctor... y saberlo será algo terrible para él.

—Entonces ¿por qué no habéis ordenado al doctor que le

clave un kindjal en las costillas, serena y eficientemente? —preguntó Piter—. Habláis de piedad, pero...

—El duque debe saber que soy yo quien lo ha condenado —dijo el barón—. Y servirá de ejemplo para el resto de las Grandes Casas. Las frenará un poco, así tendré algo más de maniobrabilidad. Es necesario, sin duda, pero eso no quiere decir que me guste.

—¡Maniobrabilidad! —se mofó Piter—. El emperador ya se ha fijado en vos, barón. Sois demasiado atrevido. Llegará el día en que envíe una o dos legiones de sus Sardaukar a desembarcar aquí, en Giedi Prime, y ese será el fin del barón Vladimir Harkonnen.

—Te gustaría ser testigo de ello, ¿verdad, Piter? —preguntó el barón—. Cuánto disfrutarías viendo las formaciones Sardaukar arrasando mis ciudades y saqueando este castillo. Estoy seguro de que sería todo un deleite para ti.

—¿Tenéis necesidad de preguntarlo siquiera, barón? —susurró Piter.

—Tendrías que haber sido bashar de uno de sus Cuerpos —dijo el barón—. Te interesan demasiado la sangre y el dolor. Quizá me haya precipitado demasiado al prometerte el botín de Arrakis.

Piter recorrió la estancia con pasos curiosamente cortos y se detuvo justo detrás de Feyd-Rautha. El ambiente de la habitación era tenso, y el joven alzó los ojos y frunció el ceño al sentir detrás a Piter.

—No juguéis con Piter, barón —dijo Piter—. Me prometisteis a la dama Jessica. Me la prometisteis.

—¿Para qué, Piter? —preguntó el barón—. ¿Para más dolor?

Piter lo miró y se sumió en el silencio.

Feyd-Rautha movió la silla a suspensor hacia un lado.

—Tío, ¿tengo que quedarme? Dijiste que...

—Mi querido Feyd-Rautha se impacienta —dijo el barón. Se agitó en las sombras junto a la esfera—. Paciencia, Feyd. —Luego se volvió a centrar en el mentat—. ¿Y el duquecito, querido Piter, el chico Paul?

—La trampa le traerá directamente a nuestras manos, barón —murmuró Piter.

—No he preguntado eso —dijo el barón—. Te recuerdo que predijiste que la bruja Bene Gesserit le daría una hija al duque. Te equivocaste, ¿eh, mentat?

—No suelo equivocarme a menudo, barón —dijo Piter, y por primera vez hubo miedo en su voz—. Estaréis de acuerdo en eso al menos: no me equivoco a menudo. Y vos sabéis bien que esas Bene Gesserit suelen engendrar hijas. Incluso la consorte del emperador solo ha parido hembras.

—Tío —dijo Feyd-Rautha—, dijiste que aquí habría algo importante para mí y...

—Oíd a mi sobrino —dijo el barón—. Aspira a controlar mi baronía y ni siquiera sabe controlarse a sí mismo. —Se movió tras la esfera, una sombra entre las sombras—. Bien, Feyd-Rautha Harkonnen, te he hecho venir aquí con la esperanza de poder enseñarte un poco de sabiduría. ¿Has observado a nuestro buen mentat? Tendrías que haber sacado algo en claro de nuestra conversación.

—Pero, tío...

—Este Piter es un mentat muy eficiente, ¿no crees, Feyd?

—Sí, pero...

—¡Ah! ¡Ahí está: «pero...»! Consume demasiada especia, como si fueran bombones. ¡Mira sus ojos! Se diría que acaba de llegar de una excavación arrakena. Es eficiente, ese Piter, pero también emocional y propenso a arrebatos apasionados. Eficiente, sí, pero también se equivoca.

—¿Me habéis hecho llamar para deteriorar mi eficiencia con vuestras críticas, barón? —dijo Piter con voz baja y grave.

—¿Deteriorar tu eficiencia? Me conoces bien, Piter. Solo quería que mi sobrino comprendiese las limitaciones de un mentat.

—¿Acaso estáis adiestrando ya a mi sustituto? —inquirió Piter.

—¿Reemplazarte a ti? Vamos, Piter, ¿dónde encontraría yo a otro mentat con tu astucia y tu veneno?

—En el mismo lugar donde me encontrasteis a mí, barón.

—Quizá deba hacerlo —meditó el barón—. Te he visto un poco inestable últimamente. ¡Y consumes mucha especia!

—¿Mis placeres son demasiado caros, barón? ¿Os oponéis a ello?

—Mi querido Piter, tus placeres son lo que te atan a mí. ¿Cómo podría oponerme? Solo deseaba que mi sobrino fuese testigo de ello.

—¿Así que estoy en exhibición? —dijo Piter—. ¿Tengo que bailar? ¿Debo mostrar mis variadas capacidades al eminente Feyd-Rau...?

—Eso es —dijo el barón—. Estás en exhibición. Ahora cállate. —Se volvió hacia Feyd-Rautha y se fijó en que los labios del joven, carnosos y expresivos, la marca genética de los Harkonnen, estaban curvados en una sutil mueca divertida—. Eso es un mentat, Feyd. Ha sido adiestrado y condicionado para realizar algunas tareas. Pero no debemos olvidar que se encuentra encerrado dentro de un cuerpo humano. Es un gran inconveniente. A veces pienso que los antiguos acertaron al crear esas máquinas pensantes.

—Eran juguetes comparadas conmigo —gruñó Piter—. Incluso vos, barón, podríais superar a esas máquinas.

—Quizá —dijo el barón—. Ah, bueno... —Inspiró profundamente y eructó—. Ahora, Piter, describe para mi sobrino las líneas generales de nuestra campaña contra la Casa de los Atreides. Cumple tus funciones como mentat, por favor.

—Barón, os advertí que no había que confiar a un hombre tan joven esa información. Mis observaciones sobre...

—Seré yo quien lo valore —dijo el barón—. Te he dado una orden, mentat. Cumple una de tus muchas funciones.

—De acuerdo —dijo Piter. Se envaró y reflejó una extraña actitud de dignidad... que no era más que otra máscara, aunque esta se reflejaba en todo su cuerpo—. Dentro de pocos días estándar, toda la familia del duque Leto embarcará rumbo a Arrakis en una nave de la Cofradía Espacial. La Cofradía los dejará en la ciudad de Arrakeen, y no en nuestra ciudad de Carthag. El mentat del duque, Thufir Hawat, habrá llegado a la acertada conclusión de que Arrakeen es más fácil de defender.

—Escucha con atención, Feyd —dijo el barón—. Observa los planes en los planes de los planes.

Feyd-Rautha asintió mientras pensaba: «Esto ya me gusta más. El viejo monstruo ha decidido al fin dejarme formar parte de sus secretos. Lo que quiere decir que de verdad pretende hacerme su heredero».

—Hay varias posibilidades tangenciales —dijo Piter—. He señalado que la Casa de los Atreides irá a Arrakis, pero aun así no debemos ignorar la posibilidad de que el duque haya firmado un contrato para que la Cofradía le lleve a un lugar seguro fuera del Sistema. En circunstancias similares, otros han renegado de sus Casas, cogido las atómicas y los escudos familiares y huido lejos del Imperio.

—El duque es demasiado orgulloso para hacer algo así —dijo el barón.

—Es una posibilidad —dijo Piter—. De todos modos, el resultado sería el mismo para nosotros.

—¡No, no sería el mismo! —gruñó el barón—. Quiero que desaparezcan, él y su linaje.

—Eso es lo más probable —dijo Piter—. Hay ciertas señales que indican que una Casa se dispone a renegar. No parece haber indicios de que el duque se esté preparando para ello.

—Sigue pues, Piter —suspiró el barón.

—En Arrakeen —continuó el mentat—, el duque y su familia ocuparán la Residencia, que antes fue la casa del conde y la dama Fenring.

—El Embajador de los Contrabandistas —rio el barón.

—¿Embajador de quién? —preguntó Feyd-Rautha.

—Tu tío ha hecho un chiste —explicó Piter—. Llama al conde Fenring Embajador de los Contrabandistas debido al interés que tiene el emperador por las operaciones de contrabando en Arrakis.

Feyd-Rautha dedicó a su tío una mirada perpleja.

—¿Por qué?

—No seas estúpido, Feyd —restalló el barón—. La Cofradía no está bajo el control imperial, ¿cómo iba a estarlo? ¿Cómo viajarían los espías y asesinos de no ser así?

La boca de Feyd-Rautha articuló un silencioso «vaaaya».

—Hemos dispuesto algunas distracciones en la Residencia —dijo Piter—. Habrá un atentado contra la vida del heredero de los Atreides... un atentado que quizá tenga éxito.

—¡Piter! —rugió el barón—. Me dijiste...

—Os dije que pueden producirse accidentes —dijo Piter—. Y esta tentativa de asesinato debe parecer auténtica.

—Bien, pero el chico tiene un cuerpo tan joven y tierno —dijo el barón—. Sin duda tiene visos de convertirse en alguien más peligroso que su padre, a sabiendas de que esa bruja de su madre lo ha adiestrado. ¡Maldita mujer! Bueno, continúa, Piter, por favor.

—Hawat habrá descubierto que tenemos un agente infiltrado entre ellos —dijo Piter—. El doctor Yueh es el sospechoso más obvio, y de hecho es nuestro agente. Pero Hawat lo ha investigado y descubierto que el doctor se ha graduado en la Escuela Suk con Condicionamiento Imperial, lo que proporciona una supuesta seguridad incluso aunque se trate del propio emperador. Se confía más de la cuenta en el Condicionamiento Imperial. Se da por hecho que es un condicionamiento definitivo y que no se puede eliminar sin matar al sujeto. Sin embargo, como alguien dijo hace mucho tiempo, con el punto de apoyo adecuado es posible hasta mover el mundo. Nosotros encontramos el punto de apoyo capaz de mover al doctor.

—¿Cómo? —preguntó Feyd-Rautha. Estaba fascinado.

«¡Todo el mundo sabe que es imposible eliminar el Condicionamiento Imperial!»

—En otra ocasión —dijo el barón—. Continúa, Piter.

—En lugar de Yueh —dijo Piter—, vamos a colocar a otro sospechoso más interesante ante la mirada de Hawat. La audacia de esta sospechosa será lo que más llame la atención del mentat.

—¿Una mujer? —preguntó Feyd-Rautha.

—La mismísima dama Jessica —dijo el barón.

—¿No es sublime? —preguntó Piter—. La mente de Hawat quedará tan afectada que mermarán sus funciones de mentat. Incluso podría intentar matarla. —Piter frunció el ceño—. Pero no creo que sea capaz.

—Y no deseas que lo haga, ¿eh? —preguntó el barón.

—No me distraigáis —dijo Piter—. Además de estar ocupado con la dama Jessica, distraeremos la atención de Hawat con rebeliones en algunas guarniciones y otros lugares similares. Conseguirán controlarlas. El duque tiene que creer que domina la situación. Después, cuando el momento sea propicio, enviaremos una señal a Yueh y avanzaremos con el grueso de nuestras fuerzas...

—Continúa, cuéntamelo todo —dijo el barón.

—Los atacaremos apoyados por dos legiones de Sardaukar disfrazados con ropas Harkonnen.

—¡Sardaukar! —exclamó Feyd-Rautha. Evocó las terribles tropas imperiales, los despiadados asesinos, los soldados fanáticos del emperador Padishah.

—Ahora sabes hasta qué punto confío en ti, Feyd —dijo el barón—. Nada de lo que has escuchado debe llegar a oídos del resto de las Grandes Casas, ya que de ser así el Landsraad podría unirse contra la Casa Imperial, y sería el caos.

—Esto es lo más importante —dijo Piter—: como se va a usar la Casa de los Harkonnen para realizar el trabajo sucio del emperador, nosotros conseguiremos cierta ventaja. Una peligrosa, sin duda, pero que si usamos con prudencia puede proporcionar a nuestra Casa muchas más riquezas de las que poseen el resto de las Casas Imperiales.

—Ni te imaginas la cantidad de riquezas de las que hablamos, Feyd —dijo el barón—. Ni en tus sueños más delirantes. Para empezar, conseguiremos un puesto irrevocable en la dirección de la Compañía CHOAM.

Feyd-Rautha asintió. La riqueza era lo único importante. La CHOAM era la clave para conseguirla, ya que todas las Casas nobles hundían sus manos en las arcas de la compañía todo lo que dichos puestos directivos les permitían. Esos directorios de la CHOAM constituían el verdadero poder político en el Imperio y cambiaban de acuerdo con los votos de las inestables fuerzas del Landsraad, que servían de equilibrio frente al emperador y sus partidarios.

—El duque Leto —dijo Piter— puede buscar refugio entre la nueva escoria Fremen que vive en la frontera con el desierto.

O puede que intente enviar a su familia a esa imaginaria seguridad. Pero uno de los agentes de Su Majestad evitará que pueda llegar a ocurrir: el ecólogo planetario. Seguramente lo recordarás. Kynes.

—Feyd lo recuerda —aseguró el barón—. Continúa.

—No le gustan mucho los detalles, barón —dijo Piter.

—¡Te ordeno que continúes! —rugió el barón.

Piter se encogió de hombros.

—Si todo marcha según lo planeado —dijo—, la Casa de los Harkonnen tendrá un subfeudo en Arrakis dentro de un año estándar. Tu tío obtendrá la administración de ese feudo. Su agente personal dominará Arrakis.

—Más beneficios —dijo Feyd-Rautha.

—Exacto —dijo el barón. Y pensó: «Es lo justo. Fuimos nosotros los que conseguimos controlar Arrakis... a excepción de esos pocos mestizos Fremen que se esconden al borde del desierto... y de unos pocos e inofensivos contrabandistas que tienen relaciones más estrechas con el planeta que los propios trabajadores indígenas».

—Y las Grandes Casas sabrán entonces que el barón ha destruido a los Atreides —dijo Piter—. Todas lo sabrán.

—Vaya si lo sabrán —espetó el barón.

—Y lo mejor de todo —dijo Piter— es que el duque también lo sabrá. Ya lo sabe, de hecho. Ya presiente la trampa.

—Es cierto que el duque lo sabe —dijo el barón con la voz un tanto compungida—. Y no puede hacer nada... Qué triste.

El barón se alejó de la esfera de Arrakis. Cuando emergió de las sombras, su silueta adquirió otra dimensión... grande e inmensamente gruesa. Los sutiles movimientos de sus protuberancias bajo los pliegues de su oscura ropa revelaban que sus grasas estaban sostenidas en parte por suspensores portátiles anclados a sus carnes. Debía de pesar en realidad unos doscientos kilos estándar, pero sus pies tan solo sostenían cincuenta de ellos.

—Tengo hambre —gruñó el barón al tiempo que se frotaba los gruesos labios con su mano cubierta de anillos y miraba a Feyd-Rautha con unos ojos enterrados en grasa—. Pide que nos traigan comida, querido. Tomaremos algo antes de retirarnos.

Así habló Santa Alia del Cuchillo: «La Reverenda Madre debe combinar las artes de seducción de una cortesana con la intocable majestuosidad de una diosa virgen, y mantener dichos atributos en tensión tanto tiempo como subsistan las facultades de su juventud. Pues una vez se hayan ido belleza y juventud, descubrirá que el lugar intermedio ocupado antes por la tensión se ha convertido en una fuente de astucia y de recursos infinitos.

De *Muad'Dib, comentarios familiares*,
por la princesa Irulan

—Bueno, Jessica, ¿qué querías decirme? —preguntó la Reverenda Madre.

Había llegado a Castel Caladan el crepúsculo del día en que Paul había sufrido su prueba. Las dos mujeres estaban solas en el salón matutino de Jessica mientras Paul esperaba en la Sala de Meditación, una estancia adyacente e insonorizada.

Jessica se encontraba de pie ante las ventanas que se abrían al sur. Miró sin ver las coloreadas nubes vespertinas, más allá del prado y del río. Oyó sin escuchar la pregunta de la Reverenda Madre.

Ella también había sufrido la prueba... hacía muchos años.

Una jovencita delgada de cabellos color bronce y con el cuerpo torturado por los vientos de la pubertad había entrado en el estudio de la Reverenda Madre Gaius Helen Mohiam, Censora Superior de la escuela Bene Gesserit en Wallach IX. Jessica se contempló la mano derecha, cerró los dedos y recordó el dolor, el terror, la rabia.

—Pobre Paul —susurró.

—¡Te he hecho una pregunta, Jessica! —La voz de la anciana era brusca, imperativa.

—¿Qué? Oh... —Jessica dejó a un lado el pasado y se centró en la Reverenda Madre, que estaba sentada con la espalda apoyada en la pared de piedra, entre las dos ventanas occidentales—. ¿Qué queréis que os diga?

—¿Que qué quiero que me digas? ¿Que qué quiero que me digas? —La vieja voz tenía un tono de burla cruel.

—¡Sí, he tenido un hijo! —estalló Jessica. Y sabía que la habían arrastrado a esa situación deliberadamente.

—Se te había ordenado que solo engendrases hijas para los Atreides.

—Significaba tanto para él —se justificó Jessica.

—¡Y, en tu orgullo, pensaste que podías engendrar al Kwisatz Haderach!

Jessica irguió la cabeza.

—Tuve en cuenta la posibilidad.

—Solo tuviste en cuenta el deseo de tu duque de tener un varón —espetó la anciana—. Y sus deseos no tienen nada que ver con esto. Una hija Atreides hubiera podido casarse con un heredero Harkonnen, y la brecha hubiera quedado cerrada. Lo has complicado todo sin remedio. Ahora corremos el riesgo de perder ambas líneas genéticas.

—No sois infalible —dijo Jessica. Sostuvo la mirada de aquellos ancianos ojos.

—Lo hecho hecho está —dijo al fin la anciana.

—Juré que nunca lamentaría mi decisión —dijo Jessica.

—Muy notable por tu parte —se mofó la Reverenda Madre—. Sin lamentos. Ya veremos cuando le pongan precio a tu cabeza y cuando todas las manos se alcen contra tu vida y la de tu hijo.

Jessica palideció.

—¿No hay alternativa?

—¿Alternativa? ¿Cómo puede una Bene Gesserit preguntar algo así?

—Solo quiero saber el futuro que habéis visto con vuestros poderes superiores.

—Veo en el futuro lo mismo que he visto en el pasado. Conoces bien nuestros asuntos, Jessica. La especie sabe que es mortal y teme el estancamiento de su legado. Lo llevamos en la sangre... Portamos la necesidad de mezclar las características genéticas sin una planificación. El Imperio, la Compañía CHOAM y todas las Grandes Casas no son más que pecios arrastrados por la marea.

—La CHOAM —murmuró Jessica—. Supongo que ya ha decidido cómo repartirá los despojos de Arrakis.

—¿Qué es la CHOAM sino una veleta que se mueve al soplo de nuestro tiempo? —dijo la anciana—. El emperador y sus amigos controlan actualmente un cincuenta y nueve coma sesenta y cinco por ciento de los votos del directorio de la Compañía. Se ha dado cuenta sin duda de los beneficios que hay en juego y, cuando el resto también lo haga, la potencia de sus votos se verá incrementada. La historia funciona así, muchacha.

—Justo lo que necesito ahora —dijo Jessica—. Una clase de historia.

—¡No seas sarcástica, niña! Conoces tan bien como yo los poderes que nos rodean. Nuestra civilización tiene tres vértices: la Casa Imperial enfrentada en igualdad de condiciones a las Grandes Casas Federadas del Landsraad y, entre ellas, la Cofradía y su maldito monopolio de transportes interestelares. A nivel político se forma un triángulo muy inestable, uno que ya sería malo de por sí sin añadirle las complicaciones de una cultura comercial feudal que da la espalda a la mayor parte de la ciencia.

—Pecios arrastrados por la marea... —repitió Jessica con amargura—. Y esos pecios son el duque Leto, también su hijo y también...

—Oh, cállate, muchacha. Cuando entraste en este juego sabías muy bien el avispero con el que te ibas a topar.

—Soy una Bene Gesserit —citó Jessica—. Existo tan solo para servir.

—Exacto —dijo la anciana—. Y esperemos que todo esto no provoque una conflagración general, a fin de preservar todo lo que podamos de las líneas genéticas más importantes.

Jessica cerró los ojos y sintió el escozor de las lágrimas a punto de brotar. Reprimió el temblor interno que la sacudía, también el externo, los jadeos, el batir irregular del pulso, el sudor de sus palmas. Luego dijo:

—Pagaré por mis errores.

—Y tu hijo pagará contigo.

—Lo protegeré tanto como pueda.

—¡Protegerlo! —espetó la anciana—. ¡Sabes bien que es un error! Si lo proteges demasiado, Jessica, nunca será lo suficientemente fuerte como para alcanzar ningún destino.

Jessica se giró y miró hacia las sombras cada vez más densas que se cernían al otro lado de la ventana.

—¿De verdad es tan terrible ese planeta, Arrakis?

—Lo es, pero no del todo. La Missionaria Protectiva pasó por el lugar y lo mejoró un poco. —La Reverenda Madre se puso en pie y se alisó un pliegue de su vestido—. Dile al muchacho que venga. Debo irme pronto.

—¿Debéis?

La voz de la anciana se suavizó:

—Jessica, muchacha, me gustaría estar en tu lugar y asumir tus sufrimientos. Pero cada una de nosotras debe seguir su propio camino.

—Lo sé.

—Para mí eres tan querida como cualquiera de mis otras hijas, pero no debo dejar que esto interfiera con el deber.

—Comprendo... la necesidad.

—Ambas comprendemos lo que has hecho y por qué lo has hecho, Jessica. Pero la bondad me obliga a decirte que hay pocas esperanzas de que tu hijo sea Totalmente Bene Gesserit. No albergues muchas esperanzas.

Jessica se enjugó las lágrimas que se le habían formado en los pliegues de los párpados. Era un gesto de rabia.

—Conseguís que me vuelva a sentir como una chiquilla que recita su primera lección. —Se obligó a recitar las palabras—: «Los humanos no deben someterse nunca a los animales». —La sacudió un brusco sollozo. Luego, dijo en un murmullo—: He estado tan sola.

—Forma parte de la prueba —dijo la anciana—. Los humanos están solos casi siempre. Ahora, llama al chico. Ha sido un día largo y terrible para él. Pero ha tenido suficiente tiempo para reflexionar y recordar, y debo hacerle otras preguntas acerca de sus sueños.

Jessica asintió, se dirigió hacia la puerta de la Sala de Meditación y la abrió.

—Paul, entra, por favor.

Paul obedeció con reluctante lentitud. Miró a su madre como si fuera una extraña. Sus ojos se posaron circunspectos en la Reverenda Madre, pero esta vez solo inclinó ligeramente la cabeza, como si se dirigiera a un igual. Oyó a su madre cerrar la puerta detrás de él.

—Joven —dijo la anciana—, volvamos al asunto de tus sueños.

—¿Qué queréis saber? —preguntó él.

—¿Sueñas cada noche?

—No sueños que merezcan la pena ser recordados. Los recuerdo todos, pero algunos merecen ser recordados y otros no.

—¿Cómo los distingues?

—Simplemente lo sé.

La anciana miró a Jessica y luego volvió a centrarse en Paul.

—¿Qué soñaste anoche? ¿Era de los que merece la pena?

—Sí. —Paul cerró los ojos—. Soñé con una caverna... y con agua... y había una chica... muy delgada y con grandes ojos. Eran totalmente azules, sin blanco. Le hablaba de vos, le decía que había visto a la Reverenda Madre en Caladan.

Paul abrió los ojos.

—¿Y lo que le contabas a esa extraña chica era lo que ha ocurrido hoy?

Paul reflexionó un instante y luego dijo:

—Sí. Le dije a la chica que vos habíais venido y que me habíais marcado con un sello de extrañeza.

—Un sello de extrañeza —murmuró la anciana, que volvió a

mirar a Jessica para luego volver a centrarse en Paul—. Ahora, dime la verdad, Paul: ¿tienes a menudo esos sueños en los que ocurren cosas que luego se repiten en la realidad exactamente a como las has soñado?

—Sí. Y ya había soñado con esa chica antes.

—¿Oh? ¿La conoces?

—La conoceré.

—Háblame de ella.

Paul volvió a cerrar los ojos.

—Estamos en un pequeño lugar entre rocas, a cubierto. Es casi de noche, pero hace calor y veo arena en el exterior, a través de las rocas. Estamos... esperando algo... a que yo vaya a reunirme con alguien. Ella está aterrada, pero intenta ocultármelo, y yo estoy emocionado. Me dice: «Vuelve a hablarme de las aguas de tu mundo natal, Usul». —Paul abrió los ojos—. ¿No es extraño? Mi mundo natal es Caladan. Nunca he oído hablar de un planeta llamado Usul.

—¿Hay algo más en ese sueño? —interrumpió Jessica.

—Sí. He llegado a pensar que a quien llama Usul es a mí —dijo Paul—. Acaba de ocurrírseme ahora. —Volvió a cerrar los ojos—. Me pide que le hable de las aguas. Y yo tomo su mano. Le digo que le voy a recitar un poema. Y le recito el poema, pero tengo que explicarle algunas de las palabras, como playa y resaca y algas y gaviotas.

—¿Qué poema? —preguntó la Reverenda Madre.

Paul abrió los ojos.

—Uno de los poemas cantados de Gurney Halleck para momentos tristes.

Detrás de Paul, Jessica empezó a recitar:

> *Recuerdo el humo salado de un fuego en la playa*
> *y las sombras bajo los pinos...*
> *Sólidas, definidas... concretas...*
> *Las gaviotas encaramadas en el promontorio,*
> *blanco sobre verde...*
> *Y el viento soplando entre los pinos*
> *haciendo ondear las sombras;*

Las gaviotas distendiendo las alas,
volando
y llenando el cielo con sus graznidos.
Y oigo el viento
soplando a lo largo de la playa,
y la resaca,
y veo cómo nuestra hoguera
ha abrasado las algas.

—Ese —dijo Paul.

La anciana miró al chico y dijo:

—Joven, como Censora de la Bene Gesserit, mi objetivo es encontrar al Kwisatz Haderach, el varón capaz de convertirse realmente en una de nosotras. Tu madre ve en ti dicha posibilidad, pero la ve con los ojos de una madre. Yo también la veo, pero no es más que eso, una posibilidad.

Guardó silencio, y Paul comprendió que la mujer esperaba su respuesta. También guardó silencio.

—Bien, será como quieras —dijo ella al cabo de un momento—. Eres intenso, lo admito.

—¿Puedo irme ya? —preguntó Paul.

—¿No deseas oír lo que puede decirte la Reverenda Madre sobre el Kwisatz Haderach? —preguntó Jessica.

—Ha dicho que todos los que lo habían intentado están muertos.

—Pero puedo compartir contigo algunas conjeturas sobre esos fracasos —dijo la Reverenda Madre.

«Ha dicho conjeturas —pensó Paul—. Es porque en realidad no sabe nada.»

Luego añadió:

—Pues contádmelas.

—Se te ve interesado. —Esbozó una sonrisa irónica, y las arrugas se le marcaron en el rostro—. Muy bien: «Lo que se somete, domina».

Se quedó atónito; ¿le estaba hablando de algo tan elemental como la tensión dentro de la intencionalidad? ¿Acaso creía que su madre no le había enseñado nada?

—¿Eso es una conjetura? —preguntó.

—No estamos aquí para retorcer las palabras o discutir sobre su significado —dijo la anciana—. El sauce se somete al viento y crece hasta que un día hay a su alrededor tantos sauces que llegan a formar una barrera contra el viento. Esa es la finalidad del sauce.

Paul la miró. La mujer había dicho «finalidad», y Paul sintió cómo la palabra le golpeaba y le volvía a infectar con esa terrible finalidad. Experimentó una súbita rabia contra ella: fatua vieja bruja con la boca llena de clichés.

—Creéis que puedo ser ese Kwisatz Haderach —dijo—. Habéis hablado de mí, pero no habéis dicho absolutamente nada sobre lo que podemos hacer para ayudar a mi padre. Os he oído hablar con mi madre. Habláis como si mi padre ya estuviera muerto. ¡Bien, pues no es así!

—Si fuera posible hacer algo por él, ya lo habríamos hecho —gruñó la anciana—. Quizá consigamos salvarte a ti. Es dudoso, pero posible. Lo de tu padre no tiene remedio. Cuando lo hayas conseguido aceptar, habrás aprendido una verdadera lección Bene Gesserit.

Paul se dio cuenta de que las palabras habían afectado a su madre. Miró irritado a la anciana. ¿Cómo podía decir esas cosas de su padre? ¿Cómo podía estar tan segura? El rencor bullía en su interior.

La Reverenda Madre miró a Jessica.

—Lo has entrenado bien a la Manera... He visto las señales. Yo hubiera hecho lo mismo en tu lugar, y al diablo con las Reglas.

Jessica asintió.

—Pero deja que te diga una cosa —dijo la anciana—. No olvides el orden regular de su adiestramiento. Su propia seguridad requiere la Voz. Ya tiene alguna idea, pero ambas sabemos que necesita mucho más... y desesperadamente. —Se acercó a Paul y lo miró con fijeza—. Adiós, joven humano. Espero que tengas éxito. Pero, ocurra lo que ocurra... Bueno, tendremos éxito.

Miró de nuevo a Jessica. Un imperceptible atisbo de comprensión se cruzó en sus miradas. Después la anciana salió de la estancia no sin antes volver a mirar atrás entre el siseo de sus ropas. La habitación y sus ocupantes habían desaparecido de sus pensamientos.

Pero Jessica había podido vislumbrar por un instante el rostro de la Reverenda Madre justo cuando se giraba. Había lágrimas en aquellas arrugadas mejillas. Lágrimas más inquietantes que cualquier otra palabra o gesto que se hubiera intercambiado entre ellos ese día.

Habéis leído que Muad'Dib no tenía compañeros de juego de su edad en Caladan. Era muy peligroso. Pero Muad'Dib tuvo maravillosos compañeros-preceptores. Por ejemplo, Gurney Halleck, el trovador-guerrero. Podréis cantar algunas de las canciones de Gurney a medida que vayáis leyendo este libro. También Thufir Hawat, el viejo mentat Maestro de Asesinos, al que temía el propio emperador Padishah. También Duncan Idaho, el Maestro de Armas de los Ginaz; el doctor Wellington Yueh, un nombre emponzoñado por la traición pero cargado de conocimiento; la dama Jessica, que guio a su hijo en la Manera Bene Gesserit, y —por supuesto— el duque Leto, cuyas cualidades como padre se pasaron por alto durante mucho tiempo.

De *Historia de Muad'Dib para niños*,
por la princesa Irulan

Thufir Hawat entró en la sala de ejercicios de Castel Caladan y cerró la puerta con cuidado. Permaneció inmóvil un momento; se sentía viejo, cansado y zarandeado por la tormenta. Le dolía la pierna izquierda, herida hacía tiempo al servicio del Viejo Duque.

«Tres generaciones de ellos ya», pensó.

Contempló la gran sala iluminada por la intensa luz del mediodía que penetraba a raudales a través de los tragaluces, y vio al muchacho sentado de espaldas a la puerta, concentrado sobre unos papeles y mapas esparcidos sobre una mesa en forma de L.

«¿Cuántas veces tendré que decirle que nunca debe dar la espalda a una puerta?»

Hawat carraspeó.

Paul permaneció sumergido en sus estudios.

La sombra de una nube pasó por delante de los tragaluces. Hawat carraspeó de nuevo.

Paul se enderezó y dijo, sin volverse:

—Lo sé. Estoy sentado dando la espalda a la puerta.

Hawat reprimió una sonrisa y avanzó por la estancia.

Paul alzó los ojos hacia ese hombre canoso que se había detenido en la esquina de la mesa. Los ojos de Hawat eran dos abismos vigilantes en un rostro oscuro y arrugado.

—Te he oído llegar por el pasillo —dijo Paul—. Y también abrir la puerta.

—Cualquiera podría imitar esos sonidos.

—Notaría la diferencia.

«Es capaz de ello —pensó Hawat—. Esa bruja de su madre lo ha adiestrado bien, sin duda. Me pregunto qué pensará al respecto su preciosa escuela. Quizá esa sea la razón por la que han enviado aquí a la vieja Censora... para meter en vereda a nuestra querida dama Jessica.»

Hawat colocó una silla frente a Paul y se sentó de cara a la puerta. Lo hizo intencionadamente, se reclinó y analizó la estancia. De improviso, aquel lugar tan familiar le pareció extraño, ajeno ahora que la mayor parte del equipo se había enviado a Arrakis. Solo quedaban una mesa de ejercicios, un espejo de esgrima, con sus cristales prismáticos inertes, y un muñeco de entrenamiento que tenía el aspecto de un viejo soldado de infantería lacerado y consumido por las guerras.

«Exactamente como yo», pensó Hawat.

—¿En qué piensas, Thufir? —preguntó Paul.

Hawat miró al muchacho.

—Pensaba en que muy pronto estaremos todos muy lejos de aquí, y que probablemente no volveremos nunca.

—¿Y eso te pone triste?

—¿Triste? ¡Tonterías! Dejar atrás a los amigos sí sería triste. Pero un lugar es solo un lugar. —Contempló los mapas sobre la mesa—. Y Arrakis no es más que otro lugar.

—¿Te ha enviado mi padre para evaluarme?

Hawat frunció el ceño: el muchacho sabía analizarlo con mucha perspicacia. Asintió.

—Sé que crees que hubiera sido mejor que viniera él mismo, pero ya sabes lo ocupado que está. Vendrá más tarde.

—Estaba estudiando las tormentas de Arrakis.

—Las tormentas. Ya veo.

—Parecen más bien malas.

—Una palabra muy cauta: «malas». Esas tormentas se desencadenan a lo largo de seis o siete mil kilómetros de llanuras y se alimentan de todo lo que pueda proporcionarles un mayor empuje: el efecto Coriolis, otras tormentas o cualquier cosa que tenga un ápice de energía. Pueden llegar a alcanzar los setecientos kilómetros por hora y arrastran cualquier cosa móvil que encuentren en su camino: arena, polvo, lo que sea. Arrancan la carne de tus huesos y los reducen a astillas.

—¿Por qué no hay control climático?

—Arrakis plantea unos problemas particulares, los costes son mayores y se necesitaría un mantenimiento y demás. La Cofradía exige un precio prohibitivo por un satélite de control, y la Casa de tu padre no está entre las más ricas, muchacho. Lo sabes bien.

—¿Has visto a los Fremen?

«Hoy le da vueltas a todo», pensó Hawat.

—Es posible que los haya visto —dijo—. No hay mucho que los distinga de la gente que habita los graben y las dolinas. Todos llevan esas túnicas holgadas. Y apestan como demonios en cualquier lugar cerrado. Se debe a esos trajes que llevan (los llaman «destiltrajes») y cuyo cometido es recuperar el agua de sus cuerpos.

Paul tragó saliva, consciente de pronto de la humedad en su

boca al recordar un sueño en el que había estado sediento. El hecho de que aquel pueblo necesitase el agua hasta tal punto que tuviera que reciclar la humedad de su propio cuerpo lo dejó desolado.

—El agua es un bien muy preciado allí —dijo.

Hawat asintió y pensó: «Quizá haya conseguido hacerle comprender cuán hostil es ese planeta y lo importante que es para nosotros considerarlo un enemigo. Sería una locura ir allí sin tenerlo bien claro».

Paul miró los tragaluces y comprobó que había comenzado a llover. Vio las gotas estrellarse contra la gris superficie de metaglass.

—Agua —dijo.

—Aprenderás a darle la importancia que merece —dijo Hawat—. Como hijo del duque nunca te faltará, pero verás a tu alrededor las consecuencias de la sed.

Paul se humedeció los labios con la lengua y pensó en aquel día de la semana pasada que había tenido la prueba con la Reverenda Madre. Ella también le había dicho algo acerca de la privación del agua.

—Descubrirás las llanuras funerales —había dicho—, los desiertos absolutamente vacíos, las vastas extensiones donde no hay vida a excepción de la especia y los gusanos de arena. Pintarás de negro las cuencas de tus ojos para atenuar el brillo del sol. Cualquier agujero al abrigo del viento y de la vista será un refugio para ti. Cabalgarás únicamente sobre tus pies, sin tóptero ni vehículo ni montura.

Paul se había quedado más impresionado por su tono —cantarín pero titubeante— que por sus palabras.

—Cuando vivas en Arrakis —le había dicho—, khala, la tierra estará vacía. Las lunas serán tus amigas; el sol, tu enemigo.

Paul había oído a su madre acercarse a él desde la puerta donde estaba de guardia. La mujer había mirado a la Reverenda Madre y preguntado:

—¿No veis esperanza alguna, Vuestra Reverencia?

—No para el padre. —Y la anciana había hecho un gesto para hacer callar a Jessica mientras miraba a Paul—. Graba esto en tu memoria, muchacho: un mundo se sostiene por cuatro cosas. —Alzó cuatro nudosos dedos—: la erudición de los sabios, la justicia de los poderosos, las plegarias de los justos y el coraje de los valerosos. Pero eso no vale nada... —Cerró los dedos en un puño— sin un gobernante que conozca el arte de gobernar. ¡Haz de esto tu ciencia!

Había pasado una semana desde aquel día con la Reverenda Madre, pero era ahora cuando sus palabras adquirían pleno significado. En ese momento, sentado en la sala de ejercicios con Thufir Hawat, Paul experimentó la profunda mordedura del miedo. Miró al mentat, que tenía el ceño fruncido.

—¿En qué pensabas? —preguntó Hawat.

—¿Tú también viste a la Reverenda Madre?

—¿Esa bruja Decidora de Verdad del Imperio? —Hawat parpadeó varias veces con interés—. Sí, la vi.

—Ella... —Paul vaciló y descubrió que no podía hablar con Hawat de la prueba. Las inhibiciones eran demasiado profundas.

—¿Sí? ¿Qué hizo?

Paul respiró hondo dos veces.

—Dijo algo. —Cerró los ojos para evocar las palabras y, cuando habló, su voz adquirió inconscientemente algo del tono de la anciana—: «Tú, Paul Atreides, descendiente de reyes, hijo de un duque, debes aprender a gobernar. Algo que no consiguió ninguno de tus antecesores». —Paul abrió los ojos y dijo—: Me enfadé y le dije que mi padre gobierna un planeta entero. Y ella dijo: «Lo está perdiendo». Y yo respondí que le iban a dar un planeta aún más rico. Y ella dijo: «También lo perderá». Me dieron ganas de correr para advertir a mi padre, pero la anciana me dijo que ya le habían advertido. Que lo habíais hecho tú, madre y muchos más.

—Completamente cierto —murmuró Hawat.

—Entonces ¿por qué vamos a ese lugar? —preguntó Paul.

—Porque lo ha ordenado el emperador. Y porque, pese a lo que dice esa bruja espía, aún hay esperanzas. ¿Qué otra cosa esputó esa antigua fuente de sabiduría?

Paul se miró la mano derecha, que tenía cerrada en un puño

bajo la mesa. Lentamente, ordenó a sus músculos que se relajaran.

«Puso alguna clase de poder en mí —pensó—. ¿Cómo?»

—Me pidió que le dijera qué significaba gobernar —siguió Paul—. Y yo dije que el mando de uno solo. Y ella dijo que tenía que volver a aprender ciertos conceptos.

«Eso es muy cierto», pensó Hawat. Asintió para invitar a Paul a continuar.

—Dijo que un gobernante debe aprender a persuadir y no a obligar. Que debe ofrecer el hogar más confortable y acogedor del mundo para atraer a los mejores hombres.

—¿Cómo crees que tu padre ha atraído a hombres como Duncan y Gurney? —preguntó Hawat.

Paul se encogió de hombros.

—Después dijo que un buen gobernante debe aprender el idioma de su mundo, que es distinto en todos. Creí que con esto quería decirme que en Arrakis no hablan galach, pero me dijo que no se refería a eso, sino al lenguaje de las rocas y de las cosas que crecen, el que uno no puede oír solo con los oídos. Yo le dije que eso era lo que el doctor Yueh llama el Misterio de la Vida.

Hawat sonrió.

—¿Y cómo se lo tomó?

—Creo que se puso furiosa. Dijo que ese misterio de la vida no es un problema que haya que resolver, sino una realidad que hay que experimentar. Entonces le cité la Primera Ley del Mentat: «Un proceso no puede ser comprendido si se detiene. La comprensión debe fluir al mismo tiempo que el proceso, debe unirse a él y caminar con él». Esto pareció dejarla satisfecha.

«Parece que se haya recobrado —pensó Hawat—, pero aquella vieja bruja lo asustó. ¿Por qué lo hizo?»

—Thufir —dijo Paul—, ¿es Arrakis tan malo como dicen?

—Nada podría ser tan malo —dijo Hawat forzando una sonrisa—. Mira los Fremen, por ejemplo, el pueblo renegado del desierto. He realizado un primer análisis y te puedo asegurar que son numerosos, mucho más de lo que cree el Imperio. En ese planeta vive gente, muchacho, un pueblo inmenso y numeroso que... —Hawat se acercó al ojo un nudoso dedo—. Que odia a los Harkonnen con una pasión desmesurada. Pero no le digas ni una palabra de esto a nadie, muchacho. Solo te lo digo a ti porque quiero ayudar a tu padre.

—Mi padre me ha hablado de Salusa Secundus —dijo Paul—. ¿No crees, Thufir, que es muy parecido a Arrakis? No tan malo quizá, pero sí muy parecido.

—No sabemos mucho del estado actual de Salusa Secundus —dijo Hawat—. Solo cómo era hace mucho tiempo, nada más. Pero en líneas generales tienes razón.

—¿Nos van a ayudar los Fremen?

—Es una posibilidad. —Hawat se levantó—. Hoy salgo para Arrakis. Mientras tanto, cuídate, aunque solo sea porque te lo pide un viejo que te quiere bien, ¿eh? Ven aquí y no te sientes ofreciendo la espalda a la puerta. No es que crea que haya ningún peligro en el castillo, es solo un hábito que me gustaría que adquirieses.

Paul se levantó y rodeó la mesa.

—¿Así que te vas hoy?

—Sí, hoy. Y tú me seguirás mañana. La próxima vez que nos veamos será en tu nuevo mundo. —Sujetó a Paul por el brazo derecho a la altura del bíceps—. Mantén libre el brazo del cuchillo, ¿eh? Y tu escudo siempre a plena carga. —Soltó el brazo, palmeó el hombro de Paul, se giró y avanzó con premura hacia la puerta.

—¡Thufir! —llamó Paul.

Hawat se volvió ante la puerta abierta.

—No des nunca la espalda a una puerta —dijo Paul.

Una amplia sonrisa afloró en el viejo rostro.

—No lo haré, muchacho, puedes estar seguro.

Y se marchó, cerrando suavemente la puerta detrás de él.

Paul se sentó donde antes había estado Hawat y se puso a ordenar los documentos.

«Solo un día más aquí —pensó. Miró la estancia a su alrededor—. Estamos a punto de irnos.»

De pronto, la idea de la partida se volvió más real que nunca. Recordó otra vez lo que le había dicho la anciana, que un mundo es la suma de muchas cosas: la gente, la tierra, las cosas que crecen, las lunas, las mareas, los soles; una suma desconocida que recibe el nombre de «naturaleza», un término vago para el que el «ahora» no significa nada. Luego se preguntó: «¿Qué es el ahora?».

La puerta frente a Paul se abrió de repente, y un hombre feo y macizo penetró en la estancia con una gran cantidad de armas en los brazos.

—Vaya, Gurney Halleck —dijo Paul—. ¿Eres el nuevo maestro de armas?

Halleck cerró la puerta de un taconazo.

—Ya sé que preferirías que viniera para jugar —dijo.

Echó una ojeada a la estancia y comprobó que los hombres de Hawat ya la habían repasado a fondo y dejado segura para el heredero del duque. Eran unas señales sutiles y codificadas que estaban por todas partes.

Paul observó cómo el hombre feo y macizo se acercaba a la mesa de adiestramiento con el cargamento de armas, y vio el baliset de nueve cuerdas que Gurney llevaba al hombro y la multipúa colocada entre las cuerdas en el diapasón cerca de la pala.

Halleck dejó caer las armas sobre la mesa de ejercicios y las alineó: los estoques, los puñales, los kindjal, los aturdidores de carga lenta, los cinturones escudo. La cicatriz de estigma que le recorría la mandíbula inferior se retorció cuando se dio la vuelta y le dedicó una sonrisa a la estancia.

—Veo que ni siquiera me das los buenos días, joven diablillo —dijo Halleck—. ¿Qué clase de dardo has clavado en el corazón del viejo Hawat? Se ha cruzado conmigo en el pasillo como si corriera al funeral de su peor enemigo.

Paul sonrió. Entre todos los hombres de su padre, Gurney era el que más le gustaba: conocía sus cambios de humor, sus debilidades, su carácter. Para él era más un amigo que una espada mercenaria.

Halleck se descolgó el baliset del hombro y empezó a afinarlo.

—No hace falta que hables si no quieres —dijo.

Paul se levantó, empezó a recorrer la estancia y lo desafió:

—Vaya, Gurney —dijo—, ¿vienes preparado para la música cuando es tiempo de combatir?

—Veo que hoy toca faltar al respeto a tus mayores, ¿eh? —dijo Halleck. Rasgueó un acorde con el instrumento y asintió.

—¿Dónde está Duncan Idaho? —preguntó Paul—. Se supone que es él quien debe enseñarme el uso de las armas.

—Duncan lidera la segunda oleada hacia Arrakis —dijo Halleck—. Lo único que os queda es el pobre Gurney, que está cansado de luchar y solo desea tocar un poco de música. —Rasgueó otro acorde, lo dejó sonar y sonrió—. Y el consejo ha decidido que, puesto que has resultado ser un combatiente tan poco capacitado, es mejor enseñarte un poco de música a fin de que no malgastes completamente tu vida.

—Cántame una canción en ese caso —dijo Paul—. Así al menos sabré cómo no se debe hacer.

—¡Ja, ja, ja! —rio Gurney.

Luego entonó *Las chicas galacianas*, mientras la multipúa se emborronaba entre las cuerdas:

> *Oh, oh, las chicas galacianas,*
> *lo harán por las perlas,*
> *¡y las de Arrakis por el agua!*
> *Pero si buscas damas*
> *que se consuman como llamas,*
> *¡prueba una hija de Caladan!*

—No está mal para alguien tan torpe con la púa —dijo Paul—. Si mi madre te oyera cantar tales obscenidades en el castillo, te cortaría las orejas para adornar las almenas.

Gurney se tiró de la oreja izquierda.

—Una decoración bien pobre a tenor de lo que han sufrido escuchando por el ojo de la cerradura las tonadillas que cierto jovencito intentaba sacar de su baliset.

—Veo que ya has olvidado lo que significa encontrarse la cama llena de arena —dijo Paul. Cogió un cinturón escudo de la mesa y se lo ajustó rápidamente a la cintura—. ¡Pues luchemos!

Los ojos de Halleck se abrieron en fingida sorpresa.

—¡Anda! ¡Así que fue tu sacrílega mano la que realizó tan execrable acción! En guardia, pues, joven maestro, en guardia.

—Cogió un estoque y lo agitó—. ¡Soy un demonio infernal en busca de venganza!

Paul empuñó el otro estoque, cimbreó la hoja y se colocó en posición de *aguile*, con un pie delante. Puso gesto solemne, en una cómica imitación del doctor Yueh.

—Hay que ver el memo que envía mi padre para enseñarme el manejo de las armas —entonó—. El imbécil de Gurney Halleck ha olvidado incluso la primera lección con armas y escudo. —Paul activó el cinturón y sintió la comezón en su frente y espalda y el prurito causado por la acción del campo de fuerza defensivo; los sonidos exteriores menguaron ostensiblemente con el característico efecto de filtro del escudo—. Cuando uno lucha con escudo, la defensa es rápida y el ataque lento —dijo Paul—. La única finalidad del ataque es obligar al adversario a dar un paso en falso para poder pillarle desprevenido. ¡El escudo detiene los golpes rápidos, pero se deja traspasar por el lento kindjal!

Paul alzó la espada, fintó rápidamente y atacó con una lentitud calculada para atravesar las defensas automáticas del escudo.

Halleck siguió sus movimientos, se giró en el último segundo y dejó que la hoja roma le rozara el pecho.

—Una velocidad excelente —dijo—. Pero te has quedado muy expuesto para que te contraataque con una estocada rastrera.

Paul retrocedió, irritado.

—Debería azotarte el trasero por tu imprudencia —dijo Halleck. Tomó un kindjal desenvainado de encima de la mesa y lo blandió—. ¡En manos de un enemigo, esto podría haberte hecho verter toda la sangre! Eres un alumno bien dotado, pero nada más, y siempre te he avisado de que ni siquiera jugando dejes que un hombre penetre tus defensas con la muerte en la mano.

—Supongo que hoy no estoy de humor para esto —dijo Paul.

—¿Humor? —Halleck no pudo evitar sonar indignado, incluso a través del filtro del escudo—. ¿Qué tiene que ver tu humor? Uno combate cuando es necesario... ¡no cuando está de humor! El humor está bien para los borregos, para hacer el amor o para tocar el baliset. No para combatir.

—Lo siento, Gurney.

—¡No lo sientes lo suficiente!

Halleck activó el escudo y se puso en guardia con el kindjal bien aferrado en su mano izquierda y el estoque en la derecha.

—¡Te recomiendo que te defiendas muy en serio! —Hizo una finta hacia un lado, luego otra hacia delante y se abalanzó para atacar con rabia.

Paul se echó hacia detrás para bloquear los ataques. Sintió el crepitar de los campos de fuerza cuando los escudos se tocaban y se repelían, y también esa comezón eléctrica recorriendo de nuevo su piel.

«¿Qué le pasa a Gurney? —se preguntó—. ¡No está fingiendo!»

Paul movió la mano izquierda para hacer que el puñal que llevaba sujeto en la muñeca se deslizara hasta su palma.

—Necesitas una hoja más, ¿eh? —gruñó Halleck.

«¿Es una traición? —se preguntó Paul—. ¡No, Gurney no!»

Lucharon por toda la estancia, golpeando y parando, fintando y contrafintando. El aire en el interior de los escudos empezó a hacerse pesado, debido al excesivo consumo y a la lenta renovación que se realizaba a través de la barrera. El olor a ozono se hacía más intenso cada vez que se entrechocaban.

Paul continuó retrocediendo, pero empezó a dirigirse hacia la mesa de ejercicios.

«Si consigo llevarle hasta allá, le mostraré uno de mis trucos —pensó Paul—. Un paso más, Gurney.»

Halleck dio el paso.

Paul paró otro golpe bajo, se giró y vio el estoque de Halleck estrellarse contra el filo de la mesa. Fintó hacia un lado y lanzó a su vez un ataque con el estoque al mismo tiempo que levantaba el puñal hacia el cuello de Halleck. Detuvo la hoja a tres centímetros de la yugular.

—¿Era eso lo que querías? —susurró Paul.

—Mira hacia abajo, muchacho —jadeó Gurney.

Paul obedeció y vio el kindjal de Halleck bajo el borde de la mesa, apuntando justo hacia su ingle.

—Ambos hubiéramos encontrado la muerte —dijo Halleck—. Pero debo admitir que combates un poco mejor cuando estás bajo presión. Ahora sí que estás de humor. —Y le dedicó una sonrisa lobuna que le crispó la cicatriz de estigma de su mentón.

—Me has atacado de una manera que... —dijo Paul—. ¿De verdad hubieras derramado mi sangre?

Halleck apartó el kindjal y se irguió.

—Muchacho, si te hubieras batido un ápice por debajo de tus capacidades te hubiera hecho una buena herida y dejado una buena cicatriz. No quiero que mi alumno favorito sucumba ante el primer sinvergüenza Harkonnen con el que se tope.

Paul desactivó el escudo y se apoyó en la mesa para recuperar el aliento.

—Me lo merecía, Gurney, pero mi padre se hubiera puesto furioso si me hubieses herido. No quiero que te castiguen por mis errores.

—De haber ocurrido —dijo Halleck—, el error también hubiera sido mío. No te preocupes por una o dos cicatrices de entrenamiento. Eres afortunado por tener tan pocas. En cuanto a tu padre... el duque solo me castigaría si fracasara a la hora de convertirte en un combatiente de primera clase. Y hubiese sido un fracaso no explicarte el error que cometías al relacionar el humor con algo tan serio como esto.

Paul se irguió y devolvió el puñal a su funda de muñeca.

—Esto no es un juego —dijo Halleck.

Paul asintió. Se maravilló ante la insólita seriedad de Halleck, ante su firme resolución. Miró la violácea cicatriz de estigma que adornaba la mandíbula del hombre y recordó la historia que le habían contado acerca de que había sido la Bestia Rabban quien se la había causado en un pozo de esclavos de los Harkonnen en Giedi Prime. Paul sintió una repentina vergüenza por haber dudado de Halleck aunque fuera por un solo instante. En ese momento comprendió que esa cicatriz había sido sinónimo de mucho dolor para Halleck; puede que uno tan intenso como el que le había infligido a él la Reverenda Madre. Pero no tardó en rechazar la idea: helaba todo su mundo.

—Supongo que hoy tenía ganas de jugar un poco —dijo Paul—. Las cosas se han puesto muy serias a mi alrededor últimamente.

Halleck se dio la vuelta para ocultar su emoción. Algo ardía en sus ojos. Sintió dolor, una ampolla, la herida de un ayer olvidado que no había llegado a cicatrizar del todo con el Tiempo.

«Cuán pronto ha asumido este muchacho su condición de hombre —pensó Halleck—. Cuán pronto ha debido aprender esta brutal necesidad de la prudencia, este hecho que se graba en tu mente y te advierte: "Desconfía incluso de tus allegados".»

Sin volver a darse la vuelta, dijo:

—He notado esas ganas de jugar, muchacho, y ojalá hubiera podido complacerte. Pero se acabaron los juegos. Mañana partiremos hacia Arrakis. Arrakis es real. Los Harkonnen son reales.

Paul colocó el estoque en vertical frente a él y se tocó la frente con la hoja.

Halleck se giró, vio el saludo y respondió con una inclinación de cabeza. Señaló el muñeco de ejercicios.

—Ahora entrenaremos tu rapidez. Muéstrame cómo le darías una estocada rastrera. Te vigilaré desde aquí, donde puedo seguir mejor la acción. Te advierto que hoy probaré nuevos contraataques, y es una advertencia que no te hará ninguno de tus enemigos reales.

Paul se puso de puntillas para distender los músculos. Adoptó una actitud solemne, ahora que de repente había comprendido los repentinos cambios que habían afectado a su vida. Avanzó hacia el muñeco, pulsó con la punta del estoque el interruptor que tenía en el centro del pecho y sintió de inmediato cómo el escudo que acababa de activar apartaba la hoja del arma.

—¡En guardia! —gritó Halleck, y el muñeco se lanzó al ataque.

Paul activó el escudo, paró un ataque y contraatacó.

Halleck lo vigilaba mientras manipulaba los controles. Parecía tener la mente dividida: una centrada en el entrenamiento y la otra a la deriva entre las nubes.

«Soy como un frutal bien cuidado —pensó—. Lleno de buenos sentimientos y de habilidades y de todas las cosas hermosas que crecen en mí, a la espera de que alguien pueda recolectarlas.»

Por alguna razón, recordó a su hermana menor y visualizó muy bien su rostro menudo. Estaba muerta. Había fallecido en un burdel para las tropas Harkonnen. Le gustaban los pensamientos... ¿o eran las margaritas? No conseguía recordarlo. Y le turbaba no poder hacerlo.

Paul contrarrestó un golpe lento del muñeco y lanzó un *entretisser* con la izquierda.

«¡Pequeño y astuto demonio! —pensó Halleck, que tuvo que concentrarse para contrarrestar los complejos movimientos de Paul—. Ha practicado y estudiado por su cuenta. Ese no es el estilo de Duncan y, sin duda, tampoco nada que yo le haya enseñado.»

Este pensamiento solo consiguió aumentar la tristeza de Halleck.

«Me ha contagiado su humor», dijo para sí. Luego empezó a reflexionar sobre Paul, se preguntó si el muchacho habría sido capaz de conciliar el sueño en el silencio de la noche.

—Si los deseos fueran peces, todos arrojaríamos nuestras redes —murmuró.

Era una frase de su madre que se repetía a sí mismo siempre que sentía las tinieblas del mañana cernirse sobre él. Después pensó en lo extraño que sería usar dicha expresión en un planeta que nunca había conocido los mares ni los peces.

YUEH (yue), Wallington (uel ing tun), Stdrd 10082-10191; doctor en medicina de la Escuela Suk (grd Stdrd 10112); md: Wanna Marcus, B. G. (Stdrd 10092-101186?); conocido principalmente por haber traicionado al duque Leto Atreides. (Cf.: Bibliografía, Apéndice VII: Condicionamiento Imperial y la Traición, El.)

Del *Diccionario de Muad'Dib*,
por la princesa Irulan

Paul oyó entrar al doctor Yueh en la sala con pasos deliberadamente sonoros, pero permaneció bocarriba en la mesa de ejercicios donde lo había dejado la masajista. Se sentía muy relajado después del ejercicio con Gurney Halleck.

—Se os ve cómodo —dijo Yueh con su voz tranquila y aguda.

Paul levantó la cabeza y vio la envarada figura del hombre de pie a algunos pasos de él. Con tan solo un vistazo observó sus arrugadas ropas negras, el bloque cuadrado que tenía por cabeza, con sus labios púrpura y el frondoso bigote, el tatuaje diamantino del Condicionamiento Imperial en la frente y la melena negra y larga que le caía sobre el hombro izquierdo, sujeta por el anillo de plata de la Escuela Suk.

—Os complacerá saber que hoy no tenemos tiempo para la lección —dijo Yueh—. Vuestro padre llegará en un momento.

Paul se incorporó.

—No obstante, he preparado un visor de librofilms y algunas lecciones grabadas para que podáis estudiarlas durante el viaje a Arrakis.

—Vaya.

Paul empezó a vestirse. Le emocionaba pensar que estaba a punto de ver a su padre. Habían pasado muy poco tiempo juntos desde que el emperador le había ordenado aceptar el feudo de Arrakis.

Yueh se acercó a la mesa en forma de L mientras pensaba: «Cómo ha madurado en estos últimos meses. ¡Qué desperdicio! ¡Oh, qué triste desperdicio! —Y recordó para sí—: No debo fallar. Lo que hago lo hago para asegurarme de que esas bestias Harkonnen no harán sufrir más a mi Wanna».

Paul se abotonó la chaqueta y se acercó a la mesa.

—¿Qué estudiaré durante el viaje?

—P-pues... las formas de vida terrestres presentes en Arrakis. Parece que algunas se han adaptado estupendamente al planeta. No está claro cómo. Tendré que consultar al ecólogo planetario, el doctor Kynes, y ofrecerle mi ayuda en sus investigaciones.

Yueh pensó: «¿Qué estoy diciendo? Me engaño hasta a mí mismo».

—¿Habrá algo sobre los Fremen? —preguntó Paul.

—¿Los Fremen? —Yueh tamborileó con los dedos sobre la mesa. Después se dio cuenta de que Paul había observado el nervioso gesto y retiró la mano.

—Podríais contarme algo sobre toda la población de Arrakis —dijo Paul.

—Sí, por supuesto —dijo Yueh—. Hay dos grupos principales de personas: uno de ellos son los Fremen, y el otro está compuesto por los pueblos de los graben, las dolinas y las hoyas. Según tengo entendido, algunas veces se casan entre ellos. Las mujeres de los poblados de las hoyas y las dolinas prefieren los maridos Fremen; y sus hombres prefieren esposas Fremen.

Tienen un dicho: «La educación viene de la ciudad; la sabiduría, del desierto».

—¿Tenéis fotos de ellos?

—Buscaré alguna para vos. Sin duda, la característica más interesante son sus ojos: totalmente azules, sin el menor blanco en ellos.

—¿Una mutación?

—No, se debe a la saturación de melange en su sangre.

—Los Fremen tienen que ser muy valientes para vivir al borde de ese desierto.

—Es lo que dice todo el mundo —dijo Yueh—. Componen poemas a sus cuchillos. Sus mujeres son tan feroces como sus hombres. Incluso los jóvenes Fremen son violentos y peligrosos. No creo que se os permita mezclaros con ellos.

Paul miró a Yueh. Esas breves palabras acerca de los Fremen le habían llamado muchísimo la atención.

«¡Qué pueblo para tenerlo como aliado!»

—¿Y los gusanos? —preguntó Paul.

—¿Qué?

—Me gustaría estudiar mejor a los gusanos de arena.

—Sí... por supuesto. Tengo un librofilm que analiza un espécimen pequeño, de tan solo ciento diez metros de largo por veintidós de diámetro. Se encontró en el extremo norte del planeta. Testigos fiables han hablado de gusanos de más de cuatrocientos metros de longitud, y hay razones para pensar que es posible que existan incluso otros mayores.

Paul miró el mapa de proyección cónica de las regiones septentrionales de Arrakis que había extendido sobre la mesa.

—El cinturón desértico y la región polar meridional están calificadas como inhabitables. ¿Es por los gusanos?

—Y por las tormentas.

—Pero cualquier lugar puede ser convertido en habitable.

—Con el dinero suficiente —apuntilló Yueh—. Arrakis contiene muchos y costosos peligros. —Se atusó el frondoso bigote—. Vuestro padre llegará enseguida. Antes de irme, tengo un regalo para vos, algo que encontré mientras hacía las maletas. —Dejó un objeto sobre la mesa que los separaba: era negro, rectangular y más pequeño que la última falange del pulgar de Paul.

El chico lo observó. Yueh vio que el muchacho no hacía el menor gesto para tocarlo y pensó: «Es cauteloso».

—Es una antiquísima Biblia Católica Naranja para viajeros espaciales. No es un librofilm, sino que está impresa en papel finísimo. Tiene una lupa y un sistema de carga electrostática. —La cogió para mostrárselo—. Esa carga es la que la mantiene cerrada y atrae entre sí las tapas. Hay que apretar en el lomo, así... para que las páginas seleccionadas se repelan y se abra el libro.

—Es muy pequeña.

—Pero tiene mil ochocientas páginas. Hay que apretar en el lomo, así... para que la carga pase una página a medida que vais leyendo. Nunca toquéis las páginas con los dedos. La trama del papel es muy delicada. —Cerró el libro y se lo tendió a Paul—. Probadlo.

Yueh observó a Paul mientras probaba a pasar las páginas y pensó: «De este modo salvo mi conciencia. Le ofrezco la ayuda de la religión antes de traicionarlo. Así podré decirme que ha ido donde yo no puedo ir».

—Parece fabricada antes de los librofilms —dijo Paul.

—Es muy antigua, sí. Será nuestro secreto, ¿eh? Vuestros padres podrían pensar que es demasiado valiosa para un joven como vos.

Y Yueh pensó: «Seguro que su madre cuestionaría mis motivos».

—Bien... —Paul cerró el libro y lo sostuvo en la mano—. Si es tan valiosa...

—Sed indulgente con el capricho de un viejo —dijo Yueh—. Me la dieron cuando era muy joven. —Y pensó: «Debo conquistar su mente al mismo tiempo que su codicia»—. Abridla por el Kalima cuatro sesenta y siete, donde dice: «El agua es el inicio de toda vida». Hay una pequeña marca en la tapa que señala el lugar.

Paul recorrió la tapa y encontró dos marcas, una menos profunda que la otra. Oprimió la menos profunda y el libro se abrió en su palma al tiempo que la lupa se deslizaba hacia su lugar.

—Leed en voz alta —dijo Yueh.

Paul se humedeció los labios y leyó:

—«Pensad en el hecho de que el sordo no pueda oír. ¿Acaso hay alguien que pueda decir que él no está sordo? ¿Acaso no nos faltará algún sentido para ver y oír el otro mundo que nos rodea? Porque hay cosas a nuestro alrededor que no podemos...».

—¡Basta! —gritó Yueh.

Paul se quedó en silencio y lo miró.

Yueh cerró los ojos para intentar recuperar su aplomo.

«¿Qué perversidad ha hecho que el libro se abra por el pasaje favorito de Wanna?»

Abrió los ojos y vio que Paul lo miraba desconcertado.

—¿Ocurre algo? —preguntó Paul.

—Lo siento —respondió Yueh—. Era el pasaje favorito de mi... difunta esposa. No era el que quería haceros leer. Despierta en mí recuerdos... dolorosos.

—Hay dos marcas —dijo Paul.

«Claro —se dijo Yueh—. Wanna marcó ese pasaje. Los dedos de Paul son más sensibles que los míos y han encontrado la marca. Solo ha sido un accidente, nada más.»

—Quizá el libro os parezca interesante —dijo Yueh—. Hay mucha verdad histórica, y también mucha filosofía ética.

Paul miró el pequeño libro en su palma, era pequeñísimo. Sin embargo, contenía un misterio... había ocurrido algo mientras lo leía. Algo que había despertado en su mente aquella idea de una terrible finalidad.

—Vuestro padre llegará enseguida —dijo Yueh—. Guardad el libro; ya lo leeréis cuando sintáis deseos de hacerlo.

Paul tocó la tapa como le había enseñado Yueh. El libro se cerró solo. Lo deslizó en su túnica. Al oír el grito de Yueh, Paul había temido por un momento que le pidiera que se lo devolviese.

—Os doy las gracias por el presente, doctor Yueh —dijo Paul con tono formal—. Será nuestro secreto. Si hay algún regalo o favor que deseéis de mí, no dudéis en pedírmelo.

—Yo... no necesito nada —dijo Yueh.

Y pensó: «¿Por qué me torturo? A mí y a este pobre chico... aunque él no lo sepa. ¡Oh, malditas sean esas bestias Harkonnen! ¿Por qué me habrán escogido a mí para llevar a cabo su abominación?».

¿Cómo afrontar el estudio del padre de Muad'Dib? El duque Leto Atreides fue un hombre de un corazón a la vez cálido y frío. Sin embargo, algunos hechos nos ayudarán a allanar el camino hasta el duque: su absoluto amor por su dama Bene Gesserit; los sueños que tenía por su hijo; la devoción de quienes le servían. Observadlo: un hombre marcado por el Destino, una figura solitaria cuya luz fue oscurecida por la gloria de su hijo. Pero uno no puede evitar preguntarse: ¿qué es el hijo, sino la extensión del padre?

De *Muad'Dib, comentarios familiares*,
por la princesa Irulan

Paul observó a su padre entrar en la sala de ejercicios, y vio cómo los guardias se apostaban fuera. Uno de ellos cerró la puerta. Como siempre, Paul experimentó una sensación de presencia de su padre, una presencia total.

El duque era alto, de piel olivácea. Su rostro delgado estaba tallado en ángulos duros, suavizados tan solo por los profundos ojos grises. Llevaba un uniforme de trabajo negro, con el halcón heráldico rojo bordado en el pecho. Un cinturón escudo de plata, patinada por el uso, ceñía su delgada cintura.

—¿Trabajando duro, hijo? —preguntó el duque.

Se acercó a la mesa en L, echó una ojeada a los papeles que había en ella, después contempló toda la estancia y terminó centrándose en Paul. Se sentía cansado y hacía un duro esfuerzo por no mostrar su fatiga.

«Tendré que aprovechar todas las oportunidades para descansar durante el viaje hasta Arrakis —pensó—. Al llegar no tendré tiempo de hacerlo.»

—No mucho —respondió Paul—. Todo es tan... —Se encogió de hombros.

—Sí. Bueno, mañana nos vamos. Nos vendrá bien instalarnos en nuestro nuevo hogar y dejar atrás todo este jaleo.

Paul asintió y recordó en ese instante las palabras de la Reverenda Madre: «Lo de tu padre no tiene remedio».

—Padre —dijo Paul—, ¿crees que Arrakis será tan peligroso como dicen todos?

El duque se obligó a hacer un gesto casual, se sentó en el borde de la mesa y sonrió. Toda una serie de frases hechas se dibujaron en su mente, el tipo de frases que usaba para calmar los temores de sus hombres antes de una batalla. Pero no dejó que ninguna se formara en su boca, atribulado por un único pensamiento: «Es mi hijo».

—Será peligroso —admitió.

—Hawat me ha dicho que tenemos un plan para los Fremen —dijo Paul.

Y pensó: «¿Por qué no le cuento lo que me dijo la anciana? ¿Cómo ha conseguido ella sellar mi lengua?».

El duque sintió la desazón de su hijo.

—Como siempre —dijo—, Hawat conoce bien el panorama general, pero hay mucho más. La Combine Honnete Ober Advancer Mercantiles, la Compañía CHOAM. Al darme Arrakis, Su Majestad se ha visto obligado a concederme uno de los directorios de la CHOAM... una sutil ventaja.

—La CHOAM controla la especia —dijo Paul.

—Y la especia de Arrakis nos abrirá las puertas de la CHOAM —dijo el duque—. Hay mucho más en la CHOAM que la melange.

—¿Te ha advertido la Reverenda Madre? —preguntó Paul.

Cerró los puños y sintió las palmas húmedas debido al sudor. El esfuerzo necesario para formular esa pregunta había sido terrible.

—Hawat me ha dicho que la anciana te había asustado con sus advertencias acerca de Arrakis —dijo el duque—. No dejes que los temores de esa mujer ofusquen tu mente. Ninguna quiere que sus seres queridos se vean expuestos al peligro. Tras esas advertencias se encontraba la mano de tu madre. Tómatelo como una muestra de amor.

—¿Ella sabe algo sobre los Fremen?

—Sí, y muchas cosas más.

—¿Cuáles?

El duque pensó: «La verdad podría ser peor de lo que imagina, pero todos los peligros son valiosos si uno está preparado para afrontarlos. Y si hay algo de lo que mi hijo nunca se ha mantenido alejado es de la necesidad de enfrentarse al peligro. A pesar de todo, hay que esperar aún. Es muy joven».

—Son pocos los productos que escapan al control de la CHOAM —dijo el duque—. Troncos, mulas, caballos, vacas, maderas, estiércol, escualos, pieles de ballena; lo más prosaico y lo más exótico, incluso nuestro pobre arroz pundi de Caladan. Cualquier cosa que la Cofradía pueda transportar: las obras de arte de Ecaz, las máquinas de Richesse y de Ix. Pero todo esto no es nada en comparación con la melange. Un puñado de especia basta para comprar una casa en Tupile. No se puede fabricar, tiene que extraerse en Arrakis. Es única y sus propiedades geriátricas son indiscutibles.

—¿Y ahora la controlaremos nosotros?

—Hasta cierto punto. Pero lo importante es tener en cuenta a todas las Casas que dependen de los beneficios de la CHOAM. Piensa que una enorme proporción de esos beneficios dependen de un solo producto: la especia. Imagina lo que ocurriría si algo redujera la producción.

—Aquel que hubiera almacenado melange podría dominar el mercado —dijo Paul—. Y los demás no podrían hacer nada.

El duque se permitió un momento de amarga satisfacción, miró a su hijo y pensó cuán penetrante, cuán instruida había sido aquella observación. Asintió.

—Los Harkonnen han estado almacenándola desde hace más de veinte años.

—¿Quieren que la producción de especia decrezca y que la culpa recaiga en ti?

—Desean que el nombre de los Atreides se haga impopular —dijo el duque—. Piensa en las Casas del Landsraad, que en cierto sentido me consideran su caudillo, su portavoz oficioso. Piensa en cómo reaccionarían si yo fuera responsable de una seria reducción de sus beneficios. A fin de cuentas, los beneficios son lo único que cuenta. ¡Al diablo la Gran Convención! ¡No puedes dejar que nadie te suma en la miseria! —Una dura sonrisa apareció en la boca del duque—. Todos mirarán a otra parte sin importarles lo que me hayan hecho a mí.

—¿Aunque nos atacaran con atómicas?

—No será tan flagrante. No se desafiará la Convención tan abiertamente. Pero aparte de esto, casi todo estará permitido... quizá incluso el polvo radiactivo o la contaminación del suelo.

—Entonces ¿por qué no hacemos nada?

—¡Paul! —El duque frunció el ceño—. El hecho de saber que hay una trampa es el primer paso para conseguir evitarla. Es como un combate singular, hijo, solo que a gran escala: fintas en las fintas de las fintas... maniobras que parecen no tener fin. Nuestro objetivo es burlar la intriga. Sabemos que los Harkonnen han almacenado melange, de modo que hagámonos otra pregunta: ¿quién más ha estado almacenándola? Esos serán nuestros enemigos.

—¿Quiénes?

—Algunas Casas que sabemos que son enemigas, y otras que creíamos amigas. Pero no es necesario tenerlo en cuenta por el momento, ya que también hay alguien mucho más importante: nuestro bienamado emperador Padishah.

Paul notó de repente que tenía la boca seca.

—Podrías convocar al Landsraad y exponerle...

—¿Para informar a nuestros enemigos que sabemos de quién es la mano que empuña el cuchillo? Mira, Paul... ahora sabemos que existe el cuchillo. ¿Cómo saber quién lo empuñará mañana? Si revelásemos esta información al Landsraad, lo único que conseguiríamos sería crear una enorme confusión. El emperador lo negaría todo. ¿Cómo refutarlo? Quizá ganásemos algo de tiempo, pero nos arriesgaríamos al caos. ¿Cómo saber entonces de dónde vendría el próximo ataque?

—Todas las Casas podrían ponerse a almacenar especia.

—Nuestros enemigos llevan ventaja, demasiada para alcanzarlos.

—El emperador —dijo Paul—. Eso significa los Sardaukar.

—Disfrazados con uniformes Harkonnen, sin duda —dijo el duque—. Pero igual de fanáticos pese a todo.

—¿Cómo pueden ayudarnos los Fremen contra los Sardaukar?

—¿Te ha hablado Hawat de Salusa Secundus?

—¿El planeta prisión del emperador? No.

—¿Y si fuera algo más que un planeta prisión, Paul? Hay una pregunta que nunca te has hecho con respecto al Cuerpo Imperial de los Sardaukar: ¿de dónde vienen?

—¿Del planeta prisión?

—Vienen de alguna parte.

—Pero los reclutas de apoyo que exige el emperador...

—Eso es lo que quieren hacer creer: que los Sardaukar son tan solo gentes reclutadas por el emperador y magníficamente entrenadas desde muy jóvenes. De vez en cuando se oyen algunos rumores sobre los cuadros de entrenamiento del emperador, pero el equilibrio de nuestra civilización ha permanecido siempre igual: las fuerzas militares de las Grandes Casas del Landsraad por un lado, los Sardaukar y los reclutas de apoyo por el otro. Hay que diferenciarlos, Paul. Los Sardaukar siguen siendo los Sardaukar.

—¡Pero todos los informes acerca de Salusa Secundus dicen que S. S. es un mundo infernal!

—Indudablemente. Pero, si tuvieras que crear una raza de hombres fuertes, duros y feroces, ¿qué condiciones ambientales les impondrías?

—¿Cómo es posible asegurar la lealtad de unos hombres así?

—Existen métodos infalibles: aprovecharse de lo seguros que están de su superioridad, la mística de un compromiso secreto, la camaradería de las penas sufridas en común. Puede hacerse. Ha funcionado en muchos mundos y en muchas épocas.

Paul asintió sin dejar de observar el rostro de su padre. Intuía que estaba a punto de revelarle algo.

—Mira Arrakis, por ejemplo —dijo el duque—. A excepción de las ciudades y las guarniciones, es un mundo tan terrible como Salusa Secundus.

Los ojos de Paul se desorbitaron.

—¡Los Fremen!

—Podrían convertirse en una fuerza tan importante y mortífera como los Sardaukar. Se necesitará mucha paciencia para adiestrarla en secreto y mucho dinero para equiparla eficazmente. Pero los Fremen están ahí... y también la especia, con toda la riqueza que supone. ¿Comprendes ahora por qué vamos a Arrakis aun sabiendo la trampa que representa?

—¿Acaso los Harkonnen no saben nada de los Fremen?

—Los Harkonnen desprecian a los Fremen, los cazan por deporte y nunca se han preocupado de censarlos. Conocemos bien la política de los Harkonnen con respecto a las poblaciones planetarias: mantenerlas con el mínimo coste posible.

La trama metálica que formaba el símbolo del halcón en su pecho destelló cuando el duque cambió de posición.

—¿Comprendes?

—Ya estamos negociando con los Fremen —dijo Paul.

—He enviado una delegación liderada por Duncan Idaho —dijo el duque—. Duncan es un hombre orgulloso y despiadado, pero respeta la verdad. Los Fremen le admirarán. Si tenemos suerte, nos juzgarán tomándole como modelo: Duncan el honesto.

—Duncan el honesto —dijo Paul—, y Gurney el valeroso.

—Exactamente —dijo el duque.

Y Paul pensó: «Gurney era uno de esos a los que se refería la Reverenda Madre cuando dijo que eran cuatro cosas las que sostenían a los mundos: "el coraje de los valerosos"».

—Gurney me ha dicho que hoy te has desenvuelto muy bien con las armas —dijo el duque.

—Eso no es lo que me ha dicho a mí.

El duque se echó a reír.

—Imagino que Gurney es más bien parco en sus cumplidos. De todos modos, y son sus propias palabras, me ha asegurado que distingues perfectamente la diferencia entre la punta y el filo de la hoja de una espada.

—Gurney dice que matar con la punta no requiere destreza alguna, que hay que hacerlo con el filo.

—Gurney es un romántico —gruñó el duque. Le turbaba que su hijo hablase sobre el mejor modo de matar—. Preferiría que nunca te vieras obligado a matar... pero si no te queda otra opción, mata como puedas, con el filo o con la punta. —Miró a las vidrieras del techo, sobre las que tamborileaba la lluvia.

Paul siguió la mirada de su padre y pensó en la humedad del cielo del exterior, un espectáculo que nunca iba a poder ver en Arrakis, y en el espacio que separaba ambos mundos.

—¿De verdad las naves de la Cofradía son tan grandes? —preguntó.

El duque lo miró.

—Será la primera vez que salgas del planeta —dijo—. Sí, son grandes. Y viajaremos en uno de los mayores cruceros porque es un largo viaje. Los grandes cruceros son gigantescos. Todas nuestras fragatas y transportes ocuparían apenas una de las esquinas de su bodega; no seremos más que una parte minúscula de su manifiesto de carga.

—¿Y no podremos salir de nuestras fragatas?

—Es parte del precio que tendremos que pagar por la Seguridad de la Cofradía. Puede que haya naves Harkonnen a nuestro flanco, pero no tendremos nada que temer. Los Harkonnen no se atreverán a comprometer sus privilegios de transporte.

—Vigilaré las pantallas e intentaré ver a uno de los hombres de la Cofradía.

—No lo harás. Ni siquiera sus representantes ven nunca a los hombres de la Cofradía. Es tan celosa de su anonimato como de su monopolio. Nunca hagas nada que pueda comprometer nuestros privilegios, Paul.

—¿Crees que tal vez se oculten porque han sufrido mutaciones y ya no tienen... aspecto humano?

—¿Quién sabe? —El duque se encogió de hombros—. Es un

misterio que probablemente ninguno de nosotros llegue a resolver. Tenemos otros problemas más inmediatos: tú.

—¿Yo?

—Tu madre quería que fuese yo quien te lo dijera, hijo. Mira, es posible que poseas aptitudes de mentat.

Paul miró a su padre, incapaz de hablar por un momento; luego dijo:

—¿Un mentat? —dijo—. ¿Yo? Pero...

—Hawat también está de acuerdo, hijo. Es cierto.

—Pero creía que el adiestramiento de un mentat debía iniciarse en la infancia, sin que el sujeto lo supiera, porque podría inhibir las primeras... —Se quedó en silencio; su pasado se unió en una única ecuación—. Comprendo —dijo.

—Llega un día —dijo el duque— en que el posible mentat debe ser informado de lo que se le ha hecho. Ya no es posible hacérselo más. Es él mismo quien debe elegir entre continuar o abandonar el adiestramiento. Algunos pueden continuar; otros son incapaces. Solo el posible mentat puede decidir por sí mismo lo que quiere hacer.

Paul se frotó la barbilla. Todo el adiestramiento especial que le habían dado Hawat y su madre: la mnemotecnia, la concentración de la consciencia, el control muscular y la agudización de las sensibilidades, el estudio de las lenguas y las entonaciones de las palabras; ahora todo adquiría para él un nuevo significado.

—Algún día serás duque, hijo —dijo su padre—. Y un duque mentat sería algo formidable. ¿Puedes tomar una decisión ya... o necesitas algo de tiempo?

No hubo vacilación en su respuesta:

—Continuaré con el adiestramiento.

—Formidable, sin duda —murmuró el duque, y Paul vio que una sonrisa de orgullo se insinuaba en su rostro. La sonrisa impresionó a Paul: por un instante creyó ver los rasgos de una calavera en el rostro del duque. Paul cerró los ojos y volvió a sentir la impresión de la terrible finalidad.

«Quizá ser mentat sea un terrible destino», pensó.

Pero, al mismo tiempo que formulaba ese pensamiento, su nueva consciencia lo rechazó.

El sistema Bene Gesserit de implantación de leyendas a través de la Missionaria Protectiva dio sus frutos con la dama Jessica y Arrakis. Ya se había podido apreciar la sabiduría que había impulsado a diseminar por todo el universo conocido la doctrina de un tema profético destinado a proteger al personal Bene Gesserit, pero nunca se había tenido conocimiento de una combinación tan perfecta entre personas y preparativos. Las leyendas proféticas se habían desarrollado en Arrakis hasta la adopción de etiquetas (incluyendo la Reverenda Madre, canto y respondu, y la mayor parte de la panoplia propheticus Shari-a). Y hoy se admite abiertamente que las capacidades latentes de la dama Jessica fueron burdamente subestimadas.

De *Análisis de la crisis arrakena*,
por la princesa Irulan
(difusión privada: B. G. clasif. AR-81088587)

Alrededor de la dama Jessica, apilada en los rincones del gran salón de Arrakeen y amontonada en los espacios abiertos, se encontraba toda su vida, metida en cajas, baúles, paquetes, valijas; en su mayor parte aún por abrir. Oyó cómo los estibadores de la Cofradía acarreaban otro cargamento desde la nave hasta la entrada.

Jessica estaba de pie en el centro del salón. Se volvió despacio y recorrió con la mirada los bajorrelieves que asomaban entre las sombras, las ventanas profundamente entalladas en las gruesas paredes. El gigantesco anacronismo de la estancia le recordó al Salón de las Hermanas en su escuela Bene Gesserit. Pero en la escuela el efecto era acogedor y aquí todo era fría piedra.

Le dio la impresión de que algún arquitecto había tenido que ahondar profundamente en la historia para recrear esas bóvedas y esas oscuras tapicerías. El arco del techo culminaba dos pisos por encima de ella y contaba con unas enormes vigas transversales que, estaba segura, había sido muy caro llevar hasta Arrakis. No existía ningún planeta en el sistema que tuviera árboles capaces de proporcionar tales vigas, a menos que las vigas fueran de imitación de madera.

No lo creía.

Esa había sido la residencia del gobierno en los días del Viejo Imperio. El dinero no les importaba tanto en el pasado. Había sido antes de que los Harkonnen construyesen su nueva megalópolis de Carthag, un lugar de mal gusto y miserable a unos doscientos kilómetros al nordeste, más allá de la Tierra Accidentada. Leto había demostrado buen juicio al elegir ese lugar para la sede del gobierno. Ya su nombre, Arrakeen, sonaba bien y cargado de tradición. Y era una ciudad pequeña, más fácil de higienizar y defender.

Volvió a oír el ruido de las cajas que se descargaban a la entrada. Jessica suspiró.

El retrato del padre del duque estaba apoyado contra una caja de cartón a su izquierda. El cordón que había sujetado el embalaje colgaba a un lado como una decoración deshilachada. Jessica sostenía aún uno de los extremos con la mano izquierda. Al lado de la pintura se hallaba la cabeza de un toro negro montada sobre una placa de madera pulida. La cabeza era una isla negra en un mar de papeles arrugados. La placa estaba apoyada en el suelo, y el reluciente hocico del toro apuntaba hacia el techo como si el animal se preparara a mugir su desafío a la estancia resonante.

Jessica se preguntaba qué compulsión le había empujado a desembalar aquellos dos objetos en primer lugar: la cabeza y la pintura. Sabía que había algo simbólico en dicha acción. No se había sentido tan asustada e insegura desde el día en que los enviados del duque la habían comprado en la escuela.

La cabeza y el cuadro.

Acentuaban su confusión. Se estremeció y lanzó una mirada a las estrechas ventanas sobre su cabeza. Era primera hora de la tarde, pero en aquella latitud el cielo estaba negro y frío, mucho más oscuro que el cálido azul de Caladan. Sintió una punzada de nostalgia por su mundo perdido.

«Qué lejos está Caladan.»

—¡Hemos llegado!

Era la voz del duque Leto.

Se giró y vio cómo avanzaba a largos pasos bajo la inmensa bóveda de la entrada. Su uniforme negro de trabajo con el halcón heráldico rojo en el pecho estaba sucio y arrugado.

—Temía que te hubieses perdido en este horrible lugar —dijo.

—Es una casa fría —dijo Jessica. Contempló su elevada estatura y su piel oscura, que le recordaba el verde de los olivos bajo un sol dorado reflejado en un agua azul. El gris de sus ojos revelaba algo similar al humo de leña, pero su rostro era el de un depredador: afilado, todo ángulos y facetas.

Un miedo repentino le atenazó el pecho. El hombre se había vuelto muy salvaje y autoritario desde que había decidido obedecer la orden del emperador.

—Toda la ciudad parece fría —dijo ella.

—Es una guarnición pequeña, sucia y polvorienta —admitió él—. Pero la cambiaremos. —Miró a su alrededor—. Esta es una sala reservada para actos públicos y ceremonias de estado. Acabo de echar una ojeada a algunos de los aposentos familiares del ala sur. Son mucho más acogedores. —Se acercó a ella, le tocó el brazo y admiró su majestuosidad.

En ese momento, volvió a preguntarse quiénes habrían sido sus desconocidos progenitores. ¿Una Casa renegada, quizá?

¿Miembros de la realeza caídos en desgracia? Parecía más solemne que el mismísimo linaje del emperador.

Al ver que el duque no apartaba la vista, Jessica se giró un poco y le dio el perfil. Él observó que no había ningún detalle sobresaliente que se impusiera al conjunto de su belleza. Su rostro era ovalado bajo la cascada de sus cabellos color bronce pulido. Sus ojos, algo distantes, eran verdes y claros como el cielo matutino de Caladan. Su nariz era pequeña, su boca grande y generosa. Su figura era agraciada pero discreta: alta, delgada y de pocas pero bien formadas curvas.

Recordó que los compradores le habían comunicado que las hermanas de la escuela la llamaban escuálida. Pero era una descripción demasiado simple. Jessica había aportado al linaje de los Atreides un rasgo de regia belleza. Le hacía feliz que Paul se hubiera beneficiado de ello.

—¿Dónde está Paul? —preguntó.

—En algún lugar de la casa, tomando sus lecciones con Yueh.

—Probablemente en el ala sur —dijo él—. Creo haber oído la voz de Yueh, pero no he tenido tiempo de mirar. —Observó a Jessica y titubeó—. Solo he venido para colgar la llave de Castel Caladan en este salón.

Ella contuvo el aliento y reprimió el reflejo de acercarse a él. Colgar la llave era un acto que indicaba el carácter definitivo de la mudanza. Pero no era ni el momento ni el lugar de buscar consuelo.

—He visto nuestro estandarte sobre la casa cuando hemos llegado —dijo ella.

Él miró hacia el retrato de su padre.

—¿Dónde tienes intención de colocarlo?

—En alguna de estas paredes.

—No. —La palabra era clara y definitiva, y le dejó claro a Jessica que las artimañas no le servirían para nada. Aun así, debía intentarlo aunque solo sirviera para confirmarle que no siempre podría convencerle.

—Mi señor —dijo—, si tan solo...

—Mi respuesta sigue siendo no. Te permito muchas cosas

que me suelen avergonzar, pero no esto. Justo acabo de pasar por el comedor y he observado que hay...

—¡Mi señor! Os lo ruego.

—Tengo que elegir entre tu digestión y mi dignidad ancestral, querida —dijo—. Lo colgaremos en el comedor.

Suspiró.

—Sí, mi señor.

—Podrás volver a comer como de costumbre en tus habitaciones tan pronto como sea posible. Exigiré que ocupes tu lugar en la mesa solo durante acontecimientos oficiales.

—Gracias, mi señor.

—¡Y no seas tan fría y formal conmigo! Agradéceme que nunca me haya casado contigo, querida. De no ser así, tu deber hubiera sido estar a mi lado en la mesa durante cada comida.

Jessica asintió, impasible.

—Hawat ya ha instalado tu detector de venenos en la mesa —dijo—. Pero tienes otro portátil en tu habitación.

—Habéis previsto incluso esta... discrepancia —dijo ella.

—Querida, también pienso en tu comodidad. He contratado criadas. Son lugareñas, pero Hawat las ha seleccionado. Todas son Fremen. Servirán hasta que los nuestros hayan terminado las tareas que tienen ahora.

—¿Hay alguien en este lugar que sea realmente de fiar?

—Todos los que odian a los Harkonnen. Quizá incluso quieras quedarte con el ama de llaves: la Shadout Mapes.

—¿Shadout? —preguntó Jessica—. ¿Un título Fremen?

—Me han dicho que significa «excavapozos», una palabra llena de importantes implicaciones en este lugar. Puede que no se corresponda con tu idea de la sirvienta ideal, pero Hawat habla muy bien de ella, basándose en un informe de Duncan. Ambos están convencidos de que desea servir. Servirte a ti, en concreto.

—¿A mí?

—Los Fremen han descubierto que eres Bene Gesserit. Y en Arrakis hay leyendas sobre las Bene Gesserit.

«La Missionaria Protectiva —pensó Jessica—. No se les escapa nada.»

—¿Eso significa que Duncan ha tenido éxito? —preguntó—. ¿Los Fremen serán nuestros aliados?

—Todavía no hay nada concreto —dijo el duque—. Duncan cree que antes pretenden observarnos un poco. De todos modos, han prometido no saquear los pueblos limítrofes durante la tregua. Es un logro más importante de lo que puede parecer. Hawat me ha dicho que los Fremen eran una profunda espina para los Harkonnen, aunque sus incursiones eran un secreto muy bien guardado. Al emperador no le hubiese gustado nada descubrir la ineficacia de las fuerzas militares de los Harkonnen.

—Un ama de llaves Fremen —murmuró Jessica, volviendo al tema de la Shadout Mapes—. Así que tendrá los ojos totalmente azules.

—No te dejes engañar por la apariencia de esa gente —dijo el duque—. Son muy fuertes y de una profunda vitalidad. Creo que son precisamente lo que necesitamos.

—Es una apuesta arriesgada —dijo Jessica.

—No empecemos de nuevo —dijo él.

Ella forzó una sonrisa.

—Estamos metidos hasta el cuello, sin duda. —Se concentró y realizó un rápido ejercicio para calmarse: dos inspiraciones, el pensamiento ritual, y luego dijo—: Cuando asigne las habitaciones, ¿hay alguna en especial que deseéis que os reserve para vos?

—Algún día tienes que enseñarme cómo lo haces —dijo el duque—, esa forma que tienes de borrar todas las preocupaciones de tu mente y centrarte en asuntos prácticos. Debe de ser algún truco Bene Gesserit.

—Es un truco femenino —dijo ella.

Él sonrió.

—Bien, volvamos a la asignación de habitaciones: búscame un amplio despacho cerca de mi dormitorio. Aquí va a haber mucho más papeleo que en Caladan. También una habitación para la guardia, por supuesto. Eso será suficiente. No te preocupes por la seguridad de la casa. Los hombres de Hawat la han rastreado a fondo.

—Estoy segura de que lo han hecho.

El duque miró su reloj de pulsera.

—Y comprueba que todos nuestros relojes estén sincronizados con la hora local de Arrakeen. He asignado a un técnico para que se ocupe de ello. Llegará dentro de poco. —Le apartó un mechón de cabellos que le había caído sobre la frente—. Ahora debo volver al área de desembarco. El segundo transbordador llegará de un momento a otro con las reservas de personal.

—¿No podría Hawat encargarse de ellos, mi señor? Parecéis tan cansado...

—El buen Thufir está aún más ocupado que yo. Como bien sabes, este planeta está infestado de las intrigas de los Harkonnen. Además, debo convencer a los mejores cazadores de especia para que se queden. Ya sabes que con el cambio de feudo tienen libertad para elegir, y el planetólogo que el emperador y el Landsraad han designado como Árbitro del Cambio es insobornable. Les ha dado la opción de elegir libremente. Casi ochocientos hombres expertos esperan para irse en el transbordador de la especia, y un buque de carga de la Cofradía los aguarda.

—Mi señor... —Jessica titubeó y se le quebró la voz.

—¿Sí?

«Nadie podrá impedirle que haga lo imposible por convertir este mundo en un lugar seguro para nosotros —pensó—. Y no puedo usar mis trucos con él.»

—¿A qué hora os espero para la cena? —preguntó.

«Eso no es lo que iba a decir —pensó él—. Ah, mi Jessica. Ojalá estuviésemos lejos de aquí, sin importar el lugar, pero lejos de este horrible planeta. Los dos solos y sin ninguna preocupación.»

—Comeré fuera, en la mesa de oficiales —dijo—. No me esperes hasta muy tarde. Ah... y enviaré un vehículo con escolta para Paul. Quiero que asista a nuestra conferencia estratégica.

Carraspeó como si fuera a decir algo más y luego se dio media vuelta en silencio y se marchó hacia la puerta donde Jessica oía que se descargaban más cajas. Al entrar, oyó su voz otra vez imperativa y desdeñosa, el tono con el que hablaba a los sirvientes cuando tenía prisa:

—La dama Jessica está en el vestíbulo. Reúnete con ella de inmediato.

La puerta exterior se cerró de un portazo.

Jessica se volvió y miró de frente el retrato del padre de Leto. Lo había realizado un afamado artista, Albe, cuando el Viejo Duque era de mediana edad. Lo había pintado vestido de torero, con una capa magenta colgando del brazo izquierdo. El rostro parecía joven, casi tanto como el de Leto en la actualidad, y tenía los mismos rasgos de halcón, la misma mirada gris. Apretó los puños en los costados y miró el retrato con odio.

—¡Maldito! ¡Maldito! ¡Maldito! —susurró.

—¿Cuáles son vuestras órdenes, Noble Nacida?

Era una voz de mujer, aguda y musical como una cuerda tensada.

Jessica se giró y se topó de frente con una mujer huesuda, de cabellos grises y ataviada con las informes y holgadas ropas marrones de los siervos. La mujer tenía el mismo aspecto arrugado y reseco que todos los que la habían saludado esa mañana mientras recorría el camino que separaba aquel lugar del campo de aterrizaje. A Jessica le dio la impresión de que todos los nativos del planeta tenían el mismo aspecto consumido y famélico. Sin embargo, Leto había dicho que eran fuertes y sanos. También le habían llamado la atención los ojos, esos lagos de un azul profundo y oscuro sin el menor blanco, impertérritos, misteriosos. Jessica se esforzó para no mirarla directamente.

La mujer inclinó brevemente la cabeza y dijo:

—Me llaman la Shadout Mapes, Noble Nacida. ¿Cuáles son vuestras órdenes?

—Puedes llamarme «mi dama» —dijo Jessica—. No nací noble. Soy la concubina titular del duque Leto.

La mujer volvió a realizar esa extraña inclinación de cabeza y alzó los ojos para mirar a Jessica y hacer una insidiosa pregunta:

—Entonces ¿está casado?

—No lo está ni lo ha estado nunca. Soy la única... compañera del duque, la madre de su heredero designado.

A Jessica le hizo mucha gracia el orgullo que destilaron sus palabras.

«¿Qué es lo que dijo san Agustín? —se preguntó a sí misma—. La mente gobierna al cuerpo, y este obedece. La mente se ordena a sí misma y encuentra resistencia. Sí... últimamente percibo una mayor resistencia. Me vendría bien un retiro apacible en mí misma.»

Un grito extraño sonó en el camino que había en el exterior de la casa. Se repetía:

—¡Suu-suu-Suuk! ¡Suu-suu-Suuk! —Y continuaba—: ¡Ikhut-eigh! ¡Ikhut-eigh! —Y volvía de nuevo—: ¡Suu-suu-Suuk!

—¿Qué es? —preguntó Jessica—. Lo he oído varias veces por la mañana mientras recorríamos las calles.

—Es solo un vendedor de agua, mi dama. Pero no tiene interés para vos. Las cisternas de esta morada contienen cincuenta mil litros y siempre están llenas. —La mujer inclinó la cabeza y miró sus ropas—. Mi dama, ¿acaso no veis que aquí no necesito llevar puesto mi destiltraje? —Se rio—. ¡Y no he muerto!

Jessica vaciló y se le ocurrieron varias preguntas que hacerle a la mujer Fremen, como si sintiera la necesidad de que la orientara. Pero poner orden en el castillo era mucho más urgente. No obstante, le perturbaba que en aquel planeta el agua fuera un símbolo de riqueza.

—Mi esposo me ha dicho tu título, Shadout —dijo Jessica—. Conozco esa palabra. Es muy antigua.

—¿Así que conocéis las antiguas lenguas? —preguntó Mapes, que la miró con extraña intensidad.

—Las lenguas son la primera enseñanza Bene Gesserit —dijo Jessica—. Conozco el bhotani-jib y el chakobsa, todas las lenguas de los cazadores.

Mapes asintió.

—Tal como dice la leyenda.

Y Jessica se preguntó: «¿Por qué sigo representando esta farsa?».

Pero los caminos Bene Gesserit siempre eran sinuosos y compulsivos.

—Conozco las Cosas Oscuras y los caminos de la Gran Madre —dijo Jessica. En las acciones y la apariencia de Mapes distinguió señales obvias de una ligera traición—. Miseces prejia

—dijo, en lengua chakobsa—. ¡Andral t're pera! Trada cik buscakri miseces perakri...

Mapes dio un paso atrás, dispuesta a huir.

—Sé muchas cosas —dijo Jessica—. Sé que has engendrado hijos, que has perdido a seres queridos, que te has ocultado por miedo y que has cometido actos violentos y que volverás a cometerlos. Sé muchas cosas.

—No quería ofenderos, mi dama —dijo Mapes en voz muy baja.

—Hablas de la leyenda y buscas respuestas —dijo Jessica—. Guárdate de las respuestas que puedas encontrar. Sé que has venido preparada para la violencia, con un arma en tu corpiño.

—Mi dama, yo...

—Existe la remota posibilidad de que consigas derramar la sangre de mi vida —dijo Jessica—, pero si lo hicieras causarías más daño del que te puedas imaginar en tus peores pesadillas. ¿Sabes? Hay cosas más terribles que la muerte... incluso para todo un pueblo.

—¡Mi dama! —imploró Mapes. Parecía a punto de caer de rodillas—. El arma es un regalo para vos si podéis probar que sois la Elegida.

—Y el instrumento de mi muerte si no es el caso —dijo Jessica. Esperó, con esa calma aparente que hacía a las Bene Gesserit tan terribles en el combate.

«Ahora veremos hacia dónde se inclina la decisión», pensó.

Mapes metió la mano despacio por el cuello de su vestido y sacó una oscura funda. De ella emergía una negra empuñadura con marcas profundas para los dedos que hacían más segura la sujeción. Tomó la funda con una mano y la empuñadura con la otra, y extrajo una hoja de un color blanco lechoso. La blandió por encima de su cabeza, y la hoja pareció brillar con luz propia. Era de doble filo, como un kindjal, y tendría unos veinte centímetros de largo.

—¿Sabéis qué es, mi dama? —preguntó Mapes.

Jessica pensó que era inconfundible: el legendario cuchillo crys de Arrakis, la hoja que nunca había salido del planeta y que en otras partes no era más que un rumor y un misterio.

—Es un crys —dijo.

—No lo pronunciéis con ligereza —dijo Mapes—. ¿Sabéis el significado de ese nombre?

Y Jessica pensó: «Es una pregunta de doble filo. Esta es la razón por la que esta Fremen ha querido servir conmigo, solo para hacerme esta pregunta. Mi respuesta puede precipitar la violencia o... ¿qué? Exige una respuesta de mi parte: el significado de un cuchillo. La llaman la Shadout en lengua chakobsa. Cuchillo significa «hacedor de muerte» en chakobsa. Se está impacientando. Tengo que responder ya. Retrasar la respuesta es tan peligroso como dar una respuesta equivocada».

—Es un hacedor... —dijo.

—¡Aiiiieeeeeee! —gritó Mapes. Era un sonido de dolor y de júbilo. Temblaba con tanta violencia que la hoja del cuchillo emitía reflejos por toda la estancia.

Jessica esperó, inmóvil. Iba a decir que el cuchillo era un «hacedor de muerte» y a añadir la antigua palabra, pero ahora todos los sentidos la advertían gracias al entrenamiento intensivo capaz de interpretar hasta el más mínimo estremecimiento muscular.

La palabra clave era... «hacedor».

«¿Hacedor? Hacedor.»

Sin embargo, Mapes empuñaba el cuchillo como si estuviera dispuesta a usarlo.

—¿Cómo has podido pensar que, conociendo los misterios de la Gran Madre, no iba a conocer el Hacedor? —preguntó Jessica.

Mapes bajó el cuchillo.

—Mi dama, cuando uno ha vivido tanto tiempo con la profecía, el momento de la revelación es un shock.

Jessica pensó en la profecía: el Shari-a y toda la panoplia propheticus. Hacía muchos siglos se había enviado al lugar una Bene Gesserit de la Missionaria Protectiva; no cabía duda alguna de que llevaba muerta mucho tiempo, pero había cumplido sus propósitos: implantar las leyendas protectoras con firmeza en aquel pueblo para el día en que una Bene Gesserit tuviera necesidad de ellas.

Pues había llegado el momento.

Mapes guardó el cuchillo en la funda y dijo:

—Es una hoja inestable, mi dama. Llevadla siempre con vos. Si permanece más de una semana lejos de la carne, empezará a desintegrarse. Es un diente de shai-hulud y permanecerá con vos durante el resto de vuestra vida.

Jessica tendió la mano derecha y se arriesgó a decir:

—Mapes, has devuelto la hoja a la funda sin mancharla de sangre.

Con una ahogada exclamación, Mapes puso el cuchillo enfundado en la mano de Jessica, desgarró su corpiño marrón y dijo:

—¡Tomad el agua de mi vida!

Jessica extrajo la hoja de la funda. ¡Cómo relucía! La apuntó directamente hacia Mapes, y vio en sus ojos un pánico mayor que a la mismísima muerte.

«¿Tendrá la punta envenenada? —se preguntó Jessica. Alzó la hoja y trazó un sutil arañazo en el seno izquierdo de Mapes con el filo. Brotaron unas pocas gotas de sangre que se detuvieron casi de inmediato—. Coagulación ultrarrápida —pensó—. ¿Una mutación para conservar la humedad del cuerpo?»

Volvió a meter la hoja en la funda y dijo:

—Abotona tu vestido, Mapes.

Mapes obedeció, temblando. Sus ojos sin rastro de blanco miraban fijamente a Jessica.

—Sois de los nuestros —murmuró—. Vos sois la Elegida.

Se oyó de nuevo el ruido de descargar bultos en la entrada. Mapes cogió el cuchillo envainado y lo deslizó con presteza en el corpiño de Jessica.

—¡Todo aquel que vea esa hoja debe morir o ser purificado! —gruñó—. ¡Vos lo sabéis, mi dama!

«Ahora lo sé», pensó Jessica.

Los estibadores se marcharon sin pasar por la Gran Sala.

Mapes recuperó la compostura y dijo:

—Aquel que es impuro y ha visto un crys no puede abandonar vivo Arrakis. No lo olvidéis, mi dama. Os ha sido confiado un crys. —Respiró hondo—. Ahora las cosas deben seguir su curso. No se pueden apresurar los acontecimientos. —Echó un vistazo a las cajas y paquetes apilados a su alrededor—. Y aquí hay mucho trabajo para pasar el tiempo.

Jessica vaciló. «Las cosas deben seguir su curso.» Una frase típica que provenía directamente de los ensalmos de la Missionaria Protectiva. «La venida de la Reverenda Madre que os liberará.»

«Pero yo no soy una Reverenda Madre —pensó Jessica. Y luego—: ¡Gran Madre! ¡Este mundo debe de ser horrible para que hayamos tenido que implantar esto!»

—¿Qué es lo primero que deseáis que haga, mi dama? —dijo Mapes con voz tranquila.

El instinto empujó a Jessica a responder con el mismo tono casual.

—El cuadro del Viejo Duque que está allí. Hay que colgarlo en una de las paredes del comedor. Y la cabeza del toro en la pared opuesta.

Mapes se acercó a la cabeza del toro.

—Debía ser un animal enorme para tener una cabeza tan grande —dijo. Se inclinó sobre ella—. Habría que limpiarla primero, ¿no es así, mi dama?

—No.

—Pero la suciedad se ha incrustado en los cuernos.

—No es suciedad, Mapes. Es la sangre del padre de nuestro duque. Esos cuernos fueron rociados con un fijador transparente pocas horas después de que este animal matara al Viejo Duque.

Mapes se irguió.

—Suficiente —dijo.

—Solo es sangre —dijo Jessica—. Sangre muy antigua. Busca a alguien que te ayude a colgarlo todo. Esas malditas cosas son pesadas.

—¿Creéis que me impresiona un poco de sangre? —preguntó Mapes—. Vengo del desierto y he visto sangre en abundancia.

—Sí... no me cabe duda —dijo Jessica.

—Y, a veces, esa sangre era la mía —dijo Mapes—. Mucha

más sangre de la que me ha producido vuestra insignificante rozadura.

—¿Hubieras preferido que te cortara más?

—¡Oh, no! El agua del cuerpo escasea y no hay necesidad de malgastarla esparciéndola por el aire. Habéis actuado correctamente.

A través de sus palabras y la manera en la que las había pronunciado, Jessica captó las profundas implicaciones de esa expresión: «el agua del cuerpo». Volvió a sentir la sensación opresiva de la importancia del agua en Arrakis.

—¿En qué pared del comedor debo colgar estos hermosos adornos, mi dama? —preguntó Mapes.

«Esta Mapes siempre tan práctica», pensó Jessica. Dijo:

—Usa tu buen criterio, Mapes. No tiene tanta importancia.

—Como deseéis, mi dama. —Mapes se inclinó y comenzó a quitar los restos de embalaje de la cabeza—. ¿Así que mató a un viejo duque, decís? —murmuró.

—¿Llamo a alguien para ayudarte? —preguntó Jessica.

—Me las arreglaré yo sola, mi dama.

«Sí, se las arreglará —pensó Jessica—. Es sin duda una de las cualidades de esa Fremen: la voluntad de acabar lo que emprende.»

Jessica sintió el contacto frío de la funda del crys en el corpiño y pensó en la larga cadena de intrigas Bene Gesserit que habían creado otro eslabón de la cadena en aquel lugar. Gracias a dicha cadena había conseguido sobrevivir a una crisis mortal. «No se pueden apresurar los acontecimientos», había dicho Mapes. Sin embargo, aquel lugar hacía gala de un ritmo apresurado que llenaba de aprensión a Jessica. Y ni siquiera todos los preparativos de la Missionaria Protectiva ni las minuciosas inspecciones realizadas por Hawat en aquel enorme montón de piedras almenadas habían conseguido disipar sus oscuros presagios.

—Cuando hayas terminado, empieza a desempaquetar los bultos —dijo Jessica—. Uno de los estibadores que está en la entrada principal tiene todas las llaves y te dirá dónde hay que meter cada cosa. Haz que te dé las llaves y la lista. Si tienes que hacerme alguna consulta, estaré en el ala sur.

—Como vos deseéis, mi dama.

Jessica se alejó, pensando: «Hawat habrá juzgado esta residencia como segura, pero hay algo amenazador en este lugar. Lo presiento».

A Jessica la invadió una apremiante necesidad de ver a su hijo. Se dirigió hacia la gran entrada abovedada que se abría al pasillo que conducía al comedor y a las estancias familiares. Empezó a caminar cada vez más deprisa hasta que terminó a la carrera.

Detrás de ella, Mapes hizo una breve pausa mientras terminaba de desembalar la cabeza del toro y miró la silueta que se alejaba.

—Es la Elegida, no hay duda —murmuró—. Pobrecilla.

«¡Yueh! ¡Yueh! ¡Yueh! —dice el refrán—. ¡Un millón de muertes no serían suficientes para Yueh!»

De *Historia de Muad'Dib para niños,*
por la princesa Irulan

La puerta estaba entreabierta, y Jessica la cruzó y entró en una estancia de paredes amarillas. A su izquierda había un diván bajo de piel negra y dos librerías vacías; así como una cantimplora que pendía, sin agua y con sus lados abombados llenos de polvo. A su derecha, flanqueando otra puerta, había otras dos librerías vacías, un escritorio traído de Caladan y tres sillas. Junto a la ventana que tenía frente a ella, el doctor Yueh le daba la espalda y parecía centrar su atención en el mundo exterior.

Jessica dio otro silencioso paso dentro de la habitación.

Observó que la chaqueta del doctor estaba arrugada y tenía marcas blancas a la altura del codo izquierdo, como si se hubiera apoyado contra una pizarra. Visto de espaldas, parecía un esqueleto desprovisto de carne, envuelto en ropas negras demasiado amplias, una marioneta esperando moverse a las órdenes de un marionetista invisible. Lo único que parecía tener vida en su figura era la cabeza, que giraba un poco para seguir algún movimiento del exterior. Tenía los cabellos largos del color del ébano que le caían sobre los hombros y estaban sujetos por el anillo de plata de la Escuela Suk.

Jessica volvió a echar un vistazo por la estancia y no vio rastro alguno de su hijo, pero sabía que la puerta cerrada de la derecha conducía a otro dormitorio más pequeño por el que Paul había mostrado su preferencia.

—Buenas tardes, doctor Yueh —dijo—. ¿Dónde está Paul?

El hombre inclinó la cabeza como si respondiese a alguien allá afuera y contestó con voz ausente, sin darse la vuelta:

—Vuestro hijo estaba cansado, Jessica. Lo he enviado a descansar a la estancia contigua.

Se irguió de repente y se giró. El bigote le caía sobre sus empurpurados labios.

—¡Perdonadme, mi dama! Estaba absorto... yo... no pretendía hablaros con tanta cercanía.

Ella sonrió y levantó la mano derecha. Por un instante temió que el hombre se arrodillase.

—Wellington, por favor.

—No quería usar vuestro nombre así... yo...

—Nos conocemos desde hace seis años —dijo Jessica—. Tendríamos que haber roto las formalidades hace ya mucho. Al menos en privado.

Yueh aventuró una débil sonrisa mientras pensaba: «Creo que ha dado resultado. Ahora pensará que me comporto de forma tan inusual debido a la vergüenza. No buscará razones más profundas, puesto que ya tiene la respuesta».

—Siento que me hayáis encontrado con la cabeza en las nubes —dijo—. Cuando... cuando me siento inquieto por vos, temo que pienso en vos como... bueno, como Jessica.

—¿Inquieto por mí? ¿Por qué?

Yueh se encogió de hombros. Desde hacía tiempo se había dado cuenta de que Jessica no tenía el don completo de Decidora de Verdad, como sí había tenido su Wanna. Sin embargo, le decía la verdad cada vez que le era posible. Era más seguro.

—Ya habéis visto este lugar, mi... Jessica. —Vaciló con el nombre, pero siguió rápidamente—: Es tan árido en comparación con Caladan. ¡Y la gente! Esas mujeres que no dejaban de aullar detrás de sus velos mientras veníamos a este lugar. ¡Cómo nos miraban!

Jessica cruzó los brazos contra el pecho, se abrazó y sintió el contacto del crys, la hoja que se obtenía del diente de un gusano de arena, si lo que se decía era cierto.

—Lo hacen porque les resultamos peculiares. Es un pueblo diferente con diferentes costumbres. Hasta ahora solo conocían a los Harkonnen. —Miró detrás del doctor, a través de la ventana—. ¿Qué mirabais fuera?

El hombre volvió a girarse hacia la ventana.

—A la gente.

Jessica avanzó hasta situarse a su lado, y siguió la dirección de su mirada hasta donde centraba la atención, hacia la izquierda, la parte delantera de la casa. Había una hilera de veinte palmeras, y la tierra de debajo estaba limpia y cuidada. Una barrera pantalla las separaba de la gente que pasaba por la calle envuelta en túnicas. Jessica notó en el ambiente el tenue resplandor que había entre ella y la gente, el escudo que rodeaba la casa. Empezó a analizar a la multitud sin dejar de preguntarse qué era lo que llamaba tanto la atención de Yueh.

Lo comprendió de improviso y se llevó una mano al rostro. ¡Se fijaba en la manera en la que los transeúntes miraban las palmeras! Vio en sus rostros envidia, odio... y también algo de esperanza. Cada persona que pasaba miraba los árboles con hipnótica fijeza en su expresión.

—¿Sabéis en qué piensan? —preguntó Yueh.

—¿Afirmáis que podéis leer sus pensamientos? —se sorprendió ella.

—Sus pensamientos sí —respondió él—. Miran esos árboles y piensan: «Equivalen a un centenar de nosotros». Eso es lo que piensan.

Ella lo miró, perpleja y cejijunta.

—¿Por qué?

—Son palmeras datileras —dijo el hombre—. Cada palmera datilera absorbe cuarenta litros de agua al día. Un hombre solo necesita ocho. Por lo tanto, una palmera equivale a cinco hombres. Hay veinte palmeras ahí fuera, o sea, cien hombres.

—Pero algunos miran las palmeras con esperanza.

—Esperan que caiga algún dátil, pero no es la temporada.

—Analizamos este lugar con ojos demasiado críticos —dijo ella—. Hay tanto peligro como esperanza. La especia puede hacernos ricos. Con un tesoro tan grande, podríamos transformar este mundo en lo que quisiéramos.

Luego rio para sí y pensó: «¿A quién intento engañar?».

Fue incapaz de seguir conteniendo la risa, que emergió seca, sin alegría.

—Pero uno no puede comprar la seguridad —dijo.

Yueh giró el rostro para ocultarlo de la mujer.

«¡Si al menos fuera posible odiar a esa gente en vez de amarla!»

La actitud y muchos de los ademanes de Jessica eran similares a los de su Wanna. Lo único que consiguió al pensar en ello fue reafirmar aún más su decisión. La crueldad de los Harkonnen era retorcida, pero quizá Wanna aún estuviera viva. Tenía que asegurarse.

—No os preocupéis por nosotros, Wellington —dijo Jessica—. El problema es nuestro, no vuestro.

«¡Cree que me preocupo por ella! —Parpadeó para ocultar sus lágrimas—. Y es cierto, por supuesto. Pero debo enfrentarme a ese malvado barón una vez cumplida su voluntad, y aprovechar entonces el momento oportuno para golpearle cuando esté más débil. ¡Cuando crea que se ha salido con la suya!»

Suspiró.

—¿Molestaré a Paul si voy a echarle un ojo? —preguntó Jessica.

—En absoluto. Le he dado un sedante.

—¿Soporta bien el cambio?

—Solo está un poco más cansado que de costumbre. Está emocionado, pero ¿qué muchacho de quince años no lo estaría en tales circunstancias? —Se dirigió hacia la puerta y la abrió—. Aquí está.

Jessica lo siguió y aguzó la vista en la penumbra.

Paul dormía en una estrecha cama, con un brazo metido bajo un ligero cubrecama y el otro por encima de la cabeza. La claridad que atravesaba las persianas formaba un entramado de luz y sombras en su rostro y la colcha.

Jessica miró a su hijo y vio ese rostro ovalado que tanto se parecía al suyo. Pero los cabellos eran los del duque, enmarañados y negros como el carbón. Las largas pestañas ocultaban unos ojos verde lima. Jessica sonrió y sintió que se disipaban sus temores. Empezó a descubrir poco a poco los rasgos de la ascendencia genética de su hijo: los ojos eran los suyos, y también el contorno facial, pero los aguzados rasgos del padre cada vez se hacían más evidentes en dicho rostro, como si la adolescencia empezara a dejar paso a la madurez.

Concibió los rasgos del muchacho como la refinada síntesis de un proceso fortuito, una ristra interminable de coincidencias que convergían en un único punto. Pensar en ello la hizo arder en deseos de arrodillarse junto a la cama y coger a su hijo en brazos, pero la presencia de Yueh se lo impidió. Dio un paso atrás y cerró la puerta con cuidado.

Yueh había vuelto a la ventana, incapaz de contemplar la manera en la que Jessica miraba a su hijo.

«¿Por qué Wanna no me dio hijos? —pensó para sí—. Soy doctor y sé que no había ningún impedimento físico. ¿Habría quizá algún motivo Bene Gesserit? ¿Es posible que estuviera destinada a otro fin? Pero ¿cuál? Me amaba, estoy seguro.»

Por primera vez sintió que podía llegar a formar parte de un plan mucho más vasto y complejo de lo que su mente fuera nunca capaz de concebir.

Jessica se detuvo a su lado y dijo:

—Qué delicioso abandono hay en el sueño de un niño.

—Ojalá los adultos también pudiéramos relajarnos así... —dijo el hombre mecánicamente.

—Sí.

—¿Cuándo perdimos la capacidad de hacerlo? —murmuró él.

Jessica captó algo extraño en su tono y se quedó mirándolo, pero tenía la mente centrada en Paul; pensaba en la rigurosidad del nuevo adiestramiento y en lo distinta que sería su vida ahora, muy distinta de la que habían planeado para él.

—Sin duda la hemos perdido —dijo.

Miró afuera, hacia la derecha, donde vio cómo la brisa agitaba el gris verdoso de los arbustos, las hojas polvorientas y las ramas sarmentosas en una inclinación llena de montículos. El oscuro cielo colgaba sobre el lugar como un borrón, y la lechosa luz del sol arrakeno inundaba la escena de reflejos plateados como los del crys que guardaba en su seno.

—El cielo es tan oscuro —murmuró.

—En parte se debe a la falta de humedad —dijo el hombre.

—¡Agua! —exclamó Jessica—. ¡Dondequiera que uno mire, todo está influenciado por la escasez de agua!

—Es el preciado misterio de Arrakis —dijo él.

—Pero ¿por qué hay tan poca? Aquí las rocas son volcánicas. Y podría citar otra docena de fuentes posibles. Hay hielo en los polos. Dicen que es imposible horadar en el desierto, que las tormentas y las mareas de arena destruyen los equipos antes de que terminen de instalarse, si es que antes no son devorados por los gusanos. De todos modos, nunca han encontrado agua. Pero el misterio, Wellington, el verdadero misterio, son los pozos excavados aquí en las dolinas y en las depresiones. ¿Habéis oído hablar de ellos?

—Primero se encontró un hilillo de agua, y luego nada —dijo el hombre.

—Pero ese es el misterio, Wellington. El agua estaba ahí. Primero surge, luego cesa y ya no vuelve a salir agua nunca más. Luego se realiza otra excavación en las proximidades y ocurre lo mismo: se encuentra un hilillo de agua, y luego nada. ¿Nadie se ha sentido nunca intrigado por eso?

—Sí, es curioso —dijo Yueh—. ¿Sospecháis la presencia de algo vivo? ¿No creéis que los análisis del terreno lo hubieran revelado?

—¿Qué hubieran revelado? ¿Materia extraña vegetal... o animal? ¿Cómo identificarlo? —Jessica volvió a mirar hacia afuera—. El agua se detiene. Algo la absorbe e impide que fluya. Estoy segura.

—Quizá ya se conozca la razón —dijo el hombre—. Los Harkonnen censuraron muchas fuentes de información sobre Arrakis. Quizá tenían razón para ocultar esto.

—¿Qué razón? —preguntó ella—. Por otra parte, tenemos humedad atmosférica. Es cierto que no mucha, pero existe. Es la mayor fuente de agua del lugar, gracias a las trampas de viento y a los precipitadores. ¿De dónde proviene?

—¿De los casquetes polares?

—El aire frío arrastra muy poca humedad, Wellington. Tras el velo de los Harkonnen, hay cosas que merecen investigarse a fondo, y no todas están relacionadas directamente con la especia.

—Ciertamente, estamos envueltos en el velo de los Harkonnen —dijo él—. Quizá... —Se interrumpió al notar la repentina intensidad de la mirada de Jessica—. ¿Ocurre algo?

—La manera en la que habéis pronunciado «Harkonnen» —dijo ella—. Ni siquiera la voz de mi duque está tan cargada de veneno cuando dice ese nombre tan odiado. No sabía que tuvierais razones personales para odiarlos, Wellington.

«¡Gran Madre! —pensó Yueh—. ¡He levantado sus sospechas! Ahora debo emplear todos los trucos que me enseñó mi Wanna. Es la única solución: decirle la verdad tanto como pueda.»

—¿Ignoráis que mi esposa, mi Wanna...? —dijo. Se interrumpió y sintió cómo las palabras se ahogaban en su garganta. Luego continuó—: Ella... —Pero las palabras se negaron a salir. Sintió que el pánico se había apoderado de él, cerró los ojos con fuerza y notó la agonía en su pecho y nada más hasta que una mano le tocó el brazo con suavidad.

—Perdonad —dijo Jessica—. No pretendía abrir una vieja herida.

Y pensó: «¡Esas bestias! Su esposa era una Bene Gesserit, está rodeado de signos. Es obvio que los Harkonnen la mataron. No es más que otra pobre víctima ligada a los Atreides por un odio común».

—Lo siento —dijo Yueh—. Soy incapaz de hablar del tema. —Abrió los ojos y se abandonó a las garras del sufrimiento interno. Este, al menos, era verdadero.

Jessica lo estudió: sus pómulos acusados, los reflejos oscuros en sus almendrados ojos, su cetrina piel y el frondoso bigote que le caía formando una curva a ambos lados de sus empurpurados labios y el anguloso mentón. Las arrugas de sus mejillas y su frente se debían tanto al dolor como a la edad. Sintió un profundo afecto hacia él.

—Wellington, siento que os hayamos traído a un lugar tan peligroso —dijo.

—He venido por mi propia voluntad —dijo él. Y esto también era cierto.

—Pero este planeta no es más que una inmensa trampa Harkonnen. Seguro que lo sabéis.

—Hace falta mucho más que una trampa para atrapar al duque Leto —dijo el hombre. Lo que también era cierto.

—Tal vez debiera confiar más en él —dijo Jessica—. Es un estratega brillante.

—Nos han arrancado de nuestra tierra —dijo Yueh—. Por eso nos sentimos tan incómodos.

—Y qué fácil resulta matar una planta desarraigada —dijo ella—. Especialmente cuando se replanta en suelo hostil.

—¿Seguro que estamos en suelo hostil?

—Han tenido lugar revueltas por el agua cuando se ha sabido la cantidad de gente que la llegada del duque añadiría a la población —dijo Jessica—. Y solo han cesado cuando la gente ha visto que instalábamos nuevos condensadores y trampas de viento para compensar la demanda adicional.

—En este lugar hay una cantidad limitada de agua para sustentar la vida humana —dijo él—. La gente sabe muy bien que si otros vienen a beber, el precio del agua subirá y los más pobres morirán. Pero el duque ha resuelto el problema. Las revueltas no tienen por qué significar una hostilidad permanente hacia él.

—Y hay guardias —dijo ella—. Guardias por todas partes. Y escudos. Se puede ver cómo emborronan el ambiente allá donde uno mire. En Caladan no vivíamos así.

—Dadle una oportunidad a este planeta —dijo Yueh.

Pero Jessica siguió mirando impasible a través de la ventana.

—Siento la muerte en este lugar —dijo—. Hawat ha enviado un batallón de sus agentes como vanguardia. Esos guardias de ahí afuera son sus hombres. Los estibadores también son sus hombres. Ha habido importantes e inexplicables desembolsos de dinero del tesoro últimamente. Esas sumas solo pueden significar una cosa: corrupción en las altas esferas. —Agitó la cabeza—. La muerte y la traición acompañan a Thufir Hawat dondequiera que va.

—Le calumniáis.

—¿Calumnia? Es una alabanza. En estas circunstancias, la muerte y la traición son nuestra única esperanza. Pero yo no me dejo engañar por los métodos de Thufir.

—Deberíais... buscar algo que hacer —dijo el hombre—. No darle tantas vueltas a esos morbosos...

—¡Algo que hacer! ¿Qué es lo que ocupa la mayor parte de mi tiempo, Wellington? Soy la secretaria del duque, y tengo tanto trabajo que cada día aprendo cosas nuevas a las que temer... cosas que él ni siquiera sospecha que yo sepa. —Apretó los labios y habló muy bajo—. A veces me pregunto cuánto influyó mi adiestramiento Bene Gesserit en que me eligiera.

—¿Qué queréis decir?

Se quedó impresionado por el tono cínico, por una amargura que nunca antes había vislumbrado en ella.

—Wellington, ¿nunca habéis pensado que una secretaria atada por el amor es mucho más segura? —preguntó Jessica.

—Esa forma de pensar no es digna, Jessica.

El reproche surgió de sus labios de manera espontánea. No existía la menor duda sobre los sentimientos del duque hacia su concubina. Bastaba con fijarse en cómo la miraba.

Ella suspiró.

—Tienes razón. No es digno pensar así.

Volvió a cruzar los brazos con fuerza contra su pecho, a sentir el contacto del crys y su funda contra su carne y a pensar en el asunto inconcluso que representaba.

—Muy pronto se derramará sangre —dijo—. Los Harkonnen no se detendrán hasta que sean exterminados o destruyan a mi duque. El barón no puede olvidar que Leto es sobrino de la sangre real (no importa en qué grado), mientras que los títulos de los Harkonnen solo provienen de sus intereses en la CHOAM. Pero el auténtico veneno que corrompe lo más profundo de su mente es el conocimiento de que fue un Atreides quien desterró a un Harkonnen por cobardía después de la batalla de Corrin.

—Las viejas rencillas —murmuró Yueh. Y por un instante sintió el regusto ácido del odio. Él también se había visto afectado por esas viejas rencillas, habían matado a su Wanna o, peor aún, la habían dejado a merced de las torturas de los Harkonnen hasta que su esposo hubiera cumplido su tarea. Las viejas rencillas le habían afectado a él, y toda esa gente que le rodeaba también formaba parte de aquella venenosa trampa. La ironía era que todo ese odio mortal fuera a florecer allí, en Arrakis, única fuente en todo el universo de la melange, prolongadora de vida y droga de salud.

—¿En qué pensáis? —preguntó Jessica.

—En que la especia vale actualmente seiscientos veinte mil solaris el decagramo en el mercado libre. Es una riqueza que puede comprar muchísimas cosas.

—¿Ahora sois un codicioso, Wellington?

—No es codicia.

—¿Qué, entonces?

Se encogió de hombros.

—La futilidad. —La miró—. ¿Recordáis la primera vez que probasteis la especia?

—Sabía a canela.

—No tiene dos veces el mismo sabor —dijo el hombre—. Es como la vida... se nos presenta de manera diferente cada vez que la encaramos. Algunos afirman que la especia produce una reacción con los sabores que ya conocemos. Al ver que es algo bueno, el cuerpo interpreta su sabor como agradable, y también proporciona una ligera euforia. Y, como la vida, no puede ser sintetizada.

—Creo que hubiera sido más juicioso para nosotros convertirnos en renegados, huir lo más lejos posible del Imperio —dijo Jessica.

Yueh se dio cuenta de que Jessica no le había escuchado y reflexionó sobre lo que la mujer acababa de decir: «Sí... ¿por qué no le había obligado a hacerlo? Podría haberle obligado a hacer cualquier cosa».

Habló al momento, porque no era mentira y porque era un cambio de tema:

—Jessica, ¿pensaríais que soy muy atrevido si os hiciera una pregunta personal?

Ella se apoyó en el alféizar de la ventana, presa de una inexplicable inquietud.

—Por supuesto que no. Vos sois... mi amigo.

—¿Por qué no habéis obligado al duque a casarse con vos?

La mujer se giró con brusquedad, con la cabeza alta y la mirada llameante.

—¿Obligarle a casarse conmigo? Pero...

—No debería de haber hecho esa pregunta —dijo él.

—No. —Ella se encogió de hombros—. Hay una buena razón política... Mientras mi duque permanezca soltero, algunas de las Grandes Casas pueden esperar una alianza. Y... —Suspiró—. Obligar a la gente y forzar a las personas a hacer algo es tener una actitud cínica hacia la humanidad. Es algo que envilece todo lo que toca. Si le hubiera obligado a ello... en realidad no hubiera sido una decisión suya.

—Son palabras dignas de mi Wanna —murmuró Yueh. Lo que también era verdad. Se llevó una mano a la boca y tragó saliva convulsivamente. Nunca había estado tan cerca de hablar para confesar su misión secreta.

Jessica habló e interrumpió sus divagaciones.

—Además, Wellington, el duque es en realidad dos hombres. A uno le amo muchísimo. Es encantador, ingenioso, considerado... tierno, todo lo que una mujer puede desear. Pero el otro hombre es... frío, insensible, exigente, egoísta, tan duro y cruel como el viento invernal. Ese es el hombre que fue formado por su padre. —Su rostro se contrajo—. ¡Si al menos ese anciano hubiera muerto cuando nació mi duque!

En el silencio que se hizo entre ambos se oyó el repiqueteo de la persiana debido a la brisa que emanaba de un ventilador.

Un instante después, Jessica inspiró profundamente y dijo:

—Leto tiene razón... estas habitaciones son más acogedoras que las del resto de la casa. —Se giró y recorrió la estancia con la mirada—. Si me perdonáis, Wellington, me gustaría echar otra ojeada a toda esta ala antes de asignar los aposentos.

—Por supuesto —asintió Yueh.

Y pensó: «Si al menos existiera la posibilidad de no tener que cumplir mi misión».

Jessica dejó caer los brazos, se dirigió hacia la puerta que conducía al pasillo y se detuvo un momento, vacilante, en el umbral.

«Me ha estado ocultando algo todo el tiempo que llevamos hablando —pensó—. Sin duda para no herir mis sentimientos. Es un buen hombre. —Vaciló de nuevo, debatiéndose por si darse la vuelta para confrontar a Yueh e intentar sonsacarle su secreto—. Pero podría avergonzarle, le horrorizaría saber lo sencillo que resulta descubrir sus intenciones. Debo confiar un poco más en mis amigos.»

Muchos han destacado la rapidez con que Muad'Dib aprendió las necesidades de Arrakis. Las Bene Gesserit, por supuesto, conocen los fundamentos de esta rapidez. Para los demás, diremos que Muad'Dib aprendió rápidamente porque lo primero que le enseñaron fueron los fundamentos del aprendizaje. Y la primera lección, la certeza de que podía aprender. Es perturbador descubrir que mucha gente cree que no puede aprender, y que más gente aún cree que aprender es difícil. Muad'Dib sabía que cada experiencia es una lección en sí misma.

De *La humanidad de Muad'Dib*,
por la princesa Irulan

Paul fingía dormir en la cama. Le había sido fácil hacer como que se tragaba el somnífero del doctor Yueh. Contuvo una risita. Hasta su madre se había creído que dormía. Él había sentido deseos de levantarse y pedirle permiso para explorar la casa, pero sabía que no se lo habría concedido. Aún había demasiados peligros. No. Así era mejor.

«Si me marcho sin pedir permiso, en realidad no habré desobedecido ninguna orden. Y no voy a salir de la casa, donde estoy seguro.»

Oyó a su madre y a Yueh hablando en la otra habitación. No entendía muy bien qué decían, algo sobre la especia... los Harkonnen. La conversación crecía y disminuía en intensidad.

Paul dirigió su atención al cabecero tallado de la cama: uno falso fijado a la pared y que ocultaba los controles de la estancia. Era un pez volador tallado en madera, con oscuras olas debajo. Paul sabía que si apretaba el único ojo visible del pez, se accionarían las lámparas a suspensor de la habitación. La ventilación se controlaba girando una de las olas. Otra regulaba la temperatura.

Paul se sentó en la cama con cuidado. La pared que quedaba a su izquierda estaba cubierta por una estantería alta. Se podía apartar a un lado para dejar al descubierto un pequeño cuarto trastero con cajones en uno de sus lados. La manija de la puerta que daba al exterior tenía la forma de la palanca de mandos de un ornitóptero.

La habitación parecía haber sido concebida para atraerle.

La habitación y aquel planeta.

Pensó en el librofilm que le había mostrado Yueh: *Arrakis: la Estación Botánica Experimental del Desierto de Su Majestad Imperial.* Era un viejo librofilm, anterior al descubrimiento de la especia. Un enjambre de nombres revoloteó por la mente de Paul, todos con su fotografía gracias a los impulsos mnemotécnicos del libro: «saguaro, arbusto burro, palmera datilera, verbena de arena, prímula del atardecer, cactus barril, arbusto de incienso, árbol de humo, arbusto creosota... zorro mimético, halcón del desierto, ratón canguro...».

Nombres e imágenes, nombres e imágenes surgidos del pasado terrestre de la humanidad, muchos de los cuales ya no podían encontrarse en ningún lugar del universo excepto en Arrakis.

Tantas cosas nuevas que aprender. La especia.

Y los gusanos de arena.

Una puerta se cerró en la habitación contigua. Paul oyó cómo los pasos de su madre se alejaban por el pasillo. Sabía que el doctor Yueh encontraría algo para leer y se quedaría en la estancia.

Era el momento de explorar.

Paul se deslizó fuera de la cama y se dirigió hacia la estantería que se abría al cuarto trastero. Se detuvo al oír un ruido detrás de él y se dio la vuelta. El cabecero tallado de la cama estaba caído sobre el lugar que él ocupaba en el lecho hacía unos instantes. Paul se quedó de piedra, y fue esa inmovilidad la que le salvó la vida.

Del interior del cabecero salió un pequeño cazador-buscador de no más de cinco centímetros de largo. Paul lo reconoció de inmediato: era un arma asesina que todo niño de sangre real aprendía a conocer desde su más tierna edad. Era una peligrosa y fina aguja de metal dirigida por un ojo y una mano que se hallaban en las inmediaciones. Se clavaba en la carne y luego se abría camino a lo largo del sistema nervioso hasta el órgano vital más próximo.

El buscador se alzó y empezó a recorrer la estancia de un lado a otro.

Paul empezó a pensar rápidamente en todo lo que conocía sobre las limitaciones del cazador-buscador: el débil campo de suspensión distorsionaba la visión del ojo transmisor. Solo disponía de la luz ambiental, por lo que el operador debía confiar en el movimiento. Un escudo podía ser útil para retrasar al buscador y darle tiempo para destruirlo, pero Paul había dejado el suyo en la cama. Una pistola láser podía abatirlo, pero eran armas caras y delicadas que necesitaban un mantenimiento constante, y si impactaban contra un escudo activo existía el peligro de causar una explosión pirotécnica. Los Atreides confiaban en sus escudos corporales y en su habilidad.

Paul se había quedado sumido en una inmovilidad catatónica y sabía que solo podía confiar en su habilidad para enfrentarse al peligro.

El cazador-buscador se elevó otro medio metro. No había dejado de oscilar por el entramado de luces y sombras de la ventana mientras sondeaba la estancia.

«Debo cogerlo —pensó Paul—. Pero el campo suspensor lo hará resbaladizo por la parte inferior. Debo sujetarlo con fuerza.»

El objeto volvió a descender medio metro, giró a la izquierda y dio la vuelta a la cama. Emitía un débil zumbido.

«¿Quién lo está manejando? —se preguntó Paul—. Tiene que ser alguien que está cerca. Podría gritar para llamar la atención de Yueh, pero seguro que le ataca nada más abrir la puerta.»

La puerta que estaba detrás de Paul y daba al pasillo rechinó. Se oyó una ligera llamada, y luego se abrió.

El cazador-buscador pasó rozando su cabeza y se dirigió hacia el movimiento.

La mano derecha de Paul se abalanzó al instante hacia el artilugio mortal y lo cazó. Zumbó y se retorció en su mano, pero gracias a la desesperación consiguió aferrarlo con todas sus fuerzas. Golpeó la punta del objeto contra el metal de la puerta de un violento giro. Notó cómo el ojo se rompía entre sus dedos, y el buscador quedó inerte en su mano.

Pero no dejó de sujetarlo con fuerza, para asegurarse.

Paul levantó la vista y se encontró con la mirada impávida y totalmente azul de la Shadout Mapes.

—Vuestro padre me ha enviado a buscaros —dijo la mujer—. Hay un grupo de hombres esperando en el pasillo para escoltaros.

Paul asintió, sin dejar de centrar toda su atención en aquella extraña mujer vestida con las holgadas ropas marrones de los siervos. No dejaba de mirar el objeto que él sostenía con fuerza en la mano.

—He oído hablar de esas cosas —dijo—. Me habría matado, ¿no es así?

Paul tuvo que tragar saliva antes de poder hablar.

—Yo... yo era el objetivo.

—Pero venía hacia mí.

—Porque te estabas moviendo.

Luego se preguntó: «¿Quién es esta criatura?».

—Entonces, me habéis salvado la vida —dijo ella.

—He salvado nuestras vidas.

—Hubierais podido dejar que me atacase y huir —dijo la mujer.

—¿Quién eres? —preguntó Paul.

—La Shadout Mapes, el ama de llaves.

—¿Cómo sabías dónde estaba?

—Me lo dijo vuestra madre. La encontré en las escaleras que conducen a la cámara extraña, al final del pasillo. —Señaló a su derecha—. Los hombres de vuestro padre están esperando.

«Deben de ser hombres de Hawat —pensó—. Tenemos que descubrir quién manejaba esta cosa.»

—Ve con ellos —dijo—. Infórmales de que he encontrado un cazador-buscador y que deben encontrar al que lo controlaba. Que acordonen toda la casa y los terrenos adyacentes de inmediato. Saben cómo hacerlo. Seguro que lo controlaba un desconocido.

Y se preguntó: «¿No podría ser esa criatura?».

Pero sabía que era imposible. Alguien seguía controlando al cazador-buscador cuando ella entró.

—Antes de que siga vuestras órdenes, joven señor, debo allanar el camino entre nosotros —dijo Mapes—. Habéis puesto una pesada carga de agua sobre mí, y no estoy segura de poder soportarla. Aun así, nosotros los Fremen pagamos nuestras deudas, sean blancas o negras. Sabemos que hay un traidor entre los vuestros. No sabemos quién es, pero estamos seguros de ello. Quizá haya sido su mano la que ha guiado este cortador de carne.

Paul lo asimiló en silencio: «un traidor». Antes de que pudiera hablar, la extraña mujer se había dado media vuelta para volver a dirigirse hacia la entrada.

Fue a llamarla, pero había algo en su actitud que le dio a pensar que no le gustaría. Le había dicho lo que sabía y ahora se marchaba para cumplir sus órdenes. Los hombres de Hawat empezarían a recorrer todos los rincones de la casa en un minuto.

Su mente divagó hacia otros fragmentos de la conversación: «la cámara extraña». Miró a la izquierda, en la dirección hacia la que había señalado la mujer. «Nosotros los Fremen.» Así que era Fremen. Hizo una pausa para que su visión mnemotécnica registrara los patrones de su rostro en su memoria: rasgos de tonalidad oscura, piel arrugada, ojos totalmente azules, sin blanco. Le aplicó la etiqueta: «La Shadout Mapes».

Sin soltar el buscador destruido, Paul se dio media vuelta y volvió junto a la cama, cogió su cinturón escudo con la mano izquierda, se lo ciñó y lo activó mientras empezaba a correr por el pasillo hacia la izquierda.

La mujer había dicho que su madre se encontraba allí en algún lugar después de bajar por... unas escaleras... en una «cámara extraña».

¿Qué tenía la dama Jessica para ser capaz de soportar tantas dificultades? Pensad en este proverbio Bene Gesserit y quizá lo comprendáis: «Cualquier camino que se sigue con exactitud hasta el fin, conduce con la misma exactitud a ninguna parte. Escalad la montaña solo un poco para comprobar que es una montaña. Desde la cima, no podréis ver la montaña».

De *Muad'Dib, comentarios familiares*,
por la princesa Irulan

Jessica descubrió una escalera metálica en espiral que terminaba en una puerta oval y se encontraba en el extremo del ala sur. Miró al pasillo que acababa de atravesar y después de nuevo hacia la puerta.

«¿Oval? —se preguntó—. Qué forma tan extraña para la puerta de una casa.»

A lo largo de la escalera en espiral había ventanas y, tras ellas, vio cómo el sol blanco de Arrakis avanzaba hacia el atardecer. Unas largas sombras se proyectaban en el pasillo. Volvió a centrarse en la escalera. La luz oblicua y penetrante alumbraba los montones de tierra seca que había entre los adornos del metal de los escalones.

Jessica puso una mano en la barandilla y empezó a subir. Estaba fría bajo su palma deslizante. Se detuvo ante la puerta y comprobó que no tenía manija, sino una leve depresión allí donde esta tendría que haber estado.

«Sin duda no se trata de una cerradura a palma —se dijo—. Una de esas debe ajustarse a la silueta de una mano determinada y a sus líneas.»

Sin embargo, parecía una cerradura a palma. Y conocía varias maneras de abrirlas, maneras que había aprendido en la escuela.

Jessica miró a sus espaldas para asegurarse de que nadie la veía, apoyó la palma en la depresión de la puerta. Una ligera presión fue suficiente para retorcer las líneas, un giro de la muñeca, otro giro y un deslizamiento serpenteante de la palma por la superficie.

Sintió un chasquido en la puerta.

En ese momento, se oyeron unos pasos apresurados que se acercaban por el pasillo que tenía detrás, giró la cabeza y vio a Mapes avanzando hacia ella al pie de la escalera.

—Hay unos hombres en el gran salón. Dicen que el duque los ha enviado para escoltar al joven amo Paul —dijo Mapes—. Llevan el sello ducal y la guardia los ha identificado.

Miró a la puerta, luego a Jessica.

«Es prudente, esta Mapes —pensó Jessica—. Es buena señal.»

—Está en la quinta estancia que hay en el pasillo contando desde aquí, el dormitorio pequeño —dijo Jessica—. Si tienes problemas para despertarlo, llama al doctor Yueh, que estará en la estancia contigua. Tal vez Paul necesite una inyección tónica.

Mapes dedicó otra mirada penetrante a la puerta oval, y Jessica detectó odio en su expresión. Antes de que Jessica pudiera preguntarle acerca de la puerta y lo que ocultaba, Mapes dio media vuelta y se alejó a toda prisa por el pasillo.

«Hawat ha inspeccionado todo el lugar —pensó Jessica—. No puede haber nada terrible ahí dentro.»

Empujó la puerta. Se abrió hacia dentro y reveló una pequeña habitación con otra puerta oval en la pared opuesta. Esa otra puerta tenía un volante por manija.

«¡Un compartimento estanco! —pensó Jessica. Bajó la vista y vio una calza caída en el suelo de la pequeña habitación. Llevaba la marca personal de Hawat—. Debía mantener la puerta abierta —pensó—. Lo más seguro es que alguien le haya dado un golpe y la haya tirado al suelo por accidente, y que la puerta exterior se haya atrancado con la cerradura a palma.»

Franqueó el umbral y entró en la pequeña habitación.

«¿Por qué había un compartimento estanco en la casa?», se preguntó. Y pensó de improviso en exóticas criaturas aisladas dentro en condiciones climatológicas especiales.

«¡Condiciones climatológicas especiales!»

Parecía lógico en Arrakis, donde incluso las plantas más secas de otros lugares debían ser regadas.

La puerta a sus espaldas empezó a cerrarse. La detuvo y la bloqueó con la calza que había dejado Hawat. Después se giró hacia la puerta interior con el volante, y fue entonces cuando vio una minúscula inscripción grabada en el metal sobre la manija. Reconoció las palabras en galach y leyó: «¡Oh, hombre! He aquí una parte esplendorosa de la Creación de Dios; mira, y aprende a amar la perfección de Tu Supremo Amigo».

Jessica empujó el volante con todo su peso. Giró a la izquierda y la puerta se abrió. Una ligera brisa le rozó la mejilla y acarició sus cabellos. Notó un cambio en el aire, un olor más intenso. Abrió la puerta del todo y vio una masa de vegetación iluminada por una luz dorada.

«¿Un sol amarillo? —se preguntó. Y luego pensó—: ¡Cristal filtrante!»

Avanzó, y la puerta se cerró a sus espaldas.

—Un invernadero —susurró.

Estaba rodeada de plantas y arbustos en macetas. Reconoció una mimosa, un membrillo en flor, un sondagi, una pleniscenta de flores aún en capullo, un akarso estriado de verde y blanco... rosas...

«¡Incluso rosas!»

Se inclinó para respirar la fragancia de una enorme flor rosada. Después se incorporó y miró a su alrededor.

Un sonido rítmico invadió sus sentidos.

Apartó una muralla de hojas y miró al centro de la habitación. Allí descubrió una fuente baja con el pilón acanalado. El ruido rítmico lo producía un hilillo de agua que se elevaba para formar un arco y luego caía tamborileando sobre el fondo metálico del pilón.

Jessica activó el estado de percepción acrecentada e inició una inspección metódica del perímetro de la habitación. Parecía tener unos diez metros cuadrados. Por encontrarse al fondo del pasillo y por algunas sutiles diferencias en su construcción, dedujo que había sido añadida a la parte superior de esa ala del edificio mucho tiempo después de la construcción original.

Se detuvo en el lado sur de la habitación, ante la gran superficie de cristal filtrante, y echó un vistazo alrededor. Cada espacio útil en la habitación estaba ocupado por plantas exóticas típicas de climas húmedos. Algo se movió en la espesura. Jessica se tensó, pero luego se relajó al ver el sencillo servok automático con una manguera y un brazo de riego. El brazo se elevó y la roció con una fina película de agua que le salpicó las mejillas. Luego se retrajo, y Jessica vio la planta que acababa de regar: un helecho arborescente.

Había agua por toda la habitación, en un planeta donde el agua era el zumo vital más preciado. Tanta agua malgastada hizo que se quedara inmovilizada, aturdida.

Miró al exterior por el filtro, al sol amarillo. Colgaba bajo en el cielo, sobre un horizonte dentado de acantilados que formaban parte de la inmensa cadena montañosa conocida como la Muralla Escudo.

«Cristal filtrante —pensó—. Transforma un sol blanco en algo más suave y familiar. ¿Quién ha podido concebir este lugar? ¿Leto? Sería digno de él sorprenderme con un regalo así, pero no le ha dado tiempo. Y tiene problemas mucho más importantes en que pensar.»

Recordó el informe que afirmaba que muchas casas de Arrakeen tenían selladas puertas y ventanas con compuertas estancas a fin de conservar y condensar la humedad interior. Leto había dicho que, como deliberada declaración de poder y riqueza, la casa ignoraba tales precauciones. Las puertas y las ventanas solo estaban selladas contra el omnipresente polvo.

Pero aquella habitación implicaba un estatus mucho más significativo que la ausencia de sellos de agua en las puertas exteriores. Calculó que la lujosa estancia usaba tanta agua como la necesaria para sustentar a mil personas en Arrakis, puede que incluso más.

Jessica avanzó a lo largo de la pared de cristal y siguió explorando el lugar. Se acercó a una superficie metálica que observó cerca de la fuente y que tenía la altura de una mesa. Sobre ella había un bloc de notas blanco y un estilete, parcialmente ocultos por una amplia hoja que colgaba encima. Se acercó a la mesa, vio las señales dejadas por Hawat y analizó el mensaje escrito en el bloc:

> A LA DAMA JESSICA:
> Que este lugar os dé tanto placer como me ha dado a mí. Permitid que esta habitación os recuerde una lección que hemos aprendido de los mismos maestros: la proximidad de algo deseable hace tender a la indulgencia. Ahí acecha el peligro.
> Con mis mejores deseos,
>
> MARGOT DAMA FENRING

Jessica asintió y recordó que Leto se había referido al anterior enviado del emperador en Arrakis como el conde Fenring. Pero el mensaje merecía toda su atención, ya que las palabras habían sido elegidas de tal modo que informaran que la autora era otra Bene Gesserit. Un amargo pensamiento asoló a Jessica por un instante: «El conde se casó con su dama».

Sin dejar de pensar en ello, siguió buscando un mensaje oculto. Tenía que estar allí. La nota visible contenía una frase clave que cada Bene Gesserit, a menos que estuviera inhibida por un Interdicto de la Escuela, debía transmitir a otra Bene Gesserit cuando las condiciones lo exigieran: «Ahí acecha el peligro».

Jessica pasó las yemas de los dedos por la parte trasera del bloc y buscó perforaciones en clave. Nada. Inspeccionó el borde. Tampoco. Volvió a dejarlo donde lo había hallado y sintió apremio.

«¿Algo relacionado con el sitio donde se encontraba el bloc?», se preguntó.

Pero Hawat había inspeccionado el lugar y sin duda lo había movido. Miró la gran hoja que colgaba encima. ¡La hoja! Pasó un dedo por la parte inferior de su superficie, por el borde, por el tallo. ¡Ahí estaba! Sus dedos detectaron los sutiles puntos en clave, y leyó el mensaje a medida que los recorría: «Vuestro hijo y el duque corren un peligro inminente. Un dormitorio ha sido diseñado para atraer a vuestro hijo. Los H lo han llenado de trampas mortales que pueden ser descubiertas con facilidad, excepto una, que puede que no sea detectada».

Jessica reprimió el impulso de correr hacia donde se encontraba Paul; debía leer el mensaje hasta el final. Sus dedos volvieron a recorrer rápidamente los puntos: «No conozco la naturaleza exacta de la amenaza, pero tiene algo que ver con un lecho. La amenaza para vuestro duque es la traición de un compañero fiel o de un lugarteniente. El plan de los H prevé ofreceros como regalo a uno de sus subalternos. Hasta donde yo sé, este jardín botánico es seguro. Perdonad que no pueda deciros más. Mis fuentes son escasas, ya que mi conde no está a sueldo de los H. Apresuradamente, MF».

Jessica tiró a un lado la hoja y se giró para correr hacia Paul. La compuerta se abrió en ese mismo momento. Paul entró de un salto con algo en la mano derecha y cerró la puerta tras él de un golpe seco. Vio a su madre y se abrió camino hacia ella a través de las plantas. Echó una mirada a la fuente, alargó la mano y colocó bajo el chorro el objeto que aferraba.

—¡Paul! —Jessica lo cogió por los hombros al tiempo que le miraba la mano—. ¿Qué es?

Paul respondió con indiferencia, pero había cierto atisbo de tensión en su voz.

—Un cazador-buscador. Lo encontré en mi dormitorio y le he roto la punta, pero quería asegurarme bien. El agua debería acabar con él.

—¡Sumérgelo! —ordenó Jessica.

Paul obedeció.

—Ahora suéltalo —dijo luego—. Déjalo en el agua y retira la mano.

Paul sacó la mano, se sacudió el agua y miró el metal inerte de la fuente. Jessica arrancó una hoja y movió la aguja asesina con el tallo.

Estaba inservible.

Dejó caer la hoja en el agua y miró a Paul. Sus ojos examinaban la estancia con una intensidad que ella conocía bien: la Manera Bene Gesserit.

—Este lugar podría esconder cualquier cosa —dijo Paul.

—Tengo razones para creer que es seguro —apuntilló Jessica.

—Se supone que mi habitación también era segura. Hawat dijo que...

—Era un cazador-buscador —le recordó ella—. Había alguien controlándolo dentro de la casa. La onda de control tiene un radio de acción limitado. Es posible que lo ocultasen en el dormitorio después de la inspección de Hawat.

Pero pensó en el mensaje de la hoja: «... la traición de un compañero fiel o de un lugarteniente».

«Seguro que no era Hawat. Oh, no. No podía ser Hawat.»

—Los hombres de Hawat se han puesto a registrar toda la casa —dijo Paul—. Ese buscador estuvo a punto de matar a la anciana que acudió a despertarme.

—La Shadout Mapes —dijo Jessica, que recordó su encuentro al pie de la escalera—. Tu padre te llamaba para...

—Eso puede esperar —dijo Paul—. ¿Por qué estás convencida de que este lugar es seguro?

Jessica señaló la nota y le explicó su significado.

Paul se relajó un poco.

Pero Jessica seguía tensa. No podía dejar de pensar: «¡Un cazador-buscador! ¡Madre Misericordiosa!».

Tuvo que usar todo su adiestramiento para reprimir un temblor histérico.

—Son los Harkonnen, sin duda —dijo Paul sin emoción alguna en la voz—. Hemos de destruirlos.

Alguien llamó a la puerta. Había usado el código de los hombres de Hawat.

—Adelante —dijo Paul.

La puerta se abrió, y un hombre alto que vestía el uniforme de los Atreides con la insignia de Hawat en la gorra entró en la estancia.

—Estáis aquí, señor —dijo—. El ama de llaves nos ha dicho que os encontraríamos aquí. —Su mirada recorrió la estancia—. Hemos encontrado un túmulo en el sótano y a un hombre escondido en él. Llevaba el dispositivo de control del buscador.

—Quiero asistir a su interrogatorio —dijo Jessica.

—Lo siento, mi dama. Hemos tenido que luchar para capturarlo. Ha muerto.

—¿No hay nada que pueda identificarlo? —preguntó.

—Todavía no hemos hallado nada, mi dama.

—¿Era un nativo de Arrakis? —preguntó Paul.

Jessica asintió ante lo hábil de la pregunta.

—Tiene el aspecto de un nativo —respondió el hombre—. Lo habían metido en el túmulo hace más de un mes, según parece, a la espera de nuestra llegada. Las piedras y la argamasa a través de las que entró en el sótano estaban intactas ayer cuando inspeccionamos el lugar. Lo juro por mi reputación.

—Nadie pone en duda vuestra meticulosidad —dijo Jessica.

—Nadie salvo yo mismo, mi dama. Deberíamos haber usado sondas sónicas.

—Presumo que es lo que estáis haciendo ahora —aventuró Paul.

—Por supuesto, señor.

—Hacedle saber a mi padre que llegaremos con retraso.

—Inmediatamente, señor. —Miró a Jessica—. Las órdenes de Hawat son que, bajo tales circunstancias, el joven amo se resguarde en lugar seguro. —Sus ojos escrutaron de nuevo la estancia—. ¿Lo es este lugar?

—Tengo razones para creer que es seguro —dijo Jessica—. Tanto Hawat como yo lo hemos inspeccionado a fondo.

—Entonces montaré guardia en el exterior, mi dama, hasta que hayamos vuelto a comprobar toda la casa.

Se inclinó, tocó su gorra en un saludo a Paul, dio media vuelta y cerró la puerta tras él.

Paul rompió el repentino silencio.

—¿No sería mejor que nosotros inspeccionáramos luego la casa? Tus ojos podrían captar cosas que se les hayan escapado a los demás.

—Esta ala era el único lugar que no había examinado aún —dijo ella—. La había dejado para el final porque...

—Porque Hawat se había ocupado de ella personalmente —dijo Paul.

Jessica le dirigió una mirada rápida e inquisitiva.

—¿Acaso desconfías de Hawat? —preguntó.

—No, pero se está haciendo viejo... y está agobiado de trabajo. Deberíamos librarle de algunas de sus obligaciones.

—Eso le avergonzaría y reduciría su eficacia —dijo ella—. Cuando se entere de lo ocurrido, ni siquiera un insecto podrá insinuarse en esta ala sin que él lo sepa inmediatamente. Sentirá vergüenza de...

—Tenemos que tomar nuestras propias medidas —dijo Paul.

—Hawat ha servido a tres generaciones de Atreides con honor —dijo Jessica—. Merece todo el respeto y toda la confianza de nuestra parte... Más del que podemos dedicarle.

—Cuando a mi padre le molesta algo que has hecho —dijo Paul—, exclama «¡Bene Gesserit!» como si fuera un insulto.

—¿Y qué hago que molesta a tu padre?

—Discutir con él.

—Tú no eres tu padre, Paul.

Y Paul pensó: «La voy a dejar preocupada, pero debo contarle lo que me dijo esa tal Mapes acerca de que hay un traidor entre nosotros».

—¿Qué es lo que me estás ocultando? —preguntó Jessica—. No es propio de ti, Paul.

Él se encogió de hombros y le contó su conversación con Mapes.

Jessica pensó en el mensaje de la hoja. Tomó una decisión repentina: mostró la hoja a Paul y le tradujo el mensaje.

—Mi padre debe tener constancia de esto de inmediato —dijo el muchacho—. Voy a radiografiarlo en clave y llevárselo.

—No —dijo ella—. Espera hasta que puedas estar a solas con él. Es algo que debe saber el menor número de personas posible.

—¿Quieres decir que no debemos confiar en nadie?

—Hay otra posibilidad —dijo Jessica—. Puede que alguien haya dejado el mensaje aquí para que lo descubriéramos. Quizá la gente que lo ha enviado esté convencida de que es cierto, pero puede que su única finalidad sea la de impresionarnos.

La expresión de Paul se volvió adusta y sombría.

—Para hacer que desconfiáramos y sospecháramos de los nuestros, y así debilitarnos —dijo.

—Debes hablar a solas con tu padre y ponerle sobre aviso también de esto —dijo Jessica.

—Entendido.

La mujer se giró hacia la gran superficie de cristal filtrante y miró cómo el sol de Arrakis empezaba a ponerse por el sudoeste, una esfera dorada que se hundía entre las montañas.

Paul hizo lo propio y dijo:

—Yo tampoco creo que sea Hawat. ¿Tal vez Yueh?

—No es ni un lugarteniente ni un compañero —respondió Jessica—. Y puedo asegurarte que odia a los Harkonnen con tanta inquina como nosotros.

Paul dirigió su atención a las montañas y pensó: «Y tampoco puede ser Gurney... ni Duncan. ¿Quizá uno de los subtenientes? Imposible. Todos pertenecen a familias que nos son leales desde hace generaciones, por una buena razón».

Jessica se pasó una mano por la frente y empezó a sentirse fatigada.

«¡Hay tantos peligros en este lugar!»

Miró hacia afuera y escudriñó el paisaje, que se veía amarillo a través de los filtros. Más allá de los terrenos ducales se extendía una llanura que albergaba un depósito de mercancías rodeado por una alta barrera: hileras de silos de especia protegidos por numerosas torretas de vigilancia erguidas sobre largos sustentadores que les daban el aspecto de enormes arañas al acecho.

Vio al menos veinte recintos semejantes repletos de silos que ocupaban el lugar hasta casi los límites de la Muralla Escudo, silos y silos a lo largo y ancho de la cuenca.

Poco a poco, el sol filtrado se hundió tras el horizonte. Las estrellas empezaron a brillar. Una de ellas colgaba muy baja y destacaba entre las demás, titilaba con un ritmo claro y preciso: plic, plic, plic, plic, plic, plic...

Paul se agitó a su lado, entre las sombras de la estancia.

Pero Jessica se concentró en aquella singular estrella luminosa y se dio cuenta de que estaba demasiado baja, que parecía brillar en el mismo borde de la Muralla Escudo.

«¡Alguien estaba haciendo señales!»

Intentó descifrar el mensaje, pero desconocía el código.

Se encendieron otras luces en la llanura bajo las montañas: pequeños resplandores amarillos esparcidos en la oscuridad añil. Y otra luz que estaba separada y a su izquierda se volvió más intensa y empezó a centellear y titilar muy rápido y en dirección a las montañas: ¡destello largo, parpadeo, destello!

Luego se apagó.

La falsa estrella también desapareció de inmediato.

Señales... Jessica se sintió invadida por una premonición.

«¿Por qué utilizan luces para hacer señales por la llanura? —se preguntó—. ¿Por qué no usan la red normal de comunicaciones?»

La respuesta era obvia: la comunirred podía ser interceptada por los agentes del duque Leto. Las señales luminosas significaban que esos mensajes habían sido intercambiados entre sus enemigos, entre agentes Harkonnen.

Alguien llamó a la puerta detrás de ellos, y oyeron la voz del hombre de Hawat.

—Todo despejado, señor. Mi dama. Es hora de llevar al joven amo ante su padre.

Se dice que el duque Leto se negó a ver los peligros de Arrakis y fue esa negligencia la que lo precipitó hacia el abismo. Pero ¿no sería más justo afirmar que había vivido tanto tiempo en estrecho contacto con los más graves peligros que no fue capaz de juzgar correctamente un cambio en su intensidad? ¿O que quizá se hubiera sacrificado deliberadamente a fin de asegurar a su hijo una vida mejor? Todo indica que el duque no era hombre que se dejara engañar con facilidad.

De *Muad'Dib, comentarios familiares*,
por la princesa Irulan

El duque Leto Atreides estaba apoyado en un parapeto de la torre de control de aterrizaje en las afueras de Arrakeen. La primera luna nocturna, una moneda achatada y plateada, colgaba alta sobre el horizonte meridional. Bajo ella, los dentados bordes de la Muralla Escudo destellaban como hielo seco entre una bruma de polvo. A su izquierda, las luces de Arrakeen resplandecían a través de esa misma bruma: amarillas... blancas... azules.

Pensó en todos los avisos con su firma que habían enviado a todos los lugares poblados del planeta: «Nuestro Sublime Emperador Padishah me ha encargado que tome posesión de este planeta y ponga fin a toda disputa».

La ceremoniosa formalidad del aviso le infundió una sensación de soledad.

«¿Quién se dejará engañar por ese pomposo legalismo? Los Fremen seguro que no. Ni las Casas Menores que controlan el comercio interior de Arrakis... y que pertenecen todas a los Harkonnen, hasta el último hombre. ¡Han intentado arrebatarle la vida a mi hijo!»

Le costaba controlar su rabia.

Distinguió las luces de un vehículo que venía de Arrakeen y se dirigía hasta donde se encontraba él. Esperó que fueran Paul y su escolta. El retraso comenzaba a inquietarle, aunque sabía que se debía a las precauciones tomadas por el lugarteniente de Hawat.

«¡Han intentado arrebatarle la vida a mi hijo!»

Agitó la cabeza para ignorar la rabia y volvió a mirar el paisaje, donde cinco de sus fragatas se erguían como monolíticos centinelas.

«Mejor un retraso prudente que...»

El lugarteniente era un hombre eficiente, se dijo a sí mismo. Digno de ser ascendido y completamente leal.

«Nuestro Sublime Emperador Padishah...»

Si la gente de aquella guarnición decadente hubiera podido llegar a leer la nota privada enviada por el emperador a su «noble duque», y las despectivas alusiones a los hombres y mujeres ataviados con velos: «... pero ¿qué otra cosa se puede esperar de unos bárbaros cuyo más anhelado deseo es vivir fuera de la ordenada seguridad de las faufreluches?».

En aquel momento, el duque sintió que su más anhelado deseo hubiese sido terminar de una vez por todas con las distinciones de clase y acabar con aquel mortal orden de cosas. Apartó la mirada del polvo, contempló las inmutables estrellas y pensó: «Caladan orbita alrededor de una de esas pequeñas lucecitas... pero nunca más volveré a ver mi hogar».

La nostalgia por Caladan le hizo sentir un dolor repentino en el pecho. Notó que no nacía de él, sino que surgía del propio

Caladan. Era incapaz de hacerse a la idea de que aquel polvoriento desierto de Arrakis ahora fuese su hogar, y dudaba que lo consiguiera alguna vez.

«Debo ocultar mis sentimientos —pensó—. Por el bien del muchacho. Si alguna vez llega a tener un hogar, será este. Yo puedo considerar Arrakis como un infierno al que he llegado antes de morir, pero él debe encontrar aquí algo que le inspire. Tiene que haber algo.»

Le embargó una oleada de autocompasión que despreció y rechazó de inmediato. Y, por alguna razón, recordó dos versos de un poema de Gurney Halleck que se repetía a menudo:

Mis pulmones respiran el aire del Tiempo
que sopla entre las flotantes arenas...

El duque pensó que Gurney encontraría aquí grandes cantidades de esas flotantes arenas. Los inmensos yermos centrales que había más allá de esos acantilados helados como la luna eran tierras desiertas: páramos llenos de rocas, dunas y torbellinos de polvo, un territorio seco, salvaje e inexplorado con grupos de Fremen esparcidos por aquí y por allá, en la linde y quizá incluso en el interior. Si había alguien capaz de garantizar el futuro de la estirpe de los Atreides, esos podían ser los Fremen.

Eso si los Harkonnen no habían conseguido contagiar también a los Fremen con sus malévolos planes.

«¡Han intentado arrebatarle la vida a mi hijo!»

Un ruido de metal resonó a lo largo de la torre e hizo vibrar la estructura del parapeto. Las pantallas de protección descendieron ante él y bloquearon su visión.

«Está llegando una nave —pensó—. Es hora de descender y trabajar.»

Se giró hacia la escalera y bajó hasta la gran sala de reuniones al tiempo que intentaba recuperar la calma y componía su expresión para el inminente encuentro.

«¡Han intentado arrebatarle la vida a mi hijo!»

Los hombres ya habían empezado a entrar en esa sala de cúpula amarilla cuando él llegó. Llevaban sus sacos espaciales sobre los hombros, cuchicheaban y gritaban como estudiantes al volver de vacaciones.

—¡Eh! ¿Notáis eso bajo vuestras botas? ¡Es gravedad, tíos!

—¿Cuántas g hay aquí? Me siento muy pesado.

—Se supone que nueve décimas de g.

El fuego cruzado de palabras se extendió por toda la gran sala.

—¿Habéis echado una ojeada a este agujero mientras llegábamos? ¿Dónde está ese botín que se suponía que había por aquí?

—¡Los Harkonnen se lo deben de haber quedado todo!

—¡Me conformo con una buena ducha caliente y una cama blanda!

—¿Es que no te has enterado, imbécil? Aquí no hay duchas. ¡Hay que lavarse el culo con arena!

—¡Eh! ¡Callaos! ¡El duque!

El duque bajó el último peldaño y avanzó por la sala, que se había quedado en silencio de repente.

Gurney Halleck se colocó frente al grupo para acudir a su encuentro, con el saco al hombro y empuñando el mástil del baliset de nueve cuerdas con la otra mano. Tenía los dedos largos y pulgares gruesos, diestros para arrancar delicadas melodías del instrumento.

El duque observó a Halleck y contempló al hombre tosco y la indómita decisión que emanaba de sus ojos, que resplandecían como cristales. Era un hombre que vivía fuera de las faufreluches, pero obedecía todos sus preceptos. ¿Cómo lo había llamado Paul? «Gurney el valeroso.»

El cabello rubio y ralo de Halleck le cubría a duras penas el cuero cabelludo. Su boca ancha tenía un constante rictus de satisfacción, y la cicatriz de estigma de su mandíbula se agitaba como si tuviese vida propia. Hacía gala de un porte casual, pero en él se vislumbraba a un hombre íntegro y capaz. Se acercó al duque y se inclinó.

—Gurney —dijo Leto.

—Mi señor —señaló a los hombres que llenaban la sala con el baliset—, estos son los últimos. Personalmente, hubiera preferido llegar con las primeras tropas, pero...

—Todavía quedan algunos Harkonnen para ti —dijo el duque—. Acompáñame, Gurney, tengo algo que contarte.

—A sus órdenes, mi señor.

Se retiraron a un rincón, cerca de un dispensador de agua a monedas, mientras los hombres recorrían la gran sala de un lado a otro. Halleck dejó caer el saco en una esquina, pero no soltó el baliset.

—¿Cuántos hombres puedes proporcionarle a Hawat? —preguntó el duque.

—¿Thufir se encuentra en problemas, señor?

—Solo ha perdido dos agentes, pero los hombres que ha enviado como avanzadilla nos han proporcionado informes muy precisos sobre la organización de los Harkonnen en este planeta. Si nos movemos rápidamente, puede que consigamos más seguridad, el respiro que necesitamos. Hawat necesita de cuantos hombres puedas proporcionarle, hombres que no titubeen a la hora de usar el cuchillo si es necesario.

—Puedo proporcionarle trescientos de los mejores —dijo Halleck—. ¿Dónde debo enviárselos?

—A la puerta principal. Un agente de Hawat los espera.

—¿Debo ocuparme de ello de inmediato, señor?

—Dentro de un momento. Tenemos otro problema. El jefe de operaciones bloqueará la partida del trasbordador hasta el alba con algún pretexto. El gran crucero de la Cofradía que nos trajo hasta aquí se ha ido ya, y este transbordador tiene que entrar en contacto con un transporte que espera una carga de especia.

—¿Nuestra especia, mi señor?

—Nuestra especia. Pero la nave llevará también a algunos de los cazadores de especia del antiguo régimen. Han optado por irse tras el cambio de feudo, y el Árbitro del Cambio lo ha permitido. Son trabajadores valiosos, Gurney, cerca de ochocientos. Antes de que parta el transbordador, debes persuadir a algunos para que se alisten en nuestras filas.

—¿Cómo de persuasivos quiere que seamos, señor?

—Quiero que cooperen voluntariamente, Gurney. Esos hombres tienen la experiencia y la habilidad que necesitamos. El hecho de que quieran irse sugiere que no forman parte de las maquinaciones de los Harkonnen. Hawat cree que puede haber alguno de ellos infiltrado en el grupo, pero él ve asesinos en cada sombra.

—En el pasado, Thufir descubrió algunas sombras particularmente pobladas, mi señor.

—Y hay otras que no ha visto. Pero creo que colocar agentes encubiertos en esa multitud que se marcha es considerar que los Harkonnen son demasiado perspicaces.

—Es posible, señor. ¿Dónde están esos hombres?

—En el nivel inferior, en una sala de espera. Sugiero que bajes y toques una o dos canciones para apaciguar sus mentes, y luego ejerzas un poco de presión. Puedes ofrecer puestos de mando a los más cualificados. Ofrece un veinte por ciento más de lo que pagaban los Harkonnen.

—¿Solo eso, señor? Sé lo que pagaban los Harkonnen. Y con hombres que tienen el finiquito en los bolsillos y ganas de viajar... Pues bueno, señor, un veinte por ciento no me parece atractivo suficiente para que se queden aquí.

—Entonces ofrece lo que creas pertinente en cada caso —dijo Leto con impaciencia—. Pero recuerda que las arcas no son un pozo sin fondo. Mantente dentro de ese veinte por ciento en la medida de lo posible. Necesitamos sobre todo conductores de especia, meteorólogos, hombres de las dunas, cualquiera que tenga una probada experiencia con la arena.

—Comprendo, señor. «Acudirán a la llamada de la violencia: sus rostros se ofrecerán al viento del este y recogerán la cautividad de la arena.»

—Una cita muy emotiva —dijo el duque—. Confía el mando de tu grupo a un lugarteniente. Cuida de que todos reciban una lección sobre la disciplina del agua, y haz que los hombres pasen la noche en los barracones adjuntos al campo. El personal los instruirá. Y no olvides los efectivos para Hawat.

—Trescientos de los mejores, señor. —Volvió a coger el saco espacial—. ¿Dónde lo encontraré una vez cumplido mi trabajo?

—He mandado preparar una sala de reuniones arriba. Nos veremos allí. Quiero preparar una nueva orden de dispersión planetaria y que las escuadras blindadas salgan primero.

Halleck se detuvo con brusquedad mientras se daba la vuelta y se giró para mirar a Leto a la cara.

—¿Habéis anticipado ese tipo de dificultades, señor? Creía que se había designado un Árbitro del Cambio.

—Un combate abierto y clandestino al mismo tiempo —dijo el duque—. Se derramará mucha sangre antes de que esto acabe.

—«Y el agua que bebáis del río se convertirá en sangre sobre la tierra seca» —recitó Halleck.

—Sin demora, Gurney —suspiró el duque.

—De acuerdo, mi señor. —La violácea cicatriz se contrajo bajo su sonrisa—. «He aquí al asno salvaje del desierto que se precipita hacia su cometido.» —Se dio la vuelta, llegó al centro de la estancia a grandes zancadas, hizo una pausa para transmitir sus órdenes y luego se alejó apresuradamente entre los hombres.

Leto agitó la cabeza mientras contemplaba cómo se marchaba. Halleck era una caja de sorpresas: una mente repleta de canciones, citas y frases elocuentes... y el corazón de un asesino cuando se nombraba a los Harkonnen.

Se dirigió sin apresurarse hacia el ascensor, atravesando la sala en diagonal, mientras respondía a los saludos con un gesto casual de la mano. Reconoció a uno de los hombres del grupo de propaganda y se detuvo para comunicarle un mensaje que sabía iba a ser difundido por varios canales: los que habían traído a sus mujeres estarían ansiosos por saber que estas estaban seguras y dónde podrían encontrarlas. Para los demás, sería interesante saber que la población local al parecer contaba con más mujeres que hombres.

El duque palmeó al hombre de propaganda en el brazo, señal que indicaba que el mensaje tenía absoluta prioridad y debía ser puesto en circulación de inmediato, y continuó su camino por la sala. Respondió a los saludos de los hombres, sonrió y bromeó con un subalterno.

«Un líder siempre debe parecer confiado —pensó—. Una confianza que debes soportar y no exteriorizar jamás mientras ocupas el puesto. Es un peso sobre mis espaldas, pero debo enfrentarme al peligro sin exteriorizarlo.»

Suspiró aliviado cuando se metió en el ascensor y se sintió rodeado por las superficies gélidas e impersonales de la cabina y la puerta.

«¡Han intentado arrebatarle la vida a mi hijo!»

En la salida de la zona de aterrizaje de Arrakeen, grabada de manera brusca, como si se hubiera hecho con un instrumento rudimentario, había una inscripción que Muad'Dib se repetiría muy a menudo. La descubrió aquella noche en Arrakis, mientras se dirigía al puesto de mando ducal para asistir a la primera reunión del estado mayor. Las palabras de la inscripción eran una súplica a aquellos que abandonaban Arrakis, pero a los ojos de un muchacho que acababa de escapar de las garras de la muerte adquirían un significado mucho más tenebroso. Decía: «Oh, tú que sabes lo que sufrimos aquí, no nos olvides en tus plegarias».

De *Manual de Muad'Dib*,
por la princesa Irulan

—Toda la teoría del arte de la guerra se basa en el riesgo calculado —dijo el duque—, pero cuando hay que arriesgar a la propia familia, ese cálculo se ve afectado por... otras cosas.

Se daba cuenta de que no conseguía reprimir su rabia todo lo que le hubiese gustado. Se giró y empezó a caminar a largas zancadas de un lado a otro de la mesa.

El duque y Paul estaban solos en la sala de conferencias de la zona de aterrizaje. Predominaba el eco, y la única decoración era una larga mesa y varias sillas de tres patas anticuadas, un mapa cartográfico y un proyector. Paul se había sentado cerca del mapa. Le había contado a su padre lo ocurrido con el cazador-buscador, y le había informado de la presencia de un traidor entre ellos.

El duque se detuvo frente a Paul al otro lado de la mesa y la golpeó con el puño.

—¡Hawat me dijo que la casa era segura!

—Yo también me puse furioso... al principio —dijo Paul, vacilante—. Y culpé a Hawat. Pero la amenaza venía del exterior de la casa. Fue simple, hábil y directa. Y hubiera tenido éxito de no mediar el entrenamiento que me diste tú y tantos otros, entre los que incluyo a Hawat.

—¿Lo defiendes? —preguntó el duque.

—Sí.

—Se está haciendo viejo. Sí, eso es. Debería...

—Es sabio y tiene mucha experiencia —dijo Paul—. ¿Cuántos errores de Hawat eres capaz de recordar?

—Soy yo quien debería defenderlo, no tú —dijo el duque.

Paul sonrió.

Leto se sentó a la cabecera de la mesa y puso la mano sobre el hombro de su hijo.

—Has... madurado últimamente, hijo. —Alzó la mano—. Me alegra. —Respondió a la sonrisa del chico—. Hawat se castigará a sí mismo. Se enfurecerá consigo mismo mucho más de lo que nosotros dos juntos podríamos enfurecernos contra él.

Paul levantó la mirada hacia las oscuras ventanas que había detrás del mapa cartográfico y contempló la oscuridad de la noche. Fuera, las luces de la estancia se reflejaban en la balaustrada. Percibió un movimiento y reconoció la silueta de un guardia con el uniforme de los Atreides. Paul volvió a mirar la pared blanca que había detrás de su padre, luego hacia la superficie resplandeciente de la mesa y terminó mirando los puños que había cerrado con mucha fuerza.

La puerta opuesta al duque se abrió violentamente. Thufir Hawat apareció en el umbral, con un aspecto mucho más viejo y consumido que nunca. Recorrió la mesa hasta el final y se detuvo en posición de firme frente a Leto.

—Mi señor —dijo al tiempo que miraba a un punto por encima de la cabeza de Leto—, acabo de enterarme de mi fracaso. Creo necesario presentaros mi renun...

—Venga, siéntate y deja de hacer el imbécil —dijo el duque. Tendió la mano hacia la silla que Paul tenía enfrente—. Si has cometido un error, ha sido sobreestimar a los Harkonnen. Sus mentes simples han concebido una trampa simple. No habíamos previsto trampas simples. Y mi hijo ha tenido que hacerme ver que si ha salido de ella sano y salvo ha sido en gran parte gracias a tu entrenamiento. ¡Así que en eso no has fracasado! —Tamborileó en el respaldar de la silla vacía—. ¡Te he dicho que te sientes!

Hawat se hundió en el asiento.

—Pero...

—No quiero oír nada más al respecto —dijo el duque—. El incidente ya ha pasado. Tenemos cosas más importantes en que pensar. ¿Dónde están los demás?

—Les he dicho que esperaran fuera mientras yo...

—Llámalos.

Hawat miró a Leto directamente a los ojos.

—Señor, yo...

—Sé quiénes son mis verdaderos amigos, Thufir —dijo el duque—. Diles a esos hombres que entren.

Hawat tragó saliva.

—De inmediato, mi señor. —Se giró en la silla y gritó hacia la puerta abierta—: Gurney, hazlos entrar.

Halleck entró en la estancia, precediendo a los demás: los oficiales de estado mayor, que portaban una seriedad sombría, seguidos por ayudantes y especialistas más jóvenes, con aire impaciente y decidido. El ruido del correr de las sillas llenó la sala por un instante mientras los hombres ocupaban sus lugares. Un sutil y penetrante aroma de rachag se esparció a lo largo de la mesa.

—Hay café para quienes lo deseen —dijo el duque.

Paseó la mirada por sus hombres y pensó: «Forman un buen equipo. Un hombre suele disponer de peores efectivos para este tipo de guerra».

Esperó mientras preparaban el café en la estancia contigua y lo servían. Notó el cansancio en algunos de los rostros.

Entonces puso su expresión de tranquila eficacia, se levantó y golpeó la mesa con un nudillo para llamar la atención.

—Bien, señores —dijo—, nuestra civilización parece tan profundamente acostumbrada a las invasiones que no podemos obedecer una simple orden del Imperio sin que surjan de nuevo las antiguas costumbres.

Risas discretas resonaron en torno a la mesa, y Paul se dio cuenta de que su padre había dicho lo correcto y con el tono correcto para romper el hielo. Hasta el cansancio que se percibía en su voz tenía la intensidad precisa.

—En mi opinión, deberíamos empezar por escuchar a Thufir, que nos dirá si tiene algo que añadir a su informe sobre los Fremen —dijo el duque—. ¿Thufir?

Hawat alzó la mirada.

—Hay algunas cuestiones económicas que habría que examinar y anexar a mi informe general, señor, pero por ahora puedo afirmar que cada vez tengo más claro que los Fremen son los aliados que necesitamos. Aún aguardan para comprobar si pueden confiar en nosotros, pero parecen actuar honestamente. Nos han enviado un regalo: destiltrajes que han confeccionado por sí mismos, mapas de algunas zonas del desierto que circundan los puestos defensivos abandonados por los Harkonnen... —Bajó los ojos hacia la mesa—. Sus informaciones han resultado ser precisas y nos han ayudado considerablemente con el Árbitro del Cambio. También nos han enviado otros regalos complementarios: joyas para la dama Jessica, licor de especia, dulces, medicinas. Mis hombres están analizándolo todo, pero no parece que haya ninguna trampa.

—¿Te gusta esa gente, Thufir? —preguntó un hombre en el extremo de la mesa.

Hawat se volvió hacia el que le había hecho la pregunta.

—Duncan Idaho dice que merecen admiración.

Paul miró a su padre y luego a Hawat antes de aventurar una pregunta:

—¿Tenemos información actualizada sobre el número de Fremen que hay en el planeta?

Hawat miró a Paul.

—Atendiendo a los alimentos producidos y otros indicios, Idaho estima que el complejo subterráneo que visitó albergaba como mínimo a diez mil personas. El jefe le dijo que lideraba un sietch de dos mil hogares. Tenemos razones para creer que las comunidades sietch son muy numerosas. Todas parecen obedecer a alguien llamado Liet.

—Eso es nuevo —dijo Leto.

—Podría ser un error por mi parte, señor. Hay algunas pruebas que hacen suponer que ese Liet es una divinidad local.

Otro hombre que se encontraba en el extremo de la mesa carraspeó y preguntó:

—¿Es cierto que tienen tratos con los contrabandistas?

—Una caravana de contrabandistas abandonó el sietch donde se hallaba Idaho con un abundante cargamento de especia. Usaban bestias de carga y afirmaron que iban a emprender un viaje de dieciocho días.

—Parece que los contrabandistas han redoblado sus actividades durante este período de agitación —dijo el duque—. Lo que nos lleva a una reflexión. No nos conviene preocuparnos mucho por las fragatas sin licencia que trafican a lo largo del planeta, siempre lo han hecho. Pero tampoco hay que obviarlas por completo, ya que podría ser problemático.

—¿Tenéis un plan, señor? —preguntó Hawat.

El duque miró a Halleck.

—Gurney, me gustaría que liderases una delegación, una embajada si prefieres llamarla así, para contactar con esos hombres de negocios tan idealistas. Diles que ignoraré sus actividades mientras me paguen el diezmo ducal. Hawat ha calculado que los mercenarios y las maquinaciones necesarias para controlar dichas actividades les han costado hasta ahora cuatro veces el dinero que solicitamos nosotros.

—¿Y si se entera el emperador? —preguntó Halleck—. Está muy pendiente de los beneficios de la CHOAM, mi señor.

Leto sonrió.

—Depositaremos íntegramente el diezmo a nombre de Shaddam IV y lo deduciremos legalmente de la suma que nos cuestan nuestras fuerzas de apoyo. ¡A ver qué hacen los Harkonnen!

Y también arruinaremos a algunos de los que se han enriquecido con el sistema Harkonnen de tributos. ¡Se acabaron las ilegalidades!

Una sonrisa retorció el rostro de Halleck.

—Un golpe bajo maravilloso, mi señor. Me gustaría ver la cara del barón cuando se entere.

El duque se volvió hacia Hawat.

—Thufir, ¿conseguiste esos libros de contabilidad que me dijiste podías comprar?

—Sí, mi señor. Los estamos examinando detalladamente, pero ya les he echado una ojeada y puedo daros una primera aproximación.

—Adelante, pues.

—Los Harkonnen obtienen un beneficio de diez mil millones de solaris cada trescientos treinta días estándar.

Se oyeron varios resoplidos quedos a lo largo de toda la mesa. Incluso los ayudantes más jóvenes, que hasta ese momento no habían podido evitar el aburrimiento, se envararon e intercambiaron estupefactas miradas.

—«Puesto que absorberán la abundancia de los mares y los tesoros escondidos en la arena» —murmuró Halleck.

—Así pues, señores —dijo Leto—, ¿hay alguno entre ustedes que sea tan ingenuo como para pensar que los Harkonnen han hecho las maletas y se han ido solo porque el emperador lo ha ordenado?

Todas las cabezas agitaron y se elevó un murmullo general de asentimiento.

—Tendremos que hacernos con este planeta a punta de espada —dijo Leto. Se giró hacia Hawat—. Es buen momento para hablar del equipamiento. ¿De cuántos tractores de arena, recolectoras o cosechadoras de especia y equipo de apoyo disponemos?

—La totalidad, como está registrado en el inventario imperial presentado al Árbitro del Cambio, mi señor —dijo Hawat. Hizo un gesto, y uno de sus ayudantes más jóvenes le pasó una carpeta que abrió ante él sobre la mesa—. Se han olvidado de precisar que menos de la mitad de los tractores de arena están operativos, y que solo un tercio dispone de alas de acarreo para llegar hasta las arenas de especia. Todo lo que nos han dejado los Harkonnen está en pésimas condiciones y a punto de romperse. Podremos considerarnos afortunados si conseguimos que la mitad del equipo funcione, y muy afortunados si una cuarta parte de esa mitad aún funciona dentro de seis meses.

—Justo lo que esperábamos —dijo Leto—. ¿Cuál es la estimación definitiva sobre el equipamiento básico?

Hawat consultó la carpeta.

—Unas novecientas treinta cosechadoras que podrán empezar a funcionar dentro de pocos días. Unos seis mil doscientos cincuenta ornitópteros para vigilar, explorar y monitorear el clima. Alas de acarreo, un poco menos de mil.

—¿No sería más económico volver a abrir las negociaciones con la Cofradía y obtener el permiso para instalar una fragata en órbita que hiciera las veces de satélite meteorológico? —preguntó Halleck.

El duque miró a Hawat.

—Ese asunto no ha cambiado, ¿verdad, Thufir?

—Debemos buscar otras soluciones por el momento —dijo Hawat—. El agente de la Cofradía no tenía intención de negociar con nosotros. Se limitó a afirmar, de mentat a mentat, que el precio siempre estaría por encima de nuestras posibilidades, fuera cual fuese la cifra que estuviéramos dispuestos a desembolsar. Nuestro objetivo ahora es descubrir la razón antes de intentar un nuevo acercamiento.

Uno de los ayudantes de Halleck que se encontraba en el extremo de la mesa se agitó en la silla y exclamó bruscamente:

—¡Es injusto!

—¿Injusto? —El duque lo miró—. ¿Quién quiere justicia? Crearemos nuestra propia justicia. Y lo haremos aquí, en Arrakis, cueste lo que cueste. ¿Lamentáis haberos encomendado a nuestra causa, señor?

El hombre se quedó mirando al duque y dijo:

—No, señor. Es una oferta que no podíais rechazar y os debo lealtad. Perdonad mi brusquedad, pero... —Se encogió de hombros—. A veces nos sentimos un poco amargados.

—Comprendo esa amargura —dijo el duque—. Pero no nos lamentemos por la falta de justicia mientras tengamos brazos y podamos seguirlos usando. ¿Alguno más se siente amargado? Si es así, que lo diga. Es una reunión amistosa en la que cada cual puede expresar lo que piensa.

Halleck se agitó.

—Señor, creo que lo más irritante es la falta de voluntarios de las demás Grandes Casas —dijo—. Os llaman Leto el Justo y os prometen amistad eterna, pero solo porque les sale gratis hacerlo.

—Aún ignoran quién saldrá vencedor de esta disputa —dijo el duque—. La mayor parte de las Casas se han enriquecido asumiendo pocos riesgos. No podemos culparlas por ello, pero sí despreciarlas. —Miró a Hawat—. Hablábamos del equipamiento. ¿Podrás mostrarnos algunos ejemplos para familiarizar a los hombres con la maquinaria?

Hawat asintió e hizo un gesto a un ayudante que estaba al lado del proyector.

Una imagen sólida y tridimensional apareció sobre la superficie de la mesa, aproximadamente a un tercio de distancia del duque. Algunos de los hombres que estaban más alejados se levantaron para ver mejor.

Paul se inclinó hacia delante y observó la máquina con atención.

Si se atendía a la escala con respecto a las figuras humanas proyectadas junto a ella, tendría unos ciento veinte metros de largo por cuarenta de ancho. Básicamente era un cuerpo de insecto alargado que se movía por medio de varias secciones independientes de orugas.

—Es una cosechadora de especia —dijo Hawat—. Hemos elegido una bien preparada para esta proyección. Es un tipo de máquina que llegó al planeta con el primer equipo de ecólogos imperiales y que aún funciona... aunque no comprendo cómo... ni por qué.

—Si es la que llaman «Vieja María», debería de estar en un museo —dijo uno de los ayudantes—. Creo que los Harkonnen la utilizaban como castigo, una amenaza con la que amedrentar a sus trabajadores. Portaos bien u os destinaremos a la Vieja María.

Sonaron risas por toda la mesa.

Paul hizo caso omiso de la broma, tenía la atención puesta en la proyección y no dejaba de darle vueltas a varias preguntas. Señaló la imagen sobre la mesa y dijo:

—Thufir, ¿hay gusanos de arena lo suficientemente grandes como para tragarse esa cosa entera?

Se hizo un repentino silencio por toda la mesa. El duque maldijo por lo bajo y después pensó: «No, tienen que afrontar la realidad».

—En las profundidades del desierto hay gusanos que podrían tragarse de un solo bocado esa recolectora al completo —respondió Hawat—. Incluso aquí, en las inmediaciones de la Muralla Escudo, donde se extrae la mayor parte de la especia, existen gusanos que podrían destrozar esa recolectora y devorarla a su antojo.

—¿Por qué no les ponemos escudos? —preguntó Paul.

—Según el informe de Idaho —dijo Hawat—, los escudos son peligrosos en el desierto. Un simple escudo corporal bastaría para atraer a todos los gusanos que se encuentren a cientos de metros a la redonda. Parece ser que les provocan una especie de furia homicida. Es lo que afirman los Fremen, y no tenemos ninguna razón para dudar de ellos. Idaho no ha visto rastro alguno de equipamiento de escudos en el sietch.

—¿Nada de nada? —preguntó Paul.

—Sería muy complicado esconder ese tipo de material entre varios miles de personas —respondió Hawat—. Idaho tenía libre acceso a cualquier parte del sietch. No vio ningún escudo ni el menor indicio de que los usaran.

—Esto es un rompecabezas —dijo el duque.

—En cambio, los Harkonnen sin duda utilizaron una gran cantidad de escudos en el planeta —dijo Hawat—. Hay depósitos de reparaciones en todas las guarniciones, y hemos visto en su contabilidad fuertes partidas de gasto destinadas a comprar nuevos escudos y piezas de repuesto.

—¿Es posible que los Fremen tengan una manera de neutralizar los escudos? —preguntó Paul.

—Parece improbable —respondió Hawat—. En teoría es posible, desde luego. Una contracarga estática muy potente se supone que podría cortocircuitar un escudo, pero nadie ha conseguido probarlo jamás.

—Nos hubiéramos enterado de la existencia de un dispositivo así —dijo Halleck—. Los contrabandistas han estado siempre en contacto con los Fremen y hubieran comprado un artilugio así de estar disponible. Y no hubieran vacilado a la hora de traficar con él fuera del planeta.

—No me gusta que cuestiones de esta importancia queden sin respuesta —dijo Leto—. Thufir, quiero que dediques prioridad absoluta a la resolución de este problema.

—Ya estamos en ello, mi señor. —Hawat carraspeó—. Ah, Idaho dijo algo interesante: dijo que la mala disposición de los Fremen hacia los escudos quedaba muy patente, que más bien se los tomaban a risa.

El duque frunció el ceño.

—Hablábamos sobre el equipamiento para la especia —dijo.

Hawat le hizo un gesto al hombre del proyector.

La imagen sólida de la cosechadora quedó reemplazada por la proyección de un aparato alado rodeado por unas pequeñísimas siluetas humanas.

—Esto es un ala de acarreo —dijo Hawat—. Básicamente, es un gran tóptero cuya única función es transportar una cosechadora a las arenas ricas en especia y rescatarla cuando aparece un gusano de arena. Siempre aparece alguno. La recolección de la especia es un proceso que consiste en llegar y escapar del lugar con la mayor cantidad de material posible.

—Muy adecuado para la ética Harkonnen —dijo el duque.

Unas carcajadas escandalosas estallaron por toda la estancia.

Un ornitóptero sustituyó al ala de acarreo en la imagen proyectada.

—Esos tópteros son bastantes convencionales —explicó Hawat—. La mayor modificación que se les ha realizado es ampliar su radio de acción. También cuentan con blindajes especiales que permiten sellar herméticamente las partes esenciales contra la arena y el polvo. Tan solo uno de cada treinta tiene escudos, ya que lo más seguro es que se haya eliminado el peso del generador para ampliar el radio de acción.

—No me gusta que se reste importancia a los escudos —murmuró el duque. Y pensó: «¿Es este el secreto de los Harkonnen? ¿Significa quizá que ni siquiera podremos huir en nuestras fragatas equipadas con escudos si todo se vuelve contra nosotros?». Agitó la cabeza con fuerza para alejar aquellos pensamientos y añadió—: Pasemos a la estimación del rendimiento. ¿Cuánto obtendríamos de beneficios?

Hawat pasó dos páginas en su bloc de notas.

—Después de haber evaluado las reparaciones y el equipo que aún está operativo, hemos obtenido una primera estimación de los costes de explotación. Como era de esperar, hemos hecho un cálculo por encima de las posibilidades reales a fin de dejar un margen de seguridad. —Cerró los ojos en un semitrance mentat—. Con los Harkonnen en el poder, el mantenimiento y los salarios ascendían a un catorce por ciento. Podremos considerarnos afortunados si al principio conseguimos limitarlos a un treinta por ciento. Con las reinversiones y los factores de desarrollo, incluyendo el porcentaje de la CHOAM y los costes militares, nuestro margen de beneficio se reducirá a un exiguo seis o siete por ciento hasta que hayamos reemplazado todo el equipo inservible. Llegados a ese punto, deberíamos poder elevarlo hasta un doce o un quince por ciento, que es lo normal. —Abrió los ojos—. A menos que mi señor quiera adoptar los métodos de los Harkonnen.

—Nuestro objetivo es establecer una base planetaria estable y permanente —dijo el duque—. Debemos conseguir que gran parte de la población esté contenta, sobre todo los Fremen.

—Sobre todo los Fremen, sin duda —apuntilló Hawat.

—Nuestra supremacía en Caladan dependía de nuestra supremacía aérea y marítima —explicó el duque—. Aquí, debemos desarrollar algo que llamaremos supremacía «desértica». Puede llegar a incluir la aérea, aunque es probable que no sea así. Me gustaría que tuviesen en cuenta la falta de escudos de los tópteros. —Agitó la cabeza—. Los Harkonnen contaban con una rotación de personal continuada proveniente de otros planetas para algunos de sus puestos clave. Nosotros no podemos permitírnoslo. Cada nuevo grupo de recién llegados tendría su porcentaje de agitadores.

—Entonces deberemos contentarnos con menores beneficios y recolecciones más reducidas —explicó Hawat—. Nuestra producción durante las primeras dos estaciones será un tercio inferior a la de los Harkonnen.

—Tal y como habíamos previsto —dijo el duque—. Debemos ponernos manos a la obra con los Fremen. Me gustaría disponer de cinco batallones de tropas Fremen antes de la primera auditoría de la CHOAM.

—No es mucho tiempo, señor —dijo Hawat.

—Como bien sabes, no tenemos mucho más. En cuanto tengan ocasión, enviarán a los Sardaukar disfrazados de Harkonnen. ¿Cuántos crees que desembarcarán, Thufir?

—Cuatro o cinco batallones en total, señor. No serán más. El transporte de tropas de la Cofradía cuesta caro.

—Pues cinco batallones de Fremen más nuestros efectivos serán suficientes. Cuando llevemos algunos prisioneros Sardaukar ante el Consejo del Landsraad, veremos si no cambian las cosas... con o sin beneficios.

—Haremos todo lo que podamos, señor.

Paul miró a su padre. Luego hizo lo propio con Hawat y se dio cuenta de repente de la avanzada edad del mentat y del hecho de que el anciano había servido a tres generaciones de Atreides. Era un anciano. Quedaba patente en el brillo apagado de sus ojos castaños, en sus mejillas llenas de arrugas y quemadas por climas exóticos, en la redonda curva de sus hombros y en la delgada línea de los labios resecos y coloreados por el zumo de safo.

«Hay demasiadas cosas que dependen de un solo anciano», pensó Paul.

—Hemos entrado de lleno en una guerra clandestina —dijo el duque—, pero aún no ha alcanzado toda su amplitud. Thufir, ¿en qué condiciones se encuentra actualmente la amenaza Harkonnen?

—Hemos eliminado doscientos cincuenta y nueve de sus

hombres clave, mi señor. Tan solo quedan tres células Harkonnen, quizá cien efectivos en total.

—Esos efectivos Harkonnen que has eliminado eran de clase alta? —preguntó el duque.

—La mayoría era gente de bien, mi señor. Empresarios.

—Quiero que falsifiques certificados de lealtad con la firma de cada uno de ellos —dijo el duque—. Envía copias al Árbitro del Cambio. Sostendremos legalmente la posición de que estos hombres permanecían aquí bajo falsa lealtad. Confiscaremos sus propiedades, se lo quitaremos todo y echaremos a sus familias. Los desvalijaremos. Asegúrate también de que la Corona recibe su diez por ciento. Todo debe ser completamente legal.

Thufir sonrió y dejó al descubierto sus dientes manchados de rojo bajo los labios color carmín.

—Una maniobra digna de un gran señor, mi duque. Me avergüenzo de no haberla pensado antes.

Halleck frunció el ceño al otro lado de la mesa y se sorprendió al ver la expresión igualmente ceñuda del rostro de Paul. El resto sonreía y asentía.

«Es un error —pensó Paul—. Lo único que conseguirá será hacer que combatan con todas sus fuerzas. Se darán cuenta de que no conseguirían nada rindiéndose.»

Conocía la actual convención del kanly, que no respetaba regla alguna, pero aquel era el tipo de actuación que podía destruirlos a pesar de salir victoriosos.

—«Yo era un extranjero en tierra extraña» —recitó Halleck.

Paul lo miró, ya que sabía que se trataba de una cita de la Biblia Católica Naranja, y se preguntó: «¿Acaso Gurney también desea poner fin a esas retorcidas intrigas?».

El duque contempló la oscuridad que se extendía al otro lado de las ventanas y luego bajó la mirada hasta Halleck.

—Gurney, ¿a cuántos de esos trabajadores de la arena has conseguido persuadir para que se queden con nosotros?

—Doscientos ochenta y seis en total, señor. Creo que debemos aceptarlos y considerarnos dichosos por ello. Pertenecen a las categorías más útiles.

143

—¿Tan pocos? —El duque frunció los labios—. Bien, coméntaselo a...

Se quedó en silencio al sentir un ajetreo junto a la puerta. Duncan Idaho se abrió paso entre los guardias, cruzó toda la mesa y se inclinó junto a la oreja del duque.

Leto lo apartó y dijo:

—Habla en voz alta, Duncan. Como puedes ver, se trata de una reunión estratégica del estado mayor.

Paul examinó a Idaho y notó sus movimientos felinos, la rapidez de reflejos que le convertía en un maestro de armas difícil de emular. El rostro bronceado y redondo de Idaho se giró hacia Paul en aquel momento. Sus ojos habituados a la oscuridad de las profundidades no dieron muestra de reconocerle, pero Paul vio en su cara que la serenidad se sobreponía a la emoción.

Idaho recorrió con la mirada toda la mesa y dijo:

—Hemos sorprendido a un destacamento de mercenarios Harkonnen disfrazados como Fremen. Han sido los propios Fremen quienes nos han enviado un mensajero para advertirnos del engaño. Sin embargo, en el ataque hemos descubierto que los Harkonnen habían interceptado y herido de gravedad al mensajero Fremen. Lo traíamos hacia aquí para que nuestros médicos le curasen, pero ha muerto por el camino. Cuando me he dado cuenta de lo mal que estaba me he detenido para intentar salvarle. Le he sorprendido mientras intentaba desembarazarse de algo. —Idaho miró fijamente a Leto—. Un cuchillo, mi señor, un cuchillo como nunca habéis visto otro.

—¿Un crys? —preguntó alguien.

—Sin la menor duda —dijo Idaho—. De color blanco lechoso y con un brillo propio. —Hundió la mano en su túnica y extrajo una funda de la que sobresalía una empuñadura estriada de color negro.

—¡No lo saques de la funda!

El grito procedía de la puerta abierta al fondo de la estancia, una voz vibrante y penetrante que hizo que todos levantasen la cabeza y se envararan.

Una figura alta y ataviada con una túnica se encontraba de pie en el umbral, tras las espadas cruzadas de los guardias. El hombre iba envuelto de la cabeza a los pies en una túnica marrón y ligera, a excepción de una abertura cubierta por un velo en la capucha, que dejaba al descubierto dos ojos completamente azules, sin el menor blanco en ellos.

—Dejadle entrar —murmuró Idaho.

Los guardias vacilaron, pero luego bajaron las espadas.

El hombre atravesó la estancia y se detuvo frente al duque.

—Stilgar, jefe del sietch que he visitado, líder de los que nos han advertido del engaño —dijo Idaho.

—Bienvenido, señor —dijo Leto—. ¿Por qué no deberíamos desenfundar este cuchillo?

Stilgar no había dejado de mirar a Idaho.

—Has observado entre nosotros las costumbres propias de la honestidad y la pureza —dijo—. Te permitiré ver la hoja del hombre al cual has mostrado tu amistad. —Sus ojos azules contemplaron a todos los demás que había en la habitación—. Pero a ellos no los conozco. ¿Les permitirás mancillar un arma honorable?

—Soy el duque Leto. ¿Me permitirás ver el arma?

—Os autorizo a ganaros el derecho a desenfundarla —dijo Stilgar y, al elevarse un murmullo de protestas por toda la mesa, levantó una delgada mano cruzada por venas oscuras—. Os recuerdo que esta hoja pertenecía a alguien que os había brindado su amistad.

Paul aprovechó el silencio en el que se sumió la estancia para examinar al hombre y sintió el aura de poder que irradiaba de él. Era un líder, un líder Fremen.

El hombre que estaba frente a Paul cerca del centro de la mesa murmuró:

—¿Quién es él para decirnos cuáles son los derechos que tenemos sobre Arrakis?

—Se dice que el duque Leto Atreides gobierna con el consentimiento de sus gobernados —dijo el Fremen—. Es por ello que me gustaría que conocieran nuestras costumbres: una responsabilidad muy particular recae sobre aquellos que han visto un crys. —Dedicó una mirada sombría a Idaho—. Son nuestros. No pueden abandonar Arrakis sin nuestro consentimiento.

Halleck y otros empezaron a levantarse con expresiones airadas en sus rostros. Halleck dijo:

—Es el duque Leto quien determina...

—Un momento, por favor —dijo Leto. La amabilidad de su voz detuvo a sus hombres. «La situación no debe írseme de las manos», pensó. Se giró hacia el Fremen—. Señor, honro y respeto la dignidad personal de cualquiera que respete la mía. Tengo una deuda con vos. Y siempre pago mis deudas. Si es vuestra costumbre que este cuchillo permanezca enfundado en este lugar, seré yo mismo quien lo ordene entonces. Y si hay otra manera de honrar al hombre que ha muerto por nosotros, no tenéis más que decirlo.

El Fremen miró al duque y después se apartó despacio el velo para dejar al descubierto una nariz estrecha, una boca de labios gruesos y una barba de un negro brillante. Se inclinó sobre la superficie pulida de la mesa y escupió en ella deliberadamente.

—¡Quietos! —gritó Idaho en el mismo momento en el que todos se levantaban de un salto. Se hizo un silencio muy tenso y luego dijo—: Stilgar, te agradecemos el presente que nos brindas con la humedad de tu cuerpo. Y lo aceptamos con el mismo espíritu con que ha sido ofrecido. —Luego escupió en la mesa delante del duque, lo miró y añadió—: Recordad hasta qué punto es valiosa el agua en este lugar, señor. Ha sido una muestra de respeto.

Leto se relajó en la silla y se topó con la mirada y la amarga sonrisa en el rostro de Paul. Luego empezó a sentir cómo se relajaba la tensión por toda la mesa a medida que sus hombres iban comprendiendo.

El Fremen miró a Idaho y dijo:

—Has dado la talla en mi sietch, Duncan Idaho. ¿Hay algún lazo de lealtad entre el duque y tú?

—Me pide que me ponga a su servicio, señor —dijo Idaho.

—¿Aceptaría una doble lealtad? —preguntó Leto.

—¿Deseáis que vaya con él, señor?

—Deseo que seas tú quien tome la decisión —dijo Leto, incapaz de disimular la tensión en su voz.

Idaho examinó al Fremen.

—¿Me aceptarías en estas condiciones, Stilgar? Habrá ocasiones en las que tendré que regresar para servir al duque.

—Luchas bien y has hecho todo lo que has podido por nuestro amigo —dijo Stilgar. Miró a Leto—. Que así sea: Idaho conservará el crys como símbolo de su lealtad hacia nosotros. Deberá ser purificado y habrá que realizar los rituales correspondientes, pero no habrá problema. Será Fremen y soldado de los Atreides al mismo tiempo. Tenemos precedentes: Liet sirve a dos amos.

—¿Duncan? —preguntó Leto.

—Comprendo, señor —dijo Idaho.

—Así sea, pues —dijo Leto.

—Tu agua es nuestra, Duncan Idaho —dijo Stilgar—. El cuerpo de nuestro amigo se quedará con el duque. Que su agua sea de los Atreides. Será el lazo que nos una.

Leto suspiró y luego miró a Hawat para escrutar los ojos del viejo mentat. Hawat asintió con expresión satisfecha.

—Esperaré abajo mientras Idaho se despide de sus amigos. Nuestro compañero muerto se llamaba Turok. Recordadlo cuando llegue el momento de liberar su espíritu. Sois amigos de Turok. —Se dio la vuelta para marcharse.

—¿No queréis quedaros un poco? —preguntó Leto.

El Fremen lo miró, se colocó el velo con gesto casual y luego ajustó algo bajo él. Paul entrevió algo parecido a un delgado tubo antes de que el velo le cubriese la cara.

—¿Hay alguna razón para que me quede? —preguntó el Fremen.

—Nos sentiríamos honrados —dijo el duque.

—El honor me exige estar en otro lugar en breve —respondió el Fremen. Miró de nuevo a Idaho, se giró y pasó junto a los guardias de la puerta a grandes zancadas.

—Si el resto de los Fremen son como él, haremos grandes cosas juntos —dijo el duque.

—Es un buen ejemplo de lo que son, señor —dijo Idaho con voz seca.

—¿Has comprendido lo que debes hacer, Duncan?

—Seré vuestro embajador con los Fremen, señor.

—Muchas cosas dependerán de ti, Duncan. Vamos a necesitar al menos cinco batallones de esa gente antes de la llegada de los Sardaukar.

—Tendré que trabajar duro, señor. Los Fremen son más bien independientes. —Idaho vaciló antes de seguir—: Una cosa más, señor. Uno de los mercenarios que hemos abatido intentaba arrebatarle esta hoja a nuestro amigo Fremen muerto. El mercenario dijo que los Harkonnen ofrecen un millón de solaris al primer hombre que les entregue un solo crys.

Leto levantó la barbilla, sorprendido.

—¿Por qué desearían hasta tal punto una de estas hojas?

—El cuchillo se fabrica a partir de un diente de gusano de arena. Es el emblema de los Fremen, señor. Con él, un hombre de ojos azules podría entrar en cualquier sietch. A mí me interrogarían si no fuese conocido. No tengo aspecto de Fremen. Pero...

—Piter de Vries —dijo el duque.

—Un hombre de una astucia maliciosa, mi señor —dijo Hawat.

Idaho se guardó el arma enfundada bajo la túnica.

—Guarda el cuchillo —dijo el duque.

—Comprendido, mi señor. —Palmeó el transmisor de su cinturón—. Informaré tan pronto como sea posible. Thufir tiene mi código de llamada. Usad el lenguaje de batalla. —Saludó, giró en redondo y se apresuró tras el Fremen.

Sus pasos resonaron por todo el pasillo.

Leto y Hawat intercambiaron una mirada de entendimiento. Sonrieron.

—Tenemos mucho que hacer, señor —dijo Halleck.

—Y yo os distraigo de vuestras tareas —dijo Leto.

—Tengo los informes de las bases de avanzada —dijo Hawat—. ¿Deseáis escucharlos en otro momento, señor?

—¿Llevará mucho tiempo?

—No si os hago un resumen. Entre los Fremen se dice que en Arrakis se construyeron más de doscientas de esas bases de avanzada durante el período en el que el planeta era una Estación Experimental de Botánica del Desierto. Parece que todas están abandonadas, pero hay informes de que fueron selladas antes.

—¿Hay equipo en el interior? —preguntó el duque.

—Sí, según los informes que me ha dado Duncan.

—¿Dónde están situadas? —preguntó Halleck.

—La respuesta a esa pregunta es la misma para todas ellas —dijo Hawat—. Liet es quien lo sabe.

—O sea, que solo Dios lo sabe —murmuró Leto.

—Quizá no, señor —dijo Hawat—. Habéis oído a Stilgar usar el nombre. ¿No podría tratarse de una persona real?

—Servir a dos amos —dijo Halleck—. Suena como una cita religiosa.

—Y tú deberías conocerla —dijo el duque.

Halleck sonrió.

—Ese Árbitro del Cambio, el ecólogo imperial, Kynes... ¿no tendría que saber dónde se encuentran esas bases? —preguntó Leto.

—Señor, ese tal Kynes está al servicio del emperador —advirtió Hawat.

—Y se encuentra muy lejos de él —dijo Leto—. Quiero esas bases. Podrían estar llenas de materiales que recuperar y que podríamos usar para reparar nuestro equipamiento.

—¡Señor! —dijo Hawat—. ¡Esas bases son legalmente un feudo de Su Majestad!

—El clima de este lugar es lo bastante duro como para destruir cualquier cosa —dijo el duque—. Podemos echarle la culpa al clima. Buscad a ese Kynes e intentad al menos descubrir si esas bases existen.

—Podría ser peligroso hacernos con ellas —dijo Hawat—. Duncan ha sido explícito en algo: esas bases o la idea que representan tienen un significado muy profundo para los Fremen. Podríamos ofenderlos si nos apoderamos de ellas.

Paul observó los rostros de los hombres que tenían alrededor y notó la intensidad con la que escuchaban las palabras que se pronunciaban. Parecían muy turbados por la actitud de su padre.

—Escúchale, padre —dijo Paul en voz muy baja—. Dice la verdad.

—Señor —dijo Hawat—, esas bases pueden proporcionarnos el material necesario para reparar el equipo que nos han dejado, pero tal vez estén fuera de nuestro alcance por razones estratégicas. Sería arriesgado actuar sin tener más información. Ese Kynes arbitra la autoridad del Imperio. No debemos olvidarlo. Y los Fremen le obedecen.

—Usad entonces la prudencia —dijo el duque—. Solo quiero saber si esas bases existen.

—Como deseéis, señor. —Hawat volvió a sentarse y bajó la mirada.

—Muy bien —dijo el duque—. Todos sabemos lo que nos espera: trabajo. Estamos preparados para ello y tenemos cierta experiencia al respecto. Sabemos cuáles son las recompensas, y las alternativas están suficientemente clarificadas. Cada cual tiene asignadas sus misiones. —Miró a Halleck—. Gurney, ocúpate primero de la cuestión de los contrabandistas.

—«Partiré hacia los rebeldes que ocupan las tierras áridas» —entonó Halleck.

—Algún día conseguiré que este hombre no tenga cita con la que responder y lo dejaré sin respuesta —dijo el duque.

Sonaron risas por toda la mesa, pero Paul las notó forzadas.

Su padre se giró hacia Hawat.

—Establece otro puesto de mando para las comunicaciones y las informaciones en esta planta, Thufir. Cuando esté preparado, quiero verte.

Hawat se levantó y echó un vistazo por toda la estancia como si buscara un apoyo. Después se dio la vuelta y se dirigió hacia la salida. El resto se levantó apresuradamente, arrastraron las sillas y lo siguió de manera algo desordenada.

«Todo acaba en desorden», pensó Paul mientras miraba a los últimos hombres que salían. Antes, las reuniones terminaban siempre en una atmósfera de decisión. Aquella reunión parecía haber ido diluyéndose a causa de los errores para terminar con una discusión.

Paul se permitió por primera vez pensar que el fracaso era una posibilidad, no porque las advertencias de la Reverenda Madre le diesen miedo, sino por las propias conclusiones que había sacado del encuentro.

«Mi padre está desesperado —se dijo—. Las cosas no nos van demasiado bien.»

Y Hawat. Recordó la actitud del viejo mentat durante la reunión: sutiles titubeos y muestras de inquietud.

Hawat estaba muy preocupado por algo.

—Será mejor que te quedes aquí el resto de la noche, hijo —dijo el duque—. De todos modos, falta poco para que amanezca. Avisaré a tu madre. —Se levantó despacio, rígido—. ¿Por qué no juntas algunas de las sillas y te echas a descansar un poco?

—No estoy muy cansado, señor.

—Como quieras.

El duque cruzó las manos a la espalda y empezó a pasear de un lado a otro de la mesa.

«Como un animal enjaulado», pensó Paul.

—¿Le comentarás a Hawat la posible existencia de un traidor? —preguntó Paul.

El duque se detuvo ante su hijo y respondió con el rostro vuelto hacia las oscuras ventanas.

—Es un tema del que ya hemos hablado antes.

—La anciana parecía muy segura —dijo Paul—. Y el mensaje que madre...

—Se han tomado precauciones —dijo el duque. Echó un vistazo a su alrededor, y Paul vio en su mirada el reflejo atormentado de un animal acosado—. Quédate aquí. Tengo que discutir con Thufir algunas cuestiones sobre los puestos de mando. —Se giró y salió de la estancia al tiempo que respondía con una rápida inclinación de cabeza al saludo de los guardias de la puerta.

Paul miró al lugar donde se había detenido su padre. Le daba la impresión de que el espacio estaba vacío mucho antes de que el duque abandonara la estancia. Entonces recordó la advertencia de la anciana: «Lo de tu padre no tiene remedio».

El primer día que Muad'Dib recorrió las calles de Arrakeen con su familia, algunas de las personas con las que se toparon a lo largo del camino recordaron las leyendas y las profecías y se aventuraron a gritar: «¡Mahdi!». Pero aquel grito era más una pregunta que una afirmación, ya que tenían la esperanza de que fuera aquel que les había sido anunciado como el Lisan al-Gaib, la Voz del Otro Mundo. Y su madre también les llamaba la atención, porque habían oído decir que era una Bene Gesserit y, a sus ojos, era muy similar al otro Lisan al-Gaib.

De *Manual de Muad'Dib*,
por la princesa Irulan

El duque encontró a Thufir solo en la habitación de la esquina a la que le había llevado un guardia. Se oía el ruido de los hombres que instalaban el equipo de comunicaciones en la estancia contigua, pero el lugar era bastante tranquilo. El duque miró alrededor mientras Hawat se levantaba de detrás de una mesa repleta de papeles. Las paredes eran de color verde, y además de la mesa el único mobiliario eran tres sillas a suspensor con la H de los Harkonnen disimulada apresuradamente con una plasta de pintura.

—Son sillas completamente seguras —dijo Hawat—. ¿Dónde está Paul, señor?

—Le he dejado en la sala de conferencias. Quiero que descanse un poco sin que nadie le moleste.

Hawat asintió, se acercó a la puerta que daba a la otra habitación y la cerró, lo que ahogó el ruido de la estática y los zumbidos electrónicos.

—Thufir —dijo Leto—, no dejo de pensar en los almacenes de especia imperiales y de los Harkonnen.

—¿Mi señor?

El duque frunció los labios.

—Los almacenes podrían destruirse. —Alzó una mano para impedir a Hawat que hablara—. No, ignora las reservas del emperador. Incluso él se alegraría en secreto si los Harkonnen se vieran en problemas. Y, ¿cómo podría protestar el barón si se destruye algo que oficialmente no puede admitir que posee?

Hawat agitó la cabeza.

—Tenemos pocos efectivos, señor.

—Usa algunos de los hombres de Idaho. Quizá algunos de los Fremen verían con agrado un viaje fuera del planeta. Una incursión a Giedi Prime, una distracción así tendría varias ventajas tácticas, Thufir.

—Como deseéis, mi señor. —Hawat se giró, y el duque notó el nerviosismo del anciano.

«Quizá sospecha que no confío en él. Debe de saber que he recibido informes privados que alertan de la presencia de traidores. Bien, será mejor calmar sus inquietudes de inmediato», pensó.

—Thufir —dijo—, como eres uno de los pocos hombres en quien puedo confiar plenamente, hay otro asunto que debemos discutir. Ambos sabemos lo atentos que tenemos que estar para impedir que los traidores se infiltren entre nuestras fuerzas... pero he recibido dos nuevos informes.

Hawat se giró y se quedó mirándolo.

Leto le repitió lo que le había contado Paul.

Pero en lugar de producir en él una intensa concentración mentat, los informes solo aumentaron la agitación de Hawat.

Leto estudió al anciano y, finalmente, dijo:

—Me has estado ocultando algo, viejo amigo. Debí sospecharlo cuando te vi tan nervioso en la reunión. ¿Qué puede ser tan grave como para no atreverte a mencionarlo delante de todos en la conferencia?

Los labios manchados de safo de Hawat se cerraron hasta formar una larga y delgada línea de la que surgían pequeñas arrugas. Mantuvieron su rigidez mientras decía:

—Mi señor, la verdad es que no sé cómo sacar el tema.

—Hemos compartido un buen número de cicatrices, Thufir —dijo el duque—. Sabes que puedes hablar conmigo de lo que sea.

Hawat siguió mirándolo en silencio y pensó: «Este es el duque que me gusta, el hombre de honor que invita a servirle con la mayor lealtad. ¿Por qué hacerle daño?».

—¿Y bien? —inquirió Leto.

Hawat se encogió de hombros.

—Es el fragmento de un mensaje. Lo conseguimos de un mensajero de los Harkonnen. Iba dirigido a un agente llamado Pardee. Tenemos buenas razones para creer que Pardee era el hombre más importante de la organización clandestina Harkonnen del lugar. El mensaje... es algo que podría tener graves consecuencias o ninguna. Se puede interpretar de varias maneras.

—¿Por qué es tan problemático el mensaje?

—Es un fragmento, mi señor. Está incompleto. Era un film minimic que tenía la habitual cápsula de destrucción. Conseguimos detener el ácido justo antes de que acabase de corroerlo y solo salvamos un fragmento. No obstante, se trata de un fragmento muy evocador.

—¿Sí?

Hawat se humedeció los labios.

—Dice: «... eto nunca sospechará, y cuando reciba el golpe de una mano tan querida, solo saber de dónde proviene bastará para destruirlo». La nota llevaba el sello personal del barón; lo he comprobado yo mismo.

—Tus sospechas son fundadas —dijo el duque con una voz que se había vuelto más fría de improviso.

—Me cortaría los brazos antes que hacerle daño —dijo Hawat—. Mi señor, y si...

—La dama Jessica —dijo Leto, y sintió cómo le consumía la rabia—. ¿No has podido sonsacarle más a ese Pardee?

—Por desgracia, Pardee ya no estaba entre los vivos cuando logramos interceptar el mensajero. Y estoy seguro de que el mensajero no sabía lo que llevaba.

—Comprendo.

Leto agitó la cabeza y pensó: «Qué maniobra tan rastrera. No puede ser cierto. Conozco a mi mujer».

—Mi señor, si...

—¡No! —espetó el duque—. Tiene que haber algún error...

—No podemos ignorarlo, mi señor.

—¡Lleva conmigo desde hace dieciséis años! Ha tenido innumerables oportunidades para... ¡Tú mismo investigaste la escuela y a ella!

—Hay cosas que pueden escapárseme —dijo Hawat con amargura.

—¡Te digo que es imposible! Los Harkonnen quieren destruir toda la estirpe de los Atreides, incluido a Paul. Ya lo han intentado una vez. ¿Cómo va una mujer a conspirar contra su propio hijo?

—Quizá no conspire contra su hijo y el atentado de ayer solo haya sido una farsa.

—No era ninguna farsa.

—Señor, se supone que ella no sabe cuál es su ascendencia, pero ¿y si lo supiese? ¿Y si se hubiese quedado huérfana, sin familia por culpa de los Atreides?

—Hubiera actuado hace ya mucho tiempo. Veneno en mi bebida, un puñal en la noche. ¿Quién hubiera tenido mejores oportunidades de acercarse a mí?

—Los Harkonnen quieren destruiros, mi señor. Sus intenciones no se limitan solo a mataros. Existe toda una gama de sutiles distinciones en el kanly. Podrían llegar a hacer de la venganza toda una obra de arte.

El duque hundió los hombros. Cerró los ojos y lució viejo y cansado.

«No puede ser —pensó—. Esa mujer me ha abierto su corazón.»

—¿Qué mejor manera de destruirme que sembrar sospechas contra la mujer que uno ama? —preguntó.

—Una interpretación que también he considerado —dijo Hawat—. Sin embargo...

El duque abrió los ojos, miró a Hawat y pensó: «Que sospeche. Ese es su trabajo, no el mío. Quizá alguien cometa una imprudencia si hago como que me lo creo todo».

—¿Qué sugieres? —susurró el duque.

—Por el momento, vigilancia constante, mi señor. No hay que perderla de vista ni un momento. Me ocuparé personalmente de que se haga con discreción. Idaho sería la persona ideal para el trabajo: quizá en una o dos semanas volvamos a tenerlo por aquí. Entre los hombres de Idaho hay un joven que hemos adiestrado y que podría ser su sustituto ideal entre los Fremen. Está muy dotado para la diplomacia.

—No podemos correr el riesgo de poner en peligro nuestra amistad con los Fremen.

—Por supuesto que no, señor.

—¿Y qué me dices de Paul?

—Quizá podríamos avisar al doctor Yueh.

El duque se dio la vuelta y le dio la espalda a Hawat.

—Lo dejo en tus manos.

—Seré discreto, mi señor.

«De eso no me cabe duda», pensó Leto.

Luego dijo:

—Voy a dar una vuelta. Si me necesitas, estaré en el interior del recinto. La guardia puede...

—Mi señor, antes de que os marchéis quisiera que leyerais un filmclip. Es un primer análisis aproximativo de la religión de los Fremen. Recordad que me pedisteis que preparara un informe sobre el tema.

El duque se quedó en silencio y luego habló sin girarse:

—¿No puede esperar?

—Por supuesto, mi señor. Pero vos me preguntasteis qué era lo que gritaban. Era «¡Mahdi!», una palabra que iba dirigida al joven amo. Cuando ellos...

—¿A Paul?

—Sí, mi señor. En este lugar tienen una leyenda, una profecía que anuncia la llegada de un líder, hijo de una Bene Gesserit, que los guiará hacia la verdadera libertad. Sigue el patrón mesiánico habitual.

—¿Y creen que Paul es ese... ese...?

—Solo tienen la esperanza de que lo sea, mi señor. —Hawat le tendió la cápsula del filmclip.

El duque la cogió y se la guardó en el bolsillo.

—Lo veré más tarde.

—Claro, mi señor.

—Por el momento, necesito tiempo para... pensar.

—Sí, mi señor.

El duque respiró hondo y salió de la estancia a grandes zancadas. Giró por el pasillo a la derecha con las manos cruzadas a la espalda y sin prestar mucha atención a sus alrededores. Recorrió pasillos, escaleras, terrazas y salas... gente que le saludaba y se echaba a un lado para dejarle pasar.

Un tiempo después, volvió a la sala de conferencias. Las luces estaban apagadas, y Paul dormía sobre la mesa cubierto con el capote de un guardia y con un saco de equipaje de almohada. El duque avanzó sin hacer ruido hacia el fondo de la sala y salió a la terraza que dominaba el campo de aterrizaje. En la esquina había un guardia que se cuadró al reconocer al duque bajo el tenue reflejo de las luces del campo.

—Descanse —murmuró el duque. Se apoyó en el frío metal de la balaustrada.

El silencio que precedía al alba reinaba sobre la desértica depresión. Alzó la mirada: sobre él, las estrellas eran como un manto de brillantes lentejuelas sobre el añil del cielo. La segunda luna nocturna colgaba baja sobre el horizonte meridional entre un halo de polvo, una luna malévola que lo miraba con luz cínica.

Mientras el duque la miraba, la luna se hundió entre los acantilados aserrados de la Muralla Escudo que cubrió de un reflejo níveo, y el hombre sintió un escalofrío en la repentina y densa oscuridad. Se estremeció.

La ira se apoderó de él.

«Los Harkonnen me han entorpecido, acosado y perseguido por última vez —pensó—. ¡No son más que un montón de estiércol con cerebro de dictador! ¡Pero conmigo se acabó! —Luego añadió, con un toque de amargura—: Debo gobernar con el ojo tanto como con las garras, igual que hace el halcón con aves más débiles.»

Su mano acarició el emblema del halcón de su túnica inconscientemente.

Por el este, la noche se topó con un halo de gris luminosidad, y luego una opalescencia anacarada ofuscó las estrellas. El horizonte al completo terminó por verse invadido por la resplandeciente luz del alba.

Era una escena tan bella que cautivó toda su atención.

«Algunas cosas mendigan nuestro amor», pensó.

Jamás hubiera imaginado que en aquel planeta existiese algo tan hermoso como ese horizonte rojo contra el reflejo ocre y púrpura de los acantilados aserrados. Al otro lado del campo de aterrizaje, donde el escaso rocío nocturno había tocado la vida de las presurosas simientes de Arrakis, vio florecer enormes manchas de flores rojas sobre las que avanzaba una trama violeta, como pasos de un invisible gigante.

—Un maravilloso amanecer, señor —dijo el guardia.

—Sí, lo es.

El duque inclinó la cabeza y pensó: «Quizá este planeta pueda crecer y desarrollarse. Tal vez pueda convertirse en un buen hogar para mi hijo».

Después vio unas figuras humanas que avanzaban por los campos de flores y los barrían con sus extraños utensilios parecidos a hoces: recolectores de rocío. El agua era tan valiosa en aquel planeta que hasta el rocío debía ser recolectado.

«Pero puede ser también un mundo abominable», pensó el duque.

Es probable que no haya un momento más terrible en nuestra vida que aquel en que uno descubre que su padre es un hombre, hecho de carne y hueso.

De *Frases escogidas de Muad'Dib*,
por la princesa Irulan

—Paul —dijo el duque—, estoy haciendo algo odioso pero necesario.

Se encontraba de pie junto al detector de venenos portátil que habían llevado a la sala de conferencias junto con el desayuno. Los brazos sensores del aparato pendían inertes sobre la mesa y le recordaron a Paul a las patas de un insecto extraño que hubiese muerto recientemente.

El duque tenía la mirada centrada fuera de las ventanas, en el campo de aterrizaje y el polvo que se levantaba en el cielo matutino.

Paul observaba por un visor que tenía frente a él un corto filmclip sobre las prácticas religiosas de los Fremen. El clip había sido compilado por uno de los expertos de Hawat, y Paul se sintió turbado por las referencias a sí mismo que contenía.

«¡Mahdi!»

«¡Lisan al-Gaib!»

Cerró los ojos y volvió a oír los gritos de la multitud.

«Así que es eso lo que esperan», pensó.

Luego recordó lo que había dicho la Reverenda Madre: Kwisatz Haderach. Los recuerdos despertaron de nuevo en él la sensación de una terrible finalidad y poblaron ese extraño mundo de impresiones que aún no conseguía comprender.

—Algo odioso —repitió el duque.

—¿Qué quieres decir, señor?

Leto se giró y miró a su hijo.

—Los Harkonnen piensan engañarme destruyendo mi confianza en tu madre. Ignoran que sería más fácil hacerme perder la confianza en mí mismo.

—No comprendo, señor.

Leto se volvió a girar hacia las ventanas. El blanco sol ya estaba bien alto en el cuadrante matutino. La lechosa claridad hacía resaltar un hervor de nubes polvorientas que amarilleaban sobre los profundos acantilados que cubrían y se intercalaban por toda la Muralla Escudo.

El duque explicó a Paul todo lo referente a la misteriosa nota, despacio y en voz baja para contener la ira.

—También podríamos dudar de mí por esa misma razón —dijo Paul.

—Deben creer que han tenido éxito —dijo el duque—. Es preciso que crean que soy tan imbécil como para pensar que es posible. Ha de parecer auténtico. Ni siquiera tu madre debe saber nada.

—¿Por qué, señor?

—Tu madre no debe actuar. Es capaz de las mejores acciones, vaya que sí... pero hay demasiadas cosas en juego. Debo desenmascarar al traidor. Es necesario que le convenza de que he caído de pleno en el engaño. Mejor herirla así que hacerla sufrir luego cien veces más.

—¿Por qué me lo cuentas, padre? Podría confiárselo a ella.

—No formas parte del plan de los Harkonnen —dijo el duque—. Y guardarás el secreto. Es necesario. —Se acercó a la ventana y continuó hablando sin darse la vuelta—: De este modo, si me ocurriera algo, podrías decirle la verdad, que nunca dudé de ella, ni un solo instante. Quiero que lo sepa si las cosas salen mal.

Paul sintió la muerte que se ocultaba tras las palabras de su padre y dijo al momento:

—No te ocurrirá nada, señor. El...

—Silencio, hijo.

Paul contempló la espalda de su padre y notó la fatiga en la curva de su cuello, en la línea de sus hombros y en la lentitud de sus movimientos.

—Solo estás algo cansado, padre.

—Estoy cansado, sí —admitió el duque—. Moralmente cansado. La melancólica degeneración de las Grandes Casas quizá haya terminado por alcanzarme. Y éramos tan fuertes en el pasado.

—¡Nuestra Casa no ha degenerado! —espetó Paul con rabia.

—¿Eso crees?

El duque se dio la vuelta para encarar a su hijo y le dedicó un cínico fruncimiento de labios que se abrió paso en su gesto bajo los círculos negros que le rodeaban los ojos.

—Debería de haberme casado con tu madre, convertirla en mi duquesa. Sin embargo... mi condición de soltero hace que algunas Casas aún esperen poder aliarse conmigo casándome con alguna de sus hijas. —Se encogió de hombros—. Así que yo...

—Madre me lo ha explicado.

—No hay nada que consiga tanta lealtad hacia un líder como su audacia —dijo el duque—. Por lo que siempre he cultivado esa audacia.

—Lideras bien —protestó Paul—. Gobiernas bien. Los hombres te siguen por voluntad propia y te quieren.

—Mis equipos de propaganda son de los mejores —dijo el duque. Se volvió a dar la vuelta para estudiar el paisaje de la cuenca—. Arrakis nos brinda muchas más oportunidades de las que jamás haya sospechado el Imperio. Y, pese a todo, hay veces que pienso que lo mejor hubiese sido huir y convertirnos en renegados. A veces desearía poder ocultarnos en el anonimato entre la gente, estar menos expuestos a...

—¡Padre!

—Sí, estoy cansado —dijo el duque—. ¿Sabías que ya estamos usando los residuos de la especia como materia prima para fabricar película virgen?

—¿Señor?

—La necesitamos sin duda —dijo el duque—. De otro modo, ¿cómo podríamos inundar los pueblos y las ciudades con nuestra propaganda? La gente tiene que saber lo bien que gobierno. ¿Y cómo va a enterarse si no se lo decimos?

—Deberías descansar un poco —dijo Paul.

El duque miró de nuevo a su hijo.

—Había olvidado mencionar otra gran ventaja de Arrakis. Aquí hay especia por todas partes. Uno la respira y se la come con cualquier cosa. Y he descubierto que eso confiere cierta inmunidad natural contra algunos de los venenos más comunes del Manual de Asesinos. Y la necesidad de controlar la menor gota de agua hace que haya que realizar una estrecha supervisión a toda la producción alimenticia: grasas, hidroponía, alimentos químicos, todo. No podemos eliminar a gran parte de la población valiéndonos del veneno, pero del mismo modo es imposible atacarnos con él. Arrakis nos obliga a ser morales y éticos.

Paul hizo un amago de hablar, pero el duque lo interrumpió:

—Tengo que tener a alguien a quien poder contarle todo esto, hijo. —Suspiró y volvió a mirar el árido paisaje en el que hasta las flores habían desaparecido, aplastadas por los recolectores de rocío y abrasadas por el sol—. En Caladan, gobernábamos gracias a la supremacía aérea y marítima —dijo—. Aquí, debemos conseguir la supremacía desértica. Esa es tu herencia, Paul. ¿Qué será de ti si me ocurre algo? No tendrás una Casa renegada, sino una Casa de guerrilleros, una perseguida a la que intentarán dar caza.

Paul buscó palabras para responder, pero no encontró ninguna. Jamás había visto a su padre tan abatido.

—Para conservar Arrakis —dijo el duque—, uno ha de enfrentarse a decisiones que le pueden costar el respeto por uno mismo. —Señaló al exterior, hacia el estandarte verde y negro de los Atreides que colgaba lánguido de un mástil al borde del campo de aterrizaje—. Puede que esa honorable bandera llegue a simbolizar cosas malditas algún día.

Paul tragó saliva en su garganta seca. Las palabras de su padre parecían fútiles, pero estaban cargadas de un fatalismo que hacía sentir una sensación de vacío en el pecho.

El duque sacó una tableta antifatiga de un bolsillo y la tragó sin ayuda de ningún líquido.

—La supremacía y el miedo —dijo—. Los instrumentos de gobierno. Daré órdenes de que se intensifique tu entrenamiento para la guerrilla. Ese filmclip... te llaman «Mahdi», «Lisan al-Gaib». Es algo que podrías usar como último recurso.

Paul miró a su padre con fijeza y observó que sus hombros se erguían a medida que la tableta iba haciendo efecto, pero no olvidó las palabras de duda y temor que acababa de oír.

—¿Por qué el ecólogo tarda tanto? —murmuró el duque—. Le he dicho a Thufir que quería verlo lo más pronto posible.

Mi padre, el emperador Padishah, me cogió un día de la mano y, gracias a las enseñanzas de mi madre, sentí que algo le inquietaba. Me condujo a la Sala de Retratos, hasta el egosímil del duque Leto Atreides. Observé el enorme parecido entre ellos, tanto mi padre como ese hombre del retrato compartían un rostro delgado y elegante dominado por la misma mirada fría. «Hija princesa —dijo mi padre—, me hubiera gustado que tuvieses más edad cuando a este hombre le llegó el momento de elegir una mujer.» En aquella época mi padre tenía setenta y un años, y no parecía mayor que el hombre del retrato. Yo solo tenía catorce años, y aún recuerdo haber deducido entonces que mi padre deseaba en secreto que el duque fuese su hijo y que odiaba las necesidades políticas que los convertían en enemigos.

De *En la casa de mi padre*,
por la princesa Irulan

El primer encuentro con la gente a la que se le había ordenado traicionar perturbó al doctor Kynes. Se vanagloriaba de ser un científico para el que las leyendas no eran más que indicios interesantes que revelaban las raíces de una cultura. Sin embargo, aquel muchacho personificaba la antigua profecía con gran precisión. Tenía «ojos inquisitivos» y un aire de «reservado candor».

Lo cierto era que la profecía no precisaba si la Diosa Madre iba a llegar con el Mesías o lo daría a luz al llegar, pero le resultaba muy curiosa esa extraña correspondencia entre las personas y los vaticinios.

El encuentro tuvo lugar a media mañana, fuera del edificio administrativo del campo de aterrizaje de Arrakeen. Un ornitóptero sin distintivo estaba posado en tierra en modo de espera y emitía un ligero zumbido parecido al de un insecto somnoliento. A su lado había un guardia Atreides con la espada desenvainada y circundado por la ligera distorsión del aire que producía su escudo.

Kynes miró con desdén el patrón desdibujado del escudo y pensó: «¡Arrakis les tiene preparada una buena sorpresa como sigan usándolos!».

El planetólogo levantó una mano para indicar a sus guardias Fremen que se mantuvieran alejados. Avanzó a zancadas en dirección a la entrada del edificio, un agujero negro en la roca revestida de plástico. Le dio la impresión de que aquel edificio monolítico era muy vulnerable. Mucho menos apropiado que una caverna.

Un movimiento en la entrada atrajo su atención. Se detuvo y aprovechó la ocasión para ajustarse la túnica y la sujeción del destiltraje en su hombro izquierdo.

Las puertas de entrada se abrieron de par en par. Unos guardias Atreides salieron al momento. Todos iban bien armados: aturdidores de descarga lenta, espadas y escudos. Tras ellos apareció un hombre alto, de facciones aguileñas y la piel y el cabello oscuros. Llevaba una capa jubba con el emblema de los Atreides bordado en el pecho, y se le notaba incómodo bajo esa indumentaria tan poco habitual. La capa se pegaba a las perneras del destiltraje por uno de los lados, lo que la dejaba rígida, carente de movilidad y ritmo.

Junto al hombre caminaba un joven con los mismos cabellos

negros pero el rostro más redondeado. Parecía algo bajo para los quince años que Kynes sabía que tenía, pero el poder y la seguridad emanaban de su porte, como si tuviera la capacidad de distinguir y reconocer a su alrededor muchas cosas que eran invisibles para los demás. Llevaba el mismo tipo de capa que su padre, aunque con una naturalidad que hacía pensar que solía llevarla siempre.

«El Mahdi conocerá cosas que los demás serán incapaces de ver», rezaba la profecía.

Kynes agitó la cabeza y pensó: «Solo son hombres».

Junto a ellos, vestido también para el desierto, había otra persona a la que Kynes reconoció: Gurney Halleck. Kynes respiró hondo para calmar su resentimiento hacia Halleck, quien lo había instruido para saber cómo debía comportarse con el duque y el heredero ducal.

«Deberéis llamar al duque "señor" o "mi señor". "Noble Nacido" también es correcto, pero suele reservarse para ocasiones más formales. El hijo debe ser llamado "joven amo" o "mi señor". El duque es un hombre muy indulgente, pero no tolera la menor familiaridad.»

Mientras observaba cómo el grupo se acercaba, Kynes pensó: «Muy pronto aprenderán quién es el verdadero señor de Arrakis. ¿Van a hacer que ese mentat se pase media noche interrogándome? ¿De verdad esperan de mí que les guíe a inspeccionar una explotación de especia?».

A Kynes no se le había escapado el verdadero significado de las preguntas de Hawat. Querían las bases imperiales. Era obvio que Idaho les había revelado su existencia.

«Ordenaré a Stilgar que envíe la cabeza de Idaho a su duque», dijo Kynes para sí.

El grupo ducal ya se encontraba a pocos pasos, y oyó cómo sus botas hacían crujir la arena.

Kynes se inclinó.

—Mi señor duque.

Mientras se acercaban a la solitaria figura de pie junto al ornitóptero, Leto no había dejado de estudiarla: alta, delgada, cubierta por la holgada túnica del desierto, destiltraje y botas bajas. El hombre había echado atrás la capucha, y el velo colgaba a un lado, lo que dejaba al descubierto unos largos cabellos del color de la arena y una barba rala. Sus ojos eran de aquel insondable azul sobre azul y resplandecían bajo unas cejas pobladas. Unas manchas negras marcaban las cuencas de sus ojos.

—Sois el ecólogo —dijo el duque.

—Aquí preferimos el nombre antiguo, mi señor —dijo Kynes—. Planetólogo.

—Como prefiráis —dijo el duque. Miró a Paul—. Hijo, este es el Árbitro del Cambio, el juez de las disputas, el hombre que tiene la misión de procurar que se cumplan todas las formalidades en nuestra toma de posesión de este feudo. —Miró de nuevo a Kynes—. Este es mi hijo.

—Mi señor —saludó Kynes.

—¿Sois un Fremen? —preguntó Paul.

Kynes sonrió.

—Me han aceptado tanto en el sietch como en el poblado, joven amo. Pero estoy al servicio de Su Majestad: soy el planetólogo imperial.

Paul asintió, impresionado por la fuerza que emanaba de aquel hombre. Halleck le había señalado a Kynes desde una de las ventanas superiores del edificio administrativo:

—Es ese hombre que está ahí quieto con la escolta Fremen, el que ahora se dirige hacia el ornitóptero.

Paul había examinado brevemente a Kynes con los binoculares y observado la boca delgada y recta, la frente alta. Halleck le había susurrado al oído:

—Un tipo extraño. Habla con precisión: claro y sin ambigüedades, como si cortara las palabras con una navaja.

Tras ellos, el duque había añadido:

—Un hombre de ciencia.

Ahora que se encontraba a pocos pasos de él, Paul sentía la fuerza que emanaba de Kynes, el impacto de su personalidad, como si fuera un hombre de sangre real y hubiera nacido para gobernar.

—Debemos daros las gracias por los destiltrajes y las capas jubba —dijo el duque.

—Espero que os hayan servido, mi señor —dijo Kynes—. Son de manufactura Fremen, y han intentado respetar tanto como han podido las dimensiones facilitadas por vuestro hombre Halleck aquí presente.

—Según tengo entendido, habéis dicho que no podríais llevarnos hasta el desierto si no usábamos esta vestimenta —dijo el duque—. Podemos llevar gran cantidad de agua. No tenemos intención de permanecer fuera mucho tiempo y además tendremos cobertura aérea, la escolta que podéis ver sobre nosotros. Es poco probable que sea vean obligados a aterrizar.

Kynes lo miró fijamente y examinó la carne rica en agua del duque. Habló con frialdad.

—Nunca hables de probabilidades en Arrakis. Habla tan solo de posibilidades.

Halleck se tensó.

—¡Dirigíos al duque como mi señor!

Leto le hizo su gesto personal para indicarle que se quedara en silencio y dijo:

—Somos nuevos aquí, Gurney. Debemos hacer concesiones.

—Como deseéis, señor.

—Estamos en deuda con usted, doctor Kynes —dijo Leto—. Esos trajes y vuestra preocupación por nuestra seguridad no serán olvidados.

Paul se vio obligado a citar un párrafo de la Biblia Católica Naranja:

—«El regalo es la bendición de quien lo hace» —dijo.

Las palabras resonaron con fuerza en el silencio del ambiente. Los Fremen que Kynes había dejado a la sombra del edificio administrativo se pusieron de pie y murmuraron con emoción. Uno de ellos gritó:

—¡Lisan al-Gaib!

Kynes se giró de repente e hizo un gesto imperativo con la mano. Los guardias retrocedieron y se cobijaron de nuevo a la sombra del edificio entre murmullos.

—Muy interesante —dijo Leto.

Kynes dedicó una mirada impertérrita al duque y a Paul. Luego dijo:

—La mayoría de los nativos del desierto son supersticiosos. No merecen vuestra atención. No desean haceros mal alguno.

Pero pensó en las palabras de la leyenda: «Te darán la bienvenida con las Palabras Sagradas y tus regalos serán una bendición».

La opinión que Kynes le merecía a Leto, basada en parte en el breve informe verbal de Hawat (precavido y muy suspicaz), cristalizó de improviso: aquel hombre era Fremen. Kynes había venido con una escolta Fremen, lo que podía significar que los Fremen solo estaban poniendo a prueba su nueva libertad de entrar en las zonas urbanas, aunque dicha escolta parecía más bien una guardia de honor. Y por sus formas, Kynes parecía un hombre orgulloso, acostumbrado a la libertad y con una lengua y unos modales que solo respondían ante su suspicacia. La observación de Paul había sido directa y pertinente.

Kynes se había convertido en un nativo.

—¿No deberíamos partir, señor? —preguntó Halleck.

El duque asintió.

—Pilotaré mi propio tóptero. Kynes puede sentarse delante, junto a mí, para guiarme. Paul y tú iréis en los asientos de atrás.

—Un momento, por favor —dijo Kynes—. Con vuestro permiso, señor, debo controlar la seguridad de vuestros trajes.

El duque hizo un amago de responder, pero Kynes insistió:

—Me preocupo por mi pellejo tanto como por el vuestro... mi señor. Sé perfectamente a quién degollarían si os ocurriera algo mientras estáis a mi cargo.

El duque frunció el ceño y pensó: «¡Qué momento tan delicado! Puede que le ofenda si rechazo la oferta, y es un hombre que puede convertirse en alguien de un valor inestimable para mí. Sin embargo... dejarle penetrar así mi escudo para tocarme cuando aún sé tan poco sobre él...».

Los pensamientos revoloteaban por su mente perseguidos por la decisión que debía tomar de inmediato.

—Estamos en vuestras manos —dijo el duque. Dio un paso al frente y se abrió la túnica, mientras veía cómo Halleck se alzaba sobre la punta de los pies, inmóvil y atento, aunque aparentemente tranquilo—. Y si sois tan amable —prosiguió el duque—, os agradeceré cualquier información que me podáis dar sobre este traje. Me gustaría oírla de la boca de alguien que vive con uno.

—Sin problema —dijo Kynes. Metió la mano bajo la túnica para comprobar las fijaciones de los hombros y habló mientras examinaba el resto—. Se trata básicamente de un tejido de varias microcapas, un filtro de alta eficacia y un sistema de intercambio de calor. —Ajustó las fijaciones de los hombros—. La capa que está en contacto con la piel es porosa. El sudor la atraviesa después de haber enfriado el cuerpo y sigue un proceso de evaporación casi normal. Las otras dos capas... —Kynes apretó el pectoral— contienen filamentos de intercambio de calor y precipitadores de sal. Así es como se recupera la sal.

El duque levantó los brazos y dijo:

—Muy interesante.

—Respirad hondo —pidió Kynes.

El duque obedeció.

Kynes examinó las fijaciones de las axilas y ajustó una.

—Los movimientos del cuerpo, sobre todo la respiración y algunos movimientos osmóticos, proveen al cuerpo de la energía suficiente para el bombeo. —Aflojó un poco el pectoral—. El agua recuperada circula y termina yendo a parar a los bolsillos de recuperación, de donde uno puede sorberla a través de este tubo fijado en el cuello.

El duque ladeó la cabeza para ver el extremo del tubo.

—Simple y eficiente —dijo—. Una ingeniería magnífica.

Kynes se arrodilló para examinar las fijaciones de las piernas.

—La orina y las heces se procesan en el revestimiento de los muslos —dijo al tiempo que se levantaba y extendía una mano hacia la fijación del cuello y levantaba una solapa—. En pleno desierto, deberéis llevar este filtro sobre el rostro y este tubo en los orificios nasales, fijado con estos tampones. Se inspira a través del filtro de la boca y se espira a través del tubo de la nariz. Con un traje Fremen en buenas condiciones, no perderéis más de un dedal de humedad al día, aunque os perdierais en el Gran Erg.

—Un dedal por día —dijo el duque.

Kynes apretó un dedo contra el recubrimiento de la frente del traje y dijo:

—Aquí es probable que el roce produzca irritación. En ese caso, decídmelo y apretaré un poco más.

—Gracias —dijo el duque. Movió los hombros mientras Kynes retrocedía y se sintió mucho más cómodo ahora que el traje estaba mejor ajustado y le irritaba menos.

Kynes se giró hacia Paul.

—Ahora vamos a por vos, joven.

«Un buen hombre —pensó el duque—. Pero tendrá que aprender a dirigirse a nosotros con propiedad.»

Paul permaneció impasible mientras Kynes le inspeccionaba el traje. Ponerse aquella prenda arrugada y resbaladiza le había causado una sensación extraña. Era muy consciente de que nunca jamás se había enfundado un destiltraje hasta ese momento. Sin embargo, mientras se lo ajustaba bajo la torpe dirección de Gurney, cada movimiento le había parecido natural e instintivo. Cuando había apretado el pectoral para conseguir el mayor bombeo posible al respirar, había sabido exactamente lo que hacía y para qué. Cuando había afianzado bien fuerte las correas del cuello y de la frente, había sabido que era indispensable para evitar escaras.

Kynes se levantó y retrocedió con expresión desconcertada.

—¿Os habíais puesto antes un destiltraje? —preguntó.

—Es la primera vez.

—¿Os lo ha ajustado alguien, entonces?

—No.

—Vuestras botas del desierto están colocadas para poder mover bien los tobillos. ¿Quién os lo ha enseñado?

—Me... me ha parecido que era la forma correcta de ponérmelas.

—Sí que lo es.

Kynes se frotó la barbilla y pensó en la leyenda: «Conocerá vuestras costumbres como si hubiera nacido entre vosotros».

—Estamos perdiendo el tiempo —dijo el duque. Hizo un gesto en dirección al tóptero que esperaba y avanzó hacia él al tiempo que aceptaba el saludo del guardia con una inclinación de la cabeza. Subió a bordo, se puso el cinturón de seguridad y revisó los controles e instrumentos. El aparato chirrió cuando entraron los demás.

Kynes se puso el cinturón mientras contemplaba la lujosa cabina acolchada: tapizado blando y gris verdoso, instrumentos brillantes, la sensación del aire fresco y filtrado que inundó sus pulmones cuando se cerraron las compuertas y los ventiladores se pusieron en marcha.

«¡Cuánta comodidad!», pensó.

—Todo a punto, señor —dijo Halleck.

Leto envió energía a las alas, y sintieron cómo estas ascendían y descendían una y dos veces. A los diez metros de carrera remontaron el vuelo. Las alas se estremecieron un poco, y los propulsores traseros los elevaron con estabilidad y entre silbidos.

—Al sudeste, por encima de la Muralla Escudo —dijo Kynes—. Allí es donde he dicho a vuestro maestro de arena que concentrara su equipamiento.

—De acuerdo.

El duque elevó el aparato hasta que se vio rodeado por la cobertura aérea del resto de tópteros, que se colocaron de inmediato en formación.

—El diseño y manufactura de estos destiltrajes denota un alto grado de sofisticación —dijo el duque.

—Puede que algún día os pueda enseñar una fábrica sietch —dijo Kynes.

—Me interesaría mucho —dijo el duque—. He observado que los trajes también se confeccionan en algunas de las guarniciones.

—Son copias inferiores —dijo Kynes—. Cualquier hombre de Dune que tenga aprecio por su pellejo utiliza trajes Fremen.

—¿Y mantiene la pérdida de agua en el límite de un dedal por día?

—Si el traje está bien puesto, con la visera frontal bien apretada y todas las fijaciones en perfecto estado, la mayor pérdida de agua se produce a través de las palmas de las manos —dijo

Kynes—. Uno también puede llevar guantes cuando no hay que realizar trabajos delicados, pero en el desierto la mayor parte de los Fremen prefieren frotarse las manos con la savia de las hojas del arbusto creosota. Inhibe la transpiración.

El duque bajó la mirada y a la izquierda vio el paisaje irregular de la Muralla Escudo: desfiladeros de rocas retorcidas, manchas amarillas y pardas marcadas por las franjas negras de las fallas. Era como si alguien hubiera lanzado desde el espacio aquel inmenso macizo para dejarlo tal y como había caído.

Cruzaron una depresión poco profunda en la que se extendían largos tentáculos de arena gris proveniente de un cañón abierto al sur. Los dedos de arena parecían escapar hacia la depresión, como un delta seco que destacara contra la roca oscura.

Kynes se reclinó y pensó en toda la carne repleta de agua que había sentido bajo los destiltrajes. Llevaban cinturones escudo bajo las túnicas, aturdidores de descarga lenta a la cintura y transmisores miniatura de emergencia colgados del cuello. Tanto el duque como su hijo portaban puñales de muñeca enfundados, y las fundas parecían ser de buena calidad. Kynes se quedó sorprendido con la mezcla de delicadeza y fuerza de aquellas personas. Poseían una elegancia que los hacía muy distintos de los Harkonnen.

—Cuando presentéis vuestro informe sobre el cambio de gobierno al emperador, ¿pensáis decirle que hemos acatado las reglas? —preguntó Leto. Miró a Kynes, y luego volvió a concentrarse en el rumbo.

—Los Harkonnen se han ido y ahora vos estáis aquí —dijo Kynes.

—¿Y todo se ha hecho como debería? —preguntó Leto.

Una tensión momentánea se dibujó en un músculo a lo largo de la mandíbula de Kynes.

—Como planetólogo y Árbitro del Cambio dependo directamente del Imperio... mi señor.

El duque sonrió sin alegría.

—Pero ambos sabemos cuál es la realidad.

—Debo recordaros que Su Majestad apoya mi trabajo.

—¿Sí? ¿Y cuál es vuestro trabajo?

En el breve silencio que siguió, Paul pensó: «Se está precipitando a la hora de presionar a Kynes».

Paul miró a Halleck, pero el juglar guerrero contemplaba el desolado paisaje.

—Doy por hecho que os referís a mis trabajos de planetólogo —dijo Kynes con voz muy seca.

—Por supuesto.

—Pues, principalmente, consisten en la biología y la botánica de las tierras áridas... también algo de geología, perforaciones de la corteza y algunos experimentos. Un planeta proporciona oportunidades casi ilimitadas.

—¿Realizáis también investigaciones sobre la especia?

Kynes se giró, y Paul vio que el hombre apretaba los dientes.

—Es una pregunta muy curiosa, mi señor.

—No olvidéis que ahora este es mi feudo, Kynes. Mis métodos difieren de los de los Harkonnen. No me importa que estudiéis la especia, siempre que compartáis conmigo los resultados.

—Observó fijamente al planetólogo—. Los Harkonnen no alentaban las investigaciones acerca de la especia, ¿no es cierto?

Kynes se quedó mirándolo sin responder.

—Podéis hablar abiertamente —dijo el duque—. No temáis por vuestra vida.

—Es cierto que la Corte Imperial está muy lejos —murmuró Kynes. Y pensó: «¿Qué espera este invasor repleto de agua? ¿Me cree tan estúpido como para ponerme a su servicio?».

El duque soltó una risita y volvió a centrar su atención en los controles.

—Detecto cierta amargura en vuestra voz, señor. Como si pensarais que somos una pandilla de asesinos domesticados que nos hemos abalanzado sobre este mundo y que esperamos que admitáis de inmediato que somos diferentes a los Harkonnen, ¿no es cierto?

—He visto la propaganda con que habéis inundado sietch y poblados —dijo Kynes—. ¡Amad al buen duque! Vuestros cuerpos de...

—¡Tened cuidado! —aulló Halleck. Había dejado de mirar por la ventana para inclinarse hacia delante.

Paul puso la mano sobre el brazo de Halleck.

—¡Gurney! —dijo el duque. Giró la cabeza para mirarlo—. Este hombre ha servido a los Harkonnen durante mucho tiempo.

Halleck se volvió a sentar.

—Ya.

—Muy sutil este Hawat —dijo Kynes—, pero sus intenciones son demasiado evidentes.

—¿Nos abriréis las bases, entonces? —preguntó el duque.

—Son propiedades de Su Majestad —dijo Kynes con brusquedad.

—Nadie las usa.

—Podrían usarse.

—¿Su Majestad está de acuerdo?

Kynes fulminó al duque con la mirada.

—¡Arrakis podría ser un Edén si sus gobernantes se preocuparan por algo más que la especia!

«No ha respondido a mi pregunta», pensó el duque. Luego preguntó:

—¿Cómo es posible que un planeta pueda convertirse en un Edén sin dinero?

—¿De qué os sirve el dinero si no os procura los servicios que necesitáis? —preguntó a su vez Kynes.

«¡Oh, ya basta!», pensó el duque. Luego dijo:

—Hablaremos del tema en otra ocasión. Si no me equivoco, nos acercamos al borde de la Muralla Escudo. ¿Mantengo el mismo rumbo?

—Así es —murmuró Kynes.

Paul miró por la ventanilla. Debajo, la accidentada pared se precipitaba formando terrazas hasta una llanura de roca desnuda rematada por una acerada cornisa. Más allá del borde, unas dunas en forma de media luna y parecidas a uñas se alineaban hasta el horizonte, cruzadas aquí y allá en la lejanía por manchas oscuras que marcaban algo que no era arena. Afloramientos rocosos tal vez. Paul no se hubiera atrevido a asegurarlo debido al desconcierto que le producía aquel ambiente tan caluroso.

—¿Hay plantas ahí abajo? —preguntó.

—Algunas —respondió Kynes—. En estas latitudes, la vida

está compuesta principalmente por lo que llamamos pequeños ladrones de agua, que se depredan mutuamente la humedad y absorben hasta el más pequeño rastro de rocío. La vida bulle en algunas zonas del desierto, pero es una vida que ha aprendido a sobrevivir a los rigores del desierto. Si os vierais abandonado ahí abajo, tendríais que imitar estas formas de vida o morir.

—¿Os referís a robar el agua de los demás? —preguntó Paul. La idea le parecía ultrajante, y fue incapaz de evitar que se reflejara en su tono de voz.

—Así es —respondió Kynes—, pero eso no era lo que quería decir en realidad. Mirad, mi clima exige tener una actitud especial hacia el agua. Hay que estar pendiente de ella en cada momento. Nadie malgasta nada que contenga un poco de humedad.

«¡Ha dicho mi clima!», pensó el duque.

—Girad dos grados hacia el sur, mi señor —dijo Kynes—. Una borrasca avanza por el oeste.

El duque asintió. Había visto a lo lejos el torbellino de arena anaranjada. Hizo dar un giro al tóptero y observó el reflejo naranja del polvo sobre las alas de los aparatos de escolta que imitaban su maniobra.

—Así deberíamos evitar la tormenta —dijo Kynes.

—Volar en medio de esa arena debe de ser peligroso —dijo Paul—. ¿Puede de verdad atravesar los metales más duros?

—A esta altura no es arena, sino polvo —dijo Kynes—. Los principales peligros son la falta de visibilidad, las turbulencias y que se obstruyan las tomas de aire.

—¿Asistiremos hoy a una extracción de especia? —preguntó Paul.

—Lo más seguro —respondió Kynes.

Paul se reclinó en el asiento. Se había servido de las preguntas y de su hiperpercepción para hacer lo que su madre llamaba el «registro» de una persona. Ahora conocía mejor a Kynes: el tono de su voz y cada uno de los detalles más insignificantes de su rostro y sus gestos. Una extraña arruga en la manga izquierda de su túnica revelaba la presencia de un cuchillo enfundado en el brazo. Su talle también tenía un bulto muy curioso que indicaba que los hombres del desierto llevaban un fajín en el que guardaban pequeños objetos. Tenía que ser un fajín, ya que no podía tratarse de un cinturón escudo. Una aguja de cobre grabada con la imagen de una liebre cerraba al cuello la túnica de Kynes. Otra aguja más pequeña con la misma forma podía entreverse en el borde de la capucha que descansaba sobre sus hombros.

Halleck se giró en su asiento junto a Paul y extendió la mano hacia el compartimento trasero para coger el baliset. Kynes lo miró un instante mientras afinaba el instrumento, pero después volvió a contemplar el paisaje.

—¿Qué os gustaría oír, joven amo? —preguntó Halleck.

—Elige tú, Gurney —respondió Paul.

Halleck acercó la oreja a la caja armónica, rasgueó un acorde y cantó suavemente:

> *Nuestros padres comen maná en el desierto,*
> *en los lugares ardientes donde aúllan los vientos.*
> *¡Señor, sálvanos de esta horrible tierra!*
> *Sálvanos... ah-h-h-h, sálvanos*
> *de esta seca y sedienta tierra.*

Kynes lanzó una mirada al duque.

—Viajáis con una escolta de guardias muy reducida, mi señor. ¿Son todos igual de talentosos?

—¿Lo dices por Gurney? —El duque ahogó una risilla—. Gurney es un caso especial. Me gusta tenerlo a mi lado por sus ojos. Pocas cosas escapan a sus ojos.

El planetólogo frunció el ceño.

Sin perder el ritmo de su tonada, Halleck intercaló:

> *¡Porque soy como un búho del desierto, uh-uh!*
> *¡Aiyah! ¡Soy como un búho del desier... to!*

El duque se inclinó con brusquedad hacia delante, cogió un micrófono del panel de instrumentos, lo activó con un golpe del pulgar y dijo:

—Jefe a Escolta Gamma. Objeto volador a las nueve en punto, sector B. ¿Puedes identificarlo?

—Solo es un pájaro —indicó Kynes. Luego añadió—: Tenéis muy buena vista.

Se oyó un chasquido y luego una voz por el altavoz:

—Escolta Gamma. Objeto examinado con los aumentos al máximo. Es un pájaro de gran tamaño.

Paul miró en la dirección indicada y vio una mancha distante: un punto que se movía de manera irregular. Captó la tensión a la que estaba sometido su padre. Tenía todos los sentidos alerta.

—Ignoraba que existieran pájaros tan grandes en esta zona del desierto —dijo el duque.

—Es probable que sea un águila —explicó Kynes—. Un buen número de criaturas se han adaptado a este lugar.

El ornitóptero sobrevolaba una llanura de roca desnuda. Paul miró hacia abajo a través de dos mil metros de altitud y vio cómo por el suelo se deslizaban las quebradas sombras de su vehículo y los de la escolta. La superficie parecía llana a simple vista, pero la irregularidad de las sombras indicaba lo contrario.

—¿Hay alguien que haya conseguido escapar del desierto? —preguntó el duque.

Halleck interrumpió la tonada. Se inclinó hacia delante para oír la respuesta.

—Nunca del desierto profundo —dijo Kynes—. Ha habido hombres que han logrado salir de la zona secundaria varias veces. Han sobrevivido atravesando las áreas rocosas en las que no suele haber gusanos.

El timbre de la voz de Kynes llamó la atención de Paul. Notó que sus sentidos se alertaban tal y como lo hacían durante su adiestramiento.

—L-los gusanos —dijo el duque—. Me gustaría verlos en alguna ocasión.

—Puede que ese día sea hoy —dijo Kynes—. Donde hay especia, hay gusanos.

—¿Siempre? —preguntó Halleck.

—Siempre.

—¿Existe acaso una relación entre los gusanos y la especia? —preguntó el duque.

Kynes se giró, y Paul observó que fruncía los labios al responder.

—Defienden la arena de la especia. Cada gusano tiene un... territorio. En cuanto a la relación... ¿quién sabe? Los especímenes de gusanos que hemos examinado nos hacen sospechar que existen complicadas reacciones químicas en su cuerpo. Hemos encontrado rastros de ácido clorhídrico en sus conductos, e incluso tipos de ácido más complicados en otros lugares. Os proporcionaré una monografía que he realizado al respecto.

—¿Y los escudos no sirven para defenderse? —preguntó el duque.

—¡Los escudos! —rio Kynes—. Activad un escudo en una zona donde haya gusanos, y vuestro destino estará sellado. Los gusanos ignorarán la delimitación de sus territorios y se precipitarán desde todas partes para atacar el escudo. Ningún hombre provisto de escudo ha sobrevivido jamás a un ataque así.

—Entonces ¿cómo se capturan los gusanos?

—La única forma conocida de matar y conservar un gusano completo consiste en aplicar descargas eléctricas de alto voltaje a cada segmento —explicó Kynes—. Es posible aturdirlos y despedazarlos con explosivos, pero cada segmento tiene vida propia. Exceptuando las atómicas, no conozco ningún explosivo lo suficientemente potente como para destruir por completo un gusano de los grandes. Tienen una resistencia increíble.

—¿Por qué no se ha trabajado para exterminarlos? —preguntó Paul.

—Sería demasiado caro —dijo Kynes—. Hay mucha superficie que cubrir.

Paul se reclinó en su rincón. Su sentido de la verdad y la percepción de la más pequeña variación del tono de voz le decía que Kynes estaba mintiendo, o que al menos solo decía medias verdades. Pensó: «Si hay alguna relación entre la especia y los gusanos, matar a los gusanos podría significar destruir la especia».

—Muy pronto, nadie tendrá necesidad de salvarse por sí mismo en el desierto —dijo el duque—. Bastará con accionar este pequeño transmisor colgado del cuello y el personal acudirá en su ayuda. Todos nuestros trabajadores lo llevarán en pocos días. Organizaremos un servicio especial de salvamento.

—Muy loable —dijo Kynes.

—Vuestro tono indica que no estáis de acuerdo —dijo el duque.

—¿De acuerdo? Por supuesto que estoy de acuerdo, pero no servirá de mucho. La electricidad estática de las tormentas de arena inutiliza la mayor parte de las señales. Las transmisiones no sirven de nada. Ya lo hemos probado, ¿sabéis? Arrakis no tiene piedad con el equipamiento. Y uno no dispone de mucho tiempo cuando le ataca un gusano. Unos quince o veinte minutos, normalmente.

—¿Qué aconsejaríais vos? —preguntó el duque.

—¿Pedís mi consejo?

—Como planetólogo, sí.

—¿Y estaríais dispuesto a seguirlo?

—Si lo considero sensato.

—Muy bien, mi señor. Jamás viajéis solo.

El duque apartó la mirada de los controles.

—¿Eso es todo?

—Eso es todo. Jamás viajéis solo.

—¿Y qué ocurre si uno se ve aislado de los demás y obligado a aterrizar por culpa de una tormenta? —preguntó Halleck—. ¿No hay nada que hacer?

—«Nada» es un término demasiado amplio.

—¿Pues qué haríais vos? —preguntó Paul.

Kynes se giró hacia el muchacho parar dedicarle una dura mirada y luego se volvió a centrar en el duque.

—Lo primero sería intentar proteger la integridad de mi destiltraje. Si me encontrase entre las rocas o fuera de la región de los gusanos, permanecería junto al vehículo. Pero si me encontrara en una zona abierta con arena, me alejaría de la nave lo más rápido posible. Unos mil metros sería suficiente. Después me escondería bajo la túnica. El gusano destrozaría el tóptero, pero yo sobreviviría.

—¿Y después? —preguntó Halleck.

Kynes se encogió de hombros.

—Esperaría a que el gusano se marchara.

—¿Eso es todo? —preguntó Paul.

—Uno puede intentar salvarse caminando después de que se haya ido el gusano —dijo Kynes—. Hay que caminar despacio, evitando los tambores de arena y las depresiones de marea, al tiempo que se avanza hacia la zona rocosa más cercana. Hay muchas. Es posible conseguirlo.

—¿Los tambores de arena? —preguntó Halleck.

—Es un efecto de la compresión de la arena —dijo Kynes—. Hasta los pasos más ligeros los hacen retumbar. Y llaman la atención de los gusanos.

—¿Y las depresiones de marea? —preguntó el duque.

—Algunas depresiones del desierto se han ido llenando a través de los siglos hasta quedar repletas de arena. Las hay tan amplias que en su interior se producen corrientes y mareas. Se tragan a todo aquel incauto que se adentra en ellas.

Halleck se reclinó y continuó tocando el baliset. Cantó:

> *Bestias salvajes del desierto cazan aquí,*
> *acechando al inocente a su paso.*
> *Oh-h-h, no tentéis a los dioses del desierto.*
> *No queráis dejar vuestro solitario epitafio.*
> *Los peligros del...*

Se interrumpió y se inclinó hacia delante:

—Hay una nube de polvo ahí delante, señor.

—La he visto, Gurney.

—Es lo que buscamos —dijo Kynes.

Paul se alzó en su asiento para echar un vistazo y vio una nube amarillenta que giraba sobre la superficie del desierto a unos treinta kilómetros delante de ellos.

—Es una de vuestras recolectoras —dijo Kynes—. Está en el suelo, o sea, sobre la especia. La nube es arena que se expulsa después de ser centrifugada para extraer la especia. Son nubes muy particulares.

—Hay algo volando sobre ella —dijo el duque.

—Veo dos... tres... cuatro rastreadores —anunció Kynes—. Vigilan por si hay señales de gusanos.

—¿Señales de gusanos? —preguntó el duque.

—Una ondulación de arena que se dirija hacia el tractor. También tendrán sondas sísmicas en la superficie, ya que en ocasiones los gusanos se desplazan a demasiada profundidad y no forman ondulaciones. —Kynes escrutó el cielo—. Tendría que haber un ala de acarreo cerca, pero no la veo.

—El gusano siempre termina llegando, ¿no? —preguntó Halleck.

—Siempre.

Paul se inclinó y tocó el hombro de Kynes.

—¿Cuánto territorio suele cubrir cada gusano?

Kynes frunció el ceño. El muchacho no dejaba de hacer preguntas de adulto.

—Depende del tamaño.

—¿Cuál es la proporción? —preguntó el duque.

—Los más grandes pueden llegar a controlar hasta trescientos o cuatrocientos kilómetros cuadrados. Los más pequeños... —Se interrumpió cuando el duque pisó de improviso los propulsores de freno. El aparato serpenteó, los propulsores de cola se apagaron y las alas se distendieron al máximo para empezar a batir el aire. El vehículo se convirtió en un auténtico tóptero mientras el duque lo equilibraba, mantenía al mínimo el batir de las alas y señalaba con la mano izquierda un punto detrás del tractor, en dirección este.

—¿Ha sido una señal de gusano?

Kynes se inclinó sobre el duque para escrutar en la distancia.

Paul y Halleck se juntaron más para mirar en la misma dirección, y Paul vio que la escolta, a la que la maniobra repentina había pillado por sorpresa, había seguido avanzando y era ahora cuando daba un amplio giro para volver a su lado. La cosechadora estaba delante de ellos, a unos tres kilómetros todavía.

Allí donde había señalado el duque, entre las medias lunas de arena que se perdían en el horizonte, se movía una especie de montículo que formaba una línea recta que se perdía en lontananza. A Paul le recordó la estela que deja un enorme pez al nadar rozando la superficie del agua.

—Un gusano —dijo Kynes—. Uno de los grandes. —Se giró, cogió el micrófono del cuadro de mandos y lo conectó a nueva frecuencia. Luego consultó el mapa deslizable que se encontraba sujeto entre dos rollos sobre sus cabezas y habló por el micrófono—: Llamando al tractor en Delta Ajax nueve. Señales de gusano. Tractor en Delta Ajax nueve. Señales de gusano. Respondan, por favor.

Aguardó.

El altavoz emitió un chasquido y luego se oyó una voz que dijo:

—¿Quién llama a Delta Ajax nueve? Cambio.

—Parece que se lo toman con calma —dijo Halleck.

—Objeto no identificado al nordeste y a una distancia de tres kilómetros —dijo Kynes al micrófono—. Señales de gusano en ruta de intersección. Contacto estimado en unos veinticinco minutos.

Volvió a resonar el altavoz:

—Aquí Control de Rastreo. Avistamiento confirmado. Permanezcan en línea para confirmar el contacto. —Una pausa y luego—: Contacto en veintiséis minutos. El cálculo ha sido correcto. ¿Qué es el objeto no identificado? Cambio.

Halleck se quitó el cinturón de seguridad y se inclinó hacia delante, entre el duque y Kynes.

—¿Esta es la frecuencia habitual de trabajo, Kynes?

—Sí. ¿Por qué?

—¿Quién está a la escucha?

—Solo el equipo que trabaja en esta zona. Así se limitan las interferencias.

El altavoz volvió a chasquear y la voz dijo:

—Aquí Delta Ajax nueve. ¿Para quién será la prima por el avistamiento? Cambio.

Halleck miró al duque.

—Quien da la alarma tiene derecho a una prima proporcional a la recolección de especia —dijo Kynes—. Quieren saber...

—Pues decidles quién ha visto el gusano primero —dijo Halleck. El duque asintió.

Kynes titubeó, pero luego cogió el micrófono:

—La prima de avistamiento es para el duque Leto Atreides. Duque Leto Atreides. Cambio.

La voz del altavoz resonó seca y distorsionada, en parte por una serie de descargas de estática:

—Recibido y gracias.

—Ahora, decidles que se la repartan —ordenó Halleck—. Que así lo ha expresado el duque.

Kynes inspiró profundamente.

—El duque desea que el premio se reparta entre todo el equipo. ¿Comprendido? Cambio.

—Comprendido y gracias —dijo el altavoz.

—He olvidado mencionar que Gurney tiene también un gran talento para las relaciones públicas —dijo el duque.

Kynes dedicó a Halleck una mirada inquisitiva.

—Esto servirá para que los hombres sepan que el duque se preocupa por su seguridad —dijo Halleck—. Correrá la voz. Si la frecuencia solo se usa en la zona de trabajo, no es probable que nos hayan oído los agentes Harkonnen. —Levantó la mirada hacia la escolta aérea—. Y formamos una fuerza considerable. Valía la pena arriesgarse.

El duque inclinó el vehículo hacia la nube de arena que escupía la cosechadora.

—¿Qué pasa ahora?

—Hay un ala de acarreo por aquí cerca —dijo Kynes—. Vendrá y se llevará el tractor.

—¿Y si está averiada? —preguntó Halleck.

—Es inevitable perder equipamiento —dijo Kynes—. Acercaos un poco a la parte superior del tractor, mi señor. Será un espectáculo interesante.

El duque frunció el ceño y aferró los controles mientras penetraban en el aire turbulento que había sobre el vehículo.

Paul miró hacia abajo y vio que aquel monstruo de metal y plástico seguía expulsando arena. Tenía la apariencia de un enorme coleóptero azul y marrón con varias ruedas oruga que se agitaban como patas a su alrededor. En la parte delantera vio un hocico invertido con forma de embudo que se hundía en la arena oscura.

—Un terreno rico en especia, a juzgar por el color —dijo Kynes—. Van a seguir trabajando hasta el último minuto.

El duque insufló más energía a las alas, que se tensaron para hacer girar al aparato y estabilizarlo a baja altura en círculos concéntricos alrededor del tractor. Miró a derecha e izquierda y vio que la escolta giraba sobre ellos y mantenía la altitud.

Paul estudió la nube amarillenta que expulsaban los escapes del tractor y miró hacia la zona del desierto por donde se aproximaba el gusano.

—¿No deberíamos haberlos oído llamar al ala? —preguntó Halleck.

—El ala suele estar en otra frecuencia —respondió Kynes.

—¿No debería de haber dos alas a disposición de cada tractor? —preguntó el duque—. Habrá unos veintiséis hombres en esa máquina, sin contar el coste del equipo.

—Aún no tenéis suficiente expe... —empezó a decir Kynes.

Se interrumpió al oír cómo una voz enfurecida estallaba por el altavoz:

—¿Habéis visto el ala? No responde.

Se oyó un torrente de chasquidos y descargas, que terminaron en una señal de emergencia, un momento de silencio y luego la misma voz de antes:

—¡Informen por orden! Cambio.

—Aquí Control de Rastreo. La última vez que vi el ala estaba muy alta y volaba hacia el noroeste. Ya no la veo. Cambio.

—Rastreador uno: negativo. Cambio.

—Rastreador dos: negativo. Cambio.

—Rastreador tres: negativo. Cambio.

Silencio.

El duque miró hacia abajo. La sombra del aparato pasaba justo por encima del tractor en ese momento.

—Solo hay cuatro rastreadores, ¿no es así?

—Así es —dijo Kynes.

—Nuestro grupo está formado por cinco aparatos —dijo el duque—. Son grandes. Podríamos llevar a tres personas más en cada uno. Sus rastreadores deberían poder con al menos dos más cada uno.

Paul hizo un cálculo mental.

—Quedarían tres —dijo.

—¿Por qué no hay dos alas de acarreo por cada tractor? —gruñó el duque.

—Sabéis que no disponemos de tanto equipamiento extra —dijo Kynes.

—¡Razón de más para proteger el que tenemos!

—¿Dónde estará esa ala? —preguntó Halleck.

—Quizá se haya visto obligada a aterrizar fuera de nuestro campo de visión —aventuró Kynes.

El duque cogió el micrófono y titubeó con el pulgar flotando sobre interruptor.

—¿Cómo es posible que los rastreadores hayan perdido de vista un ala de acarreo?

—Concentran toda su atención en el terreno en busca de señales de gusano —dijo Kynes.

El duque pulsó el interruptor con el pulgar y habló por el micrófono.

—Aquí vuestro duque. Vamos a descender para rescatar al grupo de extracción Delta Ajax nueve. Ordeno a todos los rastreadores a hacer lo propio. Descenderéis por el lado este. Nosotros lo haremos por el oeste. Cambio. —Extendió la mano, cambió el micrófono a su frecuencia personal y repitió la orden a su escolta aérea. Luego se lo pasó a Kynes.

Kynes volvió a la frecuencia del equipo de trabajo, y una voz atronó por el altavoz:

—¡... un cargamento de especia casi completo! ¡Tenemos un cargamento de especia completo! ¡No podemos abandonarlo por un maldito gusano! Cambio.

—¡Olvidaos de la especia! —gruñó el duque. Volvió a coger el micrófono—: Siempre podremos encontrar más especia. Podemos salvaros a todos menos a tres con nuestras naves. Échenlo a suertes o decidan a su manera quiénes van a venir. Pero deben ser evacuados. ¡Es una orden! —Tiró el micrófono con fuerza a las manos de Kynes y murmuró—: Lo siento.

Kynes agitó el dedo en el que el duque le había hecho daño.

—¿Cuánto tiempo queda? —preguntó Paul.

—Nueve minutos —dijo Kynes.

—Este aparato es más potente que los demás —dijo el duque—. Si despegamos con los propulsores y las alas a tres cuartos, podríamos meter a otro hombre más.

—La arena es blanda —dijo Kynes.

—Con una sobrecarga de cuatro hombres, corremos el riesgo de romper las alas al despegar con los propulsores, señor —dijo Halleck.

—No con este aparato —dijo el duque. Volvió a aferrar los mandos, y el tóptero planeó por encima del tractor. Las alas se alzaron y frenaron el vehículo, que se deslizó hasta detenerse por completo a una veintena de metros de la cosechadora.

El tractor se había quedado en silencio y la arena ya no surgía a chorros por los escapes. Solo se oía un leve zumbido mecánico, que se hizo más intenso cuando el duque abrió la portezuela.

Sus fosas nasales se vieron asaltadas al instante por un olor a canela denso y penetrante.

Con un sonoro batir de alas, los rastreadores planearon sobre la arena por el lado opuesto del tractor. A su vez, la escolta descendió en picado por el lado en el que se encontraba el duque.

Paul miró el tractor y vio que los tópteros parecían minúsculos mosquitos al lado de un monstruoso escarabajo.

—Gurney, tú y Paul quitad los asientos posteriores —dijo el duque. Plegó manualmente las alas a tres cuartos, las colocó en el ángulo preciso y revisó los controles de los propulsores—. ¿Por qué diablos no salen aún de esa máquina?

—Aún esperan que llegue el ala de acarreo —dijo Kynes—. Les quedan unos cuantos minutos. —Miró el desierto que se extendía hacia el este.

Todos miraron en la misma dirección y no vieron al gusano, pero el ambiente estaba cargado de angustia.

El duque cogió el micrófono y pasó a su frecuencia de órdenes.

—Dos de ustedes despréndanse de sus generadores de escudo. Es una orden. Así podrán cargar a otro hombre. No vamos a dejar a nadie a merced de ese monstruo. —Volvió a la frecuencia de trabajo y gritó—: ¡Bien, Delta Ajax nueve! ¡Fuera de ahí! ¡Rápido! ¡Es una orden de su duque! ¡Muévanse o cortaré ese tractor con un láser!

Se abrió una compuerta de repente junto a la parte frontal del tractor, otra en el extremo posterior y una tercera en la parte alta. Empezaron a salir hombres, tropezando y resbalando con la arena. Un hombre alto envuelto en una túnica remendada fue el último en salir. Saltó primero a una de las ruedas oruga y luego a la arena.

El duque colocó el micrófono en el panel y salió al exterior. Llegó hasta uno de los peldaños del ala y gritó:

—¡Dos hombres en cada uno de los rastreadores!

El hombre de la túnica remendada dividió al personal en grupos de a dos y los envió a los aparatos que esperaban al otro lado.

—¡Cuatro aquí! —gritó el duque—. ¡Cuatro en esa máquina! —Apuntó un dedo hacia uno de los tópteros de escolta que tenía justo detrás. En aquel momento, los guardias acababan de quitar el generador del escudo—. ¡Y cuatro en esa de allá! —Apuntó a otro que ya había descargado el generador—. ¡Y tres en los demás! ¡Corred, especie de perros de arena!

El hombre alto terminó de distribuir a los hombres y se acercó arrastrando los pies por la arena, seguido por tres de sus compañeros.

—Oigo el gusano, pero no lo veo —dijo Kynes.

Todos lo oyeron en ese momento. Un culebreo rasposo, un crepitar distante que crecía en intensidad.

—Así no se puede trabajar —gruñó el duque.

Los aparatos comenzaron a batir las alas sobre la arena a su alrededor. El duque recordó las junglas de su planeta natal, el alzar el vuelo de los grandes pájaros carroñeros sorprendidos en un claro sobre el costillar del cadáver de un toro salvaje.

Los trabajadores de la especia se afanaron en llegar a toda prisa al lateral del tóptero y subieron detrás del duque. Halleck los ayudó y tiró de ellos hacia la parte de atrás.

—¡Arriba, chicos! —exclamó—. ¡Rápido!

Paul quedó apretujado en un rincón entre los hombres jadeantes, percibió el olor del miedo y vio que dos de ellos llevaban el destiltraje mal colocado en el cuello. Tomó nota de ello para solucionarlo más adelante. Su padre tendría que imponer una disciplina más rigurosa con los destiltrajes. Los hombres tienden a relajarse si uno descuida ciertas cosas.

El último hombre subió detrás y jadeó:

—¡El gusano! ¡Está a punto de llegar! ¡Despeguemos!

El duque se colocó en su asiento, frunció el ceño y dijo:

—Aún tenemos casi tres minutos según el cálculo del primer contacto. ¿No es así, Kynes? —Cerró la portezuela y la comprobó.

—Así es, mi señor —respondió Kynes

«Este duque nunca pierde los nervios», pensó al instante.

—Todo a punto, señor —dijo Halleck.

El duque asintió y comprobó que el último de los aparatos de escolta había despegado. Reguló la ascensión, echó una última ojeada a las alas y a los instrumentos y luego pulsó los controles de los propulsores.

La fuerza del despegue hundió al duque y a Kynes contra los asientos, y comprimió aún más a los que se encontraban detrás. Kynes contempló cómo el duque manejaba los controles, con seguridad y delicadeza. El tóptero ya se encontraba en el aire, y el duque examinó los instrumentos y miró a izquierda y derecha para no perder de vista las alas.

—Vamos muy cargados, señor —dijo Halleck.

—Al límite de lo que puede soportar el vehículo —dijo el duque—. ¿Crees que me atrevería a arriesgar la vida de mis pasajeros, Gurney?

Halleck sonrió.

—Ni por un instante, señor —dijo.

El duque dio una amplia curva ascendente con la máquina para colocarse sobre el tractor.

Aplastado contra un rincón al lado de la ventanilla, Paul miró hacia abajo y vio la silenciosa máquina sobre la arena. La señal del gusano había desaparecido a unos cuatrocientos metros del tractor. Y ahora la arena que rodeaba la máquina había empezado a agitarse.

—El gusano está bajo el tractor —explicó Kynes—. Vais a asistir a un espectáculo que pocos han visto.

Unas manchas oscuras sombrearon la arena que rodeaba el tractor. La enorme máquina comenzó a hundirse hacia la derecha, lugar donde había empezado a formarse un gigantesco vórtice. Empezó a girar cada vez más rápido. La arena y el polvo se elevaron por los aires a cientos de metros alrededor de la máquina.

¡Fue entonces cuando lo vieron!

Se formó un enorme agujero en la superficie. La luz del sol resplandeció en las paredes blancas y lisas del interior. Paul estimó que el orificio tenía por lo menos el doble de diámetro que la longitud del tractor. Contempló cómo la máquina caía por la abertura levantando una nube de polvo y arena. El agujero volvió a cerrarse.

—¡Por los dioses, menudo monstruo! —murmuró un hombre que se encontraba junto a Paul.

—¡La especia que tanto nos ha costado conseguir! —gruñó otro.

—Alguien pagará por lo ocurrido —dijo el duque—. Os lo prometo.

Paul percibió una profunda ira en la lacónica respuesta de su padre. Se dio cuenta de que él sentía lo mismo. ¡Era un despilfarro inmoral!

Kynes interrumpió el silencio posterior.

—Bienaventurado el Hacedor y Su agua —murmuró—. Bienaventurada Su llegada y Su partida. Pueda Su paso purificar el mundo. Pueda Él conservar el mundo para Su pueblo.

—¿Qué recitas? —preguntó el duque.

Pero Kynes no respondió.

Paul miró a los hombres hacinados a su alrededor. Miraban aterrados la nuca de Kynes. Uno susurró:

—Liet.

Kynes se dio la vuelta, ceñudo. El hombre intentó esconderse, avergonzado.

Otro de los rescatados empezó a toser, una tos seca y áspera. Luego gruñó:

—¡Maldito sea ese agujero infernal!

—Cállate, Coss —dijo el hombre alto que había sido el último en salir del tractor—. No haces más que empeorar tu tos. —Apartó al grupo hasta que quedó frente a la nuca del duque—. Sois el duque Leto, supongo —dijo—. Nos gustaría daros las gracias por salvarnos la vida. Antes de vuestra llegada estábamos perdidos.

—Silencio, hombre, y deja pilotar al duque —murmuró Halleck.

Paul miró a Halleck. Él también había visto la rabia que emanaba de las facciones de su padre. Uno debía actuar con cautela cuando el duque estaba furioso.

Leto sacó al tóptero de su trayectoria circular y se detuvo al ver que la arena volvía a moverse. El gusano se había retirado a las profundidades, y cerca del lugar donde hasta hacía unos instantes se encontraba el tractor había dos figuras que avanzaban hacia el norte para alejarse de la depresión arenosa. Parecían deslizarse por la superficie y apenas levantaban unos granos de arena.

—¿Quiénes son esos dos de ahí abajo? —barbotó el duque.

—Dos tipos que se unieron a nosotros por curiosidad, señor —dijo el hombre alto de las dunas.

—¿Por qué nadie me informó sobre ellos?

—Ellos quisieron correr ese riesgo, señor —respondió el hombre de las dunas.

—Mi señor —dijo Kynes—, esos hombres saben que no se puede hacer nada cuando alguien queda atrapado por el desierto en territorio de un gusano.

—¡Enviaremos un aparato de la base a recogerlos! —espetó el duque.

—Como queráis, mi señor —dijo Kynes—. Pero es probable que cuando llegue ya no quede nadie a quien rescatar.

—Lo enviaremos de todos modos —dijo el duque.

—Estaban justo al lado de donde salió el gusano —dijo Paul—. ¿Cómo han conseguido escapar?

—Las paredes del orificio son curvadas, lo que hace que las distancias sean engañosas —dijo Kynes.

—Estamos malgastando combustible, señor —aventuró Halleck.

—Me he dado cuenta, Gurney.

El duque hizo girar el aparato en redondo hacia la Muralla Escudo. La escolta descendió de sus posiciones de observación y formó a sus flancos.

Paul reflexionó sobre lo que habían dicho el hombre de las dunas y Kynes. Había percibido verdades a medias y también mentiras descaradas. Los hombres que avanzaban por la arena de debajo habían huido con mucha seguridad, como si hubiesen calculado la ruta perfecta para no hacer que el gusano volviese a salir de las profundidades.

«¡Son Fremen! —pensó Paul—. ¿Quién si no podría moverse por la arena con tanta seguridad? ¿Quién si no sería capaz de no caer presa del pánico? Saben que no están en peligro. ¡Saben cómo sobrevivir en el desierto! ¡Saben cómo escapar del gusano!»

—¿Qué hacían esos Fremen en el tractor? —preguntó Paul.

Kynes se giró con brusquedad.

El hombre alto de las dunas abrió los ojos como platos y miró a Paul. Azul sobre azul.

—¿Quién es este muchacho? —preguntó.

Halleck se interpuso entre el hombre y Paul.

—Es Paul Atreides, el heredero ducal —dijo.

—¿Por qué dice que había Fremen en nuestra máquina? —preguntó el hombre.

—Se ciñen a la descripción —dijo Paul.

Kynes resopló.

—¡No se puede identificar a un Fremen de un vistazo! —Miró al hombre de las dunas—. Tú, ¿quiénes eran esos hombres?

—Amigos de uno de los otros —dijo el hombre de las dunas—. Amigos de un poblado que querían ver las arenas de la especia.

Kynes se giró.

—¡Fremen!

En ese momento recordó las palabras de la leyenda: «El Lisan al-Gaib sabrá ver a través de cualquier subterfugio».

—Lo más seguro es que ya hayan muerto, joven señor —dijo el hombre de las dunas—. No está bien que hablemos mal de ellos.

Pero Paul seguía percibiendo la mentira en sus voces, y también la amenaza que había hecho que Halleck se situara a su lado para protegerlo.

—Es un lugar terrible para morir —dijo Paul, lacónico.

—Cuando Dios ordena a una criatura que muera en un lugar determinado —dijo Kynes sin darse la vuelta—, hace que Su voluntad conduzca a la criatura hasta ese lugar.

Leto se giró y dedicó una mirada penetrante a Kynes.

Kynes se la devolvió y de repente se sintió muy turbado por algo que no había previsto: «El duque estaba mucho más preocupado por los hombres que por la especia. Ha arriesgado su vida y la de su hijo para salvarlos. Ha obviado la pérdida del tractor y toda la especia. Pero la amenaza que pesaba sobre la vida de esos hombres le ha encolerizado. Un líder como él podría conseguir una lealtad que roce el fanatismo. Sería difícil de abatir».

Kynes se vio obligado a admitir para sí contra su voluntad y sus prejuicios: «Me gusta este duque».

La grandeza es una experiencia transitoria. Nunca es consistente. Depende en parte de la capacidad para crear mitos que tiene la imaginación humana. Aquel que experimenta la grandeza debe ser capaz de percibir el mito del que forma parte. Debe reflexionar sobre los sentimientos que se vuelcan sobre él. También debe tener cierta inclinación hacia el sarcasmo. Eso le impedirá abandonarse a sus ambiciones. Ese sarcasmo será lo único que le permitirá recordar quién es realmente. Sin dicha cualidad, incluso una grandeza ocasional puede llegar a destruir a un hombre.

De *Frases escogidas de Muad'Dib*,
por la princesa Irulan

Las lámparas a suspensor estaban encendidas para combatir la creciente oscuridad del comedor de la gran casa de Arrakeen. Su amarillenta claridad iluminaba la cabeza de toro, negra y de ensangrentados cuernos, que se reflejaba en el oscuro retrato al óleo del Viejo Duque.

Bajo esos amuletos, el lino blanco brillaba bajo los reflejos de la cubertería de plata de los Atreides, dispuesta en perfecto orden a lo largo de la enorme mesa, pequeños archipiélagos de vajilla junto a las copas de cristal y colocados frente a pesadas sillas de madera. El típico candelabro central estaba apagado, y la cadena se perdía en las sombras del techo, donde se había ocultado el mecanismo del detector de venenos.

El duque hizo una pausa en el umbral para inspeccionar la disposición de la mesa y pensó en el detector y en lo que significaba en su sociedad.

«Todo según lo previsto —pensó—. Se nos puede definir por nuestro lenguaje, por las precisas y delicadas definiciones que empleamos para los distintos medios de suministrar una muerte traicionera. ¿Empleará alguien el chaumurky esta noche para envenenar la bebida? ¿O tal vez el chaumas para la comida?»

Agitó la cabeza.

Había una jarra llena de agua junto a cada servicio de la mesa. El duque estimó que en la estancia había la suficiente como para que una familia pobre de Arrakeen viviese más de un año.

Flanqueando la puerta en la que se encontraba había dos grandes lavabos con forma de cuenco y adornados con mosaicos amarillos y verdes. Cada lavabo tenía al lado un perchero con toallas. El ama de llaves le había explicado que la costumbre era que cada invitado sumergiese las manos en un lavabo al entrar, derramase parte del agua por el suelo, se las secase después en una de las toallas y posteriormente la lanzara al charco de agua que se iría formando junto a la puerta. Tras la comida, los mendigos reunidos en el exterior podrían conseguir algo de agua retorciendo las toallas.

«Típico de un feudo Harkonnen —pensó el duque—. Ponen en práctica todas las bajezas de espíritu que uno es capaz de concebir.»

Respiró hondo y sintió que la rabia le retorcía las entrañas.

—¡Se acabó esta costumbre! —murmuró.

Vio a una de las sirvientas, una de las mujeres viejas y arrugadas que el ama de llaves había recomendado, deambulando junto a la puerta de la cocina que tenía frente a él. El duque le hizo una seña con la mano. Ella salió de las sombras y se apresuró en rodear la mesa para acercarse. En ese momento, el duque vio su rostro apergaminado y el azul sobre azul de sus ojos.

—¿Qué desea mi señor? —Mantenía la cabeza gacha y los ojos entornados.

El duque hizo un gesto.

—Llévate estos lavabos y estas toallas.

—Pero... Noble Nacido... —Levantó la cabeza y lo miró con la boca abierta.

—¡Sé cuál es la tradición! —gritó—. Lleva los lavabos a la entrada principal. Mientras estemos comiendo y hasta que hayamos terminado, cada mendigo que lo desee recibirá una taza llena de agua. ¿Entendido?

El curtido rostro se retorció en una amalgama de emociones: desesperación, rabia...

Leto comprendió de improviso que la mujer habría planeado vender el agua de las toallas pisoteadas para sacar algunas monedas de los miserables que se presentaran ante la puerta. Quizá también fuese una tradición.

Se le ensombreció el rostro y gruñó:

—Apostaré un guardia para que se asegure de que mis órdenes se cumplen al pie de la letra.

Dio media vuelta y recorrió a largas zancadas el pasillo que conducía al Gran Salón. Los recuerdos se agitaban en su mente como el murmullo de ancianas desdentadas. Recordó las grandes extensiones de agua y las olas, días de hierba en lugar de arena. Todos los esplendorosos veranos que había dejado atrás barridos como hojas en una tormenta.

Para siempre.

«Me hago viejo —pensó—. He sentido la gélida mano de la mortalidad. ¿Y por qué? Por la avaricia de una anciana.»

En el Gran Salón, la dama Jessica se encontraba en el centro de un abigarrado grupo frente a la chimenea. En el hogar crepitaba un gran fuego que proyectaba reflejos anaranjados en los brocados, las joyas y las lujosas telas. Reconoció en el grupo a un fabricante de destiltrajes de Carthag, un importador de aparatos electrónicos, un transportista de agua cuya morada estival había sido edificada en las proximidades de la fábrica de extracción polar, un representante del Banco de la Cofradía (un tipo escuálido y ausente), un comerciante de piezas de repuesto para el equipo de extracción de especia, una mujer delgada y de anguloso rostro cuyos servicios de acompañante para los visitantes que venían de fuera del planeta servían de tapadera a reputadas labores de contrabando, espionaje y chantaje.

Muchas de las demás mujeres de la sala parecían pertenecer a un tipo muy específico: decorativas, perfectas hasta el mínimo detalle, una extraña mezcla de virtud intocable y sensualidad.

El duque se dio cuenta de que Jessica hubiese sido la más llamativa del grupo aunque no hubiese sido la anfitriona. No llevaba joya alguna y vestía con colores cálidos: un traje largo de una tonalidad muy parecida a la de la llama y una cinta de color terroso anudada en el cabello.

Supo que esa era la manera sutil en la que la mujer pretendía regañarle por la frialdad de su actitud reciente. Jessica sabía que al duque le gustaba verla vestir así, que adoraba esos colores vivos.

Un tanto apartado, se encontraba Duncan Idaho, con un resplandeciente traje de gala, rostro impasible y la melena negra peinada con esmero. Había dejado a los Fremen por orden de Hawat: «Vigilarás a la dama Jessica día y noche bajo el pretexto de protegerla».

El duque echó un vistazo a su alrededor.

Paul se encontraba en un rincón, rodeado por un grupo de jóvenes serviciales que pertenecían a las más ricas familias de Arrakeen. Algo separados de ellos también había tres oficiales de las Tropas de la Casa. El duque centró su atención en las jóvenes. Una buena oportunidad para un heredero ducal. Pero Paul las trataba a todas por igual, con las reservas propias de un noble.

«Estará a la altura del título», pensó el duque, y un escalofrío le recorrió la espalda al darse cuenta de que había vuelto a pensar en su muerte.

Paul vio a su padre en el umbral y evitó su mirada. Examinó el grupo de invitados, las manos enjoyadas que sostenían las copas (y la discreta inspección remota de los detectores de veneno). De repente, Paul se sintió espantado por esos rostros dicharacheros. No eran más que máscaras baratas aplicadas sobre pensamientos infectos, voces chillonas que se alzaban para intentar ahogar el profundo silencio que reinaba en el interior de esas personas.

«Estoy de mal humor», pensó Paul, y se preguntó qué hubiera dicho Gurney al respecto.

Sabía por qué estaba así. No había querido asistir a la velada, pero su padre había sido firme: «Tienes un rango, una posición que mantener. Eres bastante adulto como para hacerlo. Ya eres casi un hombre».

Paul vio que su padre atravesaba el umbral de la puerta, inspeccionaba la estancia y se dirigía al grupo que rodeaba a la dama Jessica.

Mientras se acercaba al grupo, Leto oyó decir al transportista de agua:

—¿Es cierto que el duque quiere instalar un control climático?

—Es algo en lo que aún no habíamos pensado, señor —dijo el duque detrás de él.

El hombre se dio la vuelta y reveló su rostro redondo y bronceado.

—A-ah, el duque —dijo—. Le echábamos de menos.

Leto miró a Jessica.

—Como es de esperar —dijo. Volvió a mirar al transportista de agua y explicó lo que había ordenado con relación a los lavabos. Luego añadió—: En lo que a mí respecta, esa antigua tradición termina aquí.

—¿Es una orden ducal, mi señor? —preguntó el hombre.

—Eso lo dejo a vuestra... conciencia —dijo el duque. Se dio la vuelta y vio que Kynes se dirigía hacia el grupo.

—Creo que es un gesto muy generoso por vuestra parte —dijo una de las mujeres—. Ofrecer el agua a...

Alguien la hizo callar.

El duque examinó a Kynes y vio que el planetólogo llevaba un uniforme antiguo de color marrón oscuro con hombreras del Servicio Imperial y una minúscula gota de oro en el cuello para indicar el rango.

—¿Debo entender que las palabras del duque implican una

crítica hacia nuestras costumbres? —preguntó el transportista de agua con voz irritada.

—La costumbre ha cambiado —dijo Leto.

Saludó a Kynes con un gesto de cabeza, observó cómo Jessica fruncía el ceño y pensó: «Que frunza el ceño no quiere decir nada, pero alimentará los rumores de que hay problemas entre nosotros».

—Con el permiso del duque —dijo el transportista de agua—, me gustaría profundizar en el tema de las costumbres.

Leto percibió la repentina untuosidad del tono de voz del hombre, notó que el grupo se había quedado en silencio y vio que todas las cabezas de la sala se volvían hacia ellos.

—¿No es casi la hora de la cena? —preguntó Jessica.

—Pero nuestro huésped ha hecho una pregunta —dijo Leto.

Miró con fijeza al transportista y vio a un hombre de rostro rechoncho con ojos grandes y labios gruesos, que le recordó al informe de Hawat: «Ese transportista de agua es un hombre que hay que vigilar. Recordad su nombre: Lingar Bewt. Los Harkonnen lo usaron, pero nunca llegaron a controlarlo del todo».

—Las costumbres relacionadas con el agua son muy interesantes —dijo Bewt con un rostro iluminado por una sonrisa—. Tengo curiosidad por saber qué pensáis hacer con el invernadero anexo a la casa. ¿Continuaréis haciendo ostentación de él ante el pueblo... mi señor?

Leto reprimió la rabia sin dejar de mirar al hombre. Los pensamientos revoloteaban por su mente. Aquel hombre se había mostrado valiente al desafiarle en el mismísimo castillo ducal, sobre todo ahora que había firmado un contrato de lealtad. Era una acción que dejaba claro que gozaba de cierto poder. En aquel mundo, el agua era sinónimo de poder. Daba la impresión de que aquel hombre, por ejemplo, podía ser capaz de destruir todas las instalaciones de agua. Hacerlo conllevaría la destrucción de Arrakis. Esa debía ser la amenaza que Bewt había usado con los Harkonnen.

—Mi señor el duque y yo tenemos otros planes para nuestro invernadero —dijo Jessica. Sonrió a Leto—. Es cierto que pensamos conservarlo, pero solo en beneficio del pueblo de Arrakis. Nuestro sueño es conseguir que algún día el clima de Arrakis llegue a cambiar lo suficiente para permitir que plantas como esas crezcan a cielo abierto por todo el planeta.

«¡Bendita sea! —pensó Leto—. Veamos cómo se lo toma nuestro transportista de agua.»

—Vuestro interés por el agua y el control climático es obvio —dijo el duque—. Os aconsejo diversificar vuestros intereses. Llegará un día en el que el agua ya no será un bien tan preciado en Arrakis.

Luego pensó: «Hawat debe redoblar sus esfuerzos para infiltrarse en la organización de Bewt. Y también tenemos que empezar a vigilar las instalaciones de agua. ¡Cómo se atreve a amenazarme así!».

Bewt asintió sin dejar de sonreír.

—Un sueño encomiable, mi señor. —Dio un paso atrás.

En ese momento, la expresión del rostro de Kynes llamó la atención de Leto. El hombre miraba a Jessica. Tenía el semblante desfigurado, como el de un enamorado... o alguien sumido en un trance religioso.

Los pensamientos de Kynes estaban del todo ocupados por las palabras de la profecía:

«Y compartirán con vosotros vuestro sueño más preciado».

Habló directo a Jessica:

—¿Pensáis tomar el camino más corto?

—¡Ah, doctor Kynes! —dijo el transportista de agua—. Habéis venido y dejado atrás a vuestras miserables hordas Fremen. Muy gentil por vuestra parte.

Kynes dedicó a Bewt una mirada inescrutable.

—En el desierto —replicó—, se dice que la posesión de grandes cantidades de agua lleva al hombre a cometer fatales imprudencias.

—Hay dichos muy extraños en el desierto —dijo Bewt, pero la inquietud turbaba su voz.

Jessica se acercó a Leto y le deslizó la mano bajo el brazo para intentar calmarse. «El camino más corto», había dicho Kynes. En la antigua lengua, esas palabras podían traducirse como «Kwisatz Haderach». La extraña pregunta del planetólogo había pasado inadvertida para el resto, y ahora Kynes estaba inclinado hacia una de las mujeres del grupo para oír bien cómo le murmuraba coqueterías.

«Kwisatz Haderach —pensó Jessica—. ¿Acaso la Missionaria Protectiva también había implantado aquí la leyenda? —Sintió cómo aquel pensamiento avivaba la secreta esperanza que mantenía por Paul—. Podría ser el Kwisatz Haderach. Podría serlo.»

El representante del Banco de la Cofradía empezó a conversar con el transportista de agua, y la voz de Bewt se elevó sobre el murmullo de las conversaciones:

—Mucha gente ha intentado modificar Arrakis.

El duque vio que las palabras alteraron a Kynes, que se irguió y se alejó de la mujer que lo cortejaba.

Se hizo un silencio repentino en el que un soldado de la casa con uniforme de infantería carraspeó, miró a Leto y dijo:

—La cena está servida, mi señor.

El duque dedicó a Jessica una mirada inquisitiva.

—En este lugar acostumbran a que los anfitriones vayan detrás de sus invitados hasta la mesa —dijo ella con una sonrisa—. ¿Va a cambiar también eso, mi señor?

—Me parece una buena costumbre —respondió él con frialdad—. La dejaremos por el momento.

«Debo continuar con el engaño de que sospecho de ella por traición —pensó. Observó cómo los invitados desfilaban ante él—. ¿Quién entre vosotros creerá una mentira así?»

Jessica advirtió que el duque se mostraba distante y volvió a preguntarse por qué, como había hecho tantas veces durante la última semana.

«Actúa como un hombre en lucha consigo mismo —pensó—. ¿Acaso es porque he organizado esta velada demasiado pronto? Sin embargo, sabe muy bien la importancia que tiene el que comencemos a mezclar en el ámbito social a nuestros oficiales y hombres con la gente del planeta. Somos en cierto modo el padre y la madre de todos ellos. Y nada causa mejor impresión que este tipo de reuniones sociales.»

Mientras observaba a los huéspedes que pasaban junto a él,

Leto recordó las palabras que había pronunciado Thufir Hawat cuando se enteró: «¡Señor! ¡Lo prohíbo!».

Una amarga sonrisa apareció en el rostro del duque. Menuda escena. Y cuando el duque se mostró inamovible con respecto a la celebración de la cena, Hawat había agitado la cabeza.

—Tengo un mal presentimiento, mi señor —había dicho—. Las cosas se mueven con demasiada premura en Arrakis. Este no es el modo de actuar de los Harkonnen. Para nada.

Paul pasó junto a su padre, acompañado por una joven que le sacaba media cabeza. Le lanzó una gélida mirada al duque al tiempo que asentía a algo que la muchacha le había dicho.

—Su padre fabrica destiltrajes —dijo Jessica—. He oído decir que solo un loco aceptaría aventurarse en el desierto con uno de sus trajes.

—¿Quién es el hombre de la cicatriz en el rostro que está delante de Paul? —preguntó el duque—. No consigo identificarlo.

—Un invitado de última hora —susurró ella—. Gurney se encargó de la invitación. Es un contrabandista.

—¿Ha sido idea de Gurney?

—A petición mía. Lo hablamos con Hawat, aunque creo que él no estaba muy convencido. Es un contrabandista llamado Tuek, Esmar Tuek. Tiene mucha influencia entre los suyos. Todos lo conocen. Ha sido huésped en la mayoría de las casas.

—¿Por qué está aquí?

—Todos se harán la misma pregunta —dijo Jessica—. La presencia de Tuek solo siembra la duda y la sospecha. Además, hará creer que estás decidido a hacer respetar tus órdenes contra la corrupción, con el apoyo de los contrabandistas si es necesario. Esto fue lo que convenció a Hawat.

—No estoy seguro de que me convenza a mí. —Hizo una inclinación de cabeza a una pareja y observó que ya quedaban muy pocos invitados por pasar—. ¿Por qué no has invitado a algunos Fremen?

—Está Kynes —respondió Jessica.

—Claro, Kynes —aceptó el duque—. ¿Habéis preparado alguna otra pequeña sorpresa para mí? —La condujo hacia el comedor, detrás del desfile de personas.

—Todo lo demás es del todo convencional —dijo ella.

Y pensó: «Querido, ¿no comprendes que estos contrabandistas disponen de naves rápidas y se pueden sobornar? ¿Que debemos tener una vía de escape, una puerta para huir de Arrakis si todo lo demás fracasa?».

Entraron en el comedor. Jessica se soltó de su brazo, y Leto la ayudó a sentarse. Después se dirigió hacia su extremo de la mesa. Había un soldado de pie detrás de su silla. Los demás invitados montaron un escándalo de roce de telas y ajetreo de sillas al sentarse, pero el duque permaneció de pie. Hizo un gesto con la mano, y los soldados de la casa con uniforme de infantería que había alrededor de la mesa dieron un paso atrás y se cuadraron.

La estancia quedó sumida en un inquieto silencio.

Jessica observaba desde el otro extremo de la mesa. Percibió un ligero temblor en las comisuras de la boca de Leto y notó la rabia que ensombrecía sus mejillas.

«¿Por qué está enfadado? —se preguntó—. Sin duda no es porque haya invitado al contrabandista.»

—Algunos de ustedes han visto con malos ojos el hecho de que haya cambiado la costumbre de los lavabos —dijo Leto—. Es mi forma de decirles que hay muchas cosas que van a cambiar a partir de ahora.

Un silencio cargado de turbación reinó por toda la mesa.

«Creen que ha bebido», pensó Jessica.

Leto cogió la jarra de agua y la levantó de modo que se reflejara a la luz de las lámparas a suspensor.

—Como Caballero del Imperio —dijo—, quiero proponer un brindis.

Los demás alzaron las jarras sin dejar de mirar al duque. En la repentina inmovilidad, una lámpara se agitó un poco debido a una corriente de aire que soplaba de las cocinas. Las sombras revolotearon en los rasgos de halcón del duque.

—¡Aquí estoy y aquí permaneceré! —exclamó Leto.

La gente amagó con llevarse las jarras a la boca, pero se interrumpió al ver que el duque aún tenía el brazo en alto.

—Brindemos por una de las máximas más queridas por vuestros corazones: «¡Los negocios son los que hacen el progreso! ¡La fortuna pasa por manos de todos!».

Bebió de su agua.

Los demás hicieron lo propio mientras se dedicaban unas miradas inquisitivas.

—¡Gurney! —llamó el duque.

La voz de Halleck le llegó desde algún rincón a sus espaldas.

—Aquí estoy, mi señor.

—Cántanos algo, Gurney.

Un acorde menor rasgueado en el baliset surgió de aquel rincón. A un gesto del duque, los sirvientes comenzaron a depositar sobre la mesa las fuentes con la comida: liebre del desierto asada con salsa cepeda, aplomage siriano, chukka helado, café con melange (el intenso olor a canela de la especia invadió la mesa), un auténtico pato a la marmita servido con vino espumoso de Caladan.

Sin embargo, el duque permaneció de pie.

Mientras los invitados esperaban con la atención dividida entre las fuentes colocadas ante ellos y el duque en pie, Leto dijo:

—En los viejos tiempos, era deber de un anfitrión entretener a los invitados con sus propios talentos. —Tenía los nudillos blancos por la fuerza con la que sostenía la jarra—. No sé cantar, pero os recitaré las palabras de la canción de Gurney. Consideradlo otro brindis, uno para todos los que han muerto para que hoy nosotros estemos aquí.

Una agitación de incomodidad se extendió por toda la mesa.

Jessica inclinó la mirada y observó a la gente que se sentaba junto a ella: el transportista de agua de cara rechoncha, el pálido y solemne representante del Banco de la Cofradía (que parecía un espantapájaros demacrado que no dejaba de mirar a Leto) y el curtido Tuek, con la cicatriz en la cara y la mirada gacha de sus ojos azul sobre azul.

—Revista, amigos... soldados que hace tiempo no habéis pasado revista —entonó el duque—. Vuestro equipaje está hecho de dolor y de dólares. Sus espíritus pesan sobre vuestros argénteos collares. Revista, amigos... soldados que hace tiempo no habéis pasado revista. A cada cual su tiempo, sin injustas pretensiones ni engaños. Con ellos pasa el espejismo de la fortuna. Revista, amigos... soldados que hace tiempo no habéis pasado revista. Cuando nuestro tiempo termine y nos dedique una última sonrisa, dejad pasar el espejismo de la fortuna.

El duque hizo que su voz se fuese apagando con la última estrofa, dio un gran sorbo de agua y dejó la jarra con fuerza sobre la mesa. El líquido saltó y salpicó el mantel.

Los otros bebieron sumidos en un inquieto silencio.

El duque volvió a coger la jarra y en esta ocasión derramó la mitad de su contenido en el suelo, a sabiendas de que los demás tendrían que hacer lo propio.

Jessica fue la primera en seguir su ejemplo.

El tiempo se detuvo un instante, antes de que los demás comenzaran a vaciar las jarras. Jessica vio que Paul, que estaba sentado junto a su padre, estudiaba las reacciones a su alrededor. Ella también se sintió fascinada por lo que revelaban las reacciones de los invitados, sobre todo las de las mujeres. Se trataba de agua limpia, potable, no de una toalla empapada. El temblor de las manos, sus tardías reacciones, las risitas nerviosas y la airada pero necesaria obediencia reflejaban las reticencias a la hora de derramarla. Una mujer soltó la jarra y apartó la mirada cuando su acompañante la volvió a coger.

Sin embargo, fue Kynes quien más atrajo su atención. El planetólogo vaciló y luego vació su jarra en un recipiente disimulado bajo su chaqueta. Dedicó una sonrisa a Jessica al darse cuenta de que la mujer lo miraba, y luego levantó la jarra vacía hacia ella en un silencioso brindis. Actuó con total indiferencia.

La tonada de Halleck seguía inundando el ambiente, pero ya no en clave menor, sino cadenciosa y alegre, como si Gurney intentara levantar los ánimos.

—Que empiece el banquete —dijo el duque antes de sentarse.

«Está furioso e indeciso —pensó Jessica—. La pérdida de aquel tractor le ha afectado más de lo que debería. Tiene que haber algo más. Actúa con desesperación. —Cogió su tenedor, con la esperanza de ocultar con ese gesto su repentina amargura—. ¿Cómo iba a ser de otra manera? Está desesperado.»

La cena se desarrolló con tranquilidad al principio, pero se fue animando poco a poco. El fabricante de destiltrajes felicitó a Jessica por la comida y el vino.

—Ambos son importados de Caladan —dijo ella.

—¡Soberbio! —dijo mientras probaba el chukka—. ¡Simplemente soberbio! Y sin una gota de melange. Uno termina aburriéndose de que le pongan especia a todo.

El representante del Banco de la Cofradía se dirigió a Kynes.

—Doctor Kynes, tengo entendido que otro tractor ha sido pasto de los gusanos.

—Las noticias vuelan —dijo el duque.

—¿Así que es cierto? —preguntó el banquero, que pasó a mirar a Leto.

—¡Claro que es cierto! —replicó el duque con brusquedad—. La maldita ala de acarreo desapareció. ¿Cómo es posible que algo tan grande desaparezca sin dejar rastro?

—No pudimos hacer nada por el tractor cuando apareció el gusano —dijo Kynes.

—¡No tendríamos que haber llegado a ese punto! —espetó el duque.

—¿Nadie vio cómo se marchaba el ala de acarreo?

—Lo normal es que los rastreadores vigilen la arena —dijo Kynes—. Se centran principalmente en las señales del gusano. La tripulación de un ala de acarreo suele ser de cuatro hombres, dos pilotos y dos técnicos. Si uno o incluso dos de esos hombres estuvieran al servicio de los enemigos del duque...

—Ah, ah, ya veo —dijo el banquero—. Y vos, como Árbitro del Cambio, ¿qué hacéis en un caso así?

—Debo pensarlo con mucha cautela —dijo Kynes—, y sin duda es algo de lo que no voy a hablar en la mesa.

Y pensó: «¡Maldito hombre pálido y escuchimizado! Sabe muy bien que ese es el tipo de infracción que se me ha ordenado ignorar».

El banquero sonrió y volvió a centrarse en la comida.

Jessica recordó una lección de los días de la escuela Bene Gesserit. Era sobre espionaje y contraespionaje. Una Reverenda Madre de rostro rosado y alegre las había instruido, con una voz cantarina que contrastaba mucho con el tema a tratar.

—Un hecho que hay que tomar en consideración en cualquier escuela de espionaje y/o contraespionaje es la similitud de las reacciones básicas de todos los graduados. Toda disciplina desarrollada en un lugar aislado deja su sello, un patrón, en los estudiantes. Dicho patrón es susceptible de análisis y predicción.

»De hecho, los patrones más motivacionales tienden a volverse idénticos en todos los agentes de espionaje. Esto quiere decir: habrá ciertas motivaciones que serán similares, incluso en individuos de escuelas distintas y con fines opuestos. En primer lugar, estudiaremos cómo separar esos elementos para su análisis: primero, mediante guías de interrogatorio que van en contra de la orientación interna de los interrogadores; después, mediante el examen concienzudo de la manera de pensar y la expresión de los sujetos bajo análisis. Descubriréis que es muy sencillo determinar lo que subyace bajo las palabras de los individuos, gracias a la inflexión de sus voces y a su esquema de expresión.

Sentada a la mesa con su hijo, su duque y sus invitados mientras oía al representante del Banco de la Cofradía, Jessica se estremeció por lo que acababa de descubrir: el hombre era un espía Harkonnen. Tenía el esquema de expresión de Giedi Prime, sutilmente disimulado, pero tan claro para su adiestrada percepción como si el hombre se hubiera descubierto.

«¿Significa esto que la propia Cofradía se ha posicionado contra la Casa de los Atreides? —se preguntó para sí. La idea la perturbó y disimuló su emoción pidiendo otro plato, sin dejar de prestar toda su atención al hombre, a la espera de que traicionara su subterfugio—. Va a llevar la conversación a temas aparentemente banales, pero con implicaciones amenazadoras. Ese es su patrón.»

El banquero tragó un bocado, lo regó con vino y sonrió en respuesta a algo que había dicho la mujer de su derecha. Pareció interesarse por un momento en un hombre sentado al otro extremo de la mesa, que le explicaba al duque que la flora local de Arrakeen no tenía espinas.

—Me gusta ver cómo vuelan los pájaros en Arrakis —dijo el banquero a Jessica—. Como es de esperar, todos nuestros pájaros son carroñeros, y muchos logran sobrevivir sin agua porque se han convertido en bebedores de sangre.

La hija del fabricante de destiltrajes, que estaba sentada entre Paul y su padre al otro extremo de la mesa, hizo una mueca con su hermosa cara y frunció el ceño.

—Oh, Suu-Suu, decís cosas muy repugnantes —exclamó.

El banquero sonrió.

—Me llaman Suu-Suu porque soy el consejero de finanzas del Sindicato de Vendedores Ambulantes de Agua. —Como Jessica continuaba mirándolo en silencio, añadió—: Porque es el grito de los vendedores de agua: «¡Suu-suu-Suuk!».

Imitó la llamada con tanta perfección que muchos de los que estaban en la mesa se echaron a reír.

Jessica percibió la fanfarronería que emanaba de su tono de voz, pero también notó que la joven había intervenido en el momento justo, como si estuviera preparado. Su comentario había dado pie al banquero a decir lo que había dicho. Miró a Lingar Bewt. El magnate del agua estaba ceñudo y se afanaba en la comida. Jessica se dio cuenta de que lo que el banquero había dicho en realidad era: «Yo también controlo la fuente de poder más importante de Arrakis... el agua».

Paul había notado la falsedad del tono de voz de su compañera de mesa, y vio que su madre seguía la conversación con una intensidad Bene Gesserit. Decidió contraatacar impulsivamente para acorralar al adversario. Se dirigió al banquero.

—Señor, ¿acaso aseguráis que todos esos pájaros son caníbales?

—Es una pregunta extraña, joven amo —dijo el banquero—. Solo he dicho que esos pájaros beben sangre. No tiene que ser la sangre de los de su propia especie, ¿no es cierto?

—Mi pregunta no era extraña —dijo Paul, y Jessica notó la cortante agudeza de su réplica, fruto de su adiestramiento—. Casi todas las personas instruidas saben que para un organismo joven la máxima competencia procede de los seres de su propia especie. —Clavó el tenedor deliberadamente en un bocado del plato de su compañera y se lo llevó a la boca—. Comen del mismo plato. Sus necesidades son idénticas.

El banquero se envaró y miró al duque con el ceño fruncido.

—No cometáis el error de considerar que mi hijo es un niño —dijo el duque. Y sonrió.

Jessica echó un vistazo por la mesa y vio que Bewt estaba algo más alegre, que Kynes y el contrabandista, Tuek, sonreían.

—Es una ley ecológica que el joven amo parece haber comprendido muy bien —dijo Kynes—. La lucha entre los distintos elementos de la vida y la disputa por la energía libre de un sistema. La sangre es una fuente de energía muy eficiente.

El banquero soltó el tenedor y, cuando habló, lo hizo con tono irritado.

—Se dice que la escoria Fremen se bebe la sangre de sus muertos.

Kynes agitó la cabeza y dijo con tono aleccionador:

—No solo la sangre, señor, sino toda el agua de un hombre pertenece a su pueblo, a su tribu, en última instancia. Es una necesidad cuando se vive al borde de la Gran Llanura. Toda agua es muy valiosa en ese lugar, y el cuerpo humano está compuesto por un setenta por ciento de agua. Un muerto ya no la necesita, obviamente.

El banquero colocó las manos sobre la mesa, a uno y otro lado del plato, y Jessica pensó que iba a echar la silla hacia atrás y levantarse para irse con rabia.

Kynes miró a Jessica.

—Perdonad, mi dama, por hablar de un tema tan desagradable en la mesa, pero se había dicho una falsedad y era necesario aclarar las cosas.

—Pasar tanto tiempo con los Fremen os ha embotado los sentimientos —graznó el banquero.

Kynes lo observó tranquilamente; examinó su rostro pálido y tembloroso.

—¿Estáis desafiándome, señor?

El banquero se envaró. Tragó saliva y dijo al instante:

—Por supuesto que no. Jamás me permitiría insultar así a nuestros anfitriones.

Jessica captó el miedo en la voz del hombre, lo leyó en su

rostro, en su respiración, en el latir de una vena en su sien. ¡Kynes le aterrorizaba!

—Nuestros anfitriones son muy capaces de decidir por sí mismos cuándo se sienten insultados —explicó Kynes—. Son gente valerosa que sabe cuándo hay que defender el honor. Todos somos testigos de su valentía por el simple hecho de que están aquí... ahora... en Arrakis.

Jessica vio que Leto disfrutaba del momento. La mayoría de los demás, no. Alrededor de la mesa, la gente parecía dispuesta a salir huyendo y ocultaba las manos bajo el tablero. Las únicas notables excepciones eran Bewt, que sonreía abiertamente ante la incómoda posición del banquero, y el contrabandista, Tuek, que parecía estudiar a Kynes en espera de su reacción. Jessica observó que Paul miraba a Kynes con patente admiración.

—¿Y bien? —dijo Kynes.

—No quería ofenderos —murmuró el banquero—. Si así ha sido, os ruego aceptéis mis disculpas.

—De gracia recibida la ofensa, de gracia aceptadas las disculpas —dijo Kynes. Sonrió a Jessica y siguió comiendo impertérrito.

Jessica observó que el contrabandista también se relajaba. Tomó buena nota de ello: durante lo ocurrido, el hombre había dado la impresión de estar dispuesto a acudir en ayuda de Kynes si este lo hubiera necesitado. Existía un acuerdo de alguna clase entre Kynes y Tuek.

Leto jugueteaba con su tenedor y miraba reflexivo a Kynes. La actuación del planetólogo indicaba un cambio de actitud hacia la Casa de los Atreides. Kynes se había mostrado mucho más frío durante el viaje por el desierto.

Jessica pidió otra ronda de comida y bebida. Los sirvientes trajeron *langues de lapins de garenne*, vino tinto y una salsa de setas servida aparte.

Las conversaciones de la cena se fueron reanudando poco a poco, pero Jessica captó la agitación de la que eran presa, una cierta ansiedad, y vio que el banquero comía en taciturno silencio.

«Kynes le hubiera matado sin vacilar», pensó. Y se dio cuenta de que había una predisposición al homicidio en el comportamiento de Kynes. Podía matar fácilmente, y supuso que era una característica de los Fremen.

Jessica se giró hacia el fabricante de destiltrajes, que se encontraba a su izquierda, y dijo:

—La importancia del agua en Arrakis no deja de asombrarme.

—Es muy importante —admitió el hombre—. ¿Qué es esto? Está delicioso.

—Lenguas de conejo salvaje con una salsa especial —respondió Jessica—. Una receta muy antigua.

—Me gustaría tenerla —dijo el hombre.

Ella asintió.

—Os la haré enviar.

—Los recién llegados a Arrakis subestiman con frecuencia la importancia que tiene aquí el agua —dijo Kynes, mirando a Jessica—. Ya sabéis, debemos tener en cuenta la Ley del Mínimo.

El tono de voz le indicó a Jessica que aquellas palabras encerraban una prueba. Luego respondió:

—El crecimiento está limitado por la necesidad del elemento que se encuentra presente en menor cantidad. Y, naturalmente, la condición menos favorable es la que controla la tasa de crecimiento.

—Es raro encontrar a miembros de las Grandes Casas que estén al corriente de los problemas planetológicos —dijo Kynes—. En Arrakis, la condición menos favorable para la vida es el agua. Y recordad que el propio crecimiento puede producir condiciones desfavorables a menos que se trate con extrema prudencia.

Jessica captó un mensaje oculto en las palabras de Kynes, pero fue incapaz de descifrarlo.

—El crecimiento —murmuró—. ¿Os referís a que Arrakis podría tener un ciclo de agua mejor organizado que sustentara la vida humana bajo unas condiciones de vida más favorables?

—¡Imposible! —gruñó el magnate del agua.

Jessica desvió su atención hacia Bewt.

—¿Imposible?

—Es imposible en Arrakis —explicó el hombre—. No escuchéis a ese soñador. Todas las pruebas científicas están en su contra.

Kynes miró a Bewt, y Jessica se dio cuenta de que el resto de las conversaciones de la mesa habían cesado y la atención se centraba en aquel nuevo enfrentamiento.

—Las pruebas científicas tienden a hacernos obviar un hecho muy simple —dijo Kynes—. El hecho es este: nos enfrentamos a un problema que ha tenido su origen y existe fuera de este recinto, donde plantas y animales llevan una existencia normal.

—¡Normal! —resopló Bewt—. ¡Nada es normal en Arrakis!

—Precisamente todo lo contrario —dijo Kynes—. Se podría conseguir cierta armonía atendiendo a la autosuficiencia. Tan solo habría que comprender cuáles son las limitaciones de este planeta y las adversidades a las que se enfrenta.

—Eso nunca se hará —dijo Bewt.

El duque recordó de repente cuándo había cambiado Kynes su actitud hacia ellos: cuando Jessica había dicho que conservarían las plantas de invernadero en nombre del pueblo de Arrakis.

—¿Cuánto costaría preparar un sistema autosuficiente, doctor Kynes? —preguntó Leto.

—Si conseguimos que el tres por ciento de los vegetales de Arrakis produzcan compuestos de carbono nutritivos, habremos iniciado un sistema cíclico —dijo Kynes.

—¿El agua es el único problema? —preguntó el duque. Notó la emoción de Kynes, y él mismo se sintió presa de ella.

—El problema del agua eclipsa a los demás —dijo Kynes—. El planeta cuenta con mucho oxígeno, pero no las demás características que suelen acompañarlo: vida vegetal generalizada y grandes fuentes de dióxido de carbono provenientes de fenómenos como los volcanes. Se producen fenómenos químicos inusuales por todo el planeta.

—¿Tenéis proyectos piloto? —preguntó el duque.

—Hemos dedicado mucho tiempo a preparar el Efecto Tansley, experimentos a pequeña escala y a nivel de aficionado que servirían para que la ciencia llegara a conseguir aplicaciones prácticas —dijo Kynes.

—Pero el agua es insuficiente —apuntilló Bewt—. Todo se reduce a que el agua es insuficiente.

—El maestro Bewt es un experto en agua —dijo Kynes. Sonrió y siguió comiendo.

El duque hizo un gesto imperativo con la mano derecha.

—¡No! —gritó—. ¡Quiero una respuesta! ¿Hay agua suficiente, doctor Kynes?

Kynes no levantó la vista del plato.

Jessica estudió las emociones que se enfrentaban en su rostro. «Sabe ocultarlas muy bien», pensó. Pero ya lo había analizado y ahora era capaz de leer en él que lamentaba sus palabras.

—¿Hay agua suficiente? —repitió el duque.

—Es... posible —dijo Kynes.

«¡Finge inseguridad!», pensó Jessica.

Paul captó la motivación subyacente con su agudo sentido de la verdad y tuvo que usar todo su adiestramiento para ocultar su emoción.

«¡Hay agua suficiente! Pero Kynes no quiere que se sepa.»

—Nuestro planetólogo tiene muchos sueños interesantes —dijo Bewt—. Sueña con los Fremen, con presagios y mesías.

Se oyeron risitas en ciertos sectores de la mesa. Jessica las localizó: el contrabandista, la hija del fabricante de destiltrajes, Duncan Idaho y la mujer que proporcionaba ese misterioso servicio de acompañamiento.

«La tensión está distribuida de forma extraña esta noche —pensó—. Hay cosas que se me escapan. Tendré que encontrar nuevas fuentes de información.»

El duque miró a Kynes, a Bewt y luego a Jessica. Se sintió decepcionado, como si se le hubiera escapado algo muy importante.

—Es posible —murmuró.

—Quizá debiéramos hablar del tema en otra ocasión, mi señor —dijo Kynes al momento—. Hay tanta...

El planetólogo se interrumpió al ver que un guardia con uniforme de los Atreides aparecía precipitadamente por la puerta de servicio y se acercaba al duque a la carrera. Se inclinó y susurró algo al oído de Leto.

Jessica reconoció la insignia del cuerpo de Hawat en su gorra, e intentó dominar su inquietud. Se dirigió a la compañera del fabricante de destiltrajes, una mujer pequeña de cabello oscuro, rostro de muñeca y ojos ligeramente marcados por un pliegue epicántico.

—Apenas habéis tocado la comida, querida —dijo—. ¿Deseáis pedir algo en especial?

La mujer miró al fabricante de destiltrajes antes de responder.

—No tengo mucha hambre —dijo.

El duque se puso en pie con brusquedad junto al soldado y habló con tono autoritario:

—Que todo el mundo permanezca sentado. Ruego disculpas, pero hay algo que requiere mi atención personal. —Se apartó de la mesa—. Paul, toma mi lugar como anfitrión, por favor.

Paul se levantó. Le dieron ganas de preguntar a su padre por qué tenía que ausentarse, pero sabía que tenía que estar a la altura de las circunstancias. Se dirigió a la silla de su padre y ocupó su lugar.

En ese momento, el duque se giró hacia el lugar donde se encontraba Halleck.

—Gurney, por favor, ocupa el lugar de Paul en la mesa. Debemos seguir siendo un número par. Cuando la comida haya terminado, es probable que te pida que conduzcas a Paul al puesto de mando. Permanece atento a mi llamada.

Halleck salió del rincón ataviado con un uniforme refinado que contrastaba con su fealdad. Apoyó el baliset en la pared, se dirigió a la silla que había ocupado Paul y se sentó.

—No hay motivo de alarma —dijo el duque—, pero debo rogar que nadie se marche hasta que mis guardias confirmen que no hay peligro. Esta estancia es del todo segura, y garantizo que este pequeño inconveniente se solucionará con la mayor premura.

Paul captó las palabras clave del mensaje de su padre: «Guardias», «peligro», «segura» y «premura». El problema era la seguridad, no la violencia. Observó que su madre también había leído el mismo mensaje. Ambos se relajaron.

El duque hizo una última breve inclinación de cabeza, se dio la vuelta y salió por la puerta de servicio seguido por el soldado.

—Por favor, continuemos con la comida —dijo Paul—. Creo que el doctor Kynes hablaba de agua.

—¿Podríamos hablar de ello en otra ocasión? —preguntó Kynes.

—Por supuesto —dijo Paul.

Jessica se enorgulleció al notar la dignidad de su hijo, la seguridad en sí mismo que le aportaba la madurez.

El banquero cogió la jarra de agua e hizo un gesto hacia Bewt con ella.

—Ninguno de nosotros puede superar la florida palabrería del maestro Lingar Bewt. Uno casi podría suponer que aspira a formar parte de las Grandes Casas. Vamos, maestro Bewt, proponed un brindis. Quizá tengáis preparada alguna perla de sabiduría para este muchacho al que hay que tratar como un hombre.

Jessica apretó el puño de la mano derecha bajo la mesa. Vio que Halleck le hacía una señal con la mano a Idaho, y los soldados de la casa alineados por las paredes adoptaron una posición de alerta máxima.

Bewt dedicó al banquero una mirada envenenada.

Paul examinó a Halleck, se dio cuenta de las posiciones defensivas de sus guardias y luego miró al banquero hasta que el hombre bajó la jarra de agua. Luego dijo:

—En una ocasión, vi en Caladan el cuerpo de un pescador ahogado que acababan de sacar del agua. Tenía...

—¿Ahogado? —Era la hija del fabricante de destiltrajes. Paul vaciló.

—Sí —dijo—. Inmerso en el agua hasta morir. Ahogado.

—¡Qué forma de morir tan particular! —murmuró la joven.

La sonrisa de Paul flaqueó, pero volvió a centrar su atención en el banquero.

—Lo interesante sobre el caso eran las heridas de sus hombros, que se debían a los clavos de las botas de otro pescador. El muerto formaba parte de la tripulación de un bote, un aparato para viajar sobre el agua, que había naufragado, o sea, que se había hundido en el agua. Otro pescador que había ayudado a rescatar el cuerpo dijo que había visto las mismas marcas en muchas ocasiones. Indicaban que otro pescador que se estaba ahogando había apoyado sus pies en los hombros de aquel desgraciado en un intento de alcanzar la superficie, de respirar aire.

—¿Por qué es interesante algo así? —preguntó el banquero.

—Porque en ese momento mi padre hizo una observación. Dijo que es comprensible que un hombre a punto de ahogarse se apoye sobre nuestros hombros en un intento de salvarse... excepto cuando uno ve que esto ocurre en un salón. —Paul vaciló lo suficiente como para que el banquero adivinara lo que seguía, y luego terminó—: Y excepto cuando uno ve que ocurre en la mesa de un banquete, añadiría yo.

Un silencio sepulcral invadió la estancia.

«Eso ha sido temerario —pensó Jessica—. Ese banquero puede tener bastante rango como para desafiar a mi hijo.»

Vio que Idaho se había preparado para entrar en acción. Las tropas de la casa estaban alerta. Gurney Halleck miraba con fijeza a los hombres que tenía enfrente.

—¡Ja, ja, ja, a, a, a! —Era el contrabandista, Tuek, que reía a carcajada limpia con la cabeza echada hacia atrás.

Unas sonrisas nerviosas brotaron alrededor de la mesa. Bewt también sonrió.

El banquero había echado la silla hacia atrás y fulminaba con la mirada a Paul.

—Quien provoca a un Atreides lo hace bajo su cuenta y riesgo —dijo Kynes.

—¿Es costumbre de los Atreides insultar a sus invitados? —preguntó el banquero.

Antes de que Paul pudiera responder, Jessica se inclinó hacia delante y dijo:

—¡Señor! —Al mismo tiempo pensó: «Tenemos que averiguar qué pretende ese siervo de los Harkonnen. ¿Está aquí para provocar a Paul? ¿Dispone de alguna ayuda?»—. Mi hijo ha hablado en términos generales. ¿Acaso os sentís identificados? ¡Habrá que tener cuidado! —Deslizó su mano hacia el crys que llevaba enfundado en la pantorrilla.

El banquero miró a Jessica y pasó a fulminarla a ella con la mirada. Los ojos se apartaron de Paul, que se echó para atrás y se alejó de la mesa como si se preparase para la acción. No podía dejar de pensar en una palabra clave que había pronunciado su madre: «cuidado». Era como si le hubiera advertido: «Prepárate para la violencia».

Kynes dedicó una mirada reflexiva a Jessica e hizo un gesto sutil con la mano a Tuek.

El contrabandista se puso en pie de un salto y levantó la jarra.

—Quiero proponer un brindis —dijo—. Para el joven Paul Atreides, un muchacho aún por su aspecto, pero un hombre por sus actos.

«¿Por qué se inmiscuyen?», se preguntó Jessica.

El banquero miró a Kynes, y Jessica vio que el terror volvía al rostro del espía.

Los demás invitados comenzaron a reaccionar por toda la mesa.

«Cuando Kynes ordena, la gente obedece —pensó Jessica—. Acaba de decirnos que está del lado de Paul. ¿Cuál es el secreto de su poder? No puede ser porque sea el Árbitro del Cambio, ya que es algo temporal. Y sin duda tampoco es porque esté al servicio directo del emperador.»

Retiró la mano de la funda del crys y alzó su jarra hacia Kynes, que le devolvió el gesto.

Solo Paul y el banquero (¡Suu-Suu! «¡Vaya apodo más estúpido!», pensó Jessica) permanecían con las manos vacías. La atención del banquero estaba fija en Kynes. Paul miraba su plato.

«Lo estaba haciendo bien —pensó Paul—. ¿Por qué han interferido? —Miró subrepticiamente a los invitados que estaban más cerca de él—. ¿Prepárate para la violencia? ¿Por parte de quién? Seguro que no de ese banquero.»

Halleck se agitó y habló sin dirigirse a nadie en particular mientras miraba a un punto por encima de la cabeza de los invitados que tenía frente a él.

—En nuestra sociedad, la gente no debería ofenderse con tanta facilidad. A veces es un suicidio. —Miró a la hija del fabricante de destiltrajes que se sentaba a su lado—. ¿Vos no pensáis así, señorita?

—Oh, sí, sí. Por supuesto —respondió ella—. Hay demasiada violencia. Me pone enferma. Y muchas veces no existe la menor intención de ofender, pero la gente muere de igual manera. No tiene sentido.

—Ciertamente. No tiene ningún sentido —afirmó Halleck.

Jessica observó la perfección de la farsa de la muchacha y pensó: «Esa chica atolondrada no es en absoluto una chica atolondrada».

Fue entonces cuando detectó un patrón de amenaza y comprendió que Halleck también lo había detectado. Habían pretendido usar el sexo como cebo para Paul. Jessica se tranquilizó. Lo más seguro era que su hijo se hubiese dado cuenta el primero. Su adiestramiento le habría permitido ver de inmediato una trampa tan obvia.

—¿No sería el momento de volver a disculparse? —preguntó Kynes al banquero.

—Mi dama, temo haber subestimado vuestros vinos. Habéis servido bebidas fuertes, y no estoy acostumbrado a ellas.

Jessica percibió el veneno en sus palabras.

—Cuando dos desconocidos se reúnen, hay que esforzarse por entender las diferencias de costumbres y de formación —dijo con voz tranquila.

—Gracias, mi dama —dijo el hombre.

La compañera de cabello oscuro del fabricante de destiltrajes se inclinó hacia Jessica y comentó:

—El duque ha dicho que aquí estaremos seguros. Espero que eso no sea indicativo de que habrá problemas.

«Le han indicado que lleve la conversación a este terreno», pensó Jessica.

—Seguramente no tendrá la menor importancia —aseguró Jessica—. Pero, en estos momentos, hay muchos detalles que requieren la atención personal del duque. Mientras continúe la enemistad entre los Atreides y los Harkonnen, nunca seremos demasiado prudentes. El duque ha pronunciado el juramento kanly. Es un hecho que no va a dejar ningún espía Harkonnen con vida en Arrakis. —Miró al banquero—. Y, como es de esperar, las Convenciones están de su parte. —Desvió su atención hacia Kynes—. ¿No es así, doctor Kynes?

—Así es —respondió Kynes.

El fabricante de destiltrajes tiró discretamente de su compañera hacia atrás.

—Me han entrado ganas de comer —dijo ella—. Me gustaría un poco de esa deliciosa ave que nos han servido antes.

Jessica hizo un gesto a un sirviente y se giró hacia el banquero.

—Señor, antes vos hablabais de aves y de sus hábitos. Hay muchas cosas de Arrakis que me resultan muy interesantes. Contadme, ¿de dónde se extrae la especia? ¿Los cazadores deben adentrarse mucho en el desierto?

—Oh, no, mi señora —dijo el hombre—. Sabemos muy pocas cosas del desierto profundo. Y casi nada de las regiones meridionales.

—Se dice que hay un gran Yacimiento Madre de especia en lo más profundo de esa región meridional —dijo Kynes—, pero sospecho que se trata tan solo de la imaginativa invención de algún trovador en busca de letra para una canción. Algunos de los cazadores de especia más osados que otros penetran ocasionalmente en el cinturón central, pero es peligrosísimo... la navegación es incierta y las tormentas frecuentes. Las víctimas se multiplican drásticamente a medida que uno se aleja de la Muralla Escudo. Se ha llegado a la conclusión de que no es muy provechoso aventurarse demasiado al sur. Quizá si tuviéramos un satélite climatológico...

Bewt levantó la mirada y lo interrumpió con la boca llena.

—Se dice que los Fremen viajan hasta esos lugares, que van a cualquier parte y que han descubierto calas y manantiales de sorbeo incluso en latitudes meridionales.

—¿Calas y manantiales de sorbeo? —preguntó Jessica.

—Solo son rumores, mi dama —intervino Kynes al instante—. Son lugares propios de otros planetas, no de Arrakis. Una cala es un lugar donde el agua se filtra hasta la superficie o casi, y es posible detectarla gracias a la presencia de ciertas señales. Un manantial de sorbeo es un tipo de cala donde una persona puede sorber el agua a través de una cánula enterrada en la arena... o eso es lo que se dice.

«Siento la mentira en sus palabras», pensó Jessica.

«¿Por qué miente?», se preguntó Paul.

—Es muy interesante —dijo Jessica.

Y pensó: «"Eso es lo que se dice...". Qué manera de expresarse tan curiosa. Si supieran hasta qué punto revela lo que dependen de las supersticiones...».

—He oído que tenéis un dicho —observó Paul—: «La educación viene de las ciudades, la sabiduría del desierto».

—Hay muchos dichos en Arrakis —dijo Kynes.

Antes de que Jessica pudiera formular una nueva pregunta, un sirviente se inclinó junto a ella y le entregó una nota. La abrió y reconoció la escritura del duque y los símbolos clave. La leyó.

—El duque nos tranquiliza —dijo—. El asunto que lo ha alejado de nosotros ha sido solucionado. Han encontrado el ala de acarreo que había desaparecido. Un agente Harkonnen infiltrado en la tripulación se hizo con el control y pilotó la máquina hasta una base de contrabandistas con la esperanza de venderla. Nuestros efectivos han recuperado el control tanto de la máquina como del hombre. —Inclinó la cabeza en dirección a Tuek.

El contrabandista respondió con otra inclinación.

Jessica dobló la nota y la metió en una de sus mangas.

—Me alegro de que no haya desembocado en una batalla campal —dijo el banquero—. La gente ansía que los Atreides traigan consigo paz y prosperidad.

—Sobre todo prosperidad —apuntilló Bewt.

—¿Podemos pasar al postre? —preguntó Jessica—. He encargado a nuestro chef que prepare un dulce de Caladan: arroz pundi en salsa dolsa.

—Suena maravilloso —dijo el fabricante de destiltrajes—. ¿Sería posible obtener la receta?

—Todas las recetas que deseéis —dijo Jessica, que examinó al hombre para mencionárselo más tarde a Hawat. El fabricante de destiltrajes era un pequeño y atemorizado arribista que podía sobornarse.

Las conversaciones volvieron a avivarse a su alrededor:

—Un tejido realmente magnífico...

—Tengo que hacerme un conjunto que le vaya a esta joya...

—Un aumento de producción en el próximo trimestre...

Jessica se enfrascó en su plato sin dejar de pensar en la parte codificada del mensaje de Leto: «Los Harkonnen han intentado introducir un cargamento de láseres. Los hemos requisado. Pero es muy probable que otros cargamentos hayan pasado. Se ve que los escudos les dan igual. Toma las precauciones apropiadas».

Jessica pensó en los láseres. Los ardientes rayos de destructiva luz podían perforar cualquier sustancia, a menos que estuviera protegida por un escudo. El hecho de que la interferencia del rayo con un escudo pudiera hacer estallar tanto el láser como el escudo no parecía preocupar a los Harkonnen. ¿Por qué? Una explosión láser-escudo era un imprevisto muy peligroso, ya que bien podía resultar ser más potente que una explosión atómica o solo acabar con la vida del tirador y su objetivo.

Los interrogantes eran lo que más inquietaba a Jessica.

—Estaba seguro de que recuperaríamos esa ala de acarreo —dijo Paul—. Cuando mi padre se decide a resolver un problema, lo resuelve. Es algo que los Harkonnen empezarán a descubrir ahora.

«Alardea —pensó Jessica—. No debería hacerlo. Nadie que se vea obligado a dormir bajo tierra esta noche como precaución contra los láseres tiene derecho a alardear.»

No hay escapatoria... pagamos por la violencia de
nuestros antepasados.

De *Frases escogidas de Muad'Dib*,
por la princesa Irulan

Jessica oyó un tumulto en el gran salón y encendió la luz de
la cabecera de la cama. El reloj aún no estaba sincronizado con
la hora local y tuvo que restar veintiún minutos para determinar
que eran sobre las dos de la madrugada.

El tumulto sonaba fuerte y confuso.

«¿Un ataque de los Harkonnen?», se preguntó.

Salió de la cama y comprobó los monitores para ver dónde
se encontraba su familia. En la pantalla, vio a Paul durmiendo
en una habitación del sótano que habían habilitado apresuradamente para convertirla en un dormitorio. Obviamente, el
ruido no llegaba hasta allí. No había nadie en los aposentos
del duque, su cama estaba intacta. ¿Seguiría en el puesto de
mando?

No les había dado tiempo de conectar ninguna pantalla en la
parte delantera de la casa.

Jessica se quedó inerte en el centro de la habitación, a la escucha. Resonó un grito y palabras inconexas. Oyó que alguien
llamaba al doctor Yueh. Jessica cogió una bata, se la echó por los

hombros, deslizó los pies en las zapatillas y se colocó el crys en la pantorrilla.

La voz volvió a llamar a gritos al doctor Yueh.

Jessica se ató el cinturón y salió al pasillo. Una idea la sacudió en ese instante: «¿Habrán herido a Leto?».

El pasillo pareció alargarse hasta el infinito mientras avanzaba por él a la carrera. Franqueó la arcada, atravesó corriendo el comedor y recorrió otro pasillo que conducía al Gran Salón, lugar que estaba brillantemente iluminado, con todas las lámparas a suspensor encendidas al máximo.

A su derecha, cerca de la entrada delantera, vio a dos guardias de la casa sujetando a Duncan Idaho entre ellos. La cabeza del hombre basculaba hacia delante, un silencio repentino y expectante se había adueñado de la escena.

—¿Habéis visto lo que habéis conseguido? —dijo a Idaho con voz acusatoria uno de los guardias de la casa—. Habéis despertado a la dama Jessica.

Los grandes cortinajes se agitaban tras ellos, y dejaban al descubierto que la puerta delantera se había quedado abierta. No había el más mínimo rastro del duque ni de Yueh. Mapes estaba a un lado y dedicaba a Idaho una mirada impertérrita. Llevaba una túnica holgada y marrón con un dibujo serpentino en el dobladillo. Iba calzada con unas botas del desierto con los cordones desatados.

—Así que he despertado a la dama Jessica —murmuró Idaho. Levantó la cabeza hacia el techo y gritó—: ¡Mi espada fue la primera en beber la sangre de Grumman!

«¡Gran Madre! ¡Está borracho!», pensó Jessica.

El rostro oscuro y redondo de Idaho estaba desfigurado en una mueca. Sus cabellos, rizados como el pelaje de un negro macho cabrío, estaban llenos de barro. Los desgarrones de su túnica dejaban al descubierto la camisa que había llevado en la cena hacía unas horas.

Jessica se acercó a él.

Uno de los guardias inclinó la cabeza hacia ella sin soltar a Idaho.

—No sabemos qué hacer con él, mi dama. Estaba formando

un alboroto ahí fuera y se negaba a entrar. Temíamos que la gente del lugar le viese. No habría sido bueno para nosotros. Nos habría dado mala fama.

—¿Dónde ha estado? —preguntó Jessica.

—Ha escoltado a una de las jóvenes invitadas de la cena, mi dama. Órdenes de Hawat.

—¿Qué joven invitada?

—Una de las acompañantes. ¿Sabéis a qué me refiero, mi dama? —Miró a Mapes y bajó la voz—. Siempre se llama a Idaho para que vigile bien a esas mujeres.

Jessica pensó: «¡Lo sé! Pero ¿por qué está bebido?».

Frunció el ceño y se giró hacia Mapes.

—Mapes, tráele un estimulante. Sugiero cafeína. Quizá quede todavía un poco de café de especia.

Mapes se encogió de hombros y se dirigió hacia las cocinas. Sus botas del desierto con los cordones desatados resonaron contra el suelo de piedra.

Idaho giró la cabeza con vacilación para poder mirar a Jessica.

—He matao más de tres... tresientos hombes p-por el duque —murmuró—. ¿Queréis sa... sabé por qué... toy aquí? No puedo vi... vivir a-abajo. Tampoco puedo vi... vivir a-arriba. ¿Qué clase de lu-lugar es este? ¿Eeeeh?

El sonido de una puerta lateral al abrirse llamó la atención de Jessica. Se giró y vio que Yueh avanzaba hacia ellos con el botiquín en la mano izquierda. Iba completamente vestido y se le veía pálido y exhausto. El tatuaje diamantino destellaba en su frente.

—¡El buen d-doctó! —gritó Idaho—. ¿Cómo está el doctó? ¿El hombre de las gasas y de las p-píldoras? —Se esforzó para girarse hacia Jessica—. Mestoy portando como un i-imbécil, ¿verdá?

Jessica frunció el ceño y se quedó en silencio mientras se preguntaba: «¿Por qué se ha emborrachado Idaho? ¿Acaso le han drogado?».

Yueh soltó el botiquín en el suelo, saludó a Jessica con una inclinación de cabeza y dijo:

—Demasiada cerveza de especia, ¿no?

—La mejó que hay —aseguró Idaho. Intentó enderezarse—.

¡Mi espada fue la primera en beber la sangre de Grumman! M-maté a un Harko... Harko... Lo m-maté por el duque.

Yueh se giró y miró la taza que acababa de traer Mapes.

—¿Qué es?

—Cafeína —respondió Jessica.

Yueh cogió la taza y se la tendió a Idaho.

—Bebe, muchacho.

—No quiero b-beber más.

—¡Que bebas!

La cabeza de Idaho se bamboleó hacia Yueh. El hombre dio un paso al frente y arrastró consigo a los guardias.

—Estoy hasta la c-coronilla de complacer al universo i-imperial, doctó. Por una vez, haré lo que m-me dé la gana.

—Cuando hayas bebido —dijo Yueh—. Solo es cafeína.

—¡P-podrida como el resto en este lugar! M-maldito sol resplandeciente. Nada tiene buen c-color. Todo está m-mal y...

—Bueno, pero ahora es de noche —dijo Yueh. Hablaba en tono convincente—. Bébete esto como un buen chico. Te hará sentir mejor.

—¡No q-quiero sentirme bejó!

—No podemos pasarnos toda la noche discutiendo con él —dijo Jessica.

Y pensó: «Necesita un tratamiento de choque».

—No hay razón para que permanezcáis aquí, mi dama —dijo Yueh—. Yo me encargo.

Jessica agitó la cabeza. Dio un paso al frente y abofeteó a Idaho con todas sus fuerzas.

Arrastró a los guardias al retroceder y la fulminó con la mirada.

—Esa no es forma de comportarse en casa de tu duque —dijo Jessica. Cogió la taza de manos de Yueh y se la tendió a Idaho, derramando parte de su contenido con el movimiento—. ¡Y ahora bebe! ¡Es una orden!

Idaho se sobresaltó, se envaró y le dedicó una mirada amenazadora. Habló despacio, esforzándose por pronunciar bien las palabras.

—No recibo órdenes de una maldita espía Harkonnen —dijo.

Yueh se sobresaltó y se giró hacia Jessica.

La mujer se quedó pálida, pero inclinó la cabeza. Ahora todo le había quedado claro. Al fin conseguía hacer encajar las alusiones vagas y fragmentarias que había captado los últimos días en las palabras y el comportamiento de quienes la rodeaban. La invadió una cólera tan inmensa que casi no pudo contenerla. Tuvo que recurrir a lo más profundo de su adiestramiento Bene Gesserit para relajar el pulso y controlar la respiración. Pero, a pesar de todo, sintió que la abrasaba un fuego interior.

«¡Siempre se llama a Idaho para que vigile bien a esas mujeres!»

Miró a Yueh. El doctor inclinó la mirada.

—¿Lo sabíais? —espetó.

—Yo... he oído rumores, mi dama. Pero no quería preocuparos aún más.

—¡Hawat! —gritó—. ¡Quiero ver a Thufir Hawat de inmediato!

—Pero, mi dama...

«Tiene que haber sido Hawat —pensó—. Una sospecha así solo puede venir de él. Cualquier otro lo hubiese descartado.»

Idaho inclinó su cabeza.

—D-debería haberlo contado todo —murmuró.

Jessica miró la taza que tenía en la mano y, de improviso, arrojó su contenido al rostro de Idaho.

—Encerradlo en una de las habitaciones de invitados del ala este —ordenó—. Que duerma la borrachera.

Los dos guardias la miraron indecisos. Uno de ellos aventuró:

—Quizá deberíamos llevarlo a otro lugar, mi dama. Podríamos...

—¡Es aquí donde se supone que debe estar! —interrumpió Jessica—. Tiene trabajo que hacer. —Su voz rezumaba amargura—. Es muy eficiente vigilando a las mujeres.

El guardia tragó saliva.

—¿Sabe alguien dónde está el duque? —preguntó Jessica.

—En el puesto de mando, mi dama.

—¿Hawat está con él?

—Hawat se encuentra en la ciudad, mi dama.

—Quiero que me traigáis a Hawat de inmediato —dijo Jessica—. Estaré en mi sala de estar cuando llegue.

—Pero, mi dama...

—Si es necesario, llamaré al duque —dijo ella—. Pero espero que no lo sea. No quiero molestarle por algo así.

—Sí, mi dama.

Jessica dejó la taza vacía en manos de Mapes y se encontró con la escrutadora mirada de esos ojos azul sobre azul.

—Puedes volver a la cama, Mapes.

—¿Estáis segura de que no me necesitáis?

Jessica sonrió con amargura.

—Estoy segura.

—Quizá deberíamos esperar a mañana —dijo Yueh—. Podría daros un sedante y...

—Volved a vuestros aposentos y dejadme solucionar esto a mi manera —dijo Jessica. Le dio una palmada en el brazo para quitarle algo de hierro a la brusquedad de su orden—. Es la única manera.

Jessica se envaró de repente, se dio la vuelta y se dirigió con paso resuelto hacia sus habitaciones. Frías paredes... pasillos... una puerta familiar... La abrió, entró y la cerró con fuerza a sus espaldas. Se quedó inerte mientras dedicaba una mirada cargada de rabia al paisaje difuminado por el escudo que se apreciaba al otro lado de las ventanas de la habitación.

«¡Hawat! ¿Será él quien está a sueldo de los Harkonnen? Veremos.»

Jessica se dirigió hacia el antiguo y mullido sillón tapizado con piel de schlag y lo empujó para que quedara frente a la puerta. Sintió de repente el peso del crys que llevaba enfundado en la pantorrilla. Lo desató, se lo colocó en el brazo y lo sopesó. Volvió a recorrer toda la estancia con la mirada para registrar en su mente la posición exacta de cada objeto en caso de emergencia: la silla en el rincón, los sillones de respaldo alto contra la pared, las dos mesas bajas, la cítara que descansaba en un soporte junto a la puerta del dormitorio.

Las lámparas a suspensor emitían un pálido resplandor rosado. Disminuyó la intensidad, se sentó en el sillón y acarició el tapizado al tiempo que apreciaba por primera vez su majestuosa robustez.

«Que venga —se dijo—. Y que pase lo que tenga que pasar.»

Se dispuso a esperar a la Manera Bene Gesserit, acumulando paciencia y reservando sus fuerzas.

Alguien llamó a la puerta mucho antes de lo que esperaba, y Hawat entró cuando ella le dio paso.

Lo miró sin moverse del sillón y percibió en sus movimientos la presencia vibrante de una energía propia de la droga, y también la fatiga que se escondía tras ella. Los ojos llorosos y ancianos de Hawat resplandecían. Su curtida piel parecía tener un tono amarillento a la luz de la estancia, y una amplia y húmeda mancha destacaba en la manga del brazo donde ocultaba el cuchillo.

Notó el olor a sangre.

Señaló con la mano uno de los sillones de respaldo alto y dijo:

—Traed ese sillón y sentaos frente a mí.

Hawat se inclinó y obedeció.

«¡Ese loco borracho de Idaho!», pensó. Examinó el rostro de Jessica e intentó valorar cómo podía salvar la situación.

—Es hora de aclarar lo que ocurre entre nosotros —dijo Jessica.

—¿Qué es lo que inquieta a mi dama? —Se sentó y colocó las manos sobre las rodillas.

—¡No juguéis conmigo! —espetó ella—. Si Yueh no os ha dicho por qué os he hecho llamar, seguro que alguno de los espías que tenéis en mi casa lo habrá hecho. ¿Podemos ser sinceros entre nosotros al menos?

—Como deseéis, mi dama.

—Primero, responded a una pregunta —dijo Jessica—. ¿Os habéis convertido en un espía Harkonnen?

Hawat se levantó a medias del asiento con el rostro oscurecido por la ira.

—¿Cómo osáis insultarme así? —preguntó.

—Sentaos —dijo ella—. Vos también me habéis insultado.

Hawat volvió a sentarse en el sillón poco a poco.

Jessica leyó las señales presentes en aquel rostro que conocía tan bien y sintió un profundo alivio.

«No es Hawat.»

—Ahora que sé que aún seguís siendo fiel a mi duque —dijo—, estoy dispuesta a perdonaros esa afrenta.

—¿Hay algo que perdonar?

Jessica frunció el ceño y pensó: «¿Debo jugar mis cartas? ¿Debo hablarle de la hija del duque que llevo en mi seno desde hace unas semanas? No... No lo sabe ni Leto. No haría más que complicarle la vida y le distraería en un momento en que debe concentrarse para garantizar nuestra supervivencia. Ya habrá tiempo más adelante».

—Todo sería más fácil con una Decidora de Verdad —dijo—, pero en este lugar no disponemos de ninguna cualificada por la Alta Junta.

—Cierto es. No disponemos de Decidora de Verdad.

—¿Hay un traidor entre nosotros? —preguntó Jessica—. He analizado a los nuestros con mucho esmero. ¿Quién puede ser? No es Gurney. Está claro que Duncan tampoco. Sus lugartenientes no ocupan puestos lo suficientemente estratégicos como para tenerlos en cuenta. Tampoco vos, Thufir. Tampoco es Paul. Sé que no soy yo. ¿Será el doctor Yueh? ¿Tengo que llamarlo y ponerlo a prueba?

—Sabéis que no serviría de nada —respondió Hawat—. Está condicionado por el Alto Colegio. Eso sí que lo sé a ciencia cierta.

—Sin mencionar que su esposa era una Bene Gesserit asesinada por los Harkonnen —dijo Jessica.

—Así que era eso lo que le ocurrió —dijo Hawat.

—¿No os habéis dado cuenta del odio que rezuma su voz cada vez que pronuncia el nombre de los Harkonnen?

—Sabéis que no tengo tan buen oído como vos —dijo Hawat.

—¿Qué es lo que os ha hecho sospechar de mí? —preguntó Jessica.

Hawat se agitó en su asiento.

—Coloca a su siervo en una posición incómoda, mi dama. Debo mi lealtad al duque.

—Y yo estoy dispuesta a perdonar mucho gracias a esa lealtad —dijo ella.

—Pero vuelvo a preguntaros: ¿hay algo que perdonar?

—¿Tablas? —preguntó ella.

Hawat se encogió de hombros.

—Cambiemos de tema un momento —continuó Jessica—. Duncan Idaho, ese admirable guerrero cuyas capacidades para la protección y la vigilancia la gente tiene en tanta estima. Esta noche se ha excedido con algo llamado cerveza de especia. Me han llegado informes de que más de los nuestros han caído presa de ese brebaje. ¿Es cierto?

—Lo dicen los informes, mi dama.

—Así es. ¿Y no creéis que esos excesos son un síntoma, Thufir?

—Mi dama solo usa acertijos.

—¡Usad vuestra habilidad de mentat! —espetó Jessica con brusquedad—. ¿Qué les ha pasado a Duncan y a los demás? Solo necesito cuatro palabras para decíroslo: no tienen un hogar.

Hawat señaló el suelo con un dedo.

—Arrakis, este es su hogar.

—¡No sabemos nada de Arrakis! Caladan era su hogar, pero los hemos obligado a abandonarlo. Ya no tienen hogar. Y temen que el duque les falle.

Hawat se envaró.

—Unas palabras así pronunciadas por cualquiera de mis hombres serían suficientes para...

—Oh, déjalo ya, Thufir. ¿Es derrotismo o traición por parte de un doctor diagnosticar bien una enfermedad? Mi única intención es curar esta que nos aflige.

—Es un trabajo que el duque me ha encargado a mí.

—Pero comprenderéis que me sienta algo preocupada por los progresos de dicha enfermedad —dijo ella—. Y seguro que estáis de acuerdo en que tengo ciertas capacidades para ello.

«¿Le hará falta también un tratamiento de choque? —se dijo—. Necesita una sacudida, algo que le saque de la rutina.»

—Vuestras preocupaciones podrían interpretarse de muchas maneras —dijo Hawat. Se encogió de hombros.

—¿Así que ya me habéis condenado?

—Por supuesto que no, mi dama. Pero, tal y como está la situación, no puedo permitirme el correr ningún riesgo.

—Habéis pasado por alto una amenaza contra la vida de mi hijo en esta misma casa —dijo ella—. ¿Quién ha corrido el riesgo?

El rostro del hombre se ensombreció.

—He ofrecido mi dimisión al duque.

—¿Me la habéis ofrecido también a mí... o a Paul?

Ahora estaba claramente furioso: la respiración agitada, las fosas nasales dilatadas y la mirada fija lo traicionaban. Jessica percibió los apresurados latidos de una vena en su sien.

—Soy un hombre del duque —dijo, mascando las palabras.

—No hay ningún traidor —anunció ella—. La traición viene de fuera. Quizá tenga alguna relación con los láseres. Quizá se arriesguen a introducir en secreto algunos láseres con temporizadores para atacar los escudos de la casa. Puede que...

—¿Y quién probará después de la explosión que no se han usado atómicas? —preguntó él—. No, mi dama. No se arriesgarán a hacer algo tan ilegal. Las radiaciones persistirían y las pruebas serían difíciles de borrar. No. Tienen que guardar las apariencias. Ha de haber un traidor.

—Vos sois un hombre del duque —comentó Jessica con sorna—. ¿Le destruiríais en vuestro esfuerzo por salvarle?

Hawat respiró hondo.

—Si sois inocente, os presentaré mis más sinceras disculpas.

—Hablemos ahora de vos, Thufir —dijo Jessica—. Los seres humanos viven mejor cuando cada uno ocupa su lugar, cuando saben cuál es su lugar en el mundo. Destruid ese lugar y destruiréis a esa persona. Vos y yo, Thufir, entre todos los que aman al duque, somos quienes estamos mejor situados para destruir el lugar del otro. ¿Creéis que no me resultaría muy sencillo susurrar mis sospechas al oído del duque cualquiera de estas noches? ¿Cuándo creéis que sería más susceptible a ese tipo de susurros, Thufir? ¿Debo ser más explícita?

—¿Me estáis amenazando? —gruñó él.

—En absoluto. Solo pongo en evidencia el hecho de que alguien está desequilibrando los cimientos de nuestro día a día para atacarnos. Es astuto, diabólico. Os propongo neutralizar dicho ataque imponiendo tal orden a nuestras vidas que no exista ninguna fisura por la que desequilibrarnos.

—¿Me acusáis de murmurar sospechas sin fundamento?

—Sin fundamento, sí.

—¿E intentáis combatirlas con más sospechas?

—Es vuestra vida la que está hecha de sospechas, Thufir, no la mía.

—Entonces ¿ponéis en duda mis capacidades?

Jessica suspiró.

—Thufir, quisiera que analizarais hasta qué punto os estáis dejando llevar por vuestras emociones. El ser humano natural es un animal carente de lógica. Vuestra proyección de la lógica en todos los aspectos es antinatural, pero se tolera porque resulta útil. Sois la personificación de la lógica, un mentat. Sin embargo, vuestras soluciones a los problemas son ideas que proyectáis fuera de vos para observar, estudiar y analizar desde todos los ángulos.

—¿Pretendéis enseñarme mi oficio? —preguntó el hombre, sin intentar ocultar el desdén en su voz.

—Podéis analizar y aplicar esa lógica a cualquier cosa que esté fuera de vos —dijo Jessica—. Pero es una característica de los humanos que, cuando nos enfrentamos a nuestros problemas personales, las cosas más íntimas son las que mejor resisten el análisis de nuestra lógica. Tendemos a buscar excusas a nuestro alrededor, a acusar a todo y a todos, menos al verdadero problema que nos reconcome por dentro.

—Intentáis deliberadamente hacerme dudar de mi capacidad como mentat —espetó el hombre—. Si descubriera a uno de los nuestros intentando sabotear un arma cualquiera de nuestro arsenal, no vacilaría en absoluto en denunciarlo y destruirlo.

—Los mejores mentat conservan un saludable respeto hacia los errores de cálculo —dijo ella.

—¡Nunca he dicho lo contrario!

—Pues aplicaos el cuento y atended a los síntomas que ambos hemos presenciado: la embriaguez entre nuestros hombres, las disputas, el intercambio de rumores vagos e inverosímiles sobre Arrakis, el desdén hacia las más simples...

—Se aburren, eso es todo —dijo él—. No intentéis distraer mi atención presentándome un hecho simple y banal como algo misterioso.

Ella lo miró y pensó en los hombres del duque que acumulaban tanta aflicción en los barracones que la tensión podía olerse desde el castillo como si de un aislante quemado se tratase.

«Cada vez se parecen más a los hombres de las leyendas pre-Cofradía —pensó—. A los hombres de aquel perdido explorador estelar, Ampoliros, cansados de las armas, siempre a la búsqueda, siempre preparados y nunca dispuestos.»

—¿Por qué nunca habéis querido usar mis habilidades en vuestro servicio al duque? —preguntó Jessica—. ¿Temíais que me convirtiera en un rival que pusiera en peligro vuestra posición?

Hawat la fulminó con la mirada, y sus viejos ojos llamearon.

—Conozco algo del adiestramiento que os convierte en... —Se quedó en silencio y frunció el ceño.

—Continuad, decidlo —animó ella—. En brujas Bene Gesserit.

—Conozco algo del auténtico adiestramiento que se os ha proporcionado —dijo él—. He podido ver retazos de él en Paul. No me dejo engañar por lo que vuestras escuelas afirman en público: que existís tan solo para servir.

«El tratamiento de choque debe ser severo, y ya casi está preparado para recibirlo», pensó ella.

—Siempre me habéis escuchado con respeto en el Consejo —dijo ella—, pero habéis tenido en cuenta mis opiniones en escasas ocasiones. ¿Por qué?

—No confío en vuestras motivaciones Bene Gesserit —dijo Hawat—. Creéis que podéis leer en el interior de un hombre; tal vez penséis que podéis incitarnos a hacer exactamente lo que vos...

—¡Thufir, pobre imbécil! —espetó Jessica.

Él le dedicó una mirada furibunda y se hundió en el asiento.

—Sean cuales sean los rumores que os hayan llegado sobre

nuestras escuelas —dijo Jessica—, la verdad es mucho más grandiosa. Si deseara destruir al duque... o a vos o a cualquier otra persona a mi alcance, no podríais detenerme.

Y pensó: «¿Por qué permito que el orgullo me haga hacer tales afirmaciones? No me adiestraron así. Así no voy a conseguir dejarlo conmocionado».

Hawat se metió una mano bajo la túnica, donde ocultaba un pequeño proyector de dardos envenenados.

«No lleva escudo —pensó—. ¿Acaso es una bravata? Podría matarla ahora, pero, ah... ¿Cuáles serían las consecuencias si estoy equivocado?»

Jessica vio el gesto de su mano y dijo:

—Roguemos por que la violencia nunca sea necesaria entre nosotros.

—Una loable plegaria —asintió él.

—Pero, mientras tanto, el mal se extiende a nuestro alrededor. Os lo vuelvo a preguntar: ¿acaso no sería más razonable suponer que los Harkonnen hayan sembrado estas sospechas a fin de enfrentarnos el uno contra el otro?

—Parece que volvemos a estar en tablas —dijo él.

Jessica suspiró y pensó: «Ya casi está listo».

—El duque y yo somos el padre y la madre tutelares de nuestro pueblo —dijo—. La posición...

—Aún no se ha casado con vos —dijo Hawat.

Jessica se obligó en mantenerse en calma y, en esta ocasión, pensó: «Ha sido una buena respuesta».

—Pero tampoco se casará con ninguna otra —dijo—. No, mientras yo viva. Y, como acabo de decir, somos tutores del pueblo. Romper este orden natural, alterarlo, desorganizarlo y confundirlo... ¿qué objetivo puede haber más atractivo para los Harkonnen?

Hawat captó hacia dónde discurrían las ideas de Jessica, lo que le hizo entornar los ojos y fruncir más el ceño.

—¿El duque? —preguntó ella—. Es un blanco atractivo, ciertamente, pero a excepción de Paul no hay nadie mejor protegido que él. ¿Yo? Seguro que se han sentido tentados, pero saben que las Bene Gesserit son de por sí un objetivo complicado.

Hay otro blanco mejor, una persona cuyas funciones desembocan en un inevitable punto ciego. Alguien para el que sospechar es tan natural como respirar, que cimenta toda su vida en la insinuación y el misterio. —Jessica extendió el brazo hacia él con brusquedad—. ¡Vos!

Hawat empezó a levantarse de la silla.

—¡No os he dicho que os retirarais, Thufir! —espetó Jessica.

Dio la impresión de que el viejo mentat se había vuelto a dejar caer en el asiento, como si le hubiesen traicionado los músculos.

La mujer le dedicó una sonrisa alegre y vacía.

—Ahora sí que conocéis algo del verdadero adiestramiento que recibimos —dijo.

Hawat intentó en vano tragar saliva. La orden había sido regia, autoritaria, pronunciada con un tono y una actitud que imposibilitaban resistirse. Su cuerpo había obedecido antes de que pudiera siquiera pensar en ello. Nada podría haber evitado esa respuesta, ni la lógica ni la rabia más apasionada. Nada. Hacer lo que esa mujer acababa de hacer requería una gran sensibilidad y conocimiento íntimo de la persona objetivo de sus órdenes, un control tan profundo que jamás lo hubiera creído posible.

—Os dije antes que ambos deberíamos comprendernos —dijo Jessica—. Pero en realidad quería decir que sois vos el que deberíais comprenderme a mí. Yo ya os comprendo y os aseguro que vuestra fidelidad al duque es lo único que garantiza vuestra seguridad conmigo.

El hombre la miró y se humedeció los labios.

—Si deseara tener una marioneta a mi servicio, el duque ya se habría casado conmigo —dijo ella—. Incluso podría hacerle pensar que lo hizo por su propia voluntad.

Hawat inclinó la cabeza y la miró a través de sus ralas pestañas. Hizo acopio de todas sus fuerzas para reprimir las ganas de llamar a la guardia. De todas sus fuerzas y de la sospecha de que esa mujer no se lo permitiría. Se estremeció al recordar cómo lo había controlado. ¡En aquel instante de vacilación, la mujer podría haber sacado un arma y matarlo allí mismo!

«¿Tendrán este punto ciego todos los seres humanos? —pensó—. ¿Será posible que cada uno de nosotros pueda ser manipulado así sin que podamos resistirnos? —Esta idea lo dejó estupefacto—. ¿Quién podría detener a una persona dotada de tal poder?»

—Es una pequeña muestra de las capacidades Bene Gesserit —dijo ella—. Muy pocos la han experimentado y vivido para contarlo. Y lo que he hecho es algo relativamente sencillo para nosotras. Aún no habéis sido testigos de todo mi arsenal. No lo olvidéis.

—¿Por qué no lo usáis para destruir a los enemigos del duque? —preguntó él.

—¿A quién querríais que destruyese? —preguntó Jessica—. ¿Os gustaría que debilitase la imagen del duque dando a entender que siempre depende de mí?

—Pero, con un poder así...

—El poder es un arma de doble filo, Thufir —dijo ella—. Pensaréis que para mí es fácil controlar a cualquiera para que destripe a mis enemigos. Y es cierto, a mis enemigos y al que controlo. Pero ¿qué conseguiría con eso? Si unas pocas Bene Gesserit hicieran algo así, ¿no se sospecharía de todas nosotras? No queremos que nos ocurra eso, Thufir. No queremos destruirnos. —Inclinó la cabeza—. Solo existimos para servir.

—No puedo enfrentarme a vos —dijo él—. Lo sabéis.

—No contaréis a nadie lo ocurrido —dijo Jessica—. Os conozco, Thufir.

—Mi dama... —El anciano volvió a intentar tragar saliva, pero tenía la garganta seca.

«Es cierto que tiene grandes poderes —pensó—. Pero ¿esos poderes no la convertirían en un instrumento aún más formidable para los Harkonnen?»

—Tanto los amigos como los enemigos del duque podrían acabar con él con la misma presteza —dijo ella—. Espero que ahora lleguéis al fondo de dichas sospechas y seáis capaces de eliminarlas.

—Si resultan ser infundadas —apuntilló él.

—Si resultan serlo —musitó ella.

—Si resultan serlo —repitió él.

—Sois tenaz —dijo Jessica.

—Prudente —observó Hawat—, y consciente de los errores de cálculo.

—Os haré otra pregunta, entonces: ¿qué haríais si os encontrarais frente a otra persona y estuvieseis atado e indefenso mientras os amenaza con un cuchillo en vuestra garganta, pero en lugar de mataros os corta las ataduras y os da el cuchillo para que hagáis lo que os venga en gana con él?

Jessica se levantó del sillón y le dio la espalda.

—Podéis iros, Thufir.

El anciano mentat se levantó, vaciló y sus manos se deslizaron hacia el arma mortal que llevaba escondida bajo la túnica. Recordó la cabeza del toro y el cuadro del padre del duque (un hombre valeroso a pesar de sus otros defectos), y también aquel día de la corrida hacía tanto tiempo: la feroz bestia negra inmóvil, con la cabeza inclinada y desconcertada. El Viejo Duque había dado la espalda a los cuernos, con la capa doblada sobre un brazo de manera ostentosa y mientras los vítores resonaban en las tribunas.

«Yo soy el toro, y ella el torero», pensó Hawat. Apartó la mano del arma y contempló el sudor que brillaba en su palma.

Fue en ese momento cuando se dio cuenta de que, ocurriera lo que ocurriese, nunca olvidaría aquel instante ni disminuiría jamás la suprema admiración que sentía por la dama Jessica.

Hawat se dio la vuelta y salió de la estancia en silencio.

Jessica lo miró por el reflejo de la ventana, y luego se giró hacia la puerta cerrada.

—Ahora veamos cual es la acción más adecuada —susurró.

¿Luchar contra los sueños?
¿Batirse contra las sombras?
¿Caminar en las tinieblas de un sueño?
El tiempo ya ha pasado.
La vida os ha sido robada.
Perdida entre fruslerías,
víctima de vuestra locura.

Responso por Jamis en la Llanura Funeral,
de *Canciones de Muad'Dib*,
por la princesa Irulan

En el recibidor de la casa, Leto estudiaba una nota a la luz de una única lámpara a suspensor. Aún faltaban unas horas para el alba, y se sentía muy cansado. Un mensajero Fremen había entregado la nota a uno de los guardias del exterior poco antes de que el duque regresara del puesto de mando.

La nota rezaba: «Una columna de humo de día, un pilar de fuego de noche».

No estaba firmada.

«¿Qué quiere decir?», se preguntó.

El mensajero se había ido de inmediato, sin esperar respuesta alguna y antes de poder ser interrogado. Había desaparecido en la noche como una sombra etérea.

Leto guardó el papel en un bolsillo de su túnica con la idea de mostrárselo más tarde a Hawat. Se apartó un mechón de pelo de la frente y suspiró. El efecto de las píldoras antifatiga comenzaba a disiparse. Habían pasado dos días muy largos desde el banquete, y muchos más desde que había dormido por última vez.

Además de los problemas militares, también estaba esa penosa discusión que había tenido con Hawat al recibir el informe de su encuentro con Jessica.

«¿Debo despertar a Jessica? —pensó—. No hay ninguna razón para ocultarle nada. ¿O sí? ¡Ese maldito y condenado Duncan Idaho!»

Agitó la cabeza.

«No, Duncan no tiene la culpa. Soy yo quien se equivocó no confiando en ella desde el primer momento. Debo hacerlo ahora, antes de que se agrave la situación.»

La decisión le hizo sentirse mejor y se apresuró desde el recibidor a través del Gran Vestíbulo y por los pasillos hacia el ala habitada por su familia.

Se detuvo en la intersección en la que los pasillos se bifurcaban hacia el área de servicio. Le llegó un extraño gemido desde algún lugar del pasillo de servicio. Leto dejó la mano izquierda en el interruptor del cinturón escudo mientras con la derecha sostenía el kindjal. El cuchillo le hizo sentir más seguro. El extraño sonido le había puesto los pelos de punta.

El duque avanzó en silencio por el pasillo de servicio sin dejar de maldecir la escasa iluminación. El lugar contaba con pequeñas lámparas a suspensor que habían sido espaciadas de ocho en ocho metros y tenían la intensidad regulada al mínimo. Las oscuras paredes de piedra absorbían la luz.

En la penumbra, distinguió frente a él una silueta confusa sobre el suelo.

Leto titubeó y estuvo a punto de activar el escudo, pero se contuvo porque hacerlo hubiera limitado sus movimientos y ahogado los sonidos... y porque la captura del cargamento de láseres le había llenado de dudas.

Se dirigió en silencio hacia el bulto gris y advirtió que se trataba de una figura humana, un hombre tendido de bruces. Leto le dio la vuelta con el pie sin soltar el cuchillo y se acuclilló a la luz tenue para verle mejor la cara. Era Tuek, el contrabandista, con una húmeda mancha en el pecho. Sus ojos sin vida reflejaban el vacío de la oscuridad. Leto tocó la mancha: aún estaba caliente.

«¿Cómo es posible que este hombre haya muerto aquí? —se preguntó Leto—. ¿Quién lo ha matado?»

Aquel extraño gemido se oía más fuerte desde allí. Venía del pasillo lateral, el que conducía a la habitación central donde habían instalado el generador principal del escudo de la casa.

Con una mano en el interruptor del cinturón y el kindjal en la otra, el duque rodeó el cuerpo, avanzó por el pasillo y echó un vistazo a la habitación del generador desde la esquina.

Unos pasos más adelante y también en el suelo, había otra silueta confusa que reconoció al momento como el origen del ruido. La forma se arrastraba hacia él con dolorosa lentitud, entre jadeos y gemidos.

Leto reprimió el terror repentino que sintió, se abalanzó por el pasillo y se inclinó junto a la figura reptante. Era Mapes, el ama de llaves Fremen, con los cabellos despeinados sobre el rostro y la ropa desaliñada. Una mancha oscura y brillante se extendía desde su espalda hasta el costado. Leto le tocó el hombro, y la mujer se apoyó en los codos para erguirse al tiempo que levantaba la cabeza para contemplarlo con la mirada perdida en una oscuridad insondable.

—V... vos —gimió—. Han matado... guardia... enviado... buscar... Tuek... huir... mi dama... vos... vos... aquí... no... —Se derrumbó, y su cabeza resonó contra el suelo de roca.

Leto le puso los dedos en las sienes. No tenía pulso. Miró la mancha: la habían apuñalado por la espalda. ¿Quién? Todo le daba vueltas. ¿Había querido decir que alguien había matado a la guardia? Y Tuek... ¿había sido Jessica quien lo había llamado? ¿Por qué?

Hizo un amago de levantarse, pero un sexto sentido le hizo parar. Llevó una mano al interruptor del escudo, demasiado tarde. Algo le apartó el brazo de un fuerte golpe. Sintió un dolor, vio que una aguja le sobresalía de la manga y notó que la parálisis empezaba a extendérsele a lo largo del brazo. Hizo un esfuerzo atroz por levantar la cabeza y mirar hacia el otro extremo del pasillo.

Yueh estaba de pie en el umbral de la puerta abierta de la habitación del generador. Su rostro reflejaba el amarillo de la luz de la única lámpara a suspensor que flotaba sobre la entrada. La habitación a sus espaldas estaba en silencio, no se oía el ruido del generador.

«¡Yueh! —pensó Leto—. ¡Ha saboteado los generadores de la casa! ¡Estamos al descubierto!»

Yueh avanzó hacia él mientras se guardaba en el bolsillo una pistola de agujas.

Leto descubrió que aún podía hablar y jadeó:

—¡Yueh! ¿Cómo es posible?

En ese momento, la parálisis le alcanzó las piernas y cayó al suelo con la espalda apoyada en la pared de piedra.

Yueh se inclinó sobre él con el rostro cargado de tristeza y le tocó la frente. El duque descubrió que aún podía sentir el contacto, pero que este era remoto, leve.

—La aguja tenía una droga selectiva —dijo Yueh—. Podéis hablar, pero os lo desaconsejo. —Echó un vistazo hacia el pasillo y luego volvió a inclinarse sobre Leto; arrancó la aguja y la lanzó lejos. El repiqueteo del metal contra la piedra le llegó lejano, ahogado.

«No puede ser Yueh —pensó Leto—. Seguro que está condicionado.»

—¿Cómo es posible? —susurró.

—Lo siento, querido duque, pero hay cosas mucho más fuertes que esto. —Tocó el tatuaje diamantino de su frente—. Yo mismo lo encuentro muy extraño, una manifestación de mi consciencia pirética, pero quiero matar a un hombre. Sí, deseo hacerlo. Y nada podrá detenerme. —Miró al duque—. Oh, no a vos, querido duque. Al barón Harkonnen. Es al barón a quien quiero matar.

—B-ba-barón Har...

—Silencio, por favor, mi pobre duque. No os queda mucho

tiempo. Ese diente que os implanté tras vuestra caída en Narcal, debo sustituirlo. Dentro de un momento, os quedaréis inconsciente y os lo reemplazaré. —Abrió la mano y miró algo que tenía en ella—. Un duplicado exacto, con una exquisita imitación del nervio central. Será invisible para todos los detectores habituales e incluso a un examen en profundidad. Pero si apretáis con fuerza la mandíbula, romperéis la capa externa. En ese momento, cuando echéis con fuerza el aliento, expulsaréis a vuestro alrededor un gas venenoso, prácticamente letal.

Leto levantó la cabeza hacia Yueh y atisbó la locura de su mirada, vio cómo el sudor le goteaba desde la frente hasta el mentón.

—Estáis condenado de todos modos, mi pobre duque —dijo Yueh—. Pero, antes de morir, debéis acercaros al barón. Él creerá que estáis bajo el efecto de las drogas y que es imposible que lo ataquéis. Y, en efecto, estaréis drogado e inmovilizado. Pero un ataque puede asumir las formas más extrañas. Y en ese momento recordaréis el diente. El diente, duque Leto Atreides. Recordaréis el diente.

El viejo doctor se inclinó más y más hacia su rostro, hasta que su largo bigote dominó el cada vez más reducido campo de visión de Leto.

—El diente —murmuró Yueh.

—¿Por qué? —jadeó Leto.

Yueh apoyó una rodilla en el suelo, al lado del duque.

—He firmado un pacto de shaitán con el barón. Y debo asegurarme de que ha cumplido su parte. Cuando lo vea, lo sabré. Cuando mire al barón, lo sabré. Pero no puedo presentarme ante él sin haber pagado el precio. Vos sois el precio, mi pobre duque. Cuando le vea, lo sabré. Mi pobre Wanna me enseñó muchas cosas, y una de ellas es a asegurarme de la verdad cuando la tensión es grande. No siempre puedo hacerlo, pero cuando vea al barón... lo sabré.

Leto intentó mirar el diente que Yueh tenía en la palma de la mano. Todo era una pesadilla, no podía ser real.

Los labios púrpura de Yueh le dedicaron un mohín.

—Yo no conseguiré acercarme al barón, de ser así lo hubiera

hecho yo mismo. No, me mantendrá a una distancia prudente. Pero vos... ¡ah, vos, mi adorada arma! Querrá veros muy de cerca para reírse y vanagloriarse aún más.

Leto había quedado casi hipnotizado por un músculo en el lado izquierdo de la mandíbula de Yueh. Se contraía cada vez que el hombre hablaba.

El doctor se acercó aún más.

—Y vos, mi buen duque, mi valioso duque, debéis recordar este diente. —Lo sujetó entre el índice y el pulgar para mostrárselo—. Será todo lo que quedará de vos.

La boca de Leto se movió sin emitir sonido alguno.

—Me niego —dijo al fin.

—¡Oh, no! No podéis negaros. Porque, a cambio de este pequeño servicio, yo también haré algo por vos. Voy a salvar a vuestro hijo y a vuestra mujer. Soy el único que puede hacerlo. Los enviaré a un lugar en el que ningún Harkonnen podrá ponerles la mano encima.

—¿Cómo... vas a... salvar? —susurró Leto.

—Les haré creer que han muerto y los llevaré en secreto a vivir con aquellos que desenfundan un cuchillo nada más oír el nombre de los Harkonnen, aquellos que los odian hasta tal punto que quemarían las sillas donde se ha sentado un Harkonnen o esparcirían sal por la tierra que han pisado. —Tocó la mandíbula de Leto—. ¿Sentís algo?

El duque descubrió que no podía contestar. Sintió un tirón lejano y vio que el anillo ducal había aparecido en la mano de Yueh.

—Para Paul —dijo el doctor—. Ahora os quedaréis inconsciente. Adiós, mi pobre duque. La próxima vez que nos veamos no tendremos tiempo para charlar.

Un frío glacial remontó de la mandíbula de Leto hacia sus mejillas. Las sombras del pasillo parecieron concentrarse en un punto en cuyo centro destacaban los labios púrpura de Yueh.

—¡Recordad el diente! —susurró Yueh—. ¡El diente!

Debería existir una ciencia del descontento. La gente necesita tiempos difíciles y opresión para desarrollar los músculos.

De *Frases escogidas de Muad'Dib*,
por la princesa Irulan

Jessica se despertó en la oscuridad y sintió el presagio que anunciaba el silencio a su alrededor. No comprendía por qué tenía la mente y el cuerpo tan entumecidos. Las oleadas de pánico que recorrían sus nervios le pusieron los pelos de punta. Pensó en sentarse y encender la luz, pero algo lo evitó. En su boca había un sabor... extraño.

¡Pum, pum, pum, pum!

Era un sonido ahogado que parecía surgir de algún lugar de la oscuridad.

Se quedó esperando un instante que le pareció eterno y un cosquilleo empezó a recorrerle el cuerpo.

Empezó a percibirlo cada vez más: la presión de unas ligaduras contra los tobillos y las muñecas, una mordaza en la boca. Estaba tendida sobre un costado, con las manos atadas a la espalda. Tanteó las ligaduras y se dio cuenta de que eran fibras de krimskell, que se apretarían cada vez más a medida que intentara tirar de ellas.

Y entonces lo recordó.

Había notado un movimiento en la oscuridad de su dormitorio, le habían apretado algo húmedo y acre contra el rostro, sobre la boca, y ella había intentado apartarlo mientras unas manos la inmovilizaban. Había respirado hondo y sentido el sedante detrás de esa humedad. Había perdido la consciencia para hundirse en un abismo negro y terrorífico.

«Ha ocurrido —pensó—. Qué fácil ha sido vencer a una Bene Gesserit. Solo era necesario una traición. Hawat estaba en lo cierto.»

Se esforzó en no tirar de las ligaduras.

«No estoy en mi dormitorio —pensó—. Me han llevado a otro lugar.»

Fue recuperando la calma poco a poco.

Empezó a oler la mezcla del sudor rancio mezclado con los efluvios propios del miedo.

«¿Dónde está Paul? —se preguntó—. Mi hijo... ¿qué le han hecho? Cálmate.»

Se esforzó en calmarse usando las antiguas enseñanzas.

Pero el miedo seguía estando muy presente.

«¿Leto? ¿Dónde estás, Leto?»

Sintió que la oscuridad cedía un poco. Empezó con sombras. Las dimensiones se separaron, y empezó a sentir el aguijoneo propio de la percepción. Blanco. Una línea bajo la puerta.

«Estoy en el suelo.»

Pasos. Sintió las vibraciones a través de la puerta.

Jessica reprimió el terror.

«Debo permanecer tranquila, alerta y preparada. Puede que solo tenga una oportunidad.»

Se volvió a obligar a mantener la calma. Los latidos de su corazón se hicieron más regulares y empezaron a marcar el paso del tiempo. Empezó una cuenta atrás.

«Llevo inconsciente cerca de una hora.»

Cerró los ojos y se concentró en las pisadas que se acercaban.

«Cuatro personas.»

Distinguió las diferencias en los sonidos.

«Debo fingir que sigo inconsciente.»

Se relajó en el suelo frío y comprobó cómo reaccionaba su cuerpo. Oyó que se abría una puerta y sintió a través de los párpados que la luz penetraba en la estancia.

Unos pasos acercándose. Alguien se inclinó junto a ella.

—Estáis despierta —rugió una voz de bajo—. No finjáis.

Jessica abrió los ojos.

El barón Vladimir Harkonnen se erguía junto a ella. Reconoció a su alrededor la habitación del sótano donde había dormido Paul; vio el catre en un rincón, vacío. Unos guardias entraron con lámparas a suspensor y se colocaron junto a la puerta abierta. En el pasillo que quedaba detrás de ellos, brillaba una luz tan intensa que le hizo daño en los ojos.

Levantó la vista para mirar al barón. Llevaba una capa amarilla que cubría sus suspensores portátiles. Sus gruesas mejillas de querubín estaban coronadas por dos ojos negros parecidos a los de una araña.

—El sedante estaba cronometrado —bramó—. Sabíamos el momento exacto en el que ibais a despertar.

«¿Cómo es posible? —pensó—. Tendrían que conocer mi peso exacto, mi metabolismo, mi... ¡Yueh!»

—Es una lástima que debáis permanecer amordazada —dijo el barón—. Hubiéramos tenido una conversación muy interesante.

«Yueh es el único que podría saberlo —pensó Jessica—. Pero ¿cómo?»

El barón se dio la vuelta y echó un vistazo a la puerta.

—Entra, Piter.

Jessica nunca había visto al hombre que entró y se situó junto al barón, pero su rostro le sonaba de algo... y el nombre: «Piter de Vries, el mentat-asesino». Lo examinó: facciones aguileñas y unos ojos azul oscuro que sugerían que era nativo de Arrakis, sospecha que desmentían las sutiles diferencias en sus gestos y movimientos. Y su cuerpo estaba demasiado lleno de agua. Era alto, delgado y vagamente afeminado.

—Qué desgracia no poder hablar con vos, querida dama Jessica —dijo el barón—. No obstante, estoy al corriente de vuestras habilidades. —Miró al mentat—. ¿No es así, Piter?

—Tal y como decís, barón —respondió el hombre.

Tenía una voz de tenor que hizo que un escalofrío recorriese la espalda de Jessica. Nunca antes había oído una voz tan insensible. Para alguien con el entrenamiento Bene Gesserit era como si aquella voz gritase: «¡Asesino!».

—Tengo una sorpresa para Piter —dijo el barón—. Cree que ha venido a recoger su recompensa, vos, dama Jessica. Pero quiero demostrarle algo, que en realidad no os desea.

—¿Jugáis conmigo, barón? —preguntó Piter al tiempo que sonreía.

Al ver la sonrisa, Jessica se preguntó cómo el barón no había saltado para defenderse. Luego se dio cuenta. El barón era incapaz de leer aquella sonrisa. No poseía el Adiestramiento.

—En muchos sentidos, Piter es un ingenuo —dijo el barón—. No quiere admitir que eres una criatura mortífera, dama Jessica. Me gustaría mostrárselo, pero sería correr un riesgo innecesario. —El barón sonrió a Piter, cuyo rostro se había convertido en una máscara de paciencia—. Sé lo que Piter quiere en realidad. Quiere poder.

—Me prometisteis que la tendría a ella —dijo Piter. La voz de tenor había perdido parte de su fría cautela.

Jessica oyó las señales premonitorias en la voz del hombre y sintió un profundo estremecimiento.

«¿Cómo ha podido el barón convertir a un mentat en este animal despiadado?»

—Te ofrezco una elección, Piter —dijo el barón.

—¿Qué elección?

El barón chasqueó sus gruesos dedos.

—Esa mujer y quedar exiliado del Imperio, o el ducado de los Atreides en Arrakis para gobernarlo en mi nombre del modo que creas oportuno.

Jessica observó cómo los ojos de araña del barón estudiaban a Piter.

—Aquí podrás ser duque sin necesidad de poseer el título —dijo el barón.

«Entonces ¿mi Leto está muerto?», se preguntó Jessica. Sintió que un silencioso lamento empezaba a abrirse paso en las profundidades de su mente.

El barón estaba centrado en el mentat.

—Tienes que saber mejor lo que quieres, Piter. La deseas porque era la mujer de un duque, el símbolo de su poder, hermosa, útil, exquisitamente adiestrada para cumplir su papel. ¡Pero es todo un ducado, Piter! Es mucho mejor que un símbolo; es una realidad. Con él podrás tener todas las mujeres que quieras... y más aún.

—¿No os estáis burlando de mí?

El barón giró con la ligereza de bailarín que le daban los suspensores.

—¿Burlarme? ¿Yo? Recuerda... he renunciado al chico. Has oído lo que ha dicho el traidor acerca de su adiestramiento. Madre e hijo son parecidos... un peligro mortal. —El barón sonrió—. Ahora debo irme. Te enviaré al guardia que he reservado para este momento. Es completamente sordo. Sus órdenes son acompañarte durante el primer tramo de tu viaje hacia el exilio. Matará a esa mujer si se da cuenta de que te controla. No te permitirá quitarle la mordaza hasta que estéis muy lejos de Arrakis. Si decides quedarte, tendrá otras órdenes.

—No os vayáis —dijo Piter—. Ya he decidido.

—¡Ajá! —cloqueó el barón—. Una decisión tan rápida solo puede significar una cosa.

—Elijo el ducado —dijo Piter.

Y Jessica pensó: «¿Piter no se da cuenta de que el barón le miente? Bueno... ¿cómo iba a darse cuenta? Solo es un mentat degenerado».

El barón miró a Jessica con fijeza.

—¿No es maravilloso que conozca tan bien a Piter? Había apostado con mi maestro de armas que esta sería su elección. ¡Ja! Bueno, ahora debo irme. Mucho mejor. Sí, mucho mejor. ¿Lo habéis entendido, dama Jessica? No os guardo ningún rencor. Es una necesidad. Mucho mejor así. Sí. Y no he ordenado directamente que seáis destruida. Cuando alguien me pregunte qué os ha ocurrido, podré encogerme de hombros con toda sinceridad.

—¿Tendré que encargarme yo? —preguntó Piter.

—La guardia que enviaré cumplirá tus órdenes —dijo el barón—. Decidas lo que decidas, la elección es tuya. —Miró a Piter—. Sí. No mancharé mis manos de sangre. Será tu decisión. Sí. No quiero saber nada. Esperarás a que me haya ido para hacer lo que sea que hayas decidido. Sí. Bien... ah, sí. Sí. Bien.

«Teme las preguntas de una Decidora de Verdad —pensó Jessica—. ¿Quién? ¡Oh, la Reverenda Madre Gaius Helen, por supuesto! Si sabe que va a tener que responder a sus preguntas, entonces hasta el emperador está metido en esto. Oh, mi pobre Leto.»

El barón dedicó una última mirada a Jessica, se dio la vuelta y salió por la puerta. Ella lo siguió con la mirada y pensó: «Es tal como me advirtió la Reverenda Madre: un adversario demasiado poderoso».

Entraron dos soldados Harkonnen. Otro, cuyo rostro era una máscara de cicatrices, se quedó quieto en el umbral con una pistola láser empuñada.

«El sordo —pensó Jessica mientras examinaba las cicatrices de aquel rostro—. El barón sabe que podría usar la Voz contra cualquier otro hombre.»

Caracortada miró a Piter.

—Tenemos al muchacho en una camilla ahí fuera. ¿Cuáles son vuestras órdenes?

Piter se dirigió a Jessica:

—Había pensado chantajearos con una amenaza sobre vuestro hijo, pero empiezo a creer que no habría funcionado. Me he dejado llevar por las emociones. Mala idea para un mentat. —Miró a los dos primeros soldados y luego se giró hacia el sordo para que pudiera leerle los labios—: Llevadlos al desierto, tal como sugirió el traidor para el muchacho. Es buena idea. Los gusanos destruirán cualquier prueba. Nunca encontrarán sus cuerpos.

—¿No deseáis encargaros vos mismo? —preguntó Caracortada.

«Lee los labios», pensó Jessica.

—Sigo el ejemplo de mi barón —dijo Piter—. Llevadlos donde dijo el traidor.

Jessica captó el severo control mentat en la voz de Piter.

«También le tiene miedo a la Decidora de Verdad.»

Piter se encogió de hombros, se dio la vuelta y se dirigió a la puerta. Titubeó, y Jessica pensó que iba a girarse para mirarla por última vez, pero salió sin más.

—No me gustaría encontrarme cara a cara con esa Decidora de Verdad después de lo ocurrido esta noche —dijo Caracortada.

—Lo más probable es que nunca te topes con esa vieja bruja —dijo uno de los otros soldados. Rodeó a Jessica para colocarse junto a su cabeza y se inclinó sobre ella—. Venga, tenemos trabajo que hacer y no podemos quedarnos aquí de cháchara. Cógela por los pies y...

—¿Por qué no la matamos aquí? —preguntó Caracortada.

—Demasiado sucio —dijo el primero—. A menos que quieras estrangularla. Prefiero las cosas limpias. Los dejaremos en el desierto, como ha dicho el traidor, les daremos uno o dos tajos y dejaremos que se conviertan en pasto de los gusanos. Así no tendremos que limpiar nada después.

—Ya... supongo que tienes razón —dijo Caracortada.

Jessica los escuchaba, observaba y registraba. Pero la mordaza le impedía usar la Voz, y además tenía que tener en cuenta al sordo.

Caracortada enfundó el láser y la cogió por los pies. La levantaron como un saco de cereales, maniobraron para sacarla por la puerta y la dejaron caer en una camilla a suspensor en la que había otra figura atada. Vio el rostro de su compañero cuando la giraron para colocarla bien. ¡Era Paul! Estaba atado, pero no amordazado. La cara del chico quedaba a unos diez centímetros de la suya; tenía los ojos cerrados y respiraba con normalidad.

«¿Está drogado?», se preguntó.

Los soldados levantaron la camilla, y los ojos de Paul se abrieron por una fracción de segundo y dejaron al descubierto dos hendiduras negras que la miraban.

«¡No debe usar la Voz! —rogó ella—. ¡El soldado sordo!»

Paul cerró los ojos.

Había utilizado la respiración controlada para calmar la

mente y escuchar a sus captores. El sordo constituía un problema, pero Paul fue capaz de reprimir la desesperación. El régimen de apaciguamiento mental Bene Gesserit que su madre le había enseñado le mantenía muy despierto y calmado, listo para aprovechar la menor oportunidad.

Paul volvió a entreabrir los ojos para examinar el rostro de su madre. No parecía herida, pero estaba amordazada.

Se preguntó quién la habría capturado. En cuanto a él, la cosa estaba del todo clara: se había ido a la cama después de tomar una pastilla recetada por Yueh y luego se había despertado en aquella camilla. ¿Quizá había ocurrido algo parecido con su madre? La lógica le decía que el traidor era Yueh, pero decidió no hacer valoraciones precipitadas. Le costaba entender que un doctor Suk fuese un traidor.

La camilla se inclinó ligeramente mientras los soldados Harkonnen maniobraban para franquear una puerta que conducía a la noche estrellada. Una boya suspensora raspó contra el quicio. Al cruzarla llegaron a la arena, que empezó a crujir bajo sus pies. El ala de un tóptero se erigió sobre ellos y bloqueó las estrellas. Soltaron la camilla en el suelo.

Los ojos de Paul se adaptaron a la luz tenue. Vio que el soldado sordo era quien abría la puerta del tóptero, entraba y luego se inclinaba sobre la débil iluminación verdosa del tablero de mandos.

—¿Este es el tóptero que se supone debemos utilizar? —preguntó al tiempo que se giraba para mirar los labios de sus compañeros.

—El traidor ha dicho que era uno de los que estaban preparados para el desierto —respondió otro.

Caracortada asintió.

—Pero es uno de los que se usan para distancias cortas. Ahí dentro solo cabemos dos.

—Con dos basta —dijo el que llevaba la camilla, que se colocó frente al sordo para que pudiese leer bien sus labios—. Podemos encargarnos del resto, Kinet.

—El barón dijo que me asegurara de lo que les ocurría a estos dos —insistió Caracortada.

—¿Por qué estás tan preocupado? —preguntó el otro solda-do, que estaba detrás del que llevaba la camilla.

—Esa mujer es una bruja Bene Gesserit —respondió el sor-do—. Tiene poderes.

—Ahhh... —El hombre hizo una seña a la altura de la oreja a su compañero—. Una de esas, ¿eh? Ya veo a qué te refieres.

Detrás de él, el otro soldado gruñó.

—Muy pronto servirá de comida a los gusanos. No creo que una bruja Bene Gesserit tenga poder suficiente para controlar a uno de esos enormes gusanos, ¿eh, Czigo? —Dio un codazo al que cargaba la camilla.

—Ajá —dijo este. Se volvió a acercar a la camilla y cogió a Jessica por los hombros—. Adelante, Kinet. Puedes venir si de verdad quieres ser testigo de cómo termina esto.

—Muy amable por tu parte el invitarme, Czigo —dijo Cara-cortada.

Jessica sintió que la levantaban y vio que el ala quedaba a un lado. Aparecieron las estrellas. La llevaron a la parte trasera del tóptero, le revisaron las ligaduras de krimskell y luego le fijaron el cinturón. Colocaron a Paul a su lado y lo amarraron bien al asiento, pero Jessica observó que sus ligaduras eran de cuerda normal.

Caracortada, el sordo al que habían llamado Kinet, ocupó uno de los asientos delanteros. El que había conducido la cami-lla, al que habían llamado Czigo, dio la vuelta al aparato y ocu-pó el otro asiento de delante.

Kinet cerró la portezuela y se inclinó sobre los controles. El tóptero levantó el vuelo con las alas replegadas y se dirigió al sur por encima de la Muralla Escudo. Czigo palmeó el hombro de su compañero y dijo:

—¿Por qué no te giras y echas un vistazo a esos dos?

—¿Sabes hacia dónde tenemos que ir? —Kinet no dejó de mirar los labios de Czigo.

—He oído decírselo al traidor, como tú.

Kinet le dio la vuelta a su asiento. Jessica vio el resplandor de las estrellas reflejado en el láser que empuñaba. Sus ojos iban acostumbrándose a la tenue luminosidad del interior del ornitóptero, pero el rostro lleno de cicatrices del guardia permanecía en las sombras. Jessica comprobó el cinturón del asiento, y descubrió que estaba flojo. Notó que estaba deshilachado a la altura del brazo izquierdo, y se dio cuenta de que estaba a punto de romperse y cedería con un movimiento brusco.

«¿Alguien ha venido antes a este tóptero y lo ha preparado para nosotros? —se preguntó—. ¿Quién?»

Apartó los pies atados de los de Paul poco a poco.

—Sin duda es una pena desperdiciar a una mujer tan hermosa como ella —dijo Caracortada—. ¿Alguna vez te has acostado con alguien de la nobleza? —Se dio la vuelta para mirar al piloto.

—Las Bene Gesserit no siempre pertenecen a la nobleza —dijo el piloto.

—Pero todas tienen buen porte.

«Puede verme demasiado bien», pensó Jessica.

Levantó las piernas atadas, las encogió en la silla y miró a Caracortada.

—Sí que es guapa, sí —dijo Kinet. Se humedeció los labios con la lengua—. Una auténtica pena. —Miró a Czigo.

—¿Estás pensando en lo que creo que estás pensando? —preguntó el piloto.

—¿Quién iba a enterarse? —preguntó el guardia—. Después estará... —Se encogió de hombros—. Nunca lo he hecho con una noble. Quizá nunca vuelva a tener una oportunidad como esta.

—Como te atrevas a ponerle una mano encima a mi madre... —gruñó Paul. Dedicó una mirada llena de rabia a Caracortada.

—¡Oye! —El piloto se echó a reír—. Mira cómo ladra el cachorrito. Qué pena que no pueda morder.

Jessica pensó: «Paul le ha dado un tono demasiado agudo a su voz. Aun así, podría funcionar».

Siguieron volando en silencio.

«Esos pobres idiotas —pensó Jessica al tiempo que estudiaba a los guardias y recordaba las palabras del barón—. Serán asesinados justo después de informar del éxito de su misión. El barón no quiere testigos.»

El tóptero sobrevoló las crestas meridionales de la Muralla Escudo, y Jessica vio que bajo ellos se abría una extensión de arena dibujada por las sombras de la luna.

—Ya debemos de habernos alejado lo suficiente —anunció el piloto—. El traidor dijo que los dejáramos en la arena en cualquier lugar cerca de la Muralla Escudo.

Inclinó el aparato en su largo descenso hacia las dunas, y después lo levantó con brusquedad al llegar a la superficie del desierto.

Jessica vio que Paul iniciaba unos ejercicios respiratorios para tranquilizarse. El chico cerró los ojos y los volvió a abrir. Jessica lo miró sin poder hacer nada por ayudarlo.

«Todavía no domina la Voz —pensó—. Si fracasa...»

El tóptero vibró un poco al tocar la arena, y Jessica echó la vista atrás para mirar hacia la Muralla Escudo, que quedaba al norte, y ver una sombra alada que se desplazaba detrás de ellos.

«¡Alguien nos sigue! —pensó—. ¿Quién? —Y luego—: Serán los que ha enviado el barón para vigilar a estos dos. Y a su vez habrá otros para vigilar a los que vigilan.»

Czigo apagó los rotores de las alas. Se sumieron en el silencio.

Jessica giró la cabeza. En el exterior que quedaba detrás de Caracortada, la tenue luz de la luna bañaba una cresta rocosa de apariencia helada enclavada en las arenosas dunas.

Paul carraspeó.

—¿Y ahora, Kinet? —preguntó el piloto.

—No sé, Czigo.

—¡Ahhh, mira! —dijo Czigo al tiempo que se daba la vuelta. Extendió la mano hacia la falda de Jessica.

—Quítale la mordaza —ordenó Paul.

Jessica sintió las palabras desplazarse por los aires. Sintió el tono, el timbre maravilloso... e imperativo, cortante. Un poco menos agudo hubiera sido aún mejor, pero a pesar de eso había alcanzado el espectro auditivo del hombre.

Czigo levantó la mano a la banda que cubría la boca de Jessica y empezó a soltarla.

—¡Quieto! —ordenó Kinet.

—¡Venga ya, cierra el pico! —dijo Czigo—. Tiene las manos atadas. —Deshizo el nudo, y la mordaza cayó al suelo. Los ojos le relucían mientras examinaba a Jessica.

Kinet puso una mano en el brazo del piloto.

—Mira, Czigo, no tenemos que...

Jessica giró la cabeza y escupió la mordaza. Habló en voz muy baja, en un tono íntimo.

—¡Caballeros! No se peleen por mí.

Mientras lo decía, se contoneó para alegrarle la vista a Kinet.

Vio que la tensión entre ambos aumentaba y, en ese momento, supo que estaban convencidos de la necesidad de pelear por ella. Su desacuerdo no atendía a razones. Ya estaban peleando por ella en sus mentes.

Levantó su cabeza a la luz de los instrumentos para estar segura de que Kinet podía leerle los labios y dijo:

—No deberían pelearse. —Se apartaron el uno del otro y se miraron con cautela—. ¿Vale la pena enfrentarse por una mujer?

El solo hecho de hablar, de estar allí, era una causa más que suficiente para que se peleasen.

Paul apretó los labios con fuerza y se obligó a permanecer en silencio. Había utilizado su única oportunidad de servirse de la Voz. Ahora todo dependía de su madre, cuya experiencia era mucho mayor que la suya.

—Sí —dijo Caracortada—. No hay necesidad de pelear por...

Su mano salió disparada al cuello del piloto. El golpe fue detenido por un chasquido metálico que interceptó el brazo y siguió avanzando hasta golpear con violencia el pecho de Kinet.

Caracortada gruñó y se derrumbó contra la portezuela que tenía detrás.

—¿Me creías tan estúpido como para no conocer ese truco? —dijo Czigo. Levantó la mano, y la luz de la luna destelló en la hoja de un puñal.

—Ahora el cachorro —dijo, y se giró hacia Paul.

—No es necesario —murmuró Jessica.

Czigo vaciló.

—¿No preferirías que me mostrase cooperativa? —preguntó Jessica—. Dale una oportunidad al muchacho. —Sus labios se curvaron en una sonrisa—. No tendrá muchas ahí afuera en la arena. Dásela y... —Volvió a sonreír—. Podrías recibir una buena recompensa.

Czigo miró a izquierda, a derecha y luego volvió a centrarse en Jessica.

—He oído lo que puede ocurrirle a un hombre en el desierto —dijo—. El chico tal vez prefiera el puñal.

—¿Acaso pido demasiado? —imploró Jessica.

—¿Intentas engañarme? —murmuró Czigo.

—No quiero ver morir a mi hijo —dijo Jessica—. ¿Qué tiene eso de engaño?

Czigo se echó hacia atrás y soltó el seguro de la portezuela con el codo. Luego cogió a Paul, lo arrastró hasta su asiento, le sacó medio cuerpo del vehículo y le apuntó con el cuchillo.

—¿Qué harás, cachorro, si te corto las cuerdas?

—Se alejará inmediatamente hacia esas rocas —respondió Jessica.

—¿Lo harás, cachorro? —preguntó Czigo.

Paul respondió con tono arisco, como era de esperar.

—Sí.

El cuchillo descendió y le cortó las ligaduras de las piernas. Paul sintió que una mano lo empujaba por la espalda hacia la arena, fingió que perdía el equilibrio y tenía que agarrarse al marco de la portezuela, se giró para hacer como que recuperaba la compostura y luego soltó un puntapié con la pierna derecha.

La puntera iba dirigida con una precisión fruto de largos años de adiestramiento, como si todo su entrenamiento hubiese estado enfocado a este preciso instante de su vida. Casi todos los músculos de su cuerpo cooperaron en emplazar el golpe en el lugar exacto. Su pie golpeó la parte blanda del abdomen de Czigo justo bajo el esternón, se elevó con una terrible fuerza contra el hígado y atravesó el diafragma para terminar en el ventrículo derecho del corazón del guardia.

El guardia salió despedido hacia los asientos que tenía detrás al tiempo que soltaba un gemido ahogado. Incapaz de usar las manos, Paul siguió cayendo hacia la arena, dio una voltereta en el suelo y volvió a quedar de pie gracias al impulso. Volvió al aparato, donde encontró el cuchillo y lo sostuvo entre sus dientes mientras su madre cortaba sus ligaduras. Después, Jessica lo cogió y cortó las de Paul.

—Hubiera podido arreglármelas con él —dijo Jessica—. Él mismo me hubiese desatado. Ha sido un riesgo innecesario.

—He visto una oportunidad y la he aprovechado —explicó él.

La mujer notó que Paul reprimía la rabia. Luego dijo:

—El símbolo de la casa de Yueh está grabado en el techo de la cabina.

El chico levantó la mirada y vio el enrevesado símbolo.

—Salgamos y examinemos el aparato —dijo Jessica—. Hay un paquete bajo la silla del piloto. Lo sentí al entrar.

—¿Una bomba?

—Lo dudo, pero noto algo raro.

Paul saltó a la arena, y Jessica hizo lo propio. La mujer se dio la vuelta y extendió la mano bajo el asiento para coger el extraño bulto. Rozó con su rostro los pies de Czigo, y al sacar el paquete notó que estaba húmedo. Se dio cuenta de que era sangre del piloto.

«Qué desperdicio de humedad», pensó, a sabiendas de que era lógica arrakena.

Paul miró a su alrededor y vio la escarpada roca que se erigía al borde del desierto, como una playa invadida por el mar. Detrás, vio las empalizadas esculpidas por el viento. Se dio la vuelta mientras su madre extraía el paquete del tóptero y siguió su mirada a través de las dunas hasta la Muralla Escudo. Fue entonces cuando se dio cuenta de lo que había llamado la atención de su madre: otro tóptero que descendía hacia ellos. Llegó a la conclusión de que no tenían tiempo de sacar los dos cuerpos del aparato y huir con él.

—¡Corre, Paul! —gritó Jessica—. ¡Son Harkonnen!

Arrakis enseña el talante del cuchillo, cortar lo que
está incompleto y decir: «Ahora ya está completo
porque acaba aquí».

De *Frases escogidas de Muad'Dib*,
por la princesa Irulan

Un hombre con uniforme Harkonnen se detuvo al final del
pasillo y observó a Yueh con una única mirada que también
abarcaba el cuerpo de Mapes, la silueta inerte del duque y al propio Yueh, que estaba ahí de pie. Emanaba de él una brutalidad
natural, un aire de firmeza y aplomo que hizo estremecer a Yueh.

«Sardaukar —pensó—. Un bashar, a juzgar por su aspecto.
Seguro que era uno de los enviados por el emperador para controlar como van las cosas. Da igual el uniforme que lleven, nada
puede ocultarlos.»

—Eres Yueh —dijo el hombre. Dedicó una mirada reflexiva
al anillo de la Escuela Suk que recogía el cabello del doctor, echó
una ojeada al tatuaje diamantino de su frente y luego clavó los
ojos en los de Yueh.

—Soy Yueh —dijo el doctor.

—Relájate, Yueh —dijo el hombre—. Entramos cuando de-
sactivaste los escudos de la casa. Todo está bajo control. ¿Este es
el duque?

—Así es.

—¿Muerto?

—Solo inconsciente. Aconsejo que se le ate.

—¿Qué has hecho con los otros? —Miró en dirección al cuerpo de Mapes tendido en el pasillo.

—Es lamentable —murmuró Yueh.

—¡Lamentable! —se burló el Sardaukar. Avanzó y bajó la mirada hacia Leto—. Así que este es el gran Duque Rojo.

«Si hubiese tenido dudas de la verdadera identidad de este hombre, esa afirmación bastaría para acallarlas —pensó Yueh—. El emperador es el único que llama a los Atreides los Duques Rojos.»

El Sardaukar se inclinó y arrancó la insignia del halcón rojo del uniforme de Leto.

—Un pequeño recuerdo —dijo—. ¿Dónde está el anillo ducal?

—No lo lleva puesto —dijo Yueh.

—¡Eso lo sé! —espetó el Sardaukar.

Yueh se envaró y tragó saliva.

«Si me presionan, si traen una Decidora de Verdad, descubrirán lo que he hecho con el anillo, lo del tóptero que he preparado... y todo terminará.»

—A veces el duque envía el anillo con un mensajero para demostrar que la orden viene directamente de él —dijo Yueh.

—Pues deben de ser mensajeros muy fieles —gruñó el Sardaukar.

—¿No lo atáis? —aventuró Yueh.

—¿Cuánto tiempo estará inconsciente?

—Unas dos horas. No le he suministrado una dosis tan precisa como a la mujer y al chico.

El Sardaukar le dio una patada desdeñosa al duque.

—No hay nada que temer, ni siquiera cuando se despierte. ¿Cuándo despertarán la mujer y el chico?

—Dentro de diez minutos.

—¿Tan pronto?

—Me dijeron que el barón llegaría justo después de sus hombres.

—Así es. Espera fuera, Yueh. —Lo fulminó con la mirada—. ¡Ya!

Yueh miró a Leto.

—Y si...

—Se entregará al barón bien atado, como un asado a punto para el horno. —El Sardaukar volvió a mirar el tatuaje diamantino de la frente de Yueh—. Eres conocido, estarás seguro en el recinto. Pero no tenemos tiempo para charlar, traidor. Oigo cómo llegan los demás.

«Traidor», pensó Yueh. Bajó la mirada y pasó junto al Sardaukar al marcharse, a sabiendas de que aquello solo era un aperitivo en comparación a lo que los libros de historia dirían de él. Yueh el traidor.

Pasó junto a más cuerpos antes de alcanzar la entrada principal, y los examinó con miedo a que alguno fuese el de Paul o Jessica. Todos eran soldados de la casa o llevaban el uniforme Harkonnen.

Los guardias Harkonnen se pusieron alerta y lo miraron cuando salió por la puerta principal a la noche iluminada por las llamas. Habían prendido fuego a las palmeras que había a lo largo de la calle para iluminar la casa. El humo negro de las sustancias inflamables que habían usado para prender fuego a los árboles ascendía entre las llamas anaranjadas.

—Es el traidor —dijo alguien.

—El barón querrá verte pronto —dijo otro.

«Debo alcanzar el tóptero —pensó Yueh—. Debo esconder el sello ducal en un lugar donde Paul pueda encontrarlo. —El terror se apoderó de él—. Si Idaho sospecha de mí o se impacienta, si no espera y se dirige al sitio exacto que le he indicado, Jessica y Paul no escaparán de la masacre. No se me concederá el más mínimo perdón.»

Uno de los guardias Harkonnen lo sujetó del brazo y dijo:

—Espera ahí, a un lado.

Yueh se sintió de pronto perdido en aquel lugar devastado, sin perdón, sin la más mínima piedad.

«¡Idaho no puede fallar!»

Otro guardia se chocó contra él y gritó:

—¡Tú, apártate!

«Aunque se hayan beneficiado gracias a mí, me desprecian», pensó Yueh. Se envaró mientras lo empujaban para recobrar algo de dignidad.

—¡Espera al barón! —gritó un oficial de la guardia.

Yueh asintió y recorrió la parte delantera de la casa con una calculada lentitud para luego doblar la esquina y perderse en las sombras que quedaban lejos de las palmeras en llamas. Deprisa y con la ansiedad incrementándose a cada paso que daba, Yueh se dirigió al patio trasero que había junto al invernadero, donde esperaba el tóptero: el vehículo que habían preparado para llevar a Paul y su madre hasta el desierto.

Había un guardia apostado en la puerta trasera abierta de la casa, y tenía la atención puesta en los pasillos iluminados en los que los varios hombres iban de un lado a otro para registrar todas las habitaciones.

¡Qué seguros estaban de sí mismos!

Yueh avanzó en las sombras, rodeó el tóptero y abrió la portezuela contraria al lugar donde se encontraba el guardia. Deslizó la mano bajo el asiento delantero para asegurarse de que la fremochila que había ocultado antes estaba allí, abrió una solapa y metió el anillo ducal. Notó el crujido del papel de especia de la nota que había escrito y luego introdujo el anillo. Retiró la mano y volvió a dejar el paquete en su sitio.

Yueh cerró la portezuela del tóptero con suavidad, desanduvo el camino hasta la esquina de la casa y se dirigió hacia los árboles en llamas.

«Está hecho», pensó.

Volvió a salir a la luz de las palmeras ardiendo. Se embozó en la capa y contempló las llamas.

«Pronto lo sabré. Pronto veré al barón y lo sabré. Y el barón... se topará con un pequeño diente.»

Cuenta la leyenda que, en el instante en el que falleció el duque Leto Atreides, un meteoro cruzó el cielo sobre el ancestral palacio de Caladan.

De *Introducción a la Historia de Muad'Dib para niños*, por la princesa Irulan

El barón Vladimir Harkonnen se encontraba de pie junto a una de las lucernas del transporte ligero que había decidido usar como puesto de mando. En el exterior se distinguía la noche llameante de Arrakeen. Tenía la atención puesta en la lejana Muralla Escudo, donde operaba su arma secreta.

La artillería pesada.

Los cañones arrasaban las cavernas donde los hombres del duque se habían retirado para una última y desesperada resistencia. Brillaron unos lentos y comedidos resplandores anaranjados que iluminaron lluvias de rocas y polvo, justo antes de que los hombres del duque quedaran aislados para siempre, destinados a morir de hambre y atrapados como animales en sus madrigueras.

El barón oyó el distante retumbar, un martilleo incesante que sentía en las vibraciones que se transmitían por el metal de la nave: bruuum... bruuum. Y luego: ¡BRUUUM, bruuum!

«¿Quién habría pensado en volver a usar artillería en esta época en la que todo tiene escudos? —pensó mientras reía para sí—. Era predecible pensar que los hombres del duque escaparían hacia esas cavernas. El emperador sabrá apreciar mi inteligencia a la hora de preservar las vidas de nuestros ejércitos.»

Ajustó uno de los pequeños suspensores que evitaban que su orondo cuerpo cayese presa de la gravedad. Los labios se torcieron en una sonrisa y formaron arrugas en sus gruesas mejillas.

«Qué pena destruir unos soldados tan valerosos como los del duque —pensó. Se le ensanchó la sonrisa—. ¡Qué pena tener que ser cruel!»

Asintió. El fracaso era, por definición, condenable. Aquel que supiese tomar las decisiones correctas tendría todo el universo al alcance de su mano. Había que dejar en evidencia a los conejos más inseguros para que se escondieran en sus madrigueras. De otro modo, ¿cómo podría uno controlarlos y criarlos? Imaginó a sus soldados como abejas que dirigían a su antojo a los conejos. Y pensó: «Me encanta al zumbido de las abejas cuando sabes que están bajo tus órdenes».

Se abrió una puerta detrás de él. El barón examinó el reflejo en la oscura lucerna antes de darse la vuelta.

Piter de Vries entró en la estancia seguido por Umman Kudu, el capitán de la guardia personal del barón. Había más hombres al otro lado de la puerta, rostros de corderillo que se sometían en su presencia.

El barón se dio la vuelta.

Piter se llevó un dedo a un mechón de cabellos para dedicarle un saludo burlón.

—Buenas noticias, mi señor. Los Sardaukar han traído al duque.

—Claro que lo han hecho —gruñó el barón.

Estudió la sombría máscara de maldad en el afeminado rostro de Piter. Y también sus ojos: dos hendiduras de un profundo azul sobre azul.

«Pronto tendré que deshacerme de él —pensó el barón—. Dentro de poco, ya no me será útil y se convertirá en un peligro para mi persona. Aun así, antes tendrá que hacerse odiar por el pueblo de Arrakis. Será entonces cuando acojan a mi querido Feyd-Rautha como si fuese un salvador.»

El barón pasó a fijarse en el capitán de su guardia: Umman Kudu, una hilera de músculos marcados en la mandíbula y una barbilla prominente. Era un hombre en el que se podía confiar, ya que sus vicios eran bien conocidos.

—Primero, ¿dónde está el traidor que me ha entregado al duque? —preguntó el barón—. Debo darle su recompensa.

Piter giró sobre la punta de sus pies e hizo un gesto a los guardias del exterior.

Algo se agitó en las sombras, y Yueh entró en la habitación. Sus gestos eran rígidos y tensos. El bigote casi le cubría por completo los labios púrpura. Lo único que parecía tener vida eran sus viejos ojos. Yueh se detuvo después de dar unos pasos en la estancia, cuando Piter se lo indicó, y se quedó mirando con fijeza al barón a través de la distancia vacía que los separaba.

—Ahhh, doctor Yueh.

—Mi señor Harkonnen.

—Me han dicho que nos habéis entregado al duque.

—Era mi parte del trato, mi señor.

El barón miró a Piter.

Piter asintió.

El barón volvió a mirar a Yueh.

—Lo has cumplido al pie de la letra, ¿eh? Y yo... ¿qué debía hacer a cambio? —espetó las últimas palabras.

—Lo recordáis muy bien, mi señor Harkonnen.

Yueh se permitió un momento para volver a pensar mientras oía los relojes resonando en su mente. Había visto sutiles pruebas de la traición del barón en sus gestos. Wanna estaba muerta y no podía hacer nada para salvarla. De no ser así, aquel hombre habría buscado la manera de mantener controlado al débil doctor. La actitud del barón dejaba claro que no había esperanza. Todo había llegado a su fin.

—¿De veras? —dijo el barón.

—Prometisteis librar a mi Wanna de su agonía.

El barón asintió.

—Oh, sí. Ahora lo recuerdo. Eso fue lo que dije. Eso te prometí. Fue así como conseguimos superar el Condicionamiento Imperial. No podíais soportar ver a vuestra bruja Bene Gesserit retorcerse en los amplificadores de dolor de Piter. Pues bien, el barón Vladimir Harkonnen siempre cumple sus promesas. Os dije que la libraría de su agonía y que permitiría que os reunierais con ella. Así sea. —Levantó una mano hacia Piter.

Los ojos azules de Piter le dedicaron una mirada impertérrita. Realizó un movimiento súbito y felino. El cuchillo resplandeció como una garra en su mano antes de hundirse en la espalda de Yueh.

El anciano se envaró sin dejar de mirar al barón.

—¡Ahora reúnete con ella! —restalló el barón.

Yueh permaneció en pie tambaleándose. Sus labios se movieron con lenta precisión, y su voz resonó con una extraña cadencia comedida:

—Creéis... que... me... habéis... destruido. Creéis... que... no... sabía... qué... tenía... que... sacrificar... por... mi... Wanna.

Cayó. Sin doblar ni flexionar el cuerpo. Cayó como un árbol.

—Reúnete con ella —repitió el barón. Pero sus palabras sonaron como un tenue eco.

Yueh había suscitado en él un presentimiento. Centró la vista en Piter y vio cómo limpiaba la hoja con un trapo mientras una profunda satisfacción se reflejaba en sus ojos azules.

«Así es como asesina —pensó el barón—. Es bueno saberlo.»

—¿De verdad ha traído al duque? —preguntó el barón.

—Así es, mi señor —dijo Piter.

—¡Pues tráelo!

Piter miró al capitán de la guardia, que se dio la vuelta para obedecer.

El barón bajó la mirada hacia Yueh. Por la forma en la que había caído, uno podía llegar a pensar que sus huesos estaban hechos de roble.

—No puedo permitirme confiar en un traidor —dijo el barón—. Ni siquiera en uno creado por mí.

Contempló la noche al otro lado de la lucerna. El barón sabía que ahora aquel enorme toldo negro de quietud era todo suyo. Dejó de oír el martilleo de la artillería contra las cavernas de la Muralla Escudo; las bocas de las madrigueras habían quedado selladas. El barón sintió de repente que no había nada más hermoso que esa oscuridad absoluta. A menos que fuese algo blanco sobre ese negro. Un blanco resplandeciente sobre ese negro. Un blanco del color de la porcelana.

Pero aún sentía dudas.

¿Qué había querido decir ese doctor viejo e imbécil? Sin duda sospechaba lo que le iba a ocurrir al terminar. Pero aquella frase... «Creéis que me habéis destruido».

¿Qué había querido decir?

El duque Leto Atreides cruzó la puerta. Llevaba los brazos atados con cadenas y tenía el rostro de águila manchado de tierra. Su uniforme estaba desgarrado en el lugar en el que alguien le había arrancado la insignia. Otros jirones en su cintura indicaban que alguien le había arrancado el cinturón escudo sin desabrocharlo del pantalón. Sus ojos estaban vidriosos; su mirada, enloquecida.

—Vaaaya... —dijo el barón. Titubeó y respiró hondo. Se dio cuenta de que había alzado mucho la voz. Aquel momento que tanto tiempo había esperado perdió parte de su encanto.

«¡Maldito sea ese doctor por toda la eternidad!»

—Parece que nuestro buen duque está drogado —dijo Piter—. Así es como lo ha entregado Yueh. —Se giró hacia el duque—. ¿Estáis drogado, mi querido duque?

La voz sonó muy lejana. Leto era capaz de sentir las cadenas, el dolor en los músculos, los labios cortados, las mejillas ardiendo, la reseca sensación de la sed que le atenazaba la garganta. Pero los sonidos le llegaban ahogados, como a través de una espesa capa de algodón. Una capa que solo le permitía distinguir formas inciertas.

—¿Y la mujer y el chico, Piter? —preguntó el barón—. ¿Todavía no se sabe nada de ellos?

Piter se humedeció los labios con premura.

—¡Sabes algo! —restalló el barón—. ¿El qué?

Piter miró al capitán de la guardia y luego volvió a dirigirse al barón.

—Los hombres que tenían que encargarse de ellos, mi señor... Pues... los han... esto... encontrado.

—Muy bien. ¿Y han informado de que todo ha salido bien?

—Los han encontrado muertos, mi señor.

La cara del barón se puso roja de furia.

—¿Y la mujer y el chico?

—Ni rastro, mi señor. Pero había un gusano. Llegó justo cuando inspeccionábamos la zona. Quizá todo haya ocurrido tal y como esperábamos, un accidente. Puede que...

—No podemos abandonarnos a las posibilidades, Piter. ¿Qué ha ocurrido con el tóptero desaparecido? ¿Eso no supone un problema para mi mentat?

—Tenemos claro que uno de los hombres del duque ha escapado con él, mi señor. Ha matado al piloto y ha huido.

—¿Qué hombre del duque?

—Ha sido una muerte limpia y silenciosa, mi señor. Hawat quizá, o ese Halleck. Puede que Idaho. O alguno de los primeros lugartenientes.

—Posibilidades —murmuró el barón. Miró a la drogada y bamboleante figura del duque.

—La situación está bajo control, mi señor —aseguró Piter.

—¡No, no lo está! ¿Dónde está ese planetólogo imbécil? ¿Dónde está ese tal Kynes?

—Nos han dicho dónde encontrarlo y hemos enviado hombres a por él, mi señor.

—No me gusta la manera en la que nos está ayudando ese siervo del emperador —gruñó el barón.

Las palabras atravesaban a duras penas la capa de algodón, pero algunas ardían en la mente de Leto.

«La mujer y el chico. Ni rastro.»

Paul y Jessica habían escapado. Y Hawat, Halleck e Idaho estaban en paradero desconocido. Aún había esperanza.

—¿Dónde está el anillo ducal? —preguntó el barón—. No lleva nada en el dedo.

—El Sardaukar dice que no lo llevaba cuando lo capturaron, mi señor —respondió el capitán de los guardias.

—Has matado al doctor demasiado pronto —dijo el barón—. Ha sido un error. Deberías haberme advertido, Piter. Has actuado de manera muy precipitada en detrimento del bien de nuestra empresa. —Frunció el ceño—. ¡Posibilidades!

El pensamiento se fue abriendo paso en la mente de Leto como una onda sinusoidal: «¡Paul y Jessica han escapado!».

Pero también había algo más en sus recuerdos... un pacto. Estaba a punto de acordarse.

«¡El diente!»

Ahora recordaba parte de aquel pacto: «Una cápsula de gas letal dentro de un diente falso».

Alguien le había dicho que recordara el diente. El diente estaba en su boca. Fue capaz de palparlo con la lengua. Lo único que tenía que hacer era morder con fuerza.

«¡Todavía no!»

Alguien le había dicho que esperara hasta estar cerca del barón. ¿Quién había sido? Era incapaz de recordarlo.

—¿Cuánto tiempo seguirá así de drogado? —preguntó el barón.

—Puede que una hora más, mi señor.

—Puede —gruñó el barón. Se volvió a girar hacia la noche que se extendía al otro lado de la lucerna—. Tengo hambre.

«Esa silueta gris y confusa que tengo delante es el barón», pensó Leto. La forma se agitaba arriba y abajo, al ritmo de los movimientos de toda la estancia. Y la estancia no dejaba de expandirse y contraerse. Resplandecía para luego volver a oscurecerse. Terminó por ceder a la oscuridad y desvanecerse.

El tiempo se convirtió para el duque en una sucesión de capas. Las atravesaba una a una.

«Debo esperar.»

Había una mesa. Leto la vio muy claramente. Detrás de ella, se encontraba un hombre gordo y adiposo, y los restos de un plato de comida frente a él. Leto se dio cuenta de que estaba sentado frente al hombre grueso, sintió las cadenas, las ligaduras que le ataban a la silla y un hormigueo por todo el cuerpo. Supo que había pasado algo de tiempo, pero no sabía determinar cuánto.

—Creo que vuelve en sí, barón.

«Una voz sedosa. Era de Piter.»

—Ya lo veo, Piter.

«Un retumbar de bajo: el barón.»

Leto notó que lo que le rodeaba empezaba a adquirir definición. La silla sobre la que descansaba se volvió más sólida y sus ligaduras más cortantes.

En ese momento, vio con claridad al barón. Leto observó los movimientos de las manos de aquel hombre: un atisbo de compulsividad, pasaron del borde de un plato al mango de una cuchara y luego empezó a seguir con un dedo uno de los pliegues de sus mejillas.

Leto contempló el movimiento de la mano y quedó fascinado.

—Puedes oírme, duque Leto —dijo el barón—. Sé que puedes oírme. Queremos que nos digas dónde encontrar a tu concubina y al muchacho que engendraste en ella.

Leto no hizo gesto alguno, pero las palabras le sentaron como un bálsamo tranquilizador.

«Entonces era cierto: no tenían a Paul ni a Jessica.»

—Esto no es un juego —atronó el barón—. Lo sabes muy bien. —Se inclinó hacia Leto y examinó su rostro. Le irritaba no poder tratar aquel asunto en privado, a solas los dos. Que otros vieran a un noble en tales condiciones creaba un pésimo precedente.

Leto sintió que empezaba a recuperar las fuerzas. El recuerdo de ese diente falso resonaba en su mente como una campana en medio de una llanura inmensa. La cápsula en forma de nervio que había en el interior del diente, el gas letal... Recordó quién le había implantado el arma mortal en la boca.

«Yueh.»

Le sobrevino el vago recuerdo de un cuerpo inerte que arrastraban junto a él para sacar de esa misma estancia. Sabía que era el cuerpo de Yueh.

—¿Oyes ese ruido, duque Leto? —preguntó el barón.

En ese momento, Leto oyó un ahogado croar que parecía el zumbante gimoteo de alguien que agonizaba.

—Hemos capturado a uno de tus hombres disfrazado de Fremen —dijo el barón—. Nos ha sido fácil descubrirlo: los ojos, como era de esperar. Insiste en afirmar que lo enviaron a vivir entre los Fremen para espiarlos. Pero, querido primo, he vivido en este planeta el tiempo suficiente. Uno no espía a esa escoria del desierto. Dime, ¿acaso has comprado su ayuda? ¿Has enviado con ellos a tu mujer y a tu hijo?

Leto sintió que el miedo se apoderaba de su pecho.

«Si Yueh los ha enviado con la gente del desierto, los Harkonnen no cejarán en su empeño hasta que los encuentren.»

—Vamos, vamos —dijo el barón—. Tenemos poco tiempo, y el dolor ayudaría mucho. Por favor, no me obligues a eso, querido duque. —El barón miró a Piter, que estaba inclinado sobre el hombro de Leto—. Piter no ha traído todo su instrumental, pero estoy convencido de que puede improvisar.

—A veces es mejor improvisar, barón.

«¡Esa voz sedosa y sugerente!» Leto la oyó muy cerca de su oreja.

—Tenías un plan de emergencia —dijo el barón—. ¿Dónde has enviado a tu mujer y al chico? —Miró la mano de Leto—. No llevas el anillo. ¿Lo tiene el chico?

El barón levantó la vista y clavó la mirada en los ojos de Leto.

—No respondes —dijo—. ¿Vas a obligarme a hacer algo que no deseo? Piter usará métodos simples y directos. Yo también creo que a veces son los mejores, pero no está bien que tengas que sufrir algo así.

—Grasa hirviendo en la espalda, quizá. O en los párpados —dijo Piter—. O tal vez en otras partes del cuerpo. Es particularmente efectivo cuando el sujeto no sabe en qué lugar caerá a continuación. Es un buen método, y las ampollas de pus blanca que se forman en la piel son muy bellas. ¿No es así, barón?

—Exquisitas —dijo el barón, cuya voz resonó huraña.

«¡El tacto de esos dedos!»

Leto era incapaz de dejar de mirar las manos grasientas y las joyas brillantes que adornaban los dedos rechonchos como los de un bebé. Observó todos sus movimientos errabundos.

Los gritos de agonía que llegaban del otro lado de la puerta carcomían la paciencia del duque.

«¿A quién han capturado? —se preguntó—. ¿Tal vez a Idaho?»

—Créeme, querido primo —dijo el barón—. No deseo llegar a esto.

—Seguro que cree que sus mensajeros han partido en busca de una ayuda que jamás llegará —dijo Piter—. Pero esto es un arte.

—Y tú, un artista soberbio —gruñó el barón—. Ahora, ten la decencia de permanecer en silencio.

Leto recordó de pronto algo que Gurney Halleck había dicho una vez al ver un retrato del barón: «Y me detuve sobre la arena del mar y vi cómo una monstruosa bestia surgía del mar... y en sus cabezas atisbé el nombre de la blasfemia».

—Perdemos el tiempo, barón —dijo Piter.

—Quizá.

El barón inclinó la cabeza hacia él.

—Querido Leto, sabes que vas a terminar diciéndonos dónde se encuentran. Hay un nivel de dolor que doblegará tu voluntad.

«Probablemente tenga razón —pensó Leto—. Si no fuera por el diente, y por el hecho de que en realidad no sé dónde se encuentran.»

El barón pinchó un trozo de carne, se lo llevó a la boca y lo masticó despacio antes de tragar.

«Tengo que probar otra táctica», pensó.

—Observa a este prisionero que niega estar en venta —dijo—. Obsérvalo bien, Piter.

Y el barón pensó: «¡Sí! Míralo, mira a este hombre que cree que no se le puede comprar. ¡Míralo con detenimiento mientras un millón de fragmentos de sí mismo están siendo vendidos al detalle cada instante de su vida! Si lo cogieras en este momento y lo sacudieras, sonaría vacío. ¡Vendido! ¿Qué diferencia hay en que muera de una u otra forma?».

El croar tras la puerta se interrumpió de improviso.

El barón vio a Umman Kudu, el capitán de los guardias, aparecer en el umbral de la puerta que se encontraba en el otro extremo de la estancia y agitar la cabeza. El prisionero no había aportado la información solicitada. Otro fracaso. Ya era hora de dejar de perder el tiempo con el imbécil del duque, ese idiota dócil que no quería darse cuenta de lo cerca que tenía el infierno, a un nervio de distancia.

Este pensamiento calmó al barón, y fue así como consiguió superar su reticencia a ejercer dolor sobre alguien de la nobleza. De pronto, se vio a sí mismo como un cirujano preparado para practicar disecciones infinitas, arrancar las máscaras a los idiotas y exponer así el infierno que había debajo.

«¡Conejos todos!»

¡Hay que ver cómo huían temblando apenas veían a un carnívoro!

Leto lo miró con fijeza desde el otro lado de la mesa mientras se preguntaba a qué estaba esperando. El diente pondría fin a todo rápidamente. Pero... había disfrutado tanto de la mayor parte de su vida. Le fue imposible evitar el recuerdo de una cometa sobrevolando el cielo azul de Caladan, y la alegría de Paul al verla. Recordó el sol del amanecer aquí en Arrakis, y las estrías de color de la Muralla Escudo difuminadas por la bruma de polvo.

—Qué desgracia —murmuró el barón. Se apartó de la mesa y se levantó con ligereza con la ayuda de los suspensores. Luego titubeó al ver un súbito cambio en la expresión del duque. Lo vio respirar hondo y que apretaba los dientes. Un músculo se estremeció en el momento en que el duque cerró con fuerza la boca.

«¡Me tiene mucho miedo!», pensó el barón.

Aterrado ante el temor de que se le escapase el barón, Leto mordió con fuerza la cápsula en el diente y sintió cómo se rompía. Abrió la boca y expelió el pungente vapor que sintió que empezaba a formarse sobre su lengua. El barón pareció hacerse más pequeño, como una silueta alejándose a través de un túnel. Leto oyó un jadeo junto a su oreja, el de la voz sedosa: Piter.

«¡También le he alcanzado!»

—¡Piter! ¿Qué ocurre?

La voz retumbó lejana.

Leto sintió cómo los recuerdos se arremolinaban en su mente, como si fuesen murmullos de brujas desdentadas. La estancia, la mesa, el barón, el par de ojos aterrorizados, azul sobre azul, todo se fundió a su alrededor en una simétrica destrucción.

Había un hombre con la barbilla prominente, un títere, que caía. El títere tenía la nariz torcida hacia la izquierda, como un metrónomo inmovilizado para siempre al inicio de su recorrido. Leto oyó el entrechocar de vajilla... un lejano rumor en sus oídos. Su mente era un pozo sin fondo que lo oía todo, todo lo que siempre había existido, cada grito, cada susurro, cada... silencio.

Conservó un único pensamiento. Lo percibió como algo informe, unos trazos de luz negra: «El día modela la carne y la carne modela el día».

El pensamiento le golpeó con tanta plenitud que supo que nunca lo podría explicar.

Silencio.

El barón estaba de pie, con la espalda apoyada contra su puerta privada, en el refugio de seguridad que había tras su mesa. La había cerrado para escapar de una habitación llena de muertos. Sus sentidos le decían que sus guardias corrían de un lado a otro.

«¿Lo he respirado? —se preguntó—. Fuera lo que fuese, ¿me ha afectado también a mí?»

Empezó a volver a captar los sonidos, y a recuperar la consciencia. Oyó que alguien gritaba órdenes: máscaras de gas... mantened la puerta cerrada... activad los extractores.

«Los otros han caído muy rápido —pensó—. Yo aún sigo en pie. Todavía respiro. ¡Por los infiernos despiadados! ¡Ha faltado poco!»

Ahora podía analizar lo sucedido. Tenía el escudo activado como siempre, regulado al mínimo pero con la potencia suficiente para retardar el intercambio molecular a través de la barrera energética. Y había empezado a separarse de la mesa... Piter había jadeado, lo que había hecho que el capitán de la guardia entrara a toda prisa en su propia perdición.

Era la advertencia y la casualidad en el jadeo de un hombre moribundo lo que le había salvado la vida.

El barón no sintió gratitud alguna hacia Piter. El idiota se había dejado matar. ¡Y ese imbécil capitán de la guardia! ¡Había dicho que los había registrado a fondo antes de llevarlos ante la presencia del barón! ¿Cómo era posible que el duque...? Sin previo aviso. Ni siquiera del detector de venenos que había sobre la mesa... hasta que había sido demasiado tarde. ¿Cómo era posible?

«Ahora ya da igual —pensó el barón mientras su mente recuperaba la compostura—. El próximo capitán de la guardia empezará a buscar las respuestas a estas preguntas.»

Percibió que había más movimientos al fondo del pasillo, en la esquina, cerca de la otra puerta que llevaba a esa estancia donde reinaba la muerte. El barón se apartó de la puerta y examinó a los sirvientes que lo rodeaban. Todos estaban inmóviles y silenciosos, a la espera de ver cómo reaccionaba el barón.

«¿Estará furioso el barón?»

Fue entonces cuando se dio cuenta de que solo habían pasado unos segundos desde que había escapado de esa terrible habitación.

Algunos de los guardias mantenían las pistolas apuntadas contra la puerta. Otros dirigían su ferocidad hacia el pasillo vacío que se extendía hacia la esquina que tenían a la derecha, donde se oían ahora los ruidos.

Un hombre apareció en esa esquina, con la máscara antigás colgando del cuello y la mirada fija en los detectores de veneno alineados en el pasillo. Tenía el cabello rubio, rostro aplanado y ojos verdes. Unas tenues arrugas partían de su boca de gruesos labios. Parecía una criatura acuática perdida entre animales terrestres.

El barón observó al hombre que se acercaba y recordó su nombre: Nefud. Iakin Nefud. Cabo de la guardia. Nefud era adicto a la semuta, la combinación de música y droga que uno solo podía experimentar cuando llegaba a los estratos más profundos de la consciencia. Era una información muy valiosa.

El hombre se detuvo frente al barón y le dedicó un saludo militar.

—El pasillo está limpio, mi señor. Montaba guardia en el exterior y he pensado enseguida que se trataba de un gas letal. Los ventiladores de vuestra estancia aspiraban el aire de este pasillo. —Alzó la vista hacia el detector que se encontraba sobre la cabeza del barón—. No ha escapado ni un átomo de gas. Ya hemos limpiado la estancia al completo. ¿Cuáles son vuestras órdenes?

El barón reconoció su voz, era la misma que había gritado las órdenes.

«Un cabo eficiente», pensó.

—¿Están todos muertos ahí dentro? —preguntó el barón.

—Sí, mi señor.

«Bien, tendremos que adaptarnos», pensó el barón.

—En primer lugar —dijo—, déjame felicitarte, Nefud. Eres el nuevo capitán de mi guardia. Y espero que aprendas la lección en la muerte de tu predecesor.

El barón vio que aquel guardia recién ascendido sabía muy bien lo que significaba el cambio. Nefud tenía muy claro que jamás le faltaría semuta a partir de ahora.

El hombre asintió.

—Mi señor sabe que me consagraré por completo a su seguridad.

—Sí. Bien, a lo que íbamos. Sospecho que el duque llevaba algo en la boca. Descubrirás lo que era, cómo lo ha usado y quién lo puso allí. Tomarás todas las precauciones...

Interrumpió el hilo de sus pensamientos al oír una perturbación en el pasillo que tenía detrás: los guardias de la puerta del ascensor que conducía a los niveles inferiores de la fragata intentaban detener a un alto coronel bashar que acababa de salir de la cabina.

El barón no consiguió identificar el rostro del coronel: delgado, con la boca parecida a una hendidura hecha en el cuero y unos ojos similares a manchas de tinta.

—¡Quitadme vuestras manos de encima, pandilla de carroñeros! —rugió el hombre, que empujó con violencia a los guardias.

«Ahhh, uno de los Sardaukar», pensó el barón.

El coronel bashar avanzó a grandes zancadas hacia el barón, cuyos ojos se cerraron hasta convertirse en dos hendiduras de aprensión. Los oficiales Sardaukar le inquietaban. Tenían un aspecto que los hacía parecer parientes del duque... del difunto duque. ¡Y sus modales hacia el barón!

El coronel bashar se plantó a un paso del barón con los brazos en jarras. Los guardias se quedaron detrás de él, indecisos.

El barón se dio cuenta de que no lo había saludado, propio del desdén en los modales de los Sardaukar, y su inquietud aumentó. Solo había una legión de Sardaukar en el planeta, diez brigadas que reforzaban las legiones Harkonnen, pero el barón no era imbécil. Sabía que esa única legión era perfectamente capaz de rebelarse contra los Harkonnen y vencer.

—Decid a vuestros hombres que no intenten impedirme que os vea, barón —gruñó el Sardaukar—. Los míos os han traído al duque Atreides antes de que pudiera discutir su suerte con vos. Tendremos que hacerlo ahora.

«No debo perder prestigio ante mis hombres», pensó el barón.

—¿Y? —Su voz sonó fría y controlada, y el barón se sintió orgulloso de ella.

—Mi emperador me ha encargado asegurarme de que su real primo perecerá limpiamente, sin agonía —dijo el coronel bashar.

—Esas también son las órdenes imperiales que he recibido yo —mintió el barón—. ¿Creéis que iba a desobedecerlas?

—Debo informar a mi emperador de lo que haya visto con mis propios ojos —dijo el Sardaukar.

—El duque ya ha muerto —espetó el barón, que levantó una mano para despedir al hombre.

El coronel bashar permaneció inmóvil frente al barón. Ni un parpadeo ni el menor estremecimiento de ninguno de sus músculos indicaron que se había dado cuenta de que le habían indicado que podía marcharse.

—¿Cómo? —gruñó.

«¿En serio? Esto es demasiado», se dijo el barón.

—He sido yo mismo, si es lo que queréis saber —continuó el barón—. Envenenado.

—Quiero ver el cadáver —dijo el coronel bashar.

El barón alzó los ojos al techo y fingió exasperación mientras la cabeza no dejaba de darle vueltas.

«¡Maldición! ¡Este Sardaukar de ojos aguzados va a entrar en la estancia antes de que podamos cambiar nada!»

—Ahora —precisó el Sardaukar—. Quiero verlo con mis propios ojos.

El barón se dio cuenta de que no había forma de impedirlo. El Sardaukar iba a verlo todo. Sabría que el duque había matado a hombres Harkonnen y que él había escapado por poco. Las pruebas de ello serían los restos de la comida en la mesa y el cadáver del duque rodeado de destrucción.

Era imposible evitarlo.

—No quiero excusas —dijo con brusquedad el coronel bashar.

—Nadie quiere daros excusas —dijo el barón, que miró a los ojos de obsidiana del Sardaukar—. No tengo nada que esconder al emperador. —Inclinó la cabeza hacia Nefud—: El coronel bashar quiere verlo todo, enseguida. Que entre por esa puerta que tienes al lado, Nefud.

—Por aquí, señor —dijo Nefud.

El Sardaukar rodeó al barón y se abrió camino entre los guardias, despacio y con porte arrogante.

«Intolerable —pensó el barón—. Ahora el emperador sabrá que le he fallado. Lo considerará un signo de debilidad.»

Experimentó la agonía al recordar que tanto el emperador como los Sardaukar sentían el mismo desdén por cualquier signo de debilidad. El barón se mordió el labio inferior y se consoló al pensar que al menos el emperador no estaba al corriente de la incursión de los Atreides en Giedi Prime ni de la destrucción de los almacenes de especia que los Harkonnen tenían allí.

«¡Maldito sea ese pérfido duque!»

El barón observó las dos espaldas que se alejaban: el arrogante Sardaukar y el robusto y eficiente Nefud.

«Tendremos que adaptarnos —pensó el barón—. Volveré a poner a Rabban al frente de este planeta maldito. Sin restricciones. Tendré que derramar incluso mi propia sangre Harkonnen para dejar a Arrakis en condiciones de aceptar a Feyd-Rautha.

¡Maldito sea Piter! ¡Mira que dejarse matar cuando todavía podía serme útil!»

El barón suspiró.

«Debo enviar a alguien de inmediato a Tleielax en busca de un nuevo mentat. Sin duda, ya tendrán a otro nuevo preparado para mí.»

Un guardia tosió detrás de él.

El barón se giró hacia el hombre.

—Tengo hambre.

—Sí, mi señor.

—Y desearía que se me distrajera mientras limpiáis esa estancia y estudiáis para mí todos sus secretos —retumbó el barón.

El guardia bajó la mirada.

—¿Cómo desearía que se le distrajese, mi señor?

—Estaré en mis aposentos —dijo el barón—. Envíame a ese joven que compramos en Gamont, el de los ojos tan adorables. Que lo droguen bien. No tengo el menor deseo de forcejear.

—Sí, mi señor.

El barón se dio la vuelta y se dirigió hacia sus habitaciones, dando saltitos a causa de los suspensores.

«Sí —pensó—. Ese de los ojos tan adorables, el que se parece tanto al joven Paul Atreides.»

Oh, Mares de Caladan,
Oh, gente del duque Leto...
Ciudadela de Leto abatida,
abatida para siempre...

De *Canciones de Muad'Dib,*
por la princesa Irulan

Paul sintió que todo su pasado, toda su vida antes de aquella noche, era como polvo que caía por un reloj de arena. Se encontraba sentado junto a su madre y se sujetaba las rodillas dentro de la pequeña tienda de tela y plástico, una destiltienda, que habían encontrado junto con la ropa Fremen que ahora llevaban puesta. Era lo que había en el paquete que habían dejado en el tóptero.

Paul sabía a ciencia cierta quién había escondido la fremochila allí y dirigido el rumbo del tóptero que transportaba a los presos.

«Yueh.»

El doctor traidor los había llevado directamente hasta Duncan Idaho.

Paul miró el exterior a través de la parte transparente de la destiltienda y contempló las rocas iluminadas por la luz de la luna que rodeaban el refugio que Idaho había preparado para ellos.

«Me escondo como un chiquillo ahora que soy el duque»,

pensó Paul. Aquel pensamiento le irritaba, pero no podía negar que esconderse era lo más seguro por el momento.

Algo había afectado a su percepción esa noche; veía con absoluta claridad todas las circunstancias y los acontecimientos que ocurrían a su alrededor. Se sintió incapaz de detener el flujo de datos ni la fría precisión con la que cada nuevo elemento encajaba en sus conocimientos. Dichos cálculos parecían concentrarse en su consciencia. Tenía el poder de un mentat, y más aún.

Paul pensó en el momento de rabia impotente que había sentido cuando aquel extraño tóptero surgió de la noche y planeó hacia ellos para detenerse como un halcón gigantesco sobre el desierto mientras el viento silbaba bajo sus alas. En ese instante, algo le había ocurrido a la mente de Paul. El tóptero había derrapado y patinado sobre la arena, directo hacia las dos figuras que escapaban a la carrera: su madre y él. Recordó que en ese momento les había llegado el olor a azufre de la abrasión de los patines del tóptero al rozar la superficie.

Sabía que su madre se había dado la vuelta con la certeza de enfrentarse a un láser en manos de un mercenario Harkonnen, pero fue entonces cuando habían visto a Duncan Idaho inclinándose por la portezuela del aparato mientras gritaba:

—¡Rápido! ¡Hay señales de gusano al sur!

Paul sabía quién pilotaba el tóptero antes de terminar de darse la vuelta. Se debía a una acumulación de detalles en la forma en que volaba y al derrape a la hora de aterrizar, indicaciones tan imperceptibles que ni su madre hubiera sido capaz de detectar pero que habían indicado a Paul quién estaba a los mandos.

Jessica, que estaba junto a Paul en la destiltienda, se movió y dijo:

—Solo puede haber una única explicación. Los Harkonnen tenían en su poder a la esposa de Yueh. ¡Ese hombre odiaba a los Harkonnen! No puedo estar equivocada. Has leído su nota. Pero ¿por qué nos ha salvado de la matanza?

«Ella ha empezado a darse cuenta ahora, y con muchas lagunas», pensó Paul. El pensamiento fue una revelación. Él había comprendido los hechos con máxima claridad tan solo leyendo la nota que acompañaba al anillo ducal en el paquete.

«No intentéis perdonarme —había escrito Yueh—. No deseo vuestro perdón. Mi carga ya es lo bastante pesada. He actuado sin maldad y sin la esperanza de que alguien me llegue a comprender. Ha sido mi tahaddi al-burhan, mi prueba definitiva. Os dejo el sello ducal de los Atreides como prueba de que lo que escribo es cierto. Cuando leáis esto, el duque Leto habrá muerto. Consolaros en que no morirá solo, que aquel al que todos odiamos más que a nada en el mundo morirá con él.»

La carta no estaba dirigida a nadie ni estaba firmada, pero la caligrafía familiar no dejaba lugar a dudas. Era la letra de Yueh.

Al recordar la misiva, Paul revivió la angustia que había sentido en aquel momento: una sensación extraña y mordaz que parecía manifestarse ajena a su nueva agilidad mental. Había leído que su padre había muerto y sabía que era cierto, pero había sentido que no era más que otro dato a encasillar en su mente para el momento en el que lo necesitara.

«Quería a mi padre —pensó Paul. Sabía que era cierto—. Tendría que llorar por él. Debería de sentir algo.»

Pero no sentía nada, excepto: «Es un acontecimiento importante».

Uno que había ocurrido al mismo tiempo que muchos otros.

Su mente no dejaba de acumular nuevas impresiones sensoriales, de extrapolar y calcular.

Paul rememoró las palabras de Halleck: «El humor está bien para los borregos, para hacer el amor o para tocar el baliset. No para combatir».

Luego pensó: «Quizá sea eso. Lloraré a mi padre luego, cuando tenga tiempo».

Pero la fría decisión de su ser no mostró ninguna inflexión. Intuyó que aquel no era más que el principio de su nueva percepción, y que iría en aumento. Volvió a quedar embebido por la impresión de una terrible finalidad que había experimentado por primera vez durante su confrontación con la Reverenda Madre Gaius Helen Mohiam. La mano derecha, la que recordaba el dolor, le latía y escocía.

«¿Esto es lo que significa ser el Kwisatz Haderach?», se preguntó.

—He llegado a pensar que Hawat nos había vuelto a fallar —dijo Jessica—. Puede que Yueh no fuera un doctor Suk.

—Era todo lo que pensábamos... y más —dijo Paul. Y pensó: «¿Por qué tarda tanto en ver las cosas?». Luego añadió—: Si Idaho no consigue llegar hasta Kynes, estaremos...

—No es nuestra única esperanza —dijo Jessica.

—Eso no era lo que iba a decir —explicó Paul.

Jessica percibió el tono recio e imperativo de su voz y lo miró en la gris oscuridad de la destiltienda. Paul era una silueta que quedaba a contraluz sobre la blanquecina imagen de las rocas iluminadas por la luna que se apreciaban a través de la parte transparente de la tienda.

—Puede que otros hombres de tu padre hayan conseguido escapar —dijo ella—. Debemos reagruparlos, hallar...

—Tendremos que depender de nosotros mismos —dijo él—. Nuestra primera preocupación es el arsenal familiar de atómicas. Hemos de hacernos con ellas antes de que las encuentren los Harkonnen.

—Tal y como lo hemos ocultado —indicó Jessica—, es poco probable que lo hagan.

—No podemos arriesgarnos.

Y Jessica pensó: «Tiene en mente usar las atómicas de la familia para amenazar al planeta y su especia... Pero lo único que podrá hacer después será huir bajo el anonimato como un renegado».

Las palabras de su madre habían dado lugar a otro hilo de pensamientos en la mente de Paul: la preocupación por toda la gente que había perdido esa noche como duque que era ahora.

«La gente es la verdadera fuerza de una Gran Casa», pensó Paul.

Y recordó las palabras de Hawat: «Dejar atrás a los amigos sí sería triste. Pero un lugar es solo un lugar».

—Están usando a los Sardaukar —dijo Jessica—. Tendremos que esperar a que se hayan retirado.

—Creen que estamos atrapados entre el desierto y los Sardaukar —afirmó Paul—. Intentan no dejar a un solo Atreides con vida, un exterminio total. No dejarán escapar a ninguno de los nuestros.

—Pero no pueden arriesgarse durante tanto tiempo a que se sepa que el emperador está detrás de todo.

—¿Crees de verdad que no pueden?

—Algunos de los nuestros conseguirán escapar.

—¿Segura?

Jessica se giró y se estremeció al percibir la amarga dureza de la voz de su hijo, al notar cómo evaluaba con precisión las posibilidades. Sintió que la mente del muchacho había superado la suya y que ahora la visión de Paul era superior. Ella misma habría contribuido a adiestrar dicha mente, pero en ese momento descubrió que le inspiraba pavor. Sus pensamientos dieron un vuelco y buscaron a la desesperada el refugio que el duque siempre había sido para ella. Sus ojos quedaron anegados en lágrimas.

«Tenía que ser así, Leto —pensó—. Un tiempo para el amor y un tiempo para el dolor. —Apoyó la mano en su vientre y centró su atención en el embrión que llevaba dentro—. Tengo en mí a la hija de los Atreides que se me ordenó engendrar, pero la Reverenda Madre se equivocaba: una hija no hubiera salvado a mi Leto. Esta niña es solo una vida que intenta abrirse camino hacia el futuro en un presente de muerte. La he concebido por instinto y no por obediencia.»

—Prueba de nuevo el receptor de la comunirred —dijo Paul.

«La mente sigue trabajando independientemente de lo que hagamos para detenerla», pensó Jessica.

Cogió el pequeño receptor que les había dejado Idaho y pulsó el interruptor. Se encendió una luz verde en la parte delantera del instrumento. El altavoz emitió unos chirridos. Bajó el volumen y empezó a navegar por las frecuencias. Una voz que hablaba en el lenguaje de batalla de los Atreides resonó en la tienda:

—... retroceded y reagruparos en la cresta. Fedor afirma que no hay supervivientes en Carthag y que el Banco de la Cofradía ha sido saqueado.

«¡Carthag! —pensó Jessica—. Era un hervidero de Harkonnen.»

—Son Sardaukar —dijo la voz—. Cuidado con los Sardaukar vestidos con uniformes Atreides. Son...

Se oyó un rugido, y luego el altavoz quedó en silencio.

—Prueba otras frecuencias —dijo Paul.

—¿Comprendes lo que significa esto? —preguntó Jessica.

—Lo esperaba. Quieren que la Cofradía nos considere responsables de la destrucción de su banco. Con la Cofradía en nuestra contra, estamos atrapados en Arrakis. Prueba otras frecuencias.

Jessica sopesó las palabras: «Lo esperaba». ¿Qué le había ocurrido a su hijo? Jessica volvió a centrarse en el aparato, despacio. Exploró el resto de las frecuencias y oyeron retazos de violencia, así como unas pocas voces que seguían usando el lenguaje de batalla de los Atreides:

—... retirada...

—... intentemos reagruparnos en...

—... atrapados en una caverna en...

En otras frecuencias también oyeron los exultantes gritos de victoria de los Harkonnen. Órdenes breves, informes de batalla. No lo suficiente para que Jessica pudiera registrar y decodificar el lenguaje, pero el tono lo decía todo.

Los Harkonnen habían vencido.

Paul cogió el paquete que tenía a su lado y sintió el borboteo de los dos litrojons de agua. Respiró hondo y miró al exterior a través de la parte transparente de la tienda, hacia las escarpaduras rocosas que se delineaban contra las estrellas. Posó la mano izquierda en la cerradura a esfínter de la entrada de la tienda.

—El alba llegará dentro de poco —dijo—. Podemos esperar a Idaho todo el día, pero no otra noche. En el desierto, hay que viajar de noche y descansar a la sombra durante el día.

Las antiguas tradiciones revolotearon en la mente de Jessica: «Sin destiltraje, un hombre sentado a la sombra en el desierto necesita cinco litros diarios de agua para mantener su peso corporal».

Sintió la superficie lisa y elástica del destiltraje sobre su piel y pensó que sus vidas dependían por completo de esa prenda.

—Si nos vamos, Idaho no nos encontrará nunca —dijo Jessica—. Si Idaho no ha vuelto al alba, tendremos que considerar la posibilidad de que haya sido capturado. ¿Cuánto crees que puede resistir?

La pregunta no necesitaba respuesta, y Jessica se quedó sentada en silencio.

Paul abrió el cierre del paquete y sacó un pequeño micromanual provisto de su cuadrante luminoso y su lupa. Unas letras verdes y anaranjadas se iluminaron en las páginas: «litrojón, destiltienda, cápsulas energéticas, recicladores, snork de arena, binoculares, equipo de reparación de destiltrajes, pistola marcadora, mapas de las dolinas, tampones, parabrújula, garfios de doma, martilleadores, fremochila, columna de fuego...».

Hacían falta muchas cosas para sobrevivir en el desierto.

Dejó el manual a un lado en el suelo de la tienda.

—¿Adónde podemos ir? —preguntó Jessica.

—Mi padre siempre hablaba de la supremacía desértica —dijo Paul—. Los Harkonnen no podrían dominar el planeta sin ella. De hecho, nunca han podido dominarlo ni nunca podrán. Ni con diez mil legiones de Sardaukar.

—Paul, no puedes estar pensando que...

—Estamos rodeados de pruebas —dijo él—. Aquí mismo, en esta tienda... la propia tienda, la mochila y su contenido, los destiltrajes. Sabemos que la Cofradía exige un precio prohibitivo por los satélites climáticos. Sabemos que...

—¿Qué tienen que ver los satélites climáticos con esto? —preguntó Jessica—. No podrían... —Se quedó en silencio.

Paul sintió la hipersensibilidad de su mente al leer las reacciones de su madre, cómo calculaba las minucias.

—Al fin te das cuenta —dijo Paul—. Los satélites vigilan el suelo. Hay cosas en el desierto profundo a las que no prestan mucha atención.

—¿Sugieres que la Cofradía controla el planeta?

Era tan lenta.

—¡No! —dijo—. ¡Los Fremen! Pagan a la Cofradía su aislamiento, pagan con lo que la supremacía desértica pone a su disposición: la especia. No es una respuesta de segunda aproximación, sino un cálculo de primer orden. Piénsalo.

—Paul —dijo Jessica—, aún no eres un mentat. No puedes saber con seguridad...

—Nunca seré un mentat —dijo él—. Soy algo distinto... un bicho raro.

—¡Paul! ¿Cómo puedes decir...?

—¡Déjame en paz!

Se dio la vuelta y contempló la noche del exterior.

«¿Por qué no puedo llorar?», se preguntó.

Sintió que cada fibra de su ser anhelaba ese desahogo, pero sabía que le sería negado por siempre.

Jessica nunca había notado una angustia tan profunda en la voz de su hijo. Quería comprenderlo, estrecharlo entre sus brazos, consolarlo, ayudarlo... pero sintió que no podía hacer nada. Paul tendría que resolver sus problemas por sí mismo.

Le llamó la atención el brillo del manual de la fremochila que Paul había dejado en el suelo de la tienda. Lo cogió y le echó una ojeada: «Manual de "El Desierto Amigo", el lugar lleno de vida. Este es el ayat y el burhan de la Vida. Cree, y al-Lat nunca te abrasará».

«Se parece al Libro de Azhar —pensó mientras recordaba sus estudios de los Grandes Secretos—. ¿Habrá pasado por Arrakis algún Manipulador de Religiones?»

Paul sacó la parabrújula del paquete y luego volvió a dejarla en el interior.

—Piensa en todos estos aparatos Fremen de utilidades tan particulares. Cuentan con una sofisticación incomparable. Admítelo. La cultura que ha creado estos objetos evidencia una profundidad insospechable.

Jessica titubeó, preocupada aún por la crudeza de la voz de su hijo, y volvió a mirar el libro para examinar la ilustración de una constelación del cielo de Arrakis: «Muad'Dib, el Ratón». Vio que la cola apuntaba al norte.

Paul se giró de nuevo hacia la oscuridad de la tienda y apreció los movimientos de su madre que revelaba el tenue brillo del manual.

«Ahora es el momento de cumplir el deseo de mi padre —pensó—. Debo transmitir a mi madre el mensaje ahora que aún tiene tiempo para el dolor. El dolor puede ser inoportuno de aquí en adelante.»

Se sintió impresionado por la exactitud de su lógica.

—Madre —llamó.

—¿Sí?

Jessica sintió que al chico le había cambiado la voz y un escalofrío le recorrió las entrañas al oírla. Nunca antes había presenciado un control tan riguroso.

—Mi padre ha muerto —dijo Paul.

La mujer buscó en su interior para relacionar los hechos con los hechos y con los hechos: la manera Bene Gesserit de evaluar información. Y en ese momento sintió una horrible sensación de pérdida.

Jessica asintió, incapaz de hablar.

—Mi padre —continuó Paul— me encargó transmitirte un mensaje si en algún momento le ocurría algo. Temía que pudieras pensar que no confiaba en ti.

«Qué sospecha tan fuera de lugar», pensó Jessica.

—Quería que supieras que nunca dudó de ti —dijo Paul, que llevó el engaño más allá y añadió—: Quería que supieras que siempre tuviste su absoluta confianza, que siempre te amó y te adoró. Dijo que antes habría sospechado de sí mismo que de ti, y que solo tenía algo de qué lamentarse: de no haberte convertido en su duquesa.

Ella se secó las lágrimas que corrían por sus mejillas y pensó: «¡Qué derroche de agua corporal más estúpido! —Pero sabía lo que era ese pensamiento: era una forma de convertir el dolor en rabia—. Leto, mi Leto. ¡Qué cosas más horribles podemos llegar a hacer a los que amamos!».

Apagó el cuadrante luminoso del manual con un gesto brusco.

Sollozó.

Paul oyó la pena que sentía su madre y la comparó con el vacío que él sentía en su interior.

«Yo no siento dolor —pensó—. ¿Por qué? ¿Por qué?»

La incapacidad de experimentar dolor le pareció una horrible tara.

«Un tiempo para ganar y un tiempo para perder —pensó Jessica. Era una cita de la Biblia Católica Naranja—. Un tiempo para guardar y un tiempo para tirar; un tiempo para amar y un tiempo para odiar; un tiempo de guerra y un tiempo de paz.»

La mente de Paul no había dejado de funcionar con gélida precisión. Descubrió nuevas posibilidades que se abrían para ellos en aquel planeta hostil. Eran impresiones que le llegaban sin ni siquiera la válvula de seguridad que proporcionaría un sueño. Enfocó su consciencia presciente y la contempló como un cálculo de sus futuros más probables, pero tenían algo más, cierto aire de misterio, como si su mente se sumergiera en un estrato intemporal donde soplaran los vientos del futuro.

La mente de Paul ascendió otro peldaño en su consciencia con brusquedad, como si acabara de encontrar la llave necesaria. Sintió cómo se aferraba a ese nuevo nivel, cómo se sostenía en un precario asidero y miraba a su alrededor. Era como si se encontrase en mitad de una esfera de la que partían caminos en todas direcciones... pero esta descripción era poco más que una aproximación a sus sensaciones.

Recordó haber visto en una ocasión un pañuelito de gasa flotando al viento, y ahora percibió el futuro de la misma manera: retorciéndose como la ondulante y agitada superficie del pañuelo.

Vio gente.

Experimentó el calor y el frío de incontables probabilidades.

Reconoció nombres y lugares, experimentó una infinidad de emociones, recibió datos de fuentes innumerables e inexploradas. Tenía tiempo para sondear, probar y examinar, pero no para darle forma.

Era un espectro de posibilidades que abarcaba desde el pasado más remoto hasta el futuro más lejano, desde lo más probable a lo más improbable. Se vio morir de una innumerable cantidad de maneras. Vio nuevos planetas, nuevas culturas.

Gente.

Gente.

Multitudes que era incapaz de contar, pero que su mente fue capaz de catalogar a pesar de todo.

Y los hombres de la Cofradía.

Pensó: «La Cofradía... podría ser una salida para nosotros;

allí mi rareza será aceptada como algo natural y de gran valor, siempre que pudiera asegurarme un suministro continuado de la ahora necesaria especia».

Pero la idea de vivir toda su vida con la mente tanteando aquel amasijo de futuros posibles para guiar las naves espaciales le aterrorizó. Pero era una salida. Y fue al afrontar aquel futuro posible con la Cofradía cuando se dio cuenta de su rareza.

«Tengo una visión diferente. Veo un paisaje diferente: todos los caminos disponibles.»

Este pensamiento despertó su seguridad y su alarma: en ese otro paisaje había demasiados lugares, que desaparecían o se perdían fuera de su vista.

La sensación le abandonó con la misma presteza con la que había llegado, y supo que toda la experiencia solo había durado un instante.

Pero algo había agitado su consciencia, algo había conseguido que la viese como algo horrible. Miró a su alrededor.

La noche aún envolvía la destiltienda enclavada y oculta entre las rocas. Volvió a oír la aguda tristeza de su madre.

Y también su ausencia de tristeza... Una cavidad vacía separada del resto de su mente que iba a su propio ritmo, que recibía datos, los evaluaba, hacía cálculos y enviaba respuestas igual que lo hacían los mentat.

Supo que eran pocas las mentes que habían llegado a acumular tal abundancia de datos. Pero no por ello le resultó más sencillo soportar esa cavidad vacía en su mente. Sintió que algo iba a romperse. Era como si el mecanismo de relojería de una bomba hubiera empezado a hacer tictac en su interior, como si tuviese voluntad propia y no pudiera hacer nada para evitarlo. Percibió las minúsculas variaciones que había a su alrededor: un ligero cambio de la humedad, una fracción de descenso de la temperatura, el lento avanzar de un insecto sobre el techo de la destiltienda, la solemne proximidad del alba en el cielo iluminado por las estrellas que se veía a través de la parte transparente de la tienda.

El vacío era insoportable. Saber cómo se había puesto en marcha el mecanismo de relojería no suponía ninguna diferencia. Podía mirar hacia su pasado y ver sus inicios: el adiestramiento, la mejora de sus talentos, las refinadas presiones de disciplinas sofisticadas, el descubrimiento de la Biblia Católica Naranja en un momento crítico y, finalmente, la gran ingesta de especia. También podía contemplar su futuro y ver adónde conducía todo, una sensación realmente terrible.

«¡Soy un monstruo! —pensó—. ¡Un bicho raro!»

—¡No! —dijo. Y luego gritó—: ¡No! ¡No! ¡NO!

Se dio cuenta de que había empezado a dar puñetazos contra el suelo de la tienda. (La parte impertérrita de su interior registró el acontecimiento como un dato interesante sobre las emociones y lo integró en los cálculos.)

—¡Paul!

Su madre estaba a su lado y le sujetaba las manos. La cara de la mujer era una mancha gris que lo escrutaba.

—Paul, ¿qué ocurre?

—¡Tú! —dijo él.

—Estoy aquí, Paul —dijo ella—. No pasa nada.

—¿Qué me has hecho? —exigió.

Jessica tuvo un instante de claridad mental en el que captó las verdaderas implicaciones de la pregunta.

—Te he traído al mundo —dijo.

Gracias a su instinto y a los conocimientos que poseía, sabía cuál era la respuesta correcta para calmarlo. Paul sintió que las manos de su madre lo sujetaban y se centró en la oscura silueta de su rostro. (Examinó algunos rasgos genéticos de su estructura facial bajo aquel nuevo ángulo de su mente. La información se añadió a otros datos, que dieron como resultado una respuesta.)

—Déjame —dijo.

Ella notó la intransigencia de su voz y obedeció.

—¿Quieres decirme qué te ocurre, Paul?

—¿Sabías lo que hacías cuando me adiestraste? —preguntó el chico.

«No hay ningún rastro de niño en su voz», pensó Jessica. Y respondió:

—Esperaba lo que esperan todos los padres: que fueras... superior, distinto.

—¿Distinto?

Jessica percibió la amargura de su voz.

—Paul, yo... —dijo.

—¡No querías un hijo! —espetó él—. ¡Querías un Kwisatz Haderach! ¡Querías un Bene Gesserit varón!

Ella retrocedió ante tanta amargura.

—Pero, Paul...

—¿Alguna vez se lo dijiste a mi padre?

Ella respondió en voz muy baja a causa del dolor que empezaba a sentir.

—Paul, seas lo que seas, tu herencia viene tanto por parte de tu padre como mía.

—Pero no mi adiestramiento —aseguró Paul—. No las cosas que... han despertado... al durmiente.

—¿Durmiente?

—Está aquí. —Se llevó una mano a la cabeza y luego al pecho—. En mi interior. Y no para, no para, no para, no...

—¡Paul!

Jessica había sentido que la histeria empezaba a apoderarse de la voz de su hijo.

—Escúchame —dijo el chico—. ¿No querías que la Reverenda Madre oyese mis sueños? Pues ahora serás tú quien lo haga. Acabo de tener una ensoñación. ¿Sabes por qué?

—Tienes que calmarte —dijo ella—. Si hay...

—La especia —dijo él—. Aquí está por todas partes: en el aire, en el suelo, en la comida. La especia geriátrica. Es como la droga de la Decidora de Verdad. ¡Es un veneno!

Jessica se envaró.

Paul bajó el tono de voz y repitió:

—Un veneno, uno tan sutil, tan insidioso... tan irreversible. No mata, a menos que uno deje de tomarlo. Nunca podremos abandonar Arrakis sin llevarnos una parte de Arrakis con nosotros.

La terrible presencia de su voz no admitía réplica alguna.

—La especia y tú —dijo Paul—. La especia transforma a cualquiera que consuma tanta, pero gracias a ti también he conseguido alterar mi consciencia. No consigo relegar esa nueva consciencia al inconsciente, donde su intromisión podría ser sofocada. La veo.

—Paul, tú...

—¡La veo! —repitió.

Jessica percibió la locura que emanaba de su voz y no supo qué hacer.

Pero el chico siguió hablando, y su madre comprobó que volvía a hacer acopio de ese control tan férreo:

—Estamos atrapados aquí.

«Estamos atrapados aquí», convino ella para sí.

Y aceptó la verdad de sus palabras. Ningún empuje Bene Gesserit, ninguna astucia o artificio podrían liberarlos completamente de Arrakis: la especia era adictiva. Su cuerpo lo había sabido mucho antes de que su mente lo admitiera.

«Así que aquí viviremos el resto de nuestras vidas, en este planeta infernal —pensó Jessica—. Es un lugar apto para nosotros si conseguimos evadirnos de los Harkonnen. Y no hay duda alguna de mi destino: una yegua de cría destinada a preservar una importante línea genética para el Plan Bene Gesserit.»

—Debo contarte mi ensoñación —dijo Paul. (Ahora sí que había furia en su voz)—. Para estar seguro de que aceptarás lo que diga, te diré en primer lugar que sé que darás a luz una hija, mi hermana, aquí en Arrakis.

Jessica puso las manos en el suelo de la tienda y se apoyó contra la curvada tela para reprimir una punzada de temor. Sabía que su embarazo aún no era evidente. Solo su adiestramiento Bene Gesserit le había permitido leer las primeras tenues señales en su cuerpo, advertir la presencia de un embrión de apenas unas semanas.

—Solo para servir —susurró Jessica, que acababa de recitar la consigna Bene Gesserit—. Existimos solo para servir.

—Encontraremos un hogar entre los Fremen —afirmó Paul—, donde nuestra Missionaria Protectiva nos ha preparado un refugio.

«Han preparado un camino para nosotros en el desierto —pensó Jessica—. Pero ¿cómo puede saber él algo de la Missionaria Protectiva?»

Cada vez le costaba más dominar el pavor que sentía ante esa extrañeza que empezaba a surgir en Paul.

Paul examinó la sombra oscura de su madre y, gracias a esa nueva consciencia, vio que el miedo embargaba cada uno de sus movimientos, como si en realidad la rodease un reluciente resplandor. Experimentó un atisbo de compasión por ella.

—Aún no puedo decirte lo que ocurrirá —dijo—. No puedo ni decírmelo a mí mismo aunque lo haya visto. Es como si no pudiese controlar esta percepción del futuro. Se limita a manifestarse. El futuro inmediato, digamos un año, puedo verlo en parte... un camino amplio como nuestra Avenida Central de Caladan. Pero hay lugares que no puedo ver... lugares ensombrecidos... como si estuviesen detrás de una colina. —Y pensó de nuevo en la agitada superficie de un pañuelo—. Y hay ramificaciones...

Se quedó en silencio, como si el recuerdo de esa visión le perturbara. Ningún sueño profético ni nada de lo que había experimentado en su vida lo habían preparado para lo que había quedado al descubierto ahora que habían caído los velos y veía el tiempo en toda su desnudez.

Al recordar la experiencia, reconoció su terrible finalidad: la presión de su vida misma dilatándose como una burbuja siempre en expansión... y el tiempo retirándose ante ella...

Jessica encontró el control de la luz de la tienda y la activó.

Una tenue iluminación verdosa ahuyentó las sombras y consiguió tranquilizarla. Observó el rostro de Paul, sus ojos... su mirada interior. Y supo dónde había visto antes una mirada parecida: en las fotos de los informes de desastres, en las caras de los niños que habían conocido el hambre o sufrido las heridas más terribles. Los ojos eran pozos sin fondo, la boca, una línea delgada, y tenían las mejillas hundidas.

«Es el aspecto de la terrible finalidad —pensó—. De alguien obligado a percibir su propia mortalidad.»

Estaba claro que ya no era un niño.

El significado oculto de las palabras de Paul empezó a definirse en la mente de Jessica y lo abarcó todo. Paul había mirado hacia el futuro y vislumbrado una manera de escapar.

—Hay un modo de evitar a los Harkonnen —dijo la mujer.

—¡Los Harkonnen! —exclamó con desdén—. Saca de tu mente a esos humanos retorcidos.

Miró con fijeza a su madre y estudió las arrugas de su rostro a la luz de la tienda. Las arrugas la traicionaban.

—No deberías considerar humanos a la gente sin... —dijo ella.

—No estés tan segura de dónde trazar los límites —dijo Paul—. Arrastramos nuestro pasado con nosotros. Y, madre, hay una cosa que no sabes y que deberías saber: somos Harkonnen.

En ese momento, la mente de Jessica hizo algo terrible: se quedó en blanco, como si necesitase privarse de toda emoción. Pero la voz de Paul continuó con un ritmo implacable y la arrastró consigo.

—La próxima vez que estés ante un espejo, examina tu rostro; examina ahora el mío. Las señales están ahí si no te ciegas a ellas. Fíjate en mis manos, en la forma de mis huesos. Y si aun así no te convences, cree pues lo que digo. He recorrido el futuro. He visto una crónica, he contemplado un lugar. Tengo todos los datos. Somos Harkonnen.

—Una... rama renegada de la familia —dijo Jessica—. Es eso, ¿verdad? Algún primo Harkonnen que...

—Eres la propia hija del barón —afirmó Paul, que vio cómo su madre se llevaba las manos a la boca y apretaba con fuerza—. En su juventud, el barón se dedicó a gozar de muchos placeres y hasta se permitió que le sedujeran. Pero fue por las bondades genéticas de la Bene Gesserit, por una de vosotras.

La palabra «vosotras» sonó como una bofetada, pero consiguió que Jessica reaccionara al darse cuenta de que era algo que no podía negar. Recordó detalles incongruentes de su pasado que empezaron a encajar. La hija que buscaba la Bene Gesserit no era para poner fin a la vieja enemistad entre los Atreides y los Harkonnen, sino para fijar un factor genético en sus descendencias. ¿Cuál? Fue incapaz de encontrar la respuesta.

Como si leyera su mente, Paul dijo:

—Creyeron que sería yo, pero no soy lo que esperaban y he llegado antes de tiempo. Y ellas no lo saben.

Jessica seguía apretándose las manos contra la boca.

«¡Gran Madre! ¡Es el Kwisatz Haderach!»

Se sintió expuesta y desnuda ante él, porque se había dado cuenta de que nada o casi nada quedaba oculto a sus ojos. Y supo que ese era precisamente el origen de su miedo.

—Piensas que soy el Kwisatz Haderach —dijo Paul—. Olvídalo. Soy algo inesperado.

«Debo advertir a una de las escuelas —pensó ella—. El índice de apareamientos revelará lo ocurrido.»

—Cuando sepan de mi existencia será demasiado tarde —dijo él.

Jessica intentó cambiar de tema. Se apartó las manos de la boca y dijo:

—¿Encontraremos refugio entre los Fremen?

—Los Fremen tienen un dicho que atribuyen al Shai-hulud, el Viejo Padre Eternidad. Dice: «Tenéis que estar preparados para apreciar lo que encontréis».

Y pensó: «Sí, madre, lo encontraremos. Tus ojos se tornarán azules y te saldrá un callo junto a tu adorable nariz debido al tubo filtrador del destiltraje. Y darás a luz a mi hermana: Santa Alia del Cuchillo».

—Si no eres el Kwisatz Haderach —dijo Jessica—, ¿qué...?

—Serías incapaz de adivinarlo —respondió Paul—. Y no lo creerás hasta que lo veas.

Y pensó: «Soy una semilla».

Se dio cuenta de repente de lo fértil que era el terreno en el que había caído, y la terrible finalidad volvió a apoderarse de él y a recorrer el espacio vacío de su mente, como una amenaza capaz de hacer que le ahogase la pena.

Había visto una bifurcación en lo que les deparaba el futuro. En uno de los caminos se enfrentaba a un decrépito y malvado barón y le decía:

—Hola, abuelo.

Pensar en ello hacía que le invadieran las náuseas.

El otro de los caminos estaba lleno de unas manchas de un gris oscuro en las que resaltaban picos de violencia. Vio en él una religión guerrera, un fuego que se extendía por todo el universo con el estandarte verde y negro de los Atreides ondeando a la cabeza de oleadas de legiones fanáticas ebrias de licor de especia. Gurney Halleck y otros pocos hombres de su padre —muy pocos— se encontraban entre ellos y enarbolaban el símbolo del halcón del santuario del cráneo de su padre.

—No puedo tomar ese camino —murmuró—. Es el que querrían las viejas brujas de tu escuela.

—No te entiendo, Paul —dijo su madre.

Se quedó en silencio y pensó como la semilla que era, con esa consciencia de la especie que al principio había confundido con una terrible finalidad. Descubrió que ya no podía odiar a las Bene Gesserit ni al emperador, ni siquiera a los Harkonnen. Todos estaban ligados a la necesidad de la especie de renovar su herencia dispersa, cruzando y mezclando y refundiendo sus líneas en un gigantesco rebullir genético. Y la especie solo conocía un camino para conseguirlo, el antiguo camino que arrollaba todo lo que se encontraba a su paso: la yihad.

«Está claro que no puedo escoger ese camino», pensó.

Pero volvió a ver el santuario del cráneo de su padre con su ojo mental, y un cúmulo de violencia con el estandarte verde y negro ondeando en su centro.

Jessica carraspeó, preocupada por el silencio de su hijo.

—Entonces... ¿los Fremen nos darán refugio?

Paul levantó la mirada y, a través de la verdosa luminosidad de la tienda, fijó la vista en los rasgos delicados y aristocráticos de su rostro.

—Sí —respondió—. Es uno de los caminos. —Asintió—. Sí. Me llamarán... Muad'Dib, «El que señala el camino». Sí... así me llamarán.

Cerró los ojos y pensó: «Ahora sí puedo llorarte, padre mío».

Y sintió las lágrimas resbalar por sus mejillas.

Libro segundo

MUAD'DIB

Cuando mi padre, el emperador Padishah, supo de la muerte del duque Leto y de las circunstancias en las que había tenido lugar, se enfureció como nunca lo habíamos visto. Culpó a mi madre y al complot que le había obligado a poner a una Bene Gesserit en el trono. Culpó a la Cofradía y al decrépito y anciano varón. Culpó a todos los que tenía alrededor, incluso a mí, porque dijo que era una bruja como todas las demás. Y cuando intenté tranquilizarlo diciéndole que todo había ocurrido a partir de una vieja ley de autoconservación a la cual obedecían incluso los más antiguos gobernantes, me miró con desdén y me preguntó si pensaba que él era débil. Fue entonces cuando comprendí que su cólera no se debía a la muerte del duque, sino a lo que implicaba para toda la nobleza. Cuando lo recuerdo, creo que hasta mi padre debía de tener cierta presciencia, porque está claro que tanto su estirpe como la de Muad'Dib compartían ascendencia.

De *En la casa de mi padre*,
por la princesa Irulan

—Ahora los Harkonnen matarán a otros Harkonnen —susurró Paul.

Se había despertado poco antes del anochecer para luego incorporarse en la oscuridad de la destiltienda. Al hablar, oyó la débil agitación de su madre en el lado opuesto de la tienda, donde se había tumbado para dormir.

Paul echó un vistazo al detector de proximidad que había en el suelo y examinó los diales iluminados que los tubos fosforescentes alumbraban en la oscuridad.

—Pronto será noche cerrada —dijo su madre—. ¿Por qué no subes las persianas de la tienda?

Paul se dio cuenta de que la respiración de su madre había variado desde hacía algunos minutos y que se había quedado tendida en la oscuridad en silencio y a la espera de asegurarse de que Paul estaba despierto.

—Levantar las persianas no nos ayudará —dijo él—. Ha habido tormenta. La tienda está cubierta de arena. Pronto nos sacaré de aquí.

—¿Alguna noticia de Duncan?

—No.

Paul frotó con gesto ausente el anillo ducal que llevaba en el pulgar, y se estremeció ante un súbito acceso de rabia contra la esencia misma de ese planeta que había contribuido a matar a su padre.

—He oído llegar la tormenta —dijo Jessica.

Las inútiles vacuidades de esas palabras ayudaron a Paul a calmarse un poco. Se concentró en la tormenta y en cómo la había visto precipitarse contra ellos a través de la parte transparente de la destiltienda, en los fríos remolinos de arena cruzando la hondonada para convertirse luego en trombas y cataratas que ofuscaban los cielos. Había mirado a un picacho rocoso y visto cómo cambiaba de forma al ser azotado por los remolinos hasta convertirse en poco más que un saliente naranja y mucho más bajo. La arena cruzó la hondonada y oscureció el cielo hasta dejarlo de un tono sepia que terminó por ensombrecer el ambiente y dejar la tienda sepultada.

Los tensores de la tienda chirriaron al toparse con ese aumento de presión, y el tenue zumbido del snork de arena que bombeaba el aire hasta la superficie fue lo único que rompió el silencio posterior.

—Vuelve a probar con el receptor —pidió Jessica.

—No funciona —dijo Paul.

Buscó el tubo de agua que tenía fijado en el cuello de su destiltraje, dio un trago tibio y pensó que era justo en ese momento cuando comenzaba de verdad su vida arrakena, ahora que necesitaba de la humedad de su cuerpo y de su respiración para sobrevivir. El agua era sosa e insípida, pero calmó la sequedad de su garganta.

Jessica oyó que Paul bebía y rozó con sus manos la elástica superficie del destiltraje adherido a su cuerpo, pero se negó a admitir su sed. Admitirla hubiera significado para ella aceptar las terribles necesidades de Arrakis, un lugar en el que uno debía recuperar el más infinitesimal rastro de humedad y acumular cada gota en los bolsillos de recuperación de la tienda. Un lugar en el que respirar al aire libre era un desperdicio.

Era mucho mejor intentar dormir de nuevo.

Pero mientras dormía aquel día, había tenido un sueño cuyo solo recuerdo la hizo estremecer. En el sueño, vio sus manos sobre un nombre escrito entre las corrientes de arena: «Duque Leto Atreides». La arena emborronaba el nombre, y ella intentaba evitarlo, pero la primera letra ya estaba borrada antes de que ella terminase de volver a escribir la última.

La arena no dejaba de acumularse.

Su sueño se convirtió en un gemido: alto, cada vez más alto. Un gemido grotesco. Parte de su mente se había dado cuenta de que el sonido era el de su voz cuando aún era niña, casi un bebé. La imagen de una mujer que su memoria no conseguía ubicar se alejaba despacio.

«Mi desconocida madre —pensó Jessica—. La Bene Gesserit que me engendró y me entregó a las Hermanas porque esas eran las órdenes que había recibido. ¿Sintió alivio al desembarazarse así de una hija Harkonnen?»

—Deberíamos atacarlos donde más les duele: la especia —afirmó Paul.

«¿Cómo puede pensar en atacarlos en un momento como este?», se preguntó Jessica.

—Tienen un planeta entero lleno de especia —dijo—. ¿Cómo atacar algo así?

Oyó que se agitaba y también el sonido de la mochila al ser arrastrada por el suelo de la tienda.

—En Caladan lo importante era la supremacía marítima y la aérea —explicó Paul—. Aquí lo es la supremacía desértica. Los Fremen son la clave.

La voz de Paul provenía de las inmediaciones de la entrada de la tienda. Gracias a su adiestramiento Bene Gesserit, Jessica notó que la voz de su hijo destilaba cierto rencor hacia ella.

«Durante toda su vida se le ha enseñado a odiar a los Harkonnen —pensó—. Ahora, descubre que es uno de ellos... por mi culpa. ¡Qué poco me conoce! Yo era la única mujer de mi duque. Acepté su vida y sus valores a pesar de que desafiaban mis órdenes Bene Gesserit.»

La luz de la tienda se activó al contacto de la mano de Paul y llenó el refugio abovedado con su luz verdosa. Paul se acuclilló junto al esfínter con el capuchón del destiltraje preparado para salir al desierto: el frontal ceñido, el filtro de la boca en su lugar y los tampones ajustados en la nariz. Solo quedaban a la vista sus ojos oscuros: una estrecha franja de su rostro que se giró un instante hacia su madre para luego volver a apartarse.

—Prepárate para salir —dijo con una voz que sonaba ahogada a través del filtro.

Jessica se colocó el filtro en la boca y se ajustó la capucha mientras observaba a su hijo abrir la entrada de la tienda.

La arena crujió cuando el esfínter se dilató, y una densa nube de granos de arena entró en la tienda antes de que Paul pudiera bloquearla con el compresor estático. Se abrió un agujero en el muro de arena cuando la herramienta realineó los granos. Paul salió al exterior, y Jessica oyó cómo avanzaba despacio por la superficie.

«¿Qué vamos a encontrar ahí afuera? —se preguntó—. Las tropas Harkonnen y los Sardaukar son peligros esperables. Pero ¿qué otros puede haber que ignoremos?»

Jessica pensó en el compresor estático y en el resto de los extraños instrumentos de la mochila. Todos pasaron a convertirse en una fuente de misterio y peligro.

La brisa caliente que soplaba en la superficie le rozó las mejillas por encima del filtro, una zona que quedaba expuesta.

—Pásame la mochila. —Era la voz de Paul, baja y prudente.

Jessica obedeció con rapidez y sintió el borboteo de los litrojons de agua mientras arrastraba la mochila por el suelo. Levantó la mirada y vio la silueta de Paul recortada contra el fondo estrellado.

—Aquí —dijo al extender la mano para coger la mochila y sacarla a la superficie.

Un instante después, un círculo de estrellas ocupaba el lugar de Paul. Parecían resplandecientes puntas de armas dirigidas contra ella. Una lluvia de meteoritos atravesó aquel fragmento de cielo. Le dio la impresión de que era una advertencia, como las marcas de las garras de un tigre o heridas luminosas de las que brotase su sangre. Se estremeció al pensar que les habrían puesto precio a sus cabezas.

—Rápido —dijo Paul—. Quiero recoger la tienda.

Una lluvia de arena de la superficie le golpeó la mano izquierda.

«¿Cuánta arena podría contener en una mano?», se preguntó.

—¿Necesitas ayuda? —preguntó Paul.

—No.

Tragó saliva con la garganta seca mientras se deslizaba por el agujero y sentía cómo la arena comprimida por la estática le raspaba las manos. Paul se inclinó y la cogió del brazo. Jessica se irguió a su lado, sobre una llanura desértica iluminada por las estrellas, y miró a su alrededor. La arena había cubierto casi por completo la hondonada donde se encontraban, y solo emergía de ella una pequeña cresta rocosa. Jessica contempló la lejana oscuridad con sus sentidos adiestrados.

Ruido de pequeños animales.

Pájaros.

Una catarata de arena desmoronándose y el gemido ahogado de unas criaturas bajo ella.

Paul desmontó la tienda y la sacó del agujero.

La luz de las estrellas bastaba para cubrir el lugar de sombras amenazadoras. Miró hacia las zonas más oscuras.

«La oscuridad es un recuerdo ciego —pensó—. Uno aguza los oídos en busca de ruidos de manadas, de los gritos de los que cazaban a nuestros antepasados en un tiempo tan lejano que solo nuestras células más primitivas lo recuerdan. El oído ve, el olfato ve.»

Paul volvió a su lado.

—Duncan me dijo que, si lo capturaban, sería capaz de resistir... hasta este mismo momento. Debemos irnos ya.

Se echó la mochila al hombro, atravesó la hondonada recubierta de arena y escaló a un saliente que se erigía sobre la inmensa extensión del desierto.

Jessica lo siguió sin pensar, consciente de que ahora vivía sometida a los antojos de su hijo.

«Puesto que ahora mi dolor es más pesado que las arenas de los mares —pensó—. Este mundo me ha dejado vacía de todo menos del más antiguo de los propósitos: la vida del mañana. Ahora solo vivo para mi joven duque y para la hija que llevo dentro.»

Sintió como la arena se hundía bajo sus pies a medida que avanzaba al lado de Paul.

Su hijo miraba hacia la parte posterior de una barrera rocosa que había al norte y examinaba unas distantes escarpaduras.

El perfil de las lejanas rocas se parecía a una antigua nave de batalla de los mares recortada contra las estrellas. Su lucido diseño parecía quedar a merced de una ola invisible, sus antenas giraban en un zumbido cadencioso, sus chimeneas se inclinaban hacia atrás y una torreta en forma de P se erigía a popa.

Un resplandor naranja estalló sobre la silueta, y una línea de brillante púrpura bajó a su encuentro y cortó en dos la noche.

¡Otra línea púrpura!

¡Y otro resplandor naranja que estallaba!

Era como una antigua batalla naval, el recuerdo de un duelo de artillería. El espectáculo los dejó paralizados.

—Columnas de fuego —susurró Paul.

Un anillo de ojos rojizos se elevó por encima de las rocas distantes. Líneas púrpuras se entrecruzaron en el cielo.

—Propulsores y láseres —dijo Jessica.

La primera luna de Arrakis se elevó enrojecida por la arena por encima del horizonte que quedaba a su izquierda, y a su luz vieron el rastro de una tormenta, una agitación sobre el desierto.

—Tienen que ser los tópteros de los Harkonnen que vienen a por nosotros —anunció Paul—. Por la manera en la que recorren el desierto parece como si quisieran asegurarse de destruir todo a su paso, como cuando uno aplasta un nido de insectos.

—O un nido de Atreides —apuntilló Jessica.

—Tenemos que ponernos a cubierto —dijo Paul—. Avanzaremos hacia el sur al amparo de las rocas. Si nos sorprendieran en campo abierto... —Se dio la vuelta y ajustó la mochila a sus hombros—. Están matando a todo lo que se mueve.

Dio una zancada por el saliente y, en ese momento, oyó el leve silbido del planeo de una nave y vio las sombras oscuras de los ornitópteros que planeaban sobre ellos.

Mi padre me dijo en una ocasión que el respeto por la verdad casi se podría considerar el fundamento de toda moral. «Nada puede surgir de la nada», dijo. Y es una idea muy profunda si uno concibe hasta qué punto puede ser inestable «la verdad».

De *Conversaciones con Muad'Dib*,
por la princesa Irulan

—Siempre me he vanagloriado de ver las cosas como son en realidad —dijo Thufir Hawat—. Es la maldición de ser un mentat. Uno no puede evitar analizar los datos.

Mientras hablaba en la penumbra que precedía al alba, su rostro viejo y curtido parecía calmado. Sus labios manchados de safo eran una línea recta de la que partían arrugas verticales.

Un hombre ataviado con una túnica se encontraba acuclillado en la arena frente a él, al parecer insensible a sus palabras.

Los dos estaban bajo un saliente rocoso que dominaba una vasta dolina. La luz del alba se extendía por el contorno irregular de los acantilados y teñía de rosa toda la depresión. Bajo la cornisa hacía frío, uno seco y penetrante que se había mantenido después de la noche. Poco antes del amanecer había soplado una brisa templada, pero ahora volvía a estar fría. Detrás de él,

Hawat oía el castañeteo de los dientes de los pocos soldados de sus fuerzas que quedaban con vida.

El hombre acuclillado ante Hawat era un Fremen que había acudido a ellos después de atravesar la dolina durante las primeras luces del falso amanecer, deslizándose sobre la arena y camuflándose entre las dunas, apenas visible.

El Fremen extendió un dedo hacia la arena que los separaba y dibujó una figura. Parecía un cuenco con una flecha que salía de él.

—Hay muchas patrullas Harkonnen —indicó.

Levantó el dedo y señaló hacia lo alto, hacia las rocas de las que habían descendido Hawat y sus hombres.

Hawat asintió.

«Muchas patrullas. Sí.»

Pero aún no sabía lo que quería el Fremen, y le irritaba. Se suponía que el adiestramiento mentat proporcionaba a un hombre el poder de percibir las motivaciones.

Había sido la peor noche de toda la vida de Hawat. Cuando habían llegado los primeros informes del ataque, se encontraba en Tsimpo, una guarnición que era un puesto fronterizo defensivo de Carthag, la antigua capital. Al principio, había pensado: «No es más que una incursión. Los Harkonnen nos están poniendo a prueba».

Pero no habían dejado de llegar informes, cada vez más.

Dos legiones desembarcaron en Carthag.

Cinco legiones (¡cincuenta brigadas!) atacaron la base principal del duque en Arrakeen.

Una legión en Arsunt.

Dos grupos de combate en Roca Astillada.

Al cabo, los informes empezaron a llegar más detallados: entre los atacantes había Sardaukar imperiales, puede que dos legiones. Y estaba claro que los invasores sabían a la perfección el tipo y la cantidad de efectivos que enviar a cada lugar. ¡A la perfección! Un magnífico trabajo de espionaje.

Hawat se había sentido tan furioso que la sensación llegó incluso a amenazar sus capacidades de mentat. La magnitud del ataque había golpeado su mente con una violencia casi física.

Ahora, oculto bajo una roca del desierto, inclinó la cabeza y se envolvió en su túnica ajada para resguardarse de las frías sombras.

«La magnitud del ataque.»

Siempre había esperado que sus enemigos fletarían un transporte ligero de la Cofradía para realizar algunas incursiones de tanteo. Era una táctica habitual en cualquier guerra entre dos Casas. Los transportes atracaban y zarpaban de Arrakis con regularidad para mover la especia de la Casa de los Atreides. Hawat había tomado precauciones contra incursiones fortuitas de falsos transportes de especia. Y nunca había esperado más de diez brigadas, ni siquiera para un ataque a gran escala.

Pero los últimos cálculos indicaban que había más de dos mil naves sobre Arrakis, y no solo transportes, sino también fragatas, exploradoras, monitoras, cruceros, acorazados, transportes de tropas, cargos...

Más de cien brigadas: ¡diez legiones!

Todos los beneficios de la especia de Arrakis durante cincuenta años apenas bastarían para cubrir los gastos de una operación así.

«Y es un cálculo estimado.»

«He infravalorado lo que el barón estaba dispuesto a gastar para atacarnos —pensó Hawat—. He fallado a mi duque.»

Y también tenía que tener en cuenta la traición.

«¡Viviré lo suficiente para ver cómo la estrangulan! —pensó—. Debería haber matado a esa bruja Bene Gesserit cuando tuve la oportunidad.»

Tenía muy claro quién era la persona que los había traicionado, la dama Jessica. Era la posibilidad que más se ajustaba a los datos con los que contaba.

—Tu hombre, Gurney Halleck, y parte de sus fuerzas están a salvo entre nuestros amigos contrabandistas —dijo el Fremen.

—Bien.

«Así Gurney podrá escapar de este planeta infernal. No habremos caído todos.»

Hawat miró hacia lo que quedaba de sus hombres. Al principio de la noche contaba con trescientos de los mejores. Ahora apenas quedaba una veintena, y la mitad estaban heridos. Algunos dormían de pie apoyados contra la roca o echados en la arena al resguardo del saliente. El último tóptero que tenían, que habían usado como vehículo terrestre para transportar a los heridos, había dejado de funcionar poco antes del alba. Lo habían desguazado con los láseres y ocultado las partes más pequeñas, para luego continuar su camino hasta aquel refugio que se encontraba en un extremo de la depresión.

Hawat solo tenía una vaga idea de su ubicación: unos doscientos kilómetros al sudeste de Arrakeen. Los caminos más transitados entre las comunidades sietch de la Muralla Escudo se encontraban algo más al sur.

El Fremen que estaba frente a Hawat se retiró la capucha y el gorro del destiltraje hasta los hombros, lo que dejó al descubierto un cabello y una barba del color de la arena. Llevaba el pelo peinado hacia atrás, y mostraba una frente alta y estrecha. Sus insondables ojos tenían el característico color azul de la especia. A un lado de la boca, la barba y el bigote estaban aplastados por la presión del tubo que salía de los tampones de la nariz.

El hombre se quitó los tampones y los ajustó. Se rascó una cicatriz que tenía al lado de la nariz.

—Si atravesáis la dolina esta noche, nada de escudos —dijo el Fremen—. Hay una brecha en el acantilado... —Giró sobre sus talones y señaló hacia el sur—. Allí. Y luego una extensión abierta de arena hasta el erg. Los escudos podrían atraer a un... —titubeó— gusano. No suelen venir por aquí, pero los escudos siempre los atraen.

«Ha dicho gusano —pensó Hawat—. Pero iba a decir otra cosa. ¿Y qué es lo que espera de nosotros?»

Hawat suspiró.

Nunca se había sentido tan cansado. Los músculos le dolían tanto que ninguna píldora energética podría aliviar la molestia.

¡Esos malditos Sardaukar!

Le embargó la amargura y pensó en esos soldados fanáticos y en la traición imperial que representaban. Pero su evaluación mentat de los hechos le reveló las escasas posibilidades que tenía de probar aquella traición ante el Alto Consejo del Landsraad, donde únicamente podría hacerse justicia.

—¿Deseas reunirte con los contrabandistas? —preguntó el Fremen.

—¿Es posible?

—Queda un largo camino.

«A los Fremen no les gusta decir que no», había dicho Idaho en una ocasión.

—Todavía no me has dicho si tu pueblo puede ayudar a mis heridos —dijo Hawat.

—Están heridos.

«¡Siempre responde igual!»

—¡Sé que están heridos! —espetó Hawat—. Eso no es...

—Paz, amigo —advirtió el Fremen—. ¿Qué es lo que opinan tus heridos? ¿Hay alguno que esté en condiciones de comprender la necesidad de agua de tu tribu?

—No hemos hablado de agua —dijo Hawat—. Nosotros...

—Entiendo tu reticencia —dijo el Fremen—. Son tus amigos, los hombres de tu tribu. ¿Tenéis agua?

—No la suficiente.

El Fremen hizo un gesto hacia la túnica de Hawat, a la zona donde se veía su piel desnuda.

—Os han sorprendido en vuestro sietch, sin los trajes. Tenéis que tomar una decisión sobre el agua, amigo.

—¿Podemos alquilar vuestros servicios?

El Fremen se encogió de hombros.

—No tenéis agua. —Sus ojos recorrieron el grupo de hombres que estaba detrás de Hawat—. ¿De cuántos de tus heridos podrías desprenderte?

Hawat se quedó en silencio y examinó al hombre. Como mentat, se había dado cuenta de que la conversación estaba desfasada. Los sonidos y las palabras no encajaban de la manera habitual.

—Soy Thufir Hawat —dijo—. Puedo hablar en nombre de mi duque. Firmaré un compromiso a cambio de vuestra ayuda. Solo pido una cosa: conservar mis efectivos el tiempo suficiente para ajustar cuentas con una traidora que cree que se ha salido con la suya.

—¿Pretendes que nos unamos a ti en una *vendetta*?

—Yo mismo me encargaré de la *vendetta*. Solo quiero que se me libere de la responsabilidad de mis heridos.

El Fremen frunció el ceño.

—¿Cómo puedes ser tú el responsable de tus heridos? Ellos son los que tienen que responsabilizarse de sí mismos. El agua es un problema, Thufir Hawat. ¿Quieres que sea yo quien tome esa decisión en tu lugar?

El hombre se llevó la mano al arma que ocultaba bajo la túnica.

Thufir se envaró y pensó: «¿Es esto otra traición?».

—¿Qué es lo que temes? —preguntó el Fremen.

«¡Esta gente y su desconcertante franqueza!»

—Han puesto precio a mi cabeza —dijo Hawat con cautela.

—Vaya. —El Fremen retiró la mano del arma—. Creéis que nos pueden corromper. Pero no nos conocéis. Los Harkonnen no tienen el agua suficiente ni para corromper al más pequeño de nuestros niños.

«Pero han pagado a la Cofradía el peaje para más de dos mil naves de combate», pensó Hawat. Y pensar en tanto dinero lo dejó estupefacto.

—Ambos nos enfrentamos a los Harkonnen —dijo Hawat—. ¿No deberíamos compartir los problemas y los medios para triunfar en la batalla?

—Ya lo hacemos —dijo el Fremen—. Os he visto combatir contra los Harkonnen. Sois buenos. Me hubiese gustado contar con vuestras armas en más de una ocasión.

—Solo tienes que pedírnoslo —dijo Hawat.

—¿Quién sabe cuándo volverá a ser necesario? —respondió el Fremen—. Hay efectivos de los Harkonnen por todas partes. Pero aún no has tomado una decisión sobre el agua ni la has dejado en manos de tus heridos.

«Debo ser prudente —pensó Hawat—. Hay algo que se me escapa.»

—¿Podrías enseñarme tus costumbres, las costumbres arrakenas? —preguntó Hawat

—La típica pregunta de un extranjero —dijo el Fremen con

cierto aire de desprecio. Señaló hacia el noroeste, al otro lado de la cresta rocosa—. Vimos cómo cruzabais la arena durante la noche. —Bajó el brazo—. Has hecho que tus hombres marchen por la hondonada de las dunas. Es un error. No tenéis destiltrajes. No tenéis agua. No duraréis mucho.

—No es fácil acostumbrarse a Arrakis —dijo Hawat.

—Cierto. Pero nosotros hemos matado Harkonnen.

—¿Qué hacéis vosotros con los heridos? —preguntó Hawat.

—¿Acaso un hombre no sabe cuándo merece la pena ser salvado? —dijo el Fremen—. Tus heridos saben que no tenéis agua. —Inclinó la cabeza y miró de soslayo a Hawat—. Sin duda es momento de tomar una decisión sobre el agua. Tanto los heridos como los ilesos deben pensar en el futuro de la tribu.

«El futuro de la tribu —pensó Hawat—. La tribu de los Atreides. Tiene sentido.»

Se obligó a sí mismo a hacer la pregunta que había eludido hasta ese momento.

—¿Sabes qué suerte han corrido el duque o su hijo?

—¿Suerte? —Los ojos azules miraron insondables a Hawat.

—¡Lo que les ha deparado el destino! —espetó Hawat.

—El destino que nos espera a todos es el mismo —aseguró el Fremen—. Y, por lo que se dice, tu duque ya se ha encontrado cara a cara con él. En cuanto al Lisan al-Gaib, su hijo, está en las manos de Liet. Y Liet no ha dicho nada.

«Sabía lo que me iba a responder antes de formular la pregunta», pensó Hawat.

Se dio la vuelta para mirar a sus hombres. Todos estaban despiertos. Habían oído la conversación. Miraban con fijeza la arena, y sus pensamientos se reflejaban a la perfección en sus facciones: nunca volverían a Caladan y habían perdido Arrakis.

Hawat se volvió a girar hacia el Fremen.

—¿Sabes algo de Duncan Idaho?

—Estaba en la gran casa cuando cayó el escudo —dijo el Fremen—. Eso es lo que sé... Nada más.

«Fue ella quien desactivó el escudo y dejó entrar a los Harkonnen —pensó—. Pero yo quien vigilaba de espaldas a lo que estaba ocurriendo. ¿Cómo ha podido hacer algo así cuando también supone actuar contra su propio hijo? Pero bueno... ¿quién sabe lo que piensa una bruja Bene Gesserit? Si es que eso se puede denominar pensamiento.»

Hawat intentó tragar saliva con la garganta reseca.

—¿Cuándo sabréis algo del chico?

—Sabemos poco de lo que ocurre en Arrakeen —explicó el Fremen. Se encogió de hombros—. ¿Quién sabe?

—¿Tenéis alguna manera de descubrir qué ha sido de él?

—Quizá. —El Fremen se rascó la cicatriz que tenía junto a la nariz—. Dime, Thufir Hawat, ¿sabes algo de las armas pesadas que han usado los Harkonnen?

«La artillería —pensó Hawat con amargura—. ¿Quién hubiera pensado que iban a usar la artillería en esta época en la que hay tantos escudos?»

—Te refieres a la artillería que han usado para atrapar a nuestros hombres en las cavernas —dijo— Tengo... un conocimiento teórico de esas armas explosivas.

—Todo hombre que se refugia en una caverna que solo tiene una salida merece la muerte —dijo el Fremen.

—¿Por qué me has preguntado por las armas?

—Liet quiere saber.

«¿Eso es lo que quiere de nosotros?», pensó Hawat.

—¿Has venido en busca de información sobre esas grandes armas? —preguntó Hawat.

—A Liet le gustaría examinar por sí mismo una de ellas.

—Pues solo tenéis que ir y cogerla —se burló Hawat.

—Sí —dijo el Fremen—. Eso hemos hecho. La hemos ocultado donde Stilgar pueda estudiarla para Liet y donde Liet pueda verla si así lo desea. Pero dudo que quiera: no es muy buena. Tiene un diseño mediocre para Arrakis.

—¿Habéis... cogido una? —preguntó Hawat.

—Fue un buen combate —explicó el Fremen—. Solo perdimos dos hombres, pero derramamos el agua de más de doscientos enemigos.

«Había Sardaukar junto a esos cañones —pensó Hawat—. ¡Este loco del desierto dice como si nada que solo han perdido dos hombres contra los Sardaukar!»

—No habríamos perdido a esos dos de no haber sido por esos otros que combatían junto a los Harkonnen —dijo el Fremen—. Eran buenos guerreros.

Uno de los hombres de Hawat se acercó cojeando y miró desde arriba al Fremen acuclillado.

—¿Habláis de los Sardaukar?

—Hablamos de los Sardaukar —respondió Hawat.

—¡Sardaukar! —dijo el Fremen con un tono que parecía denotar alegría—. ¡Claro, eso es lo que eran! Entonces fue una noche magnífica. Sardaukar. ¿De qué legión? ¿Lo sabes?

—No... no lo sabemos —dijo Hawat.

—Sardaukar —musitó el Fremen—. Pero llevaban uniformes Harkonnen. ¿No es raro?

—El emperador no quiere que se sepa que combate contra una Gran Casa —dijo Hawat.

—Pero tú sabes que son Sardaukar.

—¿Y quién soy yo? —dijo Hawat con pesadumbre.

—Tú eres Thufir Hawat —dijo el hombre con tono neutral—. Bueno, ya lo descubriremos. Hemos capturado a tres y los hombres de Liet van a interrogarlos.

El ayudante de Hawat habló despacio, y la incredulidad se filtró en cada una de sus palabras:

—¿Habéis... habéis capturado a los Sardaukar?

—Solo a tres —dijo el Fremen—. Luchan bien.

«Ojalá nos hubiese dado tiempo de aliarnos con los Fremen —pensó Hawat. Era un lamento que invadía sus pensamientos—. Ojalá nos hubiese dado tiempo de entrenarlos y darles armas. ¡Gran Madre, habrían sido unos efectivos magníficos!»

—Quizá sea tu preocupación por el Lisan al-Gaib lo que te hace vacilar —dijo el Fremen—. Si de verdad es el Lisan al-Gaib, no hay nada que pueda hacerle daño. No pierdas tu tiempo dándole vueltas a algo que aún desconocemos.

—Yo sirvo al... Lisan al-Gaib —dijo Hawat—. Me preocupa su seguridad. He consagrado mi vida a protegerlo.

—¿Te has consagrado a su agua?

Hawat miró a su ayudante, que seguía mirando fijamente al Fremen, y luego volvió a desviar su atención a la figura acuclillada.

—A su agua, sí.

—¿Deseas volver a Arrakeen, al lugar de su agua?

—Ah... sí, al lugar de su agua.

—¿Por qué no has dicho desde el principio que estaba relacionado con el agua? —El Fremen se levantó y se ajustó bien los tampones de la nariz.

Hawat hizo una seña con la cabeza a su ayudante para que volviera con los demás. El hombre le dedicó un exhausto encogimiento de hombros y obedeció. Hawat oyó que se alzaban unos murmullos en el grupo.

—Siempre hay un camino que conduce al agua —dijo el Fremen.

Un hombre soltó un taco detrás de Hawat. Su ayudante gritó:

—¡Thufir! Arkie acaba de morir.

El Fremen se llevó el puño a la oreja.

—¡El vínculo del agua! ¡Es una señal! —Miró a Hawat—. Aquí cerca tenemos un lugar para hacer acopio del agua. ¿Quieres que llame a mis hombres?

El ayudante regresó junto a Hawat.

—Thufir —dijo—, un par de hombres han dejado a sus mujeres en Arrakeen. Están algo... Bueno, os lo podéis imaginar dada la situación en la que nos encontramos.

El Fremen seguía apretando el puño contra la oreja.

—¿Es el vínculo del agua, Thufir Hawat? —inquirió.

Hawat no dejaba de darle vueltas a todo. Ahora entendía el sentido de las palabras del Fremen, pero temía la reacción de los hombres extenuados que se encontraban bajo el saliente cuando se enterasen.

—El vínculo del agua —dijo Hawat.

—Que nuestras tribus se unan —dijo el Fremen al tiempo que bajaba el puño.

Como si fuese una señal, cuatro hombres se deslizaron hacia abajo por las rocas que tenían encima. Saltaron del saliente, envolvieron el cadáver en una túnica holgada, lo levantaron y se perdieron a la carrera a lo largo de la pared del acantilado que tenían a la derecha. Sus pasos levantaron nubecillas de polvo.

Ocurrió con tanta presteza que los exhaustos hombres de

Hawat no reaccionaron hasta que ya se habían llevado el cuerpo. El grupo de hombres que cargaba con el cadáver envuelto en la túnica desapareció tras unas rocas.

Uno de los hombres de Hawat gritó:

—¿Dónde llevan a Arkie? Estaba...

—Se lo llevan para... enterrarlo —dijo Hawat.

—¡Los Fremen no entierran a sus muertos! —bramó el hombre—. No intentéis engañarnos, Thufir. Sabemos lo que les hacen. Arkie era uno de...

—El Paraíso está asegurado para los que mueren al servicio del Lisan al-Gaib —aseguró el Fremen—. Si, tal y como habéis dicho, es cierto que servís al Lisan al-Gaib, ¿por qué lamentaros? El recuerdo de aquel que ha muerto así perdurará mientras dure la memoria de los hombres.

Pero los hombres de Hawat avanzaron con la ira reflejada en sus rostros. Uno de ellos había conseguido hacerse con una pistola láser. La desenfundó.

—¡Quieto ahí! —espetó Hawat. Luchó contra el agotamiento que se había apoderado de sus músculos—. Este pueblo respeta a nuestros muertos. Sus costumbres son diferentes, pero tienen el mismo significado.

—Van a extraerle toda el agua a Arkie —gruñó el hombre del láser.

—¿Tus hombres desean asistir a la ceremonia? —preguntó el Fremen.

«No entiende cuál es el problema», pensó Hawat. La ingenuidad del Fremen era estremecedora.

—Están alterados por la muerte de un respetado camarada —dijo Hawat.

—Trataremos a vuestro camarada con el mismo respeto con el que tratamos a los nuestros —aseguró el Fremen—. Es el vínculo del agua. Conocemos el ritual. La carne de un hombre le pertenece. El agua pertenece a la tribu.

Hawat replicó al momento, mientras el hombre de la pistola láser dio otro paso al frente:

—¿Ayudaréis ahora a nuestros heridos?

—El vínculo no se cuestiona —dijo el Fremen—. Haremos

por vosotros lo que una tribu hace por sus integrantes. Primero tenemos que conseguiros un traje y atender vuestras necesidades.

El hombre de la pistola láser titubeó.

—¿Estamos comprando vuestra ayuda con la... el agua de Arkie? —dijo el ayudante de Hawat.

—No es comprar —dijo Hawat—. Nos hemos unido a ellos.

—Son otras costumbres —dijo uno de sus hombres.

Hawat empezó a relajarse.

—¿Y nos ayudarán a llegar hasta Arrakeen?

—Mataremos Harkonnen —dijo el Fremen. Sonrió—. Y Sardaukar. —Dio un paso atrás, colocó las manos ahuecadas detrás de las orejas, giró la cabeza y escuchó. Después bajó las manos y dijo—: Se acerca una aeronave. Ocultaos bajo la roca y quedaos quietos.

Hawat hizo un gesto, y sus hombres obedecieron.

El Fremen sujetó a Hawat por el brazo y lo empujó con los demás.

—Combatiremos cuando llegue el momento —dijo. Metió la mano bajo la túnica y extrajo una pequeña jaula de la que sacó una criatura.

Hawat vio que era un minúsculo murciélago. El animalillo giró la cabeza, y Hawat vio que tenía los ojos azul contra azul.

El Fremen acarició al murciélago y le susurró algo para calmarlo. Se inclinó hacia la cabeza del animal y dejó que una gota de saliva cayese de su boca a la del murciélago, que la tenía abierta y miraba hacia arriba. La criatura desplegó las alas, pero permaneció en la mano abierta del Fremen. El hombre cogió un pequeño tubo, lo colocó junto a la cabeza del animal y dijo algo por el otro extremo. Luego levantó la mano y lanzó a la criatura por los aires.

El murciélago aleteó y se perdió detrás del acantilado.

El Fremen cerró la jaula y se la guardó bajo la túnica. Volvió a inclinar la cabeza para escuchar.

—Están rastreando las tierras altas —dijo—. Me pregunto qué buscan allí.

—Saben que nos retiramos en esta dirección —dijo Hawat.

—Uno no debe suponer que es el único objetivo de una cacería —dijo el Fremen—. Mira al otro lado de la depresión. Verás algo.

Pasó un tiempo.

Algunos de los hombres de Hawat se agitaron y empezaron a murmurar.

—Permaneced en silencio, como animales asustados —susurró el Fremen.

Hawat percibió un movimiento en la pared de roca opuesta, manchas confusas del mismo color que la arena.

—Mi pequeño amigo ha entregado el mensaje —dijo el Fremen. Es un buen mensajero, tanto de día como de noche. No me gustaría perderlo.

Cesó el movimiento que había visto al otro lado de la dolina. No había nada de nada en la extensión de cuatro o cinco kilómetros de arena, a excepción del calor del día y la tórrida brisa que cada vez eran más sofocantes.

—Ahora silencio —susurró el Fremen.

Una hilera de figuras surgió de una hendidura que había en las rocas del lado opuesto y empezó avanzar muy despacio por la dolina. A Hawat le parecieron Fremen, pero de ser así era un grupo muy torpe. Contó seis hombres que se desplazaban a paso incierto entre las dunas.

El batir de las alas de un ornitóptero sonó en las alturas, justo detrás del grupo de Hawat. El aparato salió de la parte superior del acantilado que tenían encima: era un tóptero Atreides repintado con los colores de batalla de los Harkonnen. El tóptero se abalanzó en picado sobre los hombres que cruzaban la dolina.

El grupo se detuvo sobre la cresta de una duna y agitó los brazos.

El tóptero describió un círculo cerrado sobre ellos, aterrizó con brusquedad frente a los Fremen y levantó una cortina de arena. Del vehículo salieron cinco hombres, y Hawat vio la silueta resplandeciente de los escudos al rechazar la arena, y también que se movían con la inclemente eficiencia de los Sardaukar.

—¡Aiiihh! Están usando esos estúpidos escudos —susurró

el Fremen junto a Hawat. Miró hacia el acantilado meridional de la dolina.

—Son Sardaukar —murmuró Hawat.

—Bien.

Los Sardaukar se aproximaron al pequeño grupo inmóvil de los Fremen en formación de semicírculo. El sol resplandecía en las hojas de sus armas desenfundadas. Los Fremen los esperaban formando un grupo compacto y parecían indiferentes.

De improviso, unos Fremen emergieron de la arena que rodeaba a ambos grupos. Salieron cerca del ornitóptero y entraron en él. Una nube de arena se elevó en la cresta de la duna en la que se encontraban ambos grupos y desdibujó el impetuoso ajetreo de una batalla.

Cuando la nube se asentó, los Fremen eran los únicos que seguían en pie.

—Solo dejaron a tres hombres en el tóptero —dijo el Fremen junto a Hawat—. Hemos tenido suerte. Lo hemos capturado sin dañarlo.

—¡Eran Sardaukar! —dijo uno de los hombres de Hawat detrás de ellos.

—¿Has visto lo bien que luchaban? —preguntó el Fremen.

Hawat respiró hondo. Olió la arena abrasada que lo rodeaba, sintió el calor asfixiante y la sequedad. Una sequedad que pareció apoderarse de su voz cuando dijo:

—Sí, luchaban muy bien.

El tóptero capturado despegó con un gran batir de alas, elevó el morro y viró hacia el sur mientras desplegaba las alas.

«Así que los Fremen también saben conducir tópteros», pensó Hawat.

En la duna distante, un Fremen ondeó un retal de tela verde: una vez... dos veces.

—¡Llegan más! —exclamó el Fremen junto a Hawat—. Preparaos. Esperaba que pudiésemos irnos sin más inconvenientes.

«¡Inconvenientes!», pensó Hawat.

Vio cómo dos tópteros más aparecían por el oeste a gran altura y se precipitaban hacia la cresta de la duna donde ya no se atisbaba ningún Fremen. En aquel lugar, testigo de la violencia, solo quedaban ocho manchas azules: los cuerpos de los Sardaukar con uniformes Harkonnen.

Otro tóptero planeó sobre la pared del acantilado que Hawat tenía detrás. Se sobresaltó al verlo: era un gran transporte de tropas. Se desplazaba despacio, con las alas desplegadas y la demora propia de estar cargado al máximo, como un pájaro gigantesco que volviera al nido.

En la distancia, el dedo púrpura de un láser surgió de uno de los ornitópteros que descendía en picado. Recorrió la superficie y levantó nubes de arena.

—¡Los cobardes! —gruñó el Fremen junto a Hawat.

El transporte de tropas se dirigió a la cima en la que estaban los cuerpos vestidos de azul. Desplegó las alas al máximo y empezó a girarlas para frenar con brusquedad.

Un rayo de sol reflejado en una superficie metálica que había al sur llamó la atención de Hawat. Se trataba de un tóptero que caía en picado con toda la potencia de sus motores, las alas replegadas a los costados y los propulsores dejando tras de sí una llama dorada que se recortaba contra el argénteo y oscuro gris del cielo. Se abalanzó como una flecha contra el transporte de tropas, cuyo escudo estaba desactivado a causa de los láseres que operaban a su alrededor. Lo embistió de lleno.

Un retumbar atronador sacudió toda la depresión. Las rocas se precipitaron por las paredes de todos los acantilados que la rodeaban. Un géiser rojo y anaranjado se elevó hacia el cielo en el lugar donde estaban aterrizando el transporte y los otros tópteros. Las llamas lo consumieron todo.

«Ha sido el Fremen que estaba a bordo del tóptero capturado —pensó Hawat—. Se ha sacrificado deliberadamente para destruir el transporte. ¡Gran Madre! ¿De qué son capaces estos Fremen?»

—Ha sido un intercambio razonable —dijo el Fremen junto a Hawat—. En ese transporte debía de haber unos trescientos hombres. Ahora tenemos que hacernos con su agua y ver cómo conseguir otra aeronave. —Salió del abrigo de las rocas.

Una lluvia de uniformes azules cayó sobre ellos desde lo alto del saliente, flotando con los suspensores al mínimo. A Hawat le dio tiempo a ver que eran Sardaukar con rostros despiadados retorcidos por el frenesí de la batalla, que no llevaban escudos y que empuñaban un cuchillo en una mano y un aturdidor en la otra.

Uno lanzó un cuchillo que se hundió en la garganta del Fremen que se encontraba junto a Hawat. El impacto lo tiró al suelo, bocabajo y con el gesto desencajado. A Hawat solo le dio tiempo de desenfundar su arma antes de que el proyectil de un aturdidor lo sumiera en las tinieblas más profundas.

Muad'Dib podía ver el Futuro de verdad, pero hay que comprender los límites de su poder. Pensad en la vista. Uno tiene los ojos, pero no puede ver sin luz. Si uno está en el fondo de un valle, no puede ver más allá de dicho valle. De igual manera, Muad'Dib no podrá mirar siempre hacia el misterioso paisaje del futuro. Nos dice que la más mínima decisión profética, la elección de una palabra en lugar de otra, por ejemplo, puede cambiar por completo el aspecto del futuro. Nos dice: «La visión es amplia, pero cuando uno la atraviesa se convierte en una puerta muy estrecha». Él siempre huía de la tentación de escoger un camino claro y seguro y advertía: «Ese sendero conduce inevitablemente al estancamiento».

De *El despertar de Arrakis*,
por la princesa Irulan

Paul aferró a Jessica por el brazo cuando los ornitópteros empezaron a planear sobre ellos en el cielo nocturno.

—¡No te muevas! —espetó.

Luego vio el aparato que iba en cabeza a la luz de la luna, vislumbró cómo replegaba las alas e intuyó el temerario movimiento de las manos que controlaban el vehículo.

—Es Idaho —susurró.

El aparato y su escuadrón se posaron en la hondonada como una bandada de pájaros que regresara al nido. Idaho saltó fuera del tóptero y corrió hacia ellos antes de que la nube de polvo volviera a posarse. Le seguían dos figuras ataviadas con túnicas Fremen. Paul reconoció una de ellas: Kynes, alto y con la barba del color de la arena.

—¡Por aquí! —dijo Kynes al tiempo que se desviaba a la izquierda.

Detrás de Kynes, otros Fremen cubrían los ornitópteros con lonas de tela. Los aparatos se convirtieron en una hilera de dunas.

Idaho detuvo su carrera frente a Paul y saludó:

—Mi señor, los Fremen tienen un refugio temporal cerca donde podremos...

—¿Qué está ocurriendo allí?

Paul señaló hacia la batalla sobre el lejano acantilado: las llamaradas de los propulsores, los rayos púrpura de los láseres que se entrecruzaban en el desierto.

Una extraña sonrisa iluminó la cara redonda y sosegada de Idaho.

—Mi señor... les he preparado una pequeña sor...

Un resplandor blanco, cegador y de una intensidad parecida a la del sol inundó el desierto y proyectó sombras en las rocas en las que se encontraban. Con un solo movimiento, Idaho cogió el brazo de Paul con una mano, el hombro de Jessica con la otra y los empujó para bajar del saliente hacia la depresión. Rodaron por la arena al tiempo que el rugido de una explosión atronaba sobre ellos. La onda expansiva levantó pedazos de roca del saliente en el que se encontraban hacía un momento.

Idaho se sentó y se sacudió la arena.

—¡No, las atómicas familiares! —dijo Jessica—. Creía...

—Dejaste un escudo en ese lugar —dijo Paul.

—Uno grande y a máxima potencia —explicó Idaho—. El rayo de un láser lo ha rozado y... —Se encogió de hombros.

—Fusión subatómica —dijo Jessica—. Es un arma peligrosa.

—No es un arma, mi dama, solo una defensa. A partir de

ahora, esos canallas se lo pensarán dos veces antes de volver a usar un láser.

Los Fremen de los ornitópteros se detuvieron por encima de ellos. Uno dijo en voz baja:

—Deberíamos ponernos a cubierto, amigos.

Paul se levantó mientras Idaho ayudaba a Jessica a hacer lo propio.

—La explosión va a llamar mucho la atención, señor —dijo Idaho.

«Señor», pensó Paul.

La palabra le sonó rara ahora que iba dirigida a él. Su padre siempre había sido el «señor».

Sintió que sus poderes de presciencia afloraban por un instante y se vio presa de la salvaje consciencia racial que conducía al universo humano hacia el caos. La visión lo dejó perturbado y permitió a Idaho conducirle por el borde de la depresión hacia un saliente rocoso. En aquel lugar, los Fremen abrían un camino a través de la arena con sus compresores estáticos.

—¿Puedo llevar vuestra mochila, señor? —preguntó Idaho.

—No pesa, Duncan —dijo Paul.

—No tenéis escudo corporal —dijo Idaho—. ¿Queréis el mío? —Echó un vistazo al distante acantilado—. No creo que sigan utilizando los láseres.

—Quédate el escudo, Duncan. Tu brazo derecho es protección suficiente para mí.

Jessica observó el efecto que causaba el halago y cómo Idaho se acercaba más a Paul. Luego pensó: «Mi hijo sabe cómo tratar a los suyos».

Los Fremen apartaron un bloque de roca que bloqueaba un pasaje que se internaba hacia el complejo subterráneo que los nativos tenían en el desierto. La entrada estaba cubierta por una lona de camuflaje.

—Por aquí —dijo uno de los Fremen mientras los conducía hacia la oscuridad por una escalera esculpida en la roca.

La lona bloqueó la luz de la luna. Un resplandor tenue y verdoso apareció ante ellos y reveló los peldaños, las paredes de roca y una desviación hacia la izquierda. Estaban rodeados por todas partes por Fremen embozados en túnicas que los empujaban hacia delante. Doblaron la esquina y se toparon con otro camino inclinado hacia abajo que terminó por abrirse a una cámara subterránea de paredes irregulares.

Kynes apareció frente a ellos, con la capucha de su jubba echada sobre los hombros. El cuello de su destiltraje relucía a la luz verdosa. Su pelo largo y su barba estaban despeinados. Los ojos azules sin rastro de blanco eran dos pozos oscuros bajo sus pobladas cejas.

Al verlo, Kynes pensó: «¿Por qué ayudo a esta gente? Es lo más peligroso que he hecho nunca. Podrían arrastrarme con ellos a la perdición».

Después miró directamente a Paul y vio a un muchacho que acababa de asumir la pesada carga de un adulto y que ocultaba su dolor y sus sentimientos, que solo evidenciaba la posición que había tenido que aceptar: el ducado. En ese momento, Kynes se dio cuenta de que el ducado seguía existiendo gracias a ese muchacho y que era algo que no podía tomarse a la ligera.

Jessica echó un vistazo por toda la cámara y la registró con sus sentidos a la Manera Bene Gesserit: un laboratorio, una zona civil llena de ángulos y de aristas estructurados como en la antigüedad.

—Es una de las Estaciones Ecológicas Experimentales del Imperio que mi padre quería usar como bases de avanzada —dijo Paul.

«¡Que quería su padre!», pensó Kynes.

Luego se preguntó: «¿Soy tan imbécil como para ayudar a estos fugitivos? ¿Por qué lo hago? Sería tan fácil capturarlos ahora mismo y comprar con ellos la confianza de los Harkonnen».

Paul imitó a su madre e inspeccionó la cámara con la mirada. Vio el banco de trabajo a un lado y las paredes de piedra basta; también instrumentos alineados en el banco: diales luminosos, separadores electrostáticos de los que surgían tubos de vidrio acanalado. El lugar estaba impregnado de un fuerte aroma a ozono.

Algunos de los Fremen se acercaron a un rincón disimulado de la estancia, donde empezaron a oírse nuevos sonidos: los zumbidos de una máquina, los chirridos de las cintas rotatorias y los multidiscos.

Al fondo de la cámara, Paul vio algunas jaulas con pequeños animales apiladas contra la pared.

—Habéis identificado bien este lugar —dijo Kynes—. ¿Para qué lo utilizaríais, Paul Atreides?

—Para convertir este planeta en un lugar habitable para los seres humanos —respondió Paul.

«Quizá los ayude por eso», pensó Kynes.

Los sonidos de la máquina se interrumpieron de improviso y se hizo el silencio. Se oyó el chillido de uno de los animales de las jaulas. Luego cesó de repente, como avergonzado.

Paul volvió a fijarse en las jaulas y vio que los animales eran murciélagos con las alas de color pardo. Un comedero automático se extendía por la pared que estaba junto a las jaulas.

Un Fremen surgió de la zona más recóndita de la estancia y le dijo a Kynes:

—Liet, el equipo del generador de campo no funciona. No puedo ocultar nuestra presencia a los detectores de proximidad.

—¿Puedes repararlo? —preguntó Kynes.

—No será rápido. Las piezas... —El hombre se encogió de hombros.

—Sí —dijo Kynes—. Entonces nos las arreglaremos sin máquinas. Consigue una bomba manual para conectarla a la superficie.

—Enseguida. —El hombre se alejó a la carrera.

Kynes se giró hacia Paul.

—Me ha gustado vuestra respuesta —dijo.

Jessica notó el timbre afectuoso de la voz del hombre. Era una voz regia y acostumbrada a mandar. Y el otro hombre le había llamado Liet. Liet era su *alter ego* Fremen, la otra cara del tranquilo planetólogo.

—Os estamos muy agradecidos por vuestra ayuda, doctor Kynes —dijo Jessica.

—Bueno... ya veremos —dijo Kynes. Hizo una señal con la cabeza a uno de sus hombres—. Café de especia a mis habitaciones, Shamir.

—De inmediato, Liet —dijo el hombre.

Kynes señaló hacia una arcada abierta en la pared de la cámara.

—Por favor.

Jessica asintió con gesto ceremonioso antes de seguirlo. Vio que Paul hacía una seña a Idaho para indicarle que montara guardia.

La abertura tenía dos pasos de ancho y una puerta muy pesada que se abría a un despacho cuadrado iluminado por globos dorados. Jessica tocó la superficie de la puerta al pasar y se sorprendió al descubrir que era de plastiacero.

Paul dio tres pasos en la estancia y dejó caer la mochila al suelo. Oyó la puerta cerrarse tras él y examinó el lugar: unos ocho metros de lado y paredes de roca natural de color ocre interrumpidas por una serie de archivadores metálicos que tenían a la derecha. Un escritorio bajo con superficie de vidrio de color lechoso constelado de burbujas amarillentas ocupaba el centro de la estancia. Cuatro sillas a suspensor rodeaban la mesa.

Kynes rodeó a Paul y ofreció una silla a Jessica. La mujer se sentó mientras se fijaba en cómo su hijo examinaba la estancia.

Paul permaneció de pie un instante más. Una leve irregularidad en el flujo de aire de la estancia le reveló que había una salida secreta disimulada en los archivadores metálicos.

—¿Os sentáis, Paul Atreides? —preguntó Kynes.

«Evita nombrarme por mi título», pensó Paul. Pero aceptó la silla y se quedó en silencio mientras Kynes se sentaba.

—Intuís que Arrakis podría ser un paraíso —dijo Kynes—. ¡Sin embargo, como podéis ver, el Imperio solo envía a sus adiestrados espadachines en busca de la especia!

Paul levantó el pulgar con el sello ducal.

—¿Veis este anillo?

—Sí.

—¿Conocéis su significado?

Jessica se giró para mirar a su hijo.

—Vuestro padre yace muerto en las ruinas de Arrakeen —dijo Kynes—. Técnicamente, sois el duque.

—Soy un soldado del Imperio —dijo Paul—. Uno de esos «espadachines», técnicamente.

El rostro de Kynes se ensombreció.

—¿Incluso cuando son los Sardaukar del emperador los que pisotean el cuerpo de vuestro padre?

—Los Sardaukar son una cosa; la fuente legal de mi autoridad, otra —dijo Paul.

—Arrakis tiene su propia manera de determinar a quién otorga la autoridad —dijo Kynes.

Jessica se giró para mirarlo y pensó: «En este hombre hay acero que nadie ha sido capaz de templar... y necesitamos acero. Paul está haciendo algo peligroso».

—La presencia de los Sardaukar en Arrakis indica hasta qué punto nuestro bienamado emperador temía a mi padre —explicó Paul—. Ahora soy yo quien le dará al emperador Padishah razones para temer...

—Muchacho —dijo Kynes—, hay cosas que no...

—Dirigíos a mí como señor o mi señor —dijo Paul.

«Tranquilidad», pensó Jessica.

Kynes miró a Paul, y Jessica notó un atisbo de admiración en el rostro del planetólogo, un indicio de alegría.

—Señor —dijo Kynes.

—Soy una molestia para el emperador —continuó Paul—. Soy una molestia para todos aquellos que quieren repartirse Arrakis para expoliarlo. ¡Quiero continuar siendo esa molestia mientras viva, un palo clavado en su garganta que acabe por ahogarlos y matarlos!

—Palabras —dijo Kynes.

Paul lo miró. Luego dijo:

—Por aquí tenéis la leyenda del Lisan al-Gaib, la Voz del Otro Mundo, el que conducirá a los Fremen al paraíso. Vuestros hombres tienen...

—¡Es una superstición! —espetó Kynes.

—Quizá —aceptó Paul—. O quizá no. A veces las supersticiones tienen orígenes extraños y ramificaciones insólitas.

—Tenéis un plan —dijo Kynes—. Está claro, señor.

—¿Podrían vuestros Fremen darme una buena prueba de que los Sardaukar llevan uniformes Harkonnen?

—Lo más seguro.

—El emperador volverá a poner a un Harkonnen en el poder —dijo Paul—. Quizá incluso a la Bestia Rabban. Que lo haga. Cuando se haya involucrado hasta tal punto que no pueda escapar de su culpabilidad, tendrá que afrontar la posibilidad de recibir un Acta de Acusación presentada ante el Landsraad. Que responda ante...

—¡Paul! —dijo Jessica.

—Suponiendo que el Alto Consejo del Landsraad acepte el caso —dijo Kynes—, es algo que solo puede acabar de una manera: en un conflicto generalizado entre el Imperio y las Grandes Casas.

—El caos —dijo Jessica.

—Pero antes, presentaré mis acusaciones al emperador y le ofreceré una alternativa al caos —explicó Paul.

—¿Un chantaje? —dijo Jessica con tono neutral.

—Una de las herramientas del poder, como tú misma has dicho —dijo Paul, y Jessica notó la amargura en su voz—. El emperador no tiene hijos, solo hijas.

—¿Aspiras al trono? —preguntó Jessica.

—El emperador no querrá arriesgarse a ver el Imperio derrumbarse ante una guerra abierta —dijo Paul—. Planetas arrasados, disturbios en todas partes... no se arriesgará.

—Es una apuesta temeraria —dijo Kynes.

—¿Qué es lo que más temen las Grandes Casas del Landsraad? —preguntó Paul—. Lo que ocurre en este preciso momento en Arrakis: que los Sardaukar las destruyan una a una. Por eso existe un Landsraad. Es el pegamento que une la Gran Convención. Las casas necesitan estar unidas para poder enfrentarse a las fuerzas imperiales.

—Pero son...

—Eso temen —dijo Paul—. Arrakis podría convertirse en una arenga unificadora. Todas las casas se sentirán identificadas con mi padre, al que el Imperio ha aislado para acabar con su vida.

Kynes se dirigió a Jessica.

—¿Funcionaría un plan así?

—No soy mentat —dijo Jessica.

334

—Pero sois Bene Gesserit.

Jessica le dedicó una mirada penetrante.

—El plan tiene puntos buenos y puntos malos, como cualquier plan a estas alturas —explicó Jessica—. Un plan depende tanto de su ejecución como de su concepción.

—«La ley es la ciencia definitiva» —recitó Paul—. Es lo que se halla escrito sobre la puerta del emperador. Quiero mostrarle cuál es la ley.

—No estoy seguro de poder otorgarle mi confianza a la persona que ha concebido este plan —dijo Kynes—. Arrakis tiene su propio plan, y nosotros...

—Desde el trono —dijo Paul—, podría convertir Arrakis en un paraíso con un solo gesto de mi mano. Ese es el pago que ofrezco por vuestro apoyo.

Kynes se envaró.

—Mi lealtad no está a la venta, señor.

Paul miró con fijeza al otro lado del escritorio, se enfrentó a la fría mirada de esos ojos azul contra azul y analizó el rostro barbudo y el gesto autoritario. Una austera sonrisa se dibujó en sus labios.

—Bien dicho —dijo—. Pido disculpas.

Kynes sostuvo la mirada de Paul.

—Ningún Harkonnen ha admitido nunca sus errores —dijo—. Quizá los Atreides no seáis como ellos.

—Podría ser un defecto de su educación —dijo Paul—. Decís que no estáis en venta, pero sigo pensando que puedo ofreceros un pago que aceptaréis. Os ofrezco mi lealtad a cambio de la vuestra. Una lealtad absoluta.

«Mi hijo posee la sinceridad de los Atreides —pensó Jessica—. Ese honor extraordinario y casi ingenuo. Una cualidad que tiene una fuerza tremenda.»

Vio que las palabras de Paul habían impresionado a Kynes.

—Absurdo —dijo Kynes—. No sois más que un muchacho y...

—Soy el duque —dijo Paul—. Soy un Atreides. Ningún Atreides ha faltado a su palabra.

Kynes tragó saliva.

—Cuando digo «absoluta» —dijo Paul—, quiero decir sin reservas. Daría mi vida por vos.

—¡Señor! —dijo Kynes.

Era como si Paul le hubiese arrancado la palabra de las entrañas, pero en ese momento Jessica se dio cuenta de que el hombre ya no hablaba a un muchacho de quince años, sino a un hombre, a un superior. Kynes lo había dicho en serio.

«En este momento, daría su vida por Paul —pensó Jessica—. ¿Cómo lo consiguen los Atreides con tanta rapidez y facilidad?»

—Sé que sois sincero —continuó Kynes—. Pero los Harkonnen...

La puerta que Paul tenía detrás se abrió con fuerza. Se dio la vuelta y descubrió una explosión de violencia: gritos, el entrechocar del acero, rostros sudados y contorsionados.

Paul se abalanzó hacia la puerta con su madre al lado y vio que Idaho se acercaba con los ojos inyectados en sangre y resplandecientes brillando a través del confuso halo del escudo. Eran muchas las manos que intentaban sujetarlo y, detrás de él, resplandecían destellos de acero al toparse con el escudo, que también repelió la descarga anaranjada de un aturdidor. Las armas de Idaho penetraban en la carne que lo rodeaba, cortaban, cercenaban y chorreaban sangre.

Entonces, Kynes se colocó junto a Paul y ambos apoyaron todo su peso contra la puerta para cerrarla.

Lo último que Paul vio de Idaho fue al hombre de pie ante un enjambre de uniformes Harkonnen, vio sus ademanes firmes y controlados y su tupida cabellera negra manchada con el mortífero adorno de una flor escarlata. Después la puerta se cerró, y se oyó un chasquido cuando Kynes la atrancó.

—Creo que ya he tomado una decisión —dijo Kynes.

—Alguien detectó vuestras máquinas antes de desconectarlas —dijo Paul. Alejó a su madre de la puerta y vio la desesperación que emanaba de sus ojos.

—Debí sospechar al ver que no llegaba el café —dijo Kynes.

—Hay una vía de escape —dijo Paul—. ¿Podemos usarla?

Kynes respiró hondo.

—Esta puerta debería resistir veinte minutos como mínimo, a menos que utilicen los láseres —dijo.

—No van a utilizar los láseres por miedo a que tengamos escudos —dijo Paul.

—Eran Sardaukar con uniformes Harkonnen —susurró Jessica.

Se oyeron rítmicos aporreos contra la puerta.

Kynes señaló los archivadores de la pared de la derecha.

—Por aquí —dijo. Se acercó al primer archivador, abrió un cajón y movió una palanca en el interior. Toda la batería de archivadores se abrió y dejó al descubierto la boca negra de un túnel—. Esa puerta también es de plastiacero.

—Estáis bien preparado —dijo Jessica.

—Hemos vivido ochenta años bajo el yugo de los Harkonnen —dijo Kynes. Los empujó hacia las tinieblas y cerró la puerta a sus espaldas.

Jessica vio una flecha luminosa en el suelo de la repentina oscuridad.

La voz de Kynes resonó tras ellos:

—Aquí nos separamos. Esta puerta es mucho más resistente. Aguantará al menos una hora. Seguid las flechas del suelo, como esa. Se apagarán a vuestro paso. Os guiarán a través del laberinto hasta otra salida donde he ocultado un tóptero. Esta noche hay tormenta en el desierto. Vuestra única esperanza es ir a su encuentro, volar por encima y seguirla. Así es como procede mi pueblo para robar los tópteros. Si os mantenéis a buena altura, sobreviviréis.

—Pero ¿y vos? —preguntó Paul.

—Intentaré escapar de otra manera. Si me capturan... bueno, sigo siendo el planetólogo imperial. Puedo decir que era vuestro prisionero.

«Huimos como cobardes —pensó Paul—. Pero ¿para qué iba a sobrevivir si no es para vengar a mi padre?»

Se volvió hacia la puerta, y Jessica captó su movimiento.

—Duncan está muerto, Paul —dijo—. Viste la herida. No puedes hacer nada por él.

—Algún día pagarán por esto —dijo Paul.

—No, a menos que os apresuréis —dijo Kynes.

Paul sintió la mano del planetólogo en el hombro.

—¿Cuándo volveremos a encontrarnos, Kynes? —preguntó Paul.

—Enviaré a los Fremen a buscaros. Conocen la ruta de la tormenta. Apresuraos, y que la Gran Madre os dé velocidad y suerte.

Oyeron sus pasos alejarse en las tinieblas.

Jessica cogió a Paul de la mano y tiró de él con suavidad.

—No debemos separarnos —dijo.

—Bien.

La siguió a través de la primera flecha, que se apagó cuando sus pies la tocaron. Otra flecha se iluminó ante ellos.

La cruzaron, se volvió a apagar y se encendió otra más adelante.

Empezaron a correr.

«Planes en los planes en los planes de los planes —pensó Jessica—. ¿Acaso formamos parte del plan de otra persona?»

Las flechas los guiaron a través de esquinas y caminos que apenas se vislumbraban en la tenue luminiscencia. Descendieron durante un tiempo para luego volver a ascender. Continuaron subiendo hasta que llegaron a unos peldaños, giraron una última vez y se encontraron ante una pared luminiscente con una manija negra visible en el centro.

Paul tiró de la manija.

La pared se deslizó a un lado. Se encendió una luz que reveló una caverna esculpida en la roca con un ornitóptero posado en el centro. Al otro lado del vehículo había una pared gris y lisa con una señal que indicaba que había otra puerta.

—¿Dónde habrá ido Kynes? —preguntó Jessica.

—Ha hecho lo que haría todo buen jefe de guerrilleros —dijo Paul—. Nos ha separado en dos grupos y lo ha dispuesto todo para que le sea imposible revelar dónde estamos si lo capturan, ya que es cierto que no lo sabe.

Paul arrastró a su madre a la caverna y notó cómo levantaban nubes de polvo a cada paso que daban.

—Nadie ha pasado por aquí desde hace mucho tiempo —dijo.

—Parecía muy seguro de que los Fremen nos encontrarían —dijo Jessica.

—Comparto su seguridad.

Paul le soltó la mano, se acercó a la portezuela izquierda del ornitóptero, la abrió y colocó su mochila en la parte de atrás.

—Este aparato cuenta con enmascaramiento de proximidad —dijo—. El panel de mandos controla las puertas y las luces a distancia. Ochenta años sufriendo a los Harkonnen les han enseñado a ser previsores.

Jessica se apoyó en el otro lado del aparato para recuperar el aliento.

—Los Harkonnen tendrán la región vigilada. No son estúpidos. —Jessica consultó su sentido de la orientación y luego señaló hacia la derecha—. La tormenta está por allí.

Paul asintió al tiempo que se enfrentaba a una repentina reticencia a moverse. Conocía la razón, pero el hecho de saberlo no le ayudaba en nada. En algún momento de la noche, había realizado un vínculo decisivo con algo profundo y desconocido. Conocía las regiones temporales que le circundaban, pero el aquí y ahora seguía siendo un misterio. Era como si se hubiera visto a sí mismo desde lejos perdiéndose al internarse en un valle. En la infinidad de caminos de dicho valle, había algunos que volverían a traer a Paul Atreides a un lugar visible, pero también muchos que no.

—Cuanto más esperemos, mejor preparados estarán —dijo Jessica.

—Entra y abróchate el cinturón —indicó Paul.

Subió al ornitóptero sin dejar de pensar que estaban en un punto ciego que no había aparecido en ninguna de sus visiones prescientes. Fue entonces cuando de improviso se dio cuenta de que cada vez confiaba más en esos recuerdos prescientes y que eso lo había debilitado en aquel momento de emergencia.

«Si solo confías en tu mirada, el resto de tus sentidos se debilitarán.» Era un axioma Bene Gesserit. Lo aceptó y se juró a sí mismo no caer nunca más en esa trampa... si lograba sobrevivir.

Se abrochó el arnés de seguridad, revisó que su madre estuviese asegurada e inspeccionó el vehículo. Las alas estaban desplegadas del todo y sus delicadas nervaduras metálicas extendidas. Tocó la palanca retráctil y comprobó cómo se replegaban para el impulso de despegue de los propulsores, tal y como le había enseñado Gurney Halleck. El contacto se movió sin problema. Los diales del panel se iluminaron cuando encendió los propulsores. Las turbinas emitieron un silbido grave.

—¿Lista? —preguntó.

—Sí.

Tocó el control de las luces.

Quedaron sumidos en las tinieblas.

Su mano era poco más que una sombra que se desplazaba por los diales luminosos cuando pulsó los controles de la puerta. Se oyó un estridente chirrido ante ellos. Vieron caer una cascada de arena, y luego se hizo el silencio. Una brisa cargada de polvo azotó las mejillas de Paul. Cerró su portezuela y sintió la presión interna de la cabina.

Donde antes se encontraba la puerta apareció una amplia franja de estrellas emborronadas por la arena y rodeadas por la oscuridad del interior. La tenue luz de las estrellas iluminaba una plataforma de rocas y también las dunas.

Paul pulsó el botón de la secuencia automática de despegue. Las alas comenzaron a batir y sacaron al tóptero de aquel nido. Los propulsores expulsaron la energía mientras las alas se fijaban para el despegue.

Jessica colocó las manos sobre los controles de apoyo, pero se dejó llevar por los precisos movimientos de su hijo. Tenía miedo, pero al mismo tiempo estaba emocionada.

«El adiestramiento de Paul es nuestra única esperanza —pensó—. Su decisión y su juventud.»

Paul dio más potencia a los propulsores. El tóptero se inclinó hacia arriba y los aplastó contra los asientos mientras una pared oscura se recortaba contra las estrellas que tenían delante. Las alas se desplegaron del todo y aumentó la potencia. Otro batir, y sobrevolaron las rocas, aristas y salientes moteados por el resplandor argénteo de las estrellas. La segunda luna, roja y emborronada por una capa de arena, apareció en el horizonte a su derecha y reveló la cola de la tormenta.

Las manos de Paul danzaron sobre los controles. Las alas se replegaron y adquirieron el aspecto de los élitros de un escarabajo. La aceleración volvió a aplastarlos contra el asiento cuando el vehículo realizó otro giro brusco.

—¡Propulsores detrás! —gritó Jessica.

—Los he visto.

Empujó a fondo la palanca de potencia.

El tóptero salió disparado como un animal asustado y aceleró hacia el sudoeste, en dirección a la tormenta y a la gran curva del desierto. Paul descubrió que, no muy lejos, unas sombras dispersas revelaban dónde terminaba la línea de las rocas que ocultaba aquel complejo subterráneo. Delante de ellos, las incontables dunas proyectaban sombras con forma de uña gracias a la luz de la luna.

Y sobre el horizonte se erigía la inmensidad de la tormenta, como una muralla recortada contra las estrellas.

Algo sacudió el tóptero.

—¡Artillería! —jadeó Jessica—. Están usando armas de proyectil.

Jessica vio que una sonrisa salvaje se dibujaba de repente en el rostro de Paul.

—Al parecer, están evitando usar los láseres —dijo el chico.

—¡Pero no tenemos escudos!

—¿Y acaso lo saben?

El tóptero volvió a sacudirse.

Paul se giró para mirar detrás.

—Solo uno de sus vehículos parece lo bastante veloz como para seguirnos el ritmo.

Volvió a centrarse en los mandos y vio que la pared de la tormenta seguía creciendo frente a ellos. Parecía algo muy sólido que se les venía encima.

—Lanzaproyectiles, misiles... El antiguo armamento. Es parte de lo que daremos a los Fremen —susurró Paul.

—La tormenta —anunció Jessica—. ¿No sería mejor dar media vuelta?

—Pero ¿y el vehículo que nos sigue?

—Están frenando.

—¡Ahora!

Paul replegó las alas, viró con brusquedad hacia el lento y engañoso bullir de la tormenta y sintió cómo la aceleración tensaba sus mejillas.

Le dio la impresión de que planeaban por una nube de polvo que se hacía cada vez más densa, hasta que terminó por desdibujar por completo el desierto y la luna. El tóptero se convirtió en una voluta alargada y horizontal de oscuridad que solo quedaba iluminada por la verdosa luminiscencia del panel de instrumentos.

Por la mente de Jessica pasaron en un instante todas las advertencias que había oído con respecto a esas tormentas: cortaban el metal como si fuera mantequilla, corroían la carne hasta los huesos y luego los consumían hasta el tuétano. Sintió el traqueteo de la arena al golpear contra el vehículo y cómo el viento viraba la nave mientras Paul se afanaba con los controles. Jessica le vio desactivar los propulsores y sintió que la nave corcoveaba. El metal que los rodeaba gimió y tembló.

—¡Arena! —gritó Jessica.

Percibió cómo Paul negaba con la cabeza a la débil luz del panel.

—No hay mucha a esta altura.

Pero ella sintió que se sumergían aún más en aquel torbellino.

Paul extendió las alas al máximo y las oyó chirriar por la presión. Tenía la mirada fija en los controles, guiaba la nave por instinto para conseguir más altitud.

El ruido empezó a disminuir.

El tóptero empezó a virar a la izquierda. Paul se concentró para mantener la esfera luminosa de los controles en la curva de altitud y conseguir así mantener el aparato en la línea de vuelo.

Jessica tuvo la escalofriante impresión de que se habían detenido y todos los movimientos provenían del exterior. El sutil color pardo que se agitaba en las ventanas y un silbido atronador le recordaron las fuerzas que se desencadenaban a su alrededor.

«El viento debe alcanzar los setecientos u ochocientos kilómetros por hora —pensó. Sintió la punzada de la adrenalina en su flujo sanguíneo—. No conoceré el miedo —se dijo, boqueando para sí las palabras de la letanía Bene Gesserit—. El miedo mata la mente.»

Poco a poco, los largos años de adiestramiento prevalecieron.

Volvió a calmarse.

—Nos hemos metido en la boca del lobo —susurró Paul—. No podemos descender, no podemos aterrizar... y no creo que consiga la altitud suficiente para escapar. Tendremos que cruzarla por el interior.

Jessica volvió a perder la calma. Sintió el castañeteo de sus dientes y los apretó con fuerza. Luego oyó cómo Paul recitaba la letanía con voz baja y calmada:

—El miedo mata la mente. El miedo es la pequeña muerte que conduce a la destrucción total. Afrontaré mi miedo. Permitiré que pase sobre mí y a través de mí. Y cuando haya pasado, giraré mi ojo interior para escrutar su camino. Allá donde haya pasado el miedo ya no habrá nada. Solo estaré yo.

¿Qué es lo que desprecias? Por ello serás conocido.

De *Manual de Muad'Dib*,
por la princesa Irulan

—Están muertos, barón —dijo Iakin Nefud, el capitán de la guardia—. Tanto la mujer como el muchacho están muertos, sin duda.

El barón Vladimir Harkonnen se incorporó en los suspensores de sueño de sus aposentos. Fuera de esas estancias y envolviéndole como un huevo de múltiples cáscaras, se hallaba la fragata espacial que había atracado en Arrakis. Pero en sus habitaciones, el frío metal de la nave se disimulaba con tapices, tela acolchada y exquisitas obras de arte.

—Es cierto —dijo el capitán de la guardia—. Están muertos.

El barón agitó su orondo cuerpo en los suspensores y centró su atención en una estatua de ebalina que representaba a un muchacho saltando y que estaba sobre una hornacina al otro lado de la estancia. Se terminó de despertar. Ajustó los suspensores acolchados bajo los gruesos pliegues de su cuello y, a la luz del único globo del dormitorio, contempló la puerta donde se hallaba el capitán Nefud, al otro lado del pentaescudo.

—Están muertos, sin duda, barón —repitió el hombre.

El barón vio rastro de semuta en la mirada perdida de Nefud. Era obvio que el hombre se encontraba bajo los efectos de la droga en el momento en que había recibido aquel informe y que había tomado el antídoto justo antes de acudir ante él.

—Tengo un informe completo —dijo Nefud.

«Vamos a hacerle sudar un poco —pensó el barón—. Las herramientas del poder siempre deben estar afiladas y a punto. Poder y miedo, afilados y a punto.»

—¿Has visto los cadáveres? —bramó el barón.

Nefud titubeó.

—¿Y bien?

—Mi señor... se les ha visto precipitarse hacia una tormenta de arena... una con vientos de más de ochocientos kilómetros por hora. Nada sobreviviría a una tormenta así, mi señor. ¡Nada! Una de nuestras aeronaves ha quedado destruida en la persecución.

El barón observó con fijeza a Nefud y vio cómo se le estremecían los músculos de la mandíbula y se le crispaba el mentón al intentar tragar saliva.

—¿Has visto los cadáveres? —repitió el barón.

—Mi señor...

—¿Con qué propósito has traído a mis aposentos el tintineo de tu armadura? —gruñó el barón—. ¿Para decirme que algo es cierto cuando en realidad no lo es? ¿Crees acaso que voy a felicitarte por tamaña estupidez y luego darte otro ascenso?

El rostro de Nefud palideció.

«Gallina —pensó el barón—. Estoy rodeado de una pandilla de inútiles. Si echara arena ante él y le dijera que es trigo, seguro que se pondría a picotearla.»

—Entonces ¿ese tal Idaho te ha conducido hasta ellos? —preguntó el barón.

—¡Sí, mi señor!

«Mira cómo escupe las respuestas», pensó el barón.

—Así que iban de camino hacia los Fremen, ¿eh? —dijo.

—Sí, mi señor.

—¿Dice algo más ese... informe?

—Kynes, el planetólogo imperial, también está involucrado,

mi señor. Idaho contactó con el tal Kynes en circunstancias misteriosas... sospechosas incluso, me atrevería a decir.

—¿Y?

—Escaparon... juntos hacia un lugar del desierto donde al parecer se ocultaban el muchacho y su madre. La emoción de la caza hizo que varios de nuestros efectivos cayeran presa de una explosión láser contra escudo.

—¿Cuántos hombres hemos perdido?

—Yo... aún desconozco la cifra exacta, mi señor.

«Está mintiendo —pensó el barón—. Debe de ser una cifra muy alta.»

—El lacayo imperial, ese Kynes —dijo el barón—. Estaba jugando a dos bandas, ¿no?

—Apostaría mi reputación a que sí, señor.

«¡Su reputación!»

—Acaba con él —dijo el barón.

—¡Mi señor! Kynes es el planetólogo imperial, servidor de Su Maj...

—¡Pues haz que parezca un accidente!

—Mi señor, había un grupo de Sardaukar entre nuestras fuerzas cuando atacamos aquel nido Fremen. Tienen a Kynes bajo custodia.

—Haz que te lo entreguen. Di que quiero interrogarlo.

—¿Y si se niegan?

—No lo harán si actúas correctamente.

Nefud tragó saliva.

—Sí, mi señor.

—Ese hombre debe morir —bramó el barón—. Ha intentado ayudar a nuestros enemigos.

Nefud cambió el peso del cuerpo al otro pie.

—¿Sí?

—Mi señor, en realidad los Sardaukar tienen bajo custodia... a dos personas que quizá le resulten de interés. También han capturado al Maestro de Asesinos del duque.

—¿Hawat? ¿Thufir Hawat?

—Lo he visto con mis propios ojos, mi señor. Es Hawat.

—¡Nunca lo hubiera creído posible!

—Dicen que lo dejaron fuera de combate con un aturdidor, mi señor. En el desierto, donde no podía usar el escudo. Está prácticamente ileso. Si pudiéramos hacernos con él, sería una distracción de lo más interesante.

—Es un mentat —gruño el barón—. No se puede desperdiciar así a un mentat. ¿Ha hablado? ¿Qué opina de su derrota? ¿Sabe hasta qué punto...? No, imposible.

—Mi señor, solo me han dicho que está convencido de haber sido traicionado por la dama Jessica.

—Vaaaya.

El barón se reclinó, pensativo, y luego dijo:

—¿Estás seguro de que su rabia va dirigida a la dama Jessica?

—Lo ha dicho en mi presencia, mi señor.

—Pues déjale creer que sigue viva.

—Pero, mi señor...

—Silencio. Quiero que se trate a Hawat con cortesía. No hay que contarle nada sobre el difunto doctor Yueh, el verdadero traidor. Dile que el doctor Yueh encontró la muerte defendiendo a su duque. En cierto sentido, no deja de ser verdad. Mientras, alimentaremos sus sospechas sobre la dama Jessica.

—Mi señor, yo no...

—Nefud, la mejor manera de controlar y manejar a un mentat es darle información. Si le damos información falsa, obtendremos resultados falsos.

—Sí, mi señor, pero...

—¿Tiene hambre Hawat? ¿Tiene sed?

—¡Mi señor, Hawat aún está en manos de los Sardaukar!

—Sí. Claro que sí. Pero los Sardaukar estarán tan ansiosos como yo de sonsacarle información. He aprendido algo de nuestros aliados, Nefud. No son muy taimados, políticamente hablando. Creo que es deliberado: el emperador quiere que así sea. Recordarás al jefe Sardaukar mi habilidad para sonsacar información a los sujetos más reticentes.

Nefud se mostró incómodo.

—Sí, mi señor.

—Le dirás al jefe Sardaukar que deseo interrogar a Hawat y

a Kynes al mismo tiempo, enfrentarlos cara a cara. Espero que lo entienda.

—Sí, mi señor.

—Y cuando los tengamos en nuestras manos... —El barón inclinó la cabeza.

—Mi señor, los Sardaukar querrán que uno de sus observadores os acompañe mientras dure... el interrogatorio.

—Estoy seguro de que podremos crear una situación de emergencia con la que evitar observadores no deseados, Nefud.

—Comprendo, mi señor. Y ese será el momento ideal para que tenga lugar el accidente de Kynes.

—Tanto Kynes como Hawat sufrirán dicho accidente, Nefud. Pero solo el de Kynes será un auténtico accidente. Quiero a Hawat con vida. Sí. Oh, sí.

Nefud parpadeó y tragó saliva. Dio la impresión de que había estado a punto de formular una pregunta, pero se quedó en silencio.

—Proporcionaremos a Hawat comida y bebida —dijo el barón—. Le trataremos con piedad y gentileza. Pondrás en el agua un veneno residual creado por el fallecido Piter de Vries. Y procurarás que el antídoto esté presente con regularidad en la dieta de Hawat a partir de ese momento... hasta que yo diga lo contrario.

—El antídoto, sí. —Nefud agitó la cabeza—. Pero...

—No seas estúpido, Nefud. El duque estuvo a punto de matarme con la cápsula de veneno de su diente. El gas que expulsó en mi presencia me privó de mi valioso mentat, Piter. Necesito un sustituto.

—¿Hawat?

—Hawat.

—Pero...

—Vas a decirme que Hawat profesa una lealtad total a los Atreides. Cierto, pero están muertos. Nosotros lo seduciremos. Lo convenceremos de que no tiene que culparse por la muerte del duque. Que todo fue culpa de esa bruja Bene Gesserit. Su amo era débil, porque su razón se dejaba ofuscar por las emociones. Los mentat admiran la habilidad de calcular sin prestar atención a las emociones, Nefud. Seduciremos al formidable Thufir Hawat.

—Lo seduciremos. Sí, mi señor.

—Por desgracia, el amo de Hawat tenía pocos recursos y no podía elevar al mentat a las sublimes cotas de razonamiento que son su derecho. Hawat tendrá que reconocer que hay cierta verdad en ello. El duque no podía permitirse espías más eficientes para garantizarle a su mentat las informaciones adecuadas. —El barón miró a Nefud—. No nos engañemos, Nefud. La verdad es un arma poderosa. Sabemos cómo hemos triunfado sobre los Atreides, y Hawat también lo sabe. Con nuestra riqueza.

—Con nuestra riqueza. Sí, mi señor.

—Seduciremos a Hawat —dijo el barón—. Lo mantendremos alejado de los Sardaukar. Y guardaremos un as bajo la manga: la posibilidad de retirarle el antídoto de ese veneno residual. No hay forma alguna de extraer un veneno residual, Nefud, y Hawat no sospechará nunca. Los detectores de veneno no alertarán del antídoto. Hawat podrá controlar sus alimentos como le plazca sin detectar el menor rastro de veneno.

Los ojos de Nefud se abrieron de par en par al comprender el plan.

—La ausencia de algo puede llegar a ser tan mortal como su presencia —indicó el barón—. La ausencia de aire, ¿eh? La ausencia de agua. La ausencia de cualquier cosa a la que seamos adictos. —El barón asintió—. ¿Me comprendes, Nefud?

Nefud tragó saliva.

—Sí, mi señor.

—Ahora, lárgate. Encuentra al jefe Sardaukar e inicia las operaciones.

—De inmediato, mi señor. —Nefud se inclinó, se dio la vuelta y salió a la carrera.

«¡Hawat en mi bando! —pensó el barón—. Los Sardaukar me lo darán. Si sospechan algo, será que quiero destruir a ese mentat. ¡Y les confirmaré tal sospecha! ¡Imbéciles! Uno de los mentat más formidables de toda la historia, uno adiestrado en matar, y me lo dejarán como un juguete inservible para que lo rompa aún más. Pero les mostraré qué uso se le puede dar a un juguete así.»

El barón extendió una mano hacia un tapiz que había junto a su cama a suspensor y pulsó un botón para llamar a su sobrino mayor, Rabban. Se reclinó y sonrió.

«¡Y todos los Atreides muertos!»

El estúpido capitán de la guardia estaba en lo cierto, claro. Nada sobreviviría a una tormenta de arena de Arrakis, sin duda. Ni un ornitóptero... ni sus ocupantes. La mujer y el chico habían muerto. Todos los anzuelos habían funcionado a la perfección: el desorbitado gasto para transportar esas aplastantes fuerzas militares hasta el planeta, los ladinos informes falsificados a medida de lo que el emperador quería escuchar... El vasto plan preparado con tanta minuciosidad al fin daba sus frutos.

«¡Poder y miedo... miedo y poder!»

El barón veía el camino que se trazaba ante él. Algún día, un Harkonnen llegaría a ser emperador. No él, ni tampoco ninguno de sus retoños, pero sí un Harkonnen. No ese Rabban al que acababa de llamar, por supuesto, sino el hermano pequeño de Rabban. El joven Feyd-Rautha. Al barón le gustaba el ingenio del que hacía gala el muchacho, su fiereza.

«Un muchacho adorable —pensó el barón—. Uno o dos años más, digamos cuando tenga diecisiete años, y sabré si de verdad es el instrumento que necesita la Casa de los Harkonnen para acceder al trono.»

—Mi señor barón.

El hombre que se encontraba de pie al otro lado del escudo de la puerta de entrada del dormitorio del barón era de baja estatura, de torso y rostro anchos, con los ojos muy juntos y los hombros amplios propios de la línea paterna de los Harkonnen. Había cierta firmeza en su gordura, pero era obvio que dentro de muy poco tendría que llevar suspensores portátiles para poder cargar con ese exceso de grasa.

«Una mente musculosa y un cerebro blindado —pensó el barón—. Mi sobrino no es un mentat... no es un Piter de Vries, pero quizá me sirva bien en lo que está a punto de acontecer. Si le dejo plena libertad, estoy seguro de que arrasará con todo a su paso. ¡Oh, cómo lo odiarán aquí en Arrakis!»

—Mi querido Rabban —dijo el barón. Desactivó el escudo de la puerta, pero conservó intencionalmente su escudo corporal a plena potencia, a sabiendas de que el resplandor del globo situado junto a su lecho lo pondría en evidencia.

—Me has llamado —dijo Rabban. Penetró en la estancia, echó una ojeada a las turbulencias que el escudo corporal creaba alrededor del barón y buscó con la mirada y sin éxito una silla a suspensor.

—Acércate un poco más para que pueda verte —dijo el barón.

Rabban avanzó otro paso y llegó a la conclusión de que ese maldito anciano había hecho quitar a conciencia todas las sillas de la estancia a fin de obligar a sus visitantes a permanecer de pie.

—Los Atreides han muerto —dijo el barón—. Todos y cada uno de ellos. Por eso te he hecho venir a Arrakis. Este planeta vuelve a ser tuyo.

Rabban parpadeó.

—Pero creía que habías propuesto a Piter de Vries para...

—Piter también ha muerto.

—¿Piter?

—Piter.

El barón reactivó el escudo de la puerta y protegió la estancia de cualquier energía del exterior.

—Al final te has cansado de él, ¿no? —preguntó Rabban.

Su voz resonó vacía y apagada en la habitación, ahora que había vuelto a quedar aislada.

—Te lo voy a decir solo una vez —bramó el barón—. Insinúas que me he deshecho de Piter como uno se deshace de una bagatela. —Chasqueó los dedos—. Así, ¿no? Pues no soy tan imbécil, sobrino. Y créeme que no seré tan condescendiente contigo la próxima vez que sugieras con tus palabras o con tus actos que lo soy.

El miedo se reflejó en los ojos entornados de Rabban. Sabía de qué era capaz el viejo barón a la hora de enfrentarse a alguien de su familia. Sabía que rara vez mataba, a menos que sacara un provecho extraordinario o se tratase de una clara provocación. Pero los castigos familiares podían ser muy dolorosos.

—Perdóname, mi señor barón —dijo Rabban. Bajó la mirada, tanto para disimular su rabia como para mostrar su humildad.

—No me engañas, Rabban —dijo el barón.

Rabban permaneció con la cabeza gacha y tragó saliva.

—Te he enseñado algo —dijo el barón—. No hay que deshacerse de un hombre sin reflexionar, ya que un feudo podría hacerlo con un procedimiento legal. Si se llega a esos extremos, debe haber un propósito mayor. ¡Uno que hay que tener muy claro!

—¡Pero te deshiciste de ese traidor, Yueh! —Las palabras de Rabban rezumaban rabia—. Vi cómo se llevaban su cadáver cuando llegué anoche.

Rabban se quedó mirando a su tío, asustado de repente por cómo habían sonado sus palabras.

Pero el barón sonrió.

—Soy muy prudente con las armas peligrosas —dijo—. El doctor Yueh era un traidor. Me entregó al duque. —El barón elevó la voz—. ¡Corrompí a un doctor de la Escuela Suk! ¡La Escuela Interna! ¿Lo entiendes, muchacho? Era una de esas armas que no se pueden dejar por ahí. No me deshice de él sin reflexionar.

—¿Sabe el emperador que has corrompido a un doctor Suk?

«Es una pregunta perspicaz —pensó el barón—. ¿Habré infravalorado a mi sobrino?»

—El emperador aún no sabe nada —respondió el barón—. Pero seguro que sus Sardaukar le informarán. No obstante, antes de que ocurra, ya habré hecho llegar a sus manos mi propio informe, gracias a los canales de la Compañía CHOAM. Le explicaré que, por suerte, descubrí a un doctor que fingía el condicionamiento. Un doctor falso, ¿comprendes? Aceptarán mi informe, ya que todos sabemos que es imposible burlar el condicionamiento de una Escuela Suk.

—Ahhh, ya veo —murmuró Rabban.

Y el barón pensó: «Espero que de verdad lo entiendas. Espero que veas la necesidad vital que supone mantenerlo en secreto.

—De pronto, se preguntó—: ¿Por qué lo he hecho? ¿Por qué me he vanagloriado con este estúpido sobrino mío... este sobrino que utilizaré para luego deshacerme de él?».

El barón se irritó consigo mismo. Se sintió traicionado.

—Es necesario que quede en secreto —dijo Rabban—. Comprendo.

El barón suspiró.

—En esta ocasión tendrás instrucciones diferentes en lo relativo a Arrakis, sobrino. Cuando gobernaste el planeta la última vez, te mantuve muy controlado. En cambio, esta vez solo tengo una exigencia.

—¿Mi señor?

—Beneficios.

—¿Beneficios?

—Rabban, ¿tienes idea de lo mucho que hemos gastado para desencadenar una fuerza militar como esta contra los Atreides? ¿Has pensado alguna vez el peaje que exige la Cofradía para un transporte militar como el que hemos efectuado?

—Es caro, ¿verdad?

—¡Muy caro! —El barón extendió un brazo rechoncho hacia Rabban—. Si exprimes hasta el último céntimo de Arrakis durante los próximos sesenta años, ¡apenas habremos conseguido cubrir los costes!

Rabban abrió la boca para luego cerrarla sin pronunciar palabra alguna.

—Muy caro —dijo el barón con una sonrisa en los labios—. El maldito monopolio espacial de la Cofradía nos habría arruinado si no fuese un gasto previsto desde hace mucho tiempo. Rabban, debes saber que hemos pagado el coste de la operación al completo, incluso el transporte de los Sardaukar.

El barón se preguntó si llegaría el día en que pudiera prescindir de la Cofradía, y no era la primera vez que lo hacía. Eran arteros... le chupaban a uno la sangre suficiente para que no pudiese poner objeciones hasta tenerte entre sus garras y obligarte así a pagar, pagar y pagar.

Los costes más exorbitantes recaían siempre en las expediciones militares. «Tarifa de riesgo», explicaban los zalameros agentes de la Cofradía. Y por cada espía que uno conseguía infiltrar en el seno del Banco de la Cofradía, ellos conseguían infiltrar dos de los suyos en tu sistema.

«¡Intolerable!»

—Beneficios, pues —dijo Rabban.

El barón bajó el brazo y apretó el puño.

—Tienes que exprimirlos.

—¿Y podré hacer lo que quiera para exprimirlos?

—Cualquier cosa.

—Los cañones que trajiste —dijo Rabban—. ¿Podría...?

—Voy a llevármelos —dijo el barón.

—Pero...

—No vas a necesitar esos juguetes. Eran una innovación muy particular, pero ahora son inservibles. Necesitamos el metal. No se pueden usar contra los escudos, Rabban. Su principal cualidad es la sorpresa. Era previsible que los hombres del duque se refugiarían en las cavernas de este abominable planeta. Nuestros cañones solo han servido para emparedarlos dentro.

—Los Fremen no usan escudos.

—Puedes quedarte algunos láseres si así lo deseas.

—Sí, mi señor. Y tendré carta blanca.

—Mientras sigas exprimiendo.

La sonrisa de Rabban era radiante.

—Lo entiendo a la perfección, mi señor.

—No entiendes nada a la perfección —bramó el barón—. Que te quede bien claro. Lo único que debes entender es cómo ejecutar mis órdenes. Sobrino, ¿se te ha ocurrido pensar que hay unos cinco millones de personas en este planeta?

—¿Se ha olvidado mi señor de que yo era aquí su regente siridar? Y permíteme indicarte que la estimación es más bien por lo bajo. Es difícil contar una población desperdigada por tantas hoyas y dolinas. Y si tenemos en cuenta a los Fremen...

—¡No merece la pena tener en cuenta a los Fremen!

—Perdón, mi señor, pero los Sardaukar no piensan así.

El barón titubeó y miró a su sobrino.

—¿Sabes algo?

—Mi señor se había retirado cuando llegué anoche. Yo... pues me tomé la libertad de contactar con algunos de mis... antiguos lugartenientes. Han servido de guía a los Sardaukar. Me informaron de que una banda de Fremen tendió una emboscada a una fuerza Sardaukar en algún punto al sudeste y la exterminó por completo.

—¿Exterminaron una fuerza Sardaukar?

—Sí, mi señor.

—¡Imposible!

Rabban se encogió de hombros.

—Fremen exterminando Sardaukar —repitió el barón.

—Me he limitado a repetir lo que se me indicó —aseguró Rabban—. Se rumorea que las fuerzas Fremen también han capturado al temible Thufir Hawat del duque.

—Vaaaya. —El barón asintió con una sonrisa.

—Me creo ese informe —dijo Rabban—. No tienes ni idea del problema que plantean los Fremen.

—Quizá. Pero esos que vieron tus lugartenientes no eran Fremen. Seguro que eran efectivos de los Atreides adiestrados por Hawat y vestidos como Fremen. Es la única explicación posible.

Rabban se volvió a encoger de hombros.

—Bueno, los Sardaukar creen que eran Fremen y ya preparan una operación para exterminarlos.

—¡Bien!

—Pero...

—Esto los mantendrá ocupados. Y pronto tendremos a Hawat. ¡Lo sé! ¡Lo siento! ¡Ah, qué día tan maravilloso! ¡Los Sardaukar cazando por ahí a una pandilla de desgraciados del desierto mientras nosotros nos hacemos con el verdadero botín!

—Mi señor... —Rabban vaciló, ceñudo—. Siempre he tenido la impresión de que subestimábamos a los Fremen, tanto en número como en...

—¡Ignóralos, muchacho! Son escoria. Lo que debería preocuparnos son las ciudades, los pueblos y las aldeas más habitados. Hay mucha gente, ¿no?

—Mucha, mi señor.

—Me preocupan, Rabban.

—¿Te preocupan?

—Bueno... un noventa por ciento de esa gente me da igual. Pero siempre hay alguien, Casas Menores y ese tipo de personas, cuya ambición podría empujarlos a realizar algo peligroso. Si alguno abandonara Arrakis con una historia desagradable sobre lo ocurrido aquí, me sentiría muy disgustado. ¿Tienes idea de cuán disgustado me sentiría?

Rabban tragó saliva.

—Conviene que tomes medidas inmediatas para procurarte un rehén de cada Casa Menor —indicó el barón—. Fuera de Arrakis, todo el mundo debe creer que esto no ha sido más que un enfrentamiento de Casa contra Casa. Y que los Sardaukar no han tomado partido en él. ¿Lo entiendes? Al duque se le ofreció la habitual gracia del exilio, pero murió en un desafortunado accidente antes de que pudiera aceptar. Y estaba a punto de aceptar, sin duda. Esa es la historia. Cualquier rumor sobre la presencia de Sardaukar en el planeta deberá ser motivo de escarnio.

—Así lo quiere el emperador —dijo Rabban.

—Así lo quiere el emperador.

—¿Y los contrabandistas?

—Nadie cree en los contrabandistas, Rabban. Se toleran, pero nadie los cree. Aun así, puedes usar algunos sobornos... y otras medidas que estoy seguro pensarás por ti mismo.

—Sí, mi señor.

—Solo quiero dos cosas de Arrakis, Rabban: beneficios y un mando implacable. No hay piedad posible para este lugar. Piensa en esos lerdos como lo que son: esclavos envidiosos de sus amos a la espera de la más mínima ocasión para rebelarse. No debes mostrar por ellos el menor vestigio de piedad ni clemencia.

—¿Se puede exterminar a todo un planeta? —preguntó Rabban.

—¿Exterminar? —El barón ladeó la cabeza en un ademán que denotaba sorpresa—. ¿Quién ha hablado de exterminar?

—Bueno, supuse que tenías intención de traer nuevos efectivos y...

—He dicho exprimirlos, sobrino, no exterminarlos. No mengües la población, solo limítate a someterla. Has de ser el depredador, muchacho. —Sonrió y se marcaron unos hoyuelos en su rolliza cara de bebé—. Un depredador no se detiene jamás. No tiene piedad. No se detiene. La piedad es una quimera. Lo único que puede acabar con ella es el hambre que roe las entrañas, la sed que agrieta la garganta. Has de tener siempre hambre y sed. —El barón acarició sus adiposidades bajo los suspensores—. Como yo.

—Ya veo, mi señor.

Rabban echó un vistazo a izquierda y derecha.

—¿Ha quedado todo claro, sobrino?

—Todo menos una cosa, tío: Kynes, el planetólogo.

—Ah, sí, Kynes.

—Es un hombre del emperador, mi señor. Puede ir y venir a su antojo. Y está muy ligado a los Fremen... se ha casado con una.

—Kynes estará muerto mañana por la noche.

—Es peligroso matar a un servidor imperial, tío.

—¿Cómo crees que he llegado hasta mi posición tan rápido? —preguntó el barón. Hablaba en voz baja y con un tono propio de adjetivos innombrables—. Además, no deberías temer que Kynes abandone Arrakis. Pareces olvidar que es adicto a la especia.

—¡Claro!

—Los que sufren dicha dolencia se cuidarán de poner en peligro su aprovisionamiento —dijo el barón—. Kynes lo sabe muy bien.

—Lo había olvidado —dijo Rabban.

Se quedaron mirando en silencio.

—Por cierto —dijo el barón al cabo de un momento—, una de tus primeras tareas será procurarme un buen aprovisionamiento. Tengo buenas reservas en mis almacenes, pero la incursión suicida de los hombres del duque destruyó la mayor parte de la especia que teníamos almacenada para la venta.

—Sí, mi señor —asintió Rabban.

—Entonces —sonrió el barón—, mañana por la mañana reunirás a todos los líderes que queden en este lugar y les dirás: «Nuestro Sublime Emperador Padishah me ha encargado que tome posesión de este planeta y termine toda disputa».

—Comprendido, mi señor.

—Ahora estoy seguro de que lo has comprendido. Mañana discutiremos los detalles. Venga, déjame terminar de dormir.

El barón desactivó el escudo de la puerta y siguió a su sobrino con la mirada mientras salía.

«Un cerebro blindado —pensó el barón—. Una mente musculosa y blindada. Los lugareños serán una pulpa sanguinolenta cuando Rabban haya terminado con ellos. Entonces, enviaré a Feyd-Rautha para salvarlos y lo acogerán como a un salvador. Amadísimo Feyd-Rautha. Feyd-Rautha el Benigno, el compasivo que vendrá a salvarlos de la bestia. Feyd-Rautha, el hombre al que seguirán y por el que morirán si es preciso. Cuando llegue ese momento, el muchacho sabrá cómo oprimir con impunidad. Estoy seguro de que es a él a quien necesito. Aprenderá. Y tiene un cuerpo tan adorable... Qué muchacho tan encantador.»

A la edad de quince años, ya había aprendido el silencio.

De *Historia de Muad'Dib para niños*,
por la princesa Irulan

Mientras se afanaba con los controles del tóptero, Paul se dio cuenta de que escapaban de las fuerzas entrecruzadas de la tormenta. Su percepción, superior a la de un mentat, le permitía calcular sin retraso alguno hasta el más mínimo detalle: las murallas de arena, las nebulosas, las turbulencias, los vórtices ocasionales.

El interior de la cabina era como una caja agitada con rabia e iluminada por la verdosa claridad de los diales. En el exterior, el polvo ocre parecía una capa anodina, pero sus sentidos internos empezaron a ver a través de ella.

«Debo encontrar el vórtice adecuado», pensó.

Sentía desde hacía rato que la fuerza de la tormenta empezaba a disminuir, pero seguía sacudiendo la aeronave con fuerza. Esperó a que llegase otra turbulencia.

El torbellino empezó como una nube imprevista que agitó el vehículo por completo. Paul desafió el miedo e inclinó el tóptero hacia la izquierda.

Jessica vio la maniobra en la esfera de altitud.

—¡Paul! —exclamó.

El vórtice se apoderó de ellos, los sacudió y los zarandeó. Levantó al tóptero como una roca en un géiser, arriba y abajo, como una mota alada en una inmensa nube de polvo ululante iluminada por la luz de la segunda luna.

Paul miró hacia abajo y vio la columna ascendente de viento cálido que los había regurgitado. La agonizante tormenta proseguía su curso como un río seco en el desierto, un rastro gris bajo el reflejo lunar que se hacía cada vez más pequeño mientras ellos ascendían.

—Hemos salido —jadeó Jessica.

Paul viró la nave fuera del polvo y aceleró con brusquedad mientras escrutaba el cielo nocturno.

—Los hemos dejado atrás —dijo.

Jessica sintió los latidos acelerados de su corazón. Se obligó a calmarse y miró la tormenta menguante. El sentido del tiempo le decía que habían cabalgado en esa furia ciega de fuerzas elementales durante casi cuatro horas, pero otra parte de su mente calculaba que había sido toda una vida. Se sintió renacida.

«Ha sido como la letanía —pensó—. La afrontamos sin ofrecer resistencia. La tormenta ha pasado sobre nosotros y a través de nosotros. Ha desaparecido, y aquí seguimos.»

—No me gusta el ruido de las alas —dijo Paul—. Deben estar dañadas.

Notó las sacudidas del vuelo anómalo e irregular en los controles. Habían escapado de la tormenta, pero aún no habían vuelto a formar parte de la visión presciente. No obstante, se habían salvado, y Paul sintió que una cercana revelación le hacía estremecer.

Tembló.

Era una sensación hipnótica y terrible, y se preguntó el porqué de esos temblores. Sintió que en parte se debía a la saturación de especia presente en todos los alimentos de Arrakis. Pero también pensó que podía deberse en parte a la letanía, como si un poder emanara de las mismísimas palabras.

«No conoceré el miedo...»

Causa y efecto: vivía a pesar de las fuerzas malignas, y se dio cuenta de que se acercaba a una nueva percepción que no hubiera podido alcanzar sin la magia de la letanía.

Las palabras de la Biblia Católica Naranja resonaron en su memoria: «¿Acaso no nos faltan sentidos para ver y oír el otro mundo que está a nuestro alrededor?».

—Hay rocas a nuestro alrededor —anunció Jessica.

Paul se centró en los controles del tóptero y agitó la cabeza para despejarse. Miró hacia donde señalaba su madre y vio que unas rocas negras se erigían sobre la arena que tenían delante y a la derecha. Sintió una brisa en los tobillos, cómo el polvo se agitaba en la cabina. Había un orificio en alguna parte, quizá causado por la tormenta.

—Será mejor que bajemos a la arena —dijo Jessica—. Puede que las alas no resistan un frenazo brusco.

Paul señaló con la cabeza unas crestas erosionadas que se levantaban sobre la arena y quedaban iluminadas por la luz de la luna.

—Tomaremos tierra allí, entre esas rocas. Revisa tu arnés de seguridad.

La mujer obedeció y pensó: «Tenemos agua y destiltrajes. Si encontramos comida, podremos sobrevivir mucho tiempo en el desierto. Los Fremen lo hacen. Nosotros también podemos».

—Corre hacia las rocas desde que nos detengamos —dijo Paul—. Yo llevaré la mochila.

—Correr hacia... —Se interrumpió y asintió—. Gusanos.

—Nuestros amigos los gusanos —corrigió Paul—. Se comerán el tóptero. No quedará ni rastro de nuestro aterrizaje.

«Qué manera tan lógica de pensar», reflexionó ella.

Planearon y empezaron a descender, cada vez más...

Vieron todo lo que dejaban atrás a su paso: las sombras emborronadas de las dunas, las rocas que parecían islas en la arena. El tóptero tocó la cima de una duna con suavidad y se deslizó por un valle de arena hasta llegar a la siguiente.

«Está usando la arena para frenar», pensó Jessica, y se limitó a admirar su habilidad.

—¡Agárrate bien! —advirtió Paul.

Tiró de los frenos de las alas, primero con cuidado y luego

cada vez con más fuerza. Sintió cómo cortaban el aire y vio cómo se abrían cada vez más en vertical. Notó el viento silbar a través de las cubiertas y las nervaduras de las alas.

De improviso y con un leve chasquido como único aviso, el ala izquierda, debilitada por la tormenta, se retorció hacia arriba y hacia dentro y chocó con el costado del tóptero. El aparato se deslizó por la cima de una duna y empezó a desviarse hacia la izquierda. Se precipitó por la cara opuesta hasta que el morro quedó enterrado en la duna siguiente, lo que levantó una cascada de arena. Se quedaron volcados hacia el lado del ala rota, y la derecha quedó intacta, apuntando hacia las estrellas.

Paul se desabrochó el arnés de seguridad, escaló junto a su madre y empujó con fuerza la portezuela. La arena cayó en la cabina y la llenó de un olor a yesca quemada. Paul cogió la mochila de la parte de atrás y comprobó que su madre se había soltado el arnés. Jessica se apoyó en el asiento del copiloto y salió al costado metálico del aparato. Paul la siguió con la mochila agarrada por las asas.

—¡Corre! —ordenó.

Señaló la hondonada de una duna detrás de la que se veía una torre de roca que se erigía entre las ventiscas arenosas.

Jessica saltó del tóptero y empezó a correr mientras trastabillaba para empezar a subir por la duna. Oyó que Paul la seguía entre jadeos. Alcanzaron la cresta arenosa que se curvaba en dirección a las rocas.

—Sigue la cresta —indicó Paul—. Iremos más rápido.

Siguieron corriendo a duras penas hacia las rocas. La arena parecía quedársele pegada a los pies.

En ese momento, oyeron algo a su alrededor: un silbido ahogado, un siseo y un culebreo.

—Un gusano —dijo Paul.

El sonido se hizo más intenso.

—¡Rápido! —jadeó Paul.

El primer promontorio rocoso, que parecía una playa que surgía de la arena, no estaba a más de diez metros de ellos cuando oyeron a sus espaldas un horrible crujido de metal despedazado.

Paul se cambió la mochila al brazo derecho y la sostuvo por las asas. Le golpeaba en el costado mientras corría. Con la otra mano, cogió a su madre del brazo. Escalaron por el suelo rocoso a lo largo de una superficie cubierta de guijarros y atravesaron una cuneta erosionada por el viento. Se les secó la garganta y cada vez les costaba más respirar.

—No puedo correr más —jadeó Jessica.

Paul se detuvo, la empujó hacia una hendidura rocosa, se giró y miró hacia el desierto. Un montículo avanzaba en paralelo a la isla de roca en la que se encontraban: sus ondulaciones iluminadas por la luz de la luna, las olas de arena y una encrespadura que casi se elevaba a la altura de los ojos de Paul a una distancia de aproximadamente un kilómetro. Las dunas aplanadas que lo recorrían se curvaban en cierto punto y formaban un círculo bajo en el lugar en el que habían abandonado el ornitóptero inservible.

No quedaba ni el más mínimo rastro del aparato en el lugar que antes ocupara el gusano.

El montículo que se movía junto a ellos dio la vuelta por donde había venido y continuó su caza.

—Es más grande que una nave de la Cofradía —murmuró Paul—. Había oído que los gusanos eran enormes en el desierto profundo, pero nunca llegué a pensar que fueran... tan grandes.

—Yo tampoco —jadeó Jessica.

La cosa siguió alejándose de las rocas y describió una gran curva hacia el horizonte. Se quedaron escuchando hasta que el rumor de su movimiento se confundió con el leve roce de la arena que los rodeaba.

Paul respiró hondo, miró hacia la escarpadura iluminada por la luz de la luna y recitó del Kitab al-Ibar:

—«Viaja de noche y permanece en las oscuras sombras durante el día». —Miró a su madre—. Aún nos quedan algunas horas de noche. ¿Puedes seguir?

—Dame un minuto.

Paul escaló la roca, se puso la mochila en los hombros y ajustó las asas. Se quedó quieto un instante con la parabrújula en la mano.

—Cuando estés lista —dijo.

Jessica se impulsó en las rocas para apartarse de ellas y sintió que recuperaba las fuerzas.

—¿En qué dirección?

—Hacia donde nos lleve esta cresta —señaló Paul.

—Hacia las profundidades del desierto —dijo ella.

—El desierto de los Fremen —susurró el chico.

Hizo una pausa y se estremeció al recordar la visión presciente de un altorrelieve que había tenido en Caladan. Había visto ese desierto. Pero en su visión el paisaje era sutilmente diferente, como una imagen óptica que había desaparecido de su consciencia para luego ser embebida por su memoria y que ahora no llegaba a encajar del todo con la escena real. Cuando se quedaba quieto, recordaba que la visión estaba enfocada desde otro ángulo.

«Idaho estaba con nosotros en esa visión —recordó—. Pero ahora está muerto.»

—¿Sabes adónde tenemos que ir? —preguntó Jessica, confundida al ver titubear a Paul.

—No —respondió el chico—, pero pongámonos en marcha.

Echó los hombros hacia atrás para colocarse mejor la mochila y se encaminó con decisión a través de una hendidura en la roca excavada por la arena. El camino se abría a una meseta rocosa bañada por la luna que tenía una serie de terrazas a lo largo del borde meridional.

Paul se dirigió al primer escalón rocoso y trepó por él. Jessica lo siguió.

En ese instante, Jessica sintió cómo el viaje se iba convirtiendo en una sucesión de contrariedades inmediatas: las bolsas de arena entre las rocas que frenaban su marcha, las crestas erosionadas por el viento que les cortaban las manos, los obstáculos que los obligaban a tomar una decisión, ¿escalarlos o rodearlos? Era el terreno el que les imponía el ritmo. Solo hablaban cuando era necesario, con voz ronca a causa del agotamiento.

—Cuidado aquí, la arena es resbaladiza.

—Cuidado con ese saliente rocoso, no te golpees la cabeza.

—Quédate debajo de la cresta. Tenemos la luna detrás y revelaría nuestros movimientos a cualquiera que esté cerca.

Paul se detuvo en una oquedad de la roca y apoyó la mochila en un saliente estrecho.

Jessica se apoyó junto a él, agradecida por aquel momento de respiro. Oyó a Paul sorber del tubo de su destiltraje, y ella hizo lo propio para tomar algo de su propia agua reciclada. Era insípida y le recordó a las aguas de Caladan: una fuente cuyo chorro enmarcaba un pedazo de cielo, un agua tan maravillosa que llamaba la atención por las formas que adoptaba, los reflejos que proyectaba o el sonido que hacía cuando uno se detenía cerca.

«Detenerse —pensó—. Descansar. Descansar de verdad.»

Pensó que en aquel momento la mayor de las misericordias sería poder detenerse aunque solo fuese un momento. No había lugar para la misericordia si no podían detenerse.

Paul avanzó por el saliente rocoso, se dio la vuelta y empezó a escalar por una superficie inclinada. Jessica suspiró y lo siguió.

Salieron a una amplia plataforma que rodeaba una escarpada pared de roca. Siguieron avanzando al ritmo que les imponía el paisaje irregular.

Jessica sintió que la noche estaba llena de cosas más o menos pequeñas: bajo sus pies, bajo sus manos... los pedruscos, la gravilla, los cantos de roca; también los diferentes tamaños de la arena: la arena aglomerada, el polvo y las más finas partículas.

Esas partículas obstruían los filtros nasales y había que soplar para limpiarlos. La arena aglomerada y la gravilla eran resbaladizas y podían acabar con los más imprudentes. Los cantos de roca cortaban.

Y no dejaban de hundirse en las omnipresentes bolsas de arena.

Paul se detuvo de repente sobre una plataforma rocosa y agarró a su madre cuando la mujer se chocó contra él.

Señaló algo a su izquierda, y ella le recorrió el brazo con la vista hasta descubrir que se encontraban al borde de un acantilado y que a unos doscientos metros bajo ellos el desierto se extendía como un mar estático. Era un paisaje lleno de olas argénteas iluminadas por la luna, sombras angulosas que terminaban en curvas y que, en la distancia, se fundían en una neblina gris que desdibujaba otra escarpadura.

—El desierto abierto —dijo ella.

—Necesitaremos mucho tiempo para atravesarlo —dijo Paul, con una voz que sonó ahogada debido al filtro que cubría su rostro.

Jessica miró a derecha e izquierda: solo vio arena bajo ellos.

Paul se fijó en las dunas y siguió el movimiento de las sombras al ritmo del pasar de la luna.

—Hay unos tres o cuatro kilómetros hasta el otro lado —dijo.

—Gusanos —dijo ella.

—Seguro que habrá.

Jessica se centró en el cansancio y el dolor de músculos que embotaba sus sentidos.

—¿No sería mejor que descansáramos y comiéramos algo?

Paul se quitó la mochila, se sentó y se apoyó en ella. Jessica le puso la mano en el hombro y se dejó caer en la roca que había a su lado. Mientras se acomodaba, oyó a Paul girarse y buscar algo en la mochila.

—Aquí —dijo él.

Jessica notó que las manos resecas de Paul depositaban dos cápsulas energéticas en su palma.

Las tragó y sorbió agua del tubo de su destiltraje.

—Bebe toda tu agua —dijo Paul—. Axioma: tu cuerpo es el mejor lugar para conservar tu agua. Te mantiene con energías. Te hace fuerte. Confía en tu destiltraje.

Ella obedeció, vació sus bolsillos de recuperación y sintió que la energía volvía a su cuerpo. Saboreó el momento de calma y descanso, y recordó las palabras que Gurney Halleck, el trovador-guerrero, había dicho en una ocasión: «Es mejor una comida austera y un poco de calma que toda una casa llena de sacrificios y enfrentamientos».

Jessica repitió las palabras a Paul.

—Es propio de Gurney —dijo él.

En el tono de voz de su hijo sintió que hablaba del trovador como si estuviera muerto. Y pensó: «Es probable que el pobre Gurney esté ya muerto».

Todas las fuerzas de los Atreides estaban muertas o cautivas o perdidas como ellos en aquel vacío desprovisto de agua.

—Gurney siempre tenía la frase apropiada —dijo Paul—. Es como si lo oyera ahora mismo: «Y secaré los ríos, y venderé la tierra a los perversos: y transformaré el lugar en un yermo, y todo por manos extranjeras».

Jessica cerró los ojos, conmovida hasta las lágrimas por la tristeza que emanaba de la voz de su hijo.

—¿Cómo te... encuentras? —preguntó Paul poco después.

Jessica se dio cuenta de que le preguntaba debido al embarazo y respondió:

—Tu hermana no nacerá hasta dentro de unos meses. Me siento... en buena forma.

Y pensó: «¡Hay que ver qué tono tan formal uso con mi propio hijo! —Y, puesto que había una Manera Bene Gesserit para descubrir las motivaciones de un comportamiento tan extraño, buscó en su interior el origen de esa frialdad—: Le tengo miedo. Temo la extrañeza que desprende. Temo el futuro que es capaz de ver, lo que pueda llegar a decirme de él».

Paul se bajó la capucha hasta los ojos y oyó el sutil ajetreo de los insectos nocturnos. El silencio se apoderó de sus pulmones. Le picó la nariz. Se rascó, se quitó el filtro y percibió el intenso olor a canela del aire.

—Hay melange cerca —dijo.

Un viento ligero acarició sus mejillas y agitó los pliegues de su túnica. Pero el viento no presagiaba la amenaza de una tormenta. Ya podía sentir la diferencia.

—Se acerca el alba —dijo.

Jessica asintió.

—Hay un modo de atravesar sin peligro esa extensión de arena —aseguró Paul—. Los Fremen lo hacen.

—¿Y los gusanos?

—Si plantamos un martilleador de la fremochila en esas rocas de allí —dijo Paul—, distraeremos a un gusano durante un tiempo.

A la luz de la luna, Jessica observó la extensión de desierto que había entre ellos y la otra escarpadura.

—¿Un tiempo suficiente para recorrer cuatro kilómetros?

—Quizá. Si consiguiéramos cruzar haciendo solo ruidos naturales, del tipo que no atraen a los gusanos...

Paul examinó el desierto abierto, buscó en su memoria presciente y encontró las misteriosas alusiones a los martilleadores y a los garfios de doma que había leído en el manual de la fremochila. Le resultaba extraño sentir ese pavor tan marcado por solo pensar en los gusanos. En los límites de su percepción, sabía que los gusanos debían ser respetados y no temidos... Y si... Y si...

Agitó la cabeza.

—Tendremos que hacer ruidos carentes de todo ritmo —indicó Jessica.

—¿Qué? ¡Ah! Sí. Si caminamos de forma irregular... la propia arena se desmoronará de cuando en cuando. Los gusanos no pueden investigar cada pequeño sonido que les llega. Eso sí, tendremos que estar descansados del todo antes de intentarlo.

Miró a la otra pared rocosa y contempló el paso del tiempo en las sombras verticales que proyectaba la luz lunar.

—El alba llegará dentro de una hora.

—¿Dónde pasaremos el día? —preguntó Jessica.

Paul giró a la izquierda y señaló.

—El acantilado se curva hacia el norte por allí. Por la erosión, verás que es la zona que suele estar a barlovento. Seguro que hay grietas muy profundas.

—¿No sería mejor partir ya? —preguntó Jessica.

Paul se levantó y la ayudó a ponerse en pie.

—¿Has descansado lo suficiente para el descenso? Me gustaría llegar lo más cerca posible del desierto antes de acampar.

—Es suficiente —respondió la mujer al tiempo que le indicaba con la cabeza que abriese la marcha.

Paul vaciló, levantó la mochila, se la echó a los hombros y se giró hacia el acantilado.

«Si al menos tuviéramos suspensores —pensó Jessica—. Sería muy sencillo saltar hasta abajo. Pero quizá los suspensores sean otro de los instrumentos a evitar en el desierto abierto. Tal vez atraigan a los gusanos igual que un escudo.»

Llegaron a una serie de terrazas descendentes y más abajo vieron una fisura que se hundía en la pared, delineada por el claro de luna.

Paul empezó a bajar, con cuidado pero a gran velocidad,

porque era obvio que la luz lunar no iba a durar mucho más. Penetraron en un mundo de sombras cada vez más y más densas. Vestigios de formas rocosas ocultaban las estrellas a su alrededor. La hendidura se estrechó hasta tener solo diez metros de ancho, y se encontraba al borde de una pendiente de arena gris que descendía hacia las tinieblas.

—¿Podemos bajar? —murmuró Jessica.

—Creo que sí.

Tanteó la superficie con un pie.

—Podemos deslizarnos —dijo—. Yo iré primero. Espera hasta que oigas que me he detenido.

—Ten cuidado —dijo ella.

Paul dio un paso hacia la pendiente y empezó a deslizarse y a resbalar por la suave superficie hasta llegar a un tramo de arena más compacta. El lugar quedaba enclavado entre paredes de roca.

En ese momento, oyó el ruido de la arena deslizándose detrás de él. Se dio la vuelta para levantar la vista hacia la pendiente, y la cascada de arena estuvo a punto de tirarlo al suelo. Luego volvió a hacerse el silencio.

—¿Madre? —llamó.

No obtuvo respuesta.

—¿Madre?

Dejó la mochila y empezó a trepar por la pendiente, arañando, escarbando y lanzando arena con las manos como un animal enloquecido.

—¡Madre! —gritó—. Madre, ¿dónde estás?

Otra cascada de arena lo embistió y lo cubrió hasta la cintura. Consiguió salir a duras penas.

«Ha quedado atrapada por la avalancha —pensó—. Sepultada. Debo calmarme y proceder con precaución. No se asfixiará de inmediato. Entrará en suspensión bindu para reducir el consumo de oxígeno. Sabe que excavaré para sacarla.»

A la Manera Bene Gesserit que ella le había enseñado, Paul aplacó el furioso latir de su corazón y puso la mente en blanco para así poder recordar a la perfección el pasado reciente. Reprodujo en sus recuerdos hasta el más mínimo movimiento y desvío de la avalancha, que en su interior avanzaba con una lentitud que contrastaba las décimas de segundo de tiempo real que había durado.

Luego, Paul empezó a ascender en diagonal por la pendiente y buscó con cuidado hasta encontrar una de las paredes de la fisura y un saliente. Empezó a excavar y a mover la arena con cuidado para no provocar otra avalancha. Sintió un pedazo de tela. Lo siguió y encontró un brazo. Tiró de él con cuidado y dejó al descubierto la cara de su madre.

—¿Puedes oírme? —susurró.

No hubo respuesta.

Excavó con más brío y liberó los hombros. El cuerpo estaba flácido, pero detectó el lento batir del corazón.

«Suspensión bindu», se dijo.

La liberó de la arena hasta la cintura, pasó los brazos sobre sus hombros y tiró de ella hacia atrás, primero despacio y luego con toda la fuerza de la que fue capaz, hasta que sintió que la arena cedía. Tiró más y más, hasta que empezó a jadear por el esfuerzo y se esforzaba por mantener el equilibrio. Llegó hasta el suelo de arena compacta de la fisura, cargó a su madre sobre los hombros y empezó a correr entre bamboleos mientras la ladera al completo se precipitaba a sus espaldas con un estruendo amplificado que retumbó por las paredes rocosas.

Se detuvo al final de la fisura, desde donde se veía la ininterrumpida extensión de dunas a unos treinta metros por debajo de ellos. Depositó el cuerpo sobre la arena con suavidad y murmuró la palabra que la haría salir de la catalepsia.

Jessica empezó a respirar hondo y volvió en sí poco a poco.

—Sabía que me encontrarías —susurró.

Paul se giró hacia la fisura.

—Quizá hubiera sido misericordioso dejarte allí.

—¡Paul!

—He perdido la mochila —anunció el chico—. Está sepultada bajo cien toneladas de arena... como mínimo.

—¿Todo?

—El agua de reserva, la destiltienda... todo lo importante. —Se llevó la mano a uno de los bolsillos—. Aún tengo la parabrújula. —Palpó la bolsa que llevaba colgada a la cintura—. También el cuchillo y los binoculares. Al menos, podremos echar un buen vistazo al lugar donde vamos a morir.

En ese momento, vieron cómo el sol aparecía sobre el horizonte por la izquierda, fuera de la fisura. Los colores refulgieron en la arena de la extensión de desierto. Un coro de pájaros entonó sus cantos desde algún lugar oculto entre las rocas.

Pero Jessica solo tenía ojos para la desesperación que se reflejaba en el rostro de Paul. Su voz resonó con desprecio cuando dijo:

—¿Esto es lo que te han enseñado?

—¿Es que no lo entiendes? —preguntó él—. Todo lo que necesitábamos para sobrevivir en este lugar está sepultado por la arena.

—Me has encontrado a mí —dijo ella, ahora con voz dulce y razonable.

Paul se acuclilló sobre los talones.

Poco después, levantó la vista hacia la fisura, analizó la nueva pendiente que se había formado y vio que la arena estaba suelta.

—Si pudiéramos inmovilizar una pequeña zona de esta pendiente y perforar un pozo en la arena, quizá conseguiríamos llegar hasta la mochila. Podríamos conseguirlo con agua, pero no tenemos suficiente para... —Se quedó en silencio de repente—. Espuma —dijo.

Jessica se quedó inmóvil para no interrumpir el agolpado batir de los pensamientos de Paul.

El chico miró hacia las dunas mientras buscaba con el olfato así como con la vista, encontró la dirección y luego centró su atención en una zona de arena oscura que había debajo de donde se encontraban.

—Especia —dijo—. Su esencia es altamente alcalina. Y aún tengo la parabrújula. La batería contiene ácido.

Jessica se apoyó en la roca.

Paul la ignoró, se puso en pie de un salto y descendió por la superficie endurecida por el viento que iba desde el final de la fisura hasta el desierto de debajo.

Jessica se fijó en cómo caminaba, a pasos irregulares: un

paso... una pausa; un paso, otro paso... un deslizamiento... una pausa...

Era un andar arrítmico que evitaba que cualquier gusano al acecho sintiese algo que no era propio del desierto.

Paul llegó al yacimiento de especia, recogió un montón de ella que guardó en un pliegue de su túnica y volvió a la fisura. Soltó la especia sobre la arena ante Jessica, se acuclilló y empezó a desmontar la parabrújula con la punta del cuchillo. Levantó la tapa superior del aparato. Después, se quitó el fajín, colocó sobre él las piezas de la brújula y sacó la batería. Luego sacó el dial del mecanismo y dejó tan solo una carcasa vacía.

—Necesitarás agua —dijo Jessica.

Paul cogió el extremo del tubo de su cuello, sorbió un trago y lo escupió en la carcasa vacía.

«Si no lo consigue, habrá malgastado el agua —pensó Jessica—. Pero llegados a ese punto, todo dará igual.»

Paul abrió la batería con ayuda del cuchillo y esparció los cristales en el agua. Espumearon un poco y luego se aquietaron.

Jessica vio que algo se movía sobre ellos. Levantó la vista y vio una hilera de halcones perchados en lo alto de la fisura. Miraban el agua fijamente.

«¡Gran Madre! —pensó—. ¡Pueden sentir el agua hasta a esa distancia!»

Paul había vuelto a colocar la tapa de la parabrújula y quitado el botón de reinicio para dejar una pequeña salida al líquido. Con el instrumento modificado en una mano y un puñado de especia en la otra, volvió a la fisura y analizó la arena de la pendiente. La túnica le ondeaba ahora que se había quitado el fajín. Ascendió entre riachuelos y chorros de arena que se derramaban a su alrededor.

Después se detuvo, metió una pizca de especia en la parabrújula y sacudió el instrumento.

Una espuma verde rebulló por el orificio del botón de reinicio. Paul la dejó caer sobre la pendiente y trazó un pequeño dique que consolidó de inmediato añadiéndole arena y derramando después más espuma.

Jessica se acercó hasta colocarse bajo él y preguntó:

—¿Puedo ayudarte?

—Sube y excava —respondió—. Todavía faltan tres metros. No sé si conseguiremos llegar. —Mientras hablaba, la espuma dejó de manar del instrumento—. Rápido —dijo—. No sé cuánto tiempo aguantará la arena.

Jessica ascendió hasta donde se encontraba Paul mientras él echaba otra pizca de especia en la parabrújula y volvía a agitarla. Volvió a salir espuma.

Jessica excavó con las manos mientras Paul seguía consolidando la barrera.

—¿Cuánto falta? —jadeó la mujer.

—Unos tres metros —respondió Paul—. Y solo es un cálculo aproximado de la posición. Puede que tengamos que ensanchar el pozo. —Dio un paso a un lado y resbaló en la arena suelta—. Excava en oblicuo, no hacia abajo.

Jessica obedeció.

El pozo se hizo más profundo poco a poco y llegó hasta la misma altura que la depresión del exterior, pero no encontraron rastro alguno de la mochila.

«¿Habré calculado mal? —se preguntó Paul—. Seguro que el error se debe a que me he dejado llevar por el pánico. ¿Ha sido el miedo lo que ha mermado mis capacidades?»

Examinó la parabrújula. Solo quedaban unos cincuenta gramos de la infusión ácida.

Jessica se irguió en el pozo y se pasó una mano manchada de espuma por la mejilla. Miró a Paul a los ojos.

—A la altura de tu cabeza —dijo Paul—. Despacio. —Añadió otra pizca de especia al recipiente y dejó caer la burbujeante espuma en las manos de Jessica a medida que ella excavaba en una pared vertical que quedaba a la altura de su cabeza. Sus manos tropezaron con algo duro cuando las metió por segunda vez. Poco a poco, empezó a sacar un asa que tenía una hebilla de plástico.

—No la muevas más —advirtió Paul entre susurros—. Nos hemos quedado sin espuma.

Jessica sujetó el asa con una mano y miró hacia arriba.

Paul tiró la parabrújula vacía al fondo del agujero y dijo:

—Dame la otra mano. Ahora escucha con atención. Voy a tirar de ti con fuerza hacia abajo por la pendiente. No sueltes el asa. No nos caerá mucha arena más desde arriba. La pendiente está estabilizada. Intentaré mantener tu cabeza fuera de la arena. Cuando se haya llenado el pozo, te sacaré con la mochila.

—Entendido —dijo Jessica.

—¿Preparada?

—Preparada. —Aferró el asa con fuerza.

Con un fuerte tirón, Paul le sacó medio cuerpo del pozo y mantuvo fuera su cabeza mientras la barrera de espuma se derrumbaba hacia el fondo. Cuando se estabilizó, Jessica solo estaba enterrada hasta la cintura, aunque con un brazo y un hombro metidos en la arena, pero con la barbilla protegida por un pliegue de la ropa de Paul. El hombro le dolía por la fuerza que había hecho el chico.

—No he soltado el asa —anunció Jessica.

Paul hundió la mano en la arena junto a ella poco a poco y encontró la mochila.

—Los dos a la vez —dijo—. Un tirón regular. No debemos romperla.

Cayó más arena en el agujero mientras tiraban de la mochila. Cuando el asa llegó a la superficie, Paul se detuvo y liberó del todo a su madre de la arena. Después, ambos terminaron de sacar la mochila de su prisión arenosa.

Unos minutos después, estaban de pie en el suelo de la fisura y con la mochila entre ellos.

Paul miró a su madre. Tenía el rostro y la túnica manchados de espuma. La arena se había encostrado en los lugares donde se había secado. Parecía que le hubiesen lanzado proyectiles de arena verde y húmeda.

—Estás hecha un desastre —dijo Paul.

—Tú tampoco estás muy limpio —apuntilló ella.

Se echaron a reír y luego se quedaron en silencio.

—Esto no debería haber pasado —dijo el chico—. Fui descuidado.

Ella se encogió de hombros y sintió cómo la arena le caía de la túnica.

—Montaré la tienda —dijo Paul—. Será mejor que te quites la túnica y la sacudas. —Se dio la vuelta y se inclinó sobre la mochila.

Jessica asintió con la cabeza. De repente estaba demasiado cansada para hablar.

—Hay agujeros de anclaje en esta roca —dijo Paul—. Alguien ha plantado su tienda aquí antes.

«¿Por qué no?», pensó Jessica mientras sacudía su túnica.

Era un lugar muy adecuado: protegido por las paredes rocosas y frente a otro farallón a cuatro kilómetros de distancia, a la suficiente altura sobre el desierto para evitar los gusanos, pero lo bastante cerca para empezar a cruzar la extensión desde allí.

Se dio la vuelta y vio que Paul ya había montado la tienda, cuyas nervaduras abovedadas se confundían con las paredes rocosas de la fisura. Paul pasó junto a ella y levantó los binoculares. Ajustó la presión interna con un gesto rápido, enfocó las lentes de aceite hacia el otro farallón y vio la luz de la mañana proyectándose por la extensión a través del marrón dorado de las lentes.

Jessica lo vio examinar el paisaje apocalíptico, explorar los cañones y ríos de arena.

—Allí abajo hay cosas que crecen —anunció.

Jessica se acercó a la tienda para coger los otros binoculares que había en la mochila y se colocó junto a Paul.

—Allí —dijo Paul, que sujetaba los binoculares con una mano y señalaba con la otra.

Jessica miró hacia donde señalaba.

—Saguaros —anunció—. Hierbas secas.

—Puede que haya alguien en las inmediaciones —dijo Paul.

—Podrían ser las ruinas de una estación experimental botánica —observó Jessica.

—Estamos muy hacia el sur, en pleno desierto —dijo él. Bajó los binoculares, se rascó bajo el regulador del filtro, notó que tenía los labios secos y cortados y sintió en la boca el regusto a polvo propio de la sed—. Parece un lugar Fremen —dijo.

—¿Estamos seguros de que los Fremen serán amistosos? —preguntó Jessica.

—Kynes prometió ayudarnos.

«Pero la gente del desierto está desesperada —pensó ella—. Lo he notado hoy mismo. Los desesperados podrían matarnos para hacerse con nuestra agua.»

Cerró los ojos e imaginó un paisaje de Caladan contrapuesto contra el yermo que tenía delante. El duque Leto y ella habían ido de vacaciones por Caladan antes de que naciera Paul. Habían sobrevolado las junglas meridionales, la tupida hierba salvaje de las sabanas y los arrozales de los deltas. Y en todo aquel verde habían visto largas hileras de hormigas: hombres que transportaban cargas con suspensores anclados a las pértigas que llevaban a los hombros. Y en el mar, los blancos pétalos de los trimaranes.

Todo había quedado atrás.

Jessica abrió los ojos a la quietud del desierto, al creciente calor diurno. Los inquietos demonios del calor empezaban a hacer soplar la brisa por las arenas abiertas del desierto. La escarpadura que tenían delante a lo lejos parecía haber quedado envuelta en la niebla.

Una ráfaga de arena cubrió por un instante la salida de la fisura. La brisa matutina y los halcones que empezaban a alzar el vuelo en la cima del farallón esparcían la arena y la hacían crepitar. Le pareció seguir oyendo el silbido de la arena después de que se asentara. Era cada vez más intenso, un sonido que, una vez oído, no se podía olvidar.

—Un gusano —murmuró Paul.

Apareció a su derecha y emanaba de él una serena majestuosidad que era imposible de ignorar. Vieron un túmulo de arena en movimiento que empezó a atravesar la hilera de dunas. El túmulo se levantó frente a ellos y levantó una ola de proa como si fuese una embarcación. Luego cambió de dirección y desapareció por la izquierda.

El sonido disminuyó hasta desaparecer.

—He visto fragatas espaciales más pequeñas —murmuró Paul.

Jessica asintió sin perder de vista el desierto. El gusano había dejado a su paso un rastro inquietante que se extendía infinito y perturbador hasta desaparecer en la línea del horizonte.

—Cuando hayamos descansado —dijo Jessica—, continuaremos con tus lecciones.

Paul reprimió la rabia que sintió de repente y dijo:

—Madre, ¿no crees que podríamos dejar de...?

—Hoy te has dejado llevar por el pánico —dijo ella—. Puede que conozcas mejor que yo tu mente y tu sistema nervioso bindu, pero aún tienes mucho que aprender de la musculatura prana de tu cuerpo. Paul, a veces este actúa de manera involuntaria, y puedo enseñarte algo al respecto. Debes aprender a controlar cada músculo, cada fibra de tu cuerpo. Tus manos, por ejemplo. Empezaremos con los músculos de los dedos, los tendones de la palma y la sensibilidad de las yemas. —Se dio la vuelta—. Entremos en la tienda. Ya.

Paul flexionó los dedos de la mano izquierda y miró cómo su madre se arrastraba al interior de la tienda por la válvula a esfínter. Sabía que no iba a poder convencerla de lo contrario y que tenía que doblegarse a ella.

«Siempre me he prestado voluntariamente a todo lo que me han hecho», pensó.

¡Las manos!

Se las volvió a mirar. Parecían tan inadecuadas cuando se las comparaba con criaturas como ese gusano.

Vinimos de Caladan, un mundo paradisíaco para nuestra forma de vida. En Caladan no existía la necesidad de construir un paraíso físico o mental... lo teníamos a nuestro alrededor. Y el precio que pagamos era el precio que los hombres siempre han pagado por llegar al paraíso: nos acomodamos, perdimos nuestro temple.

De *Conversaciones con Muad'Dib*,
por la princesa Irulan

—Así que tú eres el gran Gurney Halleck —dijo el hombre.

Halleck estaba de pie en la caverna redonda que hacía las veces de despacho, y el contrabandista estaba sentado frente a él tras un escritorio metálico. El hombre llevaba túnicas Fremen, y el tono azulado de sus ojos indicaba que parte de su dieta estaba formada por alimentos de fuera del planeta. El despacho era una reproducción del centro de control de una fragata espacial: equipo de comunicaciones y pantallas que cubrían una pared de treinta grados de curvatura, controles remotos de instrumentos y armas, y el escritorio sobresalía como si formase parte de la misma curva de la pared.

—Soy Staban Tuek, hijo de Esmar Tuek —dijo el contrabandista.

—Entonces debo darte las gracias por la ayuda que nos habéis prestado —dijo Halleck.

—Ahhh, gratitud —dijo el contrabandista—. Siéntate.

Una butaca que parecía sacada de una nave salió de la pared de debajo de las pantallas, y Halleck se sentó en ella con un suspiro, consciente de su agotamiento. Vio su propio reflejo en la superficie oscura junto al contrabandista y frunció el ceño al contemplar la fatiga que se reflejaba en su arrugado rostro. La cicatriz de estigma a lo largo de su mandíbula se retorció.

Halleck apartó la vista de su reflejo y miró a Tuek. En ese momento descubrió el parecido familiar en sus facciones: las cejas pobladas de su padre, el mismo perfil recio y anguloso de las mejillas y de la nariz.

—Tus hombres me han dicho que tu padre ha muerto a manos de los Harkonnen —dijo Halleck.

—De los Harkonnen o del traidor que había entre los tuyos —apuntilló Tuek.

La cólera se sobrepuso a la fatiga de Halleck. Se irguió.

—¿Sabes quién es el traidor?

—No estamos seguros.

—Thufir Hawat sospechaba de la dama Jessica.

—Ahhh, la bruja Bene Gesserit... quizá. Pero ahora Hawat es prisionero de los Harkonnen.

—Eso he oído. —Halleck respiró hondo—. Algo me dice que no será la única matanza.

—Intentaremos pasar desapercibidos —aseguró Tuek.

Halleck se envaró.

—Pero...

—Tú y los hombres que hemos conseguido salvar podéis refugiaros con nosotros —dijo Tuek—. Hablas de gratitud. Pues muy bien. Trabajad para pagar vuestra deuda. La mano de obra adicional nunca está de más. Pero acabaremos con vosotros si intentáis el menor ataque al descubierto contra los Harkonnen.

—¡Pero han matado a tu padre, hombre!

—Quizá. Y si es así, te responderé igual que lo hacía mi madre a los que actuaban sin pensar: «Pesada es la piedra y densa la arena, pero no son nada al lado de la furia de un idiota».

—Entonces ¿quieres decir que no vais a hacer nada al respecto? —preguntó Halleck, sorprendido.

—Eso no es lo que he dicho. Solo he dejado claro que quiero proteger nuestro contrato con la Cofradía. La Cofradía exige ser muy prudente. Hay otras formas de destruir a un enemigo.

—Ahhh...

—Así es. Si de verdad pretendes ir a por la bruja, hazlo. Pero debo advertirte que es probable que ya sea demasiado tarde... y dudamos que sea la persona a la que estás buscando.

—Hawat no suele equivocarse.

—Y, aun así, ha caído en las garras de los Harkonnen.

—¿Crees que él es el traidor?

Tuek se encogió de hombros.

—Es irrelevante. Creemos que la bruja está muerta. Parece ser que los Harkonnen piensan lo mismo.

—Sabes mucho sobre los Harkonnen.

—Señales e indicios... rumores y deducciones.

—Somos setenta y cuatro —dijo Halleck—. Si nos estás proponiendo que nos unamos a vosotros es porque tienes que estar convencido de que nuestro duque ha muerto.

—Han visto el cadáver.

—¿Y también el muchacho, el joven amo Paul? —Halleck intentó tragar saliva, pero tenía un nudo en la garganta.

—Según nuestros últimos informes, su madre y él desaparecieron en una tormenta en pleno desierto. Es muy probable que jamás se lleguen a encontrar ni sus cadáveres.

—La bruja está muerta, pues... todos muertos.

Tuek asintió.

—Y, por lo que sé, la Bestia Rabban accederá al poder en Dune.

—¿El conde Rabban de Lankiveil?

—Sí.

Halleck necesitó un instante para conseguir dominar la oleada de rabia que amenazaba con apoderarse de él. Luego habló entre jadeos.

—Tengo una cuenta personal con Rabban. La vida de mi familia... —Se frotó la cicatriz de la mandíbula—. Y también esto...

—Uno no debe arriesgarlo todo por saldar cuentas antes de tiempo —advirtió Tuek. Frunció el ceño al ver cómo los músculos de la mandíbula de Halleck se agitaban de repente y cómo entornaba los ojos.

—Lo sé... lo sé... —Halleck respiró hondo.

—Tus hombres y tú podéis trabajar para mí para pagaros el viaje de salida de Arrakis. Hay muchos puestos donde...

—Dejaré que sean mis hombres quienes elijan lo que desean hacer. Ahora que sé que Rabban está aquí, yo me quedo.

—Tus palabras tienen un tono que nos hace replantearnos tu estancia en este lugar.

Halleck miró con fijeza al contrabandista.

—¿Dudas de mi palabra?

—No, no...

—Me habéis salvado de los Harkonnen. Juré fidelidad al duque Leto por menos. Me quedaré en Arrakis, con vosotros... o con los Fremen.

—Se expresen o no, los pensamientos siempre están ahí y tienen su peso —dijo Tuek—. Quizá entre los Fremen descubrieras que la línea que separa la vida de la muerte es demasiado frágil e incierta.

Halleck cerró los ojos por un instante y volvió a sentir que el cansancio se apoderaba de él.

—«¿Dónde está el Señor que nos ha conducido por la tierra de los desiertos y los abismos?» —murmuró.

—Actúa con prudencia y verás cómo llega el día de tu venganza —anunció Tuek—. La impaciencia es más propia de Shaitán. Aplaca tu dolor... Contamos con distracciones para ello. Hay tres cosas que alegran el corazón: el agua, la hierba verde y la belleza de una mujer.

Halleck abrió los ojos.

—Preferiría ver la sangre de Rabban Harkonnen derramada a mis pies. —Miró a Tuek—. ¿Crees que ese día llegará?

—Desconozco qué te depara el destino, Gurney Halleck. Solo puedo ayudarte a afrontar el presente.

—Aceptaré la ayuda y me quedaré hasta que me digas que vengue a tu padre y al resto que...

—Escúchame, guerrero —dijo Tuek. Se inclinó sobre el escritorio con la cabeza hundida entre los hombros y la mirada fija en Halleck. El rostro del contrabandista se convirtió de repente en una máscara de piedra—. Yo mismo me encargaré de cobrarme el agua de mi padre con mi propia espada.

Halleck miró fijamente a Tuek. En ese momento, el contrabandista le recordó al duque Leto: un líder, valeroso, seguro de su lugar y de sus actos. Era como el duque... antes de Arrakis.

—¿Aceptas mi espada a tu lado? —preguntó Halleck.

Tuek se reclinó, se relajó y examinó a Halleck en silencio.

—¿Crees que soy un «guerrero»? —insistió Halleck.

—Eres el único de los lugartenientes del duque que ha conseguido escapar —explicó Tuek—. Vuestros enemigos os superaban en número, y sin embargo os batisteis con ellos. Los derrotasteis como nosotros hemos derrotado Arrakis.

—¿Eh?

—Vivimos aquí porque no tenemos alternativa, Gurney Halleck —dijo Tuek—. Arrakis es nuestro enemigo.

—Y tenemos que enfrentarnos a nuestros enemigos uno a uno, ¿no es así?

—Así es.

—¿Los Fremen piensan igual?

—Quizá.

—Has afirmado que el estilo de vida de los Fremen sería demasiado duro para mí. Viven en el desierto, al descubierto. ¿Es por eso?

—¿Quién sabe dónde viven los Fremen? Para nosotros, la Meseta Central es tierra de nadie. Pero me gustaría seguir hablando de...

—Me han dicho que la Cofradía no suele hacer pasar sus cargueros ligeros de especia por encima del desierto —dijo Halleck—. Pero los rumores afirman que hay zonas verdes aquí y allá, sí uno sabe dónde mirar.

—¡Rumores! —se burló Tuek—. ¿Quieres elegir entre los Fremen y yo? Aquí tenemos medidas de seguridad, nuestro propio sietch excavado en la roca y nuestras depresiones ocultas. Vivimos como hombres civilizados. Los Fremen no son más que unas bandas de harapientos que usamos como cazadores de especia.

—Pero pueden matar Harkonnen.

—¿Y quieres saber los resultados? En este mismo momento están siendo cazados como animales, con láseres porque no tienen escudos. Van a ser exterminados. ¿Por qué? Porque han matado Harkonnen.

—¿De verdad eran Harkonnen los que mataron? —preguntó Halleck.

—¿Qué quieres decir?

—¿No has oído hablar de la presencia de Sardaukar con los Harkonnen?

—Más rumores.

—Pero una matanza... no es típico de los Harkonnen. Una matanza es un desperdicio.

—Yo creo lo que ven mis ojos —dijo Tuek—. Haz tu elección, guerrero. Los Fremen o yo. Yo te prometo un refugio y la oportunidad de derramar la sangre que ambos queremos. Puedes estar seguro de ello. Los Fremen solo te ofrecerán el estilo de vida de un animal acosado.

Halleck vaciló al notar la sabiduría y la cordialidad de las palabras de Tuek, inquieto sin saber muy bien por qué.

—Confía en tus habilidades —dijo Tuek—. ¿Qué decisiones te han permitido sobrevivir en la batalla? Las tuyas. Decide.

—Así debe ser —dijo Halleck—. ¿El duque y su hijo han muerto?

—Así lo creen los Harkonnen. Yo me inclinaría a creer lo que dicen cuando hablan de esos temas. —Una torva sonrisa se dibujó en su rostro—. Pero solo en esos temas.

—Pues así debe ser —repitió Halleck. Tendió su mano derecha con la palma hacia arriba y el pulgar doblado sobre ella: el gesto tradicional—. Te entrego mi espada.

—Aceptada.

—¿Quieres que persuada a mis hombres?

—¿Les dejarás tomar una decisión?

—Me han seguido hasta aquí, pero la mayoría son nativos de Caladan. Arrakis no es lo que imaginaban. Aquí lo han perdido todo excepto sus vidas. Preferiría que decidieran por ellos mismos.

—No te puedes permitir titubeos —dijo Tuek—. Te han seguido hasta aquí.

—Los necesitas, ¿no es así?

—Siempre necesitamos guerreros experimentados... y ahora más que nunca.

—Has aceptado mi espada. ¿Quieres que los persuada?

—Yo creo que te seguirán, Gurney Halleck.

—Es de esperar.

—Ciertamente.

—Entonces ¿tengo que decidir yo?

—Tienes que decidir.

Halleck se levantó de la butaca y sintió el gran esfuerzo que requería de él aquel simple movimiento.

—Por ahora, iré a sus aposentos para comprobar que estén bien instalados —dijo.

—Habla con mi intendente —dijo Tuek—. Se llama Drisq. Dile que mi mayor interés es que reciban el mejor trato posible. Me reuniré contigo dentro de un rato. Antes debo controlar el envío fuera del planeta de varios cargamentos de especia.

—La fortuna nunca duerme —dijo Halleck.

—Nunca —repitió Tuek—. Los tiempos revueltos son una oportunidad poco habitual para nuestros negocios.

Halleck asintió mientras oía el leve susurro y el débil silbar del aire cuando se abrió la compuerta estanca que tenía detrás. Se dio la vuelta, bajó la cabeza para franquear el umbral y salió del despacho.

Llegó a la sala de asambleas, lugar por el que habían pasado sus hombres y él cuando los habían escoltado los ayudantes de Tuek. Era una cavidad larga y muy estrecha excavada directamente en la roca cuyas lisas paredes evidenciaban el uso de cortadores a rayos. El techo era lo suficientemente alto como para mantener el soporte natural de la cúpula de roca y permitir la circulación interior del aire. En las paredes había hileras de taquillas y armeros.

Halleck se llenó de orgullo al ver que los hombres de sus filas que aún se podían mantener en pie, seguían erguidos y no se habían relajado a causa del cansancio ni de la derrota. Los médicos de los contrabandistas caminaban entre ellos para atender a los heridos. Las camillas estaban agrupadas a la izquierda, y cada herido tenía a su lado un compañero Atreides.

Halleck se dio cuenta de que el adiestramiento de los Atreides («¡Velaremos por los nuestros!») aún formaba parte de la esencia inalterable de sus hombres.

Uno de sus lugartenientes avanzó hacia él con el baliset de nueve cuerdas fuera de su estuche. El hombre le dedicó un saludo rápido y dijo:

—Señor, los médicos dicen que no hay esperanzas para Mattai. Aquí no hay banco de órganos ni de huesos, solo tratamientos de urgencia. Dicen que Mattai no sobrevivirá, y él quiere pediros algo.

—¿El qué?

El lugarteniente le tendió el baliset.

—Mattai os pide una canción para endulzar su muerte, señor. Dice que sabéis cuál, esa que os ha pedido tantas veces. —El lugarteniente tragó saliva—. La que se llama *Mi mujer*, señor. Si vos...

—Sí, lo sé. —Halleck cogió el baliset y sacó la multipúa de la sujeción donde se encontraba en el diapasón. Rasgueó con suavidad un acorde y se dio cuenta de que alguien ya lo había afinado. Sintió un escozor en los ojos, pero evitó pensar en nada y siguió adelante con la tonada, rasgueando las cuerdas y esforzándose por sonreír de vez en cuando.

Varios de sus hombres y un médico de los contrabandistas se inclinaron sobre una camilla. Uno de ellos empezó a cantar en voz muy baja mientras Halleck se acercaba, y la costumbre hizo que pillara el contratiempo de la canción al momento:

> *Mi mujer está en su ventana,*
> *curvas líneas tras los cuadrados cristales.*
> *Se inclina hacia mí, me tiende los brazos*
> *en el crepúsculo rojo y dorado.*
> *Venid a mí...*

Venid a mí, dulces brazos de mi amor.
Para mí...
Para mí, dulces brazos de mi amor.

El cantante se quedó en silencio, extendió un brazo vendado y cerró los ojos al hombre de la camilla.

Halleck rasgueó un último acorde del baliset y pensó: «Ahora somos setenta y tres».

A mucha gente le cuesta comprender la vida familiar del Harén Real, pero intentaré hacer un pequeño resumen de ella. Creo que mi padre solo tenía un amigo de verdad. Se trataba del conde Hasimir Fenring, el eunuco genético y uno de los guerreros más temibles del Imperio. El conde, un hombre pequeño, feo y vivaz, trajo un día una nueva esclava-concubina a mi padre, y mi madre me encargó la tarea de espiar lo que ocurría entre ellos. Todas espiábamos a mi padre a fin de protegernos. Una esclava-concubina concedida a mi padre según un acuerdo Bene Gesserit-Cofradía obviamente no podía engendrar un Sucesor Real, pero las intrigas eran constantes y de una similitud opresiva. Mi madre, mis hermanas y yo nos habíamos acostumbrado a evitar las artes mortíferas más sutiles. Puede sonar horrible, pero no tengo del todo claro que mi padre no estuviese al tanto de algunas de dichas tentativas. Una Familia Real es distinta al resto de familias. Así pues, allí estaba esa nueva esclava-concubina, pelirroja como mi padre, esbelta y hermosa. Tenía musculatura de bailarina, y obviamente su adiestramiento incluía la neuroseducción. Mi padre la contempló durante mucho tiempo mientras la mujer posaba desnuda frente a él. Finalmente dijo: «Es demasiado hermosa. La reservaremos para un regalo». No podéis haceros a la idea de la consternación que dicha decisión creó en el Harén Real. Al fin y al cabo, ¿acaso la sutileza y el autocontrol no eran una amenaza mortal para todas nosotras?

De *En la casa de mi padre*,
por la princesa Irulan

Paul se encontraba de pie frente a la destiltienda mientras el sol del atardecer se perdía en el horizonte. La hendidura en la que habían acampado estaba sumida en las tinieblas. Miró a través de las arenas abiertas hacia el distante macizo y se preguntó si debía despertar ya a su madre, que aún dormía en la tienda.

Frente a su refugio se extendían una infinidad de dunas gracias a las que el sol del ocaso proyectaba unas sombras tan densas como la noche.

Y todo era tan llano...

Su mente buscó algo que sobresaliese en el paisaje, pero no había nada en toda esa extensión que se elevara con decisión sobre aquel aire sobrecalentado, ninguna flor, ninguna planta agitada por la brisa, solo dunas y aquella escarpadura lejana bajo un cielo de plata bruñida.

«¿Y si eso de ahí no es una de las estaciones experimentales abandonadas? —pensó—. ¿Y si no hubiera Fremen? ¿Y si esas plantas no fueran más que un accidente?»

En la tienda, Jessica se despertó, se dio la vuelta y miró a su hijo a través de la parte transparente. Paul le daba la espalda y algo en su postura le recordó al duque. Sintió que la pena empezaba a avivarse en lo más profundo de su ser y desvió la mirada.

Poco después, se ajustó el destiltraje, bebió un poco del agua del bolsillo de recuperación de la tienda y salió al exterior para estirar los músculos.

—Me gusta la tranquilidad que hay en este lugar —dijo Paul sin darse la vuelta.

«Hay que ver cómo la mente se adapta al entorno», pensó Jessica.

Y recordó un axioma Bene Gesserit: «Bajo los efectos del estrés, la mente puede ir en ambas direcciones: hacia una positiva o hacia una negativa, conectarse o desconectarse. Pensad en ello como un espectro cuyos extremos fueran el inconsciente en el extremo negativo y el hiperconsciente en el positivo. La dirección que tome la mente bajo los efectos del estrés estará muy influenciada por el adiestramiento».

—Se podría vivir bien aquí —dijo Paul.

Jessica intentó ver el desierto a través de los ojos de Paul, intentó abarcar todas las complicaciones propias del planeta y aceptarlas como algo natural, sin dejar de preguntarse cuáles podían ser los futuros posibles que había visto su hijo.

«Uno podría vivir solo en este lugar —pensó—. Sin miedo a tener a alguien siempre detrás de ti, sin miedo a ser cazado.»

Se adelantó a Paul, levantó los binoculares, ajustó las lentes de aceite y examinó la escarpadura que se encontraba frente a ellos. Sí, saguaros y otras hierbas espinosas en las quebradas... y también matojos de hierba corta de color amarillo verdoso en las zonas de sombra.

—Voy a recoger el campamento —anunció Paul.

Jessica asintió, salió de la fisura para tener una visión panorámica del desierto y apuntó los binoculares hacia la izquierda. Una hoya de sal de cegadora blancura con los bordes manchados de ocre se extendía por ese lado, era una extensión blanca en la que el blanco significaba la muerte. Pero el lugar también era sinónimo de otra cosa: agua. En el pasado, aquel brillante blanco había estado cubierto de agua. Bajó los binoculares, se ajustó la túnica y escuchó por un instante el sonido de los movimientos de Paul.

El sol descendió un poco más. Las sombras se alargaron sobre la hoya de sal. Unas líneas de colores fulgurantes se dibujaron en el horizonte para luego fundirse en las tinieblas arenosas. Las sombras tiznadas se extendieron hasta cubrir la amplitud del desierto y dar paso a la noche.

¡Las estrellas!

Jessica levantó la vista hacia ellas mientras oía cómo Paul se acercaba a su lado. El desierto nocturno pareció elevarse hacia el firmamento. El día había llegado a su fin. Una suave brisa le soplo en el rostro.

—La primera luna saldrá muy pronto —dijo Paul—. La mochila está lista. He plantado el martilleador.

«Podríamos perdernos para siempre en este lugar infernal —pensó Jessica—. Y nadie lo sabría.»

El viento nocturno levantó pequeños regueros de arena que les golpearon las caras y que llevaban consigo el aroma de la canela: una lluvia de olores en la oscuridad.

—Huele —dijo Paul.

—Lo huelo incluso a través del filtro —aseguró Jessica—. Riqueza. Pero ¿será suficiente para comprar agua? —Señaló al otro lado de la depresión—. No se ven luces artificiales.

—Los Fremen estarán escondidos en un sietch detrás de esas rocas —aseguró él.

Un disco de plata se elevó por el horizonte a su derecha: la primera luna. Apareció poco a poco, y el perfil de una mano se distinguió con claridad en su superficie. Jessica vio el color blanco plateado que adoptaba la arena expuesta a la luz.

—He plantado el martilleador en la parte más profunda de la hendidura —indicó Paul—. Cuando encienda la mecha, tendremos unos treinta minutos.

—¿Treinta minutos?

—Antes de que empiece a atraer... a un gusano.

—Bien. Estoy lista.

Paul se apartó, y ella lo oyó avanzar por la fisura.

«La noche es un túnel —pensó Jessica—. Un agujero hacia el mañana... siempre que exista un mañana para nosotros. —Agitó la cabeza—. ¿Por qué pienso cosas tan macabras? ¡Tengo que hacer valer mi adiestramiento!»

Paul volvió junto a ella, cogió la mochila y descendió hacia la primera duna, donde se detuvo para escuchar mientras su madre lo alcanzaba. Oyó su suave agitar y el gélido caer de los granos de arena: el idioma del desierto que confirmaba que el lugar era seguro.

—Debemos avanzar de manera arrítmica —dijo. Y recordó, tanto con su memoria presciente como con su memoria real, la imagen de unos hombres que caminaban por la arena—. Observa cómo lo hago —indicó—. Así es como los Fremen caminan por la arena.

Avanzó a barlovento por la duna y siguió su curva mientras arrastraba los pies.

Jessica examinó cómo avanzaba durante diez pasos y luego fue detrás de él haciendo lo mismo. Sabía por qué lo hacían: el sonido debía de ser igual al que hacía la arena al agitarse, al ruido del viento. Pero los músculos protestaban al realizar esos movimientos irregulares y poco naturales: un paso... un deslizamiento... un deslizamiento... un paso... un paso... una pausa... un deslizamiento... un paso...

El tiempo se dilataba a su alrededor. La roca que tenían delante no daba señales de estar más cerca y la que tenían detrás seguía igual de grande.

¡Bum! ¡Bum! ¡Bum! ¡Bum!

Un latido rítmico empezó a atronar en la escarpadura que habían dejado atrás.

—El martilleador —susurró Paul.

El batir continuó, y encontraron difícil ignorar aquel ritmo mientras avanzaban.

Bum... bum... bum... bum...

Atravesaban una hondonada iluminada por la luna sin dejar de oír aquel ruido sordo. Ascendían y descendían por las dunas: un paso... un deslizamiento... una pausa... un paso... La arena aglomerada rodaba bajo sus pies. Un deslizamiento... una pausa... una pausa... un paso...

No dejaron de escuchar en ningún momento por si oían un silbido especial.

Cuando llegó dicho sonido, lo hizo de manera tan tenue que quedó ahogado por el ruido de sus pasos. Pero creció en intensidad, cada vez más, y se avecinaba desde el oeste.

Bum... bum... bum... bum..., repetía el martilleador.

El silbido se acercó a ellos y se extendió en la noche a sus espaldas. Giraron las cabezas sin dejar de andar y vieron cómo avanzaba hacia ellos el montículo del gusano.

—Sigue moviéndote —murmuró Paul—. No mires atrás.

Un ruido terrible y furioso estalló en las sombras de las rocas que acababan de dejar. Se convirtió en una avalancha de sonido ensordecedora.

—Sigue moviéndote —repitió Paul.

Observó que habían alcanzado un punto medio desde el que las dos paredes de roca, la de delante y la de atrás, parecían estar a la misma distancia.

Detrás de ellos volvió a retumbar el ruido atronador de las rocas despedazadas y se alzó hasta dominar la noche.

Siguieron avanzando sin parar. Sus músculos alcanzaron un estado de dolor mecánico que parecía prolongarse hasta el infinito, pero Paul vio que la escarpadura rocosa que tenían delante se había vuelto más grande.

Jessica avanzaba concentrada y con la mente en blanco, consciente de que su voluntad era lo único que conseguiría hacerla seguir caminando. La sequedad de sus labios le había empezado a doler, pero el ruido que los perseguía había borrado toda esperanza de poder detenerse aunque solo fuera para beber un sorbo de los bolsillos de recuperación del destiltraje.

Bum... bum...

Otro estallido retumbó en la lejana escarpadura y ahogó el martilleo.

Luego, el silencio.

—¡Rápido! —susurró Paul.

Jessica asintió a sabiendas de que el chico no iba a ver el gesto, pero necesitaba hacerlo para exigir un poco más a esos músculos que habían superado su límite debido a ese movimiento antinatural...

La pared rocosa y la seguridad que representaba se elevaban ante ellos y se recortaban contra las estrellas. Paul vio una extensión de arena llana en la base. Llegó hasta ella trastabillando debido a la fatiga y volvió a erguirse con un movimiento instintivo al dar el siguiente paso.

Unos estallidos atronadores agitaron la arena que los rodeaba.

Paul dio dos pasos vacilantes a un lado.

¡Bum! ¡Bum!

—¡Un tambor de arena! —gimió Jessica.

Paul recuperó el equilibrio. Echó un vistazo rápido al lugar en el que se encontraban: la escarpadura no estaba a más de doscientos metros.

Oyeron un silbido detrás, uno parecido a una ráfaga de viento, como aguas revueltas en un lugar donde no había agua.

—¡Corre! —gritó Jessica—. ¡Paul, corre!

Corrieron.

El tambor batió bajo sus pasos. Se alejaron de él y llegaron a una zona de arena aglomerada. Al principio, la carrera resultó ser un alivio para sus músculos doloridos a causa de la marcha arrítmica y antinatural. Aquel era un movimiento al que estaban acostumbrados. Era rítmico, pero la arena y la gravilla dificultaban su marcha. Y el silbido del gusano acercándose se elevaba como una tempestad a sus espaldas.

Jessica cayó de rodillas. Solo era capaz de pensar en la fatiga, el ruido y el miedo que sentía.

Paul la levantó y tiró de ella.

Corrieron juntos cogidos de la mano.

Una pequeña estaca sobresalía de la arena ante ellos. La rebasaron y vieron otra.

Jessica no procesó la información hasta que las pasaron de largo.

Delante había otra: una estaca de roca con la superficie erosionada por el viento.

Y otra.

«¡Roca!»

Sintieron bajo sus pies el impacto contra una superficie dura que no cedía a su peso y la sensación les dio fuerza para continuar.

Ante ellos se abría una profunda hendidura cuya sombra vertical se elevaba en el macizo rocoso. Corrieron hacia ella y se refugiaron en el estrecho agujero.

El ruido que hacía el gusano al avanzar cesó a sus espaldas.

Jessica y Paul se dieron la vuelta y otearon el desierto.

A unos cincuenta metros de distancia, donde empezaban las dunas justo después de una playa rocosa, una curva de un gris argénteo se elevó en el desierto mientras ríos y cascadas de arena se derramaban a su alrededor. Se elevó más y más hasta convertirse en una boca gigante y amenazadora. Era un agujero redondo y negro cuyos contornos relucían a la luz de la luna.

La boca se contorsionó hacia la estrecha fisura donde se habían refugiado Paul y Jessica. El olor a canela inundó sus fosas nasales. Los destellos de la luz de la luna se iluminaron en unos dientes de cristal.

La gran boca osciló delante y atrás.

Paul contuvo la respiración.

Jessica se acuclilló y se quedó mirando.

Necesitó toda la concentración de su adiestramiento Bene Gesserit para dominar el terror primordial que la embargaba, para vencer el miedo atávico que amenazaba con destruir su mente.

Paul estaba eufórico. Acababa de franquear una barrera temporal para penetrar en un territorio que le era más desconocido aún. Sentía las tinieblas que tenía ante él, pero su ojo interior no le revelaba nada. Era como si sus últimos pasos lo hubieran arrastrado hacia un pozo sin fondo... o a la base de una ola donde el futuro era invisible. El paisaje que lo rodeaba había cambiado profundamente.

Lejos de aterrarle, la sensación de esas tinieblas temporales desencadenó una hiperaceleración en el resto de sus sentidos. Se dio cuenta de que registraba los más ínfimos detalles de esa cosa que tenían ante ellos y que los buscaba. La boca tendría unos ochenta metros de diámetro... unos dientes cristalinos con la forma curvilínea de un crys que brillaban alrededor... el rugiente aliento a canela y matices a sutiles aldehídos... ácidos...

El gusano oscureció la luna mientras escrutaba las rocas que tenían encima. Una lluvia de guijarros y arena cayó en cascada frente a la estrecha hendidura.

Paul arrastró a su madre hacia el interior del refugio.

¡Canela!

El olor lo invadía todo.

«¿Qué relación hay entre el gusano y la especia melange?», se preguntó Paul.

Recordó que Liet-Kynes había hecho una velada insinuación acerca de la relación entre el gusano y la especia.

¡Brrrrruuuum!

Fue un retumbar atronador que resonó a su derecha.

Y luego: ¡Brrrruuuum!

El gusano se retiró hacia la arena y se quedó allí inmóvil unos instantes mientras sus dientes cristalinos destellaban a la luz de la luna.

¡Bum! ¡Bum! ¡Bum! ¡Bum!

Y Paul pensó: «¡Otro martilleador!».

El ruido se repitió a su derecha.

Un estremecimiento recorrió el cuerpo de gusano mientras se alejaba por la arena. Solo quedó al descubierto la mitad superior, como si fuese la cúpula de una campana o la bóveda de un túnel que trazaba su camino entre las dunas.

La arena crepitó.

La criatura se hundió aún más mientras se alejaba y serpenteaba. Se convirtió en poco más que un montículo de arena que se alejaba entre las hondonadas de las dunas.

Paul salió de la hendidura y contempló la ola de arena que se alejaba por aquel yermo en busca del retumbar del otro martilleador.

Jessica se acercó a él y escuchó: Bum... bum... bum... bum... bum...

El ruido cesó poco después.

Paul cogió el tubo del destiltraje y sorbió un poco de agua reciclada.

Jessica se fijó en lo que hacía, pero su mente aún estaba en blanco a causa de la fatiga y el terror.

—¿De verdad se ha ido? —jadeó.

—Alguien lo ha llamado —dijo Paul—. Los Fremen.

La mujer notó que empezaba a recuperar las fuerzas.

—¡Era enorme!

—No tanto como el que devoró nuestro tóptero.

—¿Estás seguro de que eran los Fremen?

—Han usado un martilleador.

—¿Por qué acudirían en nuestra ayuda?

—Quizá no lo hayan hecho para ayudarnos. Puede que solo pretendiesen llamar al gusano.

—¿Para qué?

La respuesta se agitaba en el umbral de su consciencia, pero rehusaba manifestarse. Su mente le sugirió que estaba relacionado con esas barras telescópicas llenas de garfios que había en la mochila: los «garfios de doma».

—¿Para qué llamarían a un gusano? —insistió Jessica.

Un atisbo de miedo cruzó la mente de Paul, quien se obligó a apartar la vista de su madre y mirar hacia arriba por la pared del acantilado.

—Será mejor encontrar la manera de subir antes de que se haga de día. —Señaló con el dedo—. Esas estacas que hemos pasado... aquí hay más.

Jessica miró hacia donde apuntaba con el dedo y vio las estacas, marcadores erosionados por el viento que se dirigían hacia la sombra de un saliente estrecho que se retorcía hasta llegar a una fisura que quedaba a mucha altura sobre ellos.

—Han marcado un camino por el farallón —dijo Paul. Se aseguró la mochila a los hombros, cruzó hasta la cornisa e inició la ascensión.

Jessica aguardó un instante para relajarse, recuperó fuerzas y luego lo siguió.

Comenzaron a subir siguiendo las estacas que marcaban el camino hasta que la cornisa se redujo a un borde de roca estrecho que daba a la embocadura de una oscura fisura.

Paul inclinó la cabeza para sondear la oscuridad. Era consciente de la precaria seguridad en aquel estrecho saliente rocoso, pero se obligó a hacerlo despacio y con cuidado. Dentro de la hendidura solo vio tinieblas. Se extendía hacia las alturas y se abría a un cielo estrellado. Solo alcanzó a oír los sonidos que esperaba: el susurro de la arena al caer, el zumbido de un insecto, el ruido de las patas de algún animalillo al correr. Tanteó la oscuridad de la hendidura con un pie y sintió que había roca debajo de la delgada capa de gravilla. Dobló la esquina despacio y le indicó a su madre que lo siguiese. La cogió por un pliegue de la túnica y la ayudó a pasar.

Levantaron la vista hacia la luz de las estrellas, enmarcadas por las dos paredes de roca. Paul vio que su madre era poco más que un borrón gris que se movía a su lado.

—Si al menos pudiéramos encender una luz —susurró Paul.

—Tenemos otros sentidos además de la vista —anunció su madre.

Paul dio un paso al frente, aseguró el peso y con el otro pie tanteó el terreno, donde encontró un obstáculo. Levantó el pie, descubrió que se trataba de un escalón y lo subió. Se dio la vuelta, cogió a su madre del brazo y tiró de su túnica para indicarle que lo siguiese.

Otro escalón.

—Creo que llega hasta la cima —susurró.

«Peldaños bajos y regulares —pensó Jessica—. Sin duda esculpidos por el hombre.»

Peldaño a peldaño, siguió a tientas los movimientos de Paul. Las paredes rocosas se estrecharon hasta casi rozarle los hombros. Los peldaños terminaban en un estrecho desfiladero de unos veinte metros de largo que llegaba al nivel del suelo, donde se abría a una depresión poco profunda bañada por la luz de la luna.

Paul se detuvo al borde de la depresión.

—Qué lugar tan maravilloso —murmuró.

Detrás de él, Jessica solo pudo asentir en silencio mientras miraba.

Pese a la fatiga, la irritación causada por los tubos y los tampones de la nariz y el agobio de llevar el destiltraje; pese al miedo y al urgente deseo de descansar, la belleza de la depresión cautivó sus sentidos y la obligó a detenerse para admirarlo.

—Parece el país de las hadas —murmuró Paul.

Jessica asintió.

Ante ellos se extendía la vegetación del desierto: arbustos, cactus, matojos de hojas coriáceas, y todo se agitaba a la luz de la luna. Las paredes que circundaban la depresión eran oscuras a su izquierda, pero resplandecían como plata a su derecha.

—Debe de ser de los Fremen —dijo Paul.

—Si las plantas sobreviven, aquí tiene que haber personas

—convino Jessica. Destapó el tubo del bolsillo de recuperación del destiltraje y sorbió. Un líquido caliente y algo agrio se derramó por su garganta, pero notó cómo la refrescaba. Volvió a tapar el tubo y sintió el chirrido de la arena que empezaba a colarse al hacerlo.

Un movimiento llamó la atención de Paul: entre los arbustos y la hierba que había a su derecha y al fondo de la depresión, entrevió una superficie arenosa parcialmente iluminada por la luna donde algo se movía con un agitado hop, hop y dando brinquitos.

—¡Ratones! —exclamó Paul.

Hop, hop, brincaban al tiempo que entraban y salían de las sombras.

Algo se lanzó en silencio delante de ellos y en dirección a los ratones. Se oyó un leve chillido, un batir de alas, y un pájaro de un gris fantasmagórico atravesó al vuelo la depresión con una sombra pequeña y oscura entre las garras.

«Ha sido un buen recordatorio», pensó Jessica.

Paul no había dejado de observar la depresión. Respiró hondo y sintió el intenso perfume de la salvia por encima de todos los demás olores de la noche. Llegó a la conclusión de que lo que acababa de ver hacer al ave rapaz era algo habitual en aquel desierto. Ahora el silencio era tan profundo que casi sentía el fluir de la lechosa y azulada luz de luna sobre los saguaros centinelas y los matojos espinosos. La luz de aquel lugar emitía cierto murmullo grave que conformaba una armonía de una profundidad sin igual en todo el universo.

—Será mejor que encontremos un lugar donde montar la tienda —anunció Paul—. Mañana buscaremos a los Fremen que...

—¡La mayoría de los intrusos lamentan toparse con los Fremen!

Era una voz de hombre, dura e imperiosa, cuyas palabras rompieron el encanto. Venía de su derecha, en las alturas.

—Os ruego que no corráis, intrusos —dijo la voz cuando Paul amagó con retirarse hacia la hendidura—. Lo único que conseguiríais así es malgastar el agua de vuestros cuerpos.

«¡Eso es lo que quieren! ¡El agua de nuestros cuerpos!», pensó Jessica.

Sus músculos olvidaron toda fatiga y se tensaron al máximo sin excepción. Localizó el punto de donde venía la voz y pensó: «¡Qué sigiloso! No lo he oído llegar».

Entonces se dio cuenta de que el propietario de la voz se había acercado produciendo solo los sonidos naturales del desierto.

Otra voz gritó desde el borde de la depresión a la izquierda:

—Rápido, Stil. Quítales el agua y sigamos nuestro camino. Tenemos poco tiempo antes de que amanezca.

Paul, a quien las emergencias afectaban menos que a su madre, lamentó haberse asustado e intentado escapar, ya que ese momento de pánico había ofuscado sus facultades. Se obligó a obedecer sus enseñanzas: relajarse, luego fingir que estaba relajado y tensar todos los músculos y prepararlos para saltar como un muelle en cualquier dirección,

Sin embargo, aún se sentía al borde del miedo, y sabía por qué. Era un tiempo ciego, un futuro que no había visto... y estaban a merced de dos Fremen salvajes cuyo único interés era el agua que contenían sus dos cuerpos desprovistos de escudo.

Esta adaptación religiosa de los Fremen es, pues, el origen de lo que ahora conocemos como *Los Pilares del Universo*, de los cuales los Qizara Tafwid son los representantes entre nosotros con los signos y las pruebas y las profecías. Ellos nos aportan esta fusión mística arrakena cuya profunda belleza está tipificada por la conmovedora música compuesta a la manera de la antigüedad pero marcada por este nuevo despertar. ¿Quién no ha oído sin sentirse profundamente conmovido el *Himno al Hombre Viejo*?:

Mis pies han hollado un desierto
habitado por ondeantes espejismos.
Voraz de gloria, ávido de peligro,
he recorrido los horizontes de al-Kulab,
viendo al tiempo nivelar las montañas
en su búsqueda y en su hambre de mí.
Y he visto los gorriones acercarse rápidos,
tan osados como un lobo al ataque.
Se han dispersado por el árbol de mi juventud.
He oído la bandada en mis ramas.
¡Y he conocido sus picos y sus garras!

De *El despertar de Arrakis*,
por la princesa Irulan

El hombre se arrastró por la cresta de una duna. Era apenas una mota que se confundía con la arena en el resplandor del sol de mediodía. Solo iba vestido con los restos de una capa jubba y a través de los harapos se veía su carne desnuda que quedaba descubierta al calor. Habían arrancado la capucha de la capa, pero el hombre se había confeccionado un turbante con un jirón de tela. Mechones de cabellos del color de la arena sobresalían de él y hacían juego con su barba enmarañada y sus cejas pobladas. Debajo de sus ojos azul contra azul había restos de una mancha oscura que ensombrecían sus mejillas. Tenía una marca hundida en el bigote y la barba, lugar que antes ocupaba un tubo de destiltraje que iba desde la nariz a los bolsillos de recuperación.

El hombre dejó de arrastrarse por la cresta de la duna, con los brazos extendidos hacia la hondonada. La sangre se le había coagulado en la espalda, los brazos y las piernas. Costras de una arena amarilla y grisácea se habían formado sobre sus heridas. Colocó despacio las manos por debajo de él, se impulsó hacia arriba y consiguió ponerse en pie, aunque se empezó a tambalear. A pesar de estar agotado, sus movimientos aún conservaban cierta precisión.

—Soy Liet-Kynes —dijo, hablando para sí mismo y dirigiéndose al vacío horizonte, con una voz que más bien era una ronca caricatura de su antigua viveza—, soy el planetólogo de Su Majestad Imperial —jadeó—, el ecólogo planetario de Arrakis. El servidor de esta tierra.

Se tambaleó y cayó de lado por la hondonada de la duna. Intentó aferrar las débiles manos en la arena sin éxito.

«El servidor de esta arena», pensó.

Se dio cuenta de que había empezado a delirar, de que tenía que excavar para hundirse en la arena y encontrar un estrato inferior que estuviese más fresco para enterrarse en él. Pero notó el olor dulzón y nauseabundo de una bolsa de preespecia en algún punto bajo la arena. Conocía el peligro que suponía dicho descubrimiento, mejor que cualquier otro Fremen. Si era capaz de oler los gases de las profundidades de la arena, era porque habían alcanzado tanta presión que estaban a punto de estallar. Debía de alejarse lo más rápido posible.

Clavó las manos en la arena e intentó arrastrarse por la superficie de la duna.

Un pensamiento se apoderó de su mente, uno claro y preciso: «La verdadera riqueza de un planeta está en sus paisajes, en el papel que jugamos nosotros en esa fuente primordial de civilización, en la agricultura».

Reflexionó sobre lo extraño que resultaba que la mente, que llevaba mucho tiempo fijada en una única dirección, fuera incapaz de cambiarlo. Los Harkonnen lo habían abandonado allí sin agua ni destiltraje con la esperanza de que un gusano se encargara de él, si no lo hacía el desierto. Les había resultado divertido dejarlo vivo, para que muriera lentamente, en las impersonales manos de su planeta.

«Los Harkonnen siempre han encontrado difícil matar a los Fremen —pensó—. No morimos con facilidad. Yo ya debería estar muerto... lo estaré muy pronto... pero no puedo evitar pensar como un ecólogo...»

—El principal cometido de la ecología es llegar a comprender las consecuencias.

La frase le hizo estremecer, porque pertenecía a alguien que estaba muerto. Era de su padre, que había sido planetólogo allí antes que él, su padre, fallecido hacía mucho en el derrumbamiento de la Depresión de Yeso.

—Te has metido en un buen lío, hijo —dijo su padre—. Deberías haber sabido cuáles eran las consecuencias de ayudar al hijo de ese duque.

«Estoy delirando», pensó Kynes.

La voz parecía provenir de su derecha. Kynes arrastró la cabeza por la arena para girarla y mirar en esa dirección: no había nada a excepción de la ondulada extensión de las dunas que parecían bailar al infernal calor del desierto.

—Cuanta más vida hay en un sistema, mayor es la cantidad de nichos que existen para preservar dicha vida —dijo su padre. Ahora la voz venía de su izquierda, detrás de él.

«¿Por qué no deja de moverse a mi alrededor? —se preguntó Kynes—. ¿No quiere que lo vea?»

—Es la propia vida la que aumenta la capacidad de un sistema cerrado para sustentar la vida —dijo su padre—. La vida aumenta la disponibilidad de nutrientes. Infunde más energía al sistema gracias a los enormes intercambios químicos que se producen de organismo a organismo.

«¿Por qué insiste en repetir siempre lo mismo? —se preguntó Kynes—. Son cosas que sabía desde antes de tener diez años.»

Los halcones del desierto, carroñeros como la mayor parte de los seres de aquel lugar, empezaron a girar sobre él. Kynes vio que una sombra le rozaba la mano y forzó la cabeza hacia atrás para mirar hacia arriba. Los pájaros eran manchas confusas en un cielo azul plateado, retazos fluctuantes de oscuridad.

—Somos generalistas —dijo su padre—. No es posible trazar líneas divisorias entre los problemas planetarios. La planetología es una ciencia a gran escala.

«¿Qué intenta decirme? —pensó Kynes—. ¿Hay alguna consecuencia que no he sabido ver?»

Posó la mejilla en la arena caliente y, bajo el olor de los gases de la preespecia, notó el aroma a roca quemada. En algún rincón de su mente controlado aún por la lógica se formó un pensamiento: «Hay pájaros carroñeros encima de mí. Quizá algunos de mis Fremen los vean y vengan a investigar».

—Los seres humanos son las herramientas más valiosas para el trabajo de un planetólogo —continuó su padre—. Hay que difundir la cultura ecológica entre la gente. Por dicha razón he puesto a punto un nuevo método de notación ecológica.

«Repite las cosas que me decía cuando era niño», pensó Kynes.

Empezó a sentir frío, pero aquel rincón lógico de su mente le dijo: «El sol está en su cenit. No tienes destiltraje y hace calor; el sol está evaporando toda la humedad de tu cuerpo».

Clavó los dedos en la arena débilmente.

«¡Ni siquiera me han dejado un destiltraje!»

—La presencia de humedad en el aire evita la evaporación precipitada de la humedad de los cuerpos vivos —dijo su padre.

«¿Por qué no deja de repetir cosas obvias?», pensó Kynes.

Se esforzó en imaginar un aire saturado de humedad: pensó que la hierba cubría las dunas, en una extensión de agua al aire libre detrás de él, en un canal lleno de agua que recorría el paisaje a cielo abierto como había visto en ilustraciones. Agua al aire libre... agua de riego... hacían falta cinco mil metros cúbicos de agua para irrigar una hectárea de terreno en época de cultivo, recordó.

—Nuestro primer objetivo en Arrakis —continuó su padre— es crear zonas de hierba. Comenzaremos con una variedad mutante para terrenos áridos. Cuando hayamos acumulado la humedad suficiente en las zonas herbosas, plantaremos árboles en las tierras altas, luego algunas masas de agua, pequeñas al principio, y situadas a lo largo del recorrido de los vientos dominantes, donde colocaremos trampas de viento precipitadoras de humedad a fin de recapturar lo que este nos haya robado. Tendremos que crear un auténtico siroco, un viento húmedo, pero nunca nos libraremos de la necesidad de las trampas de viento.

«Siempre la misma lección —pensó Kynes—. ¿Por qué no se calla? ¿Acaso no ve que me estoy muriendo?»

—También morirás si no te apartas de esa burbuja de gas que se está formando debajo de ti —anunció su padre—. Y lo sabes bien. Puedes oler los gases de la preespecia. Sabes que los pequeños hacedores están soltando algo de agua en la masa.

Pensar en el agua que había debajo lo enloqueció. Se la imaginó, sellada en los estratos de roca porosa por esos seres coriáceos, mitad plantas, mitad animales, los pequeños hacedores... y los pequeños huecos por los que se vertía un líquido claro, puro, refrescante en la...

«¡Una masa de preespecia!»

Inhaló y respiró aquel aroma nauseabundo y dulzón. El olor era cada vez más intenso.

Kynes se puso de rodillas. Oyó el graznido de un pájaro y el apresurado batir de alas.

«Es un desierto de especia —pensó—. Los Fremen no pueden estar lejos, aunque sea de día. Sin duda habrán visto los pájaros y vendrán a investigar.»

—Moverse a través del territorio es una necesidad para la vida animal —dijo su padre—. Incluso los pueblos nómadas sienten esa necesidad. Rutas de movimiento que se ajustan a las necesidades fisiológicas de agua, comida y minerales. Debemos controlar esos movimientos y alinearlos con nuestros propósitos.

—Calla, viejo —murmuró Kynes.

—Debemos hacer en Arrakis algo que aún no se ha intentado en ningún planeta en su conjunto —continuó su padre—. Debemos usar al hombre como una fuerza ecológica constructiva e insertar en este mundo vidas terrestres adaptadas a la terraformación: una planta aquí, un animal allá, un hombre en aquel lugar... Para así transformar el ciclo del agua y crear un nuevo paisaje.

—¡Calla! —gritó Kynes.

—Fueron esas rutas de movimientos las que nos proporcionaron el primer indicio de la relación entre los gusanos y la especia —dijo su padre.

«Un gusano —pensó Kynes con un esperanzado sobresalto—. Cuando la burbuja estalle, vendrá un hacedor. Pero no tengo garfios. ¿Cómo podré montar un gran hacedor sin garfios?»

La frustración minó la poca energía que le quedaba. El agua estaba muy cerca, solo a unos cien metros por debajo de él. Seguramente también acudiría un gusano, pero no disponía de ningún medio para atraparlo en la superficie y usarlo.

Kynes volvió a caer en la arena, en la depresión que había ido formando su cuerpo. Notó el contacto ardiente de la arena contra su mejilla izquierda, pero era una sensación distante.

—El ecosistema arrakeno se ha formado dentro del esquema evolucionista de las formas de vida locales —explicó su padre—. Es extraño que tan poca gente haya dejado de pensar en la especia para cuestionarse cómo se mantiene en este planeta el equilibrio entre nitrógeno, oxígeno y dióxido de carbono sin contar con grandes zonas verdes. Se trata de un ciclo que hay que analizar y comprender, un proceso lento, pero un proceso que existe a pesar de todo. ¿Falta un eslabón? Pues siempre hay algo que ocupa su lugar. La ciencia está formada por muchas cosas que parecen obvias una vez han sido explicadas. Sabía que el pequeño hacedor tenía que estar ahí, enterrado en la arena, mucho antes de haberlo visto.

—Por favor, deja ya las lecciones, padre —murmuró Kynes.

Un halcón se posó en la arena cerca de su mano abierta. Kynes lo vio replegar las alas y ladear la cabeza para mirarlo. Encontró las fuerzas suficientes para soltar un gruñido. El pájaro retrocedió dos saltos, pero no dejó de mirarlo.

—Hasta ahora, los hombres y sus obras han sido un azote para las superficies de los planetas —dijo su padre—. La naturaleza tiende a compensar las plagas, a rechazarlas o absorberlas para incorporarlas al sistema según sus propias características.

El halcón bajó la cabeza, extendió las alas y volvió a replegarlas. Pasó a fijarse en la mano extendida de Kynes.

Él descubrió que ya no tenía fuerzas para gritarle.

—El sistema clásico de pillaje y extorsión ha fracasado en Arrakis —dijo su padre—. Uno no puede continuar robando indefinidamente sin preocuparse de los que vendrán tras él. Las peculiaridades físicas de un mundo quedan grabadas en su historia económica y política. Podemos leerlas, y esto esclarece nuestros objetivos.

«Es imposible que deje de dar lecciones —pensó Kynes—. Lecciones, lecciones, lecciones... siempre lecciones.»

El halcón dio un salto hacia la mano extendida de Kynes. Inclinó la cabeza primero a un lado y luego al otro para examinar la carne expuesta.

—Arrakis es un planeta de un solo cultivo —dijo su padre—. Un solo cultivo. Esto mantiene a una clase dominante, que vive como siempre han vivido las clases dominantes, aplastando bajo ellas a una multitud de pseudohumanos semiesclavos que sobreviven gracias a sus sobras. Tenemos que centrarnos en esas multitudes y en esas sobras. Tienen mucho más valor del que nunca se ha sospechado.

—No te estoy escuchando, padre —murmuró Kynes—. Vete.

Y pensó: «Seguramente haya algunos de mis Fremen cerca. Es imposible que no vean esos pájaros que tengo encima. Vendrán a investigar, aunque solo sea para ver si hay humedad disponible».

—Las multitudes de Arrakis sabrán que trabajamos para conseguir que un día estas tierras rezumen agua —dijo su padre—. Como es de esperar, la mayoría verán dicho proyecto como un acto casi místico. Muchos, sin pensar en la prohibitiva proporción necesaria, pensarán que traeremos el agua de otro planeta en el que abunde. Que crean lo que quieran mientras crean en nosotros.

«Dentro de un momento, voy a levantarme para decirle lo que pienso dé él —se dijo Kynes—. Dándome lecciones, cuando lo que debería hacer es ayudarme.»

El pájaro dio otro salto hacia la mano de Kynes. Dos halcones más se posaron en la arena cerca de él.

—La religión y la ley deben ser equiparables para las multitudes —explicó su padre—. Un acto de desobediencia debe constituir un pecado sancionado con castigos religiosos. Así conseguiremos el doble de beneficio: una mayor obediencia y una mayor valentía. Piénsalo bien, no solo debemos depender del valor individual, sino de la valentía de todo un pueblo.

«¿Dónde está mi pueblo ahora que lo necesito?», pensó Kynes. Apeló a sus últimas fuerzas y movió la mano unos pocos centímetros hacia el halcón más cercano. La criatura saltó hacia atrás y se colocó junto a sus compañeros. Todos se prepararon para alzar el vuelo.

—Lo planificaremos todo para conseguir que sea un fenómeno natural —continuó su padre—. La vida de un planeta es una tela muy bien entretejida. Al principio surgirán mutaciones animales y vegetales determinadas por las fuerzas primordiales de la naturaleza que vamos a manipular. Pero a medida que se vayan estabilizando, nuestros cambios también ejercerán sus propias influencias, y también tendremos que lidiar con ellas. No obstante, nunca olvides que basta con controlar tan solo el tres por ciento de la energía existente en la superficie. Solo el tres por ciento para transformar toda la estructura en un sistema autosuficiente.

«¿Por qué no me ayudas? —se preguntó Kynes—. Siempre me fallas cuando más te necesito.»

Intentó girar la cabeza para mirar en la dirección de donde

venía la voz de su padre y mirar con fijeza al anciano. Sus músculos se negaron a responder a tal petición.

Kynes vio que el halcón se movía. Se acercó a su mano, un paso tras otro y con cautela, mientras sus compañeros esperaban con fingida indiferencia. El ave se detuvo a solo un brinco de su mano.

Una profunda claridad inundó la mente de Kynes. De pronto fue consciente de una posibilidad para Arrakis que su padre no había visto. Las implicaciones de dicha posibilidad fueron como una sacudida.

—No podría haber mayor desastre para tu pueblo que caer en manos de un Héroe —dijo su padre.

«¡Me está leyendo la mente! —pensó Kynes—. Bien... que lea. Los mensajes han partido ya hacia mis poblados sietch. Nada puede detenerlos. Si el hijo del duque está vivo, lo encontrarán y protegerán como he ordenado. Quizá se deshagan de la mujer, su madre, pero salvarán al muchacho.»

El halcón dio otro salto hacia delante y se quedó muy cerca de su mano. Ladeó la cabeza para examinar la carne yacente. Luego, de repente, volvió a erguir el cuello, soltó un único graznido y alzó el vuelo, seguido al instante por sus compañeros.

«¡Ya están aquí! —pensó Kynes—. ¡Mis Fremen me han encontrado!»

Luego oyó un retumbar en la arena.

Todos los Fremen conocían ese sonido, sabían distinguirlo inmediatamente de los sonidos de los gusanos o de cualquier otra forma de vida del desierto. En algún lugar debajo de él, la masa de preespecia había acumulado agua y materia orgánica de los pequeños hacedores, y alcanzado el estadio crítico de su descontrolado crecimiento. En las profundidades se había formado una burbuja gigantesca de dióxido de carbono que se alzó con brusquedad hacia la superficie y arrastró un vórtice de arena. Todo lo que se encontraba en la superficie sería engullido e intercambiado con lo que se había formado en las profundidades.

Los halcones trazaron círculos sobre su cabeza y graznaron su frustración. Sabían lo que estaba ocurriendo. Todas las criaturas del desierto lo sabían.

«Y yo soy una criatura del desierto —pensó Kynes—. ¿Me ves, padre? Soy una criatura del desierto.»

Sintió que la burbuja lo levantaba, lo arrastraba y estallaba mientras el torbellino de arena lo envolvía y lo hundía hacia las frías profundidades. Por un momento, esa humedad y frialdad le resultaron agradables. Luego, mientras el planeta lo mataba, Kynes pensó que tanto su padre como el resto de los científicos se equivocaban, que los principios fundamentales del universo eran los errores y las casualidades.

Hasta los halcones lo sabían.

Profecía y presciencia: ¿cómo pueden ser puestas a prueba ante preguntas que no tienen respuesta? Consideremos: ¿en qué medida la «ola» (como llama Muad'Dib su visión-imagen) es auténtica profecía, y en qué medida el profeta contribuye a plasmar el futuro para que se adapte a la profecía? ¿Hay armónicos inherentes en el acto de la profecía? ¿Ve de verdad el futuro el profeta, o tan solo una línea de ruptura, una falla, una hendidura que se puede romper con palabras o decisiones como un diamante rompe una gema con un golpe del instrumento?

De *Reflexiones personales sobre Muad'Dib*,
por la princesa Irulan

«Quítales el agua», había dicho el hombre envuelto en la noche. Y Paul ignoró el miedo y miró a su madre. Sus adiestrados ojos vieron que estaba preparada para luchar, con los músculos tensos y a la espera de una señal.

—Sería una lástima acabar con vosotros sin más —dijo la voz encima de ellos.

«Ese es el que ha hablado primero —pensó Jessica—. Hay al menos dos: uno a nuestra derecha y otro a la izquierda.»

—¡Cignoro hrobosa sukares hin mange la pchagavas doi me kamavas na beslas lele pal hrobas!

El hombre de la derecha gritó para que se oyese en toda la depresión.

Las palabras eran incomprensibles para Paul, pero gracias a su adiestramiento Bene Gesserit, Jessica reconoció el idioma. Era chakobsa, una de las antiguas lenguas de los cazadores, y el hombre había dicho que quizá esos fueran los extranjeros que buscaban.

La segunda luna se alzó en el repentino silencio que siguió al grito, un disco tenue y de un azul marfileño que parecía un rostro resplandeciente y curioso que explorara las rocas.

Poco después, se oyeron ruidos furtivos entre las rocas, encima y a ambos lados, sombras que se agitaban a la luz de la luna. Varias figuras surgieron de la oscuridad.

«¡Es una tropa!», pensó Paul al tiempo que se le encogía el corazón.

Un hombre alto con una túnica moteada se detuvo frente a Jessica. Se había quitado el deflector de la boca para que se le entendiese mejor, lo que dejaba al descubierto una barba poblada que brillaba a la pálida luz de la luna. Pero el rostro y los ojos quedaban ocultos por la capucha.

—¿Qué sois, *djinns* o humanos? —preguntó.

Jessica captó un tono burlón en la voz y albergó una débil esperanza. La voz tenía un tono de autoridad y era la misma que habían oído primero, la que les había sorprendido en mitad de la noche.

—Humanos, imagino —dijo el hombre.

Jessica percibió sin verlo el cuchillo que el hombre llevaba oculto en la túnica. Se permitió lamentarse por un instante de que Paul y ella no tuviesen escudos.

—¿También habláis? —preguntó el hombre.

Jessica apeló a toda la arrogancia ducal que aún quedaba en su voz y en su actitud. Tenía que responder con urgencia, pero aún no le había oído lo suficiente como para tener un registro de su cultura y de sus debilidades.

—¿Quién se abalanza sobre nosotros como un criminal en mitad de la noche? —preguntó.

La cabeza envuelta en la capucha de la túnica se sobresaltó, se quedó tensa y luego se relajó poco a poco. El hombre sabía controlarse.

Paul se alejó de su madre a fin de separar los objetivos y disponer de mayor espacio para actuar.

La cabeza encapuchada siguió el movimiento de Paul, y dejó al descubierto parte de su rostro contra la luz de la luna. Jessica vio una nariz aguileña, un ojo brillante (y sin embargo oscuro, muy oscuro y sin el menor rastro de blanco), una ceja poblada y un bigote con las puntas hacia arriba.

—Un cachorro muy hábil —concedió el hombre—. Si huis de los Harkonnen, puede que seáis bienvenidos entre nosotros. ¿Qué opinas, muchacho?

Las posibilidades se apoderaron de la mente de Paul: «¿Es una trampa? ¿Lo dice en serio?».

Tenía que tomar una decisión de inmediato.

—¿Por qué acogeríais a unos fugitivos? —preguntó.

—Un niño que piensa y habla como un hombre —dijo el hombre alto—. Bien. Ahora, respondiendo a tu pregunta, mi joven wali, soy uno de los que no pagan el fai, el tributo de agua, a los Harkonnen. Es por eso por lo que puedo acoger fugitivos.

«Sabe quiénes somos —pensó Paul—. Lo percibo en su voz aunque intente ocultarlo.»

—Soy Stilgar, el Fremen —dijo el hombre alto—. ¿Hablarás ahora, muchacho?

«Es la misma voz», pensó Paul. Y recordó el Consejo, cuando ese hombre había acudido a reclamar el cuerpo de un amigo al que habían matado los Harkonnen.

—Te conozco, Stilgar —dijo Paul—. Estaba con mi padre en el Consejo cuando viniste en busca del agua de tu amigo. Te llevaste a un hombre de mi padre, Duncan Idaho. Un intercambio de amigos.

—E Idaho nos abandonó para regresar con su duque —explicó Stilgar.

Jessica percibió un atisbo de disgusto en su voz y se preparó para el ataque.

—Perdemos el tiempo, Stil —gritó la voz que venía de las rocas que tenían encima.

—Es el hijo del duque —bramó Stilgar—. Sin duda es quien Liet nos ordenó encontrar.

—Pero... es un niño, Stil.

—El duque era un hombre, y este muchacho se ha servido de un martilleador —dijo Stilgar—. Ha sido valiente y atravesado la senda del Shai-hulud.

Jessica se dio cuenta de que el hombre la había excluido de sus pensamientos. ¿Significa eso una sentencia?

—No tenemos tiempo para la prueba —protestó la voz de encima.

—Pero podría ser el Lisan al-Gaib —protestó Stilgar.

«¡Buscan un augurio!», pensó Jessica.

—Pero la mujer... —dijo la voz de encima.

Jessica se preparó. El tono presagiaba la muerte.

—Sí, la mujer —dijo Stilgar—. Y su agua.

—Conoces la ley —dijo la voz de entre las rocas—. Quienes no pueden vivir en el desierto...

—Silencio —dijo Stilgar—. Los tiempos cambian.

—¿Liet también ordenó esto? —preguntó la voz de entre las rocas.

—Has oído la voz del ciélago, Jamis —dijo Stilgar—. ¿Por qué insistes?

Y Jessica pensó: «¡Ciélago!».

La pista que aportaba el idioma abrió en su mente amplias avenidas de compresión: era la lengua de Ilm y Fiqh, y ciélago significaba «murciélago», un pequeño mamífero volador. «La voz del ciélago»: habían recibido un mensaje distrans con órdenes de encontrar tanto a Paul como a ella.

—Solo quería recordarte tus obligaciones, amigo Stilgar —dijo la voz encima de ellos.

—Mis obligaciones pasan por hacer más fuerte la tribu —dijo Stilgar—. Esa es mi única obligación. No necesito que nadie me lo recuerde. El muchacho-hombre me interesa. Su carne está llena. Ha vivido con mucha agua. Ha vivido lejos del padre sol. No tiene los ojos del Ibad. Pero no habla ni actúa como los débiles de las hoyas. Tampoco lo hacía su padre. ¿Cómo es posible?

—No podemos quedarnos aquí discutiendo toda la noche —dijo la voz de entre las rocas—. Si una patrulla...

—No te lo volveré a repetir, Jamis. Cállate —sentenció Stilgar.

El hombre de las rocas se quedó en silencio, pero Jessica oyó cómo se movía, cruzaba de un salto la garganta y se dirigía al fondo de la depresión por la parte izquierda.

—La voz del ciélago sugería que nos beneficiaríamos de salvaros a los dos —indicó Stilgar—. Lo entiendo con este muchacho-hombre: es fuerte, joven y puede aprender. Pero ¿y tú, mujer? —Miró a Jessica.

«Ya he conseguido registrar su voz y su patrón —pensó Jessica—. Podría controlarlo con una palabra, pero es un hombre fuerte... Es mucho más valioso para nosotros libre e intacto. Veremos.»

—Soy la madre de este muchacho —dijo Jessica—. En parte, la fuerza que admiras en él se debe a mi adiestramiento.

—La fuerza de una mujer puede ser ilimitada —dijo Stilgar—. Sin duda lo es en una Reverenda Madre. ¿Eres una Reverenda Madre?

Jessica dejó a un lado por el momento las implicaciones de la pregunta y contestó con sinceridad:

—No.

—¿Estás adiestrada en los caminos del desierto?

—No, pero muchos consideran valioso mi adiestramiento.

—Nosotros tenemos nuestros propios juicios de valor —dijo Stilgar.

—Cada hombre tiene derecho a tener sus propios juicios —dijo Jessica.

—Me alegra que lo entiendas —dijo Stilgar—. No tenemos tiempo para ponerte a prueba, mujer ¿Entiendes? No queremos que tu sombra nos atormente. Nos llevaremos al muchacho-hombre, tu hijo, y tendrá toda mi protección y un refugio en mi tribu. Pero tú, mujer... Sabes que no es nada personal, ¿verdad? Son las normas, el Istislah, por el bien común. ¿Lo entiendes?

Paul dio un paso al frente.

—¿A qué te refieres?

Stilgar echó un vistazo a Paul, pero sin desviar su atención de Jessica.

—A menos que hayas sido adiestrada desde pequeña para vivir aquí, podrías causar la destrucción de toda una tribu. Es la ley, no podemos aceptar a los inútiles...

El movimiento de Jessica se inició con una finta brusca y engañosa. Era algo obvio por parte de una extranjera débil, y lo obvio retrasa las reacciones del oponente. Se tarda un instante en interpretar algo conocido cuando se muestra como algo desconocido. Jessica entró en acción cuando vio descender el hombro derecho del hombre para sacar un arma de los pliegues de su túnica y blandirla contra ella. Un giro, un golpe contra su brazo con el canto de su mano, un torbellino de ropas y se encontró contra las rocas y el hombre indefenso ante ella.

Paul retrocedió dos pasos al ver el primer movimiento de su madre. Mientras la mujer atacaba, él se ocultó en las sombras. Un hombre barbudo se interpuso en su camino con un arma en una mano. Paul golpeó al hombre bajo el esternón con un golpe seco de la mano y le arrebató el arma mientras caía.

Se quedó en la oscuridad y empezó a escalar las rocas con el arma metida en el fajín. La había reconocido a pesar de lo poco familiar de su aspecto: era un arma a proyectiles, y eso decía mucho sobre ese lugar, era un indicio más de por qué allí no se usaban escudos.

«Van a centrarse en mi madre y ese Stilgar. Ella puede neutralizarlo. Debo encontrar una posición elevada desde la que amenazarlos y darle a mi madre tiempo para escapar.»

El estallido de una infinidad de muelles resonó en la depresión. Numerosos proyectiles salieron despedidos desde las rocas que lo rodeaban. Uno de ellos le agitó la túnica. Se parapetó en una esquina y se dio cuenta de que se encontraba en una hendidura estrecha y vertical por la que empezó a ascender poco a poco, con la espalda apoyada a un lado y apuntalando los pies en el otro, lo más despacio y en silencio que era capaz.

Le llegó el eco de los rugidos de Stilgar:

—¡Atrás, piojos con cabeza de gusano! ¡La mujer me romperá el cuello si os acercáis más!

—El muchacho ha huido, Stil —dijo otra voz fuera de la depresión—. ¿Qué vamos a...?

—Por supuesto que ha huido, sesos de arena... ¡Aaagh...! ¡Basta ya, mujer!

—Diles que dejen de perseguir a mi hijo —ordenó Jessica.

—Ya han dejado de hacerlo, mujer. Ha escapado, como querías. ¡Grandes dioses de las profundidades! ¿Por qué no me has dicho que eras una extraña mujer y una guerrera?

—Ordena a tus hombres que se retiren —exigió Jessica—. Que salgan al centro de la depresión donde pueda verlos. Y será mejor que tengas en cuenta que sé el número exacto.

Y pensó: «Este es el momento más delicado, pero si este hombre es tan despierto como creo, tenemos una oportunidad».

Paul siguió subiendo centímetro a centímetro, encontró un pequeño saliente donde descansar y bajó la vista hacia la depresión. Le llegó la voz de Stilgar:

—¿Y si me niego? ¿Cómo puedes...? ¡Aaagh...! ¡Ya basta, mujer! No te haremos ningún daño. ¡Grandes dioses! Si puedes hacerle esto al más fuerte de nosotros, vales diez veces tu peso en agua.

«Ahora, la prueba de la razón», pensó Jessica. Y dijo:

—Buscáis al Lisan al-Gaib.

—Podríais ser los de la leyenda —dijo el hombre—, pero no lo creeré hasta que lo hayamos comprobado. Lo único que sé es que habéis venido con ese estúpido duque que... ¡Aaay! ¡Mujer! ¡No me importa que me mates! ¡Era honorable y valiente, pero fue un estúpido al caer como lo hizo en manos de los Harkonnen!

Silencio.

—No tenía elección —dijo Jessica al cabo de un momento—, pero no vamos a discutir al respecto. Ahora dile a ese hombre que está tras el matorral que deje de apuntarme con el arma o libraré al universo de tu presencia y él será el siguiente.

—¡Tú, el de allí! —rugió Stilgar—. ¡Obedece!

—Pero Stil...

—¡Obedece, pedazo de excremento de lagarto con cara de gusano y sesos de arena! ¡Hazlo o la ayudaré a desmembrarte! ¿Acaso no ves la valía de esta mujer?

El hombre del matorral se puso en pie detrás de su cobertura parcial y bajó el arma.

—Ha obedecido —dijo Stilgar.

—Ahora —dijo Jessica—, explícale con claridad a los tuyos lo que esperas de mí. No quiero que ningún joven de cascos calientes cometa una locura.

—Cuando nos infiltramos en los poblados y las ciudades, debemos ocultar nuestro origen para entremezclarnos con las gentes de las hoyas y de los graben —dijo Stilgar—. No llevamos armas, porque el crys es sagrado. Pero tú, mujer, posees el extraño arte del combate. Solo habíamos oído hablar de él y muchos han dudado de su existencia, pero uno no puede dudar de lo que ha visto con sus propios ojos. Has dominado a un Fremen armado. Y has usado un arma que ningún registro o inspección puede descubrir.

Un confuso ajetreo se elevó por la depresión a medida que las palabras de Stilgar causaban efecto.

—¿Y si consintiera en enseñaros este... arte extraño?

—Tendrías mi apoyo al igual que lo tiene tu hijo.

—¿Cómo podemos asegurarnos de que tu promesa es verdadera?

La voz de Stilgar perdió parte de su prudencia y rozó los umbrales de la amargura.

—Mujer, aquí no tenemos papeles ni contratos. Nosotros no hacemos promesas al anochecer para olvidarlas con el alba. Cuando un hombre dice algo, es un contrato. Como jefe de mi pueblo, los míos están ligados a mi palabra. Enséñanos tu extraño arte y tendrás refugio entre nosotros tanto tiempo como lo desees. Tu agua se mezclará con la nuestra.

—¿Hablas en nombre de todos los Fremen? —preguntó Jessica.

—Puede que llegue a ser así en un futuro. Pero solo mi hermano Liet habla por todos los Fremen. Lo único que puedo prometerte yo es discreción. Los míos no hablarán de vosotros a ningún otro sietch. Los Harkonnen han vuelto a Dune por la fuerza y vuestro duque está muerto. También se rumorea que vosotros habíais muerto en una madre tormenta. Los cazadores no persiguen presas muertas.

«Eso nos da seguridad —pensó Jessica—. Pero esta gente tiene buenas formas de comunicarse y siempre podrían enviar un mensaje.»

—Imagino que se había puesto precio a nuestras cabezas —dijo ella.

Stilgar se quedó en silencio, y Jessica casi veía cómo los pensamientos se agitaban en la cabeza del hombre al tiempo que se le retorcían los músculos de las manos.

—Lo vuelvo a repetir —dijo al cabo de un momento—: os he dado la palabra de la tribu. Mi gente ahora conoce vuestro valor. ¿Qué podrían ofrecernos los Harkonnen? ¿Nuestra libertad? ¡Ja! No, vosotros sois el tagwa, que puede proporcionarnos más cosas que toda la especia que hay en las arcas de los Harkonnen.

—Entonces os enseñaré mi arte de combatir —dijo Jessica, y captó la inconsciente intensidad ritual de sus palabras.

—Bueno, ¿vas a soltarme?

—Que así sea —dijo Jessica. Lo liberó y dio un paso hacia un lado para ver bien a todo el grupo que se había reunido en la depresión.

«Es la prueba mashad —pensó—. Pero Paul debe conocer bien a esta gente, aunque yo tenga que morir para que lo sepa.»

Paul se inclinó hacia delante para ver mejor a su madre en el silencio que se hizo mientras esperaban. Al moverse, oyó cómo una respiración afanosa se interrumpía de improviso sobre él en la vertical de la pared rocosa y entrevió una tenue sombra que se recortaba contra las estrellas.

—¡Tú, el de ahí arriba! —resonó la voz de Stilgar desde la depresión—. Deja de dar caza al muchacho. Bajará ahora mismo.

—Pero Stil, no puede estar muy lejos de... —respondió desde las tinieblas una voz de un chico o una chica joven.

—¡He dicho que lo dejes, Chani! ¡Hueva de lagartija! —interrumpió Stilgar.

Se oyó un improperio ahogado y luego alguien dijo en voz muy baja:

—¡Mira que llamarme hueva de lagartija! —Pero la sombra desapareció.

Paul volvió a fijarse en la depresión, donde Stilgar era una sombra gris junto a su madre.

—Venid todos —llamó Stilgar. Se giró hacia Jessica—. Ahora soy yo quien te pregunta a ti: ¿cómo podemos asegurarnos de que cumplirás tu parte del trato? Sois vosotros los que vivís entre papeles y contratos desprovistos de valor que...

—Nosotras las Bene Gesserit tampoco rompemos nuestras promesas —afirmó Jessica.

Se hizo un silencio, roto al instante por un murmullo de voces:

—¡Una bruja Bene Gesserit!

Paul sacó del fajín el arma de la que se había apoderado y apuntó hacia la oscura silueta de Stilgar, pero el hombre y sus compañeros permanecieron inmóviles sin dejar de mirar a Jessica.

—Es la leyenda —dijo alguien.

—La Shadout Mapes nos informó sobre ti —dijo Stilgar—. Pero algo tan importante como lo que afirmas debe probarse. Si eres la Bene Gesserit de la leyenda cuyo hijo nos llevará al paraíso... —Se encogió de hombros.

Jessica suspiró y pensó: «Así que nuestra Missionaria Protectiva ha diseminado sus válvulas de seguridad religiosa incluso en este infierno. Bueno... ayudará, y esa es precisamente su finalidad».

—La vidente que os comunicó la leyenda —explicó Jessica— os la concedió bajo el vínculo del karama y del ijaz. Conozco el milagro y la inimitabilidad de la profecía. ¿Queréis una señal?

Los orificios nasales de Stilgar se dilataron a la luz de la luna.

—No hay tiempo para ritos —murmuró.

Jessica recordó un mapa que Kynes le había enseñado mientras organizaba la ruta de escape de emergencia. Le dio la impresión de que había pasado mucho tiempo desde aquello. En el mapa había un lugar llamado «sietch Tabr» y al lado una anotación: «Stilgar».

—Tal vez cuando lleguemos al sietch Tabr —dijo Jessica.

La revelación impresionó a Stilgar, y Jessica pensó: «¡Si su-

piera los trucos que usamos! Esa Bene Gesserit de la Missionaria Protectiva tenía que ser muy hábil. Estos Fremen están muy
bien preparados para creernos».

Stilgar se agitó, inquieto.

—Tenemos que irnos.

Ella asintió, a fin de que el hombre comprendiera que se ponían en marcha con su permiso.

Stilgar miró hacia la pared de piedra, casi hacia el sitio exacto
de la cornisa rocosa en la que Paul estaba agazapado.

—Ya puedes bajar, muchacho. —Luego volvió a girarse hacia Jessica y habló con tono de disculpa—: Tu hijo ha hecho muchísimo ruido al escalar. Tiene mucho que aprender si no quiere
ponernos a todos en peligro, pero aún es joven.

—No hay duda de que tenemos mucho que enseñarnos los
unos a los otros —aseguró Jessica—. Ahora deberías ocuparte
de tu compañero. El ruidoso de mi hijo ha sido un poco brusco
al desarmarlo.

Stilgar se giró de repente, y la capucha ondeó con el movimiento.

—¿Dónde?

—Tras esos arbustos —indicó Jessica.

—Id a ver. —Stilgar tocó a dos de sus hombres. Miró a los
demás y los identificó—. Falta Jamis. —Miró a Jessica—. Tu cachorro también conoce tu extraño arte.

—Y observarás que tampoco se ha movido de donde está,
pese a tus órdenes —dijo Jessica.

Los dos hombres que había enviado Stilgar regresaron con
un tercero que se tambaleaba y jadeaba. Stilgar los miró de soslayo y volvió a centrarse en Jessica.

—El chico solo obedece tus órdenes, ¿eh? Bueno, sabe lo
que es la disciplina.

—Paul, ya puedes bajar —dijo Jessica.

Paul se irguió, emergió de la grieta a la luz de la luna y volvió
a guardarse el arma Fremen en el fajín. Cuando se dio la vuelta,
otra figura surgió de las rocas y le encaró.

A la luz de la luna y al reflejo gris de la piedra, Paul vio una
pequeña figura con túnica Fremen, un rostro envuelto en som-

bras que lo miraba desde una capucha y el cañón de un arma de proyectiles que le apuntaba desde los pliegues de la ropa.

—Soy Chani, hija de Liet. —La voz era melodiosa y con cierto tono de alegría—. No te hubiera permitido hacer daño a mis compañeros.

Paul tragó saliva. La figura ante él se giró a la luz de la luna, y vio un rostro menudo con unos ojos negros y profundos. Paul se quedó inmovilizado y sorprendido al darse cuenta de la familiaridad de aquellas facciones, que habían aparecido innumerables veces en sus visiones prescientes. Recordó la rabiosa bravata con que en una ocasión había descrito ese rostro soñado a la Reverenda Madre Gaius Helen Mohiam: «La conoceré».

Y allí estaba, ante él, pero de una manera que nunca había soñado antes.

—Has sido más ruidoso que un shai-hulud enfurecido —dijo ella—. Y has elegido el camino más difícil para subir. Sígueme, te mostraré uno más sencillo para bajar.

Paul trepó para salir de la hendidura y siguió su túnica ondeante entre el paisaje rocoso. Se movía como una gacela que bailase entre las rocas. Paul sintió que se ruborizaba y agradeció estar envuelto en la oscuridad.

«¡Esa chica!» Era el destino. Sintió como si una ola le revolcase a un ritmo que exaltaba su ánimo.

Poco después, ambos se encontraban entre los Fremen al fondo de la depresión.

Jessica dedicó a Paul una sonrisa burlona, pero al hablar se dirigió a Stilgar:

—Creo que será un buen intercambio de enseñanzas. Espero que los tuyos y tú no estéis molestos por nuestra violencia. Nos pareció... necesaria. Estabais a punto de... cometer un error.

—Salvar a alguien de un error es un regalo del paraíso —dijo Stilgar. Se tocó los labios con la mano izquierda mientras cogía el arma de la cintura de Paul con la derecha y se la tiraba a un compañero—. Tendrás tu propia pistola maula cuando seas merecedor de ella, muchacho.

Paul estuvo a punto de decir algo, dudó y recordó las enseñanzas de su madre: «Los inicios son siempre momentos delicados».

—Mi hijo tiene todas las armas que necesita —dijo Jessica. Miró a Stilgar para obligarlo a recordar cómo Paul se había apoderado del arma.

Stilgar miró al hombre desarmado por Paul, Jamis. Estaba de pie a un lado, con la cabeza gacha y jadeando todavía.

—Eres una mujer difícil —dijo. Alzó la mano izquierda hacia un compañero y chasqueó los dedos—. Kushti bakka te.

«Más chakobsa», pensó Jessica.

El hombre puso dos cuadrados de tela en la mano de Stilgar, quien los enrolló entre los dedos y anudó el primero alrededor del cuello de Jessica bajo la capucha. Luego hizo lo mismo con el otro alrededor del cuello de Paul.

—Ahora lleváis el pañuelo del bakka —dijo—. Si tuviéramos que separarnos, ese pañuelo será indicativo de que pertenecéis al sietch de Stilgar. Hablaremos de armas en otra ocasión.

Avanzó entre sus hombres, los examinó y le entregó a uno de ellos la fremochila de Paul para que se la llevara.

«Bakka —pensó Jessica, que reconoció el término religioso—: Bakka... el que llora. —Sintió que el simbolismo de los pañuelos unía a la tribu—. Pero ¿por qué ha de unirlos el llanto?»

Stilgar se acercó a la joven que había avergonzado a Paul y le dijo:

—Chani, encárgate del muchacho-hombre. Vela por él.

Chani tocó el brazo de Paul.

—Vamos, muchacho-hombre.

Paul reprimió la cólera al hablar.

—Me llamo Paul —dijo—. Será mejor que...

—Nosotros te daremos un nombre, pequeño hombre —dijo Stilgar—. Cuando llegue el momento del nihma, en la prueba de aql.

«La prueba de la razón», tradujo Jessica. Y de improviso la necesidad de comunicar la ascendencia de Paul barrió toda precaución y espetó:

—¡Mi hijo ha superado la prueba del gom jabbar! —gritó.

Se hizo un profundo silencio que le hizo darse cuenta de que sus palabras los había dejado estupefactos.

—Hay muchas cosas que ignoramos los unos de los otros

427

—dijo Stilgar—. Pero ya nos hemos retrasado mucho. El sol del día no debe encontrarnos a la intemperie. —Se acercó al hombre al que Paul había golpeado y preguntó—: Jamis, ¿puedes andar?

—Me cogió por sorpresa —respondió con un gruñido—. Fue un accidente. Puedo andar.

—No fue un accidente —dijo Stilgar—. Serás responsable junto a Chani de la seguridad del muchacho, Jamis. Están bajo mi protección.

Jessica miró al hombre, Jamis. Era la voz que había discutido con Stilgar desde las rocas. Una voz que cargaba la muerte. Y Stilgar había tenido que imponer su autoridad ante él.

Stilgar volvió a echar un vistazo a los suyos y señaló a dos hombres.

—Larus y Farrukh, iréis detrás y borraréis las huellas. Aseguraos de que no quede ninguna. Prestad mayor atención de lo normal, llevamos con nosotros a dos personas que no han sido adiestradas. —Se dio la vuelta, alzó una mano y señaló al lado opuesto de la depresión—. En formación con flanqueadores, vamos. Debemos llegar a la Caverna de la Cresta antes del alba.

Jessica se situó junto a Stilgar y contó las cabezas. Eran cuarenta Fremen, cuarenta y dos con Paul y ella. Y pensó: «Marchan como una compañía militar. Hasta la chica, Chani».

Paul se situó detrás de Chani. La vergüenza de haberse dejado sorprender por ella había empezado a desaparecer. Ahora solo recordaba las palabras que había gritado su madre: «¡Mi hijo ha superado la prueba del gom jabbar!». La mano empezó a escocerle ante el recuerdo de aquel dolor tan atroz.

—Fíjate por donde andas —siseó Chani—. No roces ningún arbusto o dejarás una pista de nuestro paso.

Paul tragó saliva y asintió.

Jessica se fijó en el sonido de los pasos al avanzar, distinguió los suyos y los de Paul y se maravilló por la forma en la que se movían los Fremen. Eran cuarenta personas atravesando la depresión, pero solo se oían los sonidos naturales del lugar. Sus túnicas agitándose entre las sombras parecían falucas fantasmales. Se dirigían al sietch Tabr, el sietch de Stilgar.

Retorció la palabra en su mente: «sietch». Era un término chakobsa, inmutable desde el antiguo lenguaje de los cazadores. Sietch: un lugar de reunión en momentos de peligro. Las profundas implicaciones de la palabra y del lenguaje empezaban a tener significado para ella después de la tensión del encuentro.

—Avanzamos rápido —dijo Stilgar—. Llegaremos a la Caverna de la Cresta antes del alba, si Shai-hulud quiere.

Jessica asintió y reservó sus fuerzas, consciente del tremendo cansancio que solo conseguía ignorar gracias a su voluntad... y también, tuvo que admitir, por el entusiasmo del momento. Su mente se centró en el valor de esa gente y recordó todo lo que conocía hasta el momento sobre la cultura Fremen.

«Todos —pensó—. Una cultura al completo adiestrada en la disciplina militar. ¡Qué ayuda tan inestimable para un duque en el exilio!»

Los Fremen eran sobresalientes en esa cualidad que los antiguos llamaban «spannungsbogen», que hace referencia a la demora que uno mismo se impone entre el deseo de algo y el acto de conseguirlo.

De *La sabiduría de Muad'Dib*,
por la princesa Irulan

Cuando el alba empezaba a despuntar, ya se estaban acercando a la Caverna de la Cresta y avanzaban a lo largo de la pared de la depresión por una hendidura tan estrecha que los obligaba a ir de lado. A la tenue luz del amanecer, Jessica vio que Stilgar mandaba separar a varios guardias, y los siguió por un momento con la mirada mientras empezaban a escalar la pared del acantilado.

Paul alzó la vista mientras andaban y observó aquel tapiz azulado y gris que envolvía el planeta encajado entre las paredes de la grieta.

Chani tiró de su túnica para que se diera prisa.

—No te entretengas —dijo—. Es casi de día.

—¿Dónde han ido los hombres que han escalado por encima nuestro? —murmuró Paul.

—Harán la primera guardia del día —explicó la chica—. ¡Venga, date prisa!

«Una guardia apostada fuera —pensó Paul—. Inteligente. Pero hubiera sido mejor acercarnos al lugar en grupos separados. Menos posibilidades de que todas nuestras fuerzas puedan ser aniquiladas.»

Lo pensó durante un instante y luego se dio cuenta de que era un pensamiento de guerrillero. Recordó que el temor de su padre justo había sido que los Atreides hubieran quedado reducidos a eso, a una casa de guerrilleros.

—Rápido —susurró Chani.

Paul apresuró el paso y oyó el sisear de su túnica detrás. Pensó en aquellas palabras del sirat que había leído en la minúscula Biblia Católica Naranja de Yueh: «El Paraíso a mi derecha, el Infierno a mi izquierda y el Ángel de la Muerte tras de mí».

Repitió varias veces la cita para sí.

Doblaron una esquina tras la que el pasaje se ensanchaba. Stilgar estaba de pie a un lado y señalaba hacia una abertura baja de ángulos rectos.

—¡Rápido! —siseó—. Seremos como conejos en una jaula si una patrulla nos sorprende aquí.

Paul se agachó y siguió a Chani al interior de la caverna, que estaba iluminada por una luz gris y tenue que provenía de algún punto ante ellos.

—Ya puedes levantarte —anunció ella.

Paul se irguió y examinó el lugar: era una estancia amplia y profunda de techo abovedado que se elevaba por encima de ellos a una altura que quedaba fuera de su alcance. La tropa se dispersó entre las sombras. Paul vio cómo su madre salía del hueco y examinaba a sus compañeros. Sintió que no conseguía pasar por Fremen aunque fuera vestido igual que ellos. Sus movimientos tenían la misma gracilidad y energía de siempre.

—Encuentra un lugar para descansar y no molestes, muchacho-hombre —dijo Chani—. Aquí tienes comida. —Le soltó en la mano un par de bocados envueltos en hojas. Olían mucho a especia.

Stilgar apareció detrás de Jessica y dio una orden al grupo a su izquierda.

—Sellad la puerta y asegurad la humedad. —Se giró hacia otro

Fremen—: Lemil, trae los globos. —Cogió a Jessica por el brazo—: Me gustaría enseñarte algo, extraña mujer. —Le hizo doblar una esquina hacia la fuente de luz.

Jessica se halló ante otra hendidura en la roca que daba al exterior, una que estaba a mucha altura y se abría a otra depresión de diez o doce kilómetros de ancho. El lugar estaba rodeado por altos farallones. Matas de vegetación crecían diseminadas por toda la superficie.

Mientras contemplaba la depresión a la grisácea luz del alba, el sol salió por encima de la lejana escarpadura e iluminó un paisaje de rocas y arena color terracota. Se dio cuenta de que el sol de Arrakis salía tan rápido que daba la impresión de abalanzarse sobre el horizonte.

«Lo hace porque sabe que nos gustaría que fuese más despacio —pensó—. La noche es más segura que el día. —Se sorprendió soñando con un arcoíris en ese lugar que nunca debía haber conocido la lluvia—. Debo reprimir esta nostalgia. Es una debilidad. No puedo permitirme ser débil.»

Stilgar la cogió del brazo y señaló hacia la depresión.

—¡Allí! ¡Observa, los verdaderos drusos!

Jessica miró hacia donde señalaba y vio que algo se movía: gente en el fondo de la depresión que escapaba de la claridad del día, buscando las sombras de las rocas al pie de la pared del otro acantilado. A pesar de la distancia, sus movimientos se divisaban con claridad en el aire límpido. Sacó los binoculares de la túnica y enfocó las lentes de aceite hacia las personas en la distancia. Los pañuelos ondeaban como mariposas multicolores.

—Ese es nuestro hogar —anunció Stilgar—. Llegaremos esta noche. —Contempló la depresión mientras se tiraba del bigote—. Mi gente se ha quedado trabajando hasta muy tarde, lo que quiere decir que no habrá patrullas por los alrededores. Les avisaré más tarde y se prepararán para recibirnos.

—Parecen ser muy disciplinados —dijo Jessica. Bajó los binoculares al ver que Stilgar la observaba.

—Obedecen a las leyes de preservación de la tribu —respondió él—. Así es como elegimos a nuestros jefes. El jefe es el

433

más fuerte, el que procura agua y seguridad. —Miró el rostro de la mujer con fijeza.

Jessica le sostuvo la mirada y contempló sus ojos desprovistos de blanco, los párpados manchados, la barba y el bigote llenos de polvo, el tubo fijado a su nariz y que desaparecía en el destiltraje.

—¿He comprometido tu posición de jefe al vencerte, Stilgar? —preguntó Jessica.

—No me habías desafiado.

—Es importante que un líder conserve el respeto de sus hombres —insistió la mujer.

—Puedo con todos y cada uno de esos piojos de arena —dijo Stilgar—. Vencerme a mí es lo mismo que vencernos a todos. Ahora todos esperan poder aprender... tu extraño arte... Y algunos tienen curiosidad por saber si pretendes desafiarme.

Jessica sopesó las implicaciones.

—¿A un combate formal?

El hombre asintió.

—No te lo aconsejo, porque no te seguirían. No eres de la arena. Lo confirmaron anoche mientras caminábamos hasta aquí.

—Gente práctica —dijo ella.

—Es cierto. —Miró hacia la depresión—. Conocemos nuestras necesidades. Pero son pocos los que reflexionan ahora que estamos tan cerca de casa. Hemos estado fuera mucho tiempo para conseguir el cupo de especia que esos comerciantes libres nos piden para esa maldita Cofradía... Que sus rostros sean siempre negros.

Jessica se detuvo mientras apartaba la vista de él y volvió a mirarlo al instante.

—¿La Cofradía? ¿Qué tiene que ver la Cofradía con vuestra especia?

—Es una orden de Liet —explicó Stilgar—. Sabemos la razón, pero nos amarga la existencia. Pagamos a la Cofradía una cantidad enorme de especia para que ningún satélite nos espíe desde los cielos y sepa lo que hacemos en la superficie de Arrakis.

Ella sopesó sus palabras y recordó que Paul le había dicho que tenía que ser por eso por lo que no había satélites en los cielos de Arrakis.

—¿Y qué hacéis en la superficie de Arrakis que no pueda ser visto?

—La cambiamos... de forma lenta pero segura... para adaptarla a la vida humana. Nuestra generación no lo verá, ni tampoco nuestros hijos ni los hijos de nuestros hijos ni los hijos de los hijos de nuestros hijos... pero llegará el día. —Su mirada ausente vagó por la depresión—. Agua a cielo abierto, plantas verdes y altas, gente caminando libre sin destiltrajes.

«Así que ese es el sueño de Liet-Kynes», pensó Jessica. Luego dijo:

—La corrupción es peligrosa. Su precio tiende a aumentar cada vez más.

—Aumenta —dijo él—, pero esta manera lenta de hacerlo es la más segura.

Jessica se dio la vuelta para mirar la depresión e intentó imaginársela con los mismos ojos que Stilgar. Solo vio las manchas gris y ocre de las rocas distantes y un repentino movimiento en el cielo sobre los farallones.

—Ahhh... —dijo Stilgar.

Jessica pensó al principio que se trataba de un vehículo de patrulla, pero luego se dio cuenta de que era un espejismo: otro paisaje suspendido sobre el desierto arenoso, un verde lejano y convulso donde, a media distancia, un gusano enorme avanzaba por la superficie con algo que parecían ropas Fremen ondeando en su lomo.

El espejismo se desvaneció.

—Cabalgar sería lo mejor —dijo Stilgar—, pero no podemos permitir que un hacedor entre en esta depresión. Así que esta noche nos tocará volver a caminar.

«Hacedor... es el término que usan para los gusanos», pensó ella.

Jessica sopesó lo que Stilgar acababa de decir: había afirmado que no podían permitir que un gusano entrase en la depresión. Ahora comprendía lo que acababa de ver en el espejismo:

Fremen cabalgando a lomos de un gusano gigantesco. Necesitó hacer acopio de todo su control para conseguir reprimir el estupor que sintió al comprenderlo.

—Debemos volver con los demás —dijo Stilgar—. De no ser así, los míos podrían sospechar que te estoy seduciendo. Algunos ya están celosos porque mis manos rozaran tu belleza anoche, mientras luchábamos en la Depresión de Tuono.

—¡Ya basta! —cortó Jessica.

—No quería ofenderte —dijo Stilgar con voz amable—. Nunca tomamos a una mujer en contra de su voluntad... Y contigo... —Se encogió de hombros—. No podríamos hacerlo ni aunque quisiéramos.

—No olvides que era la dama de un duque —dijo ella con voz más tranquila.

—Como quieras —dijo Stilgar—. Es hora de sellar esta abertura para permitir la relajación de la disciplina de los destiltrajes. Hoy necesitamos descansar cómodos. Mañana sus familias no les concederán un segundo de respiro.

El silencio se alzó entre ambos.

Jessica contempló el paisaje iluminado por el sol. Había algo más en el tono de voz de Stilgar, la oferta tácita de algo que no era su «protección». ¿Quizá necesitaba una esposa? Comprendió que ella podría cumplir muy bien con ese papel. Sería una manera de resolver cualquier conflicto sobre el liderazgo de la tribu: la hembra al mismo nivel que el macho.

Pero ¿qué ocurriría entonces con Paul? ¿Cuáles serían las normas de parentesco entre esas gentes? ¿Y qué ocurriría con la hija aún no nacida que llevaba en su vientre desde hacía unas semanas? ¿Con la hija de un duque muerto? Se enfrentó cara a cara a lo que significaba esa otra hija que crecía en su interior, al motivo por el que había permitido la concepción. Sabía cuál era: había cedido al instinto primario de todas las criaturas que se enfrentaban a la muerte, alcanzar la inmortalidad gracias a la progenie. El impulso de la fertilidad de las especies siempre las había hecho más fuertes.

Jessica miró a Stilgar y vio que el hombre la examinaba, a la espera.

«Una hija nacida aquí de una mujer casada con este hombre que tengo delante... ¿Cuál sería su destino? —se preguntó—. ¿Intentaría él obstaculizar las obligaciones a las que tenían que someterse las Bene Gesserit?»

Stilgar carraspeó y dejó claro que había intuido la mayor parte de las preguntas que se hacía Jessica.

—Para un jefe, lo más importante es lo que lo convierte en líder: las necesidades de su pueblo. Si me enseñas tus poderes, llegará el día en que uno de los dos tendrá que desafiar al otro. Preferiría otra alternativa.

—¿Acaso existen otras alternativas? —preguntó Jessica.

—La Sayyadina —dijo él—. Nuestra Reverenda Madre es muy anciana.

«¡Su Reverenda Madre!»

Antes de que pudiera decir nada, Stilgar continuó:

—Tampoco te lo tomes como si me estuviese ofreciendo a ser tu pareja. No es nada personal, porque eres hermosa y deseable. Pero si te convirtieras en una de mis mujeres, algunos de mis hombres más jóvenes podrían pensar que me he abandonado a los placeres de la carne y dejado de lado las necesidades de la tribu. Incluso ahora están mirándonos y escuchándonos.

«Un hombre que medita sus decisiones y las consecuencias», pensó ella.

—Algunos de los jóvenes de mi tribu ya han alcanzado la edad que trae consigo pensamientos indómitos —explicó Stilgar—. Es un período en el que hay que guiarlos con cautela. No debo darles ninguna razón válida para desafiarme, porque entonces tendré que matar o herir a algunos. No es una manera razonable de actuar para un líder, si puede evitarla con honor. Un líder es una de las cosas que diferencia a una turba de un pueblo. Es alguien que mantiene la individualidad. Cuando hay poca individualidad, el pueblo se convierte en una turba.

Sus palabras, la profundidad de su entendimiento y el hecho de que hablara tanto para ella como para los que escuchaban ocultos obligaron a Jessica a revaluarle.

«Tiene porte —pensó—. ¿Dónde habrá aprendido ese equilibrio interior?»

—La ley que establece nuestro modo de elegir un jefe es una ley justa —continuó Stilgar—. Pero hay momentos en los que lo que la gente necesita no es justicia. Ahora mismo, lo que más necesitamos es crecer y prosperar a fin de extender nuestras fuerzas por un territorio cada vez más amplio.

«¿Quiénes son sus ancestros? —se preguntó Jessica—. ¿De dónde sale una genética así?»

—Stilgar —dijo—, te he subestimado.

—Lo suponía —dijo él.

—Al parecer nos hemos subestimado el uno al otro —dijo ella.

—Me gustaría que nos olvidáramos de esto —dijo Stilgar—. Quiero ser tu amigo... y tener tu confianza. Me gustaría que surgiera entre nosotros ese respeto que se forma sin la necesidad de la cercanía del sexo.

—Comprendo —dijo Jessica.

—¿Confías en mí?

—Siento tu sinceridad.

—Entre nosotros —dijo él—, cuando las Sayyadina no representan la autoridad oficial tienen derecho a un lugar de honor. Enseñan. Mantienen la fuerza de Dios entre nosotros. —Se tocó el pecho.

«Es el momento de aclarar el misterio de su Reverenda Madre», pensó Jessica. Luego dijo:

—Has hablado de vuestra Reverenda Madre... y he oído alusiones a leyendas y profecías.

—Se dice que una Bene Gesserit y su descendencia son la clave de nuestro futuro —dijo él.

—¿Y crees que yo soy esa Bene Gesserit?

Observó el rostro del hombre y pensó: «Los juncos jóvenes mueren con facilidad. Los inicios siempre son muy peligrosos».

—No lo sabemos —respondió.

Ella asintió y pensó: «Es un hombre honrado. Quiere que le dé una señal, pero no forzará el destino dándomela él a mí».

Jessica giró la cabeza y, a través de la hendidura, miró hacia las sombras doradas, las sombras púrpuras, la vibración del aire polvoriento de la depresión. Una prudencia felina se apoderó de su mente de improviso. Conocía el canto de la Missionaria Protectiva y cómo adaptar las técnicas de la leyenda y del miedo para sus necesidades más inmediatas, pero sintió que en aquel lugar se habían producido cambios... como si alguien se hubiera ocultado entre los Fremen y se hubiera servido de la impronta dejada por la Missionaria Protectiva para sus propias necesidades.

Stilgar carraspeo.

Jessica notó su impaciencia, el día se abría ante ellos y los hombres querían sellar la abertura. Era el momento de ser audaz, y Jessica sabía lo que necesitaba: algún dar al-hikman, una escuela de traducción que le permitiera...

—Adab —susurró.

Sintió como si su mente se replegara sobre sí misma. Reconoció la sensación y se le aceleró el pulso. No había nada en todo el adiestramiento Bene Gesserit que provocase una reacción como esa. Solo podía tratarse del adab, un recuerdo exigente que se despertaba por sí mismo a la llamada. Dejó de resistirse y permitió que las palabras brotaran de sus labios.

—Ibn qirtaiba —dijo—. Lejos, donde termina el polvo. —Alzó un brazo para sacarlo de la túnica y vio que Stilgar la miraba con ojos desorbitados. Oyó el susurro de muchas túnicas detrás de ella—. Veo un... Fremen con el libro de los ejemplos —entonó—. Lo lee a al-Lat, el sol al que ha desafiado y dominado. Lo lee a los Sadus del Juicio y estas son sus palabras:

> *Mis enemigos son como hojas verdes devoradas*
> *que crecen en el camino de la tormenta.*
> *¿No habéis visto lo que ha hecho nuestro Señor?*
> *Ha enviado la pestilencia sobre aquellos*
> *que han tramado contra nosotros.*
> *Ahora son como pájaros dispersados por el cazador.*
> *Sus complots son cebo envenenado*
> *que todas las bocas rechazan.*

Jessica se estremeció. Dejó caer el brazo.

Desde las profundas sombras de la caverna que tenía detrás, llegó un murmullo de muchas voces en respuesta:

—Sus obras han sido destruidas.

—El fuego de Dios arde en tu corazón —dijo ella. Luego pensó: «Ahora la cosa va bien encaminada».

—El fuego de Dios nos ilumina —replicaron.

Jessica asintió.

—Tus enemigos caerán.

—Bi-la kaifa —respondieron.

En el repentino silencio posterior, Stilgar se inclinó ante ella.

—Sayyadina —dijo—. Si el Shai-hulud lo acepta, podrás dar el paso interior para convertirte en Reverenda Madre.

«Paso interior —pensó Jessica—. Una extraña manera de expresarlo. Pero el resto se corresponde bastante bien con el canto. —Se sintió cínica y afligida por lo que acababa de hacer—. Nuestra Missionaria Protectiva no suele fallar. Ha preparado un lugar para nosotras en este mundo desolado. La plegaria del salat ha excavado un refugio. Ahora... debo interpretar el papel de Auiya, la Amiga de Dios... la Sayyadina para este pueblo solitario tan impregnado de las profecías Bene Gesserit que hasta llaman a sus sacerdotisas Reverenda Madre.»

Paul estaba junto a Chani en las sombras de la caverna. Aún podía saborear la comida que le había dado la chica: carne de pájaro y cereales amasados con miel de especia y envueltos en una hoja. Al comerlo, se había dado cuenta de que nunca había saboreado tanta concentración de esencia de especia y, por un instante, había sentido miedo. Sabía lo que esa esencia podía hacerle. El «cambio de la especia» que empujaría a su mente hacia una mayor consciencia presciente.

—Bi-la kaifa —susurró Chani.

Paul la miró y vio la emoción con la que los Fremen parecían aceptar las palabras de su madre. Solo el hombre llamado Jamis se mantenía ajeno a la ceremonia, apartado y con los brazos cruzados sobre el pecho.

—Duy yakha hin mange —susurró Chani—. Duy punra hin mange. Tengo dos ojos. Tengo dos pies.

Y Chani miró a Paul, estupefacta.

Paul respiró hondo e intentó reprimir la tormenta que amenazaba con desatarse en su interior. Las palabras de su madre habían desencadenado el efecto de la esencia de especia, y su voz había danzado en su interior como las sombras de una fogata. En el fondo de sus palabras había percibido también cierto cinismo (¡la conocía tan bien!), pero nada podía detener el efecto provocado por unos pocos bocados de comida.

«¡La terrible finalidad!»

La sentía, esa consciencia racial de la que no podía escapar. Sentía esa agudeza mental, el flujo de información y la fría precisión de su mente. Se dejó caer al suelo, apoyó la espalda en la roca y se dejó llevar. Su consciencia fluyó hacia aquel estrato intemporal desde el que era capaz de ver el tiempo y percibir los senderos que se abrían ante él, los vientos del futuro... los vientos del pasado: la visión a través de un solo ojo de pasado, presente y futuro vistos, todos combinados en una visión trinocular que le permitía ver el tiempo convertido en espacio.

Sintió que era peligroso dejarse llevar demasiado, por lo que tenía que aferrarse al presente, sentir la imprecisa distorsión de la experiencia, el fluir del momento, la continua solidificación de «lo que es» al alcanzar la perpetuidad de «lo que era».

Se aferró al presente y percibió por primera vez la monumental regularidad del movimiento del tiempo, que se veía azotada por vórtices, olas, mareas y contramareas, como el oleaje al batir contra los acantilados. Experimentarlo le proporcionó una nueva comprensión de su presciencia, y percibió la fuente del ciego fluir del tiempo, la fuente del error que había en él, lo que le hizo sentir un miedo repentino.

Llegó a la conclusión de que la presciencia era una iluminación que se adhería a los límites de lo que revelaba, una combinación de exactitud y de errores significativos. Era como una especie de principio de indeterminación de Heisenberg: la propia energía de sus visiones alteraba lo que veía en el mismo instante en el que lo revelaba.

Y lo que veía era el nexo temporal de esa caverna, un rebullir de posibilidades que se concentraba en el lugar y en las acciones más insignificantes: un parpadeo, una palabra irreflexiva, un grano de arena mal situado; acciones que actuaban como una palanca gigantesca y alteraban todo el universo conocido. Vio que la violencia estaba muy presente en la mayor parte de esas posibilidades y que el más mínimo movimiento desencadenaba inmensas alteraciones en aquel patrón.

La visión lo dejó de piedra, pero dicha acción también tendría sus consecuencias.

Unas consecuencias innumerables: líneas divergentes que emanaban de la caverna y en las que llegó a ver su cadáver con una herida de cuchillo de la que manaba sangre.

Mi padre, el emperador Padishah, tenía setenta y dos años y no aparentaba más de treinta y cinco cuando tramó la muerte del duque Leto y la restitución de Arrakis a los Harkonnen. No solía aparecer en público con un atuendo que no fuese un uniforme Sardaukar y un yelmo negro de burseg, con el león imperial grabado en oro en su cimera. El uniforme era un recuerdo desafiante de cuál era la fuente de su poder. Pero no siempre se mostraba tan agresivo. Cuando quería, sabía irradiar simpatía y sinceridad, pero ahora que pienso en esos últimos momentos años después, a menudo me pregunto si todo en él era como parecía. Ahora pienso que más bien era un hombre que luchaba constantemente contra los barrotes de una jaula invisible. No hay que olvidar que era el emperador, la cabeza visible de una dinastía cuyos orígenes se perdían en los orígenes del tiempo. Pero nosotros le negamos un hijo legítimo. ¿No es ese el fracaso más terrible que puede llegar a sufrir un gobernante? Mi madre obedeció a sus Hermanas Superiores allá donde desobedeció la dama Jessica. ¿Cuál de las dos fue más fuerte? La historia ya ha contestado a esa pregunta.

De *En la casa de mi padre*,
por la princesa Irulan

443

Jessica se despertó en la oscuridad de la caverna y sintió el rumor de los Fremen a su alrededor, el olor acre de los destiltrajes. Su sentido del tiempo le informó que, en el exterior, la noche llegaría muy pronto, pero la caverna seguía aislada del desierto por las placas de plástico que capturaban la humedad de sus cuerpos en la superficie.

Se dio cuenta de que se había permitido abandonarse a un sueño reparador después de haber quedado exhausta, lo que sugería que aceptaba de manera inconsciente su seguridad personal en el seno de la gente de Stilgar. Se giró en la hamaca que había hecho con su túnica, bajó los pies al suelo de roca y se calzó las botas del desierto.

«Debo recordar aflojar a medias los cierres de mis botas para facilitar el bombeo de mi destiltraje —pensó—. Hay tantas cosas que debo recordar.»

Aún tenía en la boca el sabor de la comida de la mañana: la carne de pájaro y los cereales amasados con miel de especia. Además, tenía que sumarle a todo que en aquel lugar el tiempo se había invertido: la noche era el momento de actividad y el día el de descanso.

«La noche esconde. La noche es más segura.»

Descolgó la túnica de los puntos de sujeción para las hamacas en aquel nicho de roca, tanteó la tela en la oscuridad hasta que encontró la parte inferior y se la puso.

«¿Cómo podría enviar un mensaje a las Bene Gesserit?», se preguntó. Tenía que informar de los dos extraviados que habían llegado a aquel santuario arrakeno.

Unos globos se encendieron al otro lado de la caverna. Vio personas que se movían, entre ellos a Paul, quien ya estaba vestido sin la capucha puesta, lo que dejaba al descubierto ese perfil aguileño de los Atreides.

Jessica pensó que el chico se había comportado de una forma un tanto extraña antes de retirarse. Ausente. Como si hubiese regresado de entre los muertos pero aún no fuera del todo consciente, con los ojos entornados, vidriosos y la mirada ausente. Eso le recordó lo que el chico le había advertido sobre la dieta impregnada en especia: le había dicho que era «adictiva».

«¿Tendrá otros efectos secundarios? —se preguntó Jessica—. Ha dicho que tenía algo que ver con sus facultades prescientes, pero ha mantenido un extraño silencio en lo referente a sus visiones.»

Stilgar salió de las sombras a su derecha y avanzó hacia el grupo que se encontraba bajo los globos. Jessica observó su andar prudente y felino, así como la manera en la que jugueteaba con su barba.

El miedo se apoderó de ella al instante cuando sus sentidos le revelaron las manifiestas tensiones que había entre la gente que rodeaba a Paul: los movimientos bruscos y las posturas ceremoniosas.

—¡Tienen mi protección! —bramó Stilgar.

Jessica reconoció al hombre al que se dirigía Stilgar: ¡Jamis! Vio la rabia de Jamis en la rigidez de sus hombros.

«¡Jamis, el hombre al que Paul había vencido!», pensó.

—Conoces la regla, Stilgar —dijo Jamis.

—¿Cómo no la iba a conocer? —respondió Stilgar con un tono de voz tranquilo con el que intentaba calmar los ánimos.

—Elijo el combate —gruñó Jamis.

Jessica se apresuró a través de la caverna y agarró a Stilgar por el brazo.

—¿Qué ocurre? —preguntó.

—Es la regla del amtal —explicó Stilgar—. Jamis exige una demostración de que sois los de la leyenda.

—La mujer puede elegir un campeón —dijo Jamis—. Si su campeón vence, es prueba suficiente de que estáis en lo cierto. Pero se dice... —Miró a la gente que se hacinaba a su alrededor—. Se dice que no elegirá un campeón entre los Fremen, ¡así que tendrá que ser su acompañante!

«¡Quiere un combate singular con Paul!», pensó Jessica.

Soltó el brazo de Stilgar y dio un paso al frente.

—Soy mi propia campeona —dijo—. El sentido es lo bastante simple como para...

—¡Tú no nos dictarás nuestras reglas! —interrumpió Jamis—. No sin más pruebas que las que nos has dado. Stilgar puede haberte sugerido las palabras que había que decir esta mañana. Podría haberte engatusado para hacerlo, y tú solo tener que repetirlas para engañarnos.

«Podría vencerlo —pensó Jessica—, pero eso podría entrar en conflicto con la manera en la que han interpretado la leyenda.»

Volvió a preguntarse de qué modo podía haber sido alterado el trabajo de la Missionaria Protectiva en ese planeta.

Stilgar miró a Jessica y habló en voz baja pero de forma que todos pudieran oírlo:

—Jamis es un hombre muy rencoroso, Sayyadina. Tu hijo lo ha vencido y...

—¡Fue un accidente! —rugió Jamis—. Había brujería en la Depresión de Tuono. ¡Y voy a probarlo ahora mismo!

—... y yo mismo lo he vencido también —prosiguió Stilgar—. Con el desafío tahaddi también busca vengarse de mí. Hay demasiada violencia en Jamis para que pueda llegar a ser un buen líder: demasiada ghafla, demasiada inestabilidad. Tiene la boca llena de reglas, pero su corazón vuelto al sarfa, el alejamiento de Dios. No, nunca será un buen líder. Le he perdonado estas cosas hasta ahora porque es un buen combatiente, pero esta rabia que le corroe lo hace peligroso para sí mismo y para su gente.

—¡Stilgaaar! —rugió Jamis.

Jessica comprendió lo que intentaba Stilgar: llamar la atención del furor de Jamis y obligarlo a desafiarle a él en vez de a Paul.

Stilgar hizo frente a Jamis, y Jessica volvió a oír ese tono apaciguador en su atronadora voz.

—Jamis, solo es un muchacho. Es...

—Le has llamado hombre —dijo Jamis—. Su madre dice que ha afrontado el gom jabbar. Su carne es firme y rezuma agua. Los que han llevado su mochila dicen que hay litrojons de agua en el interior. ¡Litrojons! Y nosotros continuamos sorbiendo nuestros bolsillos de recuperación al primer indicio de rocío.

Stilgar miró a Jessica.

—¿Es cierto? ¿Hay agua en vuestra mochila?

—Sí.

—¿Litrojons?

—Dos litrojons.

—¿Qué pensabais hacer con semejante riqueza?

«¿Riqueza?», pensó Jessica. Agitó la cabeza, consciente de la repentina frialdad en la voz del hombre.

—Allí donde nací, el agua cae del cielo, fluye sobre la tierra y forma largos ríos —dijo—. Los océanos son tan vastos que desde una orilla no se puede ver la otra. No he sido educada en vuestra disciplina del agua. Nunca he tenido que pensar así.

Un suspiro ahogado se elevó entre la gente reunida a su alrededor:

—El agua cae del cielo y fluye sobre la tierra...

—¿Sabías que algunos de los nuestros han perdido el agua de sus bolsillos de recuperación por accidente y estarán en grave peligro antes de haber alcanzado Tabr esta noche?

—¿Cómo iba a saberlo? —Jessica agitó la cabeza—. Si la necesitan, dales el agua de nuestra mochila.

—¿Es eso lo que pensabais hacer con vuestra riqueza?

—Pensábamos salvar vidas —respondió ella.

—Aceptamos vuestra bendición, Sayyadina.

—No nos compraréis con vuestra agua —gruñó Jamis—. Y tú tampoco conseguirás que centre mi rabia en ti, Stilgar. Sé que quieres que te desafíe antes de haber podido probar mis palabras.

Stilgar se giró hacia Jamis.

—¿Estás decidido a forzar un combate con un crío, Jamis? —Habló con voz grave y mortífera.

—Ella debe elegir un paladín.

—¿Aunque tenga mi protección?

—Invoco la regla del amtal —dijo Jamis—. Es mi derecho.

Stilgar asintió.

—En ese caso, si el muchacho no acaba contigo, tendrás que enfrentarte con mi cuchillo justo después. Y en esta ocasión mi hoja no se detendrá.

—No podéis hacer esto —dijo Jessica—. Paul solo es...

—No puedes intervenir, Sayyadina —dijo Stilgar—. Sí, sé que puedes vencerme, y también puedes con cualquiera de nosotros, pero no serías capaz de vencernos a todos juntos. Así debe ser. Es la regla del amtal.

Jessica se quedó en silencio, lo miró a la luz verduzca de los globos y descubrió que una rigidez demoníaca se había apoderado de pronto de sus facciones. Luego se fijó en Jamis, vio que tenía gesto ceñudo y pensó: «Debería haberme dado cuenta antes. Está rumiando. Es de los silenciosos, de los que se ponen histéricos sin exteriorizarlo. Tendría que haber estado preparada».

—Si le haces daño a mi hijo —dijo—, tendrás que enfrentarte conmigo. Te desafío. Te despedazaré como a un...

—Madre. —Paul avanzó y le tocó el brazo—. Quizá si hablo con Jamis...

—¡Hablar! —se burló Jamis.

Paul se quedó en silencio y miró al hombre. No le daba miedo. Jamis parecía torpe y había caído muy pronto en su encuentro nocturno en la arena. Pero Paul aún percibía el rebullir de los nexos de aquella caverna, recordaba la visión presciente en la que aparecía asesinado con una herida de cuchillo. Había muy pocos caminos para escapar de esa visión...

—Sayyadina —dijo Stilgar—, ahora debes retirarte a...

—¡Deja de llamarla Sayyadina! —espetó Jamis—. Aún hay que confirmarlo. ¡Conoce la plegaria! ¿Y qué? Cualquiera de nuestros críos la sabe.

«Ha hablado suficiente —pensó Jessica—. Tengo su registro. Podría inmovilizarlo con solo una palabra. —Titubeó—. Pero no puedo inmovilizarlos a todos.»

—Entonces me responderás —dijo Jessica, y su voz era como un lamento que denotaba una trampa en la última palabra.

Jamis la miró con una expresión de pavor en el rostro.

—Te mostraré lo que es la agonía —dijo Jessica con el mismo tono—. Recuérdalo mientras luchas. Tu agonía será tan grande que, comparado con ella, el gom jabbar será un recuerdo agradable. Te retorcerás con todo tu...

—¡Intenta embrujarme! —gritó Jamis. Cerró el puño y lo colocó tras la oreja—. ¡Invoco el silencio sobre ella!

—Que así sea, pues —dijo Stilgar. Lanzó una mirada imperativa a Jessica—. Sayyadina, si sigues hablando, sabremos que ha sido tu brujería y recibirás un castigo. —Hizo una seña con la cabeza para que Jessica retrocediera.

Jessica sintió cómo unas manos la empujaban hacia atrás, pero se dio cuenta de que lo hacían sin agresividad. Vio que separaban a Paul de la multitud, y el diminuto rostro de Chani susurrándole algo al oído mientras hacía un gesto con la cabeza hacia Jamis.

Se formó un círculo en el interior del grupo de gente. Se trajeron más globos y los regularon al amarillo.

Jamis entró en el círculo, se quitó la túnica y se la lanzó a alguien del grupo. Permaneció inmóvil, enfundado en su destiltraje gris y resplandeciente que estaba lleno de pliegues y remiendos. Inclinó la cabeza un instante hacia el hombro y bebió del tubo de un bolsillo de recuperación. Luego se irguió, se quitó también el traje y lo entregó con cuidado a la multitud. Después esperó, ataviado solo con un taparrabos, una tela ceñida a los pies y un crys en la mano derecha.

Jessica vio que la chica-niña Chani ayudaba a Paul; vio que le ponía un crys en la mano; vio que Paul lo cogía y sopesaba el equilibrio del arma. Jessica recordó que Paul había sido adiestrado en el prana y bindu, nervio y fibra, que había aprendido a batirse a muerte con hombres como Duncan Idaho y Gurney Halleck, hombres que ya eran leyenda en vida. El muchacho conocía los tortuosos trucos Bene Gesserit y se le veía confiado y relajado.

«Pero solo tiene quince años —pensó—. Y no tiene escudo. Tengo que detenerlo. Tiene que haber una manera de...»

Levantó la mirada y vio que Stilgar la observaba.

—No puedes impedirlo —dijo él—. No debes hablar.

Jessica se llevó la mano a la boca y pensó: «He sembrado el miedo en la mente de Jamis. Puede que le haga ir más lento... Si pudiera rezar... rezar de verdad».

Paul ya se encontraba en el interior del círculo, vestido con las ropas de combate que llevaba bajo el destiltraje. Sujetaba el crys en la mano derecha e iba descalzo sobre la roca arenosa. Idaho le había advertido muchas veces: «Cuando dudes del terreno; quédate descalzo».

Y las palabras de Chani aún estaban vivas en su consciencia: «Jamis se inclina con su cuchillo hacia la derecha después de una parada. Es una costumbre suya que todos conocemos. Y te mirará a los ojos para golpear justo en el momento en que parpadees. Combate con ambas manos, así que vigila en todo momento a qué mano pasa el cuchillo».

Pero el adiestramiento había sido tan intenso que Paul lo sentía en todo su cuerpo, sentía ese mecanismo de reacciones instintivas que le habían sido inculcadas día a día y hora tras hora durante las prácticas.

Volvió a recordar las palabras de Gurney Halleck: «Un buen combatiente debe pensar al mismo tiempo en la punta, en el filo y en la guarda de su cuchillo. La punta también puede cortar, el filo también puede apuñalar y la guarda también puede atrapar la hoja del adversario».

Paul examinó el crys. No tenía guarda, solo un pequeño anillo en la empuñadura para proteger la mano. Recordó de pronto que ignoraba la resistencia de la hoja. Ni siquiera sabía si podía llegar a partirse.

Jamis comenzó a desplazarse hacia la derecha por el borde del círculo opuesto a Paul.

Él se agazapó y se dio cuenta de que no tenía escudo y estaba adiestrado para combatir con ese tenue campo de fuerza a su alrededor, para reaccionar a la defensa con la mayor presteza pero atacar con la lentitud y el control necesarios para penetrar el escudo del adversario. Pese a las constantes advertencias de sus instructores para que no dependiese de la seguridad del escudo, ahora se daba cuenta de que formaba parte intrínseca de sus reacciones.

Jamis lanzó el desafío ritual:

—¡Que tu cuchillo se astille y se rompa!

«Vale, el cuchillo puede romperse», pensó Paul.

Intentó convencerse de que Jamis tampoco llevaba escudo, pero él no había sido adiestrado para usarlo y no tenía las malas costumbres de un luchador de escudo.

Paul miró a Jamis desde el otro lado del círculo. El cuerpo del hombre parecía estar hecho de trallas tensadas sobre un esqueleto desecado. Su crys proyectaba reflejos de un amarillo lechoso a la luz de los globos.

Paul se estremeció de miedo. De pronto se sintió solo y desnudo en esa confusa luminosidad amarillenta, rodeado por ese círculo de personas. La presciencia le había hecho contemplar una infinidad de posibilidades, había entrevisto las grandes corrientes del futuro y la ristra de decisiones que llevaba a ellas, pero lo que veía ahora era el presente real. Y la muerte se cernía sobre él en gran cantidad de posibilidades, provocada por los más mínimos contratiempos.

En ese momento se dio cuenta de que cualquier gesto podía cambiar el futuro. Un acceso de tos entre los espectadores, un instante de distracción. Un cambio en el brillo de un globo, una sombra engañosa.

«Tengo miedo», se dijo Paul.

Rodeó el círculo con cautela en dirección opuesta a la de Jamis mientras repetía en voz baja la *Letanía contra el miedo*: «El miedo mata la mente...». Fue como un chorro de agua fresca. Sintió que los músculos se le relajaban, se estabilizaban y se preparaban.

—Bañaré mi cuchillo en tu sangre —gruñó Jamis. Y en mitad de la última palabra, atacó.

Jessica sintió el movimiento y reprimió un grito.

Pero el golpe atravesó el aire, ya que ahora Paul se encontraba detrás de Jamis y miraba su espalda indefensa.

«¡Ahora, Paul! ¡Ahora!», gritó Jessica en sus pensamientos.

Paul dio un tajo con calculada lentitud, un gesto florido pero tan lento que dio tiempo a que Jamis lo esquivase, retrocediese y saltase a la derecha.

Paul se retiró y se agazapó.

—Para eso tendrás que hacerme sangrar —dijo.

Jessica captó la influencia del escudo en las maniobras de su hijo y vio el arma de doble filo que representaba. Las reacciones de Paul tenían la vivacidad de la juventud y eran resultado de un adiestramiento que estaba a otro nivel para aquel pueblo. Pero los ataques también eran resultado de dicho adiestramiento, y estaban condicionados por la necesidad de superar un escudo. La barrera repelía los ataques demasiado rápidos y solo podían penetrar en ella los golpes lentos y arteros. Para penetrar un escudo se necesitaba astucia y un control perfecto.

«¿Se habrá dado cuenta Paul? —se preguntó—. ¡Espero que sí!»

Jamis volvió a atacar, con ojos oscuros y resplandecientes; su cuerpo un borrón amarillo a la luz de los globos.

Paul lo esquivo de nuevo, pero volvió a ser demasiado lento al atacar.

Y otra vez.

Y otra.

El contraataque de Paul siempre llegaba tarde por muy poco.

Jessica vio algo que esperó que Jamis no captara. Las reacciones defensivas de Paul eran de una rapidez fulmínea, pero se movía en el ángulo perfecto para que su escudo desviase parte del embate de Jamis.

—¿Tu hijo está jugando con ese pobre idiota? —preguntó Stilgar. Levantó la mano para silenciarla antes de que Jessica dijera nada—. Perdón, tienes que permanecer en silencio.

Las dos figuras se movían en círculos una frente a la otra en aquel suelo de piedra. Jamis con el brazo del cuchillo muy extendido y algo levantado; Paul agazapado y con el cuchillo bajo.

Jamis volvió a atacar, y esta vez giró hacia la derecha, lugar hacia el que Paul había esquivado los anteriores ataques.

En lugar de retroceder, Paul paró el ataque con su arma y golpeó la mano de Jamis que empuñaba el cuchillo. Un segundo después, el muchacho ya estaba fuera de su alcance. Serpenteó hacia la izquierda y agradeció la advertencia de Chani.

Jamis retrocedió hasta el centro del círculo sin dejar de frotarse la mano que empuñaba el cuchillo. Brotó sangre de la herida durante un instante, pero luego se detuvo. Abrió los ojos como platos, dos pozos de una profunda oscuridad azulada, y examinó a Paul con más cuidado a la tenue luz de los globos.

—Eso ha tenido que doler —murmuró Stilgar.

Paul tensó los músculos para prepararse y, como le habían enseñado en el adiestramiento, preguntó después del primer ataque con éxito:

—¿Te rindes?

—¡Ja! —gritó Jamis.

Un murmullo colérico se elevó entre la concurrencia.

—¡Calma! —exclamó Stilgar—. El muchacho desconoce nuestras reglas. —Se dirigió a Paul—: Nadie puede abandonar el tahaddi. La muerte es la única salida.

Jessica vio que Paul tragaba saliva y pensó: «Nunca ha matado a un hombre así, en un combate cuerpo a cuerpo con armas. ¿Será capaz?».

Paul avanzó despacio y rodeó el círculo hacia la derecha, obligado por los movimientos de Jamis. El conocimiento presciente de las posibilidades que bullían en aquella caverna volvió a atosigarle. Su nueva percepción le decía que en ese combate había demasiadas decisiones como para que uno de los innumerables caminos posibles se distinguiera con claridad frente a los demás.

Las variantes se amontonaban sobre las variantes, razón por la que la caverna parecía un confuso nexo en las corrientes del tiempo. Era como una gigantesca roca que creaba torbellinos y corrientes a su alrededor en medio de un río.

—Termina ya, muchacho —murmuró Stilgar—. No juegues con él.

Paul avanzó al interior del círculo, confiado a causa de su rapidez.

Jamis retrocedió y, de improviso, se dio cuenta de que frente a él en el círculo del tahaddi no tenía a un extranjero vulnerable ni a una presa fácil para un crys Fremen.

Jessica notó cómo la desesperación ensombrecía el gesto del hombre.

«Ahora es más peligroso —pensó—. Está desesperado y es capaz de cualquier cosa. Ha descubierto que Paul no es un niño como los de su pueblo, sino una máquina de combatir adiestrada desde la infancia. Ahora es cuando brotará el miedo que le he inculcado.»

Y sintió piedad por Jamis, una emoción comedida por la consciencia del peligro que corría su hijo.

«Jamis es capaz de cualquier cosa... de lo más impredecible», se dijo. Se preguntó si Paul había entrevisto este futuro, si estaba reviviendo una situación que ya conocía. Pero observó sus movimientos, el sudor que le resbalaba por el rostro y por los hombros, la meticulosa cautela que revelaba la tensión de sus músculos. Y por primera vez notó, sin llegar a comprenderlo de verdad, el factor de incertidumbre que existía en el don de Paul.

El chico buscaba la manera de atacar, se movía en círculos pero sin hacer nada más. Había visto el miedo en su oponente. El recuerdo de la voz de Duncan Idaho resonó en su memoria: «Cuando tu adversario tenga miedo de ti, es momento de dejar sueltas las riendas de su miedo y darle el tiempo suficiente para que actúe sobre él. Deja que se convierta en terror. Un hombre aterrorizado lucha contra sí mismo. Llegará un momento en el que ataque a la desesperada. Es el momento más peligroso, pero alguien aterrorizado suele cometer un error fatal. Te estamos adiestrando para ser capaz de detectar ese error y aprovecharlo».

La multitud de la caverna empezó a murmurar.

«Creen que Paul está jugando con Jamis —pensó Jessica—. Que es innecesariamente cruel.»

Jessica también sintió la emoción que se elevaba en silencio entre la multitud, como si disfrutaran del espectáculo. También notó que Jamis cada vez se sentía más presionado. El momento en el que dicha tensión fue imposible de reprimir fue tan obvio para ella como para Jamis, así como para Paul.

Jamis saltó, fintó y atacó con la derecha, pero su mano estaba vacía. Se había cambiado el crys a la izquierda.

Jessica se quedó sin aliento.

Pero Chani había advertido a Paul: «Jamis combate con las dos manos».

Y su adiestramiento ya había asimilado aquel truco.

«Céntrate en el cuchillo y no en la mano que lo empuña —le había repetido siempre Gurney Halleck—. El cuchillo es más peligroso que la mano, y puede estar en cualquiera de ellas.»

Paul notó el error de Jamis: un juego de pies deficiente que hizo que tardará un instante más de lo normal en recuperarse del salto con el que pretendía desorientar a Paul y ocultar el cambio de mano del cuchillo.

A Paul la escena le resultó muy similar a una de las sesiones en la sala de adiestramiento, a excepción de las luces amarillas de los globos y los sombríos ojos de la concurrencia. Los escudos daban igual cuando el propio movimiento del adversario podía usarse contra él. Paul pasó el cuchillo de una a otra mano con la misma rapidez, saltó a un lado y dio una estocada hacia arriba en el lugar hacia el que descendía el pecho de Jamis. Luego se apartó a un lado y vio cómo el hombre se derrumbaba.

Jamis cayó bocabajo como un lánguido harapo, gimió, giró la cabeza hacia Paul y se quedó inerte en el suelo de roca. Sus ojos sin vida lo miraban como dos esferas de cristal oscuro.

«Matar con la punta carece de arte —le había dicho Idaho a Paul en una ocasión—, pero no dejes que esa idea frene tu mano cuando se presente el momento.»

Los espectadores se precipitaron hacia delante, rompieron el círculo y empujaron a Paul. Envolvieron el cuerpo de Jamis tras una amalgama de figuras frenéticas. Después, un grupo se apresuró a las profundidades de la caverna cargando un bulto envuelto en una túnica.

Y en el suelo rocoso ya no había cuerpo alguno.

Jessica se abrió paso hacia su hijo. Le pareció captar un extraño silencio en el mar de hediondas espaldas envueltas en túnicas.

«Es el momento terrible —se dijo—. Ha matado a un hombre gracias a la evidente superioridad de sus músculos y de su mente. No debe alegrarse por esta victoria.»

Se abrió paso entre los últimos hombres y se encontró en un pequeño espacio abierto donde dos Fremen barbudos ayudaban a Paul a colocarse el destiltraje.

Jessica miró a su hijo. Los ojos de Paul brillaban. Parecía ausente y aceptaba con indiferencia la ayuda en lugar de poner de su parte.

—Se ha batido con Jamis y no tiene ni una marca —murmuró uno de los hombres.

Chani estaba de pie a un lado y no dejaba de mirar a Paul. Jessica vio la emoción que emanaba de la muchacha, la admiración que se reflejaba en su pequeño rostro.

«Tengo que actuar con presteza», pensó Jessica.

Hizo que su actitud y su voz reflejasen el máximo desprecio posible y dijo:

—Bueeeno... ¿cómo se siente uno al convertirse en un asesino?

Paul se envaró como si acabasen de darle un golpe. Se giró hacia los ojos fríos de su madre y su rostro se ensombreció y se ruborizó. Echó un vistazo involuntario al punto donde había caído Jamis.

Stilgar se abrió paso hasta donde estaba Jessica desde las profundidades de la caverna hacia donde se habían llevado el cadáver de Jamis. Se dirigió a Paul con tono amargo y cauteloso.

—Cuando llegue el momento de desafiarme para arrebatarme mi burda, no pienses que vas a poder engañarme como has hecho con Jamis.

Jessica notó que tanto las palabras de Stilgar como las suyas afectaban mucho a Paul. El error que había cometido esa gente ahora era útil. Jessica observó los rostros que la rodeaban, tal y como había hecho Paul, y vio lo mismo que él. Admiración, sí, y miedo... y también odio en algunos. Miró a Stilgar, sintió su fatalismo y supo cuál era su opinión sobre el combate.

Paul miró a su madre.

—Tú sabes lo que se siente —dijo.

Jessica percibió que el chico volvía a razonar y captó el remordimiento de su voz. Echó un vistazo a su alrededor y dijo:

—Paul nunca había matado a un hombre con un arma blanca.

Stilgar la miró, desconcertado.

—No estaba jugando con él —dijo Paul. Se situó frente a su madre, se alisó la túnica y miró la mancha oscura que la sangre de Jamis había dejado en el suelo de la caverna—. No quería matarlo.

Jessica vio como Stilgar aceptaba poco a poco la verdad y observó que el alivio volvía a su gesto mientras se atusaba la barba con una mano de venas prominentes. También oyó murmullos comprensivos entre la gente.

—Por eso le dijiste que se rindiese —dijo Stilgar—. Ya veo. Nuestras costumbres son distintas, pero llegarás a comprenderlas. Temía haber aceptado un escorpión entre nosotros. —Vaciló, y luego—: Dejaré de llamarte muchacho.

—Necesita un nombre, Stil —dijo alguien entre la multitud.

Stilgar asintió sin dejar de atusarse la barba.

—Veo la fuerza que hay en tu interior... la misma presente en la base de un pilar. —Volvió a hacer una pausa antes de seguir—. Todos lo conoceremos con el nombre de Usul, la base del pilar. Ese será tu nombre secreto, tu nombre de soldado. Solo podremos usarlo los del sietch Tabr. Nadie más podrá presumir de poder llamarte... Usul.

Se alzó un nuevo murmullo entre los reunidos:

—Buena elección...

—Qué fuerza...

—Nos traerá suerte...

Jessica sintió que lo aceptaban y que, al ser su campeón, también la aceptaban a ella. Ahora sí que era la Sayyadina.

—Bueno, ¿qué nombre de adulto escoges tú para que puedas ser llamado así delante de todos? —preguntó Stilgar.

Paul miró a su madre y luego otra vez a Stilgar. Había fragmentos y retazos de ese mismo instante que se correspondían con los de sus «recuerdos» prescientes, pero también diferencias que eran casi físicas, una presión que le forzaba a franquear la estrecha puerta del presente.

—¿Cómo llamáis a ese pequeño ratón, el que salta? —preguntó Paul al recordar los brinquitos que había visto en la Depresión de Tuono. Imitó el movimiento con una mano.

Los reunidos rieron entre dientes.

—Es un muad'dib —respondió Stilgar.

Jessica contuvo el aliento. Era el nombre que le había dicho Paul cuando había afirmado que los Fremen lo aceptarían y lo llamarían así. De pronto, tuvo miedo de él y por él.

Paul tragó saliva. Sintió que interpretaba un momento que ya había interpretado una infinidad de veces en su cabeza... pero... había diferencias. Se vio a sí mismo solo en una cima confusa, rico en experiencia y poseedor de un profundo acopio de conocimientos, pero a su alrededor solo había abismos.

Entonces volvió a recordar la visión de esas legiones fanáticas que seguían el estandarte verde y negro de los Atreides, que saqueaban y quemaban por todo el universo en nombre de su profeta Muad'Dib.

«Eso no debe ocurrir», se dijo.

—¿Es ese el nombre que deseas, Muad'Dib? —preguntó Stilgar.

—Soy un Atreides —susurró Paul. Y luego dijo en voz más alta—: No es justo que renuncie del todo al nombre que me dio mi padre. ¿Podríais llamarme Paul Muad'Dib?

—Eres Paul Muad'Dib —dijo Stilgar.

Y Paul pensó: «No estaba en ninguna de mis visiones. He hecho algo distinto».

Pero sintió que aún seguían abriéndose abismos a su alrededor.

Volvieron a alzarse murmullos entre los presentes:

—Fuerza y sabiduría...

—Es todo lo que necesitamos...

—Sin duda es la leyenda...

—Lisan al-Gaib...

—Lisan al-Gaib...

—Voy a decirte algo sobre tu nuevo nombre —dijo Stilgar—. Nos agrada la elección que has tomado. Muad'Dib es sabio a la manera del desierto. Muad'Dib crea su propia agua. Muad'Dib se esconde del sol y viaja en el frescor de la noche. Muad'Dib es prolífico y se multiplica por la tierra. Llamamos a Muad'Dib «Maestro de niños». Esa es la poderosa base sobre la que edificarás tu vida, Paul Muad'Dib, Usul entre nosotros. Eres bienvenido.

Stilgar le tocó la frente con la palma de la mano, lo abrazó y murmuró:

—Usul.

Cuando lo soltó, otro Fremen del grupo abrazó a Paul y repitió su nombre de soldado. Paul pasó de abrazo en abrazo por todos, sin dejar de oír las voces y los cambios de tono: «Usul... Usul... Usul». Paul ya se sabía el nombre de algunos. Y luego le tocó a Chani, que apretó su mejilla contra la de él y pronunció su nombre mientras lo agarraba.

Paul acabó de nuevo frente a Stilgar.

—Ahora perteneces al Ichwan Bedwine, hermano nuestro

—afirmó el hombre. Su rostro se endureció y su voz se volvió imperativa—. Paul Muad'Dib, ahora cíñete el destiltraje. —Dedicó a Chani una mirada de reproche—. ¡Chani! ¡Paul Muad'Dib tiene los filtros nasales colocados del peor modo posible! ¡Creo haberte ordenado que velaras por él!

—No tengo tampones, Stil —dijo ella—. Bueno, tenemos los de Jamis, claro, pero...

—¡Eso no!

—Pues le daré uno de los míos —dijo ella—. Podré arreglármelas con uno hasta...

—No —dijo Stilgar—. Sé que tenemos piezas de repuesto. ¿Dónde están? ¿Somos una tropa organizada o una banda de salvajes?

Algunas manos surgieron de la muchedumbre para ofrecerles unos objetos duros y fibrosos. Stilgar escogió cuatro y se los tendió a Chani.

—Son para Usul y para la Sayyadina.

—¿Y el agua, Stil? ¿Los litrojons de su mochila? —preguntó una voz desde la parte de atrás del grupo.

—Conozco tus necesidades, Farok —dijo Stilgar. Miró a Jessica. Ella asintió—. Coge uno para quienes lo necesiten. El maestro de agua, ¿dónde está el maestro de agua? Ah, Shimoom, encárgate de que se proporcione solo la cantidad necesaria. Ni un poco más. El agua es propiedad de la Sayyadina, y le será reembolsada en el sietch a la tarifa del desierto, deducidos los gastos de almacenamiento.

—¿Cuánto es ese reembolso a la tarifa del desierto? —preguntó Jessica.

—Diez por uno —dijo Stilgar.

—Pero...

—Es una regla sabia, como ya verás —dijo Stilgar.

El susurro de las túnicas se elevó a medida que los hombres se acercaban para tomar el agua.

Stilgar levantó una mano y se volvió a hacer el silencio.

—En cuanto a Jamis —dijo—, ordeno una ceremonia completa. Jamis era nuestro compañero y hermano del Ichwan Bedwine. No nos iremos de aquí sin el respeto debido a quien ha puesto a prueba nuestra fortuna con su desafío tahiddi. Invoco el rito... al crepúsculo, cuando las sombras lo cubran.

Paul oyó esas palabras y vio que volvía a caer en el abismo, en ese tiempo ciego. No había ningún pasado para este futuro en su mente... pero... pero... sí que distinguía aún el estandarte verde y negro de los Atreides ondeando... en algún punto delante de él... aún distinguía las espadas sangrantes de la yihad y las legiones fanáticas.

«Eso no debe ocurrir —se dijo—. No puedo permitirlo.»

Dios creó Arrakis para probar a los fieles.

De *La sabiduría de Muad'Dib*,
por la princesa Irulan

En la tranquilidad de la caverna, Jessica oyó el crepitar de la arena sobre la roca mientras la gente se movía, la distante llamada de pájaros que Stilgar había dicho eran señales de sus centinelas. Ya habían quitado de las aberturas de la caverna los grandes sellos de plástico. Jessica vio cómo las sombras del atardecer avanzaban por las rocas y por la depresión que se extendía bajo ella. Sintió que el día llegaba a su fin, tanto en el calor seco como en las sombras. Sabía que su adiestrada consciencia no tardaría en proporcionarle eso que sin duda los Fremen ya tenían: la capacidad de sentir hasta el más mínimo cambio en la humedad del aire.

¡Cómo se habían apresurado a ajustarse los destiltrajes cuando abrieron la caverna!

Alguien empezó a cantar en las profundidades de la cueva:

¡Ima trava okolo!
¡I korenja okolo!

Jessica tradujo mentalmente:
«¡Esas son las cenizas! ¡Y esas, las raíces!».

La ceremonia funeral por Jamis había comenzado.

Contempló el ocaso arrakeno, las franjas de color que se desplegaban en el cielo. La noche empezaba a proyectar sus primeras sombras sobre las rocas y las dunas en la distancia.

Pero el calor persistía.

El calor la obligó a pensar en el agua, en que todo ese pueblo podía llegar a adiestrarse para tener sed solo en momentos determinados.

Sed.

Recordó las olas batiendo a la luz de la luna en Caladan, la espuma sobre las rocas como tela bordada, el viento cargado de humedad. La brisa que ahora agitaba su túnica abrasaba las partes de sus mejillas y mentón que quedaban expuestas. Los nuevos filtros nasales le molestaban y le hacían tener más presente aquel tubo que iba desde su rostro hasta las profundidades del traje para recuperar la humedad de su respiración.

El traje era una sauna.

«Tu traje te resultará más cómodo cuando tu cuerpo contenga menos agua», le había dicho Stilgar.

Sabía que tenía razón, pero eso no le hacía sentirse más cómoda en aquel momento. La preocupación inconsciente por el agua era como una pesada losa en su mente.

«No —se corrigió—. Lo que me preocupa es la humedad.»

Era un problema más sutil y profundo.

Oyó que unos pasos se acercaban, se dio la vuelta y vio a Paul salir de las profundidades de la caverna seguido por Chani y su pequeño rostro.

«Tengo que tener en cuenta algo más —pensó Jessica—. Hay que advertir a Paul sobre sus mujeres. Una de estas mujeres del desierto no será nunca una esposa digna de un duque. Puede que una buena concubina, pero nunca una esposa.»

Después se preguntó: «¿Acaso me ha intoxicado con sus maquinaciones? —Jessica sabía lo bien condicionada que estaba—. Soy capaz de pensar en las necesidades matrimoniales de la nobleza sin siquiera recordar mi propio concubinato. Sin embargo... yo era algo más que una concubina».

—Madre.

Paul se detuvo frente a ella, con Chani junto a él.

—Madre, ¿sabes lo que están haciendo ahí detrás?

Jessica miró la sombría oscuridad de la capucha en la que se entreveían los ojos de Paul.

—Creo que sí.

—Chani me lo ha mostrado... porque se supone que debo verlo y dar mi... consentimiento sobre la medida del agua.

Jessica miró a Chani.

—Están recuperando el agua de Jamis —dijo Chani, con voz nasal debido a los tampones—. Es la norma. La carne pertenece a la persona, pero el agua pertenece a la tribu... excepto en el combate.

—Dicen que el agua es mía —explicó Paul.

Jessica se preguntó por qué todo aquello despertaba de pronto su desconfianza.

—El agua del combate pertenece al vencedor —dijo Chani—. Es así porque uno tiene que combatir sin destiltraje. El vencedor tiene derecho a recuperar el agua que ha perdido en la lucha.

—No la quiero —murmuró Paul. Sintió que formaba parte de muchas imágenes diferentes que se agitaban fragmentadas y al unísono y desconcertaba su visión interior. No estaba seguro de lo que iba a hacer, pero sí convencido de que no quería el agua destilada de la carne de Jamis.

—Es... agua —dijo Chani.

Jessica se maravilló del tono en que lo había dicho. «Agua.» Cuánto significado detrás de un sonido tan simple. Recordó un axioma Bene Gesserit: «La supervivencia es la capacidad de nadar en aguas extrañas».

Y pensó: «Si queremos sobrevivir, Paul y yo tenemos que encontrar corrientes favorables en estas aguas extrañas».

—Aceptarás el agua —dijo Jessica.

Reconoció el tono de su propia voz. Había usado el mismo con Leto cuando le había dicho al desaparecido duque que aceptaría una gran suma que le ofrecían a cambio de su participación en una empresa cuestionable... solo porque el dinero contribuía a mantener el poder de los Atreides.

En Arrakis, el agua era dinero. Lo había visto con claridad. Paul se quedó en silencio, a sabiendas de que haría lo que ella le había ordenado, no porque fuera una orden, sino porque el tono de voz que había usado su madre le obligó a reconsiderar las cosas. Rechazar el agua significaría quebrantar las costumbres Fremen que habían aceptado.

Entonces, Paul recordó las palabras del Kalima 467 de la Biblia Católica Naranja de Yueh.

—El agua es el inicio de toda vida —dijo.

Jessica lo miró.

«¿Dónde ha aprendido esa cita? —se preguntó—. Jamás ha estudiado los misterios.»

—Así está dicho —dijo Chani—. Giudichar mantene: en el Shah-Nama está escrito que el agua ha sido el origen de toda cosa creada.

Jessica se estremeció de improviso y sin razón aparente (algo que la asustó mucho más que la propia sensación). Se dio la vuelta para disimular su turbación, justo cuando se ponía el sol. Un vehemente cataclismo de colores inundó el cielo mientras el astro desaparecía tras el horizonte.

—¡Ha llegado la hora!

La voz de Stilgar resonó por toda la caverna:

—El arma de Jamis ha muerto, Jamis ha sido llamado por Él, por Shai-hulud, quien ha decretado las fases de las lunas que se desvanecen cada día hasta terminar por convertirse en poco más que ramitas desecadas. —La voz de Stilgar bajó de intensidad—. Así ha ocurrido con Jamis.

Un palpable velo de silencio cubrió la caverna.

Jessica vio moverse la sombra gris de Stilgar, una silueta fantasmal en las tenebrosas profundidades de la caverna. Miró de nuevo a la depresión y sintió el frescor de la noche.

—Que se acerquen los amigos de Jamis —dijo Stilgar.

Unos hombres se movieron detrás de Jessica y colocaron una cortina en la abertura. Se encendió solo un globo en las alturas del fondo de la caverna. Su resplandor amarillo reveló figuras humanas que se movían. Jessica escuchó el rumor del roce de las túnicas. Chani avanzó un paso, como atraída por la luz.

Jessica se inclinó junto a la oreja de Paul y le dijo algo en el código familiar:

—Obedécelos. Haz lo mismo que ellos. Será una ceremonia simple para aplacar el recuerdo de Jamis.

«Será mucho más que eso», pensó Paul. Experimentó una sensación lacerante en lo profundo de su consciencia, como si intentara aferrarse a algo que estaba en incesante movimiento.

Chani se deslizó junto a Jessica y la cogió de la mano.

—Ven, Sayyadina. Debemos sentarnos apartadas.

Paul las observó mientras se perdían entre las sombras y lo dejaban solo. Se sintió abandonado.

Los hombres que habían colocado la cortina se acercaron a él.

—Ven, Usul.

Dejó que lo guiaran y luego lo empujaron hacia el interior de un círculo de gente que se había formado alrededor de Stilgar, que se encontraba de pie bajo el globo y junto a un objeto informe y anguloso cubierto con una túnica que reposaba en el suelo de roca.

Los asistentes se acuclillaron en el suelo a un gesto de Stilgar y sus túnicas sisearon al hacerlo. Paul hizo lo propio, miró a Stilgar y se dio cuenta de que bajo el globo que tenía encima sus ojos parecían dos profundos pozos y la tela verde brillaba alrededor de su cuello. Después, Paul dirigió su atención hacia el bulto cubierto que Stilgar tenía a sus pies y reconoció el mástil de un baliset que sobresalía de la tela.

—El espíritu deja el agua del cuerpo cuando se alza la primera luna —entonó Stilgar—. Así está dicho. Cuando esta noche salga la primera luna, ¿a quién llamará?

—A Jamis —dijeron los demás a coro.

Stilgar giró sobre uno de sus talones y echó un vistazo por el círculo de rostros.

—Era amigo de Jamis —dijo—. Cuando el halcón mecánico planeó sobre nosotros en el Agujero en la Roca, fue Jamis quien se aseguró de que estuviese a salvo.

Se inclinó y levantó la túnica que cubría el bulto.

—Como amigo de Jamis, cojo estas ropas. Es derecho del jefe. —Se las echó al hombro y se irguió.

En ese momento, Paul vio lo que había debajo: el gris relucir de un destiltraje, un litrojón abollado, un pañuelo con un pequeño libro en el centro, la empuñadura sin hoja de un crys, una vaina vacía, un fragmento de tejido doblado, una parabrújula, un distrans, un martilleador, una gran pila de garfios de metal del tamaño de un puño, un surtido de lo que parecían pequeñas rocas envueltas en un trozo de tela, un montón de plumas atadas juntas... y el baliset colocado a un lado.

«Así que Jamis tocaba el baliset —pensó Paul. El instrumento le recordó a Gurney Halleck y todo lo que había perdido. Gracias a sus recuerdos del futuro, Paul sabía que algunas líneas de probabilidad podían llevar a un encuentro con Halleck, pero dichas intersecciones eran pocas y confusas. Eso le inquietó. El factor de incertidumbre lo dejaba perplejo—. Eso quiere decir que tal vez algo que haga... algo que puede que haga acabe con Gurney... o le devuelva la vida... o...»

Paul tragó saliva y agitó la cabeza.

Stilgar volvió a inclinarse sobre el montón.

—Para la mujer de Jamis y para los guardias —dijo. Metieron las pequeñas rocas y el libro entre los pliegues de las ropas.

—El derecho del jefe —entonaron los demás.

—El marcador del servicio de café de Jamis —dijo Stilgar, y levantó un disco plano de metal verde—. Se le ofrecerá a Usul en una ceremonia apropiada que realizaremos al volver al sietch.

—El derecho del jefe —entonaron los demás.

Finalmente, cogió la empuñadura del crys y se irguió con ella en la mano.

—Para la Llanura Funeral —dijo.

—Para la Llanura Funeral —respondieron los demás.

Jessica se encontraba al otro lado del círculo, justo enfrente de Paul, y asintió al reconocer el origen antiguo de aquel ritual. Luego pensó: «Esta mezcla entre ignorancia y conocimiento, entre brutalidad y cultura, todo se basa en la dignidad con la que tratamos a nuestros muertos. —Miró a Paul y se preguntó—: ¿Se habrá dado cuenta? ¿Sabrá lo que debe hacer?».

—Somos los amigos de Jamis —dijo Stilgar—. No lloramos a nuestros muertos como una bandada de garvarg.

Un hombre de barba gris que estaba a la izquierda de Paul se puso en pie.

—Yo era amigo de Jamis —dijo. Avanzó hacia el montón y cogió el distrans—. Cuando me faltó el agua en el asedio de los Dos Pájaros, Jamis compartió conmigo la suya. —El hombre regresó a su lugar en el círculo.

«¿Se supone que yo también debo decir que era amigo de Jamis? —se preguntó Paul—. ¿Esperan de mí que coja algo de ese montón? —Vio que los rostros se giraban hacia él durante un instante—. ¡Sí que lo esperan!»

Otro hombre en la parte opuesta a Paul se levantó, se acercó al montón y tomó la parabrújula.

—Yo era amigo de Jamis —dijo—. Cuando la patrulla nos sorprendió en el Recodo del Risco y me hirieron, Jamis los distrajo y consiguió que los demás nos salváramos. —Volvió a su lugar en el círculo.

Paul vio de nuevo que las caras se giraban hacia él y captó la expectación que emanaba de ellos. Bajó la mirada. Le tocaron con un codo, y una voz susurró:

—¿Traerás la destrucción sobre nosotros?

«¿Cómo voy a decir que era su amigo?», se preguntó Paul.

Otra silueta se separó del círculo frente a Paul y, cuando el encapuchado rostro llegó bajo la luz, reconoció a su madre. La mujer tomó un pañuelo del montón.

—Yo era amiga de Jamis —dijo—. Cuando el espíritu de los espíritus que estaba en él vio lo necesaria que era la verdad, aquel espíritu lo abandonó y perdonó a mi hijo. —Jessica regresó a su sitio.

Paul recordó el desprecio en la voz de su madre cuando, tras el combate, le había dicho: «¿Cómo se siente uno al convertirse en un asesino?».

Los rostros se giraron hacia él una vez más y sintió rabia y miedo en el grupo. Paul recordó un fragmento de un librofilm que su madre le había proyectado una vez sobre «El Culto a los Muertos». Supo lo que tenía que hacer. Paul se puso en pie, despacio.

Un suspiro se elevó por todo el círculo.

Paul notó que su yo disminuía progresivamente a medida que avanzaba hacia el centro del círculo. Era como si hubiese perdido una parte de sí mismo y supiera que iba a encontrarla allí. Se inclinó sobre el montón de objetos y cogió el baliset. Una cuerda resonó suavemente al rozar con algo de la pila.

—Yo era amigo de Jamis —murmuró Paul en voz muy baja. Notó que le ardían los ojos. Se esforzó en hablar más alto—. Jamis me enseñó que... cuando... cuando uno mata... tiene que pagar por ello. Me hubiese gustado poder conocerlo mejor.

Regresó a su lugar en el círculo y se dejó caer en el suelo de roca sin ver nada de lo que rodeaba.

Una voz siseó:

—¡Ha derramado lágrimas!

Se levantó un murmullo por todo el círculo:

—¡Usul ha dado humedad al muerto!

Unos dedos le rozaron las mejillas húmedas y oyó exclamaciones ahogadas.

Al oír las voces, Jessica percibió la importancia de lo ocurrido y se dio cuenta de las terribles inhibiciones frente al hecho de derramar lágrimas. Se concentró en las palabras: «Ha dado humedad al muerto». Las lágrimas eran un presente al mundo de las sombras. Sin duda serían sagradas.

Nada de lo que había visto en aquel planeta le había dejado tan claro la gran importancia que tenía el agua. Ni los vendedores de agua ni la piel deshidratada de los nativos ni los destiltrajes o las leyes de la disciplina del agua. En aquel lugar, era una sustancia mucho más valiosa que todas las demás, era la vida misma, entremezclada con ritos y simbolismos.

Agua.

—He tocado su mejilla —susurró alguien—. He sentido el presente.

Esos dedos rozándole el rostro habían alarmado a Paul en un primer momento. Apretó con fuerza el frío mástil del baliset, tanto que hasta las cuerdas se le clavaron en las palmas. Luego vio los rostros tras las manos que se extendían hacia él, esos ojos desorbitados y maravillados.

Después las manos se retiraron y prosiguió el funeral. Pero

ahora había un vacío sutil alrededor de Paul, los demás se habían apartado de él para honrarle con una soledad respetuosa. La ceremonia terminó con un canto grave:

La luna llena te llama...
Verás a Shai-hulud:
Roja la noche, oscuro el cielo,
sangrienta la muerte que has tenido.
Rogamos a la luna: su faz es redonda...
Nos traerá suerte y abundancia,
y aquello que siempre hemos buscado
en el país de la sólida tierra.

A los pies de Stilgar solo quedaba un saco abultado. Se acuclilló y apoyó las manos sobre él. Alguien acudió a su lado e hizo lo propio. Paul reconoció el rostro de Chani bajo las sombras de la capucha.

—Jamis llevaba treinta y tres litros y siete dracmas y un tercio del agua de la tribu —anunció Chani—. Yo la bendigo ahora en presencia de una Sayyadina. ¡Ekkeri-akairi, esta es el agua, fillissin-follasy de Paul Muad'Dib! ¡Kivi a-kavi, nunca más, nakalas! ¡Nakelas! ¡Lo que debe ser medido y contado, ukairan! Por los latidos del corazón jan-jan-jan de nuestro amigo... Jamis.

Se hizo un silencio brusco y profundo, y luego Chani se giró y miró a Paul. Después dijo:

—Donde yo soy llama, tú serás carbón. Donde yo soy rocío, tú serás agua.

—Bi-lal kaifa —entonaron los demás.

—Esta parte es para Muad'Dib —anunció Chani—. Que la conserve para la tribu y la preserve de las pérdidas descuidadas. Que sea generoso en los momentos de necesidad. Que la transmita cuando llegue su momento, por el bien de la tribu.

—Bi-lal kaifa —entonaron los demás.

«Debo aceptarla», pensó Paul. Se levantó poco a poco y se colocó junto a Chani. Stilgar dio un paso atrás para dejarle sitio y le quitó el baliset de la mano con cuidado.

—Arrodíllate —dijo Chani.

Paul se arrodilló.

Llevó las manos al saco de agua y las dejó apoyadas sobre la resistente superficie.

—Por esta agua, la tribu te acepta —dijo—. Jamis la ha abandonado. Cógela en paz. —Se levantó y tiró de Paul para que hiciese lo propio.

Stilgar le devolvió el baliset y abrió la palma de la otra mano para mostrarle una pequeña pila de anillos metálicos. Paul los miró y vio que eran de tamaños diferentes y que brillaban bajo la luz del globo.

Chani cogió el más grande y se lo puso en un dedo.

—Treinta litros —dijo. Fue cogiendo el resto uno a uno a medida que se los enseñaba a Paul y los contaba—. Dos litros. Un litro. Siete medidas de agua de una dracma cada una. Una medida de agua de un tercio de dracma.

Los mantuvo en alto en sus dedos para que Paul los viese.

—¿Los aceptas? —preguntó Stilgar.

Paul tragó saliva y asintió.

—Sí.

—Después te enseñaré cómo sujetarlos a un pañuelo para que no tintineen y traicionen tu presencia cuando necesites silencio —dijo Chani al tiempo que le tendía la mano.

—¿Puedes... guardarlos por mí? —preguntó Paul.

Chani miró desconcertada a Stilgar.

El hombre sonrió.

—Paul Muad'Dib, que es Usul, aún no conoce nuestras costumbres, Chani —dijo—. Guarda sus medidas de agua sin compromiso hasta que llegue el momento de mostrarle cómo llevarlas.

Ella asintió, cogió un pedazo de tela de debajo de su ropa y lo pasó por los anillos. Los ató por debajo y por encima con un nudo complicado, titubeó y luego se los metió en el fajín bajó la túnica.

«Hay algo que se me ha escapado —pensó Paul. Notaba una burla irónica a su alrededor, cierto aire desenfadado que su mente relacionó con un recuerdo de su memoria presciente—: Medidas de agua ofrecidas a una mujer. Un ritual de noviazgo.»

—¡Maestros de agua! —llamó Stilgar.

Los demás se alzaron entre el siseo de las túnicas. Dos hombres dieron un paso al frente y cogieron el saco de agua. Stilgar bajó el globo para cogerlo y lideró el camino hacia las profundidades de la caverna.

Paul se apresuró detrás de Chani y vio los densos reflejos del globo en las paredes de piedra, la manera en la que danzaban las sombras. La expectación que revoloteaba en el ambiente también le indicó que el ánimo había regresado a los demás.

Jessica reprimió el pánico mientras la empujaban contra los cuerpos que se apresuraban para avanzar y la arrastraban unas manos firmes. Había reconocido fragmentos del ritual, identificado los rastros de chakobsa y de bhotani jib en las palabras, y era consciente de la violencia salvaje que podía desencadenarse de improviso en esos momentos aparentemente tranquilos.

«Jan-jan-jan —pensó—. Adelante-adelante-adelante.»

Era como un juego de niños que, en manos de adultos, había perdido toda inhibición.

Stilgar se detuvo frente a una pared de roca amarilla. Presionó la mano sobre un saliente y la pared se hundió ante ellos en silencio para revelar una abertura irregular. Pasó delante y llevó al grupo a través de una pared llena de alveolos hexagonales. Al pasar, Paul sintió un soplo de aire fresco.

El chico se giró hacia Chani con mirada inquisitiva y le tiró del brazo.

—El aire está húmedo —dijo.

—Chisssst —susurró ella.

Pero detrás de ellos, un hombre dijo:

—Esta noche hay mucha humedad en la trampa. Así es como Jamis nos hace saber que está satisfecho.

Jessica atravesó la puerta secreta y oyó que se cerraba a sus espaldas. Vio cómo los Fremen reducían la marcha al pasar ante los alveolos hexagonales y también sintió la corriente de aire húmedo.

«¡Una trampa de viento! —pensó—. Han escondido una

trampa de viento en algún lugar de la superficie para que al aire llegue a estas regiones más frías donde se precipita la humedad que hay en él.»

Atravesaron otra puerta rocosa con esos alveolos hexagonales encima, y la puerta se cerró a sus espaldas. La sensación de humedad en el aire ahora era claramente perceptible para Jessica y Paul.

Delante del grupo, el globo que Stilgar llevaba en las manos descendió hasta la altura de las cabezas que se arremolinaban frente a Paul. Luego notó bajo sus pies unos escalones que se curvaban hacia la izquierda. La luz se reflejó en las cabezas encapuchadas y en los movimientos en espiral de la gente al tiempo que descendían por las escaleras.

Jessica sintió el aumento de la tensión a su alrededor, la presión del silencio que le agarrotaba los nervios con apremio.

Los peldaños terminaron, y el grupo atravesó otra puerta. La luz del globo se dispersó en un enorme espacio abierto con un altísimo techo curvado.

Paul sintió que la mano de Chani le tocaba el brazo, oyó el ruido de gotas que caían en aquel ambiente tan frío, notó la absoluta inmovilidad que se apoderó de los Fremen en aquella atmósfera catedralicia que creaba la presencia del agua.

«He visto este lugar en un sueño», pensó.

Era frustrante y tranquilizador al mismo tiempo. En algún momento de su futuro, siempre estaban las hordas fanáticas que lo arrasaban todo en su nombre a lo largo del universo. El estandarte verde y negro de los Atreides se convertiría en un símbolo de terror. Legiones salvajes cargarían a la batalla lanzando su grito de guerra: «¡Muad'Dib!».

«Eso no debe ocurrir —pensó—. No puedo permitirlo.»

Pero al mismo tiempo sintió en su interior la desesperada consciencia racial, su terrible finalidad, y supo que sería casi imposible desviar a ese terrible destructor. Estaba concentrando fuerza y empuje. Si Paul moría en ese momento, todo continuaría a través de su madre y de su hermana aún no nacida. Nada lo detendría salvo la muerte de todo aquel grupo allí y ahora... incluidos su madre y él.

Paul miró a su alrededor y vio al grupo desplegado en una larga fila. Lo empujaban hacia una barrera baja esculpida en la misma roca. Al otro lado y a la luz del globo de Stilgar, Paul vio una extensión de agua oscura y serena. Se perdía en la pared opuesta, que apenas era visible en la vacía oscuridad, y que puede que se encontrase a unos cien metros de distancia.

Jessica sintió que su piel deshidratada se distendía en sus mejillas y su frente a causa de la humedad del aire. El estanque de agua era profundo. Sintió dicha profundidad y reprimió el deseo de hundir las manos en él.

Se oyó un chapoteo a su izquierda. Miró a través de la sombría fila de Fremen y vio a Stilgar, con Paul a su lado, y a los maestros de agua que vertían su saco al estanque a través de un medidor de flujo. El medidor era un ojo gris y redondo que se encontraba a orillas del estanque. Vio que el puntero se movía a medida que el agua fluía a través de él y que se detenía en los treinta y tres litros, siete dracmas y un tercio.

«Una magnífica precisión en la medida del agua», pensó Jessica. Y se dio cuenta de que las paredes del medidor no retenían el menor rastro de humedad tras el paso del agua. El agua resbalaba por las paredes sin resistencia alguna. Era un hecho simple pero que hablaba muy bien de la tecnología Fremen: eran perfeccionistas.

Jessica se abrió camino a través del grupo hasta llegar a Stilgar. Le dejaron pasar con una cortesía muy natural. Notó la mirada ausente de los ojos de Paul, pero el misterio de ese gran estanque de agua dominaba sus pensamientos.

Stilgar la miró.

—Algunos de los nuestros tienen urgente necesidad de agua —explicó—. Sin embargo, pueden venir hasta aquí y no tocarla. ¿Lo entiendes?

—Lo creo —respondió ella.

Stilgar miró hacia el estanque.

—Hay más de treinta y ocho millones de decalitros —dijo—. Ocultos y bien protegidos de los pequeños hacedores, a buen recaudo.

—Un tesoro —dijo ella.

Stilgar levantó el globo y la miró directamente a los ojos.

—Es mucho más que un tesoro. Tenemos millares de escondrijos como este. Solo unos pocos de los nuestros los conocen todos. —Ladeó la cabeza y el globo acentuó las sombras amarillas en su rostro y en su barba—. ¿Oís eso?

Escucharon.

El gotear del agua precipitada por la trampa de viento llenaba la vasta sala con su presencia. Jessica vio el éxtasis reflejado en los rostros del inmóvil y fascinado grupo. Solo Paul parecía ajeno a esa sensación.

Para él, el sonido de cada gota era un instante más que pasaba. Sentía el fluir del tiempo, momentos que no podían ser recuperados. Sintió la necesidad de tomar una decisión, pero era incapaz de moverse.

—Hemos calculado nuestras necesidades con precisión —explicó Stilgar—. Cuando hayamos alcanzado la cantidad requerida, podremos cambiar el rostro de Arrakis.

Un murmullo de respuesta surgió de todo el grupo:

—Bi-lal kaifa.

—Atraparemos las dunas bajo plantaciones de hierba —dijo Stilgar, y su voz se volvió más fuerte—. Mantendremos el agua en el suelo con árboles y raíces.

—Bi-lal kaifa —entonaron los demás.

—Cada año, los hielos polares se retraen —dijo Stilgar.

—Bi-lal kaifa —cantaron.

—Convertiremos Arrakis en un hogar: habrá lentes derretidoras en los polos, lagos en las zonas templadas y solo el desierto profundo para el hacedor y su especia.

—Bi-lal kaifa.

—Y en el futuro ningún hombre tendrá necesidad de agua. La sacará de pozos, lagos y canales. Fluirá libremente por los qanats para alimentar nuestras plantas. Estará allí para que cualquiera pueda tomarla. Será de todos, bastará con que uno extienda su mano.

—Bi-lal kaifa.

Jessica sintió la religiosidad de las palabras y notó que reaccionaba por instinto de manera reverencial.

«Han hecho una alianza con el futuro —pensó—. Tienen una montaña que escalar. Es el sueño del científico, pero este pueblo sencillo, estos campesinos, se han apoderado de él.»

Pensó en Liet-Kynes, el ecólogo planetario del emperador, el hombre que se había transformado en un nativo. Se maravilló por lo que había conseguido. Era un sueño capaz de hacerse con el alma de esos hombres, y sintió la influencia del ecólogo. Los hombres estarían dispuestos a morir para conseguirlo. Ese era otro de los ingredientes esenciales que necesitaría su hijo: un pueblo con un objetivo. Sería muy fácil suscitar fervor y fanatismo en un pueblo así. Podría empuñarlo como una espada para reconquistar su lugar.

—Ahora debemos partir —anunció Stilgar—. Esperaremos a que se alce la primera luna. Cuando Jamis esté a salvo y de camino, volveremos a casa.

El grupo comunicó sus reticencias entre susurros, pero le dio la espalda a la barrera de agua y empezó a subir por las escaleras.

Paul iba detrás de Chani y sintió que un momento vital acababa de escapársele de las manos, que había dejado pasar una decisión esencial y que ya era prisionero de su propio mito. Sabía que había visto antes aquel lugar en un fragmento de un sueño presciente en el lejano Caladan, pero en aquel lugar había detalles que nunca había visto antes. Volvió a percibir el sentido de la maravilla ante las limitaciones de su poder. Era como si cabalgase en una ola del tiempo, a veces en el interior, a veces en la cresta, y a su alrededor el resto de las olas se alzaran y cayeran, revelando y escondiendo lo que había en la superficie.

Y, por encima de todo, estaba la salvaje yihad que siempre se mostraba ante él, la violencia y la matanza. Era como un promontorio que dominase las olas.

El grupo atravesó la última puerta y entró en la caverna principal. Se selló la puerta y se apagaron las luces. Los huecos de la caverna volvieron a quedar abiertos y dejaron al descubierto la noche y las estrellas que resplandecían sobre el desierto.

Jessica avanzó hacia el borde reseco que daba al exterior y

levantó la vista hacia las estrellas. Eran nítidas y brillantes. El grupo se agitaba a su alrededor y oyó a sus espaldas cómo alguien afinaba un baliset, así como a Paul canturreando el tono con la boca cerrada. Era un tono melancólico que no le gustaba nada.

La voz de Chani resonó desde las profundidades de la caverna.

—Háblame de las aguas de tu mundo natal, Paul Muad'Dib.

—En otro momento, Chani. Te lo prometo —respondió Paul.

«Cuánta tristeza.»

—Es un buen baliset —dijo Chani.

—Muy bueno —dijo Paul—. ¿Crees que a Jamis le importará que lo use?

«Habla de los muertos en presente», pensó Jessica. Aquello tenía unas implicaciones que la turbaron.

—A Jamis le gustaba tocar algo a esta hora —intervino un hombre.

—Pues interpreta una de tus canciones —pidió Chani.

«Hay tanta feminidad en la voz de esa chica —pensó Jessica—. Tengo que prevenir a Paul sobre sus mujeres... y pronto.»

—Es la canción de un amigo mío —dijo Paul—. Supongo que estará muerto... Gurney. La llamaba la canción del anochecer.

Los hombres se quedaron en silencio mientras la suave voz de tenor de Paul dominaba los acordes del baliset:

En este cielo de cenizas ardientes...
Un sol dorado se pierde en el crepúsculo.
Qué sentidos locos, perfume de desesperación
son los consortes de nuestros recuerdos.

Jessica sintió cómo las palabras retumbaban en su pecho, gentiles y cargadas de sonidos que de pronto hicieron que fuese muy consciente de sí misma, de su cuerpo y de sus necesidades. Escuchó, tensa e inmóvil:

Perlas de incienso en el réquiem de la noche...
¡Son para nosotros!
Qué alegría, entonces, resplandece...
Luminosa en tus ojos...
Qué amores sembrados de flores
atraen nuestros corazones...
Qué amores sembrados de flores
aplacan nuestros deseos.

Jessica notó el silencio prolongado que siguió a la última nota sostenida que quedó vibrando en el aire.

«¿Por qué mi hijo le ha cantado una canción de amor a esa chica? —se preguntó. Sintió un miedo repentino. Notó cómo la vida se encabritaba a su alrededor y no podía aferrar las riendas—. ¿Por qué ha elegido esa canción? A veces los instintos son ciertos. ¿Por qué lo ha hecho?»

Paul se quedó en silencio en la oscuridad con un único pensamiento dominando su consciencia: «Mi madre es mi enemiga. No lo sabe, pero lo es. Ella es la responsable de la yihad. Me ha dado a luz. Me ha adiestrado. Es mi enemiga».

> El concepto de progreso actúa como un mecanismo de protección destinado a defendernos de los terrores del futuro.
>
> De *Frases escogidas de Muad'Dib*,
> por la princesa Irulan

En su decimoséptimo cumpleaños, Feyd-Rautha Harkonnen mató a su centésimo esclavo-gladiador en los juegos familiares. Los visitantes que acudían de la Corte Imperial para observar —el conde y la dama Fenring— se encontraban en Giedi Prime, el mundo natal de los Harkonnen, para el acontecimiento, y fueron invitados a sentarse esa tarde con la familia más inmediata en el palco dorado sobre la arena triangular.

Para celebrar el cumpleaños del nabarón y a fin de recordar a todos los Harkonnen y a sus súbditos que Feyd-Rautha era el heredero designado, el día se declaró festivo en Giedi Prime. El viejo barón decretó que cesara todo trabajo de mediodía a medianoche, y en la ciudad familiar de Harko no se escatimó en esfuerzos para crear una alegría impostada: estandartes que ondeaban en todos los edificios, una nueva capa de pintura en las paredes por toda la Gran Avenida.

Pero en el resto de la ciudad, el conde Fenring y su dama vieron montones de inmundicias y paredes que destilaban suciedad y que se reflejaban en los charcos de agua sucia que pisaba la gente.

Tras los muros azules de la fortaleza del barón reinaba una perfección dominada por el terror, pero el conde y su dama vieron el precio que se había pagado por ella: guardias por todas partes y armas con ese brillo particular que para un ojo entrenado era indicativo de que se usaban con regularidad. Había puestos de control en casi todas las calles, incluso en el interior de la fortaleza. La manera de caminar de los sirvientes, sus hombros rígidos y la manera en la que sus atentos ojos observaban y vigilaban todo dejaban en evidencia su adiestramiento militar.

—Ha aumentado la presión —murmuró el conde a su dama en su lengua secreta—. El barón ha empezado a darse cuenta del precio que va a tener que pagar por acabar con el duque Leto.

—Un día te contaré la leyenda del fénix —dijo la mujer.

Se encontraban en la antesala de la fortaleza, a la espera de acudir a uno de los juegos familiares. No era una estancia amplia, quizá cuarenta metros de largo por la mitad de ancho, pero los pilares falsos que sobresalían de las paredes eran estrechos y el techo tenía un ángulo muy sutil, lo que conseguía crear la ilusión de que el lugar era mucho más amplio.

—Vaaaya, aquí está el barón —dijo el conde.

El barón recorrió la sala con el peculiar bamboleo flotante motivado por la necesidad de guiar constantemente los suspensores que sostenían su enorme cuerpo. Sus mejillas vibraban, y los suspensores se movían cadenciosamente bajo su túnica naranja. Los anillos resplandecían en sus dedos, y los opafuegos llenaban su atuendo de iridiscencias.

Feyd-Rautha avanzaba a su lado. Sus cabellos oscuros caían en rizos cerrados que denotaban una alegría que no casaba con la aflicción de su mirada. Llevaba una túnica negra y entallada y pantalones ajustados de perneras algo acampanadas. Calzaba unas cómodas zapatillas.

Al ver el porte y la firmeza de los músculos del joven bajo la túnica, la dama Fenring pensó: «He aquí alguien que no se dejará engordar».

El barón se detuvo frente a ellos, cogió el brazo de Feyd-Rautha con gesto posesivo y dijo:

—Mi sobrino, el nabarón Feyd-Rautha Harkonnen. —Luego giró su rostro de bebé gordo hacia Feyd-Rautha—: El conde y la dama Fenring, de los que ya te he hablado.

Feyd-Rautha inclinó la cabeza con la cortesía que se esperaba de él. Miró a la dama Fenring. Tenía los cabellos dorados, era esbelta y su perfecta figura se distinguía debajo de su vestido beis, sencillo y sin adorno alguno. Sus ojos de un verde grisáceo le devolvieron la mirada. Tenía la calma serena de las Bene Gesserit, lo que turbó mucho al joven.

—Mmmm... ahmmm... —dijo el conde. Examinó a Feyd-Rautha—. Qué joven tan... mmmm... particular, ¿no es así, querida? —El conde miró al barón—. Querido barón, ¿y decís que habéis hablado de nosotros a este joven tan particular? ¿Qué le habéis dicho?

—He contado a mi sobrino la gran estima en que os tiene el emperador, conde Fenring —dijo el barón.

Y pensó: «¡Obsérvalo bien, Feyd! Es un asesino con los modales de un conejo. Son los más peligrosos».

—¡Claro! —dijo el conde, que sonrió a su dama.

Feyd-Rautha sintió que las palabras y los modales de aquel hombre eran casi insultantes. Estaban justo al límite de la afrenta directa. El joven se fijó en el conde: un hombre pequeño y de aspecto frágil. Tenía rostro de comadreja y unos ojos negros demasiado grandes. Las canas poblaban sus sienes, y sus movimientos... movía una mano o giraba la cabeza hacia un lado y luego hablaba hacia otro. Era difícil seguirle.

—Mmmmm... ahmmm... Uno no se suele topar... mmmm... con alguien tan particular —dijo el conde mientras miraba al hombro del barón—. Yo... ah... os felicito por la... mmmmm... perfección de vuestro... ahhh... heredero. Se podría decir que... mmmm... está hecho a imagen y semejanza de sus ancestros.

—Sois demasiado gentil —dijo el barón. Hizo una reverencia, pero Feyd-Rautha notó que los ojos de su tío no reflejaban dicha cortesía.

—Cuando sois... mmmmm... irónico, quiere decir... ahhh... que estáis... mmmmm... meditando algo —dijo el conde.

«Lo ha vuelto a hacer —pensó Feyd-Rautha—. Se expresa de manera insultante, pero no hay nada en sus palabras que indique su afrenta.»

La manera de expresarse de ese hombre le hacía pensar a uno que alguien le estaba metiendo la cabeza en una olla hirviendo: «¡Mmmmm... ahhh...!». Feyd-Rautha se centró en la dama Fenring.

—Estamos... ahhh... robando demasiado tiempo a este joven —dijo la mujer—. Tengo entendido que hoy debe pasar por la arena.

«Por las huríes del harén imperial, ¡qué adorable es!», pensó Feyd-Rautha.

—Hoy mataré a alguien por vos, mi dama —dijo—. Con vuestro permiso, proclamaré mi dedicatoria en la arena.

Ella lo miró con serenidad, pero su voz restalló como un latigazo cuando dijo:

—No os doy permiso.

—¡Feyd! —dijo el barón.

Y pensó: «¡Ese mocoso! ¿Acaso quiere que este mortífero conde le desafíe?».

Pero el conde se limitó a sonreír y dijo:

—Mmmmm... mmm...

—Debes prepararte para la arena, Feyd —anunció el barón—. Tienes que descansar para no correr riesgos innecesarios.

Feyd-Rautha se inclinó, y el resentimiento ensombreció sus facciones.

—Estoy seguro de que todo saldrá como deseas, tío. —Inclinó la cabeza hacia el conde Fenring—: Señor. —Luego a la dama—: Mi dama.

Después se dio la vuelta y salió del salón a grandes zancadas sin dignarse a echar una mirada a los miembros de las Familias Menores reunidos cerca de las puertas dobles.

—Es tan joven —suspiró el barón.

—Mmmmm... Oh, sí... mmmmm... —dijo el conde.

Y la dama Fenring pensó: «¿Será ese el joven al que se refería la Reverenda Madre? ¿Es esa la línea genética que debemos preservar?».

—Aún nos queda más de una hora antes de acudir a la arena —dijo el barón—. Quizá podríamos tener ahora esa pequeña charla, conde Fenring. —Inclinó su enorme cabeza hacia la derecha—. Aún quedan muchos puntos por discutir.

Y el barón pensó: «Veamos cómo se las arregla este lacayo del emperador para transmitirme el mensaje que trae para mí sin llevar su grosería hasta el punto de decírmelo en voz alta».

El conde se giró hacia su dama.

—Mmmmm... ahh... ¿Nos... mmmmm... excusarías... ahhh... querida?

—Cada día, y a veces cada hora, tienen lugar cambios —dijo ella—. Mmmmm... —Y sonrió al barón antes de alejarse. Su amplia falda siseó mientras avanzaba, con paso contenido y noble, hacia las puertas dobles del fondo del salón.

El barón observó que los murmullos de las Casas Menores cesaban cuando la dama se acercaba a ellos, y que todas las miradas la seguían.

«¡Bene Gesserit! —pensó el barón—. ¡El universo debería acabar con ellas!»

—Hay un cono de silencio entre esos dos pilares de la izquierda —dijo el barón—. Allí podremos hablar sin miedo a que nos oigan.

Abrió paso con su andar bamboleante hasta el campo de aislamiento acústico y, al atravesarlo, notaron cómo los ruidos del salón se volvían ahogados y distantes.

El conde se colocó junto a él, y ambos se giraron hacia la pared para impedir que alguien les leyera los labios.

—No nos ha gustado la manera en la que habéis echado a los Sardaukar de Arrakis —dijo el conde.

«¡Habla claro!», pensó el barón.

—Los Sardaukar no podían quedarse más tiempo sin que yo corriese el riesgo de que otros descubrieran que habían recibido ayuda del emperador —dijo el barón.

—Pero vuestro sobrino Rabban no parece nada preocupado por resolver el problema de los Fremen.

—¿Qué es lo que quiere el emperador? —preguntó el barón—. En Arrakis no deben quedar más que un puñado de Fremen. El desierto meridional es inhabitable. Mis patrullas peinan regularmente el desierto septentrional.

—¿Quién afirma que el desierto meridional es inhabitable?

—Vuestro planetólogo es quien lo ha dicho, querido conde.

—Pero el doctor Kynes está muerto.

—Ah, sí... qué desgracia.

—Hemos sobrevolado los territorios meridionales —dijo el conde—. Hay pruebas de vida vegetal.

—Entonces ¿la Cofradía ha aceptado explorar Arrakis desde el espacio?

—Sabéis bien lo que es, barón. Sois consciente de que el emperador no puede vigilar Arrakis legalmente.

—Y yo no me lo puedo permitir —dijo el barón—. ¿Quién ha efectuado ese vuelo?

—Un... contrabandista.

—Alguien os ha mentido, conde —dijo el barón—. Al igual que los hombres de Rabban, los contrabandistas tampoco pueden sobrevolar los territorios meridionales. Tormentas, torbellinos de arena y esas cosas, ya sabéis. Los marcadores de navegación son abatidos antes incluso de que se puedan instalar.

—Hablaremos sobre los diversos tipos de estática en otra ocasión —dijo el conde.

«Vaaaya», pensó el barón.

—¿Acaso habéis encontrado algún error en mis informes? —preguntó.

—Si ya dais por hecho que habéis cometido errores, luego os costará más defenderos —dijo el conde.

«Está intentando hacerme enfurecer deliberadamente», pensó el barón. Respiró hondo dos veces para calmarse. Notó el olor a sudor que desprendía su cuerpo, y el arnés de los suspensores que llevaba bajo la túnica empezó a causarle una irritante comezón de repente.

—Al emperador le habrá gustado enterarse de la muerte de

la concubina y del muchacho —afirmó el barón—. Huyeron al desierto. Había tormenta.

—Sí, siempre hay algún accidente oportuno —aceptó el conde.

—No me gusta vuestro tono, conde —dijo el barón.

—La cólera es una cosa y la violencia otra —dijo el conde—. Permitidme haceros una advertencia: si me ocurriera algún desafortunado accidente mientras estoy aquí, todas las Grandes Casas sabrían de inmediato lo que habéis hecho en Arrakis. Hace mucho tiempo que sospechan de la forma en la que conducís vuestros asuntos.

—El único asunto reciente que soy capaz de recordar es el transporte hasta Arrakis de algunas legiones de Sardaukar —dijo el barón.

—¿De verdad creéis que podéis amenazar con eso al emperador?

—¡Ni se me había ocurrido!

El conde sonrió.

—Siempre encontraríamos algunos oficiales Sardaukar dispuestos a confesar haber actuado por cuenta propia porque deseaban aplastar a vuestra escoria Fremen.

—Muchos dudarían de una confesión así —dijo el barón, pero la amenaza lo había dejado estupefacto.

«¿De verdad eran tan disciplinados los Sardaukar?, pensó.

—El emperador quiere auditar vuestros libros de cuentas —anunció el conde.

—En cualquier momento.

—Vos... esto... ¿no ponéis objeción?

—Ninguna. Mi directorio en la Compañía CHOAM puede afrontar el análisis más escrupuloso.

Y pensó: «Dejaré que haga acusaciones falsas contra mí y que se exponga. Así podré decir a todo el mundo, estoico: "Miradme, soy víctima de una injusticia". A partir de entonces podrá acusarme de cualquier cosa, aunque sea verdad. Las Grandes Casas no creerán en ese segundo ataque después de haber quedado demostrado que la primera acusación era falsa».

—No hay duda de que vuestros libros resistirán el más atento escrutinio —murmuró el conde.

—¿Por qué el emperador está tan interesado en exterminar a los Fremen? —preguntó el barón.

—Queréis cambiar el tema de la conversación, ¿eh? —El conde se encogió de hombros—. Son los Sardaukar quienes lo desean, no el emperador. Les gusta matar... y odian dejar un trabajo a medias.

«¿Intenta asustarme al dejar claro que tiene de su parte a esos asesinos sedientos de sangre?», se preguntó el barón.

—Los negocios siempre han dejado tras de sí cierto número de muertos —dijo el barón—, pero hay que fijar algún límite. Alguien debe sobrevivir para ocuparse de la especia.

El conde dejó escapar una risa corta y seca.

—¿Acaso pensáis domesticar a los Fremen?

—Nunca han sido tan numerosos como para tener que llegar a eso —dijo el barón—. Pero la matanza ha creado mucha inquietud en el resto de la población. Mi querido Fenring, hemos llegado a un punto en el que empiezo a pensar en otra solución para el problema de Arrakis. Y debo confesar que ha sido el propio emperador quien me ha inspirado.

—¿Ahhh?

—Sí, conde, Salusa Secundus, el planeta prisión del emperador, me ha inspirado.

El conde lo miró con una intensidad reluciente.

—¿Qué relación puede existir entre Salusa Secundus y Arrakis?

El barón percibió la alarma que destilaba la mirada de Fenring.

—Ninguna, aún —dijo.

—¿Aún?

—Admitiréis que convertir el planeta en una prisión es una buena forma de conseguir mano de obra para Arrakis.

—¿Estáis anticipando que habrá un aumento en el número de prisioneros?

—Ha habido revueltas —admitió el barón—. He tenido que tomar medidas severas, Fenring. Al fin y al cabo, sabéis el precio que he tenido que pagar a esa condenada Cofradía por transportar nuestras mutuas fuerzas hasta Arrakis. Debo recuperarlo de alguna manera.

—Os aconsejo que no uséis Arrakis como planeta prisión sin el permiso del emperador, barón.

—Claro que no —aseguró el barón, que se preguntó por qué había notado esa repentina frialdad en la voz de Fenring.

—Otra cosa —dijo el conde—. Se nos ha comunicado que el mentat del duque Leto, Thufir Hawat, no está muerto, sino que trabaja para vos.

—No me podía permitir desperdiciarlo —dijo el barón.

—Entonces le mentisteis a nuestro comandante Sardaukar cuando le dijisteis que Hawat había muerto.

—Una mentira sin importancia, querido conde. No tenía ganas de discutir largo y tendido con él.

—¿Hawat era el verdadero traidor?

—¡No, claro que no! Era el falso doctor. —El barón se secó el sudor del cuello—. Debéis comprenderlo, Fenring. Yo no tenía mentat. Lo sabéis. Nunca había estado sin mentat. Estaba desorientado.

—¿Cómo conseguisteis que Hawat cambiara su lealtad?

—Su duque había muerto. —El barón forzó una sonrisa—. No hay nada que temer de Hawat, querido conde. El cuerpo del mentat ha sido impregnado con un veneno residual. Le administramos un antídoto en su alimentación constantemente. Sin antídoto, el veneno actuará... y morirá en pocos días.

—Retiradle el antídoto —dijo el conde.

—¡Pero me es de utilidad!

—Sabe demasiadas cosas que ningún hombre vivo debería saber.

—Habéis dicho que el emperador no temía ninguna declaración.

—¡No juguéis conmigo, barón!

—Obedecerá cuando vea esa orden con el sello imperial —sentenció el barón—. Pero no pienso obedecer a vuestros caprichos.

—¿Pensáis que es un capricho?

—¿Qué otra cosa podría ser? Hasta el emperador tiene compromisos conmigo, Fenring. Le he librado de ese molesto duque.

—Con la ayuda de algunos Sardaukar.

—¿Qué otra Casa hubiera proporcionado al emperador los uniformes necesarios para ocultar su participación en este asunto?

—Él se ha planteado la misma pregunta, barón, pero de un modo algo diferente.

El barón estudió a Fenring y sintió cómo controlaba a la perfección la tensión de los músculos de su mandíbula.

—Ahhh, ya —dijo el barón—. Espero que el emperador no crea que es capaz de atacarme en secreto.

—Espera que no sea necesario.

—¡El emperador no puede creer que le estoy amenazando!

El barón se permitió que la cólera y la amargura rezumaran de su voz y pensó: «¡Dejemos que se equivoque! ¡Podría hacerme con el trono sin dejar de quejarme ni un momento por haber sido malentendido!».

—El emperador cree lo que le dictan sus sentidos —dijo el conde con una voz cada vez más seca y remota.

—¿Se atrevería el emperador a acusarme de traición ante todo el Consejo del Landsraad? —El barón contuvo el aliento con la esperanza de que así fuera.

—El emperador no necesita «atreverse» a nada.

El barón se giró con brusquedad en sus suspensores para ocultar su expresión.

«¡Podría ocurrir mientras viva! —pensó—. ¡Emperador! ¡Dejemos que me acuse entonces! Luego... bastará un poco de extorsión y corrupción entre las Grandes Casas. Se unirán bajo mi estandarte como una multitud de campesinos en busca de refugio. Lo que más temen es que el emperador ataque Casa a Casa con sus Sardaukar.»

—El emperador espera de verdad no tener que acusaros nunca de traición —dijo el conde.

Al barón le resultó difícil eliminar toda ironía de su voz y permitirse solo una expresión lastimosa, pero lo consiguió.

—Siempre he sido un súbdito fiel. Esas palabras me hacen mucho más daño del que puedo expresar.

—Mmmmm... ahhh —dijo el conde.

El barón dio la espalda al conde e inclinó un poco la cabeza. Luego dijo:

—Es hora de ir a la arena.

—Cierto —dijo el conde.

Salieron del cono de silencio y avanzaron uno junto al otro hacia el grupo de las Casas Menores que había al fondo de la sala. En algún lugar del castillo una campana empezó a repicar despacio: faltaban veinte minutos para el inicio de los juegos.

—Las Casas Menores esperan que las guieis —dijo el conde al tiempo que señalaba con la cabeza a la gente a la que se aproximaban.

«Doble sentido... doble sentido», pensó el barón.

Levantó la vista hacia los nuevos amuletos que flanqueaban la salida de esa sala: la cabeza de toro montada sobre la placa de madera y el retrato al óleo del Viejo Duque Atreides, el padre del difunto duque Leto. Verlos inspiró una extraña premonición en el barón, que se preguntó qué pensamientos debían haber infundido al duque Leto cuando estaban colgados en las salas de Caladan y luego en las de Arrakis: la valentía arrogante del padre y la cabeza del toro que lo había matado.

—La humanidad solo tiene una... mmmmm... ciencia —dijo el conde mientras abandonaban el salón seguidos por la comitiva y llegaban a la sala de espera: un lugar estrecho con ventanas altas y un suelo recubierto de baldosas blancas y púrpura.

—¿Qué ciencia? —preguntó el barón.

—Es... mmmmm... ahhh... la ciencia del descontento —dijo el conde.

Tras ellos, las Casas Menores, rostros dóciles como corderos, rieron como convenía aunque con un tono de desavenencia, pero el sonido de los motores de las puertas exteriores al ser encendidos por los pajes ahogó la estridencia de las risas. Al otro lado de la puerta aguardaban los vehículos con sus estandartes agitándose en la brisa.

El barón elevó la voz para vencer el repentino ruido.

—Espero que la actuación de mi sobrino no os decepcione en absoluto, conde Fenring —dijo.

—Yo... ahhh... he de reconocer que tengo... mmmmm... muchas expectativas, sí —dijo el conde—. En un proceso verbal, uno... mmmmm... ahhh... siempre debe tener en cuenta los orígenes.

El barón se envaró debido a la sorpresa y tropezó en el primer peldaño al salir.

«¡Proceso verbal! ¡El informe de un crimen contra el Imperio!»

Pero el conde se echó a reír como si se tratara de una broma y le dio una palmada en el brazo al barón.

Durante todo el viaje hacia la arena, el barón permaneció reclinado en los blandos cojines del vehículo blindado, sin dejar de lanzar miradas furtivas al conde sentado a su lado y preguntándose por qué aquel recadero del emperador había creído necesario hacer ese chiste en particular delante de las Casas Menores. Tenía claro que Fenring rara vez hacía algo innecesario ni empleaba nunca dos palabras cuando con una era suficiente ni se contentaba con dar un solo sentido a cada frase.

Obtuvo la respuesta cuando se sentaron en sus asientos en el palco dorado sobre la arena triangular, entre los estandartes ondeantes, los cuernos que resonaban y el cuchicheo de las gradas llenas de gente.

—Querido barón —dijo el conde al tiempo que se inclinaba hacia él para hablarle al oído—, sabréis que el emperador aún no ha aprobado oficialmente la elección de vuestro heredero.

El barón tuvo la impresión de que se hundía con brusquedad en un cono de silencio producido por la estupefacción. Miró a Fenring y casi ni se dio cuenta de que su dama atravesaba el cordón de guardias para ocupar su lugar en el palco dorado.

—Esa es la verdadera razón por la que estoy aquí —dijo el conde—. El emperador quiere que le indique si habéis escogido un digno sucesor. Y no hay nada como la arena para desenmascarar a alguien, ¿no?

—¡El emperador me prometió libertad absoluta para elegir mi heredero! —gruñó el barón.

—Veremos —dijo Fenring, que se giró para recibir a su dama.

La mujer se sentó, sonrió al barón y luego centró su atención en la arena, donde Feyd-Rautha acababa de aparecer con unas mallas ceñidas, un guante negro y un cuchillo largo en la mano derecha, y un guante blanco y un cuchillo corto en la izquierda.

—Blanco para el veneno, negro para la pureza —comentó la dama Fenring—. Una costumbre muy curiosa, ¿no es así, mi amor?

—Mmmmm... —murmuró el conde.

Estallaron aclamaciones de las tribunas familiares, y Feyd-Rautha se detuvo para aceptarlas, alzó la mirada y escrutó los rostros: primos y primas, hermanastros, concubinas y parientes no-freyn. Eran una confusión de bocas rosáceas que vociferaban envueltos en el ondear de los vestidos y los estandartes.

Feyd-Rautha se dio cuenta de que esos rostros manifestarían la misma avidez tanto por su sangre como por la del esclavo-gladiador. Sin duda, el resultado del combate estaba muy claro. Solo era un peligro aparente y vacío de sustancia. Sin embargo...

Feyd-Rautha levantó el cuchillo hacia el sol y saludó a los tres lados de la arena a la manera antigua. El cuchillo corto que llevaba en la mano del guante blanco (blanco, símbolo del veneno) fue el primero que volvió a su funda. Después, envainó la hoja larga en la mano con el guante negro, la hoja pura que ahora era impura: su arma secreta para transformar aquel día en una victoria personal. Había envenenado el cuchillo largo.

Solo le hizo falta un instante para regular el escudo corporal y luego hizo una breve pausa para sentir la tensión en la piel de la frente, lo que le garantizaba una defensa perfecta.

Era su espectáculo y empezó a orquestarlo con mano de maestro de ceremonias, haciendo una señal con la cabeza a los manipuladores y a los distractores, verificando su equipo de un solo vistazo... Los grilletes estaban en su lugar con sus púas afiladas y resplandecientes; los garfios y las picas, adornados con banderolas azules.

Feyd-Rautha hizo una seña a los músicos.

Una marcha lenta, antigua y solemne se elevó en la arena; y Feyd-Rautha, a la cabeza de su cuadrilla, avanzó hasta detenerse a los pies del palco de su tío para rendir pleitesía. Cogió la llave ceremonial cuando se la lanzaron.

La música cesó.

Feyd-Rautha dio dos pasos atrás en el repentino silencio, alzó la llave y gritó:

—Dedico esta verdad a... —Hizo una pausa, a sabiendas de que su tío estaría pensando: «¡Este joven imbécil va a dedicarla a la dama Fenring y a provocar un escándalo!»—. A mi tío y patrón, el barón Vladimir Harkonnen.

Se alegró al ver el suspiro de alivio de su tío.

Los músicos iniciaron una marcha rápida, y Feyd-Rautha volvió a conducir a sus hombres por la arena hacia la puerta de prudencia que solo podían atravesar los que mostraban la banda especial de identificación. Feyd-Rautha se congratuló por no haber tenido que usar nunca esa puerta, así como no haber necesitado casi nunca a los distractores. Pero le alegró saber que aquel día también los tenía a su disposición, los planes especiales a veces comportan riesgos especiales.

La arena volvió a sumirse en el silencio.

Feyd-Rautha se dio la vuelta y encaró la gran puerta roja por la que tenía que salir el gladiador.

El gladiador especial.

Feyd-Rautha pensó que el plan escogido por Thufir Hawat era admirable: simple y directo. El esclavo no estaría drogado, eso era lo más peligroso, pero se le había grabado en el subconsciente una palabra clave para inmovilizar sus músculos en el momento crucial. Feyd-Rautha repitió dicha palabra varias veces en su mente y la articuló en silencio: «¡Canalla!». A los ojos de los espectadores, parecería que un esclavo sin drogar hubiera conseguido colarse en la arena para matar al nabarón. Y las pruebas cuidadosamente preparadas señalarían como único culpable al maestro de esclavos.

Se elevó un ronroneo ahogado en los servomotores de la gran puerta roja, que comenzó a abrirse.

Feyd-Rautha centró toda su atención en la puerta. El primer momento era crucial. Un ojo adiestrado podía captar todo lo que necesitaba saber del gladiador justo cuando apareciese por la puerta. Se suponía que todos los gladiadores tenían que estar bajo la influencia de la elacca, prestos para la batalla y para matar, pero había que observar la forma en que blandían el cuchillo, cómo se defendían y si eran conscientes del público de las gradas. Una simple inclinación de la cabeza podía proporcionar una pista definitiva para saber cuándo realizar una finta o un contraataque.

La puerta roja se abrió de improviso.

Un hombre alto y musculoso, con la cabeza afeitada y los ojos negros como pozos oscuros salió cargando de ella. Su piel era del color zanahoria que confería la elacca, pero Feyd-Rautha sabía que era pintura. El esclavo llevaba unas mallas verdes y el cinturón rojo de un semiescudo: la flecha del cinturón estaba girada hacia la izquierda, lo que indicaba que solo el lado izquierdo estaba protegido por el escudo. Empuñaba el cuchillo como si fuera una espada, ligeramente apuntado hacia delante, como un combatiente experimentado. Avanzó despacio por la arena, con su flanco protegido por el escudo girado hacia Feyd-Rautha y al grupo reunido junto a la puerta de prudencia.

—No me gusta su aspecto —dijo uno de los picadores de Feyd-Rautha—. ¿Estáis seguro de que está drogado, mi señor?

—Tiene el color —dijo Feyd-Rautha.

—Pero está en posición de combate —dijo otro ayudante.

Feyd-Rautha avanzó un par de pasos en la arena y estudió al esclavo.

—¿Qué se ha hecho en el brazo? —dijo uno de los distractores.

Feyd-Rautha miró con atención la sangrienta marca en el antebrazo izquierdo del hombre y luego siguió el brazo hasta la mano, que le señalaba un dibujo que el hombre se había trazado con sangre en el lado izquierdo de sus mallas verdes: el perfil estilizado y todavía húmedo de un halcón.

¡Un halcón!

Feyd-Rautha miró directamente a sus ojos tenebrosos y vio que brillaban con una disposición poco común.

«¡Es uno de los soldados del duque Leto que capturamos en Arrakis! —pensó—. ¡No es un simple gladiador!»

Se estremeció de pies a cabeza y se preguntó angustiado si Hawat no tendría en realidad otro plan para la arena: trucos en los trucos de los trucos. Si ese era el caso, ¡el maestro de esclavos parecería el único culpable!

El jefe de manipuladores de Feyd-Rautha se inclinó junto a su oreja.

—No me gusta el aspecto de ese hombre, mi señor —dijo—. Dejad que le clave una o dos picas en el brazo que sostiene el cuchillo para asegurarnos.

—Lo haré yo mismo —dijo Feyd-Rautha. Cogió un par de astas largas rematadas en garfios y las levantó para sopesarlas. Se suponía que las picas también tenían que estar envenenadas, pero en esta ocasión tampoco lo estaban y eso podía costar la vida al jefe de manipuladores. Todo formaba parte del plan.

«Saldréis de este duelo como un héroe —le había dicho Hawat—. Acabaréis con vuestro gladiador en un combate cuerpo a cuerpo a pesar de la traición. El maestro de esclavos será ejecutado y uno de los vuestros ocupará su lugar.»

Feyd-Rautha avanzó otros cinco pasos en la arena para darle más teatralidad al momento y examinó al esclavo. Sabía que los expertos que había en las gradas ya se habrían dado cuenta de que algo no iba bien. El gladiador tenía la piel del color adecuado para alguien drogado, pero estaba quieto y no temblaba. Los expertos ya habrían susurrado entre ellos: «¿Veis como está en guardia? Tendría que estar inquieto... atacar o huir. ¿Veis cómo conserva las fuerzas, cómo espera? No debería esperar».

Feyd-Rautha empezó a sentirse cada vez más emocionado.

«Puede que Hawat haya pensado traicionarme —pensó—. Pero aun así puedo vencer a este esclavo. Y ahora tengo el veneno en el cuchillo largo, no en el corto. Eso no lo sabe ni Hawat.»

—¡Hai, Harkonnen! —gritó el esclavo—. ¿Estás preparado para morir?

La arena se sumió en un silencio mortal.

«¡Los esclavos nunca lanzan su desafío!»

Feyd-Rautha veía ahora los ojos del gladiador con claridad, la fría ferocidad de la desesperación que albergaba en ellos. Notó la manera en la que el hombre se mantenía en pie, relajado y atento, con los músculos preparados para la victoria. El cuchicheo entre esclavos había pasado el mensaje de Hawat de uno en uno hasta alcanzar su destino: «Tendrás una verdadera oportunidad de matar al nabarón». Hasta ahora, el plan había salido a la perfección.

Una sonrisa furtiva se dibujó en el rostro de Feyd-Rautha. Levantó las picas y, al ver la postura del gladiador, supo que todo iba a pedir de boca.

—¡Hai! ¡Hai! —desafió el esclavo, que dio dos pasos al frente.

«Ahora todo el público se habrá dado cuenta», pensó Feyd-Rautha.

La droga tendría que haber hecho que su esclavo estuviese casi paralizado por el terror. Cada uno de sus movimientos tendría que haber evidenciado su convicción de que no había salvación para él, que no tenía manera de vencer. Su mente tendría que haber estado paralizada por el recuerdo de las historias sobre los venenos que el nabarón escogía para el puñal del guante blanco. El nabarón nunca concedía una muerte rápida; se deleitaba exhibiendo venenos extraños y solía quedarse en la arena explicando los efectos secundarios más interesantes mientras las víctimas se retorcían junto a él. El esclavo estaba asustado, sí, pero no aterrorizado.

Feyd-Rautha levantó la pica a mucha altura e inclinó la cabeza, como si fuese una invitación.

El gladiador atacó.

Sus fintas y paradas eran las mejores que Feyd-Rautha había visto en su vida. Un golpe lateral quedó a milímetros de seccionar los tendones de la pierna izquierda del nabarón.

Feyd-Rautha dio un salto hacia atrás y clavó una pica en el brazo derecho del esclavo. Los garfios quedaron hundidos del todo en la carne, de modo que el hombre no podía arrancarlos sin cortarse los tendones.

Un concierto de gritos ahogados se alzó de los graderíos.

Feyd-Rautha sintió que le embargaba la emoción.

Sabía lo que estaba experimentando su tío en ese momento, sentado con los Fenring, los observadores de la Corte Imperial. El combate no podía interrumpirse, ya que tenía que mantener las formas ante unos testigos así. Y el barón solo podía interpretar de una manera lo que ocurría en la arena: también era una amenaza contra su persona.

El esclavo retrocedió con el cuchillo entre sus dientes y se amarró la pica al brazo con ayuda de la banderola.

—¡No siento tu aguja! —gritó.

Volvió a empuñar el cuchillo y avanzó con el arma levantada y el flanco izquierdo hacia delante. Tenía el cuerpo echado hacia atrás para aprovechar al máximo la protección del semiescudo.

Eso tampoco escapó a las gradas. Se alzaron gritos agudos desde las tribunas familiares. Los manipuladores de Feyd-Rautha gritaron para preguntarle si necesitaba su ayuda.

Les indicó que retrocedieran hasta la puerta de prudencia.

«Voy a darles un espectáculo como el que nunca habrán visto —pensó Feyd-Rautha—. No una matanza bien organizada cuyo estilo puedan admirar sentados con tranquilidad en sus sillones. Esto será algo que conseguirá retorcerles las entrañas. Cuando sea barón, todos recordarán este día y me temerán.»

Feyd-Rautha retrocedió despacio mientras el gladiador avanzaba agazapado como un cangrejo. La arena crepitaba bajo sus pies. Oyó los jadeos del esclavo, el olor ácido de su propio sudor y un ligero aroma a sangre en el aire.

Siguió retrocediendo, giró a la derecha y preparó la segunda pica. El esclavo dio un salto a un lado. Feyd-Rautha pareció tropezar y se oyó un griterío en las gradas.

El esclavo volvió a lanzarse al ataque.

«¡Dios, qué adversario!», pensó Feyd-Rautha mientras esquivaba el fulmíneo ataque. Se había salvado gracias a la rapidez de su juventud y, al mismo tiempo, había dejado la segunda pica clavada en el deltoides del brazo derecho del esclavo.

Las gradas estallaron en vítores.

«Ahora me aclaman», pensó Feyd-Rautha. Oyó los gritos asalvajados, tal como Hawat había dicho que ocurriría. Nunca habían aplaudido así a un campeón familiar. Recordó con una pizca de orgullo lo que le había dicho Hawat: «Es más fácil ser aterrorizado por un enemigo al que admiras».

Feyd-Rautha se batió en retirada con presteza hacia el centro de la arena, donde todos lo podrían ver con claridad. Desenvainó el arma larga, se agachó y esperó a que se acercase el esclavo.

El hombre solo se detuvo el tiempo suficiente para amarrarse la segunda pica al brazo. Luego cargó.

«Que la familia me vea bien —pensó Feyd-Rautha—. Soy su enemigo: que siempre que piensen en mí recuerden lo que están a punto de contemplar.»

Desenvainó el arma corta.

—No tengo miedo, cerdo Harkonnen —dijo el gladiador—. Tus torturas no sirven para amedrentar a un muerto. Puedo acabar con mi vida con mi propia arma antes de que tus manipuladores consigan siquiera rozarme. ¡Y tú estarás muerto a mi lado!

Feyd-Rautha sonrió y apuntó hacia él con el arma larga, la que tenía el veneno.

—Prueba esto —dijo al tiempo que hacía una finta con el arma corta que tenía en la otra mano.

El esclavo se cambió de mano el cuchillo y empezó a parar y a fintar para apoderarse del arma corta del nabarón, la del guante blanco que, según la tradición, estaba bañada en veneno.

—Te mataré, Harkonnen —gruñó el gladiador.

Combatieron mientras avanzaban de lado por la arena. Un brillo azul chisporroteó cuando el escudo de Feyd-Rautha entró en contacto con el semiescudo del esclavo. El aire que los rodeaba se impregnó del ozono de los escudos.

—¡Morirás con tu propio veneno! —rugió el esclavo.

Aferró la muñeca enguantada de blanco y empezó a girarla junto con el arma que pensaba que llevaba el veneno.

«¡Que todos lo vean!», pensó Feyd-Rautha. Dio un tajo descendente con la hoja larga y sintió como impactaba contra la pica que estaba clavada en el brazo del esclavo.

Le sobrevino un acceso de desesperación. Nunca había pensado que las picas pudieran convertirse en una defensa para el esclavo. Pero en realidad eran como un escudo más para él. ¡Y menuda fuerza tenía! La hoja corta se acercaba inexorablemente, y en ese momento Feyd-Rautha recordó que también se podía morir a causa de un arma sin envenenar.

—¡Canalla! —jadeó Feyd-Rautha.

Los músculos del gladiador se relajaron por un breve instante al oír la palabra clave. Y eso fue suficiente para Feyd-Rautha. Abrió entre ellos el espacio suficiente para el arma larga. La punta envenenada trazó un surco rojo en el pecho del esclavo. La agonía del veneno fue instantánea. El hombre se apartó de él y retrocedió, vacilante.

«Que mi querida familia observe ahora —pensó Feyd-Rautha—. Que crean que este esclavo ha estado a punto de acabar conmigo con mi arma envenenada. Que se pregunten cómo un gladiador ha podido entrar en la arena dispuesto a una tentativa así. Y que sepan que nunca podrán saber a ciencia cierta cuál de mis manos es la que porta el veneno.»

Feyd-Rautha se quedó quieto y en silencio mientras observaba los torpes movimientos del esclavo. El hombre avanzaba vacilante pero consciente. Todos podían leer con claridad la muerte que estaba escrita en sus facciones. El esclavo sabía bien lo que le había ocurrido y cómo. El veneno estaba en la otra arma.

—¡Tú! —gimió el hombre.

Feyd-Rautha retrocedió para dejar espacio a la muerte. La droga paralizante del veneno aún no había terminado de hacer efecto, pero los movimientos cada vez más torpes del esclavo indicaban su progresión.

El hombre trastabilló hacia delante, como si tirasen de él con un hilo invisible, arrastrando sus pies paso a paso. Cada uno de esos pasos era único en su universo particular. No había soltado su arma, pero la punta temblaba.

—Un día... uno de... nosotros... acabará contigo —balbuceó. Una tenue mueca triste se dibujó en su gesto. Cayó al suelo sentado, se derrumbó por completo, se enyaró y rodó lejos de Feyd-Rautha, bocabajo.

Feyd-Rautha avanzó por la arena silenciosa, puso un pie bajo el gladiador y lo giró bocarriba para que desde las gradas viesen cómo se le contorsionaba el rostro a medida que el veneno hacía efecto. Pero, al darle la vuelta, vio que el gladiador se había clavado el cuchillo con fuerza en el pecho.

A pesar de la frustración, Feyd-Rautha tuvo que admirar el esfuerzo que había tenido que hacer el esclavo para vencer su parálisis y hacer lo que acababa de hacer. Al mismo tiempo, comprendió que eso era de verdad lo que tenía que temer.

«Me aterran las cosas que son capaces de convertir a un hombre en un superhombre.»

Mientras pensaba en ello, se dio cuenta del clamor que había estallado en las gradas y en los palcos a su alrededor. Todos aplaudían y gritaban con fervor.

Feyd-Rautha se dio la vuelta y levantó la mirada hacia la concurrencia.

Todos lo aclamaban menos el barón, que permanecía hundido en el asiento y lo contemplaba con la mano en la barbilla y gesto reflexivo; así como el conde y su dama, que lo miraban con el rostro convertido en una máscara sonriente.

El conde Fenring se volvió hacia su dama y dijo:

—Mmmmm... un joven con muchos... mmmmm... recursos. ¿Verdad, mmmmm... querida?

—Sus... ahhh... respuestas sinápticas son muy rápidas —dijo ella.

El barón la miró, luego hizo lo propio con el conde y después volvió a centrarse en la arena y pensó: «¡Han conseguido acercarse demasiado a uno de los nuestros! —La rabia empezaba a sobreponerse al miedo—. Esta noche, el maestro de esclavos morirá a fuego lento. Y como este conde y su dama tengan algo que ver...».

Para Feyd-Rautha, la conversación en el palco del barón era demasiado remota y los sonidos quedaban ahogados por el rítmico batir de innumerables pies en las gradas y el coro de gritos a su alrededor:

—¡La cabeza! ¡La cabeza! ¡La cabeza! ¡La cabeza!

El barón frunció el ceño y vio cómo Feyd-Rautha se giraba hacia él. Despacio y reprimiendo con dificultad su rabia, el barón hizo un gesto con la mano hacia el joven que estaba quieto en la arena junto al cuerpo tendido del esclavo.

«Le daremos una cabeza al muchacho. Se la ha ganado por descubrir al maestro de esclavos.»

Feyd-Rautha vio la señal de asentimiento y pensó: «Cree que me está honrando. ¡Que vea lo que pienso al respecto!».

Vio a sus manipuladores acercarse con un cuchillo-sierra para los honores, pero les detuvo con un gesto imperativo, que tuvo que repetir al ver que titubeaban.

«¡Creen que me honran con solo una cabeza!», pensó.

Se inclinó y cruzó las manos del gladiador en torno a la empuñadura del cuchillo que le sobresalía del pecho, luego lo extrajo y se lo colocó en las manos inertes.

Lo hizo en un instante, y luego se irguió e hizo una seña a sus manipuladores.

—Sepultad a este esclavo intacto con el cuchillo entre las manos —dijo—. Se lo ha ganado.

El conde Fenring se inclinó hacia el barón en el palco dorado.

—Un gran gesto —dijo—. De una bravura tremenda. Vuestro sobrino no solo es valiente, sino que también tiene estilo.

—Rechazar la cabeza es insultar al público —murmuró el barón.

—En absoluto —dijo la dama Fenring. Se giró para mirar las gradas a su alrededor.

En ese momento, el barón observó la línea de su cuello: un juego de músculos adorable, como los de un adolescente.

—El público aprecia lo que ha hecho vuestro sobrino —dijo ella.

El barón echó un vistazo y vio que, en efecto, los espectadores se habían tomado bien el gesto de Feyd-Rautha y contemplaban fascinados cómo los manipuladores se llevaban el cuerpo intacto del gladiador. El público estaba exaltado, gritaban, pateaban y se daban golpes unos a otros en los hombros.

El barón dijo con tono desolado:

—Tendré que preparar una fiesta. Uno no puede dejar que la gente vuelva a sus casas sin haber agotado toda esta energía. Tienen que ver que yo también soy partícipe de dicha emoción. —Hizo un gesto a su guardia, y un sirviente bajó el estandarte naranja de los Harkonnen que había sobre el palco una, dos y hasta tres veces, señal que indicaba que tendría lugar una fiesta.

Feyd-Rautha cruzó la arena y se detuvo bajo el palco dorado con las armas envainadas y los brazos colgando a los costados.

—¿Una fiesta, tío? —preguntó por encima del rumor de la gente.

La multitud empezó a quedarse en silencio y a la espera al ver la conversación.

—¡En tu honor, Feyd! —gritó el barón muy alto. Volvió a ordenar que bajaran el estandarte.

Las barreras de prudencia se habían bajado al otro lado de la arena, y numerosos jóvenes saltaban al interior y se dirigían hacia Feyd-Rautha.

—¿Habéis ordenado desactivar los escudos de prudencia, barón? —preguntó el conde.

—Nadie hará daño al muchacho —respondió el barón—. Es un héroe.

Los primeros jóvenes alcanzaron a Feyd-Rautha, lo levantaron sobre sus hombros y se lo llevaron en volandas por toda la arena.

—Esta noche podrá pasear desarmado y sin escudo por los barrios más pobres de Harko —dijo el barón—. Le ofrecerían hasta el último bocado de su comida y el último sorbo de su bebida por el honor de su compañía.

El barón se levantó a duras penas de la silla y ancló su peso en los suspensores.

—Confío en que me disculparéis. Hay asuntos que requieren mi inmediata atención. Los guardias os escoltarán hasta la fortaleza.

El conde se levantó y le dedicó una reverencia.

—Claro, barón. Estamos ansiosos por acudir a la fiesta. Nunca... ahhh... mmmmm... hemos visto una fiesta Harkonnen.

—Sí —dijo el barón—. La fiesta. —Se dio la vuelta y salió del palco rodeado por sus guardias.

Un capitán de la guardia se inclinó ante el conde Fenring.

—¿Vuestras órdenes, mi señor?

—Esperaremos... mmmmm... a que la gente se haya... ahhh... dispersado —respondió el conde.

—Sí, mi señor. —El hombre hizo una reverencia y retrocedió tres pasos.

El conde Fenring se giró hacia su dama y volvió a hablar en ese idioma en clave entre susurros.

—También lo has visto, seguro.

—El muchacho sabía que el gladiador no estaba drogado —afirmó ella en la misma lengua susurrante—. Ha sentido miedo por un instante, sí, pero no sorpresa.

—Estaba planeado —dijo el conde—. Todo el espectáculo.

—Sin la menor duda.

—Esto huele a Hawat.

—Ciertamente —convino ella.

—Le he pedido al barón que elimine a Hawat.

—Ha sido un error, querido.

—Ya me he dado cuenta.

—Los Harkonnen podrían tener un nuevo barón dentro de muy poco.

—Si es que ese es el plan de Hawat.

—Cierto, tenemos que analizar la situación más a fondo —dijo ella.

—El joven será más fácil de controlar.

—Para nosotros... después de esta noche —aseguró la mujer.

—¿No crees que te costará seducirlo, pequeña madre de mi progenie?

—No, mi amor. ¿Has visto cómo me ha mirado?

—Sí, y ahora entiendo por qué necesitamos esa línea genética.

—Exactamente. Y es obvio que tenemos que controlarlo. Implantaré en lo más profundo de su ser las frases prana-bindu que lo doblegarán a nuestra voluntad.

—Nos iremos lo más pronto posible. Desde que estés segura —indicó el hombre.

Ella se estremeció.

—Sin duda. No quiero dar a luz a un hijo en este lugar tan horrible.

—Las cosas que hacemos por la humanidad —dijo él.

—Tu parte es la más sencilla.

—Pero hay algunos antiguos prejuicios que he tenido que vencer —dijo el hombre—. El instinto, ya sabes.

—Pobre querido mío —dijo ella al tiempo que le daba una palmadita en la mejilla—. Sabes que es la única manera segura de salvar esa línea genética.

—Entiendo muy bien lo que vamos a hacer —dijo él con tono seco.

—No fracasaremos —aseguró la mujer.

—El sentimiento de culpabilidad empieza con el miedo al fracaso —recordó él.

—No habrá sentimiento de culpa —dijo ella—. Solo una hipno-ligazón en la psique de Feyd-Rautha y su hijo en mi seno... y podremos irnos.

—Su tío —dijo él—. ¿Conoces a alguien tan retorcido?

—Tiene una ferocidad atroz —dijo ella—, pero el sobrino podría llegar a ser aún peor.

—Gracias a su tío. Cuando pienso en ese muchacho y en lo que podría haber sido con otra educación... la de los Atreides, por ejemplo.

—Es triste —dijo ella.

—De ser así, podríamos haberlos salvado a ambos, al joven Atreides y a este. Por lo que he oído, el joven Paul era un muchacho admirable, una combinación perfecta de herencia genética y educación. —Agitó la cabeza—. Pero es inútil derramar lágrimas por los infortunios de la aristocracia en desventura.

—Hay una máxima Bene Gesserit al respecto —dijo la dama.

—¡Tenéis máximas para todo! —protestó el conde.

—Esta te gustará —aseguró la mujer—. Dice: «No des por hecho que un humano ha muerto hasta que hayas visto su cadáver. Y aún cabe la posibilidad de que te equivoques».

En *Una época de reflexión*, Muad'Dib nos dice
que su verdadera educación comenzó con sus primeros encontronazos con las necesidades arrakenas. Aprendió entonces a empalar la arena para
conocer el tiempo, el lenguaje del viento que clavaba mil agujas afiladas en su piel, que la nariz podía escocer con la picazón de la arena y cómo mejorar la recolección y conservación de la humedad
de su cuerpo. Así, mientras sus ojos adoptaban el
azul del Ibad, aprendió la enseñanza chakobsa.

Prefacio de Stilgar a *Muad'Dib, el hombre*,
por la princesa Irulan

El grupo de Stilgar regresó al sietch con las dos personas que
se habían perdido en el desierto y abandonó la depresión bajo la
pálida claridad de la primera luna. Las siluetas embozadas en
túnicas se apresuraron cuando el olor de su hogar llegó a sus
fosas nasales. A sus espaldas, la línea gris del alba brillaba más,
lo que en su calendario del horizonte significaba que estaban a
mediados de otoño, el mes de Caprock.

Al pie de la muralla rocosa, las hojas amontonadas por los
niños del sietch revoloteaban al viento, pero el ruido del grupo
al pasar no se distinguía de los típicos rumores de la noche, a

excepción de alguna torpeza ocasional de Paul o de su madre.

Paul se pasó la mano por la fina capa de sudor y polvo que le cubría la frente, sintió que alguien le tiraba del brazo y oyó que Chani le susurraba:

—Haz como te he dicho: cálate la capucha hasta la frente. Solo puedes dejar los ojos al descubierto, si no, estarás desperdiciando humedad.

Alguien pidió silencio detrás de ellos.

—¡El desierto os oye!

Un pájaro gorjeó en las rocas que había a mucha altura sobre ellos.

El grupo se detuvo, y Paul sintió una tensión repentina.

Resonó un golpe sordo entre las rocas, un sonido que no era más intenso del producido por un ratón que saltase en la arena.

El pájaro volvió a gorjear.

Un estremecimiento recorrió las filas del grupo. Volvieron a oírse aquellos golpes sordos que parecían obra de un ratón.

El pájaro gorjeó por tercera vez.

El grupo reanudó su ascensión hacia una hendidura en las rocas, pero el extraño silencio que se había apoderado de la manera de respirar de los Fremen puso a Paul en estado de alerta. Sintió miradas fugaces en dirección a Chani y cómo ella las ignoraba y se encerraba en sí misma.

Ahora pisaban en roca, el rumor de las túnicas era suave y Paul sintió que se relajaba la disciplina, pero los demás seguían tratando a Chani con la misma frialdad. Se limitó a seguir a una figura humana envuelta en sombras: peldaños, un giro, más peldaños, un túnel, dos puertas selladoras de humedad y, al fin, un pasadizo estrecho iluminado por un globo con paredes y techo de piedra amarillenta.

Paul vio que los Fremen que lo rodeaban empezaban a quitarse las capuchas, los tampones y a respirar hondo. Alguien suspiró. Paul buscó a Chani, pero se dio cuenta de que ya no estaba a su lado. Los cuerpos embozados en túnicas que lo rodeaban lo empujaban de un lado a otro. Alguien lo empujó sin querer.

—Perdona, Usul —le dijo—. ¡Vaya carrera! Siempre igual.

A su izquierda, el rostro delgado y barbudo del que se llamaba Farok se giró hacia él. La negrura de las cuencas y la oscuridad de sus ojos azules parecían aún más tenebrosas a la luz amarilla de los globos.

—Quítate la capucha, Usul —le indicó Farok—. Estás en casa.

Ayudó a Paul soltándole la capucha mientras con los hombros le hacía un poco de espacio a su alrededor.

Paul se quitó los tampones de la nariz y luego el deflector de la boca. Le llegó el olor del lugar: a cuerpos sin asear, a exhalaciones destiladas de residuos reciclados, a los efluvios de la humanidad adulterados por la especia y sus emanaciones.

—¿A qué esperamos, Farok? —preguntó Paul.

—A la Reverenda Madre, creo. ¿No has oído el mensaje? Pobre Chani.

«¿Pobre Chani?», pensó Paul. Miró a su alrededor y se preguntó dónde estaría y también dónde se encontraría su madre entre la multitud.

Farok respiró hondo.

—El aroma del hogar —dijo.

Paul observó que el hombre disfrutaba de verdad de la pestilencia del aire, que no había ironía alguna en su voz. Oyó toser a su madre, y luego su voz le llegó a través de los cuerpos apelotonados:

—Qué intensos son los olores de tu sietch, Stilgar. Veo que hacéis muchas cosas con la especia... papel... plásticos... ¿y eso no son explosivos químicos?

—¿Lo reconoces por el olor? —preguntó otro hombre.

Y Paul comprendió que su madre le hablaba a él, que intentaba conseguir que aceptara rápidamente ese asalto a sus fosas nasales.

La inquietud empezó a agitar la parte delantera del grupo, y una profunda inspiración pareció recorrer a los Fremen. Paul oyó voces ahogadas detrás de él.

—Entonces, es cierto... Liet ha muerto.

«Liet —pensó Paul. Y luego—: Chani, hija de Liet.»

Las piezas parecieron encajar en su mente. Liet era el nombre Fremen del planetólogo.

Paul miró a Farok.

—¿Os referís al Liet que nosotros conocemos como Kynes? —preguntó.

—Solo hay un Liet —dijo Farok.

Paul se giró, y su mirada recorrió a los Fremen junto a él.

«Entonces, Liet-Kynes ha muerto», pensó.

—Ha sido una traición de los Harkonnen —exclamó alguien—. Han hecho que parezca un accidente... perdido en el desierto... un tóptero estrellado...

Paul sintió que lo invadía la rabia. El hombre que les había ofrecido su amistad, que los había salvado de la caza de los Harkonnen, aquel que había enviado a las cohortes Fremen en busca de dos criaturas perdidas en el desierto... se había convertido en otra víctima de los Harkonnen.

—¿Ya siente Usul la sed de venganza? —preguntó Farok.

Antes de que Paul pudiera responder, alguien dio una orden en voz baja y el grupo al completo avanzó hacia una caverna más amplia y arrastró a Paul. De repente, se encontró en un espacio abierto frente a Stilgar y a una mujer desconocida envuelta en un vestido cruzado y holgado de un naranja y verde resplandecientes. Llevaba los brazos al descubierto hasta los hombros, y Paul se dio cuenta de que no vestía destiltraje. Tenía la piel de un tono pálido y oliváceo. Sus cabellos oscuros estaban peinados hacia atrás desde su frente y le marcaban aún más sus prominentes pómulos y la nariz aguileña que destacaban bajo la densa oscuridad de sus ojos.

Se giró hacia él, y Paul vio que de sus orejas colgaban anillos dorados entremezclados con medidas de agua.

—¿Este es el que ha vencido a mi Jamis? —preguntó.

—Silencio, Harah —dijo Stilgar—. Fue Jamis quien le desafió... fue él quien invocó el tahaddi al-burhan.

—¡Pero no es más que un muchacho! —dijo ella. Agitó la cabeza con brusquedad e hizo tintinear las medidas de agua—. ¿Mis hijos son huérfanos por culpa de otro niño? ¡Seguro que ha sido un accidente!

—Usul, ¿cuántos años tienes? —preguntó Stilgar.

—Quince años estándar —dijo Paul.

La mirada de Stilgar recorrió el grupo reunido ante ellos.

—¿Hay alguno entre vosotros que quiera desafiarme?

Silencio.

Stilgar miró a la mujer.

—Y yo no le desafiaré hasta que no haya aprendido su extraño arte.

Ella le devolvió la mirada.

—Pero...

—¿Has visto a la extraña mujer que ha ido con Chani a ver a la Reverenda Madre? —preguntó Stilgar—. Es una no-freyn Sayyadina, la madre de este muchacho. Madre e hijo son maestros en ese extraño arte de combatir.

—Lisan al-Gaib —susurró la mujer. Sus ojos estaban llenos de estupor cuando volvió a mirar a Paul.

«La leyenda otra vez», pensó Paul.

—Quizá —dijo Stilgar—. Pero aún no ha sido probado. —Volvió a centrar la atención en Paul—. Usul, nuestra costumbre dicta que ahora tienes que hacerte responsable de la mujer de Jamis y de sus dos hijos. Su yali... sus aposentos, son tuyos. Su servicio de café es tuyo... Y también su mujer.

Paul estudió a la mujer y pensó: «¿Por qué no llora a su hombre? ¿Por qué no muestra ningún odio hacia mí?».

Se dio cuenta de repente de que los Fremen lo miraban, a la espera.

Alguien murmuró:

—Hay trabajo que hacer. Di de qué modo la aceptas.

—¿Aceptas a Harah como mujer o como sirvienta? —dijo Stilgar.

Harah levantó los brazos y empezó a girar despacio sobre sí misma.

—Aún soy joven, Usul. Me han dicho que parezco tan joven como cuando estaba con Geoff... antes de que Jamis le venciera.

«Jamis mató a otro para tenerla», pensó Paul.

—Si la acepto como sirvienta, ¿podré cambiar mi decisión más tarde? —preguntó.

—Tienes un año para cambiar tu decisión —dijo Stilgar—. Una vez transcurrido ese tiempo, será una mujer libre que podrá elegir lo que desee... También puedes dejarla libre en cualquier momento. Pero, pase lo que pase, estará bajo tu responsabilidad durante un año. Y siempre serás responsable en parte de los hijos de Jamis.

—La acepto como sirvienta —dijo Paul.

Harah dio una patada en el suelo y agitó los hombros enfurecida.

—¡Pero soy joven!

—Silencio —ordenó Stilgar—. Tendrás que ganártelo. Conduce a Usul a sus aposentos y cuida de que tenga ropa limpia y un sitio para descansar.

—¡Ohhh! —se lamentó la mujer.

Paul la había examinado lo suficiente como para hacerse una idea superficial. Captó la impaciencia de la gente por todo lo que se estaba retrasando. Se preguntó si debía atreverse a preguntar dónde se encontraban Chani y su madre, pero Stilgar estaba nervioso y se dio cuenta de que sería un error.

Se giró hacia Harah y le dio a su voz el tono y la vibración necesarios para acentuar su miedo y su estupor.

—¡Muéstrame mis aposentos, Harah! Hablaremos de tu juventud en otro momento.

La mujer retrocedió dos pasos y miró aterrada a Stilgar.

—Tiene la extraña voz —balbuceó.

—Stilgar —dijo Paul—, el padre de Chani me dejó grandes obligaciones. Si hay algo...

—Se decidirá en consejo —dijo Stilgar—. Podrás hablar entonces.

Inclinó la cabeza para despedirse, se giró y se alejó con los demás.

Paul tocó el brazo de Harah y sintió que tenía la piel fría y que temblaba.

—No te haré ningún daño, Harah. Muéstrame nuestros aposentos —dijo con un tono de voz relajante.

—¿No me rechazarás cuando haya transcurrido el año? —preguntó la mujer—. Sé que ya no soy tan joven.

—Mientras viva, tendrás un lugar a mi lado —dijo él. Le soltó el brazo—. Venga, ¿dónde están nuestros aposentos?

Harah se dio la vuelta, le condujo por el pasillo y giró a la derecha en un cruce para llegar a un amplio pasillo iluminado por la luz amarilla de unos globos colocados a intervalos regulares. El suelo de piedra era liso y sin el menor rastro de arena.

Paul se adelantó hasta colocarse junto a ella y examinó el perfil aguileño de la mujer mientras caminaban.

—¿No me odias, Harah?

—¿Por qué tendría que odiarte?

La mujer señaló con la cabeza a un grupo de niños que los observaban desde el saliente elevado de un pasillo lateral. Paul entrevió algunos adultos detrás de los niños, ocultos por cortinajes de tela poco tupida.

—Porque... vencí a Jamis.

—Stilgar ha dicho que se realizó la ceremonia y que eres amigo de Jamis. —Lo miró de soslayo—. Stilgar afirma que le diste humedad al muerto. ¿Es cierto?

—Sí.

—Es más de lo que yo haría... Más de lo que podría hacer.

—¿No lamentas su muerte?

—Lo haré cuando sea el momento.

Pasaron junto a una arcada. Paul vio que se abría a una cámara amplia y muy iluminada donde hombres y mujeres se afanaban alrededor de unas máquinas montadas sobre plataformas. Había cierto apremio en sus movimientos.

—¿Qué hacen ahí dentro? —preguntó Paul.

Ella miró mientras pasaban junto a la arcada.

—Se apresuran por terminar su cuota de plásticos antes de que nos vayamos. Necesitaremos un gran número de recolectores de rocío para los cultivos.

—¿Irnos?

—Hasta que los carniceros dejen de darnos caza o los echemos de nuestras tierras.

Paul sintió de improviso que se paraba el tiempo y recordaba el fragmento de una proyección visual de su presciencia, pero estaba desplazada, como un montaje mal secuenciado. Los fragmentos de su memoria presciente no estaban dispuestos tal y como los recordaba.

—Los Sardaukar nos dan caza —dijo él.

—No encontrarán mucho, solo uno o dos sietch vacíos —dijo la mujer—. Y tendrán su ración de muerte en la arena.

—¿También encontrarán este lugar?

—Probablemente.

—¿Y qué hacemos perdiendo el tiempo en... —señaló con la cabeza la arcada, que ya quedaba muy atrás— fabricar estos... recolectores de rocío?

—Hay que seguir plantando.

—¿Qué son los recolectores de rocío? —preguntó Paul.

La mujer lo miró muy sorprendida.

—¿Es que no te han enseñado nada en... en el lugar de donde vengas?

—Nada sobre los recolectores de rocío.

—¡Hai! —dijo ella, y en esa exclamación había todo un discurso.

—Bien, ¿qué son?

—Cada arbusto, cada brizna de hierba que ves fuera en el erg —explicó la mujer—, ¿cómo crees que viven una vez los dejamos? Los plantamos con mucho cuidado en un pequeño hueco que llenamos con unos óvalos lisos de cromoplástico. La luz los vuelve blancos. Si los miras desde cierta altura, puedes verlos brillar al alba. Reflejos blancos. Pero cuando el Viejo Padre Sol se marcha, el cromoplástico se vuelve transparente en la oscuridad. Se enfría con extrema rapidez. La superficie condensa la humedad del aire, que luego gotea hasta las plantas y las mantiene vivas.

—Recolectores de rocío —murmuró el chico, maravillado por la sencillez y la belleza del procedimiento.

—Lamentaré la muerte de Jamis cuando sea el momento —repitió la mujer, como si no hubiera dejado de pensar ni un momento en la otra pregunta—. Era un buen hombre, pero se enfadaba con facilidad. Un buen proveedor de alimentos y una maravilla con los niños. No hizo ninguna distinción entre el niño de Geoff, el mayor, y su propio hijo. Eran iguales a sus ojos. —Dedicó una mirada inquisitiva a Paul—. ¿Tú serás igual, Usul?

—Nosotros no tenemos ese problema.

—Pero si...

—¡Harah!

La mujer se quedó en silencio ante la brusquedad de su voz.

Pasaron junto a otra estancia muy iluminada que estaba tras una arcada que quedaba a su izquierda.

—¿Qué hacen aquí? —preguntó Paul.

—Reparan las máquinas de tejer —respondió la mujer—. Pero esta noche hay que desmantelarlas. —Señaló un túnel que se bifurcaba a la izquierda—. Por allí es donde se procesa la comida y se reparan los destiltrajes. —Miró a Paul—. Tu traje parece nuevo, pero, cuando necesite algún apaño, que sepas que se me dan bien los destiltrajes. Trabajo en la fábrica por temporadas.

A medida que avanzaban encontraban cada vez más grupos de gente, y las ramificaciones se multiplicaban a ambos lados de la galería. Una hilera de hombres y mujeres pasó junto a ellos con sacos borboteantes de los que emanaba un intenso olor a especia.

—No se llevarán nuestra agua —dijo Harah—. Ni nuestra especia. Te lo aseguro.

Paul miró a través de las aberturas en las paredes del túnel, muchas de las cuales estaban cubiertas por pesadas cortinas de tela fijadas a salientes de roca, y vio estancias amplias con muros revestidos de tapices de colores vivos y con almohadones apilados. La gente del interior se quedaba en silencio cuando ellos se aproximaban, y seguían a Paul con miradas indomables.

—A la gente le resulta raro que hayas vencido a Jamis —explicó Harah—. Probablemente se te ponga a prueba cuando estemos instalados en un nuevo sietch.

—No me gusta matar —dijo él.

—Eso nos ha dicho Stilgar —dijo ella, pero no consiguió reprimir la incredulidad de su voz.

Se alzaron ante ellos unos cantos estridentes. Llegaron a una abertura lateral más amplia que las que Paul había visto hasta ahora. Frenó el paso y vio que se trataba de una estancia llena de niños sentados con las piernas cruzadas en el suelo recubierto de una moqueta granate.

En la pared del fondo había una mujer envuelta en una túnica amarilla junto a una pizarra y con un stiloproyector en una mano. La pizarra estaba llena de dibujos: círculos, ángulos y curvas, cuadrados, líneas onduladas y arcos cortados por líneas paralelas. La mujer señalaba los dibujos uno tras otro tan rápido como le permitía el stilo, y los niños respondían al ritmo del movimiento de su mano.

Paul oyó cómo las voces se perdían en la distancia detrás de él mientras avanzaba con Harah hacia las profundidades del sietch.

—Árbol —recitaban los niños—. Árbol, hierba, duna, viento, montaña, colina, fuego, relámpago, roca, rocas, polvo, arena, calor, refugio, calor, lleno, invierno, frío, vacío, erosión, verano, caverna, día, tensión, luna, noche, cobertera, marea de arena, pendiente, plantación, gavilla.

—¿Seguís con las clases en un momento así? —preguntó Paul.

El rostro de Harah se ensombreció, y el dolor asomó en su voz.

—Es lo que Liet nos ha enseñado. No podemos detenernos ni un solo instante. Liet está muerto, pero no puede ser olvidado. Así lo quiere el chakobsa.

Cruzó el túnel hacia la izquierda, subió a una cornisa en la roca, apartó una cortina naranja y se echó a un lado.

—Tu yali está listo, Usul.

Paul vaciló antes de reunirse con ella en la cornisa. Sintió una súbita reticencia a quedarse a solas con esa mujer. Se dio cuenta de que solo se podía entender la forma de vida que le rodeaba después de haber asimilado todo un sistema ecológico de ideas y valores. Sentía que ese mundo Fremen intentaba atraparlo y envolverlo en sus costumbres. Y sabía lo que prometía a cambio esa trampa: la salvaje yihad, la guerra religiosa que sentía que tenía que evitar a toda costa.

—Este es tu yali —dijo Harah—. ¿Por qué dudas?

Paul asintió y se reunió con ella en la cornisa. Apartó aún más la cortina y notó fibras metálicas en el tejido. Luego siguió a la mujer a una pequeña entrada y después a una estancia más amplia, un cuadrado de unos seis metros de lado con alfombras azules y gruesas en el suelo, tapices azules y verdes que cubrían las paredes de piedra y globos de luz amarilla que flotaban bajo un techo cubierto de telas también amarillas.

Conseguía el efecto de simular que estaban en una tienda antigua.

Harah se quedó quieta frente a él con la mano izquierda en la cadera y analizando su rostro.

—Los niños están con un amigo —explicó—. Vendrán más tarde.

Paul disimuló su incomodidad examinando la estancia de un vistazo rápido. A la derecha, vio unos cortinajes que ocultaban parcialmente una habitación amplia con almohadones apilados junto a las paredes. Sintió una brisa suave que salía de un conducto de aire que estaba bien disimulado entre el dibujo de los tapices que colgaban frente a él.

—¿Quieres que te ayude a quitarte el destiltraje? —preguntó Harah.

—No..., gracias.

—¿Te traigo algo de comer?

—Sí.

—Hay una estancia de recuperación tras la otra habitación —señaló—. Para tu comodidad y conveniencia cuando no lleves puesto el destiltraje.

—Has dicho que teníamos que abandonar este sietch —dijo Paul—. ¿No tendríamos que empezar a recoger?

—Se hará a su debido tiempo —respondió Harah—. Los carniceros aún no han entrado en nuestro territorio.

La mujer volvió a dudar y se lo quedó mirando.

—¿Qué ocurre? —preguntó él.

—No tienes los ojos de Ibad —dijo ella—. Es extraño, pero tiene su atractivo.

—Ve a buscar la comida —insistió Paul—. Tengo hambre.

515

Ella le dedicó una sonrisa, una sonrisa astuta de mujer que le inquietó.

—Soy tu sirvienta —dijo al tiempo que se giró con suavidad para luego alejarse con paso ágil e inclinar la cabeza para cruzar bajo un pesado cortinaje de la pared que reveló un pasillo estrecho antes de volver a colocarse en su lugar.

Paul se enfadó consigo mismo, apartó el fino cortinaje de su derecha y entró en la estancia más grande. Se quedó quieto un instante, indeciso. Se preguntó dónde estaría Chani... Chani, que acababa de perder a su padre.

«Es algo que tenemos en común», pensó.

Resonó un grito ululante en los pasillos del exterior, que quedó ahogado por los cortinajes. Se repitió a más distancia. Varias veces. Paul se dio cuenta de que se trataba de alguien que anunciaba la hora. Recordó que no había visto relojes.

El débil olor de un arbusto creosota ardiendo invadió sus fosas nasales y se mezcló con el omnipresente hedor del sietch. Paul se dio cuenta de que ya se había acostumbrado a aquel asalto olfativo de sus sentidos.

Volvió a pensar en su madre, en cuál sería su papel en ese montaje del futuro... y en cuál sería también el de la hija que llevaba en su seno. El mutable tiempo-consciencia danzó a su alrededor. Agitó la cabeza con fuerza y centró su atención en las pruebas que evidenciaban la amplitud y profundidad de la cultura Fremen que los había absorbido por completo.

Percibió sus sutiles particularidades.

Había visto algo en todas las cavernas y también en esa habitación, algo que sugería unas diferencias mucho mayores que todas las que había visto hasta entonces.

En el lugar no había ningún indicio de detectores de veneno, nada hacía pensar que se usaran en aquel laberinto de cavernas. Sin embargo, los olía en el hedor del sietch, venenos fuertes y también venenos comunes.

Oyó un rumor de cortinajes y se dio la vuelta pensando que sería Harah de vuelta con la comida. En su lugar, vio a dos niños, de quizá nueve y diez años, que estaban de pie y lo miraban con ojos ávidos entre unos tapices. Ambos tenían la mano apoyada en la empuñadura de un pequeño crys parecido a un kind-jal que llevaban envainado.

Paul recordó las historias que se contaban sobre los Fremen, esas que afirmaban que sus niños combatían con la misma ferocidad que los adultos.

Las manos se mueven, los labios se mueven...
Las ideas brotan de sus palabras,
¡y sus ojos devoran!
Es una isla de autodominio.

> Descripción del *Manual de Muad'Dib*,
> por la princesa Irulan

Los tubos a fósforo que había en las partes más altas de la caverna proyectaban una tenue luz sobre la multitud e insinuaban el gran tamaño de esa enorme cavidad de roca, mayor que la Sala de Asambleas de la escuela Bene Gesserit de Jessica. La mujer estimó que habría al menos cinco mil personas reunidas bajo el saliente rocoso donde ella se encontraba con Stilgar.

Y no dejaban de llegar más.

Los murmullos inundaban el lugar.

—Hemos mandado despertar y traer a tu hijo, Sayyadina —dijo Stilgar—. ¿Quieres que sea partícipe de tu decisión?

—¿Puede cambiar mi decisión?

—Ciertamente, el aire con el que hablas viene de tus pulmones, pero...

—No cambiaré mi decisión —aseguró ella.

Pero se sentía indecisa y se preguntó si debería usar a Paul como pretexto para evitar el peligroso camino que se abría frente a ella. También tenía que pensar en su hija nonata. Lo que ponía en peligro la carne de la madre también ponía en peligro la carne de la hija.

Se acercaron unos hombres que cargaban con alfombras enrolladas y gruñían por lo pesadas que eran. Luego las depositaron en el saliente y levantaron una nube de polvo.

Stilgar cogió a Jessica del brazo y la condujo hacia la cavidad acústica que se formaba en la pared trasera del saliente. Le señaló un asiento de roca.

—Es el asiento de la Reverenda Madre, pero puedes sentarte y descansar hasta que llegue.

—Prefiero quedarme de pie —dijo Jessica.

Miró cómo los hombres desenrollaban las alfombras y cubrían con ellas el suelo de la plataforma. Luego dirigió la mirada hacia la multitud cada vez más numerosa. Ya habría al menos diez mil personas en la caverna.

Y no dejaban de llegar más.

Sabía que en el desierto del exterior ya había llegado el rojo anochecer, pero allí en la caverna reinaba un perpetuo crepúsculo, una inmensidad gris en la que la gente se había reunido para contemplar cómo arriesgaba su vida.

Se abrió un camino entre la multitud que había a su derecha, y vio que Paul se acercaba en compañía de dos niños de aspecto serio y altanero. Llevaban las manos sobre la empuñadura de sus cuchillos y miraban ceñudos a la gente de ambos lados.

—Los hijos de Jamis, que ahora son los hijos de Usul —dijo Stilgar—. Se toman la escolta muy en serio. —Aventuró una sonrisa hacia Jessica.

Jessica se dio cuenta de que Stilgar se esforzaba por tranquilizarla y se sentía agradecida, pero no consiguió dejar de pensar en el peligro que estaba a punto de afrontar.

«No tenía elección —pensó—. Debemos actuar con presteza para garantizar nuestro lugar entre los Fremen.»

Paul subió al saliente y dejó a los niños abajo. Se detuvo frente a su madre, miró de soslayo a Stilgar y luego volvió a centrarse en Jessica.

—¿Qué ocurre? Creía que me había convocado el consejo.

Stilgar alzó una mano para pedir silencio e hizo un gesto hacia la izquierda, donde se había abierto otro camino en la muchedumbre. Chani se abría paso por él, con aflicción en su pequeño rostro. Se había quitado el destiltraje y llevaba una túnica azul y elegante que dejaba sus brazos al descubierto. Cerca del hombro del brazo izquierdo también llevaba anudado un pañuelo verde.

«Verde, el color del luto», pensó Paul.

Era una de las costumbres que los dos hijos de Jamis le habían explicado indirectamente, cuando le dijeron que no se ponían nada verde porque lo habían aceptado a él como padre custodio.

—¿Eres el Lisan al-Gaib? —le habían preguntado. Y Paul había sentido la yihad en sus palabras e ignorado la pregunta respondiendo con otra. Así era como se había enterado de que Kaleff, el mayor de los dos, tenía diez años y era el hijo natural de Geoff. Orlop, el pequeño, tenía ocho años y era el hijo natural de Jamis.

Había pasado un día extraño con esos dos niños, a los que había pedido que montaran guardia para alejar a los curiosos y así tener el tiempo suficiente para reflexionar con calma y poner un poco de orden en sus recuerdos prescientes a fin de planear un modo de prevenir la yihad.

Ahora, de pie junto a su madre en el saliente rocoso de la caverna y mirando a la multitud, se preguntó si habría alguna forma de impedir el salvaje estallido de las legiones fanáticas.

Chani se acercó al saliente, seguida a corta distancia por cuatro mujeres que transportaban a otra en una camilla.

Jessica ignoró a Chani y se centró en la mujer de la camilla: una anciana, marchita y arrugada, vestida con un traje negro cuya capucha echada hacia atrás dejaba al descubierto una mata de cabellos grises atados en un moño muy apretado y un cuello lleno de tendones.

Las portadoras depositaron la carga con cuidado en el suelo del saliente, y Chani ayudó a la anciana a levantarse.

«Así que esta es su Reverenda Madre», pensó Jessica.

La anciana apoyó todo su peso en Chani mientras avanzaba

vacilante hacia Jessica, para quien la mujer era poco más que un esqueleto envuelto en ropas negras. Se detuvo frente a ella y la examinó de arriba abajo durante un rato antes de hablar en un murmullo estridente:

—Así que eres tú. —La cabeza de la anciana osciló de manera precaria sobre el delgado cuello—. La Shadout Mapes hizo bien al apiadarse de ti.

—No necesito la piedad de nadie —espetó Jessica al momento y con desprecio.

—Eso está por ver —resopló la anciana. Se giró con una rapidez sorprendente para encarar a la multitud—. Díselo, Stilgar.

—¿Es preciso? —preguntó él.

—Somos el pueblo de Misr —dijo la anciana con voz rasposa—. Desde que nuestros antepasados Sunni huyeron de Nilotic al-Ourouba, solo hemos conocido la huida y la muerte. Los jóvenes viven para que nuestro pueblo no muera.

Stilgar respiró hondo y dio dos pasos al frente.

Jessica notó el silencio cargado de atención en el que se había sumido la enorme caverna, en la que ahora había unas veinte mil personas que estaban de pie, en silencio y sin moverse lo más mínimo. De pronto se sintió pequeña y vulnerable.

—Esta noche deberemos abandonar este sietch que nos ha dado abrigo durante tanto tiempo y dirigirnos hacia el sur —anunció Stilgar. Su voz resonó sobre la marea de rostros levantados y reverberó en la cavidad acústica a sus espaldas.

La multitud mantuvo un silencio absoluto.

—La Reverenda Madre me ha dicho que no sobrevivirá otro hajra —dijo Stilgar—. Ya hemos vivido antes sin Reverenda Madre, pero no es bueno que un pueblo busque un nuevo hogar en estas condiciones.

En ese momento, la multitud comenzó a agitarse y a estremecerse entre murmullos y oleadas de inquietud.

—Para que esto no ocurra —dijo Stilgar—, nuestra nueva Sayyadina, Jessica del Extraño Arte, ha consentido someterse a los ritos ahora. Intentará alcanzar el paso interior a fin de que no perdamos la fuerza de nuestra Reverenda Madre.

«Jessica del Extraño Arte —pensó Jessica. Vio la mirada de

Paul clavada en ella; sus ojos estaban llenos de preguntas, pero su boca permanecía sellada a causa de toda la extrañeza que había a su alrededor—. Si muero en el intento, ¿qué será de él?»

Las dudas volvieron a apoderarse de su mente.

Chani condujo a la Reverenda Madre hasta el asiento de roca que había al fondo de la cavidad acústica y regresó junto a Stilgar.

—A fin de que no lo perdamos todo si Jessica del Extraño Arte falla su prueba —dijo Stilgar—, Chani, hija de Liet, será consagrada Sayyadina en este momento. —Dio un paso a un lado.

La voz de la anciana resonó como un susurro amplificado, áspero y penetrante desde el fondo de la cavidad acústica:

—Chani ha vuelto de su hajra. Chani ha visto las aguas.

La multitud repitió entre susurros:

—Ha visto las aguas.

—Consagro a la hija de Liet como Sayyadina —susurró la anciana.

—Es aceptada —respondió la multitud.

Paul casi ni prestaba atención a la ceremonia, ya que no dejaba de darle vueltas a lo que había oído decir sobre su madre.

«¿Si fallaba la prueba?»

Se giró y miró a la que todos llamaban Reverenda Madre, analizó los enjutos rasgos de la anciana, la insondable fijeza azul de sus ojos. Daba la impresión de que la más leve brisa podía arrastrarla, pero al mismo tiempo algo en ella sugería que podía resistir el paso de una tormenta de coriolis. De ella emanaba la misma aura de poder que Paul recordaba de la Reverenda Madre Gaius Helen Mohiam cuando lo había sometido a la atroz agonía de la prueba del gom jabbar.

—Yo, la Reverenda Madre Ramallo, cuya voz habla por la multitud, os digo esto —murmuró la anciana—. Es justo que Chani sea aceptada como Sayyadina.

—Es justo —respondió la multitud.

La anciana asintió.

—Le doy los cielos plateados, el desierto dorado y sus rocas brillantes, los campos verdes que veremos en ellos. Se lo doy todo a la Sayyadina Chani. Y para evitar que olvide que está al servicio de todos nosotros, suyas serán las tareas domésticas en esta Ceremonia de la Semilla. Que todo sea según la voluntad del Shai-hulud. —Alzó un brazo oscuro y reseco como una rama y lo dejó caer de nuevo.

A Jessica de pronto le dio la impresión de que la ceremonia se había cerrado a su alrededor como una corriente impetuosa contra la que no podía sobreponerse, y dedicó una última mirada al rostro inquisitivo de Paul. Luego se preparó para la que se le avecinaba.

—Que se acerquen los maestros de agua —dijo Chani con una excitación apenas perceptible en su voz de joven-niña.

Jessica sintió en ese momento que el peligro se condensaba a su alrededor y notó su presencia en el repentino silencio de la multitud, en sus miradas.

Un grupo de hombres que marchaba en parejas se abrió paso a través de un camino sinuoso que se había abierto en el gentío. Cada pareja llevaba un pequeño saco de piel cuyo tamaño era tal vez el doble del de una cabeza humana. Los sacos borboteaban al oscilar.

Los dos primeros hombres depositaron su carga a los pies de Chani en el saliente y retrocedieron.

Jessica miró el saco y luego a los hombres. Llevaban las capuchas echadas hacia atrás para dejar al descubierto unos largos cabellos anudados en la base del cuello. Los oscuros pozos de sus ojos afrontaron impasibles su mirada.

Un denso aroma a canela se alzó del saco y flotó hasta Jessica.

«¿Especia?», pensó.

—¿Hay agua? —preguntó Chani.

El maestro de agua de la izquierda, un hombre con una cicatriz púrpura que le cruzaba el puente de la nariz, asintió.

—Hay agua, Sayyadina —dijo—, pero no podemos beberla.

—¿Hay semillas? —preguntó Chani.

—Hay semillas —respondió el hombre.

Chani se arrodilló y apoyó las manos en el saco borboteante.

—Benditas sean el agua y su semilla.

El rito le resultaba familiar, y Jessica echó la vista atrás para mirar a la Reverenda Madre Ramallo. La anciana había cerrado los ojos y se había acurrucado en su asiento, como si durmiera.

—Sayyadina Jessica —dijo Chani.

Jessica se dio la vuelta y descubrió que la muchacha la miraba directamente.

—¿Has probado el agua bendita? —preguntó Chani. Antes de que Jessica pudiera responder, continuó—: Es imposible que hayas bebido del agua bendita. Vienes de otro mundo y no gozas del privilegio.

Un suspiro recorrió la multitud, un rumor de túnicas que hizo que a Jessica se le erizara el vello de la nuca.

—La recolección ha sido abundante y el hacedor ha sido destruido —dijo Chani. Comenzó a desligar una boquilla que estaba fijada al extremo del saco.

En ese momento, Jessica sintió que el peligro bullía a su alrededor. Miró a Paul, pero vio que estaba fascinado por el ritual y sus ojos no se apartaban de Chani.

«¿Habrá presenciado este momento con anterioridad? —pensó Jessica. Llevó una mano a su vientre y pensó en su hija nonata. Luego se preguntó—: ¿Tengo derecho a poner en peligro la vida de ambas?»

Chani tendió el extremo del tubo hacia Jessica y dijo:

—He aquí el Agua de Vida, el agua que es más importante que el agua. Kan, el agua que libera el alma. Si eres una Reverenda Madre, te abrirá el universo. Que Shai-hulud juzgue ahora.

Jessica sintió que el deber hacia la hija que aún no había nacido y el que le merecía Paul la partía en dos. Sabía que tenía que coger ese tubo y beber el líquido del saco por Paul, pero en el mismo instante en que se inclinaba para hacerlo sus sentidos la advirtieron del peligro.

El contenido del saco despedía un olor amargo que se parecía al de muchos venenos que conocía, pero aun así era distinto.

—Ahora debes beber —dijo Chani.

«No tengo alternativa —pensó Jessica. No había nada de su adiestramiento Bene Gesserit capaz de proporcionarle ayuda en aquel momento tan difícil—. ¿Qué es? ¿Un licor? ¿Una droga?»

Se inclinó aún más sobre el extremo del tubo, percibió el aroma de la canela y recordó la embriaguez de Duncan Idaho.

«¿Un licor de especia?», se preguntó. Se llevó el extremo del tubo a la boca y sorbió un trago muy pequeño. Sabía a especia con cierto regusto agrio.

En ese momento, Chani apretó el saco. Un repentino chorro de líquido cayó en la boca de Jessica y no tuvo más remedio que tragarlo mientras se esforzaba por conservar la calma y la dignidad.

—Aceptar una pequeña muerte es peor que la propia muerte —dijo Chani. Miró a Jessica con fijeza y esperó.

Jessica le devolvió la mirada con aquel tubo aún entre los labios. Notaba el sabor del líquido en las fosas nasales, en el paladar, en las mejillas, en los ojos... Se había convertido en un sabor dulzón.

«Fresco.»

Chani volvió a apretar el saco.

«Sutil.»

Jessica examinó el rostro de Chani, sus rasgos enjutos, y a pesar de que el tiempo no lo había esculpido aún, encontró similitudes con el de Liet-Kynes.

«Me han dado una droga», se dijo Jessica.

Pero era distinta a cualquier otra droga que conociera, y el adiestramiento Bene Gesserit incluía la cata de una cantidad innumerable.

Los rasgos de Chani eran cada vez más claros, como si se destacaran recortados contra una luz.

«Una droga.»

El silencio se agitó en torno a Jessica. Cada fibra de su cuerpo había aceptado el hecho de que en su interior ocurría algo muy profundo. Le dio la impresión de haberse convertido en solo un ínfimo grano de polvo con consciencia, más pequeño que cualquier partícula subatómica pero capaz de moverse y percibir el mundo que la rodeaba. Tuvo una revelación muy brusca, como si se descorriera un velo: descubrió una extensión psicoquinestética de sí misma. Era un átomo, pero no era un átomo.

La caverna aún se encontraba a su alrededor, y la gente. Los sentía: Paul, Chani, Stilgar, la Reverenda Madre Ramallo.

«¡La Reverenda Madre!»

En la escuela corrían rumores de que a veces no se sobrevivía a la prueba de la Reverenda Madre, que a veces la droga era mortal.

Jessica centró su atención en la Reverenda Madre Ramallo y se dio cuenta de improviso de que todo ocurría sin que transcurriese el tiempo, que se había detenido solo para ella.

«¿Por qué se ha detenido el tiempo?», se preguntó. Contempló todas las expresiones petrificadas a su alrededor y vio una mota de polvo suspendida sobre la cabeza de Chani, inmóvil.

«A la espera.»

La respuesta llegó en aquel instante como una explosión en su consciencia: su tiempo personal se había interrumpido para salvarle la vida.

Miró en su interior y se concentró en la extensión psicoquinestética de sí misma, e inmediatamente se topó de frente con un núcleo celular, un pozo de tinieblas del que se apartó.

«Ese es el lugar al que no podemos mirar —pensó—. El lugar que las Reverendas Madres son tan reacias a mencionar... El que solo un Kwisatz Haderach puede ver.»

Llegar a esa conclusión le devolvió un poco de su confianza, e intentó volver a concentrarse en esa extensión psicoquinestética, a transformarse en una mota de polvo dispuesta a explorarse a sí misma en busca del peligro.

Lo encontró en la droga que había ingerido.

Era un torbellino de partículas danzantes en su interior, tan rápido que ni siquiera conseguía pararlo el hecho de que se hubiese detenido el tiempo. Partículas danzantes. Empezó a reconocer estructuras familiares, cadenas atómicas: un átomo de carbono aquí, una dislocación helicoidal... una molécula de glucosa. Vio frente a ella toda una cadena de moléculas en la que reconoció una proteína... un grupo metilo.

«¡Vaaaya!»

Fue como un suspiro mental desprovisto de sonido que surgió de lo más profundo de sí misma justo al identificar la naturaleza del veneno.

Penetró en el grupo con su onda psicoquinestética, separó un átomo de oxígeno, enlazó uno de carbono, restableció la unión del oxígeno... luego hidrógeno.

El cambio se extendió... más y más rápido a medida que la reacción catalítica ampliaba su superficie de contacto.

Sintió que la detención del tiempo se relajaba. Percibió movimientos. El extremo del tubo se agitó en su boca, despacio, y recogió un poco de su saliva.

«Chani está tomando el catalizador de mi cuerpo para transformar el veneno de ese saco —pensó Jessica—. ¿Por qué?»

Alguien la hizo sentarse. Vio que llevaban a su lado sobre la alfombra del saliente a la Reverenda Madre Ramallo. Una mano reseca le tocó el cuello.

¡Y otra partícula psicoquinestética penetró en su consciencia! Jessica intentó rechazarla, pero la partícula se acercaba cada vez más... y más.

¡Se tocaron!

Fue como una unión íntima y definitiva, como ser dos personas al mismo tiempo: sin telepatía, sino una consciencia recíproca.

«¡Con la anciana Reverenda Madre!»

Pero Jessica comprobó que la Reverenda Madre no se consideraba anciana. Una imagen se desplegó frente al ojo mental de las dos mentes fusionadas: una mujer joven de espíritu alegre y cariñosa.

Dentro de esa consciencia mutua, la joven dijo:

—Sí, así es como soy.

Jessica solo pudo aceptar las palabras, no responder a ellas.

—Muy pronto lo tendrás todo, Jessica —dijo la imagen interior.

«Es una alucinación», se dijo Jessica.

—Sabes bien que no —dijo la imagen interior—. Ahora debemos darnos prisa. No te opongas a mí. No hay mucho tiempo. Tenemos que... —Una larga pausa, y luego—: ¡Deberías habernos dicho que estabas encinta!

Jessica al fin encontró la voz con la que poder hablar en el seno de su mutua consciencia.

—¿Por qué?

—¡Esto os cambiará a ambas! Santa Madre, ¿qué hemos hecho?

Jessica percibió un cambio en la mutua consciencia, y otra mota-presencia apareció ante su ojo interior. Se movía de forma rápida e incontrolada, de un lado a otro, trazando círculos. Irradiaba puro terror.

—Tendrás que ser fuerte —dijo la imagen-presencia de la Reverenda Madre—. Eres afortunada de que sea una hija. Esto habría matado a un feto masculino. Ahora... despacio y con suavidad, toca la presencia de tu hija. Conviértete en ella. Absorbe su miedo... cálmala... usa tu valor y tu fuerza... con suavidad... con suavidad.

La partícula descontrolada se acercó, y Jessica se obligó a tocarla.

El terror amenazó con sobreponerse.

Lo combatió con el único medio a su alcance que conocía:

—No conoceré el miedo. El miedo mata la mente...

La letanía le devolvió algo de calma. La otra partícula se inmovilizó junto a ella.

«Las palabras no servirán», pensó Jessica.

Se rebajó al nivel de las reacciones emocionales básicas, irradió amor, confort, una cálida protección.

El terror retrocedió.

La presencia de la Reverenda Madre volvió a imponerse, pero ahora la percepción era triple... dos activas y una tercera que se empapaba de todo, inmóvil.

—El tiempo me doblega —dijo la Reverenda Madre con su consciencia—. Tengo mucho que darte. E ignoro si tu hija será capaz de aceptarlo todo y conservar la cordura. Pero así debe ser: las necesidades de la tribu están por encima de todo lo demás.

—¿Qué...?

—¡Guarda silencio y acepta!

Varias experiencias empezaron a desfilar frente a Jessica. Eran como la banda de lectura de un proyector de adiestramiento subliminal en la escuela Bene Gesserit, pero mucho más rápido... tanto que era cegador.

Y nítido, a pesar de todo.

Reconocía cada experiencia en el mismo momento en que se manifestaba: había un amante, viril, barbudo, con ojos de Fremen, y Jessica sintió su fuerza y su ternura, toda su vida en un instante gracias a los recuerdos de la Reverenda Madre.

No era momento de pensar en los efectos que tendría aquello en el feto de su hija, solo podría aceptarlo y registrarlo. Las experiencias cayeron sobre Jessica: nacimiento, vida, muerte... cosas importantes pero también intrascendentes, toda una existencia en un abrir y cerrar de ojos.

«¿Por qué esta catarata de arena que cae desde lo alto de un farallón ha permanecido en los recuerdos?», se preguntó.

Más tarde Jessica comprendió lo que ocurría: la anciana estaba muriendo y, al morir, vertía todas sus experiencias en la consciencia de Jessica, igual que se vierte agua en una taza. La otra mota se desvaneció despacio en su propia consciencia prenatal mientras Jessica la miraba. Así, la anciana Reverenda Madre dejó su vida en la memoria de Jessica con un último gemido confuso de palabras.

—Llevo mucho tiempo esperándote —dijo—. Esta es mi vida.

Y allí estaba condensada y al completo.

Hasta el momento de su muerte.

«Ahora soy una Reverenda Madre», pensó Jessica.

Solo necesitó un instante para comprender lo que era, lo que significaba de verdad ser una Reverenda Madre Bene Gesserit. La droga venenosa la había transformado.

Sabía que en la escuela Bene Gesserit no lo hacían así exactamente. Era algo que nadie le había dicho jamás, pero lo sabía.

Pero el resultado era el mismo.

Jessica sintió cómo la partícula infinitesimal de su hija rozaba su consciencia interior y la tocó, pero no obtuvo respuesta.

Se vio invadida por un terrible sentimiento de soledad al comprender lo que le había ocurrido. Vio su vida como un patrón que se había retardado mientras que todas las demás vidas a su alrededor avanzaban cada vez a mayor velocidad hasta que esa danza de interacciones se hacía mucho más visible.

Su percepción interior se hizo menos intensa a medida que disminuía la amenaza del veneno, pero aún sentía la presencia de la otra partícula, y la tocó con suavidad sintiéndose culpable por haber permitido que le ocurriese aquello.

«Lo he permitido, mi pobre y querida hijita nonata. Te he traído a este universo y expuesto tu consciencia a sus conocimientos infinitos sin la menor defensa.»

La otra partícula emitió un flujo infinitesimal de amor-confort, como un reflejo del que ella había vertido antes.

Antes de que Jessica pudiera responder, sintió la presencia del adab, el recuerdo exigente. Tenía algo que hacer. Intentó liberarse, pero se dio cuenta de que aún estaba aturdida por los restos de la droga que impregnaban sus sentidos.

«Podría cambiarlo —pensó—. Podría cambiar el efecto de la droga y hacerla inofensiva. —Pero llegó a la conclusión de que sería un error—. Estoy participando en una unión ritual.»

En ese momento, supo lo que tenía que hacer.

Jessica abrió los ojos e hizo un gesto al saco que Chani sostenía encima de ella.

—Ha sido bendecido —dijo Jessica—. Mezclad las aguas, dejad que todos sean partícipes del cambio, que el pueblo contribuya y comparta la bendición.

«Dejad que el catalizador haga su trabajo —pensó—. Dejad que el pueblo beba y que todos experimenten la intensa percepción. Ahora que una Reverenda Madre la ha transformado, la droga ya no es peligrosa.»

Pero el recuerdo exigente seguía presionando en su interior. Se dio cuenta de que tenía que hacer algo más, pero la droga le impedía concentrarse.

«Ahhh... la anciana Reverenda Madre.»

—He hablado con la Reverenda Madre Ramallo —dijo Jessica—. Se ha ido, pero permanece entre nosotros. Que su memoria sea honrada según el ritual.

«¿De dónde he sacado esas palabras?», se preguntó Jessica.

De repente llegó a la conclusión de que venían de otra memoria, de la vida que le había sido dada y que ahora formaba parte de ella. Pero aun así seguía faltando algo.

«Deja que tengan su festín —dijo la otra memoria de su interior—. No han podido disfrutar mucho de la vida. Además, tú y yo necesitamos otro instante para conocernos antes de que me disuelva del todo en tus recuerdos. Ya me siento unida a muchos de ellos. Ahhh... tu mente está llena de cosas interesantes. Muchas más de las que nunca hubiera imaginado.»

Y la memoria encapsulada en su mente se abrió para Jessica y le permitió ver como si se encontraran en un pasillo inmenso a otras Reverendas Madres, una detrás de otra, en una sucesión que parecía no tener fin.

Jessica retrocedió, aterrada ante la idea de sumergirse en aquel océano de unidad. Pero el pasillo no desapareció y le reveló que la cultura Fremen era mucho más antigua de lo que nunca hubiera podido suponer.

Vio que había habido Fremen en Poritrin, un pueblo acomodado en aquel planeta asequible y una presa fácil para las incursiones imperiales en busca de individuos para las colonias de Bela Tegeuse y Salusa Secundus.

Oh, el lamento que Jessica percibió en esa separación.

Muy al fondo del pasillo, una imagen-voz exclamó:

—¡Nos han negado el hajj!

Jessica vio los barracones de esclavos en Bela Tegeuse en ese pasillo interior, vio cómo el pueblo había sido eliminado y seleccionado para poblar Rossak y Harmonthep. Aparecieron frente a ella escenas de brutal ferocidad que se abrieron como pétalos de una terrible flor. También vio el hilo del pasado transmitido de Sayyadina a Sayyadina, primero a viva voz, oculto entre los cantos de la arena, después por las Reverendas Madres gracias al descubrimiento de la droga en Rossak... y ahora más desarrollado que nunca en Arrakis, gracias al descubrimiento del Agua de Vida.

Muy al fondo del pasillo, otra voz volvió a gritar:

—¡Nunca se perdonará! ¡Nunca se olvidará!

Pero Jessica estaba centrada en la revelación del Agua de Vida, en su origen: la exhalación líquida de un gusano de arena moribundo, de un hacedor. Y cuando vio en sus nuevos recuerdos la manera en la que había muerto, reprimió un jadeo.

¡Se había ahogado en el agua!

—Madre, ¿te encuentras bien?

Sintió que la voz de Paul penetraba en su interior y luchó por abstraerse de su visión interior para mirarlo, consciente de sus obligaciones para con su hijo pero irritada por su intromisión.

«Soy como una persona que ha tenido las manos insensibles durante toda su vida, hasta que un día vuelve a ellas la capacidad de percibir sensaciones.»

El pensamiento empezó a revolotear por su cabeza como una consciencia envolvente.

«Y digo: "¡Mirad! ¡No tengo manos!". Pero la gente a mi alrededor me pregunta: "¿Qué son las manos?".»

—¿Te encuentras bien? —insistió Paul.

—Sí.

—¿Es seguro que beba? —Señaló el saco en manos de Chani—. Quieren que beba.

Jessica percibió el significado oculto de sus palabras y comprendió que Paul había detectado el veneno en la sustancia original, antes de ser transformada, y que estaba preocupado por ella. Empezó a preguntarse cuáles eran los límites de la prescencia de Paul. Fue una pregunta que le reveló muchas cosas.

—Puedes beber —dijo—. Se ha transformado. —Y miró a Stilgar, inmóvil tras su hijo, que la estudiaba con ojos sombríos.

—Ahora sabemos que eres verdadera —dijo el Fremen.

Jessica también percibió un significado oculto en esa frase, pero el efecto de la droga aún le nublaba los sentidos. Era tan cálida y reconfortante. Los Fremen se habían portado muy bien con ella al proporcionarle tal unión.

Paul se dio cuenta de que la droga se adueñaba de su madre.

Buscó en su memoria: el pasado inmutable, las líneas de flujo de los futuros posibles. Era como explorar una sucesión de momentos inalterables y desconcertantes con su ojo interior. Los fragmentos eran difíciles de comprender cuando se examinaban de forma individual.

Esa droga... podía conseguir mucha información sobre ella, comprender lo que le hacía a su madre, pero la información estaba desprovista de su ritmo natural, de un sistema de reflexión recíproca.

De pronto se dio cuenta de que una cosa era la visión del pasado en el presente, pero otra muy diferente, que la auténtica prueba de la presciencia era ver el pasado en el futuro.

Las cosas se afanaban por no ser lo que parecían.

—Bebe —dijo Chani al tiempo que movía el extremo del tubo bajo la nariz de Paul.

Se envaró y miró a Chani. Sintió la emoción de la fiesta en el ambiente. Sabía lo que ocurriría si bebía esa droga de especia que era la quintaesencia de la sustancia que había producido el cambio en él. Volvería a esa visión de tiempo puro, un tiempo convertido en espacio. La droga le llevaría a esa cima vacilante y le desafiaría a comprender.

—Bebe, muchacho —dijo Stilgar detrás de Chani—. Estás retrasando el ritual.

Paul prestó atención a la multitud y percibió cierto deje de fanatismo en las innumerables voces.

—Lisan al-Gaib —decían—. ¡Muad'Dib!

Miró a su madre. Parecía dormir plácidamente allí sentada; su respiración era regular y profunda. Le llegó a la mente una frase surgida de ese futuro que era su solitario pasado: «Duerme en el Agua de Vida».

Chani le tiró de la manga.

Paul se metió el tubo en la boca y oyó que la gente gritaba. Sintió que el líquido se derramaba en su garganta cuando Chani presionó el saco y también el mareo provocado por sus vapores. Chani retiró el tubo y pasó el saco a las innumerables manos que lo reclamaban desde el suelo de la caverna. Paul se fijó en el brazo de Chani, en la banda verde que anunciaba su luto.

Al levantarse, Chani vio que la miraba y dijo:

—Puedo lamentar su pérdida incluso en la felicidad de las aguas. Esto nos lo ha dejado él. —Puso sus manos sobre las de

Paul y lo arrastró por la plataforma rocosa—. Tenemos algo en común, Usul: ambos hemos perdido un padre a manos de los Harkonnen.

Paul la siguió. Le dio la impresión de que le habían separado la cabeza del cuerpo para luego volver a conectarla con las conexiones descolocadas. Sentía las piernas débiles y ajenas.

Entraron en un pasillo lateral estrecho con unos globos espaciados que proyectaban una iluminación tenue desde las paredes. Paul sintió que la droga empezaba a producir en él ese efecto tan único, a abrir el tiempo como si fuera una flor. Tuvo que apoyarse en Chani para no caer cuando doblaron una esquina hacia otro túnel oscuro. Paul se agitó al sentir la suavidad y la fibrosidad del cuerpo de Chani bajo la túnica. La sensación se mezcló con el efecto de la droga y replegó el futuro y el pasado dentro del presente, dejándolo al borde de esa visión trinocular.

—Te conozco, Chani —susurró—. Estábamos sentados en un saliente sobre la arena y calmé tu miedo. Nos hemos acariciado en la oscuridad del sietch. Hemos... —Todo se desenfocó ante sus ojos y agitó la cabeza, vacilante.

Chani lo ayudó a mantenerse en pie y lo condujo a través de los pesados cortinajes amarillos hasta el calor de unos aposentos privados: mesas bajas, almohadones, un colchón bajo un edredón naranja.

Paul distinguió a duras penas que se habían detenido, que Chani estaba de pie frente a él y lo miraba con unos ojos que evidenciaban un silencioso terror.

—Tienes que decírmelo —susurró ella.

—Eres Sihaya —dijo Paul—, la primavera del desierto.

—Cuando la tribu comparte el Agua —dijo ella—, somos uno, todos. Nos... compartimos. Puedo... sentir a los demás en mi interior, pero tengo miedo de compartir contigo.

—¿Por qué?

Intentó centrarse en ella, pero el pasado y el futuro se confundían con el presente y ofuscaban su imagen. La vio en una infinidad de lugares, posturas y situaciones.

—Hay algo aterrador en ti —dijo Chani—. Cuando te he

apartado de los demás... lo he hecho porque era lo que ellos querían. Tú... incitas a la gente. ¡Nos haces ver cosas!

Paul se obligó a hablar con claridad:

—¿Y qué es lo que ves?

Ella bajó la mirada para mirarse las manos.

—Veo a un niño... en mis brazos. Nuestro hijo, tuyo y mío. —Se llevó una mano a la boca—. ¿Cómo es posible que lo sepa todo de ti?

«Tienen algo del talento —le dijo a Paul su mente—. Pero lo rechazan porque les aterroriza.»

En un momento de lucidez, vio que Chani temblaba.

—¿Qué quieres decir? —preguntó.

—Usul —susurró sin dejar de temblar.

—No puedes volver al futuro —explicó Paul.

Sintió una profunda compasión por ella. La apretó contra su cuerpo y le acarició la cabeza.

—Chani, Chani, no tengas miedo.

—Usul, ayúdame —imploró.

Mientras Chani hablaba, Paul sintió que la droga completaba su ciclo en su interior, que rasgaba los velos del tiempo para revelar el lejano torbellino gris de su futuro.

—Estás tan callado —dijo Chani.

Paul mantuvo el aplomo en su consciencia y vio cómo el tiempo se dilataba en su extraña dimensión, delicadamente estable pero tumultuoso, estrecho pero extendido como una red que cubre una infinidad de mundos y energías, una cuerda floja sobre la que tenía que cruzar y también un balancín en el que mecerse.

Por un lado veía el Imperio, a un Harkonnen llamado Feyd-Rautha que se abalanzaba sobre él como una hoja mortal, los Sardaukar que se lanzaban fuera de su planeta para reemprender la matanza en Arrakis, la Cofradía que conspiraba y confabulaba, las Bene Gesserit con su plan de selección genética. Todos se aglomeraban en el horizonte como una nube de tormenta, retenidos tan solo por los Fremen y su Muad'Dib, el gigante Fremen que aún dormía y aguardaba el despertar de la cruzada salvaje que devastaría el universo.

Paul vio que él era el centro, el pivote sobre el que giraba toda esa inmensa estructura, el que cruzaba esa finísima cuerda con una felicidad comedida y con Chani a su lado. Vio que se extendía frente a él, un paréntesis de relativa tranquilidad en un sietch oculto, un instante de paz entre períodos de violencia.

—No hay otro lugar para la paz —dijo.

—Usul, estás llorando —murmuró Chani—. Usul, mi fuerza, ¿estás dando humedad a los muertos? ¿A qué muertos?

—A los que todavía no están muertos —dijo él.

—Entonces deja que vivan sus vidas.

A través de la bruma de la droga, Paul supo que Chani tenía razón, y la apretó aún más fuerte contra él, con rabia.

—¡Sihaya! —gritó.

Ella apoyó la palma de su mano en la mejilla de Paul.

—Ya no tengo miedo, Usul. Mírame. Cuando me abrazas así, yo también veo lo que ves.

—¿Y qué es lo que ves? —preguntó él.

—Nos veo dándonos amor en un momento de calma entre tormentas. Es lo que debemos hacer.

La droga volvió a apoderarse de él y pensó: «Me has dado tranquilidad y olvido en tantas ocasiones».

Volvió a sentir la hiperiluminación, su detallada imaginería del tiempo, y también cómo su futuro se transformaba en recuerdos: las tiernas bajezas del amor físico, la comunión de identidades, el reparto, la dulzura y la violencia.

—Eres fuerte, Chani —murmuró—. Quédate conmigo.

—Siempre —dijo ella, y lo besó en la mejilla.

Libro tercero

EL PROFETA

Ninguna mujer, ningún hombre, ningún niño consiguió jamás penetrar en la intimidad de mi padre. Si alguien llegó a tener una relación parecida a lo que podría ser camaradería con el emperador Padishah, ese fue el conde Hasimir Fenring, un compañero suyo de infancia. La medida de la amistad del conde Fenring puede ser evaluada por un hecho positivo: fue él quien calmó las sospechas del Landsraad tras el Asunto Arrakis. Costó más de mil millones de solaris en sobornos de especia, o al menos eso es lo que dice mi madre, y también muchas otras concesiones: esclavas, honores reales y títulos nobiliarios. Pero la segunda prueba y la más importante de la amistad del conde fue negativa. Se negó a matar a un hombre pese a que entraba dentro de sus capacidades y mi padre se lo había ordenado. Es lo que narraré a continuación.

De *El conde Fenring: un bosquejo*,
por la princesa Irulan

El barón Vladimir Harkonnen avanzaba encolerizado por el pasillo que conducía a sus aposentos privados y cruzaba a toda prisa las manchas de luz que el atardecer proyectaba a través de las ventanas altas. Flotaba y se contorsionaba en los suspensores con violentos espasmos.

Atravesó la cocina privada como un huracán, pasó la biblioteca, cruzó la pequeña sala de recepción y también la antecámara de la servidumbre, donde ya era hora de descansar.

Iakin Nefud, capitán de la guardia, estaba echado en un diván al otro lado de la estancia y el estupor de la semuta se reflejaba en su rostro impávido mientras flotaba a su alrededor el escalofriante lamento de la música de semuta. Junto a él estaba su corte personal, presta a servirle.

—¡Nefud! —rugió el barón.

Los hombres se apartaron estremecidos.

Nefud se puso en pie, el rostro sereno por el narcótico pero provisto de una palidez propia del miedo. La música de semuta se interrumpió.

—Mi señor barón —dijo Nefud. Solo la droga impedía que se le quebrase la voz.

El barón examinó los rostros que lo rodeaban y vio que todos reprimían esa inquietud. Volvió a centrarse en Nefud y habló con tono melifluo:

—¿Cuánto tiempo hace que eres el capitán de la guardia, Nefud?

Nefud tragó saliva.

—Desde Arrakis, mi señor. Casi dos años.

—¿Y siempre has anticipado los peligros que podían amenazar a mi persona?

—Ha sido siempre mi único deseo, mi señor.

—Entonces ¿dónde está Feyd-Rautha? —bramó el barón.

Nefud retrocedió.

—¿Mi señor?

—¿Acaso no consideras a Feyd-Rautha como un peligro hacia mi persona? —dijo otra vez con ese tono delicado.

Nefud se humedeció los labios. Los efectos de la semuta empezaban a desaparecer de sus ojos.

—Feyd-Rautha está en las dependencias de los esclavos, mi señor.

—De nuevo con mujeres, ¿eh? —El barón tembló por el esfuerzo de contener su ira.

—Señor, puede que...

—¡Silencio!

El barón avanzó otro paso en la antecámara y vio cómo los hombres retrocedían y dejaban un espacio sutil alrededor de Nefud para distanciarse un poco del objeto de su rabia.

—¿Acaso no te he ordenado que sepas dónde se encuentra el nabarón en todo momento? —preguntó. Dio otro paso al frente—. ¿Acaso no te he ordenado que sepas exactamente todo lo que dice, y a quién? —Otro paso—. ¿Acaso no te he dicho que me mantengas informado de cada una de sus visitas a las dependencias de las esclavas?

Nefud tragó saliva. El sudor le perlaba la frente.

—¿Acaso no te he dicho todo eso? —concluyó el barón con voz neutra y desprovista de énfasis.

Nefud asintió.

—¿Y acaso no te he dicho también que examines a todos los muchachos esclavos que se me envían y que lo hagas... personalmente?

Nefud asintió de nuevo.

—Entonces ¿es que no has visto la mancha que tenía en el muslo el que me has enviado esta tarde? —preguntó el barón—. ¿Acaso no has...?

—Tío.

El barón se giró de repente y fulminó con la mirada a Feyd-Rautha, que lo contemplaba desde el umbral. La presencia de su sobrino allí, en ese preciso momento, y la mirada ansiosa que el muchacho no podía disimular revelaban mucho. Feyd-Rautha tenía su propio servicio de espionaje centrado en el barón.

—Hay un cadáver en mis habitaciones que me gustaría que retiraran —dijo el barón sin dejar de aferrar el arma de proyectiles oculta bajo su túnica y agradecido por tener el mejor escudo.

Feyd-Rautha miró a los dos guardias inmóviles junto a la pared de la derecha y asintió. Los dos se apresuraron hacia la puerta y se perdieron por el pasillo que llevaba a los aposentos del barón.

«Esos dos, ¿eh? —pensó el barón—. ¡Ah, ese joven monstruo aún tiene mucho que aprender sobre conspiraciones!»

—Doy por hecho que has dejado todo tranquilo en las dependencias de los esclavos cuando las has abandonado, Feyd —dijo el barón.

—Estaba jugando al cheops con el maestro de esclavos —dijo Feyd-Rautha.

Y pensó: «¿Qué es lo que ha fallado? Sin duda han asesinado al muchacho que le mandamos a mi tío. Pero era perfecto para lo que tenía que hacer. Ni el propio Hawat hubiera podido escogerlo mejor. ¡El muchacho era perfecto!».

—Así que jugabas al ajedrez pirámide —dijo el barón—. Qué bien. ¿Quién ha ganado?

—Pues... eh... yo, tío —dijo Feyd-Rautha mientras se esforzaba por contener su inquietud.

El barón chasqueó los dedos.

—Nefud, ¿quieres hacer las paces conmigo?

—Señor, ¿qué es lo que he hecho? —balbuceó Nefud.

—Eso ya da igual —dijo el barón—. Feyd ha ganado al maestro de esclavos al cheops. ¿Lo has oído?

—Sí... señor.

—Quiero que vayas a ver al maestro de esclavos con tres hombres —dijo el barón—. Pasa al maestro de esclavos por el garrote vil. Luego tráeme su cuerpo para comprobar que se ha hecho como correspondía. No podemos tener a nuestro servicio a un jugador de ajedrez tan inepto.

Feyd-Rautha palideció y avanzó un paso.

—Pero, tío, yo...

—Luego, Feyd —dijo el barón mientras agitaba una mano—. Luego.

Los dos guardias que habían sido enviados a los aposentos del barón para retirar el cuerpo del joven esclavo pasaron a toda prisa ante la puerta de la antecámara arrastrando la carga bamboleante con los brazos extendidos. El barón los siguió con la mirada hasta que desaparecieron.

Nefud se cuadró junto al barón.

—¿Deseáis que mate al maestro de esclavos ahora mismo, mi señor?

—Ahora mismo —dijo el barón—. Y cuando hayas terminado con él, encárgate de esos dos que acaban de pasar. No me ha gustado cómo transportaban el cuerpo. Esas cosas han de hacerse con cuidado. También quiero ver sus cadáveres.

—Mi señor, si es por algo que he... —empezó a decir Nefud.

—Haz lo que ha ordenado tu amo —interrumpió Feyd-Rautha.

Y pensó: «Ahora tengo que centrarme en salvar mi pellejo».

Y el barón pensó: «¡Bien! Al menos sabe que aún tiene mucho que perder. —Sonrió para sí mismo—. También sabe complacerme para evitar que mi ira caiga sobre él. Sabe que no puedo deshacerme de él. ¿A quién si no le iba a pasar las riendas que un día tendré que abandonar? Nadie es tan capaz. ¡Pero aún tiene mucho que aprender! Y debo tener cuidado mientras aprende».

Nefud designó a los hombres que debían acompañarlo y salió de la estancia.

—¿Quieres venir a mis habitaciones, Feyd? —preguntó el barón.

—Estoy a tu disposición —dijo Feyd-Rautha.

Hizo una reverencia y pensó: «Me ha descubierto».

—Después de ti —dijo el barón al tiempo que señalaba la puerta.

El miedo traicionó a Feyd-Rautha y le sobrevino un instante de vacilación.

«¿He fracasado totalmente? —se dijo—. ¿Me clavará una hoja envenenada por la espalda... despacio, a través del escudo? ¿Acaso ha encontrado otro sucesor?»

Mientras avanzaba tras su sobrino, el barón pensaba: «Dejémosle saborear este momento de terror. Será mi sucesor, pero yo escogeré el momento. ¡No le permitiré destruir todo lo que yo he creado!».

Feyd-Rautha intentaba no avanzar muy deprisa. Sintió cómo se le ponía la piel de gallina en la espalda, como si su propio cuerpo se preguntase cuándo llegaría el golpe. Sus músculos se tensaban y se relajaban sin parar.

—¿Has oído las últimas noticias de Arrakis? —preguntó el barón.

—No, tío.

Feyd-Rautha se obligó a no darse la vuelta. Dobló una esquina y llegó al pasillo que salía del ala de los sirvientes.

—Hay un nuevo profeta o jefe religioso de algún tipo entre los Fremen —dijo el barón—. Le llaman Muad'Dib. Es muy gracioso. Quiere decir «el Ratón». Le he dicho a Rabban que les permita tener su propia religión. Los mantendrá ocupados.

—Muy interesante, tío —dijo Feyd-Rautha. Llegó al pasillo privado que llevaba a los aposentos de su tío y pensó: «¿Por qué me habla de la religión? ¿Hay en ello algo que me concierna?».

—Sí, ¿verdad? —insistió el barón.

Entraron en los aposentos del barón y atravesaron el salón de recepciones hasta el dormitorio. En el lugar había sutiles indicios de una pelea: una lámpara a suspensor desplazada, un almohadón en el suelo, una bobina hipnótica abierta del todo en el cabezal.

—Era un plan muy astuto —dijo el barón. Mantuvo su escudo corporal al máximo, se detuvo y encaró a su sobrino—. Pero no lo suficiente. Dime, Feyd, ¿por qué nunca has acabado conmigo tú mismo? Has tenido ocasiones suficientes.

Feyd-Rautha cogió una silla a suspensor y se sentó sin pedir permiso, un gesto de indiferencia sin ningún aspaviento físico.

«Ahora debo ser audaz», pensó.

—Eres tú quien me ha enseñado a mantener mis manos limpias —dijo.

—Ah, sí —dijo el barón—. Cuando te halles ante el emperador, debes poder decirle con toda sinceridad que no has sido tú quien ha cometido el delito. La bruja que vela tras el emperador oirá tus palabras y sabrá de inmediato si son verdaderas o falsas. Te había avisado, cierto.

—¿Por qué nunca has comprado una Bene Gesserit, tío? —preguntó Feyd-Rautha—. Con una Decidora de Verdad de tu parte...

—¡Sabes cuáles son mis preferencias! —espetó el barón.

Feyd-Rautha examinó a su tío.

—Sin embargo —dijo—, tener una te permitiría...

—¡No me fío de ellas! —gruñó el barón—. ¡Y deja de intentar cambiar de tema!

—Como quieras, tío —dijo Feyd-Rautha con tono humilde.

—Recuerdo algo que ocurrió en la arena, hace unos años —dijo el barón—. Ese día me dio la impresión de que alguien había preparado a un esclavo para matarte. ¿Fue así de verdad?

—Hace mucho tiempo, tío. Al fin y al cabo, yo...

—No eludas la pregunta, por favor —dijo el barón con una voz tensa que dejaba claro que reprimía la ira.

Feyd-Rautha miró a su tío y pensó: «Lo sabe. De no ser así, no habría preguntado».

—Fue una estratagema, tío. Lo preparé para desacreditar a tu maestro de esclavos.

—Muy astuto —dijo el barón—. Y también valiente. Aquel esclavo gladiador estuvo a punto de matarte, ¿eh?

—Sí.

—Si fueras tan sutil y delicado como valiente, serías realmente formidable. —El barón negó con la cabeza. Y, como había hecho muchas veces desde aquel terrible día en Arrakis, lamentó la pérdida de Piter, el mentat. Ese sí que había sido un hombre de una astucia sutil e ingeniosa. Aunque eso no le había servido para sobrevivir. El barón volvió a agitar la cabeza. A veces el destino era inescrutable.

Feyd-Rautha echó un vistazo por el dormitorio y analizó los indicios de la pelea mientras se preguntaba cómo su tío había conseguido vencer a aquel esclavo que habían preparado con tanto cuidado.

—¿Cómo he conseguido vencerlo? —preguntó el barón—. Ahhh, Feyd... déjame al menos algunas armas para defenderme en mi vejez. Es mejor que aprovechemos esta ocasión para sellar un pacto.

Feyd-Rautha lo miró.

«¡Un pacto! Entonces me sigue considerando su heredero. De no ser así, ¿para qué querría pactar? ¡Uno solo sella un pacto con quien considera su igual o casi igual!»

—¿Qué pacto, tío? —Feyd-Rautha experimentó cierto orgullo al oír su voz, tranquila y razonable a pesar de la emoción que le embargaba.

El barón también notó esa emoción. Asintió.

—Eres una buena materia prima, Feyd. Y nunca malgasto buena materia prima. Sin embargo, insistes en no querer reconocer el verdadero valor que represento para ti. Eres obstinado. No quieres reconocerlo. Esto... —Hizo un gesto para señalar los indicios de pelea del dormitorio—. Esto ha sido una estupidez. Y no recompenso las estupideces.

«¡Ve al grano, viejo idiota!», pensó Feyd-Rautha.

—Piensas que soy un viejo idiota —dijo el barón—. Tengo que convencerte de lo contrario.

—Has hablado de un pacto.

—Ah, la impaciencia de la juventud —dijo el barón—. Bien, esto es lo esencial: dejarás esos estúpidos atentados contra mi vida, y yo, cuando estés preparado, abdicaré a tu favor. Me retiraré a un puesto de consejero y te quedarás en el poder.

—¿Retirarte, tío?

—Piensas que soy idiota —dijo el barón—. Esto lo confirma, ¿eh? ¡Crees que te estoy implorando! Cuidado con lo que piensas, Feyd. Este viejo idiota ha visto la aguja protegida por un escudo que habías implantado en el muslo del muchacho esclavo. Justo donde yo pondría mi mano, ¿eh? Un poco de presión y... ¡clac! ¡Una aguja envenenada en la palma del viejo idiota! Ahhh, Feyd...

El barón agitó la cabeza y pensó: «Y hubiera funcionado, si Hawat no me hubiera advertido. Bien, dejemos que el muchacho crea que he descubierto el complot por mis propios medios. En cierto sentido, es verdad. Fui yo quien salvó a Hawat de las ruinas de Arrakis. Y este muchacho me debe algo más de respeto».

Feyd-Rautha se quedó en silencio, rebatiendo para sí.

«¿Ha dicho la verdad? ¿En serio piensa retirarse? ¿Por qué no? Estoy seguro de poder sucederle un día si actúo con cautela. No puede vivir para siempre. Quizá haya sido una estupidez por mi parte intentar acelerar el proceso.»

—Has hablado de un pacto —repitió Feyd-Rautha—. ¿Con qué garantías?

—Cómo podemos confiar el uno en el otro, ¿eh? —dijo el barón—. Bueno, en lo que a ti respecta, encargaré a Thufir Hawat que te vigile. Tengo plena confianza en los poderes de mentat de Hawat para hacerlo, ¿comprendes? En cuanto a mí, tendrás que aceptar mi palabra. No puedo vivir eternamente, ¿no crees, Feyd? Y quizá deberías empezar a sospechar que hay cosas que sé y que tú también deberías saber.

—Si te doy mi palabra, ¿qué me ofreces a cambio? —preguntó Feyd-Rautha.

—Te ofrezco continuar viviendo —dijo el barón.

Feyd-Rautha volvió a examinar a su tío.

«¡Hará que Hawat me vigile! ¿Qué diría si le revelara que fue Hawat en persona quien ideó la trampa con el gladiador que le costó la vida a su maestro de esclavos? Seguro que diría que miento para desacreditar a Hawat. No, el buen Thufir es mentat y ha previsto este momento.»

—Bueno, ¿qué dices al respecto? —preguntó el barón.

—¿Qué quieres que diga? Acepto, por supuesto.

Y Feyd-Rautha pensó: «¡Hawat! Juega a dos bandas. ¿Es eso? ¿Se ha pasado al bando de mi tío porque no le pedí consejo con el joven esclavo?».

—No has dicho nada sobre mi encargo de que Hawat te vigile —dijo el barón.

La rabia traicionó el gesto de Feyd-Rautha y se le dilataron las fosas nasales. Durante muchos años, el nombre de Hawat había sido una señal de peligro para la familia de los Harkonnen... y ahora tenía otro significado, pero aún era peligroso.

—Hawat es un juguete peligroso —aseguró Feyd-Rautha.

—¡Juguete! No seas estúpido. Sé lo que es Hawat y cómo controlarlo. Las emociones de Hawat son muy profundas, Feyd. Al hombre que debemos temer es al hombre sin emociones. Pero las emociones profundas... Ah, a esos siempre podremos doblegarlos a nuestra voluntad.

—No te entiendo, tío.

—Sí, es evidente.

Solo un parpadeo traicionó la oleada de resentimiento que sintió Feyd-Rautha.

—Y tampoco entiendes a Hawat —apuntilló el barón.

«¡Ni tú!», pensó Feyd-Rautha.

—¿A quién culpa Hawat de la situación en la que se encuentra? —preguntó el barón—. ¿A mí? Sin duda. Pero era una herramienta de los Atreides y me ha tenido frente a él durante muchos años, hasta que el Imperio se ha puesto de mi lado. Así es como él ve las cosas. Ahora, su odio hacia mí es algo casual. Cree poder vencerme en cualquier momento. Y al creerlo, es él quien pierde, porque ahora puedo centrar su atención en quien yo quiera. En el Imperio.

Las repentinas arrugas en la frente y los labios apretados de Feyd-Rautha indicaron que empezaba a entenderlo.

—¿Contra el emperador?

«Dejemos que mi querido sobrino lo saboree —pensó el barón—. Dejemos que se llame a sí mismo: "¡El emperador Feyd-Rautha Harkonnen!". Dejemos que se pregunte cuánto puede valer algo así... ¡Seguro que llegará a la conclusión de que un sueño así merece alargar la vida de un viejo tío que podría hacerlo realidad!»

Feyd-Rautha se pasó la lengua por los labios muy despacio.

«¿Es posible que este viejo idiota diga la verdad? Aquí hay mucho más de lo que parece a simple vista.»

—¿Y qué tiene que ver Hawat con todo esto? —preguntó Feyd-Rautha.

—Cree que en realidad nos está usando para vengarse del emperador.

—¿Y cuando haya consumado dicha venganza?

—La venganza es lo único en lo que piensa. Hawat es uno de esos hombres que solo saben servir a los otros, aunque él mismo no lo sepa.

—He aprendido mucho de Hawat —admitió Feyd-Rautha, y sintió que decía la verdad—. Pero cuanto más aprendo de él, más convencido estoy de que deberíamos eliminarlo... y pronto.

—¿No te gusta la idea de que te vigile?

—Hawat vigila a todo el mundo.

—Y podría colocarte en el trono. Hawat es astuto. También es peligroso y taimado. Pero no voy a privarle del antídoto todavía. Una espada siempre es peligrosa, Feyd, tienes razón. Pero para esta tenemos una funda especial. El veneno de su interior. Bastará suprimirle el antídoto y la muerte lo engullirá.

—En cierto sentido, es como la arena —dijo Feyd-Rautha—. Fintas dentro de fintas dentro de fintas. Uno tiene que observar hacia qué lado se inclina el gladiador, en qué dirección mira, cómo empuña su cuchillo.

Asintió para sí al ver que las palabras complacían a su tío, pero pensó: «¡Sí! ¡Como en la arena! ¡Pero aquí el filo del arma es la mente!».

—Ahora sabes que me necesitas —aseguró el barón—. Todavía soy útil, Feyd.

«Como una espada que se empuña hasta que está mellada del todo», pensó Feyd-Rautha.

—Sí, tío —dijo.

—Y ahora —anunció el barón—, iremos a las dependencias de los esclavos, los dos. Y te observaré mientras matas a todas las mujeres del ala del placer con tus propias manos.

—¡Tío!

—Traeremos otras mujeres, Feyd. Pero ya te he dicho que no quiero que cometas ningún error conmigo sin tener que pagarlo.

El rostro de Feyd-Rautha se ensombreció.

—Pero tío, tú...

—Aceptarás tu castigo y aprenderás de él —dijo el barón.

Feyd-Rautha vio la mirada de satisfacción en el rostro de su tío.

«Y yo recordaré esta noche —pensó—. Esta y muchas otras noches.»

—No vas a negarte —dijo el barón.

«¿Y qué harías si me negara, viejo?», se preguntó.

Pero sabía que habría otros castigos, mucho más sutiles y dolorosos, para doblegarlo a su voluntad.

—Te conozco, Feyd —dijo el barón—. No vas a negarte.

«De acuerdo —pensó Feyd-Rautha—. De momento, te necesito. Lo he entendido. El pacto está hecho. Pero no te necesitaré siempre. Y... algún día...»

En las profundidades de nuestro inconsciente hay una necesidad obsesiva por un universo lógico y coherente. Pero el universo real siempre se halla un paso por delante de la lógica.

De *Los proverbios de Muad'Dib*,
por la princesa Irulan

«Me he sentado frente a muchos jefes de Grandes Casas, pero nunca he visto a un cerdo tan repugnante y peligroso como este», pensó Thufir Hawat.

—Puedes ser sincero conmigo, Hawat —bramó el barón. Se reclinó en la silla a suspensor mientras sus ojos hundidos bajo pliegues de grasa miraban fijamente a Hawat.

El viejo mentat echó una ojeada a la mesa que lo separaba del barón Vladimir Harkonnen y percibió la calidad de la madera. Ese también era un factor a considerar cuando se enjuiciaba al barón, así como las paredes rojas de la sala de reuniones privada y la suave fragancia dulzona de la hierba que flotaba en el ambiente y ocultaba un olor almizclero.

—No me habrás hecho enviar esa advertencia a Rabban a partir de sospechas infundadas —dijo el barón.

El apergaminado rostro de Hawat permaneció impasible, sin revelar en absoluto su disgusto.

—Sospecho muchas cosas, mi señor —dijo.

—Sí. Bien, pues quiero saber qué relación existe entre Arrakis y lo que sospechas sobre Salusa Secundus. No es suficiente que me hayas dicho que el emperador está agitado a causa de una supuesta relación entre Arrakis y su misterioso planeta prisión. He enviado una advertencia a Rabban de inmediato solo porque el mensajero partía con esa astronave. Me habías dicho que era urgente. Muy bien. Pero ahora quiero una explicación.

«Habla demasiado —pensó Hawat—. El duque Leto podía decirme algo solo con arquear una ceja o hacer un gesto con la mano. Y el Viejo Duque expresaba toda una frase solo con acentuar una palabra. ¡Este hombre es un patán! Destruyéndolo, prestaré un servicio a la humanidad.»

—No te irás de aquí hasta que me hayas dado una buena explicación —dijo el barón.

—Habláis demasiado a la ligera de Salusa Secundus —dijo Hawat.

—Es una colonia penal —dijo el barón—. Las peores heces de la galaxia se envían a Salusa Secundus. ¿Qué más necesito saber?

—Que las condiciones que reinan en el planeta prisión son más opresivas que en cualquier otro lugar —explicó Hawat—. Sabéis que la tasa de mortalidad entre los nuevos prisioneros es superior al sesenta por ciento. Habéis oído que el emperador practica allí cualquier forma posible de opresión. Y, sabiéndolo, ¿no os habéis hecho ninguna pregunta?

—El emperador no permite a las Grandes Casas inspeccionar esa prisión —gruñó el barón—. Además, él tampoco ha inspeccionado nunca mis calabozos.

—Y curiosear sobre Salusa Secundus tiene... consecuencias —dijo Hawat al tiempo que se llevaba un huesudo índice a los labios.

—¡Porque el emperador no está orgulloso de algunas de las cosas que se ha visto obligado a hacer en ese lugar!

Hawat permitió que la sombra de una sonrisa se dibujara en sus labios manchados. Sus ojos brillaron a la luz de los tubos luminosos mientras miraba al barón.

—¿Y nunca os habéis preguntado de dónde saca el emperador a sus Sardaukar?

El barón apretó sus gruesos labios. Su rostro adoptó la expresión de un bebé haciendo muecas. Su voz tenía un tono petulante cuando respondió:

—Bueno... el recluta... quiero decir que el servicio de alistamiento...

—¡Ufff! —lo interrumpió Hawat—. Las historias que circulan sobre los Sardaukar son simples rumores, ¿no? Son relatos de primera mano de los pocos supervivientes que se han enfrentado a ellos, ¿no es así?

—Los Sardaukar son excelentes guerreros, de eso no cabe duda —afirmó el barón—. Pero creo que mis legiones...

—¡Son un montón de alegres excursionistas en comparación! —espetó Hawat—. ¿Creéis que no sé por qué motivo traicionó el emperador a la Casa de los Atreides?

—¡No sacarás nada especulando sobre ello! —exclamó el barón.

«¿Es posible que ni siquiera él conozca las verdaderas motivaciones del emperador?», se preguntó Hawat.

—Sí que sacaré algo si hacerlo me ayuda, aunque sea poco, con el encargo que me habéis hecho —dijo Hawat—. Soy un mentat. Uno no puede ocultar información ni líneas de código a un mentat.

El barón lo miró con fijeza durante un largo minuto.

—Di lo que tengas que decir, mentat —dijo después.

—El emperador Padishah se puso en contra de la Casa de los Atreides porque los Maestros de Armas del duque, Gurney Halleck y Duncan Idaho, habían adiestrado una unidad de combate... una pequeña unidad de combate... que parecía tan buena como los Sardaukar. Algunos de sus hombres eran incluso mejores. Y el duque tenía la posibilidad de incrementar el tamaño de esa unidad y hacerla tan potente como las fuerzas del emperador.

El barón sopesó la revelación.

—¿Y qué tiene que ver Arrakis en todo esto? —preguntó luego.

—El planeta es una fuente de reclutas condicionados y adiestrados para sobrevivir en las condiciones más adversas.

El barón agitó la cabeza.

—¿Acaso te refieres a los Fremen?

—Me refiero a los Fremen.

—¡Ah! ¿Y entonces para qué íbamos a advertir de nada a Rabban? No pueden quedar más que unos pocos Fremen tras la matanza de los Sardaukar y la represión de Rabban.

Hawat lo siguió mirando en silencio.

—¡Solo unos pocos! —repitió el barón—. ¡Rabban mató seis mil solo en el último año!

Hawat siguió mirándolo.

—Y el año anterior fueron nueve mil. Y, antes de irse, los Sardaukar debieron de matar al menos veinte mil.

—¿Cuántos efectivos han perdido las tropas de Rabban en los últimos años? —preguntó Hawat.

El barón se rascó las mejillas.

—Bueno, sin duda ha estado reclutando más de lo que debería. Sus agentes hacen promesas extravagantes y...

—¿Digamos treinta mil, por redondear? —preguntó Hawat.

—Me parece una estimación algo excesiva —dijo el barón.

—Más bien al contrario —dijo Hawat—. Puedo leer los informes de Rabban entre líneas tan bien como vos. Y sin duda habéis llegado a las mismas conclusiones que mis agentes.

—Arrakis es un planeta inclemente —dijo el barón—. Solo las pérdidas derivadas de las tormentas...

—Ambos sabemos cuáles son esas pérdidas —dijo Hawat.

—¿Y qué ocurriría si de verdad hubiese perdido treinta mil hombres? —preguntó el barón mientras la sangre le ensombrecía el gesto.

—Según vuestra propia estimación —dijo Hawat—, Rabban ha matado a quince mil Fremen en dos años y perdido el doble de sus hombres. Habéis dicho que los Sardaukar mataron a otros veinte mil, puede que a algunos más. He visto las listas de embarque de las astronaves que los han traído de vuelta de Arrakis. Si realmente han matado a veinte mil, sus pérdidas han sido como mínimo de cinco por cada uno. Barón, ¿por qué no aceptáis esas cifras e intentáis sacar una conclusión?

—Ese es tu trabajo, mentat —respondió el barón con comedida frialdad—. ¿Qué significan?

—Os he dado la estimación hecha por Duncan Idaho sobre el número de habitantes del sietch que visitó —dijo Hawat—. Todo concuerda. Si hubiera doscientos cincuenta sietch del mismo tamaño, su población alcanzaría la cifra aproximada de cinco millones. Pero mi propia estimación es que al menos existe el doble de estas comunidades. La población está muy dispersa en un planeta de esas características.

—¿Diez millones? —Las mejillas del barón se estremecieron por el estupor.

—Como mínimo.

El barón se mordió los labios carnosos. Tenía los pequeños ojos fijos en Hawat.

«¿Es de verdad un cálculo de mentat? —se preguntó—. ¿Cómo es posible que nadie haya sospechado nada?»

—No hemos alterado en ningún momento su tasa de nacimientos —dijo Hawat—. Como mucho, habremos eliminado los especímenes más débiles y dejado que los fuertes se hicieran aún más fuertes. Lo mismo que en Salusa Secundus.

—¡Salusa Secundus! —ladró el barón—. ¿Qué relación hay con el planeta prisión del emperador?

—Un hombre que sobrevive en Salusa Secundus sin duda es más resistente que los demás —dijo Hawat—. Y cuando se añade un buen adiestramiento militar...

—¡Absurdo! Si lo que dices es cierto, yo podría reclutar a los Fremen después del modo en que los ha oprimido mi sobrino.

—¿Acaso vos no oprimís nunca a vuestras tropas? —dijo Hawat en voz muy baja.

—Bueno, pero yo...

—La opresión es algo relativo —dijo Hawat—. Vuestros soldados viven mucho mejor que la gente que los rodea. Ven que no ser soldados del barón solo les deja alternativas mucho menos placenteras, ¿verdad?

El barón reflexionó en silencio, con la mirada perdida. Las probabilidades... ¿Era posible que, sin quererlo, Rabban hubiera proporcionado a la Casa de los Harkonnen su arma definitiva?

—¿Cómo podría estar seguro de la lealtad de un recluta así? —dijo luego.

—Yo los dividiría en pequeños grupos, no más grandes que un pelotón de combate —explicó Hawat—. Los libraría de su situación opresiva y luego los aislaría junto a un grupo de instructores que comprendieran su historial, preferiblemente gente como ellos que acabaran de salir del mismo tipo de opresión. Luego los impregnaría de un misticismo según el cual su planeta no es más que el campo de entrenamiento secreto destinado a producir los seres superiores en que se han convertido. Y luego les mostraría todo lo que un ser superior tiene derecho a poseer: riquezas, mujeres hermosas, moradas opulentas... todo lo que deseen.

El barón empezó a asentir.

—Así es como viven los Sardaukar.

—Con el tiempo, los reclutas se convencerían de que un planeta como Salusa Secundus está perfectamente justificado, puesto que los ha creado a ellos... la élite. En muchos aspectos, incluso el más común de los soldados Sardaukar tiene una existencia tan distinguida como la de un miembro de las Grandes Casas.

—¡Qué idea! —murmuró el barón.

—Empezáis a compartir mis sospechas —dijo Hawat.

—¿Cómo ha podido iniciarse algo así? —preguntó el barón.

—Ah, sí. ¿Cómo lo inició la Casa de Corrino? ¿Había alguien en Salusa Secundus antes de que el emperador enviase su primer contingente de prisioneros? Ni siquiera el duque Leto, un sobrino del linaje femenino, llegó a saberlo con certeza. Esas preguntas no son bien recibidas.

Los ojos del barón centellearon mientras reflexionaba.

—Sí, un secreto muy bien guardado. Han usado todos los medios para...

—Además, ¿qué hay que ocultar de un lugar así? —preguntó Hawat—. ¿Que el emperador Padishah tiene un planeta prisión? Todo el mundo lo sabe. Que tiene...

—¡El conde Fenring! —espetó el barón.

Hawat se quedó en silencio y examinó al barón con el ceño fruncido.

—¿Qué ocurre con el conde Fenring?

—Hace unos años, durante el cumpleaños de mi sobrino —empezó a decir el barón—, ese lacayo del emperador, el conde Fenring, acudió como observador oficial y para... para cerrar un acuerdo entre el emperador y yo.

—¿Y?

—Yo... bueno, creo que durante una de nuestras conversaciones dije algo sobre la posibilidad de transformar Arrakis en un planeta prisión. Fenring...

—¿Qué es lo que dijisteis exactamente? —preguntó Hawat.

—¿Exactamente? Hace mucho tiempo y...

—Mi señor barón, si deseáis serviros de mí del mejor modo posible, debéis proporcionarme información precisa. ¿No grabasteis la conversación?

El rostro del barón se ensombreció, irritado.

—¡Eres tan pérfido como Piter! No me gustan esos...

—Piter ya no está a vuestro lado, mi señor —dijo Hawat—. A propósito, ¿qué es lo que le ocurrió a Piter?

—Se acomodó demasiado. Y también me exigía mucho —respondió el barón.

—Me habéis asegurado que nunca os desharíais de alguien que os fuera útil —dijo Hawat—. ¿Queréis desperdiciarme con amenazas y engaños? Hablábamos sobre lo que dijisteis al conde Fenring.

El barón recuperó su compostura poco a poco.

«Cuando llegue el momento, recordaré esos modales. Vaya si los recordaré.»

—Un momento —dijo el barón mientras intentaba recordar el encuentro en la gran sala. Intentó visualizar el cono de silencio en el que se habían refugiado—. Dije algo así: «El emperador sabe que los negocios siempre han dejado tras de sí cierto número de muertos». Me refería a las pérdidas entre nuestras fuerzas. Después dije algo sobre pensar en otra solución al problema de Arrakis y que el planeta prisión del emperador me había inspirado a emularlo.

—¡Sangre de bruja! —maldijo Hawat—. ¿Qué dijo Fenring?

—En ese momento empezó a preguntarme por ti.

Hawat se hundió en su silla y cerró los ojos.

—Así que por eso han empezado a interesarse por Arrakis —dijo—. Bueno, pues ya no hay marcha atrás. —Abrió los ojos—. A estas alturas debe de haber espías por todo Arrakis. ¡Dos años!

—Pero seguro que no ha sido mi inocente sugerencia la que...

—¡Nada es inocente a ojos del emperador! ¿Qué instrucciones habéis enviado a Rabban?

—Solo que debía enseñar a Arrakis a temernos.

Hawat agitó la cabeza.

—Ahora tenéis dos alternativas, barón. Podéis exterminar a los nativos, barrerlos por completo, o...

—¿Y eliminar toda la mano de obra?

—¿Preferís que el emperador y las Grandes Casas de cuyo apoyo goza todavía desembarquen aquí para una limpieza general y devasten Giedi Prime hasta convertirla en una cáscara vacía?

El barón estudió a su mentat.

—¡No se atrevería! —dijo.

—¿Estáis seguro?

Los labios del barón temblaron.

—¿Cuál es la otra alternativa?

—Abandonad a vuestro querido sobrino, Rabban.

—Aband... —El barón se quedó en silencio y miró a Hawat.

—No le mandéis más tropas ni ninguna otra ayuda. No respondáis a sus mensajes más que para decirle que han llegado a vuestros oídos noticias de la horrible forma en que había tratado los asuntos en Arrakis y que tenéis intención de tomar medidas correctivas lo más pronto posible. Me las apañaré para que algunos de esos mensajes sean interceptados por los espías imperiales.

—Pero la especia, los beneficios, el...

—Reclamad los beneficios de vuestra baronía, pero cuidad el modo en que formuláis vuestras demandas. Exigidle sumas fijas a Rabban. Podríamos...

El barón levantó las manos con las palmas hacia arriba.

—Pero ¿cómo puedo estar seguro de que la comadreja de mi sobrino no...?

—Aún tenemos a nuestros espías en Arrakis. Decidle a Rabban que debe respetar su cuota de especia o será reemplazado.

—Conozco a mi sobrino —dijo el barón—. Así solo conseguiríamos que oprimiera a la población un poco más.

—¡Claro que lo hará! —espetó Hawat—. ¡No podéis dejar que se detenga ahora! Vos solo queréis una cosa: las manos limpias. Dejad que sea Rabban quien construya por vos vuestro Salusa Secundus. Ni siquiera es necesario mandarle prisioneros. Tiene a su disposición toda la población que necesita. Si Rabban exprime a su gente para mantener la cuota de especia, el emperador no tendrá razón alguna para sospechar otros motivos. Es razón más que suficiente para poner el planeta en el punto de mira. Y vos, barón, no haréis ni diréis nada que pueda desmentir esa evidencia.

El barón no consiguió reprimir del todo la nota de admiración que asomó en su voz:

—Ah, Hawat, eres muy retorcido. Pero ¿cómo podremos llegar a Arrakis y usar lo que está preparando Rabban?

—Eso es lo más sencillo, barón. Si cada año aumentáis la cuota, las cosas no tardarán en llegar al límite. La producción caerá en picado. Entonces podréis desautorizar a Rabban y ocupar su puesto... para remediar el desastre.

—Tiene sentido —dijo el barón—. Pero estoy cansado de esto. Estoy preparando a otro que se ocupará de Arrakis en mi lugar.

Hawat examinó el rostro grasiento y redondo que tenía ante él. El viejo soldado espía empezó a asentir con la cabeza poco a poco.

—Feyd-Rautha —dijo—. Así que ahora ese es el verdadero motivo de la opresión. Vos también sois retorcido, barón. Quizá podamos mezclar los dos planes. Sí. Vuestro Feyd-Rautha puede presentarse como el salvador de Arrakis. Puede ganarse a la población. Sí.

El barón sonrió. Y tras su sonrisa, se preguntó: «¿Hasta qué punto coincide ese plan con el plan personal de Hawat?».

Y Hawat, al ver que la reunión había terminado, se levantó y abandonó la estancia de paredes rojas. Mientras se alejaba, era incapaz de olvidar las inquietantes incógnitas que parecían surgir de todas partes en todos sus cálculos sobre Arrakis. Ese nuevo jefe religioso que Gurney Halleck había detectado desde su escondrijo entre los contrabandistas, el tal Muad'Dib.

«Quizá no tendría que haberle dicho al barón que dejara prosperar esa religión entre las gentes de las hoyas y de los graben —se dijo—. Pero es bien sabido que la represión favorece la prosperidad de las religiones.»

Pensó en los informes de Halleck sobre las tácticas de combate Fremen. Tácticas que llevaban la marca del propio Halleck... e Idaho... e incluso de Hawat.

«¿Habrá sobrevivido Idaho?», se preguntó.

Pero era una pregunta fútil. Aún no se había preguntado si era posible que Paul sobreviviese. Sabía que el barón estaba convencido de que todos los Atreides habían muerto. El barón había admitido que la bruja Bene Gesserit había sido su arma. Y eso solo podía significar que todos estaban muertos... incluido el hijo de esa mujer.

«Qué odio tan mezquino debía sentir hacia los Atreides —pensó—. Parecido al odio que yo siento por este barón. ¿Conseguiré que mi golpe final sea tan definitivo como el suyo?»

En todas las cosas hay un ritmo que forma parte de nuestro universo. Hay simetría, elegancia y gracia... cualidades a las que se acoge el verdadero artista. Uno puede encontrarlo en la sucesión de las estaciones, en la forma en que la arena se desplaza sobre una cresta, en las ramas de un arbusto creosota o en el diseño de sus hojas. Intentamos copiar dicho ritmo para nuestras vidas y nuestra sociedad, buscamos la medida, la cadencia y el movimiento que reconfortan. Sin embargo, sabemos que el peligro acecha al descubrir la perfección definitiva. Está claro que ese ritmo definitivo tiene una propiedad invariable: en una perfección así, todo conduce a la muerte.

De *Frases escogidas de Muad'Dib*,
por la princesa Irulan

Paul Muad'Dib recordó una comida cargada con esencia de especia. Se aferró a ese recuerdo ya que era su único punto de anclaje seguro, y podía decir que a partir de ese momento su experiencia más inmediata había sido un sueño.

«Soy un teatro de los acontecimientos —se dijo—. Soy víctima de una visión imperfecta, de la consciencia racial y de su terrible finalidad.»

Sin embargo, no podía huir del miedo que le había sobrepasado, miedo por haber perdido la percepción del tiempo y por la manera en la que entremezclaba pasado, futuro y presente. Era una especie de fatiga visual que sabía que se debía a la constante necesidad de mantener su presciencia del futuro como algo parecido a un recuerdo, algo intrínsecamente ligado al pasado.

«Chani me ha preparado la comida», se dijo.

Sin embargo, Chani estaba lejos en el sur, en el frío país donde el sol era cálido, oculta en uno de los nuevos sietch fortaleza y a salvo con el hijo de ambos, Leto II.

¿O acaso eso aún no había ocurrido?

No, se tranquilizó, puesto que Alia la Extraña, su hermana, también estaba allí con su madre y con Chani. Era un viaje de veinte martilleadores hacia el sur en un palanquín de la Reverenda Madre fijado al lomo de un hacedor salvaje.

Evitó pensar en cabalgar sobre gusanos gigantes y se preguntó: «¿O quizá Alia aún no haya nacido? Yo estaba en una incursión —recordó Paul—. Habíamos ido a recuperar el agua de nuestros muertos en Arrakeen. Y descubrí los restos de mi padre en la pira funeraria. Consagré el cráneo de mi padre en el túmulo de rocas Fremen que domina el Paso Harg».

¿O eso aún no había ocurrido?

«Mis heridas son reales —se dijo Paul—. Mis cicatrices son reales. El santuario con el cráneo de mi padre es real.»

Sumido en esa duermevela, Paul recordó que Harah, la mujer de Jamis, había acudido a decirle que había tenido lugar una pelea en el pasillo del sietch. Había ocurrido en el sietch provisional, antes de que las mujeres y los niños se enviaran al sur profundo. Harah había aparecido en el umbral de la estancia interior, con las puntas negras de sus cabellos recogidas hacia atrás y sujetas por una cadena de anillos de agua. Había apartado con violencia los cortinajes de la entrada para decirle que Chani acababa de matar a alguien.

«Eso ha ocurrido —se dijo Paul—. Eso fue real, no fruto del tiempo y sujeto a cambio.»

Paul recordó haber salido a toda prisa para encontrar a Chani bajo los globos amarillos del pasillo envuelta en una resplandeciente túnica azul con la capucha echada hacia atrás y el pequeño rostro rojo del esfuerzo. Estaba enfundando el crys. Un grupo de hombres se alejaba apresuradamente arrastrando un bulto por el pasillo.

Y Paul recordó haberse dicho: «Uno siempre se da cuenta de cuando transportan un cuerpo humano».

Los anillos de agua que Chani llevaba sueltos alrededor del cuello dentro del sietch tintinearon cuando giró el rostro hacia él.

—¿Qué ha ocurrido, Chani? —preguntó Paul.

—He despachado a uno que venía a desafiarte a un combate singular, Usul.

—¿Lo has matado?

—Sí. Pero quizá hubiera tenido que dejárselo a Harah.

(Y Paul recordó que la gente que se había reunido a su alrededor mostraba su conformidad a estas palabras. Hasta Harah se había echado a reír.)

—¡Pero había venido a desafiarme a mí!

—Tú me has adiestrado en tu extraño arte, Usul.

—¡Cierto! Pero no deberías...

—He nacido en el desierto, Usul. Sé usar un crys.

Paul dominó su ira e intentó hablar con tono calmado.

—Es cierto, Chani, pero...

—Ya no soy una niña que persigue escorpiones en el sietch a la luz de un globo portátil, Usul. Ya no juego.

Paul la miró, impresionado por la extraña ferocidad que se adivinaba bajo su actitud casual.

—No merecía desafiarte, Usul —dijo Chani—. No iba a interrumpir tu meditación por tonterías como esta. —Se le acercó, lo miró con el rabillo del ojo y bajó la voz para que solo la oyese él—: Además, amor mío, cuando se sepa que alguien que quería desafiarte se ha topado conmigo y ha hallado la muerte en manos de la mujer de Muad'Dib, serán muy pocos los que se atrevan a volver a hacerlo.

«Sí —pensó Paul—, eso ocurrió de verdad. Es el pasado auténtico. Y el número de aquellos que querían desafiar la nueva hoja de Muad'Dib disminuyó drásticamente.»

En alguna parte, en el mundo que no formaba parte del sueño, algo se movió y oyó el graznido de un pájaro nocturno.

«Estoy soñando —se dijo Paul—. Es la comida de especia.»

Sin embargo, experimentaba una sensación de desamparo. Se preguntó si no era posible que su espíritu ruh hubiera caído de alguna manera en ese mundo en el que, según los Fremen, existía de verdad: el alam al-mithal, el mundo de las similitudes, el lugar metafísico donde todas las limitaciones físicas habían sido anuladas. Sintió miedo al evocar ese mundo, porque la ausencia de toda limitación conllevaba la desaparición de todos los puntos de referencia: «Soy quien soy porque estoy aquí».

Su madre le había dicho una vez:

—La gente está dividida, algunos no saben qué pensar de ti.

«Debo estar a punto de despertarme», pensó Paul. Porque eso había ocurrido: eran las palabras de su madre, la antigua dama Jessica que ahora era la Reverenda Madre de los Fremen. Esas palabras formaban parte de la realidad.

Paul sabía que Jessica le tenía miedo a los lazos religiosos que se habían establecido entre los Fremen y él. No le gustaba el hecho de que la gente de aquel sietch y la del graben se refirieran a Muad'Dib como a Él. Y no dejaba de interrogar a las tribus y de enviar a sus espías de Sayyadina para reunir opiniones y reflexionar sobre ellas.

Le había recitado un proverbio Bene Gesserit: «Cuando religión y política viajan en el mismo carro, los viajeros piensan que nada podrá interponerse en su camino. Se vuelven apresurados... viajan cada vez más rápido y más rápido y más rápido. Dejan de pensar en los obstáculos y se olvidan de que un precipicio siempre se descubre demasiado tarde».

Paul recordó haber estado sentado en los aposentos de su madre, en la estancia interior, cubierta con tapices oscuros recamados con dibujos inspirados en la mitología Fremen. Había estado sentado allí, escuchándola y observando cómo la mujer no dejaba de mirarlo, incluso cuando bajaba los ojos. Su rostro ovalado tenía nuevos pliegues en las comisuras de los labios, pero sus cabellos aún resplandecían como el bronce pulido. Sin embargo, sus grandes ojos verdes estaban velados por la bruma azul de la especia.

—Los Fremen tienen una religión simple y práctica —había dicho Paul.

—Ninguna religión es simple —había replicado Jessica.

Pero al ver el futuro repleto de tempestuosas nubes sobre sus cabezas, Paul había caído presa de la ira. Solo había acertado a decir:

—La religión une nuestras fuerzas. Es nuestra mística.

—Has cultivado esa atmósfera, esa osadía, de manera deliberada —había cargado ella—. No dejas de adoctrinarlos.

—Es lo que me has enseñado —había asegurado él.

Pero ese día, Jessica tenía ganas de discutir y de rebatir. Era el día de la ceremonia de la circuncisión para el pequeño Leto. Paul entendía algunas de las razones por las que estaba alterada. Nunca había aceptado su unión (aquel «matrimonio de juventud») con Chani. Pero Chani había engendrado un hijo Atreides, y Jessica no podía rechazar ni al hijo ni a la madre.

Paul había dejado de mirarla, y reaccionó al fin.

—Piensas que soy una madre antinatural —había dicho.

—Claro que no.

—Veo cómo me miras cuando estoy con tu hermana. No sabes nada de tu hermana.

—Sé por qué es distinta —había dicho él—. Aún no había nacido, pero formaba parte de ti cuando cambiaste el Agua de Vida. Ella...

—¡No sabes nada!

De improviso e incapaz de expresar el conocimiento que había adquirido del tiempo, Paul se había limitado a decir:

—No eres una madre antinatural.

En ese momento, Jessica había notado su angustia.

—Tengo que decirte algo, hijo —había murmurado.

—¿Sí?

—Quiero a Chani. La acepto.

Paul sabía que eso había sido real. No era una visión imperfecta sujeta a los cambios propios de la manifestación del tiempo.

Esa seguridad le dio una base sólida para aferrarse a su mundo. En su sueño aparecieron fragmentos de realidad. Se dio cuenta de repente de que se encontraba en un hiereg, un campamento en el desierto. Chani había montado la destiltienda en la arena harinosa debido a su blandura. Eso solo podía significar que Chani estaba cerca. Chani, su alma. Chani, su Sihaya, dulce como la primavera del desierto. Chani entre los Palmerales del Sur profundo.

Recordó cómo ella cantaba una canción de la arena que había elegido para él a la hora de dormir.

> *Oh, mi alma,*
> *no quieras el Paraíso esta noche,*
> *y te juro por Shai-hulud*
> *que allí irás igualmente,*
> *obediente a mi amor.*

Después, Chani había entonado el canto de marcha que unía a los enamorados en la arena, que tenía un ritmo similar al rozar de los pies contra la arena:

> *Háblame de tus ojos,*
> *y te hablaré de tu corazón.*
> *Háblame de tus pies,*
> *y te hablaré de tus manos.*
> *Háblame de tu sueño,*
> *y te hablaré de tu despertar.*
> *Háblame de tus deseos,*
> *y te hablaré de tu sed.*

En otra tienda, alguien había rasgueado las cuerdas de un baliset. Le había recordado a Gurney Halleck. Ese instrumento tan familiar le había hecho pensar en Gurney, cuyo rostro había entrevisto una vez en un grupo de contrabandistas sin que él lo viese o eso le había parecido, aunque quizá lo hubiese ignorado por miedo a que se reiniciara la caza por parte de los Harkonnen del hijo del duque al que habían matado.

Pero el estilo del que tocaba en mitad de la noche, el delicado rasgueo de los dedos en las cuerdas del baliset, despertaron el nombre del músico en los recuerdos de Paul. Era Chatt el Saltador, capitán de los Fedaykin, jefe de los comandos de la muerte que velaban por Muad'Dib.

«Estamos en el desierto —recordó Paul—. Estamos en el erg central, lejos de las patrullas Harkonnen. Estoy aquí para caminar por la arena, atraer al hacedor y cabalgarlo gracias a mi astucia, probando así que soy un Fremen hecho y derecho.»

Sintió la pistola maula y el crys en el cinturón. Percibió el silencio a su alrededor.

Era ese silencio tan particular que precede a la mañana, cuando los pájaros nocturnos ya se han retirado y las criaturas diurnas no han anunciado aún su despertar a su enemigo, el sol.

—Debes cabalgar por la arena a la luz del día para que Shaihulud vea y sepa que no tienes miedo —le había dicho Stilgar—. Así que cambiaremos nuestro horario y dormiremos esta noche.

Paul se sentó despacio, notó que el destiltraje le quedaba algo suelto y percibió la oscuridad de la destiltienda en la que se encontraba. Se movió en silencio, pero Chani lo oyó.

Habló envuelta en la oscuridad, otra sombra entre las sombras.

—Aún no ha amanecido del todo, amor mío.

—Sihaya —dijo él con voz alegre.

—Me llamas tu primavera del desierto —dijo ella—, pero hoy seré tu aguijón. Soy la Sayyadina que vela para que se cumplan los ritos.

Paul comenzó a ajustarse el destiltraje.

—Una vez me dijiste las palabras del Kitab al-Ibar —dijo—. Me dijiste: «La mujer es tu campo, así que ve a tu campo y cultívalo».

—Soy la madre de tu primogénito —convino Chani.

En la penumbra gris, vio cómo imitaba sus movimientos para ajustar su destiltraje para el desierto.

—Tendrías que descansar todo lo posible —dijo ella.

Paul sintió el amor en sus palabras y la regañó en broma:

—La Sayyadina que Vela no tendría que dar consejos ni advertir al candidato.

Chani se acercó hasta su lado y apoyó la palma de la mano en su mejilla.

—Hoy soy la que vela, pero también soy tu mujer.

—Tendrías que haber dejado esa tarea a otra —dijo Paul.

—La espera es demasiado terrible —dijo ella—. Prefiero estar a tu lado.

Paul le besó la mano antes de ajustarse la máscara facial del traje, y luego se dio la vuelta y soltó el sello de la tienda. El aire que penetró era frío y ligeramente húmedo, con rastros de rocío del alba que podrían aprovecharse con un recolector. También les llegó el aroma de la masa de preespecia, la masa que habían descubierto hacia el nordeste y que había revelado la presencia cercana de un hacedor.

Paul salió por la abertura a esfínter, se detuvo ante la tienda y estiró los músculos para deshacerse de los últimos retazos de sueño. En el horizonte hacia el este se entreveía una leve luminiscencia de color verde pálido. En la penumbra, las tiendas de su gente parecían dunas pequeñas y falsas que se confundían en los alrededores. Percibió un movimiento a su izquierda, el guardia, y supo que lo habían visto.

Sabían el peligro al que se iba a enfrentar ese día. Todos los Fremen lo habían afrontado. Le habían concedido unos pocos instantes de soledad para que pudiera prepararse mejor.

«Tengo que hacerlo hoy», se dijo.

Pensó en el poder que blandía frente a la inminente matanza, los ancianos que ahora le enviaban a sus hijos para que los adiestrara en su extraño arte de combatir, los ancianos que lo escuchaban en consejo y seguían sus planes, los hombres que luego volvían para dedicarle el mayor elogio que se podía hacer a un Fremen:

—Tu plan ha funcionado, Muad'Dib.

Sin embargo, hasta el guerrero Fremen más pequeño y mediocre era capaz de hacer algo que él nunca había hecho. Y Paul sabía que su autoridad se resentía por la omnipresente presencia de esa diferencia entre ellos.

Nunca había cabalgado un hacedor.

Sí que había montado en su grupa con los demás en viajes de adiestramiento e incursiones, pero nunca había viajado solo. Hasta que no lo hiciera, su universo se vería limitado por la habilidad de los demás. Era algo que un verdadero Fremen no permitiría. Hasta que lo hiciera, los vastos territorios del sur —un área a unos veinte martilleadores más allá del erg— le estarían vedados a menos que ordenara un palanquín y aceptara así viajar como una Reverenda Madre o como un enfermo o herido.

Recordó cómo había tenido que lidiar con su consciencia interior durante la noche y vio un extraño paralelismo: si dominaba al hacedor, mejoraría su liderazgo; igual que si controlaba su ojo interior mejoraría su autocontrol. Pero detrás de todo había una zona neblinosa, la Gran Turbulencia que parecía adueñarse de todo el universo.

Las diferentes formas en que percibía el universo le obsesionaban: le resultaba confuso y nítido al mismo tiempo. Lo vio *in situ*. No obstante, al nacer, cuando se sometía a las presiones de la realidad, el ahora tenía vida propia y crecía con sus sutiles diferencias. Pero la terrible finalidad siempre estaba ahí. La consciencia siempre estaba ahí. Y, por encima de todo, se cernía la yihad, sangrienta y salvaje.

Chani lo acompañó fuera de la tienda, cruzó los brazos sobre el pecho y lo miró de reojo, como hacía siempre que quería adivinar su estado de ánimo.

—Vuelve a hablarme de las aguas de tu mundo natal, Usul —le dijo.

Paul supo que intentaba distraerlo, liberar su mente de toda tensión antes de la prueba mortal. El cielo estaba cada vez más claro, y algunos de sus Fedaykin ya recogían sus tiendas.

—Preferiría que me hablaras del sietch y de nuestro hijo —dijo Paul—. ¿Nuestro Leto sigue tiranizando a mi madre?

—Y también a Alia —respondió Chani—. Y crece muy rápido. Será un hombre grande.

—¿Cómo es el sur? —preguntó Paul.

—Cuando cabalgues al hacedor lo verás por ti mismo —dijo ella.

—Pero antes quisiera verlo a través de tus ojos.

—Destila una soledad abrumadora —respondió Chani.

Paul le tocó el pañuelo nezhoni que llevaba en la frente, bajo el capuchón del destiltraje.

—¿Por qué no quieres hablarme del sietch?

—Ya lo he hecho. El sietch destila una soledad abrumadora sin nuestros hombres. Es un lugar de trabajo. Nos pasamos las horas en las fábricas y en los talleres. Hay que hacer armas, empalar la arena para la previsión del tiempo, recolectar la especia para los tributos. Debemos sembrar las dunas para que la vegetación crezca y arraigue en ellas. Hay que fabricar tejidos y tapices, cargar las células de combustible. Y luego, adiestrar a los niños para que la fuerza de la tribu no decrezca.

—Entonces ¿no hay nada agradable en el sietch? —preguntó Paul.

—Los niños son agradables. Acudimos a los ritos. Tenemos comida suficiente. A veces, una de nosotras puede volver al norte para dormir con su hombre. La vida debe continuar.

—Mi hermana, Alia... ¿la han aceptado ya?

Chani se dio la vuelta para mirarlo a la creciente luz del alba. A Paul le dio la impresión de que lo taladraba con la mirada.

—Hablaremos de eso en otra ocasión, amor mío.

—Hablemos ahora.

—Tienes que conservar tus energías para la prueba.

Paul se dio cuenta de que había tocado un tema sensible. Sintió que Chani se había puesto a la defensiva.

—Lo desconocido trae sus preocupaciones —dijo.

Chani asintió y, tras una pausa, dijo:

—Aún hay cierta... incomprensión por la extrañeza de Alia. Las mujeres le tienen miedo porque una niña que es poco más que un bebé habla... de cosas que solo un adulto debería conocer. No comprenden el... cambio en el vientre de su madre que ha hecho a Alia... diferente.

—¿Hay problemas? —preguntó Paul.

Y pensó: «He tenido visiones de problemas relacionados con Alia».

Chani miró a la resplandeciente línea del amanecer.

—Algunas de las mujeres se han reunido para pedirle algo a la Reverenda Madre. Exigen que exorcice al demonio que hay en su hija. Han citado la escritura: «No se tolerará una bruja entre nosotros».

—¿Y qué ha dicho mi madre al respecto?

—Ha recitado la ley y las ha dejado muy confusas. Ha dicho: «Si Alia es una fuente de problemas, es culpa de la autoridad que no ha sabido prever e impedir dichos problemas». Luego ha intentado explicarles el cambio que había sufrido Alia en su vientre. Pero las mujeres estaban furiosas porque las había avergonzado, y se han ido entre murmullos.

«Alia nos dará problemas», pensó Paul.

Una brisa de arena cristalina le rozó la parte de la cara que tenía al descubierto y olió el aroma de la masa de preespecia.

—El-sayal —dijo—, la lluvia de arena que trae el amanecer.

Su mirada recorrió la luminosidad gris del desierto, el paisaje que superaba toda desolación, la arena que parecía tener vida propia. Unos relámpagos repentinos surgieron de una zona oscura hacia el sur, señal de que una tormenta había acumulado carga estática. El prolongado retumbar del trueno llegó poco después.

—La voz que beatifica la tierra —dijo Chani.

Los hombres seguían saliendo de las tiendas. Los centinelas regresaban de los extremos del campamento. Todos a su alrededor se movían despacio y seguían una antigua rutina que no necesitaba orden alguna.

—Da el menor número de órdenes posible —le había dicho su padre hacía tiempo... mucho tiempo—. Una vez hayas dado una orden respecto a algo determinado, siempre tendrás que seguir dando órdenes sobre lo mismo.

Era una norma que los Fremen conocían por instinto.

El maestro de agua del grupo entonó el canto de la mañana y añadió las palabras rituales para la iniciación de un nuevo caballero de la arena.

—El mundo es un cadáver —salmodió, y su voz resonó entre las dunas—. ¿Quién puede hacer retroceder al Ángel de la Muerte? Lo que Shai-hulud ha decidido, así será.

Paul escuchó y reconoció las palabras con las que se iniciaba el canto de la muerte de sus Fedaykin, las palabras que entonaban los comandos de la muerte cuando se lanzaban al combate.

«¿Se erigirá aquí hoy un nuevo túmulo de rocas para celebrar la partida de otra alma? —se preguntó—. ¿Se detendrán aquí los Fremen en el futuro para añadir otra piedra y pensar en Muad'Dib, muerto en este lugar?»

Sabía que esta era una de las alternativas posibles, un hecho que partía de las líneas que irradiaban hacia el futuro desde esa posición en el espacio-tiempo. La visión imperfecta lo atormentaba. Cuanto más se oponía a su terrible finalidad y más luchaba contra el advenimiento de la yihad, más se aceleraba el torbellino que asolaba su presciencia. Su futuro era como un río que se precipitase hacia un abismo, un vórtice vehemente en el que todo era niebla y nubes.

—Stilgar se acerca —dijo Chani—. Debo separarme de ti, amor mío. Ahora debo ser la Sayyadina y observar el rito para que sea transcrito con toda su verdad en las Crónicas. —Lo miró y, por un momento, se sintió débil antes de obligarse a recuperar el control—. Cuando todo haya terminado, te prepararé el desayuno con mis propias manos —dijo. Se marchó.

Stilgar atravesaba la arena pulverulenta y levantaba nubecillas a cada paso. Las oscuras cuencas de sus ojos estaban fijas en Paul y le dedicaban una mirada indomable. La barba negra que asomaba bajo la máscara de su destiltraje y las rugosas mejillas parecían esculpidas en la roca a causa de la erosión.

Llevaba cogido por el asta el estandarte de Paul, el estandarte verde y negro con un tubo de agua en el asta... algo que ya era legendario en el lugar.

Paul pensó: «Todo lo que hago, por muy nimio que sea, termina por convertirse en leyenda. Tendrán en cuenta cómo he despedido a Chani, cómo he saludado a Stilgar, cualquier movimiento que haga el día de hoy. Viva o muera, serán leyenda. Pero no debo morir, porque entonces solo quedaría la leyenda y nada podría detener la yihad».

Stilgar clavó el asta del estandarte en la arena junto a Paul y dejó caer las manos a los costados. Sus ojos azul contra azul no dejaban de mirarlo, sin parpadear. Paul pensó que sus ojos también habían empezado a adquirir el color de la especia.

—Nos han negado el hajj —dijo Stilgar con solemnidad ritual.

Paul respondió tal y como le había enseñado Chani:

—¿Quién puede negar a un Fremen el derecho a caminar o cabalgar donde quiera?

—Yo soy un naib —dijo Stilgar—, nadie podrá capturarme vivo. Soy una de las patas del trípode de la muerte que destruirá a nuestros enemigos.

El silencio cayó sobre ellos.

Paul echó una ojeada a los otros Fremen, desperdigados por la arena detrás de Stilgar, sumidos en una plegaria personal. En ese momento, pensó que los Fremen eran un pueblo cuya vida consistía en matar, todo un pueblo que siempre había vivido con rabia y dolor, sin llegar a pensar que pudiese existir otra cosa menos el sueño que les había dado Liet-Kynes antes de morir.

—¿Dónde está el Señor que nos ha conducido a través de los desiertos y de los abismos? —preguntó Stilgar.

—Está siempre con nosotros —entonaron los Fremen.

Stilgar cuadró los hombros, avanzó hacia Paul y bajó la voz.

—Ahora, recuerda todo lo que te he dicho. Debes actuar de forma simple y directa, sin florituras. Todo nuestro pueblo cabalga a los hacedores desde los doce años. Tú tienes seis años más, y no has nacido entre nosotros. No tienes que impresionar a nadie con tu valor. Sabemos que eres valiente. Solo tienes que llamar al hacedor y cabalgarlo.

—Lo recordaré —dijo Paul.

—Cuento con ello. No me gustaría que deshonraras mis enseñanzas.

Stilgar sacó una varilla de plástico de aproximadamente un metro de largo de debajo de su túnica. Estaba afilada por un extremo, y el otro tenía un mecanismo a resorte.

—He preparado este martilleador yo mismo. Es bueno. Cógelo.

Paul sintió la cálida suavidad del plástico al aceptar el martilleador.

—Shishakli tiene tus garfios de doma —dijo Stilgar—. Te los dará cuando llegues a esa duna de allí. —Señaló a su derecha—. Llama a un gran hacedor, Usul. Muéstranos el camino.

Paul notó el tono de la voz de Stilgar, una mezcla entre tono ritual y el propio de un amigo preocupado.

En ese momento, el sol pareció abalanzarse sobre el horizonte. El cielo adquirió el tinte gris plateado que anunciaba un día de calor y sequedad extremas incluso para Arrakis.

—He aquí el día ardiente —anunció Stilgar con voz ritual—. Ve, Usul, y cabalga al hacedor. Cruza la arena como un líder para los hombres.

Paul dedicó un saludo militar al estandarte y vio cómo la tela verde y negra colgaba inerte ahora que había cesado la brisa del alba. Se giró hacia la duna que había señalado Stilgar, un montículo de arena cuya cresta formaba una S. La mayor parte de los Fremen se alejaban ya en dirección opuesta y cruzaban la duna bajo la que habían montado el campamento.

Una figura embozada permanecía en la trayectoria de Paul: Shishakli, un jefe de grupo de los Fedaykin al que solo se le veían los párpados entre la capucha del destiltraje y la máscara.

Mientras Paul se acercaba, Shishakli le tendió dos varillas delgadas parecidas a látigos. Tenían casi un metro y medio de largo, y en un extremo iban provistas de relucientes garfios de plastiacero, mientras que el otro presentaba un mango muy rugoso para poder asirlas mejor.

Paul las aceptó con la mano izquierda, como requería el ritual.

—Estos son mis garfios —dijo Shishakli con voz ronca—. Nunca han fallado.

Paul asintió y mantuvo el requerido silencio. Pasó junto a él y ascendió la pendiente de la duna. En la cresta, miró hacia atrás y vio que el grupo se dispersaba como un enjambre de insectos y cómo se agitaban sus túnicas. Se quedó solo en la cima de la duna, frente al horizonte, un horizonte inerte y uniforme. Stilgar había elegido una buena duna: lo suficientemente alta como para quedar por encima de las circundantes.

Paul se detuvo y plantó el martilleador con fuerza en la cara de la duna que quedaba a barlovento, donde la arena era más compacta y permitía que el sonido se transmitiese mejor. Después titubeó y repasó mentalmente las lecciones y la situación de vida o muerte que debía afrontar.

El martilleador comenzaría a batir su reclamo desde el momento en que presionara el pestillo. En las profundidades de la arena, un gigantesco gusano —un hacedor— lo oiría y acudiría a la llamada. Paul sabía que con esas varillas con garfios en el extremo podría alcanzar el lomo curvado del gran hacedor. Mientras mantuviera el borde de un anillo del gusano abierto con los garfios para exponer a la abrasión de la arena los sensibles estratos internos, el hacedor no se volvería a hundir en el desierto. De hecho, levantaría su gigantesco cuerpo lo más alto posible, arqueándolo en su intento de alejar al máximo ese segmento abierto de la superficie del desierto.

«Soy un caballero de la arena», se dijo Paul.

Miró los garfios de doma que tenía en la mano izquierda y pensó que solo tendría que irlos moviendo a lo largo de la curva del inmenso costado del hacedor para que la criatura contrajese el cuerpo y se curvara hacia donde Paul quisiera. Había visto cómo se hacía. Lo habían ayudado a subir a uno para realizar trayectos cortos de entrenamiento. Podía cabalgarse a un gusano capturado hasta que se detenía exhausto entre las dunas, momento en el que había que llamar a un nuevo hacedor.

Paul sabía que, después de superar la prueba, estaría cualificado para realizar el viaje de veinte martilleadores hasta las tierras del sur, para descansar y recuperarse entre los palmerales y los nuevos sietch donde habían llevado a las mujeres y los niños para evitar las matanzas.

Levantó la cabeza, miró al sur y recordó que el hacedor salvaje que iba a salir del erg era un factor desconocido y que aquel que lo convocaba era igual de ajeno a esa prueba.

—Debes calcular con cuidado su aproximación —le había explicado Stilgar—. Debe estar lo suficientemente cerca para poder saltar a su lomo cuando pase a tu lado y lo suficientemente lejos para evitar que te engulla.

Paul soltó el pestillo del martilleador con repentina decisión. El péndulo empezó a girar y a golpear la arena con su reclamo: Bum... bum... bum...

Se irguió, escrutó el horizonte y recordó las palabras de Stilgar:

—Examina con atención su línea de aproximación. Recuerda que un gusano no suele acercarse a un martilleador sin hacerse ver. Aun así, también escucha. Quizá puedas oírlo incluso antes de verlo.

Luego recordó las palabras que Chani, dominada por el miedo, le había susurrado en mitad de la noche para advertirle que fuese prudente:

—Cuando te encuentres en la trayectoria de un hacedor, debes quedarte muy quieto. Debes ser y pensar como un puñado de arena. Ocúltate bajo tu capa y conviértete del todo en una pequeña duna.

Paul analizó el horizonte despacio mientras escuchaba y buscaba las señales que le habían enseñado.

Se acercó por el sudeste: un silbido lejano, un susurro de la arena. Distinguió el perfil de la criatura que avanzaba recortado contra la luz del alba y se dio cuenta de que nunca había visto un hacedor tan grande ni había oído hablar de uno de este tamaño. Tendría más de media legua de largo, y la ola de arena que levantaba su cabeza parecía una montaña que se avecinaba sobre Paul.

«Es algo que no he visto nunca, ni en mis visiones ni en mi vida», pensó Paul. Se apresuró a interponerse en la trayectoria de esa cosa y se preparó para lo que aquel momento iba a exigirle.

«Controlad la moneda y las alianzas. Dejad que la chusma se quede con el resto.» Es lo que os dice el emperador Padishah. Y añade: «Si queréis beneficios, tenéis que dominar». Sus palabras no están desprovistas de verdad, pero yo me pregunto: «¿Quién es esa chusma y quién los dominados?».

Mensaje secreto de Muad'Dib al Landsraad, de El despertar de Arrakis, *por la princesa Irulan*

Un pensamiento repentino se apoderó de Jessica: «Paul va a ser sometido a la prueba del caballero de la arena en cualquier momento. Han intentado ocultármelo, pero es evidente. Y Chani ha partido hacia un lugar que desconozco».

Estaba sentada en su sala de reposo y aprovechaba un momento de descanso entre las clases nocturnas. Era un lugar agradable, no tan amplio como el que tenía en el sietch Tabr antes de escapar de la matanza. No obstante, las alfombras eran mullidas, los almohadones blandos, había una mesita baja de café al alcance de la mano, tapices multicolores en las paredes y globos que emitían una luz suave y amarilla sobre ella. La estancia estaba impregnada del olor acre y característico de los sietch Fremen, que Jessica había terminado por asociar a un sentimiento de seguridad.

Sin embargo, sabía que nunca conseguiría superar la sensación de encontrarse en un lugar extranjero. Era una diferencia que ninguna alfombra y ningún tapiz conseguirían eliminar.

Un débil tintineo, tamborileo o palmeo llegó a la sala de reposo. Jessica reconoció que se trataba de la celebración de un nacimiento, probablemente de Subiay. Le quedaba poco. Jessica sabía que le traerían al bebé muy pronto, un querubín de ojos azules que entregarían a la Reverenda Madre para que lo bendijera. También sabía que su hija Alia participaría en la celebración y la informaría de todos los detalles.

Aún no era el momento de la plegaria nocturna de la separación. No habrían iniciado la celebración de un nacimiento con tan poco margen de la ceremonia en la que se lamentaban las pérdidas de las incursiones de esclavos en Poritrin, Bela Tegeuse, Rossak y Harmonthep.

Jessica suspiró. Sabía que intentaba no pensar en su hijo ni en los peligros que debía afrontar, esos pozos trampa con sus púas emponzoñadas, las incursiones de los Harkonnen (aunque estas se habían vuelto más escasas gracias a las nuevas armas que Paul había procurado a los Fremen para abatir vehículos aéreos e incursiones) y los peligros naturales del desierto: los hacedores, la sed y los abismos de polvo.

Pensó en pedir café y al hacerlo sintió la paradoja que representaba el modo de vida de los Fremen: la comodidad de los sietch y cavernas en comparación con los pyons de los graben; y sin embargo, cómo resistían mucho mejor un hajr a través del desierto de lo que resistiría cualquier mercenario Harkonnen.

Una mano oscura apareció entre los cortinajes que había junto a ella, depositó una taza sobre la mesilla y se retiró. De la taza se elevó el aroma del café de especia.

«Una ofrenda por la celebración del nacimiento», pensó Jessica.

Cogió el café, le dio un sorbo y sonrió para sí.

«¿En qué otra sociedad de nuestro universo —se dijo— una persona en mi posición aceptaría una bebida anónima y la bebería sin miedo? Sin duda ahora podría alterar cualquier veneno antes de que empezara a hacerme efecto, pero el oferente no lo sabe.»

Bebió la taza saboreando la energía y el vigor de su contenido, caliente y delicioso.

Se preguntó qué otra sociedad mostraría aquel respeto natural por su intimidad y confort, hasta el punto de que el oferente se introducía en su estancia solo el tiempo necesario para depositar la ofrenda sin ni siquiera presentarse ante ella. En el obsequio había respeto y amor, y solo un ligerísimo atisbo de miedo.

Se vio obligada a reflexionar sobre otro aspecto del incidente: había pensado en café y el café había aparecido. Sabía que no había sido cosa de la telepatía. Era el tau, la unión con la comunidad del sietch, una compensación al sutil veneno de la dieta de especia que todos compartían. La gran masa de la gente no podía esperar alcanzar nunca la iluminación que le había conferido a ella la semilla de especia; no habían sido entrenados ni preparados para ello. Sus mentes rechazaban lo que no podían comprender ni aceptar, pero a veces percibían y reaccionaban como un único organismo.

Nunca pensaban que podía tratarse de una coincidencia.

«¿Habrá superado Paul su prueba en la arena? —se preguntó Jessica—. Es capaz de hacerlo, pero hasta los más capaces pueden sufrir un accidente.»

La espera.

«La monotonía —pensó—. Una no puede esperar así tanto tiempo sin que la invada la monotonía de la espera.»

La espera impregnaba muchos momentos de su vida.

«Llevamos aquí desde hace más de dos años —pensó—. Y tendrá que pasar como mínimo el doble de tiempo para que podamos solo atrevernos a pensar en arrancar Arrakis de las manos del gobernador Harkonnen, el Mudir Nahya, la Bestia Rabban.»

—¿Reverenda Madre?

La voz al otro lado de los cortinajes era la de Harah, la otra mujer en la casa de Paul.

—Sí, Harah.

Los cortinajes se abrieron, y Harah pareció deslizarse a través de ellos. Llevaba sandalias de sietch y una túnica roja y amarilla que dejaba al descubierto sus brazos hasta casi los hombros. Sus cabellos negros tenían la raya al medio y estaban peinados hacia atrás, como los élitros de un insecto, planos y brillantes contra su cabeza. Los llamativos rasgos de ave de presa de su rostro parecían ceñudos.

Después de Harah entró Alia, una niña de unos dos años.

Al ver a su hija, Jessica se impresionó una vez más por lo que se parecía a Paul a su misma edad: la misma solemnidad en la mirada inquisitiva de sus grandes ojos, los cabellos negros y la firmeza del trazo de la boca. Pero también había sutiles diferencias, que eran la razón por la que la mayor parte de los adultos encontraban a Alia inquietante. La niña, que era poco más que una lactante, se comportaba con una calma y una seguridad insólitas para su edad. Los adultos se impresionaban cuando se echaba a reír ante un sutil juego de palabras entre hombres y mujeres. O cuando al prestar atención a su balbuceo infantil, confuso debido a que aún no se le había terminado de formar el velo del paladar, descubrían en sus palabras observaciones que evidenciaban una experiencia imposible en un bebé de dos años.

Harah se hundió en un montón de almohadones con un exasperado suspiro y frunció el ceño al mirar a la niña.

—Alia. —Jessica invitó a su hija a que se acercara.

La niña se acercó a su madre, se dejó caer en un almohadón y le aferró una mano. El contacto de la carne reactivó la consciencia mutua que habían compartido desde antes del nacimiento de Alia. No eran pensamientos compartidos, aunque había algo de ellos si se tocaban mientras Jessica transformaba el veneno de la especie durante una ceremonia. Sí que era algo más vasto, la consciencia inmediata de otro destello de vida, una resonancia nerviosa que las convertía en una sola persona a nivel emocional.

Con la formalidad requerida para un miembro de la casa de su hijo, Jessica dijo:

—Subakh ul kuhar, Harah. ¿Cómo estás?

—Subakh un nar. Estoy bien —respondió Harah con la misma formalidad tradicional. Lo dijo con tono neutro y volvió a suspirar.

Jessica notó que a Alia le resultaba divertido.

—La ghanima de mi hermano está disgustada conmigo —dijo Alia con ese ligero balbuceo.

Jessica se dio cuenta del término que había usado Alia para referirse a Harah: «ghanima». La sutileza del lenguaje Fremen daba a esa palabra el significado de «algo conquistado en combate» con un matiz añadido de que también era algo que ya no se usaba para su cometido original. Un ornamento, una punta de lanza que se usara como contrapeso de una cortina.

Harah miró a Alia con gesto ceñudo.

—No intentes insultarme, niña. Conozco cuál es mi lugar.

—¿Qué es lo que has hecho ahora, Alia? —preguntó Jessica.

—No solo se ha negado a jugar con los otros niños, sino que se ha metido en... —empezó a decir Harah.

—Me he escondido entre los cortinajes y he sido testigo del nacimiento del hijo de Subiay —respondió Alia—. Ha sido niño. No dejaba de llorar. ¡Qué pulmones! Cuando había llorado lo suficiente...

—Salió y lo tocó —interrumpió Harah—. Y el niño dejó de llorar. Todos saben que un niño Fremen debe llorar cuando nace en el sietch, porque luego ya no podrá volver a llorar en el curso de un hajr.

—Ya había llorado suficiente —dijo Alia—. Solo quería sentir su chispa, su vida. Nada más. Y, al sentirme, se le han quitado las ganas de llorar.

—El acontecimiento ha provocado nuevos comentarios entre la gente —dijo Harah.

—¿Ha nacido sano el hijo de Subiay? —preguntó Jessica. Sintió que había algo que preocupaba a Harah y se preguntó qué sería.

—Tan sano como puede desear una madre —respondió Harah—. Saben que Alia no le ha hecho ningún daño. No les importa que lo haya tocado. Se ha calmado enseguida y estaba contento. Pero... —Se encogió de hombros.

—Pero les perturba la extrañeza de mi hija, ¿no es cierto? —preguntó Jessica—. La manera en la que habla de cosas que no deberían preocuparle hasta dentro de muchos años, de cosas que una niña de su edad debería ignorar... de cosas del pasado.

—¿Cómo puede saber cuál era el aspecto de un niño en Bela Tegeuse? —preguntó Harah.

—¡Pero se parece! —exclamó Alia—. El hijo de Subiay es idéntico al hijo de Mitha que nació antes de la partida.

—¡Alia! —dijo Jessica—. Te lo he advertido.

—Pero, madre, lo he visto y era verdad y...

Jessica negó con la cabeza y vio la inquietud en el rostro de Harah.

«¿Qué es lo que he engendrado? —se preguntó—. Al nacer, mi hija ya sabía todo lo que sé... y más aún: todo lo que las Reverendas Madres le revelaron en los pasillos del pasado de mi interior.»

—No son solo las cosas que dice —explicó Harah—. También son los actos: la forma en que se sienta y mira a una roca, moviendo solo un músculo junto a su nariz o uno del extremo de un dedo o...

—Eso forma parte del adiestramiento Bene Gesserit —aseguró Jessica—. Lo sabes, Harah. ¿Negarías su herencia a mi hija?

—Reverenda Madre, sabes que estas cosas no tienen importancia para mí, pero sí para la gente. Murmuran y presiento el peligro. Dicen que tu hija es un demonio, que los otros niños no quieren jugar con ella, que es...

—Tiene muy poco en común con los otros niños —dijo Jessica—. No es un demonio, solo es...

—¡Claro que no lo es!

Jessica se sorprendió por la vehemencia del tono de Harah y miró a Alia. La niña parecía sumida en sus pensamientos e irradiaba una sensación de... espera. Jessica volvió a centrar su atención en Harah.

—Respeto el hecho de que formes parte de la casa de mi hijo —aseguró Jessica. Sintió contra su mano cómo Alia se estremecía—. Puedes hablarme abiertamente de todo lo que te atormente.

—Pronto dejaré de formar parte de la casa de tu hijo —dijo Harah—. Si he esperado tanto tiempo ha sido solo por el bien de mis hijos, por la educación especial que han recibido al ser considerados hijos de Usul. Es lo menos que les podía dar, ya que es bien sabido que no comparto el lecho de tu hijo.

Alia volvió a agitarse junto a su madre, medio adormilada.

—Sin embargo, has sido una buena compañera para mi hijo —dijo Jessica.

Y añadió para sí misma, porque esos pensamientos no la abandonaban nunca: «Compañera... no esposa».

Luego sus pensamientos se centraron en el tema común de conversación del sietch, la unión de Paul y Chani, que se había transformado en algo permanente, en matrimonio.

«Quiero a Chani», pensó Jessica, pero se recordó a sí misma que el amor tenía que ceñirse a las necesidades de su condición. En los matrimonios de la nobleza siempre hay cuestiones distintas al amor.

—¿Crees que ignoro los planes que tienes para tu hijo? —preguntó Harah.

—¿A qué te refieres? —murmuró Jessica.

—Planeas unir las tribus bajo Su nombre —explicó Harah.

—¿Y eso es malo?

—Puede ser peligroso para él... y Alia forma parte de ese peligro.

Alia se apretó contra su madre, abrió los ojos y examinó a Harah.

—Os he observado cuando estáis juntas —dijo Harah—, la forma en que os tocáis. Alia es como parte de mi propia carne porque es la hermana de un hombre que es como un hermano para mí. La he velado y custodiado desde que era una recién nacida, desde los días de la incursión, cuando huimos hasta aquí. Sé muchas cosas sobre ella.

Jessica asintió y notó que Alia cada vez estaba más turbada a su lado.

—Sabes a qué me refiero —dijo Harah—. Siempre ha sabido lo que íbamos a decir. ¿Ha habido alguna vez un niño que ya lo supiera todo sobre la disciplina del agua? ¿Qué otro niño hubiera dicho como primeras palabras: «Te quiero, Harah»? —Miró a Alia—. ¿Por qué crees que he aceptado sus insultos? Sé que no hay malicia en ellos.

Alia alzó la mirada hacia su madre.

—Sí, tengo poderes de raciocinio, Reverenda Madre —dijo Harah—. Podría haber sido Sayyadina. He visto lo que he visto.

—Harah... —Jessica se encogió de hombros—. No sé qué decir.

Se sorprendió al descubrir que era literalmente cierto.

Alia se levantó y cuadró los hombros. Jessica notó que había desaparecido ese sentimiento de espera, y que ahora flotaba a su alrededor una emoción compuesta por decisión y tristeza.

—Cometimos un error —dijo Alia—. Ahora necesitamos a Harah.

—Fue durante la ceremonia de la semilla —dijo Harah—, cuando cambiaste el Agua de Vida, Reverenda Madre, cuando Alia nonata estaba dentro de ti.

«¿Necesitamos a Harah?», se preguntó Jessica.

—¿Quién más puede hablar con la gente y hacer que empiecen a comprenderme? —dijo Alia.

—¿Qué quieres que haga? —preguntó Jessica.

—Ella ya lo sabe —dijo Alia.

—Les diré la verdad —dijo Harah. De improviso, su rostro pareció viejo y triste, con su piel olivácea surcada de arrugas y sus rasgos afilados con un aura cargada de brujería—. Les diré a todos que Alia fingía ser una niña, pero que nunca lo ha sido.

Alia agitó la cabeza. Las lágrimas corrieron por sus mejillas, y Jessica sintió la oleada de tristeza que emanaba de su hija como si fuera la suya propia.

—Sé que soy un monstruo —susurró Alia. Esa afirmación de adulto pronunciada por una niña fue como una amarga confirmación.

—¡No eres un monstruo! —espetó Harah—. ¿Quién ha dicho que eres un monstruo?

Jessica se volvió a sentir maravillada por la protección tan salvaje que emanaba de la voz de Harah. Se dio cuenta de que lo que había dicho su hija era cierto: necesitaban a Harah. La tribu comprendería a Harah, tanto sus palabras como sus emociones, porque era evidente que quería a Alia como si fuera su hija.

—¿Quién lo ha dicho? —repitió Harah.

—Nadie.

Alia usó una esquina del aba de Jessica para secarse las lágrimas del rostro. Luego alisó la ropa que había mojado y arrugado.

—Pues no lo digas —ordenó Harah.

—Sí, Harah.

—Ahora —dijo Harah—, cuéntame qué pasó para que pueda describírselo a los demás. Dime qué es lo que te ocurrió.

Alia tragó saliva y miró a su madre. Jessica asintió.

—Un día desperté —dijo Alia—. Tenía la impresión de haber dormido, pero no recordaba nada. Estaba en un lugar cálido y oscuro. Y tenía miedo.

Al oír la voz balbuceante de su hija, Jessica recordó aquel día en la gran caverna.

—Como tenía miedo —dijo Alia—, quise escapar, pero no había salida. Luego vi un destello... aunque no lo vi exactamente. El destello estaba allí conmigo y percibía sus emociones... me reconfortaba, me calmaba, me decía que todo iría bien. Era mi madre.

Harah se frotó los ojos y sonrió a Alia con gesto tranquilizador. Aún había un brillo salvaje en los ojos de la Fremen, como si también intentaran oír las palabras de Alia.

Y Jessica pensó: «¿Cómo podemos saber de verdad cómo piensa alguien así? ¿Gracias a sus experiencias, su adiestramiento y sus antepasados?».

—Cuando al fin me sentí segura y tranquila —dijo Alia—, otro destello apareció con nosotras... pero era como si todo ocurriese al mismo tiempo. El tercer destello era la anciana Reverenda Madre. Estaba... intercambiando su vida con mi madre... toda... y yo estaba con ellas y lo vi todo... absolutamente todo. Después terminaron, y fui ellas y todas las demás y también yo misma... pero necesité mucho tiempo para reencontrarme y volver a ser yo entre todas las demás. Había tantas.

—Fue cruel —aseguró Jessica—. Nadie debería despertar así a la consciencia. Es sorprendente que consiguieras aceptar lo que te sucedió.

—¡No tenía alternativa! —espetó Alia—. No sabía cómo re-

chazarlo ni cómo esconder mi consciencia... ni aislarme... y todo
ocurrió... todo...

—No lo sabíamos —murmuró Harah—. Cuando le dimos a
tu madre el Agua para que la transformara, no sabíamos que
existías en su interior.

—No te pongas triste, Harah —dijo Alia—. Yo tampoco lo
hago. Al fin y al cabo, tengo razones para estar feliz: soy una
Reverenda Madre. La tribu tiene dos Reve...

Se interrumpió e inclinó la cabeza para escuchar.

Harah se impulsó con los pies hacia el almohadón en el que
estaba sentada, miró a Alia y luego levantó la cabeza para mirar
a Jessica.

—¿No lo sospechabas? —preguntó Jessica.

—Chissst —dijo Alia.

Un canto rítmico y distante llegó hasta ellas a través de los
cortinajes que las separaban de los pasillos del sietch. Aumentó
de volumen y se empezaron a distinguir los sonidos:

—¡Ya! ¡Ya! ¡Yawm! ¡Ya! ¡Ya! ¡Yawm! ¡Mu zein, wallah!
¡Ya! ¡Ya! ¡Yawm! ¡Mu zein, wallah!

Los que cantaban pasaron frente a la entrada, y sus voces
resonaron en los aposentos. El canto se alejó poco a poco.

Cuando el sonido se atenuó lo suficiente, Jessica inició el ritual con tristeza en la voz.

—Era ramadán y abril en Bela Tegeuse.

—Mi familia estaba sentada en el patio —continuó Harah—,
en el aire impregnado por la humedad del chorro de la fuente.
Había cerca un árbol de portyguls, redondo y tupido. También
un frutero con mish-mish y baklava y copas de liban, todo cosas
deliciosas. Y la paz reinaba en nuestros jardines y en nuestros
feligreses... paz en toda la tierra.

—La vida estaba llena de alegría hasta que llegaron los incursores —dijo Alia.

—Nuestra sangre se heló ante los gritos de nuestros amigos
—dijo Jessica. Y sintió afluir los recuerdos de todos los pasados que había en ella.

—La, la, la, gritaban las mujeres —dijo Harah.

—Los incursores surgieron del mushtamal, blandiendo contra nosotras sus cuchillos rojos con la sangre de nuestros hombres —dijo Jessica.

El silencio cayó sobre ellas y sobre todo el sietch, mientras en todas las estancias las mujeres recordaban y renovaban su dolor.

Al cabo, Harah pronunció las últimas palabras del ritual con una dureza que Jessica nunca había oído en ellas.

—¡Nunca se perdona! ¡Nunca se olvida! —dijo Harah.

Oyeron el rumor de gente y el roce de numerosas túnicas en el reflexivo silencio que siguió a esas palabras. Jessica sintió la presencia de alguien tras los cortinajes que cerraban la entrada de la estancia.

—¿Reverenda Madre?

Era una voz de mujer, y la reconoció: era de Tharthar, una de las mujeres de Stilgar.

—¿Qué ocurre, Tharthar?

—Problemas, Reverenda Madre.

Jessica sintió que algo le retorcía el corazón, un miedo repentino por Paul.

—Paul... —jadeó.

Tharthar apartó los cortinajes y entró en la habitación. Jessica entrevió que había gente apiñándose en la estancia exterior antes de que se cerraran las cortinas. Levantó la vista para mirar a Tharthar: una mujer pequeña y de piel oscura envuelta en una túnica negra bordada de rojo, con los ojos del todo azules fijos en Jessica y las fosas nasales dilatadas por el uso constante de los tampones.

—¿Qué ocurre? —preguntó Jessica.

—Han llegado noticias de la arena —dijo Tharthar—. Usul se enfrentará al hacedor para la prueba... hoy mismo. Los jóvenes dicen que no puede fracasar y que al caer la noche será caballero de la arena. Se están preparando para una incursión al norte, donde se encontrarán con Usul. Dicen que entonces lanzarán el grito, que obligarán a Usul a que desafíe a Stilgar y asuma el liderazgo de las tribus.

«Recoger el agua, sembrar las dunas, transformar el planeta de manera lenta pero segura... ya no es suficiente —pensó Jessica—. Las pequeñas incursiones, las incursiones seguras, ya no son suficientes ahora que Paul y yo los hemos adiestrado. Se sienten fuertes. Quieren combatir.»

Tharthar cambio el pie de apoyo varias veces y terminó por carraspear.

«Sabemos que hay que ser prudentes y esperar —pensó Jessica—, pero ese es precisamente el origen de nuestra frustración. Sabemos el daño que puede causar que uno espere demasiado tiempo. Si lo hacemos, corremos el riesgo de olvidar nuestro objetivo.»

—Nuestros jóvenes dicen que si Usul no desafía a Stilgar, es que tiene miedo —dijo Tharthar.

Bajó la mirada.

—Así están las cosas, entonces —murmuró Jessica.

Y pensó: «Sabía que ocurriría. También Stilgar».

Tharthar volvió a carraspear.

—Lo dice hasta mi hermano, Shoab —murmuró—. No dejarán otra elección a Usul.

«Entonces ha llegado el momento —pensó Jessica—. Y Paul deberá arreglárselas por sí mismo. La Reverenda Madre no puede involucrarse en la sucesión.»

Alia retiró las manos de las de su madre y dijo:

—Iré con Tharthar y escucharé lo que dicen los jóvenes. Quizá haya una forma.

Los ojos de Jessica se encontraron con los de Tharthar.

—Pues ve —le dijo a Alia—. E infórmame tan pronto como puedas.

—No queremos tener que llegar a esto, Reverenda Madre —aseguró Tharthar.

—Yo tampoco —admitió Jessica—. La tribu necesita toda su fuerza. —Miró a Harah—. ¿Irás con ellos?

Harah respondió a la parte de la pregunta que había quedado sin formular:

—Tharthar no permitirá que le hagan daño a Alia. Sabe que muy pronto las dos seremos esposas y compartiremos al mismo hombre. Tharthar y yo hemos hablado. —Harah miró primero a Tharthar y luego a Jessica—. Hemos llegado a un acuerdo.

Tharthar tendió una mano a Alia.

—Debemos apresurarnos —dijo—. Los jóvenes empiezan a marcharse.

Salieron a la carrera a través de los cortinajes. La mano de la niña se encontraba apretada en la pequeña mano de la mujer, pero parecía que era la pequeña quien guiaba la marcha.

—Si Paul Muad'Dib mata a Stilgar, no ayudará a la tribu —dijo Harah—. Ese era el antiguo método de sucesión de los líderes, pero los tiempos han cambiado.

—Los tiempos también han cambiado para ti —dijo Jessica.

—No puedes creer que dude sobre el resultado de ese combate —dijo Harah—. Usul está destinado a vencer.

—Eso es lo que quería decir —dijo Jessica.

—Y crees que mis sentimientos personales nublan mi juicio —dijo Harah. Agitó la cabeza e hizo tintinear los anillos de agua en torno a su cuello—. Cómo te equivocas. ¿Acaso también piensas que me siento ofendida por no haber sido la escogida de Usul, que estoy celosa de Chani?

—Cada cual hace su elección, dentro de sus posibilidades —dijo Jessica.

—Chani me da pena —dijo Harah.

Jessica se envaró.

—¿Qué quieres decir?

—Sé lo que piensas de ella —afirmó Harah—. Crees que no es la mujer adecuada para tu hijo.

Jessica se relajó y se reclinó en los almohadones.

—Quizá.

—Podrías tener razón —dijo Harah—. Y si fuese cierto, podrías encontrar un sorprendente aliado: la propia Chani. Ella solo desea lo mejor para Él.

Jessica sintió un repentino nudo en la garganta.

—Quiero mucho a Chani —dijo—. No podría...

—Tus alfombras están muy sucias —dijo Harah. Echó un vistazo por el suelo y evitó mirar a Jessica—. Por aquí pasa mucha gente. Deberías hacerlas limpiar más a menudo.

La influencia de la política en el seno de una religión ortodoxa es inevitable. La lucha por el poder impregna el adiestramiento, la educación y la disciplina de una comunidad ortodoxa. Debido a esa presión, los jefes de una comunidad así deben afrontar inevitablemente un claro dilema interior: sucumbir al más completo oportunismo como precio para mantener su poder o arriesgarse al autosacrificio en nombre de la ética ortodoxa.

De *Muad'Dib: Las consecuencias religiosas*,
por la princesa Irulan

Paul observaba quieto en la arena la línea de aproximación del gigantesco hacedor.

«No debo esperar como un contrabandista, impaciente y tembloroso —se dijo—. Debo formar parte del desierto.»

La criatura ya se encontraba a pocos minutos de distancia y llenaba la mañana con el ruido de la fricción al avanzar. Los enormes dientes dentro de la redonda caverna que era su boca destacaban como grandes flores. El olor a especia que emanaba de su cuerpo impregnaba el ambiente.

Paul tenía el destiltraje perfectamente adherido a su cuerpo y apenas era consciente de sus tampones nasales y de la máscara para la respiración. Las enseñanzas de Stilgar y las laboriosas horas en la arena le hacían olvidar todo lo demás.

—¿A qué distancia debes mantenerte del radio de acción del hacedor en la arena gruesa? —le había preguntado Stilgar.

Y él había dado la respuesta adecuada:

—A medio metro por cada metro de diámetro del hacedor.

—¿Por qué?

—Para evitar el vórtice de su paso y, al mismo tiempo, tener tiempo de correr y saltar a su lomo.

—Ya has cabalgado a los más pequeños, los criados para la semilla y el Agua de Vida —había dicho Stilgar—. Pero el que llames para tu prueba será un hacedor salvaje, un anciano del desierto. Debes mostrarle el respeto que merece.

El profundo retumbar del martilleador había empezado a mezclarse con el chirrido de la aproximación del gusano. Paul respiró hondo y olió la amarga acidez mineral de la arena incluso a través de los filtros. El hacedor salvaje, el anciano del desierto, se erigió muy cerca de él. Al elevarse, sus segmentos frontales levantaron una ola de arena que le golpeó las rodillas.

«Sal de la arena, monstruo adorable —pensó—. Sal. Oye mi llamada. Sal de la arena. Sal.»

La ola le levantó los pies y sintió cómo se agitaba el polvo de la superficie. Recuperó el equilibrio mientras solo era capaz de distinguir a su alrededor esa inmensa pared curva envuelta en arena, una roca viviente segmentada.

Paul levantó los garfios, apuntó bien y los lanzó. Los sintió engancharse y tiraron de él con fuerza. Salió despedido hacia arriba y plantó los pies en la pared curvada al tiempo que tiraba hacia afuera para que los garfios se clavaran mejor. Ese era el momento culminante de la prueba: si había plantado bien los garfios en el extremo anterior del segmento anillado para abrirlo, el gusano no descendería para aplastarlo.

La criatura frenó su marcha. Llegó al martilleador y lo silenció. El cuerpo se elevó, más y más, despacio, y levantó esos molestos garfios lo más alto posible, lejos de la arena que amenazaba la blanda membrana interior del segmento.

Poco después, Paul se encontró cabalgando erguido a lomos

del gusano. Se sintió exultante, como un emperador ante sus dominios. Venció el impulso de dar cabriolas, de hacer girar el gusano de un lado a otro, de demostrar su dominio absoluto sobre la criatura.

De repente comprendió por qué Stilgar le había advertido sobre aquellos jóvenes descuidados que bailaban y jugaban con los monstruos, esos que hacían el pino sobre el lomo de las criaturas y arrancaban ambos garfios para volver luego a clavarlos antes de que el gusano los lanzase por los aires.

Paul dejó un garfio clavado y plantó el otro un poco más abajo por el flanco. Después de comprobar que estaba bien clavado, repitió la operación con el otro y volvió a descender un poco más. El hacedor giraba y giraba, y se desvió hacia la zona de arena fina donde aguardaban los demás.

Paul vio que empezaban a ascender con sus garfios, pero que evitaban los sensibles bordes de los anillos durante el ascenso. Terminaron formando tres filas detrás de Paul y cabalgaron bien sujetos.

Stilgar avanzó entre los hombres, comprobó la posición de los garfios de Paul y miró el sonriente rostro del muchacho.

—Lo has logrado, ¿eh? —dijo, alzando su voz por encima del crepitar de la arena—. Es lo que crees, ¿verdad? Que lo has logrado. —Se irguió—. Ahora permíteme que te diga que has sido muy descuidado. Tenemos chicos de doce años que lo hacen mejor. Había un tambor de arena a la izquierda del punto donde lo esperaste. Si el gusano llega a precipitarse contra ti, no hubieras podido huir por ese lado.

La sonrisa se borró del rostro de Paul.

—Había visto el tambor de arena.

—Entonces ¿por qué no le pediste a alguno de nosotros que se situara en posición secundaria tras de ti? Es algo que se permite incluso en la prueba.

Paul tragó saliva y sintió cómo el viento le azotaba el rostro.

—Crees que no está bien que te lo diga ahora —gritó Stilgar—. Pero es mi deber. Pienso en lo valioso que eres para nosotros. Si hubieses caído en el tambor de arena, el hacedor se hubiera precipitado contra ti.

A pesar de su repentina rabia, Paul sabía que Stilgar decía la verdad. Necesitó un largo minuto y todo el esfuerzo del adiestramiento que había recibido de su madre para recuperar la calma.

—Lo siento —dijo—. No volverá a ocurrir.

—Si la posición es complicada, intenta que siempre te ayude un secundario, alguien que pueda saltar sobre el hacedor si tú no lo consigues —explicó Stilgar—. Recuerda que siempre trabajamos en grupo. Es la única forma de estar seguros. Siempre en grupo, ¿entendido?

Le dio una palmada en el hombro a Paul.

—Siempre en grupo —repitió Paul.

—Ahora —dijo Stilgar con voz adusta—, muéstrame que sabes cómo controlar a un hacedor. ¿En qué lado nos encontramos?

Paul miró a la escamosa superficie del anillo en el que se encontraban y vio la forma y el tamaño de las escamas, cómo se alargaban a su derecha y se hacían más cortas a su izquierda. Sabía que cada gusano se movía de una manera característica y casi siempre dejaban el mismo lado hacia arriba. Al envejecer, esa forma de moverse se convertía en algo constante. Las escamas inferiores se volvían más densas, largas y lisas. En un gusano grande, bastaba echar un vistazo a las escamas para identificar cuáles eran las superiores.

Paul desplazó los garfios y se movió hacia la izquierda. Hizo un gesto a dos hombres a su flanco para que se situaran sobre el segmento abierto y así mantener al gusano en línea recta mientras rodaba. Cuando estuvieron en posición hizo señas a dos timoneles para que rompieran filas y se situaran delante.

—¡Ach, haiiii-yoh! —exclamó, el grito tradicional. El timonel de la izquierda abrió uno de los segmentos anillados del gusano.

El hacedor realizó una curva perfecta para proteger el segmento abierto. Dio una vuelta completa y, cuando estuvo orientado de nuevo hacia el sur, Paul gritó:

—¡Geyrat!

El timonel soltó el garfio, y el hacedor prosiguió avanzando en línea recta.

—Muy bien, Paul Muad'Dib —dijo Stilgar—. Con mucha práctica, podrías llegar a ser un caballero de la arena.

Paul frunció el ceño y pensó: «¿Acaso no he sido el primero en montarlo?».

Se alzaron risas tras él. El grupo empezó a cantar y a loar su nombre a los cielos:

—¡Muad'Dib! ¡Muad'Dib! ¡Muad'Dib!

Paul oyó el golpeteo de los aguijoneadores en los segmentos de cola que quedaban en la parte trasera de la superficie del gusano. La criatura empezó a ganar velocidad. Su túnica ondeó al viento. El sonido abrasivo de su paso se incrementó.

Paul miró las caras del grupo que tenía a su espalda y vio el rostro de Chani muy cerca. La miró mientras preguntaba a Stilgar:

—Entonces ¿soy un caballero de la arena, Stil?

—¡Hal yawm! Desde hoy, eres un caballero de la arena.

—¿Puedo escoger nuestro destino?

—Esa es la costumbre.

—Ahora soy un Fremen que ha nacido hoy aquí, en el erg Habbanya. Es el primer día de mi existencia. Era un niño hasta este día.

—No exactamente un niño —dijo Stilgar. Se agarró la capucha por donde el viento arreciaba con más fuerza.

—Pero había un tapón que bloqueaba mi salida al mundo, y ahora no hay tapón alguno.

—Nunca hubo tapón.

—Me gustaría ir al sur, Stilgar. Veinte martilleadores al sur. Así veré el país que estamos creando, la tierra que solo he visto con los ojos de los demás.

«Y veré a mi hijo y a mi familia —pensó—. Ahora necesito tiempo para examinar el futuro que es pasado en mi mente. Se acerca la confusión y, si no estoy en una situación en la que pueda detenerla, la situación se descontrolará.»

Stilgar lo miró, pensativo. Paul siguió centrado en Chani y notó el repentino interés de su gesto, así como la emoción que sus palabras habían despertado en el resto del grupo.

—Los hombres están impacientes por efectuar una incursión contigo a las dolinas de los Harkonnen —dijo Stilgar—. Las dolinas solo se encuentran a un martilleador de aquí.

—Los Fedaykin ya han hecho incursiones conmigo —dijo Paul—. Y seguirán haciéndolas hasta que no queden Harkonnen que respiren el aire de Arrakis.

Stilgar lo examinó mientras seguían avanzando, y Paul se dio cuenta de que pensaba en cómo él había asumido el liderazgo del sietch Tabr y del Consejo de Jefes tras la muerte de Liet-Kynes.

«Ha oído hablar de la agitación que reina entre los jóvenes Fremen», pensó Paul.

—¿Deseas una reunión de jefes? —preguntó Stilgar.

Los ojos de los jóvenes relampaguearon detrás de él mientras seguían cabalgando y se agitaban arriba y abajo. Paul vio la inquietud en la mirada de Chani, la forma en la que su mirada pasaba de Stilgar, que era su tío, a Paul Muad'Dib, que era su pareja.

—No te imaginarías lo que quiero —dijo Paul.

Y pensó: «No puedo echarme atrás. Debo mantener el control sobre esta gente».

—Hoy eres el mudir de la arena —dijo Stilgar con tono seco y formal—. ¿Cómo vas a usar ese poder?

«Necesitamos tiempo para relajarnos, tiempo para reflexionar con calma», pensó Paul.

—Iremos al sur —dijo.

—¿Incluso si digo que tendremos que volver al norte apenas haya terminado el día?

—Iremos al sur —repitió Paul.

Stilgar se ajustó la túnica con un gesto del que emanaba una inevitable dignidad.

—Tendremos Asamblea —dijo—. Enviaré los mensajes.

«Cree que voy a desafiarlo —pensó Paul—. Y sabe que no puede vencerme.»

Se encaró hacia el sur y sintió cómo el viento azotaba sus mejillas expuestas. Pensó en todas las necesidades que iban a condicionar sus decisiones.

«Ignoran cuál es la realidad», pensó.

Sabía que no debía dejarse influenciar por nada. Debía mantenerse a cualquier precio en el centro de ese huracán del tiempo que había visto en el futuro. Llegaría el momento en el que sería capaz de desenmarañarlo, pero solo si se encontraba en el mismísimo centro.

«No lo desafiaré si puedo evitarlo —pensó—. Si hay otra manera de impedir la yihad...»

—Acamparemos en la Caverna de los Pájaros, detrás de la Cresta Habbanya, para la comida de la tarde y la plegaria —anunció Stilgar. Se afianzó en un garfio contra el vaivén del hacedor y señaló una lejana pared de roca que se erigía sobre el desierto.

Paul estudió el acantilado, las grandes vetas rocosas que se alzaban como olas gigantescas. No había en ellas ningún rastro de verdor, ninguna flor suavizaba la rigidez de aquel horizonte. Detrás de las montañas se extendía la vía hacia el sur, un viaje de diez días y diez noches como mínimo, a la máxima velocidad a la que pudiesen aguijonear a un hacedor.

Veinte martilleadores.

El camino los llevaría mucho más lejos de las patrullas Harkonnen. Sabía cómo era: sus sueños se lo habían mostrado. Un día habría un leve cambio en el color del horizonte, algo casi imperceptible, como una ilusión propia de la esperanza... Y entonces llegarían al nuevo sietch.

—¿Muad'Dib está de acuerdo con mi decisión? —preguntó Stilgar. Había un levísimo atisbo de sarcasmo en su voz, pero los oídos Fremen a su alrededor, acostumbrados a la menor variación en el grito de un pájaro o al mensaje desgranado por un ciélago, lo captaron y miraron a Paul, a la espera de su reacción.

—Stilgar oyó cómo le juraba lealtad cuando consagramos a los Fedaykin —dijo Paul—. Mis comandos de la muerte saben que hablo con honor. ¿Acaso Stilgar lo duda?

Stilgar notó el sincero dolor que emanaba de la voz de Paul y bajó la mirada.

—Nunca dudaría de Usul, mi compañero de sietch —dijo—. Pero tú eres Paul Muad'Dib, el duque Atreides, y también el Lisan al-Gaib, la Voz del Otro Mundo. No conozco a esos hombres.

Paul se giró para mirar cómo la Cresta Habbanya se erigía sobre el desierto frente a ellos. El hacedor que tenían debajo aún estaba lleno de fuerza y vigor. Podría transportarlos a casi el doble de distancia que cualquier otro gusano. Lo sabía. No había habido nunca un anciano del desierto igual, ni siquiera en las fábulas que se contaban a los niños. Paul comprendió que ese sería el comienzo de una nueva leyenda.

Una mano le aferró el hombro.

Paul la miró y siguió el brazo hasta llegar al rostro que se encontraba al otro extremo: los oscuros ojos de Stilgar que se entreveían entre la máscara del filtro y la capucha del destiltraje.

—El hombre que lideró el sietch Tabr antes que yo era mi amigo —explicó Stilgar—. Compartimos los mismos peligros. Le salvé la vida más de una vez, así como él salvó la mía.

—Yo soy tu amigo, Stilgar —dijo Paul.

—Nadie puede dudarlo —dijo Stilgar. Apartó la mano y se encogió de hombros—. Así tendrá que ser.

Paul comprendió que Stilgar estaba demasiado inmerso en las costumbres Fremen como para considerar siquiera la existencia de otra posibilidad. Entre ellos, un líder tenía que morir para dejar las riendas del poder en manos de otro. Stilgar había llegado a ser naib de esa manera.

—Debemos dejar este hacedor en arenas profundas —dijo Paul.

—Sí —admitió Stilgar—. Caminaremos hasta la caverna desde aquí.

—Lo hemos cabalgado mucho tiempo —dijo Paul—. Se enterrará en la arena y dormirá un día, más o menos.

—Eres el mudir de la arena —dijo Stilgar—. Di cuándo... —Se quedó en silencio y miró hacia el cielo del este.

Paul siguió su mirada. El azul de la especia en sus ojos oscurecía el cielo, un azul intenso en el que se recortaba un resplandor rítmico y distante.

¡Un ornitóptero!

—Un pequeño tóptero —dijo Stilgar.

—Tal vez un explorador —dijo Paul—. ¿Crees que nos han visto?

—A esta distancia no seremos más que un gusano sobre la superficie —explicó Stilgar. Hizo un gesto rápido con la mano izquierda—. Abajo. Dispersaos por la arena.

Los Fremen empezaron a deslizarse por los flancos del gusano y saltaron a la arena para luego confundirse en ella bajo sus túnicas. Paul se fijó en el lugar donde había caído Chani. Poco después, Stilgar y él eran los únicos que quedaban a lomos del animal.

—Primero en subir, último en bajar —dijo Paul.

Stilgar asintió, se deslizó por un flanco con ayuda de sus garfios y saltó hasta la arena. Paul esperó a que el hacedor estuviera a una distancia prudente y soltó sus garfios. Era el momento más delicado, ya que se trataba de un gusano que no estaba del todo exhausto.

El enorme gusano empezó a hundirse en la arena ahora que ya no tenía aguijones ni garfios. Paul corrió a paso ligero por el gigantesco lomo, eligió con precisión el momento y saltó. Cayó sobre la arena y siguió corriendo hacia la hondonada de una duna, tal y como le habían enseñado, lugar en el que se echó la túnica por encima para protegerse de la cascada de arena que cayó sobre él.

Ahora, la espera...

Paul se dio la vuelta y, con mucho cuidado, abrió un poco la túnica hasta distinguir una franja de cielo. Imaginó que los demás habían hecho lo mismo a su alrededor.

Oyó el batir de las alas del tóptero antes incluso de verlo. Luego el silbido de los propulsores, y el aparato se abalanzó sobre ellos y dibujó un arco amplio al virar hacia las rocas.

Paul se dio cuenta de que el tóptero no tenía identificaciones.

Desapareció de su vista tras la Cresta Habbanya.

El graznido de un pájaro resonó en el desierto. Luego otro.

Paul se sacudió la arena y escaló hasta el borde de la duna. Otras figuras se levantaron y formaron una hilera sobre las crestas. Reconoció a Chani y a Stilgar entre ellas.

Stilgar señaló hacia el acantilado.

Se reunieron y se pusieron en marcha sobre la arena con ese

ritmo desacompasado que no atraía a los hacedores. Stilgar se reunió con Paul en la cresta de una duna compactada por el viento.

—Era una nave de los contrabandistas —dijo Stilgar.

—Eso parecía —dijo Paul—. Pero estamos muy dentro del desierto para los contrabandistas.

—Ellos también tienen problemas con las patrullas —dijo Stilgar.

—Si han llegado hasta aquí —dijo Paul—, puede que lleguen aún más lejos.

—Exacto.

—No convendría que viesen lo que estamos haciendo más al sur. Los contrabandistas también venden información.

—¿No crees que estaban buscando especia? —preguntó Stilgar.

—En este caso, tendría que haber un ala de acarreo y un tractor en algún lugar cercano —dijo Paul—. Nosotros tenemos especia. Tendamos una trampa en la arena y capturemos algunos contrabandistas. Deben aprender que esta tierra es nuestra, y nuestros hombres necesitan practicar con sus nuevas armas.

—Ahora sí eres Usul —dijo Stilgar—. Usul piensa como un Fremen.

«Pero Usul debe tomar decisiones que llevan a una terrible finalidad», pensó Paul.

La tormenta estaba cerca.

> Cuando la religión une en una única cosa a la ley y al deber, uno pierde algo de su consciencia. Se convierte en algo menos que un individuo completo.
>
> De *Muad'Dib: Las noventa y nueve maravillas del universo*, por la princesa Irulan

La cosechadora de especia de los contrabandistas, con su ala de acarreo y su anillo de zumbantes ornitópteros, avanzó sobre las dunas como si fuera una reina rodeada por su cohorte de insectos. Delante de la cosechadora se erigía una de esas crestas rocosas de escasa altura que parecían una imitación en miniatura de la Muralla Escudo. Una tormenta reciente había barrido toda la arena de las rocas.

En la burbuja de mandos de la cosechadora, Gurney Halleck se inclinó hacia delante, ajustó las lentes de aceite de sus binoculares y escudriñó el paisaje. Al otro lado de la cresta vio una zona oscura que podía ser una explosión de especia e hizo una señal al ornitóptero más cercano para que fuera a investigar.

El tóptero agitó sus alas para indicar que había recibido el mensaje. Se apartó del enjambre, se dirigió en picado hacia la zona más oscura de arena y luego dio una vuelta sobre el lugar mientras los detectores flotaban a poca altura de la superficie.

Casi de inmediato, replegó sus alas y giró en círculo para confirmar al tractor que había encontrado especia.

Gurney bajó los binoculares y observó que los demás también habían visto la señal. Le gustaba ese lugar. La cresta rocosa ofrecía cierta protección. Se encontraban en la profundidad del desierto, un lugar en el que las emboscadas eran poco probables, pero... Gurney indicó a un aparato que sobrevolara las rocas para comprobar la zona y envió a otros a tomar posiciones en distintos puntos del lugar, a poca altura para evitar ser descubiertos por los detectores Harkonnen de largo alcance.

Pero dudaba que las patrullas Harkonnen se aventurasen tan lejos hacia el sur. Aquel era territorio Fremen.

Gurney revisó sus armas y maldijo que sus escudos fueran inútiles en un lugar así. Tenía que evitar a toda costa cualquier cosa que pudiera atraer a un gusano. Se frotó la cicatriz de estigma que le recorría la mejilla, examinó el lugar y decidió que sería más seguro descender con un grupo de hombres a pie para atravesar las rocas. La inspección a pie seguía siendo la más segura. Uno no era nunca demasiado prudente cuando los Fremen y los Harkonnen se cortaban el cuello mutuamente.

Sin embargo, quienes le preocupaban ahora eran los Fremen. No les importaba comerciar con toda la especia que fuese posible, pero se comportaban como unos auténticos demonios si alguien metía un pie en territorio que ellos considerasen prohibido. Y recientemente se habían vuelto muy astutos.

Gurney consideraba que la astucia y el valor en combate de esos nativos eran un verdadero escollo. Hacían gala de un sofisticado conocimiento del arte de la guerra que nunca había visto antes, y él había sido adiestrado por los mejores combatientes del universo antes de participar en batallas donde tan solo sobrevivían los más fuertes.

Volvió a escrutar el desierto y se preguntó de dónde surgía su acuciante inquietud. Quizá se debiese al gusano que habían visto... aunque estaba al otro lado de la cresta.

Apareció alguien junto a Gurney: el comandante de la cosechadora, un pirata viejo, barbudo y tuerto, con el ojo azul y unos dientes de color lechoso debido a la dieta de especia.

—Parece un yacimiento rico, señor —dijo el comandante de la cosechadora—. ¿Vamos?

—Baja hasta el borde de esa cresta —ordenó Gurney—. Desembarcaré con mis hombres. Tú podrás avanzar hasta la especia desde ahí. Mis hombres y yo investigaremos esa roca.

—De acuerdo.

—En caso de problemas —dijo Gurney—, salva el tractor. Nosotros escaparemos en los tópteros.

El comandante de la cosechadora le dedicó un saludo militar.

—De acuerdo, señor. —Desapareció a través de la escotilla.

Gurney volvió a examinar el horizonte. No podía descartar la posibilidad de que hubiera Fremen, ya que estaban cruzando su territorio. Le preocupaban la imprevisibilidad y la dureza de los Fremen. Eran muchas las cosas de esa misión que le contrariaban, pero tenía muchos beneficios. También le preocupaba el hecho de que fuera imposible enviar a los exploradores a más altura, por ejemplo. La imposibilidad de usar la radio también aumentaba su inquietud.

El tractor giró e inició el descenso. Planeó con suavidad en dirección a la árida playa al pie de las rocas. Sus cadenas tocaron la arena.

Gurney abrió la burbuja y se soltó el arnés de seguridad. Ya estaba de pie y cerrando la cúpula detrás de él cuando el tractor se detuvo. Luego bajó por las cadenas ayudándose con pies y manos hasta que saltó a la arena debajo de la red de emergencia. Los cinco hombres que conformaban su guardia personal también salieron, pero por la escotilla delantera. Otros soltaron el ala de acarreo de la cosechadora, que alzó el vuelo y empezó a trazar círculos en las alturas. Las cadenas de la cosechadora se pusieron en movimiento de inmediato y la apartaron de la cresta rocosa en dirección a la oscura mancha de especia que había en mitad de la arena.

Un tóptero se lanzó en picado y tomó tierra en sus inmediaciones. Otro lo siguió, y luego otro. Vomitaron los pelotones de Gurney y volvieron a alzar el vuelo.

Gurney estiró y tensó los músculos en el destiltraje. Se quitó la máscara y el filtro de la cara, perdió humedad por una necesidad más imperiosa: obtener toda la potencia de su voz para gritar sus órdenes. Empezó a escalar las rocas tanteando el terreno con cuidado: había guijarros, arena gruesa y el olor característico de la especia.

«Un buen emplazamiento para una base de emergencia —pensó—. Podríamos enterrar aquí algunos pertrechos.»

Se giró hacia sus hombres, que lo seguían en formación dispersa. Eran buenos, incluso los nuevos que aún no había tenido tiempo de poner a prueba. No necesitaba decirles qué hacer en todo momento. No se apreciaba el destello de escudo alguno entre ellos. En su grupo, no había cobardes que llevasen un escudo que pudiese atraer a un gusano y dejarlos sin toda la especia que habían encontrado.

Desde la elevación entre las rocas donde se encontraba, Gurney veía con claridad la oscura mancha de especia, que estaba a medio kilómetro de distancia aproximadamente, y al tractor acercándose al centro. Alzó la vista hacia el saliente para calcular la altura... no estaba muy alto. Asintió para sí y reemprendió la ascensión.

En ese instante, la cresta estalló.

Doce rastros de llamas cegadores rugieron por los aires en dirección a los tópteros y al ala de acarreo. Al mismo tiempo, se oyó una explosión metálica que venía de la cosechadora, y las rocas en torno a Gurney empezaron a llenarse de hombres encapuchados.

Gurney tuvo tiempo de pensar: «¡Por los cuernos de la Gran Madre! ¡Cohetes! ¡Están usando cohetes!».

Luego se encontró frente a una figura encapuchada y agazapada que le apuntaba con un crys. Dos hombres más estaban apostados en las rocas sobre él, a izquierda y derecha. Gurney solo alcanzaba a ver los ojos del guerrero que tenía delante entre la capucha y el velo de una túnica del color de la arena, pero su pose y su actitud lo advirtieron de que se trataba de un combatiente hábil y entrenado. Tenía los ojos azul contra azul de los Fremen del desierto profundo.

Gurney acercó una mano al cuchillo sin apartar la vista del

crys del guerrero. Si se atrevían a usar cohetes, es que disponían de otras armas de proyectil. Tenía que tener mucho cuidado. Por el ruido sabía que la mayor parte de la pared de roca se había derrumbado. A sus espaldas oía gruñidos y el fragor de una pelea.

Los ojos de su adversario habían seguido el movimiento de la mano de Gurney hacia el cuchillo, y luego había levantado la vista para mirarlo a la cara.

—No desenfundes el cuchillo, Gurney Halleck —dijo el hombre.

Gurney titubeó. La voz le resultaba extrañamente familiar a pesar de la distorsión producida por el filtro del destiltraje.

—¿Sabes cómo me llamo? —preguntó.

—No necesitas un cuchillo conmigo, Gurney —dijo el hombre. Se irguió, enfundó el crys bajo su túnica—. Di a tus hombres que dejen de resistirse inútilmente.

El hombre echó la capucha hacia atrás y se quitó el filtro.

Los músculos de Gurney se tensaron debido a la estupefacción. Por un momento creyó que contemplaba el fantasma del duque Leto Atreides. Pero, poco a poco, descubrió quién era aquel hombre.

—Paul —susurró. Luego dijo en voz alta—: Paul, ¿de verdad eres tú?

—¿No crees lo que ven tus ojos? —preguntó Paul.

—Se rumoreaba que estabas muerto —dijo Gurney con voz ronca. Dio medio paso hacia delante.

—Di a tus hombres que se rindan —ordenó Paul. Señaló hacia la parte baja de la cresta.

Gurney se giró a regañadientes porque no quería apartar la vista de Paul. Solo vio algunos combates aislados. Los hombres del desierto encapuchados parecían estar en todas partes. El tractor estaba inmóvil y en silencio, con un grupo de Fremen sobre él. No se oía ninguna aeronave sobre sus cabezas.

—¡Dejad de luchar! —gritó Gurney. Respiró hondo, hizo bocina con las manos y repitió—: ¡Aquí Gurney Halleck! ¡Dejad de luchar!

Las figuras que luchaban se separaron poco a poco. Unas miradas inquisitivas se dirigieron hacia él.

—¡Son amigos! —gritó Gurney.

—¡Pues vaya amigos! —respondió una voz—. ¡Han matado a la mitad de los nuestros!

—Ha sido un error —dijo Gurney—. No lo empeoréis.

Se giró de nuevo hacia Paul y miró con fijeza los ojos de ese azul contra azul Fremen del chico.

Una sonrisa se dibujó en el rostro de Paul, pero en la expresión había una dureza que a Gurney le recordó al Viejo Duque, el abuelo del chico. En ese momento, Gurney vio una seguridad implacable que nunca había visto antes en los Atreides. Paul tenía la piel algo curtida y una mirada atenta y calculadora a la que parecía que nada se le podía escapar.

—Se rumoreaba que estabas muerto —repitió Gurney.

—Y pensé que era más seguro que siguiesen creyéndolo —dijo Paul.

Gurney se dio cuenta de que esa sería la única disculpa que oiría jamás por haber sido abandonado a su suerte y por haberle dejado creer que el joven duque, su amigo, había muerto. Se preguntó entonces si aún quedaba en él algo del muchacho que había conocido y al que había adiestrado en el arte de la lucha.

Paul avanzó un paso hacia Gurney y sintió que algo le escocía en los ojos.

—Gurney...

Ocurrió sin más: se encontraron el uno en brazos del otro, dándose palmadas en la espalda y sintiendo el reconfortante contacto de la recia carne.

—¡Joven cachorrillo! ¡Joven cachorrillo! —repitió Gurney una y otra vez.

Y Paul dijo:

—¡Gurney! ¡Viejo Gurney!

Luego se separaron y se miraron el uno al otro. Gurney respiró hondo.

—Así que eres el culpable de que los Fremen sean tan diestros en la batalla. Tendría que haberlo imaginado. Hacen cosas que podría haber planeado yo mismo. Si hubiese sabido que... —Agitó la cabeza—. Si solo hubieses enviado un mensaje, muchacho. Nada hubiera podido detenerme. Hubiese venido a toda prisa y...

Lo interrumpió una expresión en los ojos de Paul, una dura, calculadora.

Gurney suspiró.

—Claro, y seguro que también están los que se hubiesen preguntado por qué Gurney Halleck se iba con tanta premura, y seguro que alguien habría hecho algo más que formularse simples preguntas. Habrían iniciado una caza para buscar respuestas.

Paul asintió y observó a los Fremen que esperaban a su alrededor, las miradas reflexivas y calculadoras en los rostros de los Fedaykin. Apartó la vista de sus comandos de la muerte y volvió a centrarse en Gurney. Haber encontrado a su viejo maestro de armas le llenaba de alegría. Era como un buen presagio; la señal de que el curso del futuro le sería propicio.

«Con Gurney a mi lado...»

Miró detrás de la cresta y de los Fedaykin mientras examinaba a los contrabandistas que habían venido con Gurney.

—¿De parte de quién están tus hombres, Gurney? —preguntó.

—Todos son contrabandistas —respondió Gurney—. Están del bando en el que hay beneficios.

—Nuestra aventura nos reportará muy pocos beneficios —dijo Paul, y captó el imperceptible gesto que le había hecho Gurney con la mano derecha, el viejo código gestual de otros tiempos. Le había dicho que entre los contrabandistas había hombres en los que uno no podía confiar.

Se llevó una mano a los labios para indicar que había comprendido y alzó la mirada hacia los hombres que montaban guardia entre las rocas. Allí vio a Stilgar. El recuerdo de su problema pendiente con Stilgar enfrió parte de su alegría.

—Stilgar —dijo—, este es Gurney Halleck, del que me has oído hablar. El maestro de armas de mi padre, uno de los que me enseñaron a combatir, un viejo amigo. Se puede confiar en él para cualquier cosa.

—Entiendo —dijo Stilgar—. Tú eres su duque.

Paul vio cómo se le ensombrecía el rostro y se preguntó qué razones habían impelido a Stilgar a decir justo eso. «Su duque.» Había habido una entonación sutil y extraña en la voz de Stilgar, como si quisiese decir otra cosa. Eso no era propio de Stilgar, que era un jefe Fremen, un hombre que decía lo que pensaba.

«¡Mi duque! —pensó Gurney. Miró a Paul como si lo viera por primera vez—. Sí, con Leto muerto, el título recae sobre los hombros de Paul.»

El esquema de la guerra de los Fremen en Arrakis adquirió una nueva fisonomía en la mente de Gurney.

«¡Mi duque!»

Algo que ya estaba muerto en las profundidades de su consciencia resucitó poco a poco. Oyó la voz ahogada de Paul ordenando que se desarmara a los contrabandistas hasta que pudiesen ser interrogados.

La mente de Gurney volvió a la realidad cuando oyó protestar a algunos de sus hombres. Agitó la cabeza y se giró.

—¿Estáis sordos? —bramó—. Es el legítimo duque de Arrakis. Haced lo que os ordena.

Los contrabandistas se resignaron entre gruñidos.

Paul se acercó a Gurney y habló en voz baja.

—Nunca hubiera imaginado que caerías en esta trampa, Gurney.

—Me lo merezco —aseguró Gurney—. Estoy por apostar que esa mancha de especia no tiene más espesor que un grano de arena y que se trata de un cebo para atraernos.

—Ganarías esa apuesta —dijo Paul. Miró cómo desarmaban a los hombres—. ¿Hay otros hombres de mi padre entre los tuyos?

—Ninguno. Nos separamos. Hay algunos entre los comerciantes libres. Muchos han gastado todas sus ganancias para marcharse de este lugar.

—Pero tú te quedaste.

—Yo me quedé.

—Porque Rabban está aquí —dijo Paul.

—Pensé que lo único que me quedaba era la venganza —dijo Gurney.

Un grito extrañamente sincopado resonó en la cresta. Gurney miró hacia arriba y vio que un Fremen agitaba un pañuelo.

—Se acerca un hacedor —dijo Paul. Avanzó hacia un espolón de roca seguido de Gurney y miró hacia el sudoeste. La ola de arena que levantaba el gusano era visible a mitad de camino entre las rocas y el horizonte, un rastro coronado de polvo que atravesaba el desierto directamente hacia ellos.

—Es uno de los grandes —dijo Paul.

Un estrépito metálico procedente de la cosechadora sonó a sus espaldas. La máquina giraba sobre sí misma como un insecto gigantesco y se movía despacio hacia las rocas.

—Lástima que no hayamos podido salvar el ala de acarreo —dijo Paul.

Gurney lo miró y después se fijó en las manchas de restos humeantes que había en el desierto, donde el ala y los ornitópteros habían sido abatidos por los cohetes Fremen. Sintió una punzada de dolor repentina por los hombres que había perdido allí... por sus hombres.

—Tu padre hubiese estado más preocupado por los hombres que no había podido salvar —dijo.

Paul le dedicó una mirada dura y luego bajó la cabeza.

—Eran tus amigos, Gurney —dijo—. Te entiendo. Sin embargo, para nosotros eran unos intrusos. Podrían haber visto cosas prohibidas. Tú también deberías comprenderlo.

—Lo entiendo muy bien —dijo Gurney—. Ahora tengo curiosidad por ver esas cosas prohibidas.

Paul levantó la mirada y reconoció esa sonrisa de viejo lobo que conocía tan bien y el surco de la cicatriz de estigma que recorría la mejilla de Gurney.

El hombre hizo un gesto con la cabeza hacia el desierto que se encontraba bajo ellos. Los Fremen seguían a lo suyo y no parecían estar en absoluto preocupados por lo rápido que se aproximaba el gusano.

Oyeron un martilleo ahogado que venía de las dunas que se abrían más allá de la falsa mancha de especia, un latido sordo que hacía vibrar la roca bajo sus pies. Gurney vio que los Fremen se dispersaban por la arena a lo largo del camino del gusano.

La criatura parecía un gigantesco pez de arena que se erigía sobre la superficie mientras sus anillos se retorcían y formaban ondulaciones en la arena. Desde su privilegiada posición sobre el desierto, Gurney vio la captura del gusano, el atrevido salto con los garfios del primer hombre, el giro de la criatura y la manera en la que todo un grupo de hombres ascendía por el flanco escamoso y reluciente.

—Esta es una de esas cosas prohibidas —anunció Paul.

—Circulan muchos rumores e historias —dijo Gurney—. Pero no son cosas que uno pueda creer sin haberlas visto. —Agitó la cabeza—. Usáis como animal de monta a la criatura que temen todos los hombres de Arrakis.

—Mi padre siempre nombraba la supremacía del desierto —dijo Paul—. Pues ahí está. La superficie de este planeta es nuestra. No hay tormentas ni criaturas que puedan detenernos.

«Habla en primera persona del plural —pensó Gurney—. Se refiere a los Fremen. Se considera uno de ellos.»

Volvió a mirar el azul de especia de los ojos de Paul. Sabía que sus ojos también tenían un atisbo de ese color, pero los contrabandistas podían obtener alimentos de otros planetas, y había una sutil relación de castas entre ellos según el tono y la intensidad de los ojos. Cuando un hombre volvía demasiado parecido a los indígenas, se decía de él que tenía «el toque de especia». Y siempre había cierto desprecio en esas palabras.

—Hubo una época en la que nunca cabalgábamos hacedores a la luz del día en estas latitudes —dijo Paul—. Pero Rabban ya no dispone de un número suficiente de aparatos para malgastar en busca de pequeñas manchas de arena. —Miró a Gurney—. Tus aeronaves nos han pillado por sorpresa.

«Nos... nos...»

Gurney agitó la cabeza para apartar esos pensamientos.

—Nosotros nos hemos sorprendido más que vosotros —dijo.

—¿Qué se dice de Rabban en las dolinas y en los poblados? —preguntó Paul.

—Se comenta que ha fortificado los poblados de los graben hasta tal punto que no conseguiréis nada contra ellos. Se rumorea que solo necesitan sentarse tranquilamente tras sus defensas y dejar que os agotéis en fútiles ataques.

—En otras palabras —dijo Paul—, se han aislado.

—Y vosotros podéis ir adonde os plazca —dijo Gurney.

—Es una táctica que aprendí de ti —dijo Paul—. Han perdido la iniciativa, por lo que han perdido la guerra.

Gurney le dedicó una sonrisa de complicidad.

—Nuestro enemigo se encuentra justo donde quiero que esté —dijo Paul. Miró a Gurney—. Bueno, Gurney, ¿quieres alistarte conmigo para el final de esta campaña?

—¿Alistarme? —Gurney lo miró sorprendido—. Mi señor, nunca he dejado de servirte. Eres lo único que me queda. Y pensar que creía que estabas muerto. He sobrevivido solo y como he podido a la espera de sacrificarme por lo único que me quedaba: la muerte de Rabban.

Se hizo un embarazoso silencio alrededor de Paul.

Una mujer ascendió por las rocas hacia ellos. Miraba a Paul y a su acompañante con unos ojos que destacaban entre la capucha y la máscara de su destiltraje. Se detuvo frente a Paul. Gurney notó su aire posesivo en la manera en la que se acercaba a Paul.

—Chani —dijo Paul—, este es Gurney Halleck. Me has oído hablar de él.

—Te he oído hablar.

Miró a Halleck y luego volvió a centrarse en Paul.

—¿Dónde han ido los hombres con el hacedor? —preguntó Paul.

—Lo han cabalgado para distraerlo y darnos tiempo de salvar la máquina.

—Bien, pues... —Paul se interrumpió y husmeó el aire.

—El viento se acerca —dijo Chani.

—¡Eh, aquí! —llamó una voz en la cresta que estaba sobre ellos—. ¡El viento!

Gurney vio que los Fremen empezaban a darse prisa, guiados por una urgencia repentina. La llegada del viento les daba más miedo que la de un gusano. La cosechadora alcanzó poco a poco las primeras estribaciones rocosas. Le abrieron una entra-

da entre las rocas, que luego volvieron a colocar como si el tractor no acabara de pasar por ellas.

—¿Tenéis muchos escondrijos como este? —preguntó Gurney.

—Muchísimos —dijo Paul. Se giró hacia Chani—. Encuentra a Korba. Dile que Gurney me ha advertido que entre esos
contrabandistas hay algunos que no son de fiar.

Chani volvió a mirar a Gurney, luego a Paul, asintió y se alejó entre las rocas con la agilidad de una gacela.

—Es tu mujer —dijo Gurney.

—La madre de mi primogénito —dijo Paul—. Hay otro Leto
entre los Atreides.

Gurney abrió un poco los ojos ante la noticia.

Paul observó la actividad de sus hombres con ojo crítico. Un
color ocre dominaba ahora el cielo por el sur, y las primeras ra-
chas de viento lo embistieron con un torbellino de polvo.

—Ajústate el traje —dijo Paul. Y se colocó la máscara y la
capucha sobre la cabeza.

Gurney hizo lo propio, agradecido por los filtros.

—¿Quiénes son esos en los que no confías, Gurney? —preguntó Paul con la voz ahogada por el filtro.

—Hay algunos nuevos reclutas —dijo Gurney—. Extranjeros... —Titubeó, sorprendido. «Extranjeros.» Le había resultado tan sencillo pronunciar esa palabra...

—¿Sí? —dijo Paul.

—No son como los típicos cazadores de fortuna que se unen
a nosotros —dijo Gurney—. Son más duros.

—¿Espías Harkonnen? —preguntó Paul.

—Creo que no tienen nada que ver con los Harkonnen, mi
señor. Sospecho que son hombres del servicio imperial. He visto en ellos la impronta de Salusa Secundus.

Paul le lanzó una intensa mirada.

—¿Sardaukar?

Gurney se encogió de hombros.

—Es posible, pero saben ocultarlo muy bien, si ese es el
caso.

Paul asintió y pensó en la facilidad de Gurney para recuperar los hábitos como fiel defensor de los Atreides. Aunque había sutiles reservas... diferencias. Arrakis también le había cambiado a él.

Dos Fremen encapuchados emergieron de una abertura entre las rocas bajo ellos y escalaron los riscos. Uno acarreaba un gran bulto negro sobre el hombro.

—¿Dónde están mis hombres? —preguntó Gurney.

—Seguros entre las rocas que tenemos debajo —aseguró Paul—. Aquí tenemos una caverna: la Caverna de los Pájaros. Decidiremos qué hacer con ellos después de la tormenta.

—¡Muad'Dib! —llamó una voz desde encima de ellos.

Paul se giró hacia el sonido y vio que un guardia Fremen les señalaba la entrada de la caverna. Paul le indicó con un gesto que había captado el mensaje.

Gurney lo observó con otra expresión en el rostro.

—¿Eres Muad'Dib? —preguntó—. ¿Eres el espíritu de la arena?

—Es mi nombre Fremen —dijo Paul.

Gurney sintió un opresivo presentimiento que le hizo apartar la mirada. La mitad de sus hombres yacían muertos en la arena y el resto estaba cautivo. No le importaban los nuevos reclutas, pero entre los otros había hombres de valía, amigos y gente de la que se sentía responsable. «Decidiremos qué hacer con ellos después de la tormenta.» Era lo que había dicho Paul, lo que había dicho Muad'Dib. Gurney recordó las historias que se contaban sobre Muad'Dib, el Lisan al-Gaib... Cómo había despellejado a un oficial Harkonnen y usado su piel como parches para sus tambores, cómo se había rodeado de los comandos de la muerte, de los Fedaykin que se precipitaban a la lucha entonando himnos funestos.

«Él.»

Los dos hombres que escalaban los riscos saltaron en silencio a un saliente rocoso que quedaba frente a Paul.

—Todo asegurado, Muad'Dib —dijo uno de rostro oscuro—. Será mejor que bajemos.

—De acuerdo.

Gurney notó el tono de voz del hombre, mitad orden, mitad

súplica. Era el que se llamaba Stilgar, otra figura en las nuevas leyendas Fremen.

Paul observó el bulto que cargaba el otro.

—Korba, ¿qué llevas ahí? —preguntó.

—Estaba en el tractor —respondió Stilgar—. Lleva las iniciales de este amigo tuyo y contiene un baliset. Te he oído hablar tantas veces de lo bien que Gurney Halleck toca el baliset...

Gurney estudió al Fremen y vio cómo la punta negra de su barba sobresalía por el borde de la máscara, también su mirada de halcón y la nariz aguileña.

—Tienes un compañero que piensa, mi señor —dijo Gurney—. Gracias, Stilgar.

Stilgar indicó a su compañero que le diese el bulto a Gurney.

—Da las gracias a tu señor duque —dijo—. Es su favor el que ha hecho que te aceptemos.

Gurney cogió el bulto, perplejo por la dureza de esas palabras. Había un aire de desafío en ese hombre, y Gurney se preguntó si los Fremen serían capaces de sentir celos. Él era Gurney Halleck, alguien que conocía a Paul desde hacía mucho tiempo, antes de Arrakis, un hombre que compartía una camaradería de la que Stilgar siempre quedaría excluido.

—Me gustaría que fuerais amigos —dijo Paul.

—Stilgar el Fremen es un nombre famoso —dijo Gurney—. Me sentiré honrado de contar entre mis amigos a un asesino de Harkonnen.

—¿Le darás la mano a mi amigo Gurney Halleck, Stilgar? —preguntó Paul.

Stilgar extendió la mano despacio y tocó los callos de la mano del arma que le tendía Gurney.

—Pocos son los que no han oído el nombre Gurney Halleck —dijo antes de soltarlo. Se giró hacia Paul—. La tormenta avanza rápida.

—Vamos —dijo Paul.

Stilgar se dio la vuelta y lo guio entre las rocas por un sendero tortuoso que los condujo a una grieta oculta que se abría a la entrada de una caverna. Un grupo de hombres se apresuró a sellarla justo después de que entrasen. Los globos alumbraban una cavidad amplia excavada en la roca con un techo abovedado y un saliente alto en el que se abría un pasillo.

Paul saltó al saliente y abrió camino a Gurney por el pasillo. Los otros se dirigieron a otro pasadizo que había frente a la entrada. Paul condujo a Halleck por una antecámara hasta una estancia con oscuros tapices color vino en las paredes.

—Aquí podremos estar tranquilos un momento —dijo Paul—. Los demás respetarán mi...

Un cimbal de alarma resonó en la otra caverna, seguido de gritos y el restallar de armas. Paul se giró con brusquedad y se precipitó a través de la antecámara y el saliente hacia la caverna de entrada. Gurney corrió tras él mientras desenvainaba la espada.

Bajo ellos, un grupo tumultuoso de figuras luchaban sobre el suelo de la caverna. Paul analizó un poco la escena para distinguir las túnicas y los burkas Fremen de los atuendos de sus oponentes. Sus sentidos, que su madre había adiestrado para captar los detalles más sutiles, detectaron algo significativo: los Fremen luchaban contra un grupo de hombres con atuendo de contrabandistas, pero estos se agrupaban de tres en tres para formar un triángulo cuando el enemigo los presionaba.

Esa manera de luchar cuerpo a cuerpo era propia de los Sardaukar imperiales.

Un Fedaykin del grupo vio a Paul y su grito de batalla resonó por toda la caverna.

—¡Muad'Dib! ¡Muad'Dib! ¡Muad'Dib!

Pero no fue el único que vio a Paul. Un cuchillo negro silbó hacia él. Paul lo esquivó y oyó la hoja restallar contra la piedra que tenía detrás. Luego Gurney se inclinó para recogerlo.

Habían empezado a rechazar los triángulos de los atacantes.

Gurney alzó el cuchillo frente a los ojos de Paul y señaló la espiral de melena amarilla del Imperio, el crestado león dorado de multifacetados ojos en la empuñadura.

Sardaukar, sin la menor duda.

Paul avanzó por el saliente. Solo quedaban en pie tres de los Sardaukar. La caverna estaba atestada de cuerpos sanguinolentos de los Fremen y los Sardaukar.

—¡Quietos! —gritó Paul—. ¡El duque Paul Atreides os ordena que os detengáis!

Los combatientes dudaron y titubearon.

—¡Vosotros, Sardaukar! —gritó Paul al grupo que quedaba—. ¿Bajo qué órdenes amenazáis la vida de un duque en el poder? —Al ver que sus hombres seguían atacando a los Sardaukar dijo al momento—: ¡Quietos he dicho!

Uno de los componentes del acorralado trío se irguió.

—¿Quién dice que somos Sardaukar? —preguntó.

Paul cogió el cuchillo de manos de Gurney y lo levantó.

—Esto dice que sois Sardaukar.

—Entonces ¿quién dice que eres un duque en el poder? —preguntó el hombre.

Paul hizo un gesto hacia sus Fedaykin.

—Estos hombres dicen que yo soy un duque en el poder. Vuestro emperador entregó Arrakis a la Casa de los Atreides. Yo soy la Casa de los Atreides.

El Sardaukar se quedó en silencio, inquieto.

Paul examinó al hombre: alto, de rasgos poco acusados, con una cicatriz pálida que le cruzaba la mejilla izquierda. Había rabia y confusión en sus ademanes, pero persistía en él ese orgullo sin el que un Sardaukar estaba como desnudo... y que los vestía cuando estaban desnudos de verdad.

Paul dedicó una mirada a uno de sus lugartenientes Fedaykin.

—Korba, ¿de dónde han sacado las armas? —dijo.

—Llevaban cuchillos en fundas bien disimuladas bajo los destiltrajes —dijo el lugarteniente.

Paul examinó a los muertos y los heridos de la caverna y luego dedicó su atención al lugarteniente. No había necesidad de palabras. El lugarteniente bajó la mirada.

—¿Dónde está Chani? —preguntó Paul, que contuvo el aliento en espera de la respuesta.

—Stilgar la ha sacado de aquí. —Señaló con la cabeza hacia el otro pasadizo y fue incapaz de no mirar a los muertos y heridos—. Me considero responsable de este error, Muad'Dib.

—¿Cuántos de esos Sardaukar había, Gurney? —preguntó Paul.

—Diez.

Paul saltó al suelo de la caverna y avanzó hasta detenerse a un metro del Sardaukar que había hablado.

Notó que los Fedaykin se tensaban. No les gustaba ver que Paul se exponía al peligro. Era lo primero que debían impedir, ya que ningún Fremen quería perder la sabiduría de Muad'Dib.

—¿A cuánto ascienden nuestras pérdidas? —preguntó Paul al lugarteniente sin darse la vuelta.

—Cuatro heridos y dos muertos, Muad'Dib.

Paul captó un movimiento detrás de los Sardaukar. Chani y Stilgar aparecieron por el otro pasadizo. Volvió a centrarse en el Sardaukar y observó el blanco de otro mundo que había en los ojos del hombre.

—¿Cómo te llamas? —preguntó.

El hombre se envaró y miró a izquierda y derecha.

—Ni lo intentes —espetó Paul—. Es obvio que os han ordenado buscar y acabar con Muad'Dib. Estoy seguro de que habéis sido vosotros quienes habéis sugerido que se buscase la especia en el desierto profundo.

Una leve sonrisa se dibujó en los labios de Paul cuando oyó que Gurney soltaba una exclamación ahogada a sus espaldas.

La sangre enrojeció el rostro del Sardaukar.

—Tienes frente a ti a alguien más que Muad'Dib —dijo Paul—. Han muerto siete de los vuestros y solo dos de los nuestros. Tres por cada uno. No está mal contra los Sardaukar, ¿no?

El hombre se puso de puntillas y se volvió a dejar caer cuando vio que los Fedaykin daban un paso hacia él.

—He preguntado que cómo te llamas —repitió Paul, usando la Voz—. ¡Dime cómo te llamas!

—¡Capitán Aramsham, Sardaukar imperial! —espetó el hombre. Los músculos de sus mejillas se relajaron. Miró a Paul, confuso. Había considerado que la caverna era una madriguera de bárbaros, pero sus ideas empezaban a cambiar.

—Bien, capitán Aramsham —dijo Paul—, los Harkonnen pagarían una buena suma por saber lo que sabes ahora. Y el emperador... ¿qué estaría dispuesto a pagar por saber que hay un Atreides que aún sigue vivo pese a su traición?

El capitán miró a derecha e izquierda hacia los dos hombres que le quedaban. Paul casi podía ver los pensamientos que se arremolinaban en la cabeza del Sardaukar. Ellos no se rendían nunca, pero el emperador tenía que conocer esa amenaza.

—Ríndete, capitán —dijo Paul, usando de nuevo la Voz.

El hombre a la izquierda del capitán saltó de pronto hacia Paul, pero se topó con el súbito impacto del cuchillo de su capitán contra su pecho. El atacante cayó al suelo hecho un guiñapo con el cuchillo hundido en el cuerpo.

El capitán miró al único compañero que le quedaba.

—Yo soy quien decide cuál es el mejor modo de servir a Su Majestad —dijo—. ¿Comprendido?

El otro Sardaukar relajó los hombros.

—Suelta el arma —dijo el capitán. El Sardaukar obedeció.

El capitán volvió a mirar a Paul.

—He matado a un amigo por vos —dijo—. Recordadlo siempre.

—Sois mis prisioneros —dijo Paul—. Os rendís a mí. Que viváis o muráis no tiene importancia alguna. —Hizo un gesto a los guardias para que se llevaran a los dos Sardaukar. Luego señaló al lugarteniente que había registrado a los prisioneros.

Los guardias dieron un paso al frente y se llevaron a los Sardaukar. Paul se giró hacia su lugarteniente.

—Muad'Dib —dijo el hombre—. Te he fallado...

—El fallo ha sido mío, Korba —dijo Paul—. Tenía que haberte advertido. Recuerda lo que ha ocurrido hoy en el futuro, cuando vuelvas a registrar a un Sardaukar. Y recuerda también que todos llevan una o dos uñas de los pies falsas que pueden combinarse con otros elementos ocultos en su cuerpo para crear un radiotransmisor funcional. Tienen uno o varios dientes falsos. Llevan espiras de hilo shiga ocultas entre los cabellos, tan fino que es casi invisible pero lo bastante resistente como para estrangular a un hombre e incluso cortarle la cabeza. A los Sardaukar hay que examinarlos centímetro a centímetro, sondearlos con rayos X, cortarles todo el pelo y el vello del cuerpo. Y cuando hayas terminado, puedes estar seguro de que aún no habrás descubierto todo lo que llevan.

Levantó la vista hacia Gurney, que se les había acercado.

—Entonces es mucho mejor matarlos —dijo el lugarteniente.

Paul agitó la cabeza sin dejar de mirar a Gurney.

—No. Quiero que consigan escapar.

Gurney abrió los ojos como platos.

—Señor... —jadeó.

—¿Sí?

—Tu hombre tiene razón. Hay que matar a esos prisioneros de inmediato y destruir toda prueba de ellos. ¡Has humillado a los Sardaukar imperiales! Cuando el emperador se entere, no se detendrá hasta que no te vea asándote a fuego lento.

—Es difícil que el emperador tenga ocasión de hacerlo —dijo Paul despacio y con frialdad. Algo había ocurrido en su interior mientras hacía frente al Sardaukar. Una suma de decisiones se había acumulado en su consciencia—. Gurney, ¿hay muchos hombres de la Cofradía con Rabban?

Gurney se envaró y entornó los ojos.

—Tu pregunta no tiene...

—¿Los hay? —interrumpió Paul con brusquedad.

—Arrakis está lleno de agentes de la Cofradía. Compran especia como si fuese lo más valioso del universo. ¿Por qué crees que nos hemos aventurado tan lejos en el...?

—Es lo más valioso del universo —dijo Paul—. Para ellos. —Miró hacia Stilgar y Chani, que se acercaban por la caverna—. Y nosotros la controlamos, Gurney.

—¡Los Harkonnen la controlan! —protestó Gurney.

—Los que pueden destruir algo son los que de verdad lo controlan —explicó Paul. Hizo un gesto con la mano para que Gurney guardara silencio y saludó con la cabeza a Stilgar, que se detuvo frente a él con Chani a su lado.

Paul cogió el cuchillo del Sardaukar con la mano izquierda y se lo tendió a Stilgar.

—Tú vives para el bien de la tribu —dijo Paul—. ¿Derramarías mi sangre con este cuchillo?

—Por el bien de la tribu —gruñó Stilgar.

—Pues usa ese cuchillo —dijo Paul.

—¿Me desafías? —preguntó Stilgar.

—Si lo hiciera —dijo Paul—, sería sin armas y dejaría que acabaras conmigo.

Stilgar empezó a respirar de manera entrecortada.

—¡Usul! —dijo Chani, que miró a Gurney para luego volver a centrarse en Paul.

—Eres Stilgar, un guerrero —dijo Paul, mientras Stilgar reflexionaba sobre el significado de sus palabras anteriores—. Cuando los Sardaukar iniciaron la lucha en este lugar, no estabas al frente del combate. Lo primero que pensaste fue en proteger a Chani.

—Es mi sobrina —dijo Stilgar—. Tenía claro que tus Fedaykin podrían acabar con esa escoria...

—¿Por qué pensaste primero en proteger a Chani? —insistió Paul.

—¡No es cierto!

—¿Oh?

—Pensé en ti —admitió Stilgar.

—¿Y sigues creyendo que serías capaz de alzar tu mano contra mí? —preguntó Paul.

Stilgar empezó a temblar.

—Es la costumbre —murmuró.

—También es costumbre matar a los extranjeros de otro mundo que se encuentran en el desierto y tomar su agua como un regalo de Shai-hulud —dijo Paul—. Sin embargo, permitiste que dos extranjeros, mi madre y yo, viviesen aquella noche.

Al ver que Stilgar permanecía en silencio, Paul lo miro con fijeza y añadió:

—Las costumbres cambian, Stil. Tú mismo las cambiaste.

Stilgar bajó la mirada hacia el emblema amarillo del cuchillo que sujetaba.

—Cuando sea duque en Arrakeen con Chani a mi lado, ¿crees que tendré tiempo de preocuparme de todos los detalles de gobierno del sietch Tabr? —preguntó Paul—. ¿De todos los problemas particulares de cada familia?

Stilgar siguió mirando el cuchillo.

—¿De verdad crees que deseo deshacerme de mi mano derecha? —preguntó Paul.

Stilgar alzó la mirada despacio.

—¿Lo crees? —exclamó Paul—. ¿Crees que quiero privar a la tribu y a mí mismo de tu fuerza y de tu sabiduría?

Stilgar respondió en voz muy baja:

—Podría responder al desafío de ese joven de mi tribu cuyo nombre ya conoces, podría matarlo y cumplir la voluntad de Shai-hulud. Pero no podría hacer daño al Lisan al-Gaib. Lo sabías cuando me has dado el cuchillo.

—Lo sabía —admitió Paul.

Stilgar abrió su mano, y el cuchillo repiqueteó contra el suelo de piedra.

—Las costumbres cambian —dijo.

—Chani —dijo Paul—, ve con mi madre y dile que se reúna aquí conmigo para que pueda aconsejarme si...

—¡Pero dijiste que iríamos al sur! —protestó Chani.

—Me equivocaba —dijo él—. Los Harkonnen no están allí. La guerra no está allí.

Chani respiró hondo y lo aceptó como las mujeres del desierto aceptan las obligaciones de esa vida tan íntimamente ligada con la muerte.

—Llevarás a mi madre un mensaje que solo podrá oír ella —dijo Paul—. Le dirás que Stilgar me reconoce como duque de Arrakis y que hay que encontrar la manera de que los jóvenes lo acepten sin combate.

Chani miró a Stilgar.

—Haz como dice —gruñó Stilgar—. Ambos sabemos que podría vencerme y que yo no podría alzar la mano contra él... por el bien de la tribu.

—Volveré con tu madre —dijo Chani.

—Dile que venga sola —dijo Paul—. El instinto de Stilgar no se equivoca. Soy más fuerte cuando estás segura. Te quedarás en el sietch.

Chani hizo un amago de protestar, pero se quedó en silencio.

—Sihaya —dijo Paul, que usó su nombre íntimo. Después giró la cabeza hacia la derecha y se topó con los ojos resplandecientes de Gurney.

Gurney había dejado de oír la conversación de Paul con los Fremen desde el momento en el que había nombrado a su madre.

—Tu madre —murmuró Gurney.

—Idaho nos salvó la noche de la incursión —dijo Paul sin dejar de pensar en Chani—. Ahora hemos...

—¿Y Duncan Idaho, mi señor? —preguntó Gurney.

—Murió para darnos tiempo de escapar...

«¡La bruja está viva! —pensó Gurney—. ¡Esa contra la que juré vengarme! ¡Está viva! Y es obvio que el duque Paul ignora qué clase de criatura le ha dado a luz. ¡Esa pérfida mujer! ¡La que entregó a su padre a los Harkonnen!»

Paul pasó junto a él y volvió a subir al saliente. Miró detrás y vio que habían retirado a los heridos y a los muertos. Luego pensó con amargura que ese iba a ser otro capítulo de la leyenda de Muad'Dib.

«Ni siquiera he empuñado el cuchillo, pero se dirá que hoy he matado a veinte Sardaukar con mis propias manos.»

Gurney siguió a Stilgar, insensible al suelo de roca y a los globos, invadido por la rabia.

«La bruja aún está viva, y esos a los que traicionó no son más que huesos en una tumba solitaria. Debo asegurarme de que Paul descubra la verdad antes de que yo la mate.»

¡Cuántas veces el hombre encolerizado niega con rabia lo que le dicta su conciencia!

De *Frases escogidas de Muad'Dib*,
por la princesa Irulan

La muchedumbre que estaba reunida en la caverna de asambleas irradiaba la misma tensión que Jessica había sentido el día que Paul había matado a Jamis. Las voces tenían un nervioso murmullo. Se iban formando pequeños grupos de personas ataviadas con túnicas.

Jessica guardó un cilindro de mensajes bajo sus ropas y emergió al saliente desde los aposentos privados de Paul. Se sentía descansada tras el largo viaje desde el sur, pero le había molestado que Paul aún no permitiese usar los ornitópteros capturados.

—Aún no tenemos el control del espacio aéreo —había dicho Paul—. Y no debemos depender de un combustible del mundo exterior. Hay que reservar tanto el combustible como las naves para el día de la gran ofensiva.

Paul estaba en pie con un grupo de jóvenes junto al saliente. La pálida luz de los globos le daba a la escena cierto toque irreal. Era como un cuadro, pero con la dimensión añadida de los olores de la caverna, los murmullos y el rumor de pasos.

Jessica examinó a su hijo y se preguntó por qué aún no le había revelado su sorpresa: Gurney Halleck. Pensar en Gurney la turbaba, le recordaba un pasado más feliz, días de amor y alegría junto al padre de Paul.

Stilgar esperaba con un pequeño grupo de los suyos al otro lado del saliente. Le rodeaba un silencio del que emanaba un aura de inevitable dignidad.

«No debemos perder a este hombre —pensó Jessica—. El plan de Paul debe funcionar. Cualquier otra solución sería una terrible tragedia.»

Avanzó por el saliente, pasó junto a Stilgar sin mirarlo y penetró en la multitud. Se abrió un camino ante ella hasta Paul. Dejó tras de sí un rastro de silencio.

Sabía qué significaba ese silencio: eran las preguntas que nadie formulaba y la emoción por la Reverenda Madre.

Los jóvenes se apartaron de Paul mientras Jessica avanzaba, y esa deferencia con la que la trataban la irritó por un momento. «Todos los que están por debajo tuyo codician tu posición», decía un axioma Bene Gesserit. Pero no vio codicia en ninguno de esos rostros. Estaban centrados en la agitación religiosa que sentían hacia el liderazgo de Paul. Jessica recordó otra frase Bene Gesserit: «Los profetas suelen encontrar una muerte violenta».

Paul la miró.

—Ha llegado la hora —dijo ella al tiempo que le tendía el cilindro de mensajes.

Uno de los compañeros de Paul, más atrevido que los demás, miró a Stilgar.

—¿Vas a desafiarlo, Muad'Dib? —dijo—. Es el momento, sin duda. Creerán que eres un cobarde si no...

—¿Quién se atreve a llamarme cobarde? —preguntó Paul. Su mano descendió hasta la empuñadura del crys.

La tensión sumió al grupo en un silencio que se extendió por toda la muchedumbre.

—Hay trabajo que hacer —dijo Paul mientras el hombre retrocedía un poco. Se dio la vuelta, se abrió paso entre la gente hacia el saliente, saltó y encaró a la multitud.

—¡Hazlo! —gritó alguien.

Se elevaron murmullos y susurros después del grito.

Paul aguardó hasta que volvió a hacerse el silencio. Se oyeron unos pocos golpes de tos y movimientos inquietos. Cuando la calma regresó a la caverna, Paul alzó la cabeza y su voz llegó a todos los rincones de la amplia bóveda.

—Estáis cansados de esperar —dijo.

Esperó hasta que se acallaron los gritos que llegaron como respuesta.

«Sí que están cansados de esperar», pensó Paul. Blandió el cilindro y pensó en el mensaje que contenía. Su madre se lo había mostrado después de decirle que se lo habían quitado a un mensajero de los Harkonnen.

El mensaje era claro: ¡Rabban había sido abandonado a su suerte en Arrakis! ¡No iba a recibir más ayuda ni refuerzos!

Paul volvió a hablar con voz fuerte.

—¡Creéis que es hora de que desafíe a Stilgar y el pueblo cambie de liderazgo! —Antes de que nadie pudiera responder, gritó con rabia—: ¿Creéis acaso que el Lisan al-Gaib es tan estúpido?

Se quedaron atónitos y en silencio.

«Acaba de aceptar su título religioso —pensó Jessica—. ¡No debe hacerlo!»

—¡Es la costumbre! —gritó alguien.

Paul habló con brusquedad y tanteó la emoción de las reacciones.

—Las costumbres cambian —dijo.

—¡Nosotros decidimos qué hay que cambiar! —imprecó una voz colérica desde un rincón de la caverna.

Se alzaron unos gritos de aprobación por aquí y por allá.

—Como queráis —dijo Paul.

Y Jessica captó las sutiles entonaciones que le indicaban que Paul estaba usando la Voz, tal y como ella le había enseñado.

—Sois vosotros quienes tenéis que decidir —admitió Paul—. Pero antes quiero que me escuchéis.

Stilgar avanzó por el saliente con el barbudo rostro impasible.

—Esa también es la costumbre —dijo—. Cualquier Fremen

tiene derecho a exigir que su voz sea escuchada en Consejo. Paul Muad'Dib es un Fremen.

—El bien de la tribu es lo más importante, ¿no? —preguntó Paul.

—Todas nuestras decisiones van encaminadas a tal fin —respondió Stilgar con una voz que conservaba una tranquila dignidad.

—Muy bien —dijo Paul—. Entonces ¿quién gobierna a estos hombres de nuestra tribu y quién gobierna a todos los hombres y todas las tribus a través de los instructores que hemos adiestrado en el extraño arte del combate?

Paul aguardó y miró por encima de las innumerables cabezas. No hubo respuesta.

—¿Acaso es Stilgar quien lo hace? Él mismo lo niega. ¿Soy yo, quizá? Stilgar a veces actúa de acuerdo con mi voluntad, y los sabios, los más sabios entre los sabios, me escuchan y me honran en el Consejo.

Se alzó un silencio impaciente entre la multitud.

—¿Es acaso mi madre quien gobierna? —Paul señaló a Jessica, que estaba a su lado ataviada con la túnica negra ceremonial—. Stilgar y los otros jefes le piden consejo para tomar cualquier decisión importante. Lo sabéis. Pero ¿puede una Reverenda Madre dirigir tropas por el desierto o guiar las incursiones contra los Harkonnen?

Paul vio ceños fruncidos y expresiones pensativas, pero también oyó algunos murmullos coléricos.

«Es una manera peligrosa de afrontar la situación», pensó Jessica, pero recordó el cilindro y lo que implicaba el mensaje que había en él. Luego vio lo que pretendía Paul: llegar hasta el fondo de la incertidumbre de sus hombres para erradicarla y dejar que todo lo demás viniera por sí mismo.

—Ningún hombre reconoce a un jefe sin un desafío y un combate, ¿no? —preguntó Paul.

—¡Es la costumbre! —gritó alguien.

—¿Cuál es nuestro objetivo? —preguntó Paul—. Abatir a Rabban, la bestia Harkonnen, y hacer de este planeta un mundo en el que nosotros y nuestras familias puedan vivir en la felicidad y en la abundancia del agua. ¿No es ese nuestro objetivo?

—Las tareas difíciles exigen métodos difíciles —dijo alguien.

—¿Acaso soltáis los cuchillos antes de la batalla? —preguntó Paul—. Esto que os digo es un hecho, no una bravata ni un desafío: ninguno de los presentes, incluido Stilgar, puede vencerme en combate singular. Stilgar lo admite. Lo sabe, y vosotros también.

Volvieron a oírse murmullos encolerizados entre la multitud.

—Muchos os habéis batido conmigo en el terreno de prácticas —dijo Paul—. Sabéis que no es una estúpida bravuconería. Lo digo porque es un hecho conocido por todos, y sería una estupidez si no lo reconociera yo mismo. Comencé a adiestrarme en estas artes mucho antes que vosotros, y los que me enseñaron eran mucho más fieros que cualquiera al que os hayáis enfrentado jamás. ¿Cómo creéis si no que pude vencer a Jamis a una edad con la que vuestros hijos aún no han dejado de luchar en juegos?

«Está usando bien la Voz —pensó Jessica—, pero con ellos no es suficiente. Saben aislarse muy bien del control verbal. También necesita algo de lógica.»

—Así pues, volvamos a esto —dijo Paul al tiempo que alzaba el cilindro de mensajes y sacaba un pedazo de cinta—. Se lo hemos quitado a un mensajero Harkonnen. Su autenticidad está fuera de toda duda. Está dirigido a Rabban. Le dicen que han rechazado su petición de nuevas tropas, ya que su producción de especia es inferior a la cuota y debería poder extraer mucha más especia de Arrakis con los efectivos que posee.

Stilgar avanzó hasta situarse junto a Paul.

—¿Cuántos habéis comprendido el significado del mensaje? —preguntó Paul—. Stilgar lo supo de inmediato.

¡Lo están aislando! —gritó alguien.

Paul devolvió el mensaje y el cilindro a su fajín. Cogió de su cuello una cinta de hilo shiga trenzado, sacó un anillo y lo mostró a la multitud.

—Este era el sello ducal de mi padre —dijo—. Juré no llevarlo nunca hasta el día en que pudiese conducir a mis tropas sobre todo Arrakis y reclamar el planeta como mi legítimo feudo. —Se lo puso en un dedo y cerró el puño.

Un silencio aún más profundo se apoderó de la caverna.

—¿Quién gobierna aquí? —preguntó Paul. Alzó el puño—. ¡Yo gobierno aquí! ¡Yo gobierno cada centímetro cuadrado de Arrakis! ¡Este es mi feudo ducal, lo quiera o no el emperador! ¡Él se lo concedió a mi padre y yo soy su heredero!

Paul se puso de puntillas y luego cayó sobre los talones. Observó a la multitud y analizó sus emociones.

«Ya casi está», pensó.

—Aquí hay hombres que ocuparán puestos importantes en Arrakis cuando reclame los derechos imperiales que me pertenecen —dijo Paul—. Stilgar es uno de ellos. ¡Y no porque pretenda sobornarlo! Tampoco por gratitud, aunque yo sea uno de los muchos presentes que le debemos la vida. ¡No! Lo ocupará porque es sabio y fuerte. Porque gobierna a su gente con inteligencia y no solo atendiendo a las reglas. ¿Creéis que soy estúpido? ¿Creéis que estoy dispuesto a cortarme la mano derecha y dejarla sangrando en el suelo de esta caverna solo para proporcionaros un espectáculo?

Fulminó a la multitud con la mirada.

—¿Hay alguien aquí que se atreva a decir que no soy el legítimo gobernante de Arrakis? —preguntó—. ¿Acaso tengo que probarlo privando de jefe a todas las tribus del erg?

Aún junto a Paul, Stilgar le dedicó una mirada inquisitiva.

—¿Cómo podría privarme de parte de nuestra fuerza cuando más necesitados estamos de ella? —preguntó Paul—. Soy vuestro jefe y os digo que es hora de dejar de dedicarnos a matar a nuestros mejores hombres y empezar a matar a nuestros verdaderos enemigos: ¡los Harkonnen!

Stilgar blandió el crys con decisión y lo apuntó hacia la multitud.

—¡Larga vida al duque Paul Muad'Dib! —exclamó.

Un rugido ensordecedor invadió la caverna y resonó en las paredes de roca:

—¡Ya hya chouhada! ¡Muad'Dib! ¡Muad'Dib! ¡Muad'Dib! ¡Ya hya chouhada!

«¡Larga vida a los guerreros de Muad'Dib!», tradujo Jessica para sí. La escena que Paul, Stilgar y ella habían preparado había funcionado a la perfección.

El alboroto se fue apagando. Cuando volvió el silencio, Paul se colocó frente a Stilgar.

—Arrodíllate, Stilgar —dijo.

Stilgar se puso de rodillas sobre el saliente.

—Dame tu crys —dijo Paul.

Stilgar obedeció.

«Esto no lo habíamos planeado», pensó Jessica.

—Repite conmigo, Stilgar —dijo Paul, y luego recitó de memoria las palabras de investidura que le había oído a su padre—: Yo, Stilgar, tomo este cuchillo de manos de mi duque.

—Yo, Stilgar, tomo este cuchillo de manos de mi duque —repitió Stilgar al tiempo que aceptaba la hoja blanquecina que le tendía Paul.

—Clavaré esta hoja donde mi duque me ordene —dijo Paul.

Stilgar repitió las palabras, con voz lenta y solemne.

Jessica reprimió las lágrimas y agitó la cabeza al recordar el origen de aquel ritual.

«Sé por qué lo hace —pensó—. No debería conmoverme así.»

—Dedico esta hoja a la causa de mi duque y a la muerte de sus enemigos mientras la sangre corra por mis venas —dijo Paul.

Stilgar repitió palabra por palabra.

—Besa la hoja —ordenó Paul.

Stilgar obedeció y luego, como era costumbre entre los Fremen, también besó el brazo con el que Paul sostenía el arma en combate. Paul hizo un gesto con la cabeza, y Stilgar envainó el cuchillo y se puso en pie.

Un susurro de sorpresa recorrió la multitud, y Jessica oyó lo que decían:

—La profecía... Una Bene Gesserit nos mostrará el camino y una Reverenda Madre lo verá.

Y a más distancia:

—¡Nos lo ha mostrado a través de su hijo!

—Stilgar es el jefe de esta tribu —dijo Paul—. Que nadie lo

ponga en duda. Stilgar gobierna con mi voz. Lo que Stilgar os diga es como si os lo hubiera dicho yo mismo.

«Muy astuto —pensó Jessica—. El jefe de la tribu no puede perder prestigio ante los que deben obedecerle.»

Paul bajó la voz y dijo:

—Stilgar, quiero caminantes de las arenas esta noche en el desierto, y también ciélagos para convocar una Reunión del Consejo. Cuando lo hayas hecho, vuelve con Chatt, Korba, Otheym y otros dos lugartenientes elegidos por ti. Venid a mis aposentos para preparar los planes de batalla. Tenemos que tener una victoria que mostrar al Consejo de Jefes cuando lleguen.

Paul hizo una seña a su madre para que lo acompañara, abandonó el saliente y se abrió paso entre la multitud hacia el pasillo central y los aposentos que le habían preparado. Mientras Paul cruzaba la multitud, muchas manos lo tocaron y algunas voces lo invocaron.

—¡Mi cuchillo obedecerá las órdenes de Stilgar, Paul Muad'Dib!

—¡Haznos combatir pronto, Paul Muad'Dib!

—¡Inundemos nuestro mundo con la sangre de los Harkonnen!

Jessica sintió las emociones a su alrededor y captó los frenéticos deseos de combatir de esa gente. Nunca habían estado más dispuestos.

«Los estamos llevando a límites insospechados», pensó.

Cuando llegaron a la estancia interior, Paul le indicó a su madre que se sentase en una silla.

—Espera aquí —dijo. Y atravesó las cortinas en dirección al pasillo.

La estancia se quedó en silencio después de que Paul se marchara, tan tranquila tras los cortinajes que ni la más mínima brisa provocada por las bombas que hacían circular el aire en el sietch penetraba hasta donde se encontraba.

«Ha ido a buscar a Gurney Halleck para traerlo», pensó. Se maravilló por la extraña mezcla de emociones que la embargaba. Gurney y su música le evocaban muchos momentos felices en Caladan antes de su partida hacia Arrakis. Pero sintió que los recuerdos de Caladan eran los de otra persona. Habían pasado tres años, pero sentía de verdad que se había convertido en alguien diferente. Volver a enfrentarse a Gurney la obligaba a reflexionar sobre todos los cambios que se habían producido en ella.

El servicio de café de Paul, que era de plata y jasmium y lo había heredado de Jamis, se encontraba sobre una mesa baja a su derecha. Lo miró y pensó en cuántas manos habrían tocado ese metal. La propia Chani había servido a Paul el último mes.

«¿Qué otra cosa puede hacer esa mujer del desierto por un duque excepto servirle el café? —se dijo—. No le aporta ningún poder, ninguna familia. Paul solo tiene una gran posibilidad: aliarse con una poderosa Gran Casa, quizá incluso con la familia imperial. Al fin y al cabo, hay princesas en edad de matrimonio, y todas son Bene Gesserit.»

Jessica se imaginó a sí misma abandonando los rigores de Arrakis por la seguridad y el poder que le esperaban como madre de un consorte real. Miró los pesados tapices que cubrían las paredes rocosas de la celda y pensó en cómo había llegado hasta allí, cabalgando a lomos de gusanos, en palanquines y en plataformas cargadas de útiles y víveres necesarios para la inminente campaña.

«Mientras Chani viva, Paul no sabrá cuál es su deber —pensó Jessica—. Le ha dado un hijo, y es suficiente.»

Sintió el repentino deseo de ver a su nieto, ese niño que tanto se parecía a su abuelo, su querido Leto. Jessica apoyó las palmas de las manos contra las mejillas y respiró con el ritmo ritual que calmaba las emociones y despejaba la mente. Luego se inclinó hacia delante para los ejercicios religiosos que preparaban el cuerpo para las exigencias de la razón.

Que Paul hubiese elegido esa Caverna de los Pájaros como puesto de mando no planteaba objeciones. Era ideal. Al norte estaba el Paso del Viento, que se abría a un poblado bien defendido en una dolina rodeada de crestas rocosas. Era un poblado importante, hogar de artesanos y técnicos, un centro de mantenimiento para todo un sector defensivo Harkonnen.

Se oyó una tos al otro lado de los cortinajes. Jessica se irguió, respiró hondo y expulsó el aire con suavidad.

—Entra —dijo.

Los cortinajes se apartaron con brusquedad, y Gurney Halleck saltó dentro de la estancia. Solo le dio tiempo a ver el rostro del hombre contorsionado en una extraña mueca antes de que se colocase detrás de ella y la sujetase con fuerza, pasándole un fornido brazo por el cuello y obligándola a ponerse en pie.

—Gurney, imbécil, pero ¿qué haces? —exclamó.

Entonces sintió el roce de la punta del cuchillo en la espalda, lugar desde donde se propagó un escalofrío propio del entendimiento. En ese momento supo que Gurney quería matarla. «¿Por qué?» No consiguió imaginar razón alguna, ya que ese hombre no era capaz de una traición. Pero no había duda sobre sus intenciones. Su mente se agitó al percatarse. Gurney no era un hombre al que uno se pudiera sobreponer con facilidad. Estaba preparado para enfrentarse a la Voz, conocía todas las estratagemas y sus reacciones ante cualquier amenaza de violencia o muerte eran instantáneas. Era un instrumento magnífico y mortal que ella misma había contribuido a adiestrar con sus consejos y sus sutiles recomendaciones.

—Creías que habías escapado, ¿eh, bruja? —gruñó Gurney.

Antes de que su mente captara las palabras y pudiera formular una respuesta, los cortinajes se apartaron y entró Paul.

—Aquí está, mad... —Paul se quedó en silencio de repente y notó la tensión de la escena.

—No te muevas, mi señor —dijo Gurney.

—Pero... —Paul agitó su cabeza.

Jessica intentó hablar, pero el brazo apretó la presa alrededor de su cuello.

—Hablarás cuando yo lo permita, bruja —dijo Gurney—. Solo quiero que tu hijo oiga una cosa de tus labios, y estoy preparado para hundirte este cuchillo en el corazón al más mínimo gesto o intento contra mí. Ni se te ocurra cambiar el tono de voz. No te muevas, no tenses los músculos. Actuarás con la máxima prudencia si quieres ganarte unos pocos instantes de vida. Te aseguro que es lo único que te queda.

Paul dio un paso al frente.

—Gurney, amigo, ¿qué...?

—¡No te muevas! —gritó Gurney—. Un paso más y acabo con ella.

La mano de Paul se deslizó hacia la empuñadura del cuchillo. Habló con una calma mortífera.

—Harías bien en explicarte, Gurney.

—He jurado matar a la mujer que traicionó a tu padre —dijo Gurney—. ¿Crees que puedo olvidar al hombre que me salvó del pozo de esclavos de los Harkonnen, el hombre que me concedió la libertad, la vida, el honor... que me ofreció su amistad, algo que valoro por encima de cualquier cosa? Tengo a quien lo traicionó a punta de cuchillo. Nadie podrá impedir que...

—No podrías estar más equivocado, Gurney —dijo Paul.

Y Jessica pensó: «¡Así que es eso! ¡Qué ironía!».

—¿Equivocado? —dijo Gurney—. Que sea ella misma la que lo diga. Y recuerda que he sobornado, espiado y engañado para confirmar esta acusación. Hasta llegué a ofrecer semuta a un capitán de la guardia de los Harkonnen para confirmar parte de la historia.

Jessica sintió que el brazo que le apretaba la garganta relajaba un poco su presa, pero antes de que pudiera hablar fue Paul quien dijo:

—El traidor fue Yueh. Te lo diré una vez, Gurney. Las pruebas están claras y son irrefutables. Fue Yueh. No me interesa saber cómo llegaste a sospechar algo así porque es imposible, pero si le haces daño a mi madre... —blandió su crys y apuntó su hoja hacia él— derramaré tu sangre.

—Yueh era un médico condicionado para servir a las casas reales —gruñó Gurney—. No podía convertirse en traidor.

—Conozco un medio para anular ese condicionamiento —dijo Paul.

—Quiero pruebas —insistió Gurney.

—No están aquí —dijo Paul—. Están lejos hacia el sur, en el sietch Tabr, pero si...

—Es una trampa —gruñó Gurney, y apretó más el brazo en torno al cuello de Jessica.

—No es ninguna trampa, Gurney —dijo Paul, con una profunda nota de tristeza en su voz que llegó hasta lo más hondo del corazón de Jessica.

—Vi el mensaje que arrebataron a un agente Harkonnen —explicó Gurney—. Señalaba directamente a...

—Yo también lo vi —dijo Paul—. Mi padre me lo mostró la misma noche en la que me explicó por qué tenía que ser un truco de los Harkonnen para hacerle sospechar de la mujer a la que amaba.

—¡Ay! —dijo Gurney—. Tú no...

—Silencio —dijo Paul, y la calmada firmeza de sus palabras fue más imperativa que todas las órdenes que Jessica había oído en cualquier otra voz.

«Tiene el Gran Control», pensó.

El brazo de Gurney le tembló alrededor del cuello. La punta del cuchillo se apartó, insegura.

—Lo que tú no has oído —dijo Paul— son los sollozos de mi madre la noche que perdió a su duque. Lo que no has visto es el relampaguear de sus ojos cuando habla de matar a los Harkonnen.

«Así que me ha oído», pensó ella. Sus ojos se llenaron de lágrimas.

—Lo que has olvidado —prosiguió Paul— son las lecciones que aprendiste en los pozos de esclavos. ¡Hablas con orgullo de la amistad de mi padre! ¿Y eres incapaz de distinguir entre los Harkonnen y los Atreides hasta el punto de no reconocer un engaño Harkonnen por el hedor que emana de él? ¿Acaso no sabes que la lealtad a los Atreides se gana con el amor mientras que la moneda de cambio de los Harkonnen es el odio? ¿De verdad no has reconocido la verdadera naturaleza de esta traición?

—Pero... ¿Yueh? —murmuró Gurney.

—La prueba que tenemos es un mensaje escrito por el propio Yueh en el que confiesa su traición —dijo Paul—. Te lo juro por el cariño que te profeso, uno que conservaré aún después de matarte en esta misma estancia.

Al oír a su hijo, Jessica se maravilló de la comprensión y la perspicacia de su inteligencia.

—Mi padre tenía instinto para sus amigos —dijo Paul—. No concedía fácilmente su cariño, pero jamás se equivocó. Su única debilidad fue no comprender el odio. Pensaba que cualquiera que odiara a los Harkonnen no podría traicionarlo. —Miró a su madre—. Ella lo sabe. Le he transmitido el mensaje de mi padre diciéndole que nunca había dudado de ella.

Jessica sintió que empezaba a perder el control. Se mordió el labio inferior. La rígida formalidad de Paul le indicaba lo que le debía estar costando pronunciar esas palabras. Le dieron ganas de correr hacia él y estrechar su cabeza contra su pecho como nunca había hecho. Pero el brazo había dejado de temblar contra su garganta y la punta del cuchillo volvía a presionarle la espalda, firme y afilada.

—Uno de los momentos más terribles en la vida de un muchacho —dijo Paul— es cuando descubre que su padre y su madre son seres humanos que comparten un amor en el que nunca podrá participar. Es una pérdida, pero también un despertar, la constatación de que el mundo está en todas partes y estamos solos en él. Es un momento esclarecedor que lleva consigo su propia verdad, y uno no puede evadirse de ella. He oído cómo mi padre hablaba sobre mi madre. Ella no nos traicionó, Gurney.

Jessica al fin se recompuso lo suficiente para hablar.

—Gurney, suéltame —dijo. No había ningún tono de mando en sus palabras, ningún truco para jugar con su debilidad, pero el brazo de Gurney la soltó y cayó. Avanzó hacia Paul y se detuvo frente a él sin tocarlo.

—Paul —dijo—, hay otros despertares en este universo. De pronto me he dado cuenta de hasta qué punto te he manipulado y transformado para hacerte seguir el camino que había elegido para ti... el que yo debía elegir a causa de mi educación, si es que hay manera de justificar lo que hice. —Tragó saliva e intentó deshacer el nudo que se le había formado en la garganta. Luego miró fijamente a los ojos de su hijo—. Paul... quiero que hagas algo por mí: elige el camino de tu felicidad. Cásate con tu mujer del desierto si es lo que quieres. Desafía a quien sea para conseguirlo y haz lo que tengas que hacer. Pero elige tu propio camino. Yo...

Se interrumpió al oír un débil murmullo a sus espaldas.

«¡Gurney!»

Vio que los ojos de Paul miraban directamente detrás de ella. Se dio la vuelta.

Gurney estaba en la misma posición, pero había enfundado su cuchillo y había abierto su túnica para dejar al descubierto su pecho enfundado en el gris destiltraje de reglamento, los que fabricaban los contrabandistas para circular por las madrigueras de sus sietch.

—Clava tu cuchillo aquí en mi pecho —murmuró Gurney—. Mátame, y terminemos con esto. He mancillado mi nombre. ¡He traicionado a mi propio duque! El mejor...

—¡Silencio! —dijo Paul.

Gurney lo miró fijamente.

—Cierra esas ropas y deja de actuar como un idiota —dijo Paul—. Ya he oído bastantes estupideces para un solo día.

—¡Que me mates! —rugió Gurney.

—Sabes que no podría hacerlo —dijo Paul—. ¿Por qué clase de imbécil me tomas? ¿Deben comportarse así todos los hombres a los que necesito?

Gurney miró a Jessica y habló con una voz lejana, con un tono de súplica al que no estaba acostumbrado.

—Pues hacedlo vos, mi dama, por favor... matadme.

Jessica se le acercó y le colocó las manos sobre los hombros.

—Gurney, ¿por qué insistes en que los Atreides matemos a los que nos son queridos? —Le quitó las manos de la solapa de las ropas con suavidad y luego se la cerró sobre el pecho.

—Pero... yo... —dijo Gurney entre sollozos.

—Estabas convencido de que actuabas por Leto —dijo ella—, y te doy las gracias por ello.

—Mi dama —dijo Gurney. Inclinó la cabeza y cerró los párpados para contener las lágrimas.

—Dejémoslo en que ha sido un malentendido entre viejos amigos —dijo Jessica, y Paul oyó el suave tono tranquilizador de su voz—. Se acabó, y demos gracias de que nunca más habrá malentendidos entre nosotros.

Gurney abrió los ojos húmedos y la miró.

—El Gurney Halleck que conocía era un hombre tan hábil

con arma blanca como con el baliset —dijo Jessica—. Era el hombre cuyo baliset más admiraba. ¿Es posible que ese Gurney Halleck recuerde aún cómo me gustaba oírle tocar para mí? ¿Aún tienes el baliset, Gurney?

—Tengo uno nuevo —dijo Gurney—. Traído de Chusuk, un instrumento maravilloso. Suena casi como un Varota genuino, aunque no está firmado. Creo que lo debió fabricar un alumno de Varota que... —Se quedó en silencio—. Pero ¿qué estoy diciendo, mi dama? Estamos perdiendo el tiempo charlando de...

—No perdemos el tiempo, Gurney —dijo Paul. Avanzó hasta colocarse junto a su madre delante de Halleck—. No perdemos el tiempo charlando. Hablamos de algo que hace feliz a un grupo de amigos. Me gustaría que tocaras algo para ella, ahora. Los planes de batalla pueden aguardar un poco. En cualquier caso, no combatiremos hasta mañana.

—Yo... voy a buscar mi baliset —dijo Gurney—. Está en el pasillo. —Pasó junto a ellos y desapareció tras los cortinajes.

Paul apoyó una mano en el brazo de su madre y notó que temblaba.

—Ya ha terminado todo, madre —dijo.

Jessica lo miró con el rabillo del ojo sin girar la cabeza.

—¿Terminado?

—Claro. Gurney...

—¿Gurney? Ah... sí. —Bajó la mirada.

Gurney reapareció con su baliset entre el murmullo de la tela. Empezó a afinarlo mientras evitaba sus miradas. Los tapices de las paredes y los cortinajes ahogaban los ecos y hacían que el instrumento sonara más cálido e íntimo.

Paul llevó a su madre hasta un almohadón y la sentó con la espalda apoyada contra los gruesos tapices de la pared.

Se sintió impresionado de repente por la edad que se adivinaba en su rostro, donde el desierto había surcado ya sus primeras arrugas resecas y marcado las primeras líneas en los pliegues de esos ojos velados de azul.

«Está agotada —pensó—. Hemos de encontrar algún modo de librarla de sus cargas.»

Gurney rasgueó un acorde.

Paul alzó los ojos hacia él.

—Hay... algunas cosas que reclaman mi atención —dijo—. Esperadme aquí.

Gurney asintió. Su mente estaba lejos de allí, quizá en Caladan, bajo los cielos abiertos de un horizonte nuboso que presagiaba lluvia.

Paul se obligó a marcharse y atravesó los pesados cortinajes que daban al pasillo. Oyó cómo Gurney rasgueaba otro acorde con el baliset y se detuvo un instante fuera de la estancia para escuchar el eco ahogado de la música.

> Viñas y frutales,
> y huríes de generosos senos,
> y una copa rebosante ante mí.
> ¿Por qué he de pensar en batallas
> y en montañas a polvo reducidas?
> ¿Por qué ha de haber lágrimas en mis ojos?
>
> Cielos abiertos sobre mí
> derraman todas sus riquezas;
> mis manos se hunden en tanta abundancia.
> ¿Por qué he de pensar en una emboscada
> y en veneno escondido en mi copa?
> ¿Por qué pesan tanto sobre mí los años?
>
> Amorosos brazos me reclaman,
> hacia sus desnudas caricias,
> y prometen los éxtasis del Edén.
> ¿Por qué entonces recordar las cicatrices,
> sueños de antiguas transgresiones...?
> ¿Cómo poder dormir sin pesadillas?

Un mensajero Fedaykin envuelto en una túnica dobló la esquina del pasillo frente a Paul. El hombre se había echado la capucha sobre los hombros, y los cierres de su destiltraje colgaban sueltos en torno a su cuello, lo que indicaba que acababa de llegar del desierto.

Paul le hizo una seña para que se detuviera, se alejó de los cortinajes de la puerta y avanzó por el pasillo hacia el mensajero.

El hombre se inclinó con las manos juntas frente a él, como habría saludado a una Reverenda Madre o a una Sayyadina de los ritos.

—Muad'Dib —dijo—, los jefes empiezan a llegar para el Consejo.

—¿Tan pronto?

—Son los que convocó Stilgar antes, cuando pensaba que... —Se encogió de hombros.

—Entiendo. —Paul dirigió una última mirada hacia el lugar de donde se filtraban los acordes del baliset y pensó en esa antigua canción favorita de su madre, una extraña mezcla entre una melodía alegre y una letra cargada de aflicción—. Stilgar llegará dentro de poco con los demás. Guíalos hasta mi madre.

—Aguardaré aquí, Muad'Dib —dijo el mensajero.

—Sí... eso mismo.

Paul pasó a su lado y se dirigió hacia las profundidades de la caverna, hacia ese lugar que estaba presente en todas las cavernas similares, uno cercano al estanque de agua. Allí habría un pequeño shai-hulud, una criatura de unos nueve metros de largo, atrapada y atrofiada debido a los conductos de agua que la rodeaban por todas partes. Después de dejar de ser pequeños hacedores, los gusanos evitaban el agua como si fuese veneno. El proceso de ahogar a un hacedor era el mayor secreto de los Fremen, puesto que la unión del agua y del hacedor producía el Agua de Vida, el veneno que solo una Reverenda Madre podía transformar.

Paul había tomado la decisión en el instante en que había visto a su madre correr peligro. Ninguno de los futuros posibles que había visto advertía de ese momento peligroso a causa de Gurney Halleck. El futuro, ese cargado de nubes grises en el que todo el universo se precipitaba sobre ese nexo en ebullición, le perseguía como si fuese un mundo fantasmagórico.

«Debo verlo», pensó.

Poco a poco, su organismo había adquirido cierta tolerancia

a la especia, lo que había hecho que sus visiones prescientes fuesen cada vez más extrañas... más confusas. Vio clara la solución.

«Ahogaré al hacedor. Veremos si soy el Kwisatz Haderach que puede sobrevivir a la prueba igual que las Reverendas Madres.»

Y el tercer año de la Guerra del Desierto, Paul Muad'Dib se encontró en la Caverna de los Pájaros bajo los tapices kiswa de una estancia interior. Yacía como muerto, absorto en las revelaciones del Agua de Vida, con su consciencia transportada más allá de las fronteras del tiempo por ese veneno que da la vida. Así se hizo realidad la profecía según la que el Lisan al-Gaib estaría a la vez vivo y muerto.

De *Leyendas escogidas de Arrakis*,
por la princesa Irulan

Chani abandonó el erg Habbanya en la penumbra que precede al alba mientras oía el rumor del tóptero que la había transportado desde el sur y que ahora se alejaba en dirección a su escondite en la inmensidad del desierto. A su alrededor, la escolta se mantenía a distancia y se dispersaba entre las rocas en busca de posibles peligros... y obedeciendo también a la petición de la pareja de Muad'Dib, la madre de su primogénito, que había pedido estar sola un momento.

«¿Por qué me ha llamado? —se preguntó—. Me había dicho que me quedase en el sur con el pequeño Leto y Alia.»

Se envolvió más en su túnica, dio un salto por encima de una barrera rocosa y comenzó a ascender por un sendero que solo alguien entrenado en el desierto podría reconocer en las sombras. Algunos guijarros rodaron bajo sus pies, pero los evitó sin apenas darse cuenta.

La ascensión era reconfortante y le libró de los temores nacidos del silencio de su escolta y del hecho de que hubiesen enviado uno de los valiosos tópteros a buscarla. Se sentía emocionada por lo poco que le quedaba para reencontrarse con Paul Muad'Dib, su Usul. Su nombre se había convertido en un grito de batalla en todo el desierto: «¡Muad'Dib! ¡Muad'Dib! ¡Muad'Dib!». Pero para ella era otro hombre con un nombre distinto, el padre de su hijo, su cariñoso amante.

Una figura alta se entrecortó entre las rocas por encima de ella y le hizo señas para que se diese prisa. Aceleró el paso. Los pájaros del alba empezaban a alzarse en el cielo lanzando sus reclamos. Una pálida claridad empezaba a brillar en el horizonte por el este.

La figura sobre ella no era uno de los hombres de su escolta. «¿Otheym?», se preguntó al observar la familiaridad de sus movimientos y ademanes. Se reunió con él y reconoció a la luz del alba las alargadas y anodinas facciones del lugarteniente Fedaykin, que llevaba la capucha abierta y el filtro bucal algo suelto, como se hacía cuando se salía al exterior solo un instante.

—Rápido —susurró antes de guiarla por la escarpadura hacia la caverna oculta—. Amanecerá pronto. —Mantuvo abierto el sello de la puerta para que Chani pasara—. Los Harkonnen están desesperados y han enviado un gran número de patrullas a la región. No podemos arriesgarnos a que nos descubran.

Salieron al estrecho pasillo por el que se entraba a la Caverna de los Pájaros. Algunos globos se iluminaron. Otheym apresuró el paso y la adelantó.

—Sígueme. Rápido, venga.

Avanzaron con premura por el pasillo, cruzaron otra puerta de válvula, después otro pasillo y finalmente atravesaron unos cortinajes para entrar en la que había sido la alcoba de la Sayyadina cuando aquel lugar no era más que una caverna de paso. Ahora había alfombras y almohadones que cubrían el suelo. Tapices con el emblema del halcón rojo revestían las paredes rocosas. A un lado, un escritorio bajo estaba lleno de papeles cuyo olor a especia revelaba su composición.

La Reverenda Madre estaba sentada sola justo frente a la entrada. Levantó la mirada con esa expresión introspectiva que hacía temblar a los no iniciados.

Otheym juntó las palmas y dijo:

—He traído a Chani. —Se inclinó y desapareció por los cortinajes.

Y Jessica pensó: «¿Cómo voy a decírselo a Chani?».

—¿Cómo está mi nieto? —preguntó Jessica.

«El saludo ritual —pensó Chani, y sus temores regresaron—. ¿Dónde está Muad'Dib? ¿Por qué no ha venido a recibirme?»

—Está bien y es feliz, madre —dijo Chani—. Lo he dejado al cuidado de Harah, con Alia.

«Madre —pensó Jessica—. Sí, tiene derecho a llamarme así cuando saluda con formalidad. Me ha dado un nieto.»

—He oído que el sietch Coanua ha ofrecido tejido —dijo Jessica.

—Un tejido maravilloso —dijo Chani.

—¿Te ha dado Alia algún mensaje?

—Ninguno. Pero el sietch está más tranquilo ahora que la gente ha empezado a aceptar el milagro de su condición.

«¿Por qué sigue haciendo tiempo? —se preguntó Chani—. Han enviado un tóptero a buscarme porque se trataba de algo urgente. ¡A qué vienen tantas formalidades!»

—Debemos usar parte de ese tejido para hacer algunos trajes para el pequeño Leto —dijo Jessica.

—Como quieras, madre —dijo Chani. Bajó la mirada—. ¿Hay noticias de las batallas? —Mantuvo el gesto impertérrito para que Jessica no descubriese sus intenciones, el hecho de que había formulado esa pregunta solo para saber algo de Muad'Dib.

—Nuevas victorias —dijo Jessica—. Rabban ha hecho algunas tentativas cautelosas sobre la posibilidad de una tregua. Les hemos devuelto a sus mensajeros sin agua. Rabban incluso ha disminuido los tributos en algunos de los poblados de las dolinas. Pero es demasiado tarde. La gente sabe que lo hace porque nos tiene miedo.

—Entonces todo se desarrolla tal y como había previsto Muad'Dib —dijo Chani. Miró fijamente a Jessica e intentó reprimir el miedo.

«He pronunciado su nombre, pero no ha respondido. No puede leerse ninguna emoción en esa fría roca que tiene por rostro, pero tampoco en sus gestos. ¿Por qué está tan quieta? ¿Qué le ha ocurrido a mi Usul?»

—Ojalá estuviéramos en el sur —dijo Jessica—. Los oasis estaban tan maravillosos cuando nos fuimos... ¿No estás impaciente por ver el día en que todo el paisaje esté lleno de flores?

—Es un paisaje hermoso, cierto —dijo Chani—. Pero también lleno de tristeza.

—La tristeza es el precio de la victoria —dijo Jessica.

«¿Me está preparando para la tristeza?», se preguntó Chani.

—Hay muchas mujeres sin hombre —dijo—. Se pusieron muy celosas cuando se me convocó desde el norte.

—Te he llamado yo —explicó Jessica.

Chani sintió que el corazón le latía descarriado. Hubiera deseado llevarse las manos a los oídos para no oír lo que Jessica iba a decir. Sin embargo, consiguió decir con voz tranquila:

—El mensaje estaba firmado por Muad'Dib.

—Lo firmé en presencia de sus lugartenientes —dijo Jessica—. Era un subterfugio necesario.

Y Jessica pensó: «La mujer de mi Paul es valiente. Consigue mantener la compostura incluso cuando la invade el terror. Sí, es la que necesitamos en estos momentos».

Hubo una imperceptible nota de resignación en la voz de Chani cuando dijo:

—Ahora puedes decirme lo que tienes que decir.

—Tu presencia aquí era necesaria para ayudarme a reanimar a Paul —dijo Jessica.

Y pensó: «¡Lo he dicho! Justo como había que decirlo. Reanimar. Así sabrá que está vivo, pero que al mismo tiempo corre peligro».

Chani solo necesitó un instante para recuperar la compostura.

—¿Qué debo hacer? —preguntó. Le dieron ganas de abalanzarse sobre Jessica, sacudirla y gritar: «¡Llévame hasta él!». Pero se quedó en silencio y esperó una respuesta.

—Sospecho que los Harkonnen han conseguido infiltrar un agente entre nosotros para envenenar a Paul. Es la única explicación posible. Es un veneno nada habitual. He examinado su sangre con los medios más sutiles, pero no he podido detectarlo.

Chani cayó de rodillas.

—¿Veneno? ¿Acaso está sufriendo? Quizá yo...

—Está inconsciente —dijo Jessica—. Sus constantes vitales son tan débiles que solo pueden ser detectadas con las técnicas más refinadas. Tiemblo al pensar en lo que hubiera ocurrido si yo no hubiera estado aquí para descubrirlo. Para alguien no adiestrado parece muerto.

—Mi condición no es lo único que querías de mí al convocarme —dijo Chani—. Te conozco, Reverenda Madre. ¿Qué es lo que crees que puedo hacer y tú no?

«Es valiente, encantadora y, ahhh, tan perspicaz —pensó Jessica—. Hubiera sido una excelente Bene Gesserit.»

—Chani —dijo Jessica—, te parecerá difícil de creer, pero no sé con exactitud los motivos por los que te he llamado. Ha sido el instinto... una intuición. Un pensamiento que ha surgido claro en mi mente: «Llama a Chani».

Chani vio tristeza en la expresión de Jessica por primera vez, un dolor manifiesto que afligía esa mirada introvertida.

—He hecho todo lo que podía, todo lo que sabía —dijo Jessica—. Todo... y ni siquiera puedes llegar a imaginar la amplitud de ese «todo» al que me refiero. Sin embargo... he fracasado.

—Halleck, el viejo amigo —preguntó Chani—, ¿es posible que sea el traidor?

—No, Gurney no —dijo Jessica.

Aquellas tres palabras sonaron como toda una conversación, y Chani percibió el eco de largas búsquedas, de pruebas... el recuerdo de los antiguos fracasos que se ocultaban tras esa rotunda negación.

Chani se levantó y se alisó las arrugas de su túnica manchada por el desierto.

—Llévame hasta él —dijo.

Jessica la obedeció y se dirigió hacia los cortinajes que ocultaban la pared izquierda.

Chani la siguió y entró en lo que antes debía ser un almacén, una estancia de paredes rocosas cubiertas ahora por pesados tapices. Paul yacía sobre un catre de campaña junto a la pared opuesta. Un único globo suspendido sobre él iluminaba su rostro. Una manta negra lo cubría hasta el pecho y dejaba al descubierto sus brazos, que tenía pegados al cuerpo por los costados. Debajo de la manta parecía desnudo. La piel que quedaba al descubierto tenía aspecto ceroso, rígido. No se apreciaba en él el menor movimiento.

Chani reprimió el impulso de salir corriendo y abalanzarse sobre él. En cambio, sus pensamientos estaban centrados en su hijo... Leto. Y en ese momento se dio cuenta de que Jessica había vivido lo mismo en otra ocasión: su pareja amenazada de muerte y obligada a centrarse en la salvación de su joven hijo. Dicha revelación creó un fuerte lazo de unión entre la madre de Paul y ella, y Chani extendió su mano y tomó la de Jessica. La mujer le apretó la mano con tanta fuerza que sintió dolor.

—Está vivo —dijo Jessica—. Te aseguro que está vivo. Pero el hilo de su vida es tan fino que es muy fácil que sea imposible de detectar. Algunos de los jefes ya murmuran que me he dejado llevar por la madre y no por la Reverenda Madre que hay en mí, que mi hijo en realidad está muerto y me niego a entregar su agua a la tribu.

—¿Cuánto lleva así? —preguntó Chani. Soltó la mano de Jessica y avanzó por la estancia.

—Tres semanas —respondió Jessica—. He pasado casi una semana intentando reanimarlo. Han tenido lugar reuniones, discusiones... investigaciones. Después te he llamado. Los Fedaykin obedecen mis órdenes, de otro modo no hubiera conseguido retrasar... —Se humedeció los labios y se quedó en silencio mientras Chani se acercaba a Paul.

Se detuvo junto a él y contempló su rostro, la barba incipiente, los párpados cerrados, las altas cejas, la nariz aguileña... un gesto tan apacible en ese rígido reposo.

—¿Cómo se nutre? —preguntó Chani.

—Las necesidades de su carne son tan reducidas que aún no ha necesitado alimentos —respondió Jessica.

—¿Cuántos saben lo ocurrido? —preguntó Chani.

—Solo los consejeros personales, algunos jefes, los Fedaykin y, por supuesto, el que le haya administrado el veneno.

—¿Hay algún indicio de quién ha sido?

—No, y no es porque no hayamos investigado —dijo Jessica.

—¿Qué dicen los Fedaykin? —preguntó Chani.

—Creen que Paul está sumido en un trance sagrado y acumula sus poderes divinos antes de las batallas finales. Algo que yo misma les he inculcado.

Chani se arrodilló junto al lecho y se inclinó cerca del rostro de Paul. Captó de inmediato una diferencia en el aire que rodeaba su cara, pero se debía al olor de la especia, la especia omnipresente cuyo aroma envolvía toda la vida de los Fremen. Sin embargo...

—Vosotros no habéis nacido entre la especia, como nosotros —dijo Chani—. ¿Has pensado que su cuerpo puede haberse visto afectado por una excesiva cantidad de especia en su dieta?

—Todas las pruebas alérgicas han sido negativas —dijo Jessica.

Cerró los ojos, tanto para borrar esa imagen de su vista como porque se dio cuenta de pronto de lo agotada que estaba.

«¿Cuánto hace que no duermo? —se preguntó—. Demasiado.»

—Cuando transformas el Agua de Vida —dijo Chani—, lo haces en tu interior, gracias a tu percepción interior. ¿Has usado esa percepción para analizar su sangre?

—Es sangre Fremen normal —dijo Jessica—. Del todo adaptada a la dieta y a la vida de este lugar.

Chani se sentó sobre sus talones y ahogó su miedo en sus pensamientos mientras examinaba el rostro de Paul. Era una técnica que había aprendido observando a las Reverendas Madres. El tiempo podía usarse para servir a la mente. Toda la atención podía centrarse en un único pensamiento.

—¿Hay un hacedor aquí? —preguntó de pronto.

—Hay varios —respondió Jessica con un atisbo de cansancio—. Procuramos que nunca nos falten estos días. Cada victoria requiere una bendición. Cada ceremonia antes de una incursión...

—Pero Paul Muad'Dib se ha mantenido siempre alejado de esas ceremonias —dijo Chani.

Jessica asintió para sí y recordó los ambivalentes sentimientos de su hijo en referencia a la droga de especia y la consciencia presciente que suscitaba en él.

—¿Cómo lo sabes? —preguntó Jessica.

—Es lo que se rumorea.

—Se rumorean demasiadas cosas —dijo Jessica con amargura.

—Tráeme Agua del hacedor sin transformar —dijo Chani.

Jessica se envaró ante el tono imperioso de la voz de Chani, pero luego se fijó en la intensa concentración de la joven, se relajó y dijo:

—Ahora mismo. —Y atravesó los cortinajes en busca de un maestro de agua.

Chani siguió sentada mirando a Paul.

«Como haya intentado hacer eso... —pensó—. Sí, es el tipo de cosa que Paul intentaría hacer.»

Jessica regresó junto a Chani, se arrodilló a su lado y le entregó un bocal. El intenso olor del veneno azotó el olfato de Chani. Luego metió un dedo en el líquido y lo colocó muy cerca de la nariz de Paul.

Se le estremeció la piel del puente nasal, y luego sus orificios nasales empezaron a dilatarse poco a poco.

Jessica jadeó.

Chani puso el dedo húmedo en el labio superior de Paul.

Paul respiró hondo y con dificultad.

—¿Qué ocurre? —preguntó Jessica.

—Silencio —dijo Chani—. Tienes que transformar un poco de agua sagrada. ¡Rápido!

Jessica llegó a la conclusión de que Chani ya sabía lo que estaba ocurriendo y, sin cuestionárselo, cogió el bocal y bebió una pequeña cantidad de líquido.

Los ojos de Paul se abrieron. Miró a Chani.

—No es necesario que transforme el Agua —dijo. Su voz era débil pero firme.

Al mismo tiempo, Jessica notó el contacto del líquido en su lengua y sintió que su cuerpo reaccionaba y transformaba el veneno de manera casi automática. Con la sensibilidad acrecentada que suscitaba la ceremonia, percibió el flujo vital que emanaba de Paul, una radiación registrada por todos sus sentidos.

En ese momento se dio cuenta.

—¡Has bebido el agua sagrada! —espetó.

—Una gota —dijo Paul—. Muy poco... una gota.

—¿Cómo has podido cometer una locura así? —preguntó.

—Es tu hijo —dijo Chani.

Jessica la fulminó con la mirada.

Una extraña sonrisa, mezcla de ternura y comprensión, se dibujó en los labios de Paul.

—Escucha a mi amada —dijo—. Escúchala, madre. Ella lo sabe.

—Lo que otros pueden hacer, también ha de hacerlo él —dijo Chani.

—Cuando tuve esa gota en mi boca, cuando la sentí y degusté, cuando supe el efecto que causaba en mí, fue cuando comprendí que podía hacer lo mismo que habías hecho tú, madre —dijo Paul—. Vuestras instructoras Bene Gesserit hablan del Kwisatz Haderach, pero ni siquiera pueden llegar a imaginar en cuántos lugares he estado. En los pocos minutos que... —Se quedó en silencio y miró a Chani con un perplejo fruncimiento de cejas—. ¿Chani? ¿Qué haces aquí? Se supone que tendrías que estar... ¿Por qué has venido?

Intentó incorporarse sobre los codos, pero Chani lo empujó con suavidad para que se volviera a tender.

—Por favor, Usul —dijo.

—Me siento muy débil —dijo. Recorrió la estancia con la mirada—. ¿Cuánto tiempo llevo aquí?

—Llevas tres semanas en un coma tan profundo que la chispa de la vida parecía haberse extinguido en tu interior —explicó Jessica.

—Pero era... La tomé hace apenas un instante y...

—Un instante para ti, tres semanas de angustia para mí —dijo Jessica.

—Solo era una gota, pero la transformé —dijo Paul—. Transformé el Agua de Vida.

Y antes de que Chani o Jessica pudieran detenerlo, introdujo una mano en el bocal que habían dejado en el suelo a su lado y se la llevó chorreante a la boca para beber el líquido que había recogido con la palma.

—¡Paul! —gritó Jessica.

Él le aferró una mano, giró hacia ella un rostro deformado por un rictus mortal y la embistió con toda su percepción.

La compenetración no fue tan delicada, completa y absoluta como lo había sido con Alia o con la anciana Reverenda Madre de la caverna... pero fue una compenetración: un compartir absoluto de todo su ser. Jessica se sintió sacudida, debilitada y se replegó sobre sí misma en su mente, temerosa de su hijo.

—¿Has hablado de un lugar al que no puedes entrar? —dijo Paul en voz alta—. Quiero ver ese lugar que la Reverenda Madre no puede afrontar. Enséñamelo.

Ella negó con la cabeza, aterrorizada por pensarlo siquiera.

—¡Enséñamelo! —ordenó Paul.

—¡No!

Pero Jessica no podía escapar. Subyugada por la terrible fuerza de Paul, cerró los ojos y se concentró en sí misma, hacia la dirección donde todo son tinieblas.

Quedó envuelta en la consciencia de Paul y penetró con ella en la profunda oscuridad. Entrevió vagamente el lugar antes de que su mente huyera, vencida por el terror. Sin saber por qué, todo su cuerpo temblaba por lo que acababa de columbrar, una región azotada por el viento donde danzaban chispas incandescentes, donde latían anillos de luz y largas hileras de formas blancas y tumescentes fluían en torno a los resplandores, empujadas por las tinieblas y por el viento que venía de ninguna parte.

Abrió los ojos y vio que Paul seguía mirándola. Aún le estrechaba la mano, pero esa terrible unión había cesado. Reprimió los temblores, y Paul la soltó. Fue como si se hubieran roto los hilos que la sustentaban. Se tambaleó, y se hubiese caído de no ser por Chani, que se abalanzó sobre ella para sostenerla.

—¡Reverenda Madre! —dijo Chani—. ¿Qué ocurre?

—Estoy cansada —murmuró Jessica—. Muy... cansada.

—Aquí —dijo Chani—. Siéntate aquí. —Ayudó a Jessica a llegar hasta un almohadón junto a la pared.

El contacto de esos brazos fuertes y jóvenes hizo bien a Jessica. Se aferró a ella.

—¿De verdad ha visto el Agua de Vida? —preguntó Chani. Se soltó de las manos de Jessica.

—La ha visto —susurró Jessica. Su mente aún estaba alterada por el contacto. Era como si acabara de volver a alcanzar tierra firme después de pasar semanas en un mar tempestuoso. Sintió a la anciana Reverenda Madre en su interior... y a todas las demás, que se habían despertado y preguntaban: «¿Qué ha sido eso? ¿Qué ha ocurrido? ¿Dónde estaba ese lugar?».

Pero sobre todo lo demás imperaba la compresión de que su hijo era el Kwisatz Haderach, el que podía estar en muchos lugares al mismo tiempo. Era el sueño Bene Gesserit convertido en realidad. Y dicha realidad no la tranquilizaba nada.

—¿Qué ha ocurrido? —preguntó Chani.

Jessica agitó la cabeza.

—En cada uno de nosotros hay una antigua fuerza que quita y otra que da —explicó Paul—. A los hombres no les cuesta mucho afrontar en su interior el lugar donde habita esa fuerza que quita, pero les resulta casi imposible hacerlo con la que da sin convertirse en algo que ya no es un hombre. Para una mujer, la situación es justo a la inversa.

Jessica alzó los ojos y vio que Chani la observaba a ella mientras oía a Paul.

—¿Me comprendes, madre? —preguntó Paul.

Jessica se limitó a asentir con la cabeza.

—Esas cosas que tenemos dentro son tan antiguas —continuó Paul— que se extienden por todas las células de nuestros cuerpos. Nos moldean. Uno puede decirse a sí mismo: «Sí, las entiendo». Pero cuando miramos dentro de nosotros mismos para afrontar las fuerzas primordiales de nuestra existencia, vemos el peligro. Para el que da, el mayor peligro es la fuerza que quita. Para el que quita, el mayor peligro es la fuerza que da. Es igual de fácil verse abrumado tanto por una como por otra.

—Y tú, hijo mío —dijo Jessica—, ¿eres de los que da o de los que quita?

—Soy el punto de apoyo. No puedo dar sin quitar y no puedo quitar sin... —Se quedó en silencio y miró a la pared a su derecha.

Chani sintió que una brisa le rozaba la mejilla y, cuando se dio la vuelta, solo alcanzó a ver cómo se cerraban los cortinajes.

—Era Otehym —dijo Paul—. Estaba oyendo.

Al procesar lo que Paul acababa de decir, Chani se sintió tocada por algo de la presciencia que había en él y vio algo que aún no había ocurrido como si fuera un acontecimiento del pasado. Otheym contaría todo lo que había visto y oído. Otros difundirían la historia, hasta que se esparciera como un mar de llamas por todo el planeta. Paul Muad'Dib no es como los demás hombres, dirían. Ya no cabe la menor duda. Es un hombre, pero también es capaz de ver a través del Agua de Vida como una Reverenda Madre. Sin duda es el Lisan al-Gaib.

—Has visto el futuro, Paul —dijo Jessica—. ¿Puedes decirnos lo que has visto?

—El futuro no —respondió él—. He visto el ahora. —Se obligó a sentarse y rechazó la ayuda de Chani, que hizo un amago de ayudarlo—. El espacio que rodea Arrakis está repleto de naves de la Cofradía.

Jessica tembló ante la firmeza de su voz.

—Ha venido incluso el emperador Padishah —aseguró Paul. Miró el techo rocoso de la estancia—. Con su Decidora de Verdad favorita y cinco legiones de Sardaukar. El viejo barón Vladimir Harkonnen está aquí con Thufir Hawat a su lado y siete naves con todos los hombres que ha podido reclutar. Todas las tropas de las Grandes Casas están sobre nosotros... a la espera.

Chani agitó la cabeza, incapaz de apartar la mirada de Paul. Se había quedado fascinada por el aura extraña que emanaba de él, por la atonía de su voz y por la forma en que la atravesaba con la mirada.

Jessica intentó tragar saliva, pero tenía la garganta seca.

—¿A qué esperan? —preguntó.

Paul se giró hacia ella.

—A que la Cofradía les permita aterrizar. La Cofradía dejará a su suerte en Arrakis a cualquier fuerza que aterrice sin su permiso.

—¿La Cofradía nos protege? —preguntó Jessica.

—¡Protegernos! La Cofradía es responsable de lo ocurrido: ha divulgado lo que hemos hecho en Arrakis y bajado tanto las tarifas de transporte de tropas que hasta las Casas más pobres han podido acudir y esperan poder saquear algo.

Jessica no percibió amargura alguna en lo que decía y se preguntó la razón. Tampoco podía dudar de sus palabras, ya que tenían la misma intensidad que las de la noche que le había revelado la vía del futuro que los llevaría hasta los Fremen.

Paul respiró hondo.

—Madre, debes transformar una cantidad de Agua para nosotros. Necesitamos el catalizador. Chani, quiero que se envíe una patrulla de exploradores al desierto... para encontrar una masa de preespecia. ¿Sabéis lo que ocurrirá si echamos una cantidad de Agua de Vida sobre una masa de preespecia?

Jessica sopesó las palabras un instante y luego lo entendió de improviso.

—¡Paul! —exclamó.

—El Agua de Muerte —dijo—. Será una reacción en cadena. —Señaló el suelo con un dedo—. Esparcirá la muerte entre los pequeños hacedores y destruirá el ciclo vital de la especia y los hacedores. Arrakis se convertirá en un auténtico yermo, sin especia ni hacedores.

Chani se llevó una mano a la boca, aterrada e incapaz de hablar ante la blasfemia pronunciada por Paul.

—Los que pueden destruir algo son los que de verdad lo controlan —dijo Paul—. Nosotros podemos destruir la especia.

—¿Qué detiene la mano de la Cofradía? —susurró Jessica.

—Me buscan —dijo Paul—. ¡Piénsalo! Los mejores navegantes de la Cofradía, hombres que pueden explorar a través del tiempo en busca de las rutas más seguras para los cruceros más veloces, me buscan... y son incapaces de encontrarme. ¡Cómo tiemblan! ¡Saben que conozco su secreto! —Paul levantó las manos y las ahuecó—. ¡Sin la especia están ciegos!

Chani pudo hablar al fin.

—¡Has dicho que veías el ahora!

Paul se volvió a recostar y escrutó las dimensiones del presente, cuyos límites se extendían hacia el futuro y el pasado, se aferró a la presciencia como pudo mientras el efecto de la especia empezaba a desvanecerse en su interior.

—Ve y haz lo que te he ordenado —dijo—. El futuro es tan confuso para mí como lo es para la Cofradía. Las líneas de visión empiezan a estrecharse. Todas se unen en este punto, donde está la especia... pero ellos nunca se habían atrevido a intervenir antes... por miedo a que su interferencia les hiciera perder lo que más necesitaban. Ahora están desesperados. Todos los caminos se sumen en las tinieblas.

Y llegó el día en el que Arrakis se convirtió en el centro del universo, el día en el que todo giraba a su alrededor.

De *El despertar de Arrakis*,
por la princesa Irulan

—¡Mira esto! —susurró Stilgar.

Paul estaba tendido a su lado frente a una hendidura que se abría en la pared superior de la Muralla Escudo con los ojos pegados al ocular de un telescopio Fremen. Las lentes de aceite estaban enfocadas en un transporte ligero que se recortaba contra las luces del alba en la depresión que se extendía bajo ellos. Los resplandores de la luz del sol brillaban ya en el flanco oriental de la nave espacial, mientras que el otro flanco seguía en la oscuridad y destacaban en él las lucernas a través de las que refulgía la luz amarilla de los globos encendidos durante la noche. Detrás de la nave, la ciudad de Arrakeen irradiaba una luz fría a la claridad del sol.

Paul sabía que no era el transporte lo que había emocionado a Stilgar, sino la construcción de la que la nave solo era el pilar central. Una única y gigantesca estructura metálica de varios pisos que se extendía alrededor del carguero en un radio de al menos mil metros, una enorme tienda compuesta de planchas metálicas ensambladas: la residencia temporal de cinco legiones de Sardaukar y de Su Majestad Imperial, el emperador Padishah Shaddam IV.

Desde su posición agachada junto a Paul, Gurney Halleck dijo:

—He contado nueve pisos. Debe de haber un buen número de Sardaukar ahí dentro.

—Cinco legiones —confirmó Paul.

—Se está haciendo de día —murmuró Stilgar—. No nos gusta que te expongas personalmente, Muad'Dib. Volvamos entre las rocas.

—Aquí estoy del todo seguro —dijo Paul.

—Esa nave está equipada con armas de proyectil —informó Gurney.

—Creen que estamos protegidos con escudos. Además, no malgastarían sus municiones en un trío no identificado aunque nos vieran.

Paul giró el telescopio para examinar la pared opuesta de la depresión y vio las carcomidas rocas y los desprendimientos que señalaban la tumba de tantos hombres de su padre. Tuvo la momentánea impresión de que las sombras de esos hombres lo miraban en ese instante. Las fortificaciones Harkonnen y las ciudades por toda la zona amurallada habían caído en manos de los Fremen o estaban aisladas como los tallos cortados de una planta. Solo esa depresión y esa ciudad seguían en manos del enemigo.

—Si nos vieran, podrían intentar una salida con tóptero —dijo Stilgar.

—Que lo hagan —dijo Paul—. Hoy tenemos un montón de tópteros a nuestra disposición, y sabemos que se acerca una tormenta.

Apuntó el telescopio hacia el lado opuesto del campo de aterrizaje de Arrakeen, donde estaban alineadas las fragatas de los Harkonnen, con una bandera de la Compañía CHOAM ondeando despacio bajo ellas. Pensó que solo la desesperación había obligado a la Cofradía a permitir que aterrizaran esos dos grupos mientras mantenían al resto en reserva. La Cofradía se comportaba como un hombre tanteando la arena con la punta del pie para verificar su temperatura antes de plantar una tienda.

—¿Hay algo más que ver? —preguntó Gurney—. Tendríamos que ponernos a cubierto. Se avecina tormenta.

Paul volvió a observar la gigantesca estructura.

—Han traído incluso a sus mujeres —dijo—. Y lacayos y servidores. Ahhh, mi querido emperador, qué confiado eres.

—Se acercan hombres por el pasaje secreto —dijo Stilgar—. Deben de ser Otheym y Korba, que están de vuelta.

—De acuerdo, Stil —dijo Paul—. Volvamos.

Pero lanzó una última ojeada por el telescopio a la enorme planicie con todas sus naves, la gigantesca estructura metálica, la silenciosa ciudad, las fragatas de los mercenarios Harkonnen. Luego retrocedió por la escarpadura rocosa. Un Fedaykin le sustituyó al telescopio.

Paul fue a salir a una pequeña depresión en la superficie de la Muralla Escudo. Era un lugar de unos treinta metros de diámetro y unos tres metros de profundidad, una formación natural de la roca que los Fremen habían disimulado bajo una cobertura de camuflaje translúcida. El equipo de comunicaciones estaba encajado en una cavidad en la pared de la derecha. Los Fedaykin esparcidos por la depresión aguardaban la orden de ataque de Muad'Dib.

Dos hombres salieron de la cavidad junto al equipo de comunicaciones y hablaron con los guardias que estaban allí.

Paul miró a Stilgar y señaló con la cabeza en dirección a los dos hombres.

—Trae su informe, Stil.

Stilgar obedeció.

Paul acurrucó la espalda contra la roca, tensó los músculos y volvió a levantarse. Vio que Stilgar despedía a los dos hombres, que desaparecieron en la oscura cavidad de la roca para descender por el estrecho túnel excavado por manos humanas hasta el suelo de la depresión.

Stilgar se acercó a Paul.

—¿Qué era tan importante que no han podido enviar un ciélago con el mensaje? —preguntó Paul.

—Guardan sus pájaros para la batalla —dijo Stilgar. Echó una ojeada al equipo de comunicaciones y luego volvió a mirar a Paul—. No tendríamos que usarlo ni empleando una banda de frecuencia muy reducida, Muad'Dib. Podrían localizarnos rastreando el origen de las emisiones.

—Dentro de poco estarán demasiado ocupados como para buscarnos —dijo Paul—. ¿Qué dice el informe de esos hombres?

—Han soltado a nuestros bienamados Sardaukar cerca de la Vieja Hendidura y están de camino a su amo. Los lanzacohetes y las demás armas de proyectil están emplazadas. Los nuestros se han desplegado según tus órdenes. Han sido movimientos rutinarios.

Paul echó un vistazo a los hombres que aguardaban a su alrededor y examinó los rostros a la luz que atravesaba la cubierta de camuflaje. El tiempo era como un insecto que se abría paso a través de la roca.

—Imagino que nuestros dos Sardaukar necesitarán hacer un buen trecho de camino a pie antes de poder enviar una señal a un transporte de tropas —dijo Paul—. ¿Los estamos vigilando?

—Así es —confirmó Stilgar.

Gurney Halleck carraspeó junto a Paul.

—¿No sería mejor que buscáramos un lugar un poco más seguro? —dijo.

—No hay ningún lugar seguro —dijo Paul—. ¿Los informes meteorológicos siguen siendo favorables?

—La tormenta que se avecina es la bisabuela de todas las tormentas —dijo Stilgar—. ¿No la notas llegar, Muad'Dib?

—El aire me dice que se acerca algo distinto —admitió Paul—. Pero considero que empalar la arena es un método de predicción más seguro.

—La tormenta llegará dentro de una hora —dijo Stilgar. Señaló con la cabeza la hendidura que se abría a la estructura del emperador y las fragatas de los Harkonnen—. Ellos también lo saben. No hay ni un tóptero en el cielo. Todo ha sido cubierto y asegurado. Han recibido un informe meteorológico de sus amigos del espacio.

—¿No ha habido más salidas? —preguntó Paul.

—Ninguna desde que aterrizaron anoche —respondió Stilgar—. Saben que estamos aquí. Creo que esperan el momento adecuado.

—Somos nosotros quienes elegiremos ese momento —dijo Paul.

Gurney miró hacia el cielo.

—Si ellos nos lo permiten —gruñó.

—Esa flota permanecerá en el espacio —dijo Paul.

Gurney agitó la cabeza.

—No tienen elección —dijo Paul—. Podríamos destruir la especia. La Cofradía no correrá ese riesgo.

—Los desesperados son los más peligrosos —dijo Gurney.

—¿Nosotros no estamos desesperados? —preguntó Stilgar.

Gurney lo miró, ceñudo.

—No has vivido el sueño de los Fremen —advirtió Paul—. Stilgar piensa en toda el agua que hemos malgastado en sobornos en todos estos años de espera antes de que Arrakis pueda florecer. No es...

—Arrrgh —gruñó Gurney.

—¿Por qué está tan pesimista? —preguntó Stilgar.

—Siempre se pone así antes de una batalla —explicó Paul—. Es la única forma de buen humor que se permite Gurney.

Una sonrisa lobuna se dibujó despacio en el rostro de Gurney, y sus dientes brillaron por encima de la mentonera del destiltraje.

—Me deprime pensar en todas las pobres almas Harkonnen que vamos a enviar al más allá sin que tengan oportunidad de arrepentirse —dijo.

Stilgar soltó una risita.

—Habla como un Fedaykin —dijo.

—Gurney nació para ser un comando de la muerte —dijo Paul.

Y pensó: «Sí, que ocupen sus mentes charlando así antes del momento de lanzarnos al ataque contra esa fuerza reunida en la planicie».

Echó otra ojeada hacia la hendidura en la pared de roca, luego volvió a mirar a Gurney y observó que el trovador-guerrero volvía a tener el rostro ceñudo.

—Las preocupaciones minan las fuerzas —murmuró Paul—. Tú mismo me lo dijiste una vez, Gurney.

—Mi duque —dijo Gurney—, mi mayor preocupación son las atómicas. Si las utilizas para abrir una brecha en la Muralla Escudo...

—Esa gente no usará las atómicas contra nosotros —aseguró Paul—. No se atreverán, por el mismo motivo que les impide correr el riesgo de que destruyamos la fuente de la especia.

—Pero la prohibición...

—¡La prohibición! —exclamó Paul—. Es el miedo y no la prohibición lo que impide que las Grandes Casas se ataquen entre sí a golpe de atómicas. El lenguaje de la Gran Convención es lo suficientemente claro: «El uso de atómicas contra seres humanos será penado con la destrucción planetaria». Nosotros vamos a emplearlas contra la Muralla Escudo, no contra seres humanos.

—La diferencia es sutil —dijo Gurney.

—Los leguleyos de esas naves de ahí arriba se sentirán felices de admitirla —dijo Paul—. Dejemos el tema.

Se dio la vuelta deseando sentir de verdad en su interior la seguridad que emanaba de sus palabras.

—¿Las gentes de la ciudad? —preguntó al cabo de un momento—. ¿También están en posición?

—Sí —murmuró Stilgar.

Paul lo miró.

—¿Qué te reconcome?

—Nunca he confiado del todo en los hombres de la ciudad —dijo Stilgar.

—Yo también fui un hombre de la ciudad en otra época —dijo Paul.

Stilgar se envaró y se ruborizó.

—Muad'Dib sabe que no me refería a...

—Sé a qué te referías, Stil. Pero lo que pone en evidencia a un hombre no es lo que crees que va a hacer, sino lo que hace. Esa gente de la ciudad tiene sangre Fremen, pero aún no ha aprendido a romper sus cadenas. Somos nosotros quienes tenemos que enseñarles.

Stilgar asintió.

—Nuestra vida nos ha acostumbrado a pensar así, Muad'Dib —dijo con tono arrepentido—. En la Llanura Funeral aprendimos a despreciar a los hombres de las comunidades.

Paul miró a Gurney y vio que examinaba a Stilgar.

—Gurney, explícale por qué los Sardaukar expulsaron de sus casas a las gentes de las ciudades hasta ese lugar.

—Un viejo truco, mi duque. Han pensado que convertirlos en refugiados nos acarrearía problemas.

—Hace tanto tiempo que las guerrillas fueron efectivas que los poderosos se han olvidado de cómo combatirlas —explicó Paul—. Los Sardaukar nos han seguido el juego. Han tomado algunas mujeres de la ciudad para divertirse con ellas y decorado sus estandartes de batalla con las cabezas de los hombres que se han opuesto. Así han desencadenado un odio febril en gente que de otro modo hubiera considerado la inminente batalla solo como un gran inconveniente... y la posibilidad de cambiar de amo. Los Sardaukar han reclutado para nosotros, Stil.

—Es cierto que la gente de la ciudad parece ansiosa por combatir —dijo Stilgar.

—Y su odio es reciente e indudable —dijo Paul—. Por eso los usaremos como tropas de asalto.

—Habrá muchas bajas —dijo Gurney.

Stilgar asintió.

—Saben cuáles son los riesgos —dijo Paul—. Saben que cada Sardaukar que maten será uno menos para nosotros. ¿Comprendéis? Ahora tienen una razón por la que morir. Han descubierto que forman un pueblo. Están despertando.

Una exclamación ahogada llegó del hombre que estaba al telescopio. Paul avanzó hacia la escarpadura.

—¿Qué ocurre ahí fuera? —preguntó.

—Una gran conmoción, Muad'Dib —dijo el observador—. En esa monstruosa tienda de metal. Un vehículo de superficie acaba de llegar del Borde Oeste de la Muralla, y parecía un halcón picando sobre un nido de perdices de roca.

—Han llegado nuestros Sardaukar cautivos —dijo Paul.

—Han emplazado un escudo que rodea el terreno —dijo el observador—. Puedo ver el aire agitado hasta los límites de los almacenes de especia.

—Ya saben contra quién van a combatir —dijo Gurney—. ¡Ahora esas bestias Harkonnen deben estar inquietas y temblando al saber que aún hay un Atreides con vida!

Paul se dirigió al Fedaykin que estaba al telescopio.

—Vigila bien la bandera en el mástil de la nave del emperador. Si izan mi estandarte...

—No lo harán —dijo Gurney.

Paul observó el ceño fruncido de Stilgar.

—Si el emperador acepta mis reivindicaciones, lo indicará izando el estandarte de los Atreides sobre Arrakis. En ese caso, llevaremos a cabo el plan secundario: atacar solo a los Harkonnen. Los Sardaukar se quedarán al margen y nos dejarán solucionar los problemas entre nosotros.

—No tengo experiencia con esas costumbres de otros planetas —dijo Stilgar—. He oído hablar de ello, pero me parece improbable que...

—No se necesita experiencia para saber lo que harán —dijo Gurney.

—Están izando una nueva bandera en la nave principal —dijo el observador—. La bandera es amarilla... con un círculo negro y rojo en el centro.

—Una maniobra muy sutil —dijo Paul—. La bandera de la Compañía CHOAM.

—Es la misma bandera de las otras naves —dijo el guardia Fedaykin.

—No lo entiendo —dijo Stilgar.

—Una maniobra muy sutil, sí —dijo Gurney—. Si hubiesen izado la bandera de los Atreides, hubieran tenido que reconocer más tarde esas implicaciones. Hay demasiados observadores. También hubieran podido responder con los colores de los Harkonnen, lo que hubiese sido una declaración manifiesta de que estaban de su parte. Pero no, han izado los colores de la CHOAM. Así le dicen a la gente de ahí... —Gurney apuntó hacia el espacio— dónde están los beneficios. Han indicado que les importa poco que sea un Atreides o cualquier otro el que esté aquí.

—¿Cuánto falta aún para que la tormenta alcance la Muralla Escudo? —preguntó Paul.

Stilgar se alejó un poco para consultarlo con uno de los Fedaykin de la depresión.

—Muy poco, Muad'Dib —dijo al volver—. Llegará mucho antes de lo esperado. Es la tatarabuela de una tormenta... quizá mayor de lo que desearíamos.

—Es mi tormenta —dijo Paul, que vio la silenciosa expresión de respetuoso temor en los rostros de los Fedaykin que lo habían oído—. Aunque sacudiera todo el planeta, no sería demasiado para mí. ¿Azotará la Muralla Escudo?

—Pasará tan cerca que será como si la cruzara de lleno —dijo Stilgar.

Apareció un mensajero por la cavidad que conducía al pie de la depresión.

—Los Sardaukar y las patrullas Harkonnen se retiran, Muad'Dib —dijo.

—Suponen que la tormenta levantará tanta arena en la depresión que dificultara la visibilidad —dijo Stilgar—. Creen que también nos dará problemas a nosotros.

—Di a nuestros artilleros que analicen bien la zona antes de perder visibilidad —dijo Paul—. Deben ser capaces de destruir el morro de todas esas naves desde que la tormenta haya destruido los escudos. —Se acercó a la pared rocosa, alzó una esquina de la cobertura de camuflaje y observó el cielo. Empezaban a verse las espirales de arena arrastradas por el viento en la creciente oscuridad atmosférica. Paul volvió a colocar la cobertura—. Que nuestros hombres empiecen a descender, Stil.

—¿No vienes con nosotros? —preguntó Stilgar.

—Me quedaré un poco más con los Fedaykin —indicó Paul.

Stilgar se encogió de hombros mientras miraba a Gurney, avanzó hacia la cavidad y desapareció en las sombras.

—Dejo en tus manos el detonador que volará por los aires la Muralla Escudo, Gurney —dijo Paul—. ¿Cuento contigo?

—Cuentas conmigo.

Paul hizo una seña a un lugarteniente Fedaykin.

—Otheym, retira las patrullas de control de la zona de explosión. Deben alejarse antes de que llegue la tormenta.

El hombre hizo una inclinación y siguió a Stilgar.

Gurney avanzó hacia la hendidura y se dirigió al hombre del telescopio.

—Vigila con atención la pared sur. Estará completamente indefensa hasta que la hagamos explotar.

—Envía un ciélago con una cuenta atrás —ordenó Paul.

—Algunos vehículos de superficie se dirigen hacia la pared sur —dijo el hombre que miraba por el telescopio—. Están usando armas de proyectil como prueba, y los nuestros llevan escudos corporales como ordenaste. Los vehículos se han detenido.

Paul oyó los demonios del viento aullando en el cielo en el repentino silencio, el frente de la tormenta. La arena empezaba a filtrarse en la cavidad a través de los orificios de la cubierta de camuflaje. Poco después, un golpe de viento arrancó la cubierta y la lanzó por los aires.

Paul hizo una seña a sus Fedaykin para que se pusieran a cubierto y se acercó a los hombres del equipo de comunicaciones cerca de la boca del túnel. Gurney lo siguió. Paul se inclinó sobre los operadores.

—La trastatarabuela de una tormenta, Muad'Dib —dijo uno.

Paul miró al cielo, que cada vez estaba más oscuro.

—Gurney, haz que los observadores de la pared sur se retiren —dijo. Tuvo que repetir la orden para que lo oyese por encima del creciente ruido de la tormenta.

Gurney se alejó para transmitirla.

Paul ajustó el filtro sobre su rostro y aseguró la capucha de su destiltraje.

Gurney volvió.

Paul le tocó el hombro y señaló hacia el detonador, que se encontraba a la entrada del túnel, detrás del operador. Gurney entró en la cavidad y se detuvo allí, con una mano en el detonador y la mirada fija en Paul.

—No recibimos ningún mensaje —dijo el operador junto a Paul—. Hay mucha estática.

Paul asintió, con sus ojos fijos en el dial configurado en tiempo estándar que el operador tenía delante. Luego miró a Gurney, alzó una mano y volvió a mirar el dial. El contador inició su último recorrido.

—¡Ahora! —gritó Paul al tiempo que bajaba la mano.

Gurney pulsó el detonador.

Sintieron que pasaba todo un segundo antes de que el suelo bajo sus pies comenzara a sacudirse y a temblar. El sonido atronador se añadió al rugido de la tormenta.

El observador Fedaykin apareció junto a Paul con el telescopio sujeto bajo el brazo.

—¡La brecha en la Muralla Escudo está abierta, Muad'Dib! —gritó—. ¡La tormenta está sobre ellos y nuestros artilleros ya han abierto fuego!

Paul pensó en cómo la tormenta iba a barrer la depresión y cómo la estática de la pared de arena destruiría a su paso todos los escudos del campamento enemigo.

—¡La tormenta! —gritó alguien—. ¡Debemos ponernos a cubierto, Muad'Dib!

Paul recuperó la compostura y sintió cómo innumerables aguijones de arena se le clavaban en la parte al descubierto de sus mejillas.

«Ya está hecho», pensó.

Rodeó al operador con un brazo.

—¡Deja el equipo! —dijo—. Tenemos más en el túnel. —Sintió que los Fedaykin que lo rodeaban para protegerlo lo iban empujando hacia la boca del túnel. Se sumieron en el silencio y doblaron una esquina que daba a una pequeña estancia con globos y la boca de otro pasadizo en la pared de enfrente.

Había otro operador sentado delante de su equipo.

—Hay mucha estática —dijo el hombre.

Unas volutas de arena revoloteaban a su alrededor.

—¡Sellad ese túnel! —gritó Paul. El silencio posterior evidenció que habían obedecido sus órdenes—. ¿El camino que baja a la depresión sigue abierto? —preguntó Paul.

Uno de los Fedaykin se alejó unos segundos para luego regresar.

—La explosión ha causado un pequeño desprendimiento, pero los ingenieros dicen que el camino sigue abierto. Están quitando los escombros con láseres.

—¡Diles que usen las manos! —gritó Paul—. ¡Hay escudos activos!

—Lo hacen con cuidado, Muad'Dib —aseguró el hombre, pero se dio la vuelta para obedecer.

El operador del exterior apareció con otros hombres y el equipo a cuestas.

—¡Les dije a esos hombres que abandonaran su equipo! —dijo Paul.

—A los Fremen no les gusta abandonar material, Muad'Dib —dijo uno de los Fedaykin.

—Ahora los hombres son más importantes que el equipo —dijo Paul—. Dentro de poco, tendremos más equipo del que podamos usar nunca o ya no necesitaremos más equipo.

Gurney Halleck se acercó a él.

—He oído que el camino está abierto —dijo—. Mi señor, estamos muy cerca de la superficie y los Harkonnen podrían responder a nuestro ataque.

—No están en condiciones de responder —dijo Paul—. En este momento estarán dándose cuenta de que ya no tienen escudos y de que no pueden abandonar Arrakis.

—El nuevo puesto de mando está preparado de todos modos, mi señor —dijo Gurney.

—Aún no me necesitan en el puesto de mando —dijo Paul—. El plan debe seguir adelante sin mí. Hay que esperar a que...

—Estoy recibiendo un mensaje, Muad'Dib —dijo el operador en el equipo de comunicaciones. El hombre agitó la cabeza y apretó el auricular contra su oreja—. ¡Hay mucha estática! —Empezó a escribir rápidamente en un bloc que tenía delante mientras agitaba la cabeza, esperaba, escribía... y esperaba otra vez.

Paul avanzó hasta colocarse junto al operador. Los Fedaykin se apartaron para dejarle espacio. Miró por encima del hombro del operador lo que había escrito. Leyó: «Incursión... en el sietch Tabr... prisioneros... Alia (espacio en blanco) familias de (espacio en blanco) están muertos... ellos (espacio en blanco) hijo de Muad'Dib».

El operador volvió a agitar la cabeza.

Paul levantó la mirada y se encontró con los ojos de Gurney.

—El mensaje está incompleto —dijo Gurney—. La estática. No sabes bien qué...

—Mi hijo está muerto —dijo Paul. Y en ese momento supo que lo que decía era cierto—. Mi hijo está muerto... y Alia está prisionera... como rehén.

Se sintió vacío, una cáscara sin emociones. Todo lo que tocaba se convertía en muerte y dolor. Era como una enfermedad que podía llegar a propagarse por todo el universo.

Experimentaba la sabiduría de un anciano, la acumulación de innumerables experiencias en un número incontable de vidas. En su interior, alguien pareció soltar una risita y frotarse las manos.

Y Paul pensó: «¡El universo sabe tan poco sobre la naturaleza de la verdadera crueldad!».

Y Muad'Dib se enfrentó a él y dijo: «Aunque creamos que la prisionera está muerta, aún vive. Porque su semilla es mi semilla, y su voz es mi voz. Y ella ve más allá de las fronteras más lejanas de lo posible. Sí, ve hasta los valles más lejanos de lo ignoto gracias a mí».

De *El despertar de Arrakis*,
por la princesa Irulan

El barón Vladimir Harkonnen esperaba de pie y con la mirada gacha en la sala imperial de audiencias, el selamlik ovalado del emperador Padishah que había en el interior de la gran estructura. El barón había estudiado la estancia de paredes metálicas y sus ocupantes con miradas furtivas: los noukkers, los pajes, los guardias, las tropas Sardaukar de la Casa alineadas por las paredes cuya única decoración eran los estandartes ajados y manchados de sangre que habían capturado en batalla.

Luego se oyeron unas voces que resonaban por un alto pasadizo a la derecha de la estancia:

—¡Abrid paso! ¡Abrid paso a la Real Persona!

El emperador Padishah Shaddam IV hizo su entrada en la sala de audiencias a la cabeza de su séquito. Se quedó en pie a la entrada, a la espera de que instalaran el trono, e ignoró al barón y al resto de ocupantes.

Por su parte, el barón descubrió que no podía ignorar a la Real Persona y estudió al emperador en busca de una señal, un mínimo indicio que le permitiera adivinar el porqué de dicha audiencia. El emperador se quedó inmóvil e impasible mientras esperaba, una figura esbelta y elegante ataviada con el uniforme gris de franjas doradas y plateadas de los Sardaukar. Su rostro delgado y sus gélidos ojos le recordaron al difunto duque Leto. Tenía la misma mirada de ave de presa. Pero los cabellos del emperador eran rojos en lugar de negros, y la mayor parte de ellos quedaban ocultos bajo un yelmo de burseg negro como el ébano, con la cimera imperial de oro sobre la corona.

Apareció un grupo de pajes con el trono. Era una silla maciza esculpida en un único bloque de cuarzo de Hagal, azul verdoso y translúcido, con vetas de fuego amarillo. Lo colocaron en el estrado, y el emperador subió y se sentó.

Una anciana envuelta en un aba negro con la capucha echada sobre la frente se separó del cortejo del emperador, avanzó para situarse tras el trono y apoyó una mano descarnada en el respaldo de cuarzo. A la sombra de la capucha, su rostro era la caricatura del de una bruja: ojos y mejillas hundidos, una nariz protuberante y la piel arrugada y surcada de venas abultadas.

El barón reprimió sus temblores al verla. La presencia de la Reverenda Madre Gaius Helen Mohiam, la Decidora de Verdad del emperador, evidenciaba la importancia de esa audiencia. El barón apartó la mirada de la mujer y examinó el cortejo en busca de otros indicios. Había dos agentes de la Cofradía, uno alto y grueso, el otro pequeño y aún más grueso, ambos con lánguidos ojos grises. Tras los lacayos se encontraba una de las hijas del emperador, la princesa Irulan, una mujer de la que se decía había sido adiestrada en la más absoluta Manera Bene Gesserit y que estaba destinada a ser una Reverenda Madre. Era alta, rubia, con el rostro de una belleza cincelada y unos ojos verdes que lo miraban como si no estuviese ahí.

—Mi querido barón.

El emperador se había dignado a notar su presencia. Tenía

una voz de barítono que reflejaba una calma exquisita. Parecía como si lo despidiera al mismo tiempo que lo saludaba.

El barón le dedicó una gran reverencia y avanzó hasta la posición requerida, a diez pasos del estrado.

—He venido tal y como habéis solicitado, Majestad.

—¡Solicitado! —graznó la vieja bruja.

—Silencio, Reverenda Madre —regañó el emperador, pero el hombre observó con aire divertido la turbación del barón—. Antes que nada, decidme adónde habéis enviado a vuestro secuaz, Thufir Hawat.

El barón lanzó ojeadas a diestro y siniestro y se irritó consigo mismo por no haber traído a sus propios guardias aunque no le sirvieran de mucho contra los Sardaukar. No obstante...

—¿Y bien? —insistió el emperador.

—Lleva cinco días desaparecido, Majestad. —El barón dedicó una mirada a los agentes de la Cofradía y luego volvió a centrarse en el emperador—. Debía de tomar tierra en una base de contrabandistas para intentar infiltrarse en el campamento de ese fanático Fremen, ese tal Muad'Dib.

—¡Increíble! —dijo el emperador.

La bruja palmeó el hombro del emperador con una de sus sarmentosas manos. La mujer se inclinó hacia él y le susurró algo al oído.

El emperador asintió.

—Cinco días, barón —dijo—. Explicadme, ¿por qué no os habéis preocupado por su ausencia?

—¡Sí que me he preocupado, Majestad!

El emperador siguió mirándolo, a la espera. La Reverenda Madre soltó una risilla cacareante.

—Majestad, lo que quiero decir —dijo el barón— es que ese Hawat morirá de todos modos dentro de pocas horas. —Y explicó lo del veneno residual y la constante necesidad de un antídoto.

—Muy ingenioso por vuestra parte, barón —dijo el emperador—. ¿Y dónde están vuestros sobrinos, Rabban y el joven Feyd-Rautha?

—Se avecina la tormenta, Majestad. Los he enviado a inspeccionar el perímetro para prevenir la posibilidad de un ataque Fremen amparado por la arena.

—Perímetro —dijo el emperador. Pronunció la palabra como un escupitajo—. La tormenta no llegará a esta depresión, y esa escoria Fremen no se atreverá a atacar mientras yo esté aquí con cinco legiones de Sardaukar.

—Claro que no, Majestad —convino el barón—. Pero nunca está de más excederse con la cautela.

—Ahhh —dijo el emperador—. Cautela. Entonces ¿no debería comentar nada sobre todo el tiempo que he perdido con esta farsa de Arrakis? ¿Ni de los beneficios de la Compañía CHOAM que se han perdido en este nido de ratas? ¿Ni de las ceremonias de la corte y todos los asuntos de estado que he tenido que aplazar e incluso cancelar por este problema tan ridículo?

El barón bajó la mirada, aterrado por la cólera imperial. Le inquietaba lo delicado de su situación en aquel lugar, solo y dependiendo de la Convención y del dictum familia de las Grandes Casas.

«¿Acaso quiere matarme? —se preguntó el barón—. ¡No puede! No con todas las Grandes Casas esperando ahí arriba para aprovechar cualquier pretexto y sacar el más mínimo provecho de esta crisis.»

—¿Habéis capturado algún rehén? —preguntó el emperador.

—Es inútil, Majestad —dijo el barón—. Esos locos Fremen celebran una ceremonia fúnebre por cada prisionero que capturamos y actúan como si ya estuviera muerto.

—¿En serio? —dijo el emperador.

El barón aguardó y lanzó ojeadas a las paredes metálicas de ambos lados del selamlik mientras pensaba en la monstruosa tienda metálica que se erguía a su alrededor. La riqueza ilimitada que representaba algo así avivó el respeto del barón.

«Lleva pajes consigo —pensó el barón—. También inútiles lacayos de corte, esas mujeres y sus acompañantes, peluqueros, dibujantes, de todo... todos parásitos de la Corte. Han venido todos para adularlo, conspirar y pasar el "mal trago" con el emperador... Han venido para ver cómo acaba con este asunto, para escribir epigramas sobre las batallas e idolatrar a los heridos.»

—Quizá no hayáis buscado los rehenes adecuados —dijo el emperador.

«Sabe algo», pensó el barón.

El miedo pesaba como una losa densa y fría en su estómago. Era como el hambre y, durante un tiempo, tembló bajo los suspensores y le dieron ganas de pedir que le trajeran comida. Pero en ese lugar nadie obedecía sus órdenes.

—¿Tenéis idea de quién puede ser ese Muad'Dib? —preguntó el emperador.

—Lo más seguro es que sea un umma —respondió el barón—. Un fanático Fremen, un aventurero religioso. Aparecen regularmente en la periferia de la civilización. Vuestra Majestad lo sabe.

El emperador miró a su Decidora de Verdad y luego volvió a mirar al barón con el ceño fruncido.

—¿Y no sabéis nada más sobre ese Muad'Dib?

—Que es un loco —dijo el barón—. Pero todos los Fremen están un poco locos.

—¿Locos?

—Gritan su nombre cuando parten a la batalla. Las mujeres lanzan sus niños contra nosotros y se empalan contra nuestros cuchillos para abrir una brecha a sus hombres cuando nos atacan. ¡No tienen... decencia!

—Sí que es grave —murmuró el emperador, y su tono de burla no escapó al barón—. Contadme, ¿habéis explorado alguna vez las regiones polares al sur de Arrakis?

El barón miró fijamente al emperador, sorprendido por el brusco cambio de tema.

—B-bueno... Vuestra Majestad ya sabe que toda esa región es inhabitable, que es una zona abierta donde el viento y los gusanos campan a sus anchas. Y tampoco hay en ella el menor indicio de especia.

—¿No habéis recibido ningún informe de los cargueros de especia indicando que han aparecido manchas verdes en esas latitudes?

—Son informes que han llegado siempre. Hemos investigado algunos... hace mucho tiempo. Se han visto unas pocas plantas, pero hemos perdido muchos tópteros. Cuesta demasiado caro, Vuestra Majestad. Es un lugar donde uno no puede sobrevivir durante mucho tiempo.

—Cierto —dijo el emperador. Chasqueó los dedos, y se abrió una puerta a su izquierda, detrás del trono. Dos Sardaukar aparecieron por ella con una niña que no parecía tener más de cuatro años. Llevaba un aba negro y la capucha echada hacia atrás dejaba al descubierto los cierres de un destiltraje que colgaban sueltos de su cuello. Sus ojos tenían el azul de los Fremen y observaban a su alrededor desde un rostro terso y redondo. No parecía en absoluto asustada, y algo en su mirada turbó al barón sin que pudiera explicar muy bien la razón.

Hasta la vieja Decidora de Verdad Bene Gesserit dio un paso atrás cuando la niña pasó a su lado, e hizo un gesto en su dirección como para protegerse. Sin duda, la vieja bruja estaba turbada por la presencia de la niña.

El emperador carraspeó, pero fue la niña quien habló primero, con una voz aún balbuceante debido a su paladar blando pero muy nítida.

—Aquí está al fin —dijo. Avanzó hasta el borde de la plataforma—. No está de muy buen ver, ¿verdad? No es más que un viejo gordo y asustado, demasiado débil para soportar su propia grasa sin ayuda de los suspensores.

Era una afirmación tan inesperada en boca de una niña que, pese a su rabia, el barón la miró con la boca abierta sin pronunciar palabra.

«¿Es una enana?», se preguntó.

—Mi querido barón —dijo el emperador—, os presento a la hermana de Muad'Dib.

—La her... —El barón centró su atención en el emperador—. No entiendo.

—A veces yo también soy demasiado prudente —dijo el emperador—. Se me informó de que en vuestras «deshabitadas» regiones meridionales se apreciaban indicios de actividad humana.

676

—¡Pero no es posible! —protestó el barón—. Los gusanos... Solo hay arena hasta...

—Son gente perfectamente capaz de evitar los gusanos —dijo el emperador.

La niña se sentó en el estrado al lado del trono y balanceó sus pequeñas piernas. Había un indudable aire de seguridad en la manera en la que observaba la escena.

El barón miró esos pequeños pies oscilantes, las sandalias que se intuían bajo la tela.

—Por desgracia —continuó el emperador—, solo envié cinco transportes con efectivos reducidos para capturar prisioneros e interrogarlos. Conseguimos escapar a duras penas con tres prisioneros y solo un transporte. ¿Habéis oído, barón? Mis Sardaukar casi fueron aniquilados por una fuerza defensiva compuesta en gran parte por mujeres, niños y ancianos. Esta niña estaba al mando de uno de los grupos que nos atacaron.

—¡Lo veis, Majestad! —exclamó el barón—. ¡Ya veis cómo son!

—Me dejé capturar —aseguró la niña—. No quería enfrentarme a mi hermano y tener que decirle que habían asesinado a su hijo.

—Solo consiguió escapar un puñado de hombres —dijo el emperador—. ¡Escapar! ¿Lo oís bien?

—También los habríamos aniquilado de no haber sido por las llamas —dijo la niña.

—Mis Sardaukar tuvieron que usar los propulsores de altitud de los vehículos como lanzallamas —explicó el emperador—. Un movimiento desesperado que les permitió escapar con tres prisioneros. Oíd bien, querido barón: ¡Sardaukar obligados a huir entre la confusión a manos de un grupo de mujeres, niños y ancianos!

—Debemos atacar con todos nuestros efectivos —espetó el barón—. Debemos destruir hasta el último vestigio de...

—¡Silencio! —rugió el emperador. Se inclinó hacia delante en el trono—. ¡Dejad de reíros de mi inteligencia! Venís haciendo gala de una actitud inocente, pero...

—Majestad —llamó la anciana Decidora de Verdad.

El emperador la hizo callar con un gesto.

—¡Me habéis dicho que no sabéis nada de lo que hemos descubierto, nada de las cualidades guerreras de este soberbio pueblo! —Se incorporó un poco en el trono—. ¿Por quién me estáis tomando, barón?

El barón retrocedió dos pasos y pensó: «Ha sido Rabban. Me ha hecho esto a mí. Rabban me ha...».

—Y esa falsa disputa con el duque Leto —gruñó el emperador al tiempo que se volvía a reclinar en el asiento—. Qué bien la planeasteis.

—Majestad —imploró el barón—. ¿Qué es lo que...?

—¡Silencio!

La anciana Bene Gesserit puso una mano en el hombro del emperador y se inclinó para susurrarle algo al oído.

La niña sentada en el estrado dejó de balancear las piernas y dijo:

—Aterrorízale un poco más, Shaddam. No debería alegrarme, pero siento un placer irrefrenable.

—Silencio, niña —dijo el emperador. Se inclinó hacia delante, le puso una mano en la cabeza y miró al barón—. ¿Es posible, barón? ¿Es posible que seáis tan ingenuo como me sugiere mi Decidora de Verdad? ¿No reconocéis a esta niña, la hija de vuestro aliado, el duque Leto?

—Mi padre nunca fue su aliado —dijo la niña—. Mi padre está muerto y es la primera vez que esta bestia Harkonnen me ve.

El barón se quedó paralizado por la estupefacción. Cuando recobró la voz solo acertó a balbucear:

—¿Quién?

—Soy Alia, hija del duque Leto y de la dama Jessica, hermana del duque Paul Muad'Dib —dijo la niña. Se bajó del estrado y cayó al suelo de la estancia—. Mi hermano ha prometido empalar tu cabeza en la punta de su estandarte, y creo que lo hará.

—Ya basta, niña —dijo el emperador, que se recostó aún más en el trono con la mano en la barbilla y examinó al barón.

—El emperador no me da órdenes —dijo Alia. Se giró y miró a la Reverenda Madre—. Ella lo sabe.

El emperador alzó la vista hacia su Decidora de Verdad.

—¿A qué se refiere?

—¡Esta niña es una abominación! —dijo la anciana—. Su madre merece un castigo como nunca se haya impuesto a nadie en la historia. ¡Muerte! ¡Ninguna muerte será bastante rápida para esta niña y para quien la ha engendrado! —Señaló a Alia con un dedo nudoso—. ¡Sal de mi mente!

—¿T-P? —susurró el emperador. Dirigió su atención a la niña—. ¡Por la Gran Madre!

—No lo entendéis, Majestad —dijo la anciana—. No es telepatía. Está en mi mente. Está como todas las demás antes de mí, como todas las otras que me han dejado sus recuerdos. ¡Está en mi mente! ¡Sé que es imposible, pero está en ella!

—¿Qué otras? —preguntó el emperador—. ¿Qué es este desatino?

La anciana se irguió y dejó caer el brazo.

—He hablado demasiado, pero lo importante es que esta niña que no es una niña debe ser destruida. Sabemos desde hace mucho que había que prevenir un nacimiento así, pero una de nosotras nos ha traicionado.

—Chocheas, anciana —dijo Alia—. No sabes cómo ocurrió y, sin embargo, no dejas de decir sandeces. —Alia cerró los ojos, respiró hondo y luego contuvo el aliento.

La anciana Reverenda Madre gimió y se tambaleó.

Alia abrió los ojos.

—Así es como pasó —dijo—. Un accidente cósmico del que has formado parte.

La Reverenda Madre alzó ambas manos con las palmas giradas hacia Alia.

—¿Qué ocurre aquí? —preguntó el emperador—. Niña, ¿de verdad puedes proyectar tus pensamientos dentro de la mente de otro?

—No es así en absoluto —dijo ella—. Si no he nacido como tú, no puedo pensar como tú.

—Matadla —murmuró la anciana, que se aferró al respaldo del trono para sostenerse—. ¡Matadla! —Sus viejos y hundidos ojos se clavaron en Alia.

—Silencio —dijo el emperador mientras examinaba a Alia—. Niña ¿puedes comunicarte con tu hermano?

—Mi hermano sabe que estoy aquí —dijo Alia.

—¿Puedes decirle que se rinda a cambio de tu vida?

Alia le dedicó una sonrisa inocente.

—No lo hará —dijo.

El barón avanzó vacilante hasta el estrado y se colocó delante de Alia.

—Majestad —suplicó—, no sabía nada de...

—Barón, interrumpidme otra vez y acabaré de un plumazo con la posibilidad de que tengáis oportunidad de volver a hacerlo —espetó el emperador. Seguía con la atención fija en Alia, la analizaba a través de sus párpados entornados—. No quieres, ¿eh? ¿Puedes leer en mi mente lo que pienso hacerte si no me obedeces?

—Ya te he dicho que no puedo leer las mentes —dijo la niña—, pero no hace falta telepatía para leer tus intenciones.

El emperador frunció el ceño.

—Niña, tu causa es inútil. Solo tengo que reunir a mis efectivos y reducir este planeta a...

—No es tan sencillo —dijo Alia. Señaló a los dos hombres de la Cofradía—. Pregúntaselo a ellos.

—No es juicioso oponerse a mis deseos —dijo el emperador—. Tú no puedes negarme nada.

—Mi hermano está de camino —dijo Alia—. Hasta un emperador debería temblar ante Muad'Dib, porque su fuerza es la de la rectitud y el cielo le sonríe.

El emperador se puso en pie de un salto.

—Esto ha durado demasiado. Acabaré con tu hermano y con todo este planeta. Los reduciré a...

La estancia retumbó y se estremeció a su alrededor. Una repentina cascada de arena cayó tras el trono, justo donde la estructura estaba acoplada a la nave del emperador. El estremecimiento que recorrió la piel de los presentes indicó que se acababa de activar un escudo de enormes dimensiones.

—Te lo dije —observó ella—. Mi hermano está de camino.

El emperador se quedó inmóvil frente a su trono, con la mano derecha apretada contra la oreja mientras escuchaba por el servorreceptor que le transmitía el informe de la situación. El barón avanzó dos pasos detrás de Alia. Los Sardaukar tomaron posiciones en las puertas.

—Nos retiraremos al espacio para reagruparnos —anunció el emperador—. Barón, mis disculpas. Esos locos están atacando al amparo de la tormenta. Ahora se van a enterar de lo que es la cólera del emperador. —Señaló a Alia—. Arrojadla a la tormenta.

Al oírlo, Alia retrocedió fingiendo terror.

—¡Que la tormenta decida mi suerte! —exclamó al tiempo que se arrojaba en brazos del barón.

—¡La tengo, Majestad! —gritó el barón—. ¿Quieres que la...? ¡Aaaaaahhhhhh! —La tiró al suelo y se aferró el brazo derecho.

—Lo siento, abuelo —dijo Alia—. Acabas de conocer el gom jabbar de los Atreides. —Se puso de pie, abrió la mano y dejó caer una aguja oscura.

El barón se derrumbó con los ojos desorbitados mientras miraba la mancha roja que había aparecido en su palma izquierda.

—Tú... tú... —Rodó a un lado entre los suspensores y se convirtió en poco más que una enorme masa de carne flácida suspendida a pocos centímetros del suelo con la cabeza colgando y la boca muy abierta.

—Esa gente está loca —gruñó el emperador—. ¡Rápido! A la nave. Vamos a librar este planeta de todos...

Algo destelló a su izquierda. Un relámpago fulgurante que rebotó en la pared y crepitó en el suelo metálico. Un aroma a aislante quemado se extendió por el selamlik.

—¡El escudo! —gritó uno de los oficiales Sardaukar—. ¡Se ha desconectado el escudo exterior! Ellos...

Sus palabras quedaron ahogadas por un rugido metálico proveniente del casco de la nave, que vacilaba y se estremecía detrás del emperador.

—¡Han disparado al morro de la nave! —gritó alguien.

Una nube de polvo penetró en la estancia. Alia salió de la

cobertura, se incorporó y echó a correr hacia la puerta de entrada.

El emperador se giró con brusquedad y ordenó a los suyos que se dirigieran hacia la salida de emergencia que acababa de abrirse en ese momento en un flanco de la nave junto al trono. Hizo un gesto rápido con la mano a un oficial Sardaukar, en la nube de polvo que lo cubría todo.

—¡Resistiremos aquí! —ordenó el emperador.

La estructura volvió a sacudirse. Las puertas dobles salieron despedidas con fuerza hasta el fondo de la estancia y dejaron paso a un torrente de arena aderezado con gritos. Una pequeña figura envuelta en una túnica negra se recortó durante un momento a la luz; era Alia que buscaba un cuchillo para rematar, como requería el adiestramiento Fremen, a todos los Harkonnen y Sardaukar heridos. Los Sardaukar de la Casa se abalanzaron hacia la bruma amarillenta y verdosa de la abertura con las armas en ristre para formar un arco y proteger la retirada del emperador.

—¡Salvaos, Majestad! —gritó un oficial Sardaukar—. ¡A la nave!

Pero el emperador se quedó solo e inmóvil en el estrado, señalando con la mano las puertas del selamlik. Una sección de unos cuarenta metros de pared se había derrumbado, y las puertas se abrían hacia la arena agitada por la tormenta. Una nube de polvo se elevaba baja en la distancia y recorría esa inmensidad de tonos pastel. Las centellas de la estática se columbraban en la nube y a través de la bruma se veían los reflejos de los escudos al desconectarse debido a la electricidad. La llanura estaba plagada de figuras que luchaban: Sardaukar y hombres embozados que parecían salir de la mismísima tormenta.

La mano tendida del emperador apuntaba hacia todo eso.

De las nubes de arena había empezado a surgir una fila compacta de formas resplandecientes: grandes curvas ondulantes con destellos cristalinos que se convirtieron en fauces abiertas de gusanos de arena, una enorme pared de ellos, todos con un pelotón de Fremen cabalgando al ataque sobre sus lomos. Cayeron sobre ellos entre silbidos y el agitar de las ropas al viento para luego atravesar el confuso tumulto de la planicie.

Avanzaron directamente hacia la estructura del emperador mientras los Sardaukar de la Casa, por primera vez en su historia, contemplaban petrificados una carga que sus mentes eran incapaces de aceptar.

Pero las figuras que cabalgaban a lomos de los gusanos eran hombres, y el relucir de las hojas que blandían en sus manos a la siniestra luz amarillenta de la tormenta era algo que los Sardaukar habían sido adiestrados para afrontar. Se lanzaron al combate. Y en la llanura de Arrakeen tuvo lugar un gigantesco combate cuerpo a cuerpo mientras un escogido grupo de guardias personales Sardaukar empujaban al emperador al interior de la nave, sellaban la puerta a sus espaldas y se disponían a morir allí para defenderlo.

Aletargado por el repentino silencio del interior de la nave, el emperador miró a los rostros descompuestos de su séquito y vio a su hija mayor con el rostro presa de la extenuación, a la anciana Decidora de Verdad inmóvil como una sombra negra con la capucha echada sobre su rostro y, finalmente, las dos caras que buscaba: los dos hombres de la Cofradía. Sus uniformes grises y sin ornamentos casaban a la perfección con la ostentosa calma que mantenían a pesar de lo que ocurría a su alrededor.

Sin embargo, el más alto de los dos se cubría el ojo izquierdo con una mano. Mientras el emperador lo miraba, alguien golpeó sin querer el brazo del hombre de la Cofradía, la mano se movió y el ojo quedó al descubierto. El hombre había perdido una de las lentes de contacto de enmascaramiento y tenía el ojo del todo azul, un azul tan profundo que parecía negro.

El más bajo de los dos se acercó un par de pasos hacia el emperador.

—No sabemos cómo terminará todo —dijo.

Y su compañero más alto, que había vuelto a cubrirse el ojo, añadió con voz impertérrita:

—Pero ni siquiera Muad'Dib lo sabe.

Las palabras sacaron de su estupor al emperador. Apenas pudo reprimir su desprecio, porque no necesitaba en absoluto la visión interior de los navegantes de la Cofradía para adivinar el futuro inmediato. Se preguntó si acaso esos dos hombres dependían de su facultad hasta tal punto que habían llegado a perder por completo el uso de los ojos y la razón.

—Reverenda Madre —dijo—, tenemos que trazar un plan.

La anciana se echó la capucha hacia atrás y afrontó su mirada con ojos fijos. Cruzaron una comprensión tácita y total. Ambos sabían que solo les quedaba un arma: la traición.

—Llamad al conde Fenring —dijo la Reverenda Madre.

El emperador Padishah asintió e hizo una seña a uno de sus ayudantes para que obedeciera.

Era guerrero y místico, feroz y santo, retorcido e inocente, caballeroso, despiadado, menos que un dios, más que un hombre. No se puede medir a Muad'Dib con los estándares ordinarios. En el momento de su triunfo, adivinó la muerte que le había sido preparada, y no obstante aceptó la traición. ¿Puede uno decir que lo hizo por un sentido de justicia? ¿Justicia para quién? Porque hay que recordar que hablamos del Muad'Dib que ordenó que se fabricaran tambores de batalla con las pieles de sus enemigos, el Muad'Dib que negó todas las convenciones de su pasado ducal con un simple gesto de la mano y diciendo sencillamente: «Yo soy el Kwisatz Haderach. Es razón más que suficiente».

De *El despertar de Arrakis*, por la princesa Irulan

La noche de la victoria, escoltaron a Paul Muad'Dib a la Residencia del Gobernador, la antigua morada que habían ocupado los Atreides cuando llegaron a Dune. El edificio estaba tal cual Rabban lo había restaurado, virtualmente intacto de la batalla pero saqueado por la población de la ciudad. Habían volcado y roto algunos de los muebles del salón principal.

Paul franqueó a grandes pasos la entrada principal, seguido por Gurney Halleck y Stilgar. Su escolta se diseminó por el Gran Salón, escrutó el lugar y despejó una zona para Muad'Dib. Un grupo comenzó a controlar que no hubieran instalado ninguna trampa.

—Recuerdo el día que vinimos aquí por primera vez con tu padre —dijo Gurney Halleck. Levantó la vista hacia las columnas y las altas ventanas acristaladas—. En ese momento no me gustó el lugar, y ahora me gusta aún menos. Una de nuestras cavernas sería mucho más segura.

—Hablas como un verdadero Fremen —dijo Stilgar, y vio la fría sonrisa que las palabras arrancaron de los labios de Muad'Dib—. ¿No querrías reconsiderarlo, Muad'Dib?

—Este lugar es un símbolo —dijo Paul—. Rabban vivía aquí. Si ocupo este lugar, sello mi victoria a ojos de todos. Manda a tus hombres por todo el edificio. Que no toquen nada. Que solo se aseguren de que no ha quedado ningún Harkonnen o alguno de sus juguetes.

—Como ordenes —dijo Stilgar, y se alejó con reticencia para obedecer.

Los hombres de comunicaciones aparecieron en la estancia con su equipo y empezaron a montarlo junto a la enorme chimenea. Los Fremen que se habían unido a los Fedaykin supervivientes tomaron posiciones por toda la estancia. Se oyeron murmullos y entrecruzaron miradas supersticiosas. El enemigo había vivido allí demasiado tiempo como para que se sintieran a gusto.

—Gurney, envía una escolta a buscar a mi madre y a Chani —dijo Paul—. ¿Chani ya sabe lo de nuestro hijo?

—Hemos enviado el mensaje, mi señor.

—¿Se han retirado los hacedores de la depresión?

—Sí, mi señor. Ya casi ha pasado la tormenta.

—¿Cuál ha sido el alcance de los daños? —preguntó Paul.

—Ha cruzado directamente por el campo de aterrizaje y los almacenes de especia de la llanura, donde los daños han sido considerables —explicó Gurney—. Tanto por la batalla como por la tormenta.

—Nada que el dinero no pueda reparar, supongo —dijo Paul.

—Las vidas son irremplazables, mi señor —dijo Gurney, y hubo un tono de reproche en su voz, como si hubiese dicho: «¿Cuándo un Atreides se ha preocupado primero por las cosas cuando la vida de las personas estaba en juego?».

Pero Paul solo podía centrarse en su ojo interior y en las brechas que aún le eran visibles en la pared del tiempo. A través de cada una de ellas, la yihad recorría los pasillos del futuro a toda prisa.

Suspiró, cruzó el salón y vio una silla junto a la pared. Era una de las que en otro tiempo había estado en el comedor, y quizá fuera la silla de su propio padre. Sin embargo, en aquel momento solo era un objeto sobre el que descargar su cansancio para ocultarlo a los ojos de los hombres. Se sentó, envolvió la túnica alrededor de sus piernas y se soltó los cierres del cuello del destiltraje.

—El emperador todavía sigue refugiado entre los restos de su nave —dijo Gurney.

—Dejadlo ahí por ahora —dijo Paul—. ¿Han encontrado ya a los Harkonnen?

—Aún están examinando a los muertos.

—¿Qué dicen las naves de ahí arriba? —Alzó el mentón hacia el techo.

—No han dicho nada, mi señor.

Paul suspiró y se reclinó contra el respaldo de la silla.

—Tráeme a uno de los prisioneros Sardaukar —dijo al cabo de un momento—. Debemos enviar un mensaje a nuestro emperador. Ha llegado la hora de discutir condiciones.

—Sí, mi señor.

Gurney se giró e hizo un gesto con la mano a uno de los Fedaykin, que se cuadró frente a Paul.

—Gurney —murmuró Paul—. Desde que volvimos a encontrarnos no te he oído pronunciar ninguna cita apropiada a los acontecimientos. —Se giró, vio que Gurney tragaba saliva y también el repentino endurecimiento de su mejilla.

—Como quieras, mi señor —dijo Gurney. Se aclaró la garganta y dijo con voz rasposa—: «Y la victoria de aquel día se transformó en luto para todo el pueblo, pues todos sabían que aquel día el rey lloraba por su hijo».

Paul cerró los ojos y se obligó a reprimir el dolor de su mente, a aguardar a que llegara el momento de llorar, como en otra ocasión había aguardado a que llegara el momento de llorar por su padre. Ahora centró sus pensamientos en los descubrimientos que se habían ido acumulando ese día: los futuros entremezclados y la presencia oculta de Alia dentro de su consciencia.

De todas las particularidades de la visión temporal, esta era la más extraña.

—He manipulado el futuro para colocar mis palabras donde solo tú pudieras oírlas —le había dicho Alia—. Ni siquiera tú puedes hacerlo, hermano. Es un juego interesante. Y... oh, sí, he matado a nuestro abuelo, ese viejo barón demente. No ha experimentado mucho dolor.

Silencio. Su percepción temporal le decía que ella se había retirado.

—Muad'Dib.

Paul abrió los ojos y vio frente a él el rostro barbudo de Stilgar, con sus oscuros ojos reluciendo aún con el fragor de la batalla.

—Habéis encontrado el cuerpo del viejo barón —dijo Paul.

La estupefacción agitó a Stilgar.

—¿Cómo lo has adivinado? —murmuró—. Acabamos de descubrir su cadáver en ese inmenso montón de metal construido por el emperador.

Paul ignoró la pregunta y observó cómo Gurney regresaba con dos Fremen arrastrando a un prisionero Sardaukar.

—Este es uno de ellos, mi señor —dijo Gurney. Indicó a los guardias que mantuvieran al prisionero a cinco pasos frente a Paul.

Paul notó que los ojos del Sardaukar tenían una expresión alucinada. Una azulada contusión le cruzaba el rostro desde la base de la nariz hasta la comisura de los labios. Era rubio y de rasgos delicados, una característica que indicaba un alto rango entre los Sardaukar, pero no llevaba ninguna insignia en su uniforme destrozado, solo los botones dorados con el escudo imperial y los galones rotos de sus pantalones.

—Creo que es un oficial, mi señor —dijo Gurney.

Paul asintió.

—Soy el duque Paul Atreides —dijo—. ¿Lo entiendes, hombre?

El Sardaukar lo miró sin moverse.

—Habla —dijo Paul—, o tu emperador puede morir.

El hombre parpadeó y tragó saliva.

—¿Quién soy? —preguntó Paul.

—Sois el duque Paul Atreides —dijo el hombre con voz ronca.

Paul tuvo la impresión de que se sometía con excesiva facilidad, pero por otra parte los Sardaukar nunca se habían preparado para afrontar una jornada como aquella. Paul se dio cuenta de que hasta el momento solo habían experimentado victorias, lo que podía ser una debilidad en sí misma. Dejó de pensar en eso y se prometió tenerlo en cuenta para su programa de entrenamiento.

—Tengo un mensaje que quiero que entregues al emperador —dijo Paul. Y pronunció las palabras en la antigua fórmula—: Yo, duque de una Gran Casa, consanguíneo del emperador, hago juramento solemne bajo la Convención. Si el emperador y los suyos deponen las armas y se rinden ante mí, garantizaré sus vidas con la mía propia. —Alzó la mano izquierda para que el Sardaukar viese el sello ducal—. Lo juro por esto.

El Sardaukar se humedeció los labios con la lengua y miró a Gurney.

—Sí —dijo Paul—. ¿Quién podría asegurarse la fidelidad de Gurney Halleck sin ser un Atreides?

—Llevaré el mensaje —dijo el Sardaukar.

—Acompáñalo hasta nuestro puesto más avanzado y déjalo marchar —indicó Paul.

—Sí, mi señor. —Gurney hizo un gesto a los guardias para que obedecieran, y salió.

Paul se volvió hacia Stilgar.

—Han llegado Chani y tu madre —dijo Stilgar—. Chani ha pedido estar un tiempo a solas con su dolor. La Reverenda Madre ha querido quedarse un momento en la cámara extraña. Desconozco la razón.

—Mi madre siente nostalgia de ese planeta que sabe que puede que no vuelva a ver nunca más —dijo Paul—. Donde el agua cae del cielo y las plantas crecen tan densas que es imposible caminar entre ellas.

—Agua del cielo —susurró Stilgar.

En ese momento, Paul vio en lo que Stilgar se había transformado: de un naib Fremen en una criatura del Lisan al-Gaib, un receptáculo de estupor y obediencia. Era un hombre venido a menos, y Paul vio en él el primer soplo del viento fantasmal de la yihad.

«He visto a un amigo convertirse en un adorador», pensó.

Paul sintió una sensación de soledad repentina y profunda y paseó su mirada por la estancia. Se dio cuenta de que los guardias se habían ajustado las ropas y dispuesto para pasar revista en su presencia, como si fuese una especie de competición entre ellos, como si esperasen atraer la atención de Muad'Dib.

«Muad'Dib, del que nace toda bendición —pensó, y ese fue el pensamiento más amargo de su vida—. Están convencidos de que me apoderaré del trono. Pero no saben que solo lo hago para evitar la yihad.»

Stilgar carraspeó.

—Rabban también ha muerto —dijo.

Paul asintió.

Los guardias de su derecha se pusieron firmes de repente y dejaron paso a Jessica. Iba vestida con un aba negro y caminaba como si aún estuviese sobre la arena, pero Paul notó cómo la casa le había devuelto cierto atisbo de su yo anterior, la concubina de un duque reinante. Su presencia tenía algo de su antigua seguridad.

Jessica se detuvo frente a Paul y lo miró. Vio la fatiga del chico y cómo la ocultaba, pero no sentía compasión alguna por él. Era como si hubiese quedado incapacitada para experimentar emociones hacia su hijo.

Jessica había entrado en el Gran Salón preguntándose cómo el lugar se negaba a encajar en sus recuerdos. Le resultó una estancia ajena, como si nunca hubiese entrado en ella, como si nunca la hubiese recorrido del brazo de su bienamado Leto, como si nunca se hubiese enfrentado allí a Duncan Idaho... Nunca, nunca, nunca...

«Debería existir una palabra-tensión directamente opuesta al adab, la memoria que pide —pensó—. Debería existir una palabra para los recuerdos que se rechazan.»

—¿Dónde está Alia? —preguntó.

—Fuera, haciendo lo que hace todo buen niño Fremen en tales circunstancias —dijo Paul—. Remata a los enemigos heridos y marca sus cuerpos para el equipo de recuperación de agua.

—¡Paul!

—Has de entender que lo hace por misericordia —explicó Paul—. ¿No es extraño que no podamos llegar a comprender las similitudes ocultas entre bondad y crueldad?

Jessica miró a su hijo con fijeza, asustada por el profundo cambio que parecía haber sufrido.

«¿Esto es lo que le ha hecho la muerte de su hijo?», se preguntó.

—Los hombres cuentan historias extrañas sobre ti, Paul —dijo—. Dicen que tienes todos los poderes de la leyenda... que no se te puede ocultar nada y que ves lo que nadie más puede ver.

—¿Una Bene Gesserit haciéndome preguntas sobre una leyenda? —preguntó Paul.

—Soy responsable en parte de lo que eres —admitió Jessica—. Pero no esperes que yo...

—¿Te gustaría vivir miles y miles de millones de vidas? —preguntó Paul—. ¡Imagina todas las leyendas que contemplarías! Piensa en todas esas experiencias, en toda la sabiduría que puede derivar de ellas. Pero la sabiduría atempera el amor, ¿no es cierto? Y también da una nueva dimensión al odio. ¿Cómo puede uno saber lo que es despiadado si no ha hurgado antes en las profundidades de la crueldad y de la bondad? Tendrías que tener miedo de mí, madre. Soy el Kwisatz Haderach.

Jessica intentó tragar saliva en su garganta reseca.

—Una vez negaste serlo —dijo.

Paul agitó la cabeza.

—Ya no puedo negarlo. —Miró directamente a sus ojos—.

691

El emperador y los suyos están de camino. Los harán pasar en cualquier momento. Quédate a mi lado. Quiero verlos con extrema claridad. Mi futura esposa está entre ellos.

—¡Paul! —espetó Jessica—. ¡No cometas el mismo error que tu padre!

—Es una princesa —dijo Paul—. Me abrirá el camino al trono, y eso es todo lo que será para mí. ¿Error? ¿Crees que porque soy tal como me has hecho no puedo sentir deseos de venganza?

—¿Incluso sobre los inocentes? —preguntó Jessica.

Y pensó: «No debe cometer mis mismos errores».

—Ya no hay inocentes —dijo Paul.

—Díselo a Chani —respondió Jessica, y señaló el pasillo que se abría a la parte trasera de la Residencia.

Chani entró en el Gran Salón y pasó entre los guardias Fremen como si no los viera. Se había quitado la capucha del destiltraje y soltado la máscara. Avanzó con una frágil inseguridad, atravesó la estancia y se detuvo al lado de Jessica.

Paul vio el rastro de las lágrimas en sus mejillas... «Da agua a los muertos.» Sintió una punzada de dolor, como si la presencia de Chani lo hubiera despertado de nuevo.

—Ha muerto, mi amor —dijo Chani—. Nuestro hijo ha muerto.

Paul se esforzó por mantener la compostura y se puso en pie. Extendió un brazo para tocarle la mejilla a Chani y acarició la humedad en su piel.

—Nada podrá reemplazarlo —dijo Paul—, pero habrá otros hijos. Es Usul quien te lo promete. —La apartó con suavidad y le hizo una seña a Stilgar.

—Muad'Dib —dijo Stilgar.

—El emperador y los suyos están a punto de llegar —dijo Paul—. Me quedaré aquí. Reúne a todos los prisioneros en el centro de la estancia. Quiero que permanezcan a una distancia de diez metros de mí, a menos que yo ordene lo contrario.

—A tus órdenes, Muad'Dib.

Mientras Stilgar se giraba para obedecer, Paul oyó los murmullos de los guardias Fremen:

—¿Habéis oído? ¡Lo sabe! ¡Nadie se lo ha dicho, pero lo sabe!

Poco después llegó el ruido de la escolta del emperador, los Sardaukar entonando una de sus canciones de marcha para mantener la moral alta. Después se oyó un murmullo de voces en la entrada, y Gurney Halleck pasó entre los guardias, se detuvo a decirle algo a Stilgar y luego se acercó a Paul con una extraña mirada en los ojos.

«¿También voy a perder a Gurney? —se preguntó Paul—. ¿Lo perderé como he perdido a Stilgar? ¿Perderé un amigo para ganar un adorador?»

—No llevan armas a distancia —dijo Gurney—. Me he asegurado personalmente. —Echó un vistazo a su alrededor por la estancia y vio los preparativos de Paul—. Feyd-Rautha Harkonnen está con ellos. ¿Debo encerrarlo?

—Déjalo pasar.

—También hay gente de la Cofradía que pide privilegios especiales y amenaza con desencadenar un embargo contra Arrakis. Les he dicho que te transmitiría el mensaje.

—Que amenacen si quieren.

—¡Paul! —exclamó Jessica detrás él—. ¡Estás hablando de la Cofradía!

—Dentro de poco les arrancaré los colmillos —dijo Paul.

Y pensó en la Cofradía, esa potencia que llevaba tanto tiempo acomodada que se había convertido en un parásito incapaz de existir independientemente de esa vida de la que se nutría. Nunca se habían atrevido a empuñar la espada, y ahora ya eran incapaces de hacerlo. Deberían de haberse apoderado de Arrakis cuando descubrieron el error que suponía que sus navegantes dependieran de los poderes narcóticos de consciencia de la melange. Hubieran podido hacerlo, vivir días de gloria y morir. En cambio, habían preferido vivir al día, a la espera de que el océano en que se movían les proporcionara un nuevo anfitrión cuando muriese el anterior.

Con su limitada presciencia, los navegantes de la Cofradía habían tomado una decisión fatal: habían elegido el camino más fácil, seguro y cómodo, el que siempre conduce al estancamiento.

«Que contemplen de cerca a su nuevo anfitrión», pensó Paul.

—También hay una Reverenda Madre Bene Gesserit que dice es amiga de tu madre —dijo Gurney.

—Mi madre no tiene amigas Bene Gesserit.

Gurney miró de nuevo por el Gran Salón y luego se inclinó junto a Paul.

—Thufir Hawat está con ellos, mi señor. No he tenido posibilidad de verlo a solas, pero ha usado nuestras antiguas señas con las manos para decirme que ha fingido trabajar para los Harkonnen y que te creía muerto. Dice que debe quedarse con ellos.

—¿Has dejado a Thufir con esos...?

—Es él quien lo ha querido así... y creo que es lo mejor. Si... si algo sale mal, siempre podríamos controlarlo. Si no, siempre es mejor tener un oído al otro lado.

Paul recordó entonces la posibilidad de ese momento en breves relámpagos de consciencia... y una línea temporal en la que Thufir llevaba una aguja envenenada que el emperador le había ordenado usar contra «ese duque rebelde».

Los guardias de la entrada principal se apartaron y formaron un breve pasillo de lanzas. Se elevó un susurro confuso de telas, y la arena que trajo el viento al interior de la Residencia crepitó bajo numerosos pies.

El emperador Padishah Shaddam IV entró en la estancia a la cabeza de su séquito. No llevaba el yelmo de burseg, y sus cabellos rojos estaban alborotados. La manga izquierda de su uniforme mostraba una rasgadura por toda la costura interna. Iba sin cinturón y sin armas, pero su sola presencia parecía crear un escudo a su alrededor.

Una lanza Fremen le cortó el paso y lo detuvo a la distancia ordenada por Paul. Los otros se agolparon a sus espaldas, una mezcolanza de ropas multicolores y rostros confundidos.

Paul levantó la mirada hacia el grupo: vio mujeres que intentaban disimular sus lágrimas, lacayos que habían venido a Arrakis para asistir en primera fila a una nueva victoria de los Sardaukar y a los que la derrota había dejado mudos; vio también los resplandecientes ojos de pájaro de la Reverenda Madre Gaius

Helen Mohiam que lo contemplaban con odio bajo la capucha negra, y junto a ella la furtiva silueta de Feyd-Rautha Harkonnen.

«Ese es un rostro que me ha revelado el tiempo», pensó Paul.

Luego, un movimiento detrás de Feyd-Rautha le llamó la atención, y vio un rostro delgado de comadreja que nunca había visto antes, ni en el tiempo ni fuera de él. Sin embargo, sintió que tendría que haberlo reconocido, y el repentino miedo que le causó esa sensación le hizo estremecerse.

«¿Por qué tendría que temer a ese hombre?», se preguntó.

Se inclinó hacia su madre.

—Ese hombre que está a la izquierda de la Reverenda Madre, ese que parece malvado... ¿quién es? —susurró.

Jessica miró y recordó haber visto aquel rostro en los archivos de su duque.

—El conde Fenring —dijo—. El que ocupó esta Residencia justo antes que nosotros. Un eunuco genético... y un asesino.

«El recadero del emperador», pensó Paul. Y experimentó una conmoción en lo más profundo de su consciencia, porque había visto al emperador en incontables asociaciones de sus futuros posibles, pero el conde Fenring nunca había aparecido en ninguna de sus visiones prescientes.

En ese momento, Paul recordó haber visto su propio cadáver en incontables momentos de la trama del tiempo, pero nunca había asistido al momento de su muerte.

«¿Se me ha negado la visión de este hombre porque es precisamente quien va a matarme?», se preguntó.

El pensamiento le produjo una punzada de aprensión. Dejó de mirar a Fenring y centró su atención en los hombres y oficiales Sardaukar, en la amargura de sus rostros y en su desesperación. Paul observó que algunos por aquí y por allá examinaban con atención lo que los rodeaba: medían las defensas de la estancia y planeaban la posibilidad de una tentativa desesperada que transformara su fracaso en victoria.

Finalmente, la atención de Paul se centró en una mujer alta y rubia de ojos verdes; un rostro de noble belleza, clásico en su altivez, impoluto de lágrimas y del todo inexpugnable. Paul la reconoció de inmediato: era la Princesa Real Bene Gesserit, un rostro que se le había aparecido en innumerables visiones y ocasiones. Era Irulan.

«Esa es mi llave», pensó.

Luego notó otro movimiento entre la gente que tenía delante y emergieron un rostro y una figura: Thufir Hawat, el mismo aspecto de anciano con labios oscuros y manchados, los hombros hundidos y la fragilidad propia de la edad.

—He aquí a Thufir Hawat —dijo Paul—. Que se acerque, Gurney.

—Mi señor —dijo Gurney.

—Que se acerque —repitió Paul.

Gurney asintió.

Hawat avanzó vacilante, y una lanza Fremen se levantó para dejarle paso y luego volvió a caer de inmediato a sus espaldas. Sus ojos vidriosos escrutaron a Paul, midiendo, buscando.

Paul dio un paso al frente y notó la tensión y la expectación que sus movimientos creaban en el grupo del emperador y su séquito.

La mirada de Hawat atravesó a Paul, y el anciano dijo:

—Dama Jessica, no he sabido hasta hoy lo equivocado que estaba. No merezco perdón.

Paul aguardó, pero su madre se quedó en silencio.

—Thufir, viejo amigo —dijo Paul—, como puedes ver, no le doy la espalda a ninguna puerta.

—El universo está lleno de puertas —dijo Hawat.

—¿Soy digno hijo de mi padre? —preguntó Paul.

—Te pareces más a tu abuelo —dijo Hawat con voz raposa—. Tienes sus mismos ademanes e idéntica mirada en tus ojos.

—Sin embargo, soy hijo de mi padre —dijo Paul—. Por eso te digo, Thufir, que en pago por todos tus años de servicio a mi familia, puedes pedirme ahora cualquier cosa que desees de mí. Cualquier cosa. ¿Es mi vida lo que quieres, Thufir? Tuya es.

Paul dio otro paso al frente, con las manos a los costados y fijándose en la mirada de comprensión de los ojos de Hawat.

«Sabe que conozco la traición», pensó Paul.

Redujo su voz a un susurro que tan solo Hawat podía oír y dijo:

—Lo digo en serio, Thufir. Si has de golpearme, hazlo ahora.

—Solo quería estar ante ti una vez más, mi duque —dijo Hawat. Y Paul vio por primera vez el esfuerzo que hacía el anciano para no caer al suelo. Avanzó, sujetó a Hawat por los hombros y sintió el temblor de los músculos bajo sus manos.

—¿Es dolor, viejo amigo? —preguntó Paul.

—Es dolor, mi duque —asintió Hawat—, pero el placer es mucho mayor. —Se giró a medias entre los brazos de Paul y extendió la mano izquierda con la palma hacia arriba para mostrar la pequeña aguja clavada entre sus dedos—. ¿Veis, Majestad? —indicó—. ¿Veis la aguja de vuestro traidor? ¿Creíais acaso que yo, que he dedicado toda mi vida al servicio de los Atreides, caería tan bajo a estas alturas?

Paul trastabilló cuando el anciano se derrumbó entre sus brazos, y reconoció la flacidez de la muerte. Soltó a Hawat en el suelo con suavidad, se irguió e hizo un gesto a sus guardias para que se llevaran el cuerpo.

El silencio más absoluto se apoderó de la estancia hasta que se cumplió su orden.

El rostro del emperador estaba pálido como el de un muerto. Sus ojos, que nunca habían admitido el miedo, lo reflejaban ahora por primera vez.

—Majestad —dijo Paul, y notó el gesto de sorpresa en la Princesa Real. Había pronunciado la palabra con la controlada entonación Bene Gesserit, cargándola con todo el desprecio que fue capaz de poner en ella.

«Sin duda es una Bene Gesserit», pensó Paul.

El emperador carraspeó.

—Quizá mi respetado consanguíneo crea que todo va a ir ahora según sus deseos —dijo—. Nada más lejos de la realidad. Ha violado la Convención, ha usado atómicas contra...

—He usado atómicas contra la orografía natural del desierto —interrumpió Paul—. Se interponía en mi camino y tenía prisa por llegar hasta vos, Majestad, para pediros explicaciones sobre vuestras extrañas actividades.

—Hay un gran contingente de las Grandes Casas que orbita el espacio de Arrakis en estos momentos —dijo el emperador—. Con solo una palabra mía...

—Oh, sí —dijo Paul—. Casi los había olvidado. —Buscó entre el séquito del emperador hasta ver los rostros de los dos integrantes de la Cofradía y luego miró a Gurney—: ¿Esos dos son agentes de la Cofradía, Gurney? ¿Esos dos gordos vestidos de gris?

—Sí, mi señor.

—Vosotros dos —dijo Paul al tiempo que les señalaba—, salid de inmediato y enviad mensajes para que la flota vuelva a casa ahora mismo. Después, aguardad mi autorización para...

—¡La Cofradía no acepta tus órdenes! —gritó el más alto. Él y su compañero avanzaron hasta la barrera de lanzas, que se alzó a un gesto de Paul. Los dos hombres se le acercaron, y el más alto extendió un brazo hacia él—. Más bien vas a conocer lo que es un embargo por tu...

—Si oigo otra estupidez de ese tipo por parte de vosotros dos —dijo Paul—, daré orden de que se destruya toda la producción de especia de Arrakis... para siempre.

—¿Estás loco? —exclamó el más alto. Dio medio paso hacia atrás.

—Entonces, admites que puedo hacerlo, ¿no? —preguntó Paul.

El hombre de la Cofradía se quedó contemplando la nada por un instante.

—Sí —admitió—, puedes hacerlo, pero no debes.

—Ahhh —dijo Paul, que inclinó la cabeza como si afirmara para sí—. Así que vosotros sois navegantes, ¿eh?

—¡Sí!

—Tú mismo te quedarías ciego —dijo el más bajo de los dos—. Y nos condenarías a todos a una muerte lenta. ¿Sabes lo que ocurre cuando un adicto se ve privado del licor de especia?

—El ojo que busca ante él el camino más seguro queda cerrado para siempre —dijo Paul—. La Cofradía está mutilada. Los seres humanos, convertidos en pequeños grupos aislados en sus planetas aislados. ¿Sabéis? Podría hacerlo por puro despecho... o por simple aburrimiento.

—Hablemos en privado —dijo el más alto de los hombres

de la Cofradía—. Estoy seguro de que podemos llegar a un acuerdo que...

—Enviad ese mensaje a los que sobrevuelan Arrakis —dijo Paul—. Estoy cansado de esta discusión. Si esa flota no se retira de inmediato, no tendremos necesidad de hablar. —Señaló a sus hombres de comunicaciones a un lado de la sala—. Podéis usar nuestro equipo.

—Debemos llegar a un acuerdo antes —dijo el hombre más alto—. No podemos limitarnos a...

—¡Enviad el mensaje! —rugió Paul—. Los que pueden destruir algo son los que de verdad lo controlan. Vosotros mismos habéis admitido que tengo ese poder. No estamos aquí para discutir, negociar o buscar compromisos. ¡Obedeceréis mis órdenes o sufriréis las consecuencias de inmediato!

—Lo dice en serio —dijo el más bajo de los hombres de la Cofradía. Paul vio que el miedo se apoderaba de él.

Los hombres se dirigieron despacio hacia el equipo de comunicaciones de los Fremen.

—¿Obedecerán? —preguntó Gurney.

—Tienen una visión del tiempo algo restringida —explicó Paul—. Ven ante sí una pared desnuda donde se inscriben las consecuencias de su desobediencia. Todos los navegantes de la flota que orbita sobre nosotros ven ante sí esa misma pared. Obedecerán.

Paul se giró y miró al emperador.

—Cuando os permitieron acceder al trono de vuestro padre —dijo—, fue únicamente con la garantía de que los envíos de especia seguirían llegando. Les habéis fallado, Majestad. ¿Sabéis cuáles son las consecuencias?

—Nadie me ha permitido...

—Dejad de haceros el imbécil —gruñó Paul—. La Cofradía es como un pueblo a la orilla de un río. Necesita el agua, pero no puede coger más que la necesaria. No puede construir un dique para controlar el río, porque atraería la atención sobre sus extracciones y podría llevarlos a la destrucción final. Ese río es la especia, y yo he construido un dique. Pero está construido de tal modo que no se puede derruir sin destruir también el río.

El emperador se pasó una mano por sus rojos cabellos y miró las espaldas de los dos hombres de la Cofradía.

—Hasta vuestra Decidora de Verdad Bene Gesserit está temblando —dijo Paul—. Hay otros venenos que las Reverendas Madres pueden usar para sus trucos, pero después de haberse servido del licor de especia, el resto queda sin efecto.

La anciana agarró la túnica negra y holgada y avanzó hasta detenerse tras la barrera de lanzas.

—Reverenda Madre Gaius Helen Mohiam —saludó Paul—. Ha pasado mucho tiempo desde Caladan, ¿no es así?

Ella fulminó con la mirada a su madre.

—Bien, Jessica —dijo—, veo que tu hijo es ese que buscábamos. Solo por esto se te puede perdonar esa abominación que es tu hija.

Paul dominó su fría y cortante cólera.

—¡No tienes derecho ni razón para perdonarle nada a mi madre! —dijo.

La anciana cruzó la mirada con la de Paul.

—Prueba tus trucos conmigo, vieja bruja —dijo Paul—. ¿Dónde está tu gom jabbar? ¡Intenta mirar a ese lugar donde no te atreves a poner tus ojos! ¡Allí te estaré esperando!

La anciana bajó su mirada.

—¿No tienes nada que decir? —preguntó Paul.

—Te di la bienvenida entre los seres humanos —murmuró ella—. No lo mancilles.

Paul alzó la voz:

—¡Observadla, camaradas! Es una Reverenda Madre Bene Gesserit, el más paciente de los seres al servicio de la más paciente de las causas. Ha aguardado con sus hermanas durante más de noventa generaciones a que se produjera la combinación exacta de genes y medio ambiente necesaria para producir la persona que exigían sus planes. ¡Observadla! Ahora sabe que esas noventa generaciones han conseguido producir esa persona. Aquí estoy... ¡Pero... nunca... obedeceré... sus... órdenes!

—¡Jessica! —aulló la Reverenda Madre—. ¡Haz que calle!

—Hacedle callar vos misma —dijo Jessica.

Paul miró a la anciana.

—Te haría estrangular con gusto por tu papel en todo esto. ¡Y no podrías impedírmelo! —espetó Paul mientras ella se erguía furiosa—. Pero creo que el mejor castigo es dejarte vivir hasta el fin de tus días sin que nunca puedas tocarme ni doblegarme al más mínimo de tus pérfidos deseos.

—Jessica, ¿qué has hecho? —exigió la anciana.

—Solo te concederé una cosa —dijo Paul—. Has visto parte de lo que necesita la especie, pero qué visión tan pobre. ¡Creéis que controlar la evolución humana solo pasa por entremezclar algunos individuos que se adecúen a vuestros planes! Qué poco entendéis de lo que...

—¡No debes hablar de esas cosas! —siseó la anciana.

—¡Silencio! —gruñó Paul. Y la palabra pareció adquirir consistencia mientras se contorsionaba en el aire bajo el control de Paul.

La anciana retrocedió y se tambaleó hasta caer en brazos de los que tenía a sus espaldas, mortalmente pálida ante el poder que había golpeado su mente.

—Jessica —susurró—. Jessica.

—Recuerdo tu gom jabbar —dijo Paul—. Recuerda tú el mío. ¡Puedo matarte con una sola palabra!

Los Fremen de la estancia intercambiaron miradas intencionadas. ¿Acaso la leyenda no decía: «Y sus palabras llevarán la muerte eterna a quienes se opongan a su justicia»?

Paul dirigió su atención hacia la Princesa Real, inmóvil junto a su padre el emperador. Luego dijo, con los ojos fijos en ella:

—Majestad, ambos conocemos la única salida a nuestras adversidades.

El emperador miró a su hija y luego a Paul.

—¿Cómo te atreves? ¡Tú! Un aventurero sin familia, un don nadie de...

—Vos mismo habéis admitido quien soy —dijo Paul—. Consanguíneo real, habéis dicho. Terminemos con esta comedia.

—Soy tu gobernante —dijo el emperador.

Paul miró a los hombres de la Cofradía, que se habían quedado inmóviles y lo miraban desde el equipo de comunicaciones. Uno de ellos asintió.

—Podría obligaros —dijo Paul.

—¡No te atreverás! —rechinó el emperador.

Paul se limitó a observarlo.

La Princesa Real puso una mano en el brazo de su padre.

—Padre —dijo con voz suave y tranquilizadora.

—No emplees tus trucos conmigo —dijo el emperador. La miró—. No necesitas hacer esto, hija. Tenemos otros recursos que...

—Pero este hombre es digno de ser tu hijo —dijo Irulan.

La anciana Reverenda Madre recuperó la compostura, avanzó hacia el emperador y le susurró algo al oído.

—Está defendiendo tu casa —dijo Jessica.

Paul no dejó de mirar a la princesa de cabellos dorados. Luego se inclinó hacia su madre y dijo en voz baja:

—Esa es Irulan, la mayor, ¿no?

—Sí.

Chani se situó al otro lado de Paul.

—¿Quiere que me retire, Muad'Dib? —dijo.

Él la miró.

—¿Retirarte? Nunca te apartarás de mi lado.

—No hay nada que nos una —dijo Chani.

Paul se la quedó mirando en silencio por un momento.

—No me ocultes la verdad, mi Sihaya —dijo luego. Chani fue a responder, pero Paul le puso un dedo en los labios—. El lazo que nos une nunca se podrá deshacer. Ahora, observa con atención lo que aquí ocurra, porque luego quiero volver a ver esta sala a los ojos de tu sabiduría.

El emperador y su Decidora de Verdad discutían enérgicamente en voz baja.

Paul le dijo a su madre:

—Le está recordando que su parte del acuerdo es colocar a una Bene Gesserit en el trono, y que Irulan es la que está preparada para ello.

—¿Ese era su plan? —preguntó Jessica.

—¿Acaso no es obvio? —dijo Paul.

—¡Sé ver los signos! —exclamó Jessica—. Con mi pregunta solo pretendía recordarte que no intentes enseñarme lo que te he inculcado yo misma.

Paul la miró y percibió una gélida sonrisa en sus labios.

Gurney Halleck se inclinó.

—Mi señor, te recuerdo que hay un Harkonnen entre ellos. —Señaló con la cabeza a Feyd-Rautha, que estaba apoyado en la barrera de lanzas a su izquierda—. Ese de ojos esquivos, a la izquierda. Tiene el rostro más diabólico que haya visto en mi vida. En una ocasión me prometiste que...

—Gracias, Gurney —dijo Paul.

—Es el nabarón... el barón, ahora que el viejo ha muerto —dijo Gurney—. Me servirá para lo que...

—¿Puedes vencerlo, Gurney?

—¡Mi señor bromea!

—Esa discusión entre el emperador y su bruja ya ha durado demasiado, ¿no crees, madre?

Jessica asintió.

—Ciertamente.

Paul alzó su voz para dirigirse al emperador.

—Majestad, ¿hay algún Harkonnen con vos?

La manera en la que el emperador se giró para mirar a Paul denotaba un regio desdén.

—Creía que mi séquito estaba bajo la protección de tu palabra ducal —dijo.

—Solo era una pregunta a título informativo —dijo Paul—. Me gustaría saber si algún Harkonnen forma parte de vuestro séquito oficialmente o se ha escondido en él por pura cobardía.

El emperador le dedicó una sonrisa calculadora.

—Quienquiera que se encuentre entre los que me rodean forma parte de mi séquito.

—Tenéis la palabra de un duque —dijo Paul—, pero con Muad'Dib es diferente. Puede que él no reconozca vuestra definición de lo que constituye un séquito. Mi amigo Gurney Halleck desea matar a un Harkonnen. Si él...

—¡Kanly! —gritó Feyd-Rautha. Intentó apartar la barrera de lanzas—. Tu padre invocó esa venganza, Atreides. ¡Me llamas cobarde mientras te escondes entre tus mujeres y envías a un lacayo contra mí!

La anciana Decidora de Verdad susurró algo al oído del emperador, pero él la apartó y dijo:

—Kanly, ¿no? Hay unas reglas muy estrictas para el kanly.

—Paul, pon fin a esto de una vez —dijo Jessica.

—Mi señor —dijo Gurney—, me prometiste que tendría ocasión de enfrentarme a los Harkonnen.

—Has tenido una buena oportunidad durante todo el día de hoy —dijo Paul, que sintió que las emociones fluían de él, dejándolo vacío como un muñeco. Se quitó la túnica y la capucha y se las tendió a su madre, así como su cinturón y su crys, para luego empezar a desabrocharse el destiltraje. Sintió que todo el universo estaba concentrado en ese mismo instante.

—No es necesario —dijo Jessica—. Hay otros caminos más sencillos, Paul.

Paul se quitó el destiltraje y sacó el crys de la funda que tenía su madre entre las manos.

—Lo sé —dijo—. Veneno, un asesino... Los caminos habituales.

—¡Me prometiste un Harkonnen! —siseó Gurney, y Paul vio la rabia que se reflejaba en su rostro y cómo se le oscurecía la cicatriz de estigma—. ¡Me lo debes, mi señor!

—¿Acaso te han hecho sufrir más que a mí? —preguntó Paul.

—Mi hermana —dijo Gurney con voz ronca—. Los años que pasé en los pozos de esclavos...

—Mi padre —dijo Paul—. Mis buenos amigos y compañeros: Thufir Hawat y Duncan Idaho, mis años como fugitivo sin rango ni seguidores... Y algo más, el kanly, y sabes tan bien como yo que hay que respetar las reglas.

Halleck dejó caer los hombros.

—Mi señor, si ese cerdo... no es más que una bestia asquerosa que puedes aplastar con el pie y descartar luego la bota porque estará contaminada. Llama a un verdugo si lo crees necesario, o déjamelo a mí, pero no te ofrezcas tú mismo para...

—Muad'Dib no necesita hacer algo así —dijo Chani.

Paul la miró y vio el miedo en sus ojos.

—Pero el duque Paul debe hacerlo —dijo.

—¡Solo es una bestia Harkonnen! —jadeó Gurney.

Paul vaciló, a punto de revelar su propia ascendencia Harkonnen, pero una mirada cortante de su madre lo detuvo.

—Una bestia que tiene forma humana, Gurney —se limitó a decir—, y debe beneficiarse de la duda humana.

—Si solo... —insistió Gurney.

—Te lo ruego, mantente al margen —dijo Paul. Sopesó el crys y apartó a Gurney a un lado con suavidad.

—¡Gurney! —dijo Jessica. Tocó el brazo del hombre—. Es como su abuelo. No le distraigas. Es lo único que puedes hacer ahora por él.

Y pensó: «¡Gran Madre, qué ironía!».

El emperador estudió a Feyd-Rautha, vio sus abultados hombros y sus recios músculos. Se giró para observar a Paul: un joven delgado como la trenza de un látigo, no tan enjuto como los nativos de Arrakis, pero se le podían contar las costillas bajo la piel y ver cómo se le tensaban y contraían los músculos.

Jessica se inclinó hacia Paul y le murmuró a su oído solo para que él la oyese:

—Solo una cosa, hijo. A veces, la gente peligrosa está preparada por las Bene Gesserit, con una palabra implantada en lo más profundo de su mente, según la antigua técnica del placer-dolor. La palabra que más se suele usar es «Uroshnor». Si se ha preparado a ese hombre, y estoy convencida de que así ha sido, susurrar esa palabra a sus oídos aflojará sus músculos y...

—No necesito ninguna ventaja —interrumpió Paul—. Apártate, por favor.

—¿Por qué lo hace? —preguntó Gurney a Jessica—. ¿Quiere que lo mate y convertirse en un mártir? ¿Todas esas chácharas religiosas de los Fremen han nublado su razón?

Jessica hundió el rostro entre las manos al darse cuenta de que no sabía por qué Paul actuaba así. Podía advertir la presencia de la muerte en la estancia y sabía que este Paul, tan cambiado y distinto, era capaz de lo que había sugerido Gurney. Todo su ser estaba centrado en defender a su hijo, pero no había nada que pudiera hacer en este caso.

—¿Son esas chácharas religiosas? —insistió Gurney.

—¡Calla! —dijo Jessica—. Y reza.

El rostro del emperador se iluminó con una repentina sonrisa.

—Si Feyd-Rautha Harkonnen... de mi séquito... así lo desea —dijo—, le libero de cualquier limitación para que pueda actuar según su deseo. —El emperador levantó una mano hacia los guardias Fedaykin de Paul—. Alguien entre vuestra gentuza tiene mi cinturón y mi puñal. Si Feyd-Rautha lo desea, puede enfrentarse contigo con mi propia hoja.

—Lo deseo —dijo Feyd-Rautha, y Paul percibió la emoción en el rostro del hombre.

«Es demasiado confiado —pensó Paul—. Esa es una ventaja natural que puedo aceptar.»

—Traed la hoja del emperador —dijo Paul, y esperó a que obedecieran su orden—. Dejadla allí en el suelo. —Señaló el lugar con el pie—. Que la escoria imperial se retire hacia el muro y deje solo al Harkonnen.

La orden de Paul provocó un rumor de ropas, pies que se arrastraban, órdenes en voz baja y protestas. Los hombres de la Cofradía se quedaron inmóviles junto al equipo de comunicaciones. Observaban a Paul con una indecisión manifiesta.

«Están acostumbrados a ver el futuro —pensó Paul—. Pero en este lugar y tiempo están ciegos... tanto como yo.»

Intentó sondear los vientos del tiempo, sentir los torbellinos, los nexos de la tormenta que se concentraban en ese preciso lugar y momento. Pero se habían cerrado hasta los huecos más sutiles. Sabía que allí estaba la yihad que aún no había tenido lugar. También la consciencia racial que había ya experimentado y su terrible finalidad. Era el lugar adecuado para un Kwisatz Haderach o un Lisan al-Gaib, incluso para los titubeantes planes Bene Gesserit. La especie humana había tomado consciencia de su estancamiento y de su estado latente, y había encontrado la única salida en ese torbellino que mezclaría los genes y del que sobrevivirían solo las combinaciones más fuertes. En ese momento, todos los seres humanos formaban un único organismo inconsciente que experimentaba un tipo de necesidad sexual capaz de derribar cualquier barrera.

Y Paul comprendió la futilidad de sus esfuerzos por modificar eso lo más mínimo. Había pensado poder oponerse él solo a la yihad, pero la yihad seguiría existiendo. Incluso sin él, sus legiones se esparcirían con rabia fuera de Arrakis. Solo necesitaban una leyenda, y él ya se había convertido en una. Les había mostrado el camino, les había permitido dominar incluso a la Cofradía gracias a que necesitaban la especia para sobrevivir.

Le invadió una sensación de fracaso, y entonces vio que Feyd-Rautha se había despojado de su uniforme destrozado para quedarse solo con una simple malla metálica de combate.

«Este es el clímax —pensó Paul—. A partir de este momento, el futuro se abrirá y las nubes dejarán paso a una luz gloriosa. Si muero aquí, dirán que me he sacrificado para que mi espíritu los guíe. Si vivo, dirán que nada puede oponerse a Muad'Dib.»

—¿Está preparado el Atreides? —dijo Feyd-Rautha, utilizando las palabras del antiguo ritual kanly.

Paul eligió responder según la costumbre Fremen:

—¡Que tu cuchillo se astille y se rompa! —Señaló la hoja del emperador en el suelo para indicar a Feyd-Rautha que podía avanzar y cogerla.

Feyd-Rautha se inclinó sobre el cuchillo sin apartar la atención de Paul y luego lo balanceó un momento en su mano para sopesarlo. Cada vez estaba más emocionado. Era el combate que siempre había soñado, de hombre a hombre, habilidad contra habilidad, sin el estorbo de ningún escudo. Ese combate le abriría el camino del poder, puesto que el emperador premiaría sin la menor duda a quien eliminara a aquel fastidioso duque. Tal vez incluso concediera como premio a su altanera hija y una parte del trono. Y ese paleto convertido en duque, ese vagabundo del desierto, no podía ser un adversario digno de un Harkonnen adiestrado en todas las estratagemas y las traiciones de mil combates en la arena. Y ese patán ignoraba que tendría que vérselas contra muchas más armas que un simple cuchillo.

«¡Veremos si resistes al veneno!», pensó Feyd-Rautha.

Saludó a Paul con la hoja del emperador y dijo:

—Prepárate a morir, loco.

—¿Empezamos el combate, primo? —preguntó Paul. Avanzó con paso felino, los ojos fijos en la hoja que tenía delante, el cuerpo encorvado y el crys blanco lechoso apuntando hacia delante como si fuese una extensión de su brazo.

Giraron uno alrededor del otro mientras sus pies desnudos hacían crujir el suelo y a la espera de la más mínima abertura.

—Qué bien bailas —dijo Feyd-Rautha.

«Es un hablador —pensó Paul—. Es otra debilidad. El silencio le inquieta.»

—¿Te has arrepentido de tus errores? —preguntó Feyd-Rautha.

Paul siguió girando en silencio.

La anciana Reverenda Madre observó el combate desde la primera fila junto al emperador y empezó a temblar. El Atreides había llamado primo al Harkonnen. Eso significaba que conocía los ancestros que compartían, lógico al tratarse del Kwisatz Haderach. Pero esas palabras la obligaron a concentrarse en lo único que le importaba ahora.

Aquello podía convertirse en una terrible catástrofe para los planes selectivos de las Bene Gesserit.

Había entrevisto parte de las conclusiones a las que había llegado Paul: que Feyd-Rautha podía matarlo pero sin salir por ello victorioso. Sin embargo, fue otro pensamiento el que la abrumó. Tenía ante ella a los dos productos finales de un largo y costoso programa e iban a enfrentarse en un combate a muerte que podía acabar con la vida de cualquiera de ellos. Si ambos morían allí, solo quedaría la hija bastarda de Feyd-Rautha, que aún era un bebé y era un factor desconocido, y Alia, una abominación.

—Quizá aquí solo tengáis ritos paganos —dijo Feyd-Rautha—. ¿Quieres que la Decidora de Verdad del emperador prepare tu espíritu para este viaje?

Paul sonrió y giró alerta hacia la derecha mientras sus tenebrosos pensamientos quedaban anulados por las necesidades de aquel momento.

Feyd-Rautha saltó e hizo una finta con la mano derecha, pero se pasó el cuchillo a la izquierda en un abrir y cerrar de ojos y atacó.

Paul lo esquivó con facilidad y notó en el golpe de Feyd-

Rautha la vacilación característica del condicionamiento del escudo. Sin embargo, fue leve, y Paul llegó a la conclusión de que Feyd-Rautha había combatido antes contra adversarios sin escudo.

—¿Acaso un Atreides corre en lugar de combatir? —preguntó Feyd-Rautha.

Paul siguió girando en silencio. Recordó las palabras de Idaho, las que le había dicho hacía mucho tiempo en el campo de prácticas de Caladan: «Usa los primeros momentos para estudiar al adversario. Puede que así pierdas la posibilidad de una victoria rápida, pero esos momentos de análisis son una garantía de éxito. Tómate tu tiempo y actúa sobre seguro».

—Tal vez piensas que esa danza prolongará tu vida unos pocos instantes —dijo Feyd-Rautha—. Estupendo. —Dejó de girar y se irguió.

Paul había visto lo suficiente para una primera evaluación. Feyd-Rautha avanzó por el lado izquierdo, lo que dejaba el flanco derecho virado hacia Paul, como si la cota de malla pudiera protegerlo de arriba abajo. Era el modo de actuar de un hombre adiestrado en el uso del escudo y con un puñal en ambas manos.

O tal vez la cota de malla no era lo que parecía. Paul titubeó.

El Harkonnen daba la impresión de estar demasiado confiado ante un hombre que ese mismo día había conducido a sus fuerzas a la victoria contra las legiones Sardaukar.

Feyd-Rautha notó la vacilación.

—¿Por qué prolongas lo inevitable? —dijo—. No haces más que impedirme ejercitar mis derechos sobre este mundo infecto.

«Quizá sea una aguja —pensó Paul—. Una muy bien escondida. No hay el menor rastro en la malla.»

—¿Por qué no hablas? —preguntó Feyd-Rautha.

Paul volvió a empezar a girar y se permitió que una gélida sonrisa fuera la única respuesta a la inquietud que había captado en la voz de Feyd-Rautha, una prueba de que el silencio estaba haciendo su efecto.

—Sonríes, ¿eh? —dijo Feyd-Rautha. Y saltó en mitad de la frase.

Paul esperó un mínimo titubeo, lo que hizo que casi no consiguiera evitar el corte de la hoja, cuya punta le rozó el brazo izquierdo. Evitó pensar en el repentino dolor y llegó a la conclusión de que la primera vacilación había sido un truco, una contrafinta. Era un adversario muy superior a lo que había esperado. Debía hacer fintas en las fintas de las fintas.

—El propio Thufir Hawat me enseñó algunos de estos golpes —dijo Feyd-Rautha—. Incluso llegó a hacerme daño. Qué pena que ese viejo estúpido no esté vivo para ver esto.

Paul recordó lo que Idaho le había dicho una vez: «En combate, fíjate solo en lo que ocurre en la pelea. De este modo, nunca te sorprenderán».

Volvieron a girar uno alrededor del otro, agazapados y acechando.

Paul vio cómo la emoción volvió a florecer en el rostro de su oponente y se preguntó la razón. ¿Acaso un arañazo significaba tanto para él? ¡A menos que la hoja estuviera envenenada! Pero ¿cómo podía ser posible? Sus hombres habían tenido el arma entre sus manos, la habían examinado antes de dársela. Eran demasiado experimentados para no reparar en algo tan obvio.

—Esa mujer con la que hablabas antes —dijo Feyd-Rautha—. Esa pequeña. ¿Acaso es algo especial para ti? ¿Quizá tu animalillo favorito? ¿Debo reservarle una atención especial?

Paul se quedó en silencio mientras sus sentidos interiores examinaban la sangre que goteaba de la herida. Descubrió que había un somnífero en el arma del emperador. Modificó su metabolismo para rechazar la amenaza y alteró las moléculas del narcótico, pero le asaltó una duda. Habían preparado la hoja con un somnífero. Un somnífero. Algo que el detector de venenos no descubriría, pero lo suficientemente fuerte como para paralizar sus músculos si lo alcanzaba. Sus enemigos tenían sus propios planes en los planes, sus propias traiciones y estratagemas.

Feyd-Rautha volvió a saltar y lanzó un golpe.

Con una sonrisa helada en sus labios, Paul fintó con calculada lentitud, como si estuviera paralizado por la droga, y en el último instante esquivó para luego golpear el brazo que atacaba con la punta de su crys.

Feyd-Rautha esquivó parcialmente el golpe saltando de costado y retrocediendo mientras pasaba el cuchillo a la mano izquierda. Sus mejillas palidecieron cuando notó el dolor del ácido en la herida causada por Paul.

«Dejémosle un momento de duda —pensó Paul—. Dejémosle sospechar que es veneno.»

—¡Traición! —gritó Feyd-Rautha—. ¡Me ha envenenado! ¡Noto el veneno en el brazo!

Paul rompió su silencio por primera vez.

—Solo es un poco de ácido —dijo— para contrarrestar el somnífero de la hoja del emperador.

Feyd-Rautha dedicó una gélida sonrisa a Paul y levantó la hoja de su mano izquierda para saludar con sorna. Sus ojos brillaban de rabia tras el cuchillo.

Paul también pasó el crys a su mano izquierda y se encaró con su oponente. Volvieron a iniciar esos giros para analizarse.

Feyd-Rautha se le acercó despacio, con el cuchillo en alto y la rabia reflejada en sus ojos entornados y la mandíbula prominente. Fintó hacia la derecha y abajo, y se encontraron uno frente al otro con las hojas entrecruzadas y presionando.

Paul desconfiaba del lado derecho de Feyd-Rautha, donde sospechaba que estaba la aguja envenenada, por lo que le obligó a girar hacia la derecha. Estuvo a punto de no ver el resplandor de la aguja bajó el cinturón. Fue un movimiento de Feyd-Rautha, una distensión repentina de sus músculos, lo que lo puso sobre alerta. La punta pasó muy cerca de la carne de Paul.

«¡En la cadera izquierda! Traición en la traición de la traición», pensó Paul.

Usó el adiestramiento Bene Gesserit de sus músculos para apartarse de improviso y así aprovechar el reflejo instintivo de Feyd-Rautha, pero la necesidad de alejarse de la aguja envenenada en la cadera de su oponente le hizo trastabillar y caer al suelo, con Feyd-Rautha sobre él.

—¿La ves en mi cadera? —susurró Feyd-Rautha—. Vas a morir, estúpido. —Y empezó a contorsionarse para que la aguja se acercara más y más—. Paralizará tus músculos, y mi cuchillo acabará contigo. ¡No quedará rastro que pueda ser detectado!

Paul luchó con todos sus músculos y oyó los gritos silenciosos en su mente, las advertencias de sus antepasados que exigían que pronunciara la palabra secreta para detener a Feyd-Rautha y salvarse.

—¡No la diré! —jadeó Paul.

Feyd-Rautha lo miró con imperceptible vacilación. Sin embargo, fue suficiente para que Paul captara el punto débil en el equilibrio de su adversario, hiciera palanca y le obligara a rodar sobre sí mismo, lo que los dejó en la posición inversa. Ahora Feyd-Rautha estaba bajo él, con su cadera derecha en alto e incapaz de girarse porque la aguja de su cadera izquierda se había clavado en el suelo.

Paul liberó su mano izquierda, ayudado por la lubricación de la sangre de su brazo, y golpeó a Feyd-Rautha por debajo de la mandíbula. La punta del crys se abrió camino hasta el cerebro. Feyd-Rautha se estremeció y se retorció en el suelo, con el costado aún parcialmente sujeto debido a la aguja clavada.

Paul respiró hondo para recobrar su calma, se impulsó hacia arriba y se puso en pie. Permaneció inmóvil sobre el cuerpo con el cuchillo en la mano y alzó los ojos hacia el emperador con deliberada lentitud.

—Majestad —dijo—, habéis perdido otro efectivo. ¿Vamos a dejar de tergiversar y engañarnos? ¿Vamos a discutir lo que conviene hacer? El matrimonio de vuestra hija conmigo y una vía libre para que un Atreides se siente en el trono.

El emperador se giró para mirar al conde Fenring. El conde le sostuvo la mirada, ojos grises contra ojos verdes. Cualquier palabra era inútil, se conocían desde hacía tanto tiempo que bastaba una simple mirada.

«Mata a este advenedizo por mí —decía el emperador—. El Atreides es joven y tiene recursos, sí... pero también está cansado debido al largo esfuerzo y no resistirá un combate contra ti. Desafíalo ahora. Sabes cómo hacerlo. Mátalo.»

Fenring movió la cabeza despacio, un prolongado giro hacia el rostro de Paul.

—¡Hazlo! —siseó el emperador.

El conde miró a Paul con fijeza, tal como la dama Margot le

había enseñado, a la manera Bene Gesserit, consciente del misterio y la oculta grandeza que había en ese Atreides.

«Podría matarlo», pensó Fenring... Y sabía que era cierto.

Sin embargo, algo en sus más remotas profundidades retuvo al conde, quien tuvo una visión breve e inadecuada de su superioridad frente a Paul, una manera de ocultarse de él, unos motivos furtivos que nadie podía dilucidar.

Paul consiguió comprenderlo en parte a través del bullir de ese nexo del tiempo y al fin comprendió por qué nunca había visto a Fenring en las tramas de su presciencia. Fenring era uno de esos que hubiera podido ser, un Kwisatz Haderach en potencia, malogrado por una mancha en su esquema genético, un eunuco cuyo talento se había ocultado y reprimido. En ese momento, sintió una profunda compasión por el conde Fenring, el primer sentimiento de fraternidad que había experimentado hasta el momento.

Al notar la emoción de Paul, Fenring dijo:

—Majestad, me niego.

La rabia inundó a Shaddam IV, que dio dos pasos a través de su cortejo y abofeteó a Fenring con todas sus fuerzas.

El rostro del conde se ensombreció. Alzó la vista, miró con fijeza al emperador y, con tranquilo y deliberado énfasis, dijo:

—Hemos sido amigos, Majestad. Lo que hago ahora solo lo hago por amistad. Olvidaré esta afrenta.

Paul carraspeó.

—Hablábamos del trono, Majestad —dijo.

El emperador se giró con brusquedad y miró a Paul con ojos llameantes.

—¡El trono es mío! —bramó.

—Tendréis otro en Salusa Secundus —dijo Paul.

—¡He depuesto las armas y he venido aquí confiando en tu palabra! —gritó el emperador—. Cómo te atreves a amenazarme...

—Estáis seguro en mi presencia —dijo Paul—. Es un Atreides quien os lo ha prometido. Pero Muad'Dib os sentencia a vuestro planeta prisión. No tengáis miedo, Majestad. Usaré todos los poderes a mi alcance para hacer que el lugar sea menos hostil. Lo transformaré en un planeta jardín, lleno de cosas encantadoras.

El sentido oculto de las palabras de Paul llegó hasta la mente del emperador, quien miró a Paul desde el otro lado de la estancia.

—Ahora comprendo tus verdaderos motivos —gruñó.

—Ciertamente —dijo Paul.

—¿Y Arrakis? —preguntó el emperador—. ¿También será otro planeta jardín lleno de cosas encantadoras?

—Los Fremen tienen la palabra de Muad'Dib —dijo Paul—. El agua fluirá libre bajo el cielo de este mundo, y Arrakis tendrá oasis verdeantes llenos de cosas hermosas. Pero también debemos pensar en la especia. Por lo que siempre habrá desierto... y también vientos terribles y pruebas para endurecer al hombre. Nosotros los Fremen tenemos un dicho: «Dios creó Arrakis para probar a los fieles». Uno no puede ir contra la palabra de Dios.

La anciana Decidora de Verdad, la Reverenda Madre Gaius Helen Mohiam, había captado otro significado oculto en las palabras de Paul. Había entrevisto la yihad. Dijo:

—¡No puedes soltar a esa gente sobre el universo!

—¡Desearéis recuperar las amables costumbres de los Sardaukar! —espetó Paul.

—No puedes —susurró ella.

—Eres una Decidora de Verdad —dijo Paul—. Analiza tus palabras. —Miró a la Princesa Real, luego al emperador—. Decidid pronto, Majestad.

El emperador dedicó una mirada afligida a su hija. Ella le tocó el brazo y dijo con tranquilidad:

—Me han educado para esto, padre.

Él respiró hondo.

—No podéis permitirlo —murmuró la anciana Decidora de Verdad.

El emperador se irguió y recuperó algo de su dignidad perdida.

—¿Quién negociará por ti, consanguíneo? —preguntó.

Paul se giró, miró a su madre, que tenía los ojos casi cerrados por el agotamiento y se encontraba junto a Chani y un grupo de Fedaykin. Se acercó a ellos, se detuvo frente a Chani y la observó.

—Sé por qué lo haces —murmuró ella—. Si ha de ser así... Usul.

Paul notó las lágrimas reprimidas que evidenciaba su voz y le acarició la mejilla.

—Mi Sihaya nunca tendrá nada que temer —susurró. Dejó caer el brazo y se giró hacia su madre—. Tú negociarás por mí, madre, con Chani a tu lado. Tiene sabiduría y una vista aguzada. Y es cierto lo que dicen: nadie es más duro negociando que un Fremen. Su amor por mí y nuestros hijos que están por venir le indicarán cuáles son nuestras necesidades. Hazle caso.

Jessica adivinó los fríos cálculos que se escondían tras las palabras de su hijo y se estremeció.

—¿Cuáles son tus instrucciones? —preguntó.

—Exijo como dote la totalidad de las propiedades del emperador en la Compañía CHOAM —dijo.

—¿La totalidad? —Jessica se quedó estupefacta y casi no pudo articular palabra.

—Debe ser despojado del todo. Quiero un condado y un directorio de la CHOAM para Gurney Halleck, y le será entregado el feudo de Caladan. Títulos y poderes para todos los supervivientes de los Atreides, hasta el más humilde soldado.

—¿Y para los Fremen? —preguntó Jessica.

—Los Fremen son cosa mía —dijo Paul—. Lo que reciban les será dado por Muad'Dib. Para empezar, Stilgar será gobernador en Arrakis, pero eso puede esperar.

—¿Y para mí? —preguntó Jessica.

—¿Hay algo que desees especialmente?

—Quizá Caladan —dijo, mirando a Gurney—. No estoy segura. Me he vuelto demasiado parecida a los Fremen... y soy una Reverenda Madre. Necesito un tiempo de paz y tranquilidad para reflexionar.

—Lo tendrás —dijo Paul—, y cualquier otra cosa que Gurney o yo podamos darte.

Jessica asintió y, de repente, se sintió vieja y cansada. Miró a Chani.

—¿Y para la concubina real?

—No quiero títulos —murmuró Chani—. Ninguno. Por favor.

Paul bajó la mirada para contemplar sus ojos y, de pronto, la recordó como la había visto en otras ocasiones, con el pequeño Leto en sus brazos, su hijo que había encontrado la muerte en esa violencia.

—Te juro que no necesitarás ningún título —murmuró—. Esa mujer será mi esposa y tú solo una concubina, porque esto es un asunto político y debemos sellar la paz y aliarnos con las Grandes Casas del Landsraad. Respetaremos las formalidades. Pero esa princesa no obtendrá de mí más que el nombre. Ningún hijo, ninguna caricia, ninguna mirada, ningún momento de deseo.

—Eso dices ahora —murmuró Chani. Miró a la princesa rubia que estaba al otro lado de la estancia.

—¿Tan poco conoces a mi hijo? —susurró Jessica—. Mira a esa princesa inmóvil, orgullosa y tan segura de sí misma. Dicen que tiene pretensiones literarias. Esperemos que puedan llenar su existencia, porque va a tener muy poco más. —Se le escapó una risotada amarga—. Piensa en ello, Chani: esa princesa tendrá el nombre, pero será mucho menos que una concubina. Nunca recibirá un momento de ternura por parte del hombre al que estará unida. Mientras que a nosotras, Chani, nosotras que arrastramos el nombre de concubinas... la historia nos llamará esposas.

APÉNDICES

APÉNDICE I

La ecología de Dune

> Dentro de un espacio finito y una vez superado el punto crítico, la libertad disminuye a medida que se incrementa el número. Esto es válido tanto para los hombres en el espacio finito de un ecosistema planetario como para las moléculas de gas en una redoma sellada. La cuestión para los seres humanos no es saber cuántos podrán sobrevivir dentro del sistema, sino qué tipo de existencia tendrán los que sobrevivirán.
>
> Pardot Kynes,
> primer planetólogo de Arrakis

La impresión que causa Arrakis en la mente del recién llegado suele ser la de una tierra estéril y absolutamente desolada. El extranjero piensa de inmediato que en ese lugar nada puede crecer o sobrevivir al aire libre, que es realmente una tierra yerma que nunca ha conocido la fertilidad y nunca la conocerá.

Para Pardot Kynes, el planeta no era más que una expresión de la energía, una máquina que funcionaba gracias al sol. Solo necesitaba ser reestructurada de modo que respondiera a las necesidades de los seres humanos. Lo primero que le llamó la atención fueron los nómadas que habitaban el planeta, los Fremen. ¡Qué desafío! ¡Y qué herramienta podían llegar a ser! Los

Fremen, una fuerza ecológica y geológica de un potencial casi ilimitado.

Pardot Kynes era un hombre simple y directo en muchos sentidos. ¿Qué hacer para escapar de las restricciones Harkonnen? Sin problema. Casarse con una mujer Fremen. Y cuando dé a luz a un hijo, se puede empezar con él, Liet-Kynes, y con el resto de los niños a enseñar las bases de la ecología y crear así un nuevo lenguaje con símbolos que preparen la mente para manipular todo un paisaje, su clima, sus límites estacionales y finalmente superen todos los conceptos de fuerza para alcanzar una clara consciencia de la idea de orden.

—Existe una armonía interior de movimiento y equilibrio en todos los planetas adaptados al hombre —decía Kynes—. Uno puede ver en esta armonía un efecto dinámico estabilizador esencial a todas las formas de vida. Su función es simple: crear y mantener esquemas coordinados más y más diversificados. Es la propia vida la que aumenta la capacidad de un sistema cerrado para sustentar la vida. La vida, toda vida, se halla al servicio de la propia vida. Los alimentos necesarios para la vida son creados por la vida cada vez en mayor abundancia a medida que se incrementa la diversificación de esa vida. Todo el paisaje cobra vida, tienen lugar relaciones, y relaciones dentro de esas relaciones.

Así era Pardot Kynes cuando enseñaba en las clases de las cavernas del sietch.

Pero antes de poder dar esas lecciones tuvo que convencer a los Fremen. Para comprender cómo fue posible, hay que tener claro la increíble tenacidad y simpleza con la que afrontaba los problemas. No era ingenuo, tan solo evitaba cualquier tipo de distracción.

Un tórrido atardecer en el que exploraba el territorio de Arrakis a bordo de un vehículo monoplaza, fue testigo de una escena deplorable. Seis mercenarios Harkonnen provistos de escudos y armados hasta los dientes habían sorprendido a tres jóvenes Fremen en la extensión que había más allá de la Muralla Escudo, cerca del poblado Saco del Viento. Kynes creyó que se trataba más bien de un enfrentamiento sin la menor trascendencia, hasta que se dio cuenta de que los Harkonnen pretendían matar a los Fremen. Uno de los jóvenes había caído y tenía una arteria seccionada y dos de los mercenarios ya estaban fuera de combate, pero aún había cuatro hombres armados frente a dos jóvenes imberbes.

Kynes no era valeroso, pero sí resuelto y precavido. Los Harkonnen estaban matando Fremen. ¡Estaban destruyendo las herramientas con las que pretendía remodelar el planeta! Activó su escudo, se lanzó a la lucha y derribó a dos Harkonnen antes de que supieran que alguien los atacaba por la espalda. Esquivó la espada de otro y le seccionó la garganta con un limpio *entrisseur*, lo que dejó al único sicario restante en manos de los jóvenes Fremen. Luego Kynes se centró en salvar al que estaba en el suelo. Y consiguió salvarle mientras los otros se encargaban de abatir al sexto Harkonnen.

¡Entonces fue cuando se complicaron las cosas! Los Fremen no sabían qué hacer con Kynes. Sabían quién era, claro. Nadie llegaba a Arrakis sin que un informe completo relativo a su persona llegara a los baluartes Fremen. Lo conocían: era un servidor imperial.

¡Pero había matado Harkonnen!

Si hubiesen sido adultos se hubieran limitado a encogerse de hombros mientras enviaban su sombra a reunirse con las de los seis hombres muertos en el terreno. Pero esos Fremen eran jóvenes inexpertos y solo sabían que tenían una deuda vital con aquel servidor imperial.

Dos días más tarde, Kynes estaba en un sietch que se abría sobre el Paso del Viento. Para él, era una situación muy natural. Habló a los Fremen del agua, de dunas ancladas con hierba, de palmeras cargadas de dátiles, de qanats que corrían al aire libre por el desierto. Habló y habló y habló.

Y ni siquiera se dio cuenta del debate que tenía lugar a su alrededor. ¿Qué iban a hacer con ese loco? Ahora conoce la ubicación de un sietch importante. ¿Qué iban a hacer? ¿Qué podían pensar de lo que decía ese hombre que consideraba que Arrakis era un paraíso? Solo eran palabras. Y ahora sabía demasiado. ¡Pero ha matado Harkonnen! ¿Y la carga de agua? ¿Desde cuándo le debemos algo al Imperio? Ha matado Harkonnen.

Cualquiera puede matar Harkonnen. Hasta yo los he matado.

Pero ¿y eso que decía del florecimiento de Arrakis?

Muy sencillo: ¿de dónde iban a sacar el agua para conseguirlo?

¡Ha dicho que está aquí! Y también ha salvado a tres de los nuestros.

¡Ha salvado a tres idiotas que se habían cruzado en el camino de los Harkonnen! ¡Y ha visto los crys!

Ya se sabía la decisión que iban a tomar horas antes siquiera de pronunciarla. El tau de un sietch dice a sus miembros lo que deben hacer, incluso las necesidades más brutales. Se envió a un guerrero experto con un cuchillo consagrado para realizar la tarea. Dos maestros de agua lo siguieron para recoger el agua del cuerpo. Una brutal necesidad.

Es dudoso que Kynes se diera cuenta de la existencia de ese verdugo. Se encontraba hablando con un grupo de gente reunida a su alrededor a una distancia prudente. Caminaba mientras hablaba, trazaba círculos y gesticulaba. Agua al aire libre, decía Kynes. Caminar a cielo abierto sin destiltrajes. ¡Agua para bañarse en estanques al aire libre! ¡Portyguls!

El hombre del cuchillo se colocó frente a él.

—Apártate —dijo Kynes, que siguió hablando de trampas de viento ocultas. Rozó al hombre al pasar junto a él. La espalda de Kynes se ofreció, inerme, al golpe ritual.

Nunca se sabrá lo que pasó en ese momento por la mente del ejecutor. ¿Quizá terminó por hacer caso a las palabras de Kynes y creyó en ellas? ¿Quién sabe? Pero todos saben lo que hizo, porque ha quedado dicho. Su nombre era Uliet, el Viejo Liet. Uliet avanzó tres pasos y cayó deliberadamente sobre su cuchillo para «eliminarse» a sí mismo. ¿Suicidio? Algunos dicen que obró guiado por Shai-hulud.

¡Sería un presagio!

Desde ese momento, Kynes solo tenía que señalar y decir:

—Id allí.

Y tribus enteras de Fremen hacían caso. Morían hombres, morían mujeres y morían niños. Pero lo hacían.

Kynes volvió a sus tareas imperiales, a dirigir las Estaciones Biológicas Experimentales. Y los Fremen empezaron a formar parte del personal de las Estaciones. Los Fremen se miraron entre ellos. Se dieron cuenta de que se estaban infiltrando en el «sistema», una posibilidad que nunca habían llegado a considerar. Empezaron a aparecer algunos instrumentos de las Estaciones en las cavernas de los sietch, especialmente cortadores a rayos, que se usaban para ampliar las depresiones subterráneas y cavar trampas de viento ocultas.

El agua comenzó a recolectarse en esas depresiones.

Y los Fremen llegaron a la conclusión de que Kynes no estaba tan loco, solo lo suficiente como para convertirlo en un santo. Pertenecía al umma, la hermandad de los profetas. La sombra de Uliet se elevó a los sadus, la multitud de los jueces divinos.

Kynes, el Kynes directo y obsesionado, sabía que una investigación muy organizada no podría producir nada nuevo. Así que creó pequeñas unidades de experimentación con un intercambio de datos regular a fin de alcanzar rápidamente el efecto Tansley, pero cada grupo seguía su propio camino. Así se acumularon millones de pequeños datos. Kynes se limitó a organizar algunos experimentos aislados y escasamente coordinados, a fin de que cada grupo pudiera evaluar el alcance efectivo de sus dificultades.

Se extrajeron muestras de los estratos profundos por todo el bled. Se fueron creando mapas detallados de las largas corrientes de tiempo llamadas climas. Se descubrió que en la inmensa franja delimitada entre los setenta grados de latitud norte y sur, durante miles de años las temperaturas nunca habían salido de la franja entre los doscientos cincuenta y cuatro y los trescientos treinta y dos grados absolutos, y que en esta franja existían largas estaciones de germinación en las que las temperaturas medias se establecían entre los doscientos ochenta y cuatro a trescientos dos grados absolutos: un auténtico paraíso para la vida terrestre... una vez resuelto el problema del agua.

¿Y cuándo íbamos a resolverlo?, preguntaron los Fremen. ¿Cuándo veremos Arrakis transformado en un paraíso?

Kynes les respondió del mismo modo que un maestro respondía a un niño que le había preguntado cuánto eran dos más dos.

—Dentro de trescientos a quinientos años.

Un pueblo inferior hubiera gritado su desesperación. Pero los Fremen habían aprendido la paciencia a golpes de látigo. Les pareció un plazo más largo de lo que esperaban, pero todos estaban convencidos de que llegaría ese día bendito. Se apretaron más sus fajines y volvieron al trabajo. De alguna manera, la decepción había hecho que la posibilidad de un paraíso fuera mucho más real.

El problema de Arrakis no era el agua, sino la humedad. Los animales domésticos eran casi desconocidos; el ganado, poco habitual. Algunos contrabandistas usaban un asno del desierto domesticado, el kulon, pero su precio en agua era elevado incluso si se conseguía hacer que llevase una versión modificada de destiltraje.

Kynes pensó en instalar plantas reductoras que sintetizaran agua del hidrógeno y oxígeno presentes en las rocas nativas, pero el coste de energía era demasiado alto. Los casquetes polares (que daban a los pyons una falsa impresión de seguridad sobre su riqueza en agua) contenían demasiada poca para su proyecto... y Kynes ya sospechaba dónde se encontraba de verdad el agua. Había un aumento notable de la humedad a altitudes medias y en ciertos vientos. También un indicio de fundamental importancia en la composición del aire: un veintitrés por ciento de oxígeno, un setenta y cinco coma cuatro por ciento de nitrógeno y un cero coma cero veintitrés por ciento de dióxido de carbono... Y el resto estaba formado por trazas de otros gases.

Había un tallo subterráneo nativo y poco frecuente que crecía por encima de los dos mil quinientos metros en las zonas templadas del norte. Era un tubérculo de dos metros de largo que contenía medio litro de agua. También había plantas del desierto terraformado: las más resistentes eran capaces de prosperar si se plantaban en depresiones provistas de precipitadores de rocío.

Fue entonces cuando Kynes descubrió la hoya de sal.

Mientras volaba entre dos estaciones alejadas en el bled, una tormenta desvió su tóptero. Cuando todo volvió a la normalidad, vio la hoya: una enorme depresión ovalada que se extendía a lo largo de casi trescientos kilómetros en su eje mayor, una cegadora sorpresa blanca en el desierto ilimitado. Kynes tomó tierra y probó la lisa superficie que la tormenta había dejado al descubierto.

Sal.

Ahora estaba seguro.

El agua había fluido por Arrakis... en el pasado. Comenzó a examinar de nuevo los restos de los pozos secos por los que había corrido el agua para desaparecer por siempre jamás.

Kynes puso a trabajar de inmediato a sus nuevos limnólogos Fremen recién adiestrados: su pista principal era una especie de fragmentos de una materia parecida al cuero que se encontraba a menudo en una masa de especia después de una explosión. En las leyendas Fremen se decía que eran de una imaginaria «trucha de arena». Las pruebas acumuladas daban lugar a una criatura que podía dar origen a esos fragmentos parecidos al cuero, una criatura que nadara en esa arena aislando el agua en bolsas fértiles en el interior de los estratos porosos más bajos, en los límites inferiores de los doscientos ochenta grados absolutos.

Esos «ladrones de agua» morían por millones durante una explosión de especia. Una variación de temperatura de más de cinco grados bastaba para matarlos. Los pocos supervivientes entraban entonces en una quistehibernación semidurmiente para resurgir seis años más tarde como pequeños (alrededor de tres metros de largo) gusanos de arena. Muy pocos conseguían entonces escapar de sus hermanos mayores y de las bolsas de agua preespecia para alcanzar la madurez y dar lugar a un gigantesco shai-hulud (el agua es venenosa para el shai-hulud, como bien saben los Fremen, quienes desde hace tiempo ahogan esos escasos «gusanos enanos» del Erg Menor para producir el narcótico incrementador de percepción llamado Agua de Vida. El «gusano enano» es una forma primitiva de shai-hulud que alcanza una longitud de unos nueve metros).

Ahora también habían descubierto la relación cíclica: de pequeño hacedor a masa de preespecia; de pequeño hacedor a shai-hulud; el shai-hulud dispersa la especia con la que se nutren las pequeñas criaturas conocidas como plancton de arena; el plancton de arena sirve de alimento para el shai-hulud, que crece y se hunde en las profundidades para dar lugar a pequeños hacedores.

Kynes y su gente dejaron de lado esas relaciones a gran escala para centrarse en la microecología. Primero, el clima: la superficie de la arena alcanzaba a menudo temperaturas de trescientos cuarenta y cuatro a trescientos cincuenta grados absolutos. A treinta centímetros de profundidad, la temperatura podía ser inferior en cincuenta y cinco grados; a treinta centímetros por encima podía ser inferior en veinticinco grados. Hojas o una sombra densa podían proporcionar un descenso adicional de otros dieciocho. Luego, los nutrientes: las arenas de Arrakis son principalmente el producto de la digestión de los gusanos; el polvo (el problema omnipresente) se produce debido al roce constante de la superficie, por la «saltación» de la arena. Los granos más gruesos se encuentran en los lados de las dunas que no sufren el azote del viento. Las dunas antiguas son amarillas (por la oxidación), mientras que las dunas jóvenes tienen el color de las rocas, generalmente gris.

Los lados de las viejas dunas que no quedan expuestos al viento fueron los primeros en sembrarse. Los Fremen comenzaron con una hierba mutante adaptada a los terrenos áridos y pobres que producía fibras entrelazadas parecidas a turba, con el fin de fijar las dunas y privar al viento de su mejor arma: los granos móviles.

Se desarrollaron zonas de adaptación de este tipo en el lejano sur, lejos de los observadores Harkonnen. La hierba mutante se plantó inicialmente en las pendientes no expuestas al viento de las dunas que se encontraban en la ruta de los vientos dominantes del oeste. Una vez anclada esa cara, la otra cara de la duna crecía más y más en altura, y la hierba se iba desplazando hacia dicha cara. Sifs gigantes (largas dunas con crestas sinuosas) de más de mil quinientos metros de altura se crearon de esa forma.

Cuando la barrera de dunas alcanzó una altura suficiente, se plantaron hierbas largas mucho más resistentes en las caras expuestas al viento. Se anclaron, o «fijaron», estructuras con una base seis veces más larga que su altura.

Entonces se pasó a las plantas de raíces más largas: efímeras (quenopodias, hierba para el ganado y amaranta para empezar), luego retama, lupino, eucalipto (el tipo adaptado a los territorios del norte de Caladan), tamarisco enano, pino marítimo. Y luego las verdaderas plantas del desierto: cactus candelabro, saguaro, y bis-naga, el cactus barril. Donde podían crecer, también introdujeron salvia, hierba pluma del Gobi, alfalfa, verbena de arena, prímula, arbustos de incienso, árbol de humo, arbusto creosota.

Después dedicaron su atención a la necesaria vida animal: criaturas excavadoras que horadaban el suelo para airearlo: zorro enano, ratón canguro, liebre del desierto, tortuga de arena... Y los depredadores para mantener el equilibrio: halcón del desierto, búho enano, águila y lechuza del desierto. E insectos para llenar los nichos que estos no podían alcanzar: escorpiones, ciempiés, arañas, avispas y moscas. Y finalmente el murciélago del desierto para vigilarlos.

Luego pasaron a la prueba crucial: palmeras datileras, algodón, melones, café, plantas medicinales... Más de doscientos tipos de plantas comestibles que probar y adaptar.

—Lo que no entiende de un ecosistema aquel que no está versado en ecología —decía Kynes— es que se trata de un sistema. ¡Un sistema! Un sistema mantiene una cierta estabilidad fluida que puede ser destruida con un simple paso en falso en un solo nicho ecológico. Un sistema obedece a un orden y está armonizado de uno a otro extremo. Si algo falla en el flujo, todo el orden se viene abajo. Una persona no adiestrada puede no darse cuenta de ese colapso hasta que sea demasiado tarde. Por eso, la función más importante de la ecología es la comprensión de las consecuencias.

¿Habían conseguido edificar un sistema?

Kynes y su gente esperaron y esperaron. Los Fremen comprendían ahora por qué había previsto quinientos años de paciencia.

Llegó un primer informe de los palmerales:

En la frontera del desierto con las plantaciones, el plancton de arena empezó a dar señales de envenenamiento a causa de la interacción con las nuevas formas de vida. La razón: incompatibilidad proteica. En el lugar había empezado a formarse agua envenenada que la vida de Arrakis no iba a aceptar. Las plantaciones estaban rodeadas por una zona desolada, un lugar en el que ni siquiera se aventuraban los shai-hulud.

Kynes visitó personalmente los palmerales: un viaje de veinte martilleadores (en un palanquín, como un herido o una Reverenda Madre, porque no era un caballero de la arena). Inspeccionó la zona desolada (cuyo hedor ascendía al cielo) y volvió con una prima, un regalo de Arrakis.

La adición de sulfuro y fijación de nitrógeno convirtió la zona desolada en un terreno rico para la vida terraformada. ¡Las plantaciones podrían extenderse a voluntad!

—¿Disminuirá eso la espera? —preguntaron los Fremen.

Kynes volvió a sus fórmulas planetarias. Los resultados de los programas de trampas de viento ya eran bastante seguros. Había concedido márgenes de tiempo generosos, a sabiendas de que era imposible delimitar con exactitud los problemas ecológicos. Debía reservarse una cierta cantidad de plantas para el anclaje de dunas; otra para alimentación (de hombres y animales); otra para capturar la humedad en los sistemas de raíces y encaminar el agua a las regiones secas de los alrededores. En esa época, las zonas frías del bled ya se habían delimitado y cartografiado. También se habían tenido en cuenta para las fórmulas. Incluso los shai-hulud tenían su lugar en los gráficos. No cabía la posibilidad de destruirlos, porque eso también acabaría con la especie. Pero la gigantesca «fábrica» que era su aparato digestivo, con sus enormes concentraciones de aldehídos y ácidos, también era una gigantesca fuente de oxígeno. Un gusano de tamaño medio (unos doscientos metros de largo) descargaba en la atmósfera tanta cantidad de oxígeno como la fotosíntesis de diez kilómetros cuadrados de vegetación.

También había que tener en cuenta a la Cofradía. La tasa de especia que se entregaba a la Cofradía para que ningún satélite meteorológico o cualquier otro tipo de aparato de observación se reinstalara en el cielo de Arrakis había alcanzado enormes proporciones.

Tampoco se podía ignorar a los Fremen. Especialmente los

Fremen, con sus trampas de viento y sus territorios irregulares organizados alrededor de sus abastecimientos de agua; los Fremen con su nueva cultura ecológica y su sueño de transformar cíclicamente grandes zonas de Arrakis, primero en praderas, luego en bosques.

Kynes obtuvo un resultado de los gráficos y lo comunicó. El tres por ciento. Si conseguían obtener que el tres por ciento de las plantas verdes de Arrakis contribuyeran a la formación de compuestos de carbono, alcanzarían un ciclo autosuficiente.

—Pero ¿en cuánto tiempo? —preguntaron los Fremen.

—Claro, eso. Pues en unos trescientos cincuenta años.

Así que era cierto lo que aquel umma había dicho al principio: el cambio no tendría lugar durante el período de vida de ninguno de ellos ni tampoco durante el de sus descendientes a lo largo de ocho generaciones, pero ocurriría.

El trabajo continuó: edificando, plantando, excavando, adiestrando a los niños.

Kynes-el-umma murió en el derrumbe de la Depresión de Yeso. Su hijo, Liet-Kynes, tenía entonces diecinueve años, un auténtico Fremen caballero de la arena que había matado a más de cien Harkonnen. El contrato imperial que el viejo Kynes había pedido para su hijo le fue transmitido de forma rutinaria. La rígida estructura social de las faufreluches tuvo mucho que ver en que el hijo hubiese sido adiestrado para continuar la obra de su padre.

El camino ya estaba trazado, y los ecólogos Fremen solo tenían que seguirlo. Liet-Kynes solo tenía que limitarse a observarlos y no perder de vista a los Harkonnen... hasta el día en que el planeta se vio aquejado por un Héroe.

APÉNDICE II

La religión de Dune

Antes de la llegada de Muad'Dib, los Fremen de Arrakis practicaban una religión cuyas raíces se hallaban en el Maometh Saari, como puede comprobar cualquier académico. Sin embargo, muchos han indicado la variedad de elementos que toma de otras religiones. El ejemplo más citado es el *Himno al Agua*, una copia directa del *Manual Litúrgico Católico Naranja*, con su invocación a las nubes de tormenta que nunca se habían visto en Arrakis. Pero existen otras relaciones más profundas entre el Kitab al-Ibar de los Fremen y las enseñanzas de la Biblia, el Ilm y el Fiqh.

Cualquier comparación entre las creencias religiosas dominantes en el Imperio hasta la época de Muad'Dib debe tener presente las grandes fuerzas espirituales que han edificado tales creencias:

1. Los seguidores de los Catorce Sabios, cuyo libro era la Biblia Católica Naranja, y cuyas convicciones se hallan expresadas en los *Comentarios* y en la demás literatura producida por la Comisión de Traductores Ecuménicos (C. T. E.).

2. La Bene Gesserit, que en privado negaba ser una orden religiosa pero que operaba dentro de un esquema casi impenetrable de misticismo ritual, y cuyo adiestramiento, simbolismo, organización y métodos de enseñanza internos eran casi del todo religiosos.

3. La agnóstica clase dominante (incluida la Cofradía) para la que la religión era poco más que un teatrillo para divertir al

pueblo y mantenerlo dócil, y que creía esencialmente que todos los fenómenos —incluidos los fenómenos religiosos— podían ser reducidos a explicaciones mecánicas.

4. Los llamados Antiguos Maestros, incluidos esos preservados por los Nómadas Zensunni del primer, segundo y tercer movimiento Islámico; el Navacristianismo de Chusuk, las Variantes Budislámicas de los tipos dominantes en Lankiveil y Sikun, la Miscelánea del Mahayana Lankavatara, el Zen Hekiganshu de Delta Panovis III, el Tawrah y el Zabur Talmúdico que sobrevivieron en Salusa Secundus, el penetrante Ritual Obeah, el Muadh Quran con sus Puros Ilm y Figh preservados por los plantadores de arroz de Caladan, las formas de Hinduismo que se extienden por todas partes del universo en pequeñas colectividades de pyon aislados y finalmente la Yihad Butleriana.

Sin embargo, hay una quinta fuerza que ha dado origen a creencias religiosas, pero su efecto es tan universal y profundo que merece ser considerada de manera aislada.

Como no podía ser de otra manera, se trata de los viajes espaciales... y en cualquier análisis de las regiones merecen ser escritos así:

¡VIAJES ESPACIALES!

La expansión de la humanidad por el espacio profundo dejó una huella indeleble en las religiones durante los ciento diez siglos que precedieron a la Yihad Butleriana. Al principio, los viajes espaciales eran lentos, inseguros e irregulares, y antes del monopolio de la Cofradía se podían llevar a cabo de muchas formas. Las primeras experiencias espaciales, registradas de manera muy pobre y que pueden estar sujetas a todo tipo de tergiversación, favorecieron las tendencias más desenfrenadas a las especulaciones místicas.

En un instante, el espacio dio otro sentido y un sabor distinto a las ideas de la Creación. Esta diferencia se puede observar perfectamente en los logros religiosos más importantes de este período. En todas las religiones, la esencia de lo sagrado quedó afectada por la anarquía de las tinieblas del espacio.

Fue como si Júpiter y todas las formas descendientes de él se hubieran retirado al seno de las tinieblas primordiales para ser reemplazadas por una inmanencia femenina llena de ambigüedad y cuyo rostro estaba compuesto por innumerables terrores.

Las antiguas fórmulas se entremezclaron y enmarañaron como si se hubieran adaptado a las necesidades de las nuevas conquistas y a los nuevos símbolos heráldicos. Fue como una continua interacción entre bestias demoníacas a un lado y antiguas plegarias e invocaciones al otro.

Nunca hubo una decisión muy clara.

Durante este período, se dijo que el Génesis volvió a interpretarse, lo que permitió poner las siguientes palabras en boca de Dios:

—Creced y multiplicaos, llenad el universo, sometedlo y reinad sobre todas las especies de bestias extrañas y criaturas vivientes en el espacio infinito, las tierras infinitas y debajo de ellas.

Fue una época de brujas con poderes reales. Se puede entrever en que nunca nadie se vanaglorió por detener a los instigadores.

Luego llegó la Yihad Butleriana... y dos generaciones de caos. El dios de la lógica mecánica fue descartado por las masas y se impuso un nuevo concepto: «El hombre no puede ser reemplazado».

Esas dos generaciones de violencia constituyeron una pausa talámica para toda la humanidad. Los hombres examinaron a sus dioses y sus rituales y descubrieron que ambos estaban llenos de la más terrible de todas las ecuaciones: miedo antes que ambición.

Los jefes de las religiones cuyos seguidores habían vertido la sangre de millones de sus semejantes se reunieron con reticencia para intercambiar sus puntos de vista. Era un movimiento incentivado por la Cofradía Espacial, que había comenzado a detentar el monopolio sobre los viajes interestelares, y por la Bene Gesserit, que había empezado a reclutar a las brujas.

Estas primeras reuniones ecuménicas dieron lugar a dos cambios importantes:

1. El reconocimiento de que todas las religiones tienen al menos un mandamiento común: «No desfigurarás el alma».

2. La Comisión de Traductores Ecuménicos.

La C. T. E. llevó a cabo un encuentro en una isla neutral de la Vieja Tierra, cuna de las religiones originales. Se reunieron «con la común convicción de la existencia de una Esencia Divina en el universo». Cada confesión que tuviese al menos un millón de seguidores estaba representada y, sorprendentemente, llegaron a un acuerdo inmediato en lo referente a una finalidad común: «Estamos aquí para eliminar una de las grandes armas de manos de las religiones en disputa: la pretensión de ser los poseedores de la auténtica y única revelación».

El júbilo ante esta «muestra de profundo acuerdo» resultó ser prematuro. Esta declaración fue la única proclamada por la C. T. E. durante más de un año estándar. La gente empezó a hablar con amargura del retraso. Los trovadores compusieron canciones mordaces sobre los ciento veintiún «Chiflados Trasnochados», como terminaron por ser apodados los delegados de la C. T. E. (El nombre surgió de un chiste soez que jugaba con las iniciales y llamaba a los delegados «Chiflados Trasnochados y Estirados».) Una de las canciones, *Brown descansa*, se puso de moda en diversas ocasiones y es popular aún hoy en día:

> *Míralo bien,*
> *Brown descansa...*
> *y la tragedia*
> *le rodea por todas partes.*
> *¡Chiflado! ¡Todos chiflados!*
> *Están cansados... tan cansados*
> *de discutir lo mismo todos los días.*
> *Solo hay tiempo para una cosa,*
> *¡escuchar la llamada del señor Bocadillo!*

De vez en cuando se filtraban rumores de las sesiones de la C. T. E. Se decía que se comparaban textos y los llamaban de manera irresponsable. Tales rumores dieron lugar a disturbios antiecuménicos y, como era de esperar, inspiraron nuevas chanzas.

Pasaron dos años... Luego tres.

Después de que nueve de los primeros murieran y fueran reemplazados, los Comisionados interrumpieron sus deliberaciones para permitir que los sustitutos se instalaran de manera oficial y anunciaron que trabajaban en la elaboración de un libro en el que estarían extirpados «todos los síntomas patológicos» de las pasadas religiones.

—Estamos creando un instrumento de Amor que se podrá utilizar de todas las maneras —dijeron.

Muchos consideraron extraño que esa declaración provocara las peores explosiones de violencia contra el ecumenismo. Veinte delegados fueron reclamados por sus congregaciones. Uno de los comisionados se suicidó robando una fragata espacial y arrojándose al sol en su interior.

Los historiadores estiman que los disturbios costaron ochenta millones de vidas. Esto significa aproximadamente seis mil muertos por cada planeta perteneciente por aquel entonces a la Liga del Landsraad. Dicha estimación no es excesiva si se tiene en cuenta la agitación de la época, aunque cualquier pretensión de proporcionar cifras exactas siempre seguirá siendo eso mismo, una pretensión. Por aquel entonces, la comunicación entre mundos estaba en su nivel más bajo.

Como no podía ser de otra manera, los trovadores se ensañaron más que nunca. En una comedia musical que se hizo muy popular en la época, uno de los delegados de la C. T. E. estaba sentado en una playa de arena blanca bajo una palmera y cantaba:

> *¡Por Dios, las mujeres y el esplendor del amor,*
> *henos aquí divirtiéndonos sin miedo ni temor!*
> *¡Trovador, trovador, cántame otra melodía,*
> *por Dios, las mujeres y el esplendor del amor!*

Las revueltas y las comedias son elementos muy reveladores de una época determinada. Traducen el clima psicológico, las grandes incertidumbres... y la esperanza de algo mejor, así como el miedo de que todo se traduzca en nada.

En aquella época, las barreras más eficaces contra la anarquía fueron la entonces embrionaria Cofradía, la Bene Gesserit y el Landsraad, que alcanzaba sus dos mil años de existencia pese a los graves obstáculos que había tenido que superar. El papel de la Cofradía parecía claro: ofrecía el transporte gratuito para todos los asuntos del Landsraad y de la C. T. E. El papel de la Bene Gesserit es más difuso. Sin duda fue en esa época cuando consolidó su poder sobre las brujas, analizó los narcóticos más refinados, desarrolló el adiestramiento prana-bindu y organizó la Missionaria Protectiva, aquel brazo negro de la superstición. Pero también fue la época en la que se compuso la *Letanía contra el miedo* y en la que se compiló el *Libro de Azhar*, esa maravilla bibliográfica que preserva el gran secreto de las creencias más antiguas.

El comentario de Ingsley es quizá el único posible: «Fueron tiempos de profundas paradojas».

Sin embargo, la C. T. E. siguió trabajando durante casi siete años. Y al acercarse su séptimo aniversario, preparó al universo humano para un anuncio histórico. En aquel séptimo aniversario, se desveló la Biblia Católica Naranja.

—Es una obra digna y significativa —dijeron—. He aquí cómo la humanidad puede adquirir la consciencia de sí misma como parte de la creación total de Dios.

Los hombres de la C. T. E. adquirieron la calificación de arqueólogos de las ideas, inspirados por Dios en la grandiosidad de aquel redescubrimiento. Se dijo que habían sacado a la luz «la vitalidad de los grandes ideales sepultados en el polvo de los siglos», que habían «reforzado los imperativos morales que surgen de la consciencia religiosa».

Junto a la Biblia Católica Naranja, la C. T. E. presentó el *Manual Litúrgico* y los *Comentarios*, un trabajo notable en muchos aspectos, no solo por su brevedad (menos de la mitad del tamaño de la Biblia Católica Naranja), sino también por su ingenuidad y su mezcla de autopiedad y autojusticia.

El inicio es una obvia llamada a los dirigentes agnósticos:

«Al no encontrar respuesta a las *sunnan* (las diez mil preguntas religiosas del Shari-ah), los hombres se sirven ahora de la propia razón. Todos desean ser iluminados. La religión es el camino más antiguo y honorable a través del que los hombres se han esforzado en discernir un sentido al universo creado por Dios. Los científicos buscan las leyes que regulan los acontecimientos. La tarea de la religión es descubrir el lugar que ocupa el hombre en dichas leyes».

Sin embargo, en su conclusión, los *Comentarios* poseen un tono duro que ya presagiaba su destino: «Mucho de lo que hasta ahora se ha llamado religión contenía una actitud de inconsciente hostilidad hacia la vida. La verdadera religión debe enseñar que la vida está repleta de alegrías gratas a los ojos de Dios, y que el conocimiento sin acción está vacío. Todos los hombres deben recordar que la enseñanza de una religión solo por medio de reglas y ejemplos ajenos es una completa mixtificación. Una enseñanza justa y correcta se reconoce con facilidad. Se intuye de inmediato, porque despierta la sensación de que algo se conoce desde siempre».

Se hizo una extraña calma mientras las imprentas e impresoras de hilo shiga trabajaban y la Biblia Católica Naranja se difundía por los mundos. Algunos la interpretaron como una señal de Dios, un presagio de unidad.

Pero los propios delegados de la C. T. E. revelaron lo engañoso de dicha calma nada más volver a sus respectivas congregaciones. Dieciocho de ellos fueron linchados en menos de dos meses. Cincuenta y tres se retractaron en menos de un año.

La Biblia Católica Naranja se criticó por ser una obra producida por «la insolencia de la razón». Se dijo que sus páginas estaban cargadas de una seductora llamada a la lógica. Comenzaron a aparecer versiones revisadas, adaptadas a la intolerancia popular. Estas revisiones se basaban en simbolismos ya aceptados (cruces, medias lunas, plumas, los doce santos, Buda y cosas así), y muy pronto se hizo evidente que las antiguas supersticiones y creencias no habían sido absorbidas por el nuevo ecumenismo.

La etiqueta que Halloway puso a los siete años de trabajo de la C. T. E., «Determinismo Galactofásico», fue tomada ávidamente por miles de millones de individuos que interpretaron las iniciales D. G. como «Dios en Galeras».

El presidente de la C. T. E., Toure Bomoko, un Ulema de los Zensunni y uno de los catorce delegados que no se retractaron nunca de la Biblia Católica Naranja («Los Catorce Sabios» de la historia popular), admitió por fin que la C. T. E. había cometido un error.

—No deberíamos haber intentado nunca crear nuevos símbolos —dijo—. Deberíamos habernos dado cuenta de que no era tarea nuestra introducir incertidumbres en las creencias aceptadas, que no era tarea nuestra suscitar curiosidades sobre la naturaleza de Dios. Nos enfrentamos cada día a la terrible inestabilidad de los asuntos humanos y pese a todo permitimos que nuestras religiones se vuelvan cada vez más rígidas y controladas, cada vez más conformistas y opresivas. ¿Qué es esta sombra que atraviesa el gran camino del Mandamiento Divino? Es una advertencia a la que resisten las instituciones, a la que resisten los símbolos incluso cuando han errado todo significado y es imposible concentrar en una única summa todo el conocimiento.

El amargo doble significado de este «reconocimiento» no escapó a los enemigos de Bomoko, quien poco tiempo después se vio obligado a huir al exilio, con su vida dependiendo del compromiso de silencio de la Cofradía. Se dice que murió en Tupile, honrado y amado, y que sus últimas palabras fueron:

—La religión debe seguir siendo un medio que permita a la gente decirse a sí misma: «No soy el tipo de persona que querría ser». No dejéis nunca que los presuntuosos la corrompan.

Es hermoso pensar que Bomoko había captado el valor profético de sus propias palabras: «Las instituciones resisten». Noventa generaciones más tarde, la Biblia Católica Naranja y los *Comentarios* se habían extendido por todo el universo religioso.

Cuando Paul Muad'Dib se detuvo con su mano derecha apoyada en el túmulo de piedra que albergaba el cráneo de su padre (la mano derecha del bendecido, no la siniestra del condenado), citó palabra por palabra el *Legado de Bomoko*:

—Vosotros que nos habéis derrotado, deciros a vosotros mismos que Babilonia ha caído y que sus obras han sido derribadas. Yo os digo con tranquilidad que el juicio del hombre aún no ha terminado, que todos los hombres permanecen aún en el banquillo de los acusados. Cada hombre es una pequeña guerra.

Los Fremen decían de Muad'Dib que se parecía al Abu Zide, cuyas fragatas habían desafiado a la Cofradía y un día había llegado hasta allá y regresado. Allá, en ese contexto y según la mitología Fremen, es el lugar del espíritu ruh, el alam al-mithal, donde todas las limitaciones han desaparecido.

El paralelismo entre esto y el Kwisatz Haderach es evidente. El Kwisatz Haderach, que era el objetivo de la Comunidad Bene Gesserit a través de su programa genético, se interpretaba como «El camino más corto» o «Aquel que puede estar en muchos lugares a la vez».

Pero se puede demostrar que esas dos interpretaciones derivan directamente de los *Comentarios*: «Cuando la ley y el deber religioso son una misma cosa, el yo encierra en sí mismo el universo».

Muad'Dib decía de sí mismo: «Soy una red en el mar del tiempo, entre el futuro y el pasado. Soy una membrana móvil a la que ninguna posibilidad puede escapar».

Estos pensamientos son idénticos y recuerdan el Kalima 22 de la Biblia Católica Naranja, que dice: «Un pensamiento, sea o no expresado en palabras, es real y tiene los poderes de la realidad».

Leyendo los comentarios del propio Muad'Dib en *Los Pilares del Universo*, tal como son interpretados por sus fieles, los Qizara Tafwid, podemos observar cuáles son las correlaciones entre la C. T. E. y los Fremen-Zensunni.

> Muad'Dib: «La ley y el deber son equiparables; así sea. Pero recordad esas limitaciones: nunca seréis del todo conscientes de vosotros mismos. Siempre estaréis inmersos en el tau comunitario. Siempre seréis menos que un individuo».
>
> Biblia Católica Naranja: Palabras idénticas (Revelación 61).

Muad'Dib: «La religión participa a menudo del mito del progreso que nos protege de los terrores del incierto futuro».

> Comentarios de la C. T. E.: Palabras idénticas. (El *Libro de Azhar* atribuye esta afirmación a un escritor religioso del siglo primero, Neshou, según una paráfrasis.)

Muad'Dib: «Si un niño, una persona no adiestrada, una persona ignorante o una persona loca causa problemas, es culpa de la autoridad que no ha sabido prever e impedir dichos problemas».

> Biblia Católica Naranja: «Todo pecado puede ser adscrito, al menos en parte, a una nociva tendencia natural que es una circunstancia atenuante aceptable por Dios». (El *Libro de Azhar* remonta esta afirmación al antiguo Taurah.)

Muad'Dib: «Tiende tu mano y coge lo que Dios te da. Y cuando te sientas saciado, alaba al Señor».

> Biblia Católica Naranja: Paráfrasis con significado idéntico. (El *Libro de Azhar* le da un sentido ligeramente distinto tomado del Primer Islam.)

Muad'Dib: «La ternura es el inicio de la crueldad».

> Kitab al-Ibar de los Fremen: «El peso de la ternura de un Dios es aterrador. ¿Acaso Dios no nos ha dado un sol que quema (Al-Lat)? ¿Acaso Dios no nos ha dado las Madres de la Humedad (las Reverendas Madres)? ¿Acaso Dios no nos ha dado a Shaitán (Iblis, Satán)? ¿Y acaso no hemos recibido de Shaitán el sufrimiento de la velocidad?». (Este es el origen del dicho Fremen: «La velocidad viene de Shaitán». Consideremos: por cada centenar de calorías producidas por el ejercicio, velocidad en este caso, el cuerpo evapora alrededor de seis onzas de sudor. La palabra Fremen que significa transpiración es «bakka», o sea, lágrimas, y en cierto sentido puede traducirse por «La esencia de la vida que Shaitán exprime de vuestras almas».)

La llegada de Muad'Dib se calificó como de «religiosamente casual» por Koneywell, pero la casualidad tenía poco que ver con ella. Como dijo el propio Muad'Dib: «Estoy aquí, así pues...».

Sin embargo, hay un hecho que resulta vital para comprender el impacto religioso de Muad'Dib: los Fremen eran un pueblo del desierto habituado desde hacía generaciones a vivir en un ambiente hostil. No es difícil caer en el misticismo cuando hay que luchar por cada instante de supervivencia. «Estáis allí, así pues...»

Con una tradición así, es normal aceptar el sufrimiento, quizá como un castigo inconsciente, pero se acepta de igual manera. Y hay que tener en cuenta que los rituales Fremen liberan casi por completo los sentimientos de culpabilidad. Eso no se debía necesariamente a que para ellos ley y religión fueran equiparables y asumieran la desobediencia como un pecado. Sería más exacto decir que los Fremen se libraban fácilmente de cualquier complejo de culpabilidad debido a que su propia supervivencia cotidiana exigía decisiones brutales (a menudo mortales) que en un medio menos hostil hubieran provocado en quienes las tomaban sentimientos de culpabilidad insoportables.

Esta fue sin duda una de las principales razones de la gran incidencia de las supersticiones entre los Fremen (aún sin tener en cuenta la contribución de la Missionaria Protectiva). ¿Por qué el silbido de la arena es un presagio? ¿Por qué hay que hacer el signo del puño a la salida de la primera luna? La carne de un hombre le pertenece y su agua pertenece a la tribu... y el misterio de la vida no es un problema que hay que resolver, sino una realidad que hay que experimentar. Los presagios sirven para que uno recuerde esas cosas. Y, puesto que uno está aquí, puesto que uno tiene la religión, finalmente la victoria no podrá escapársele a uno.

Tal como la Bene Gesserit había enseñado a lo largo de los siglos antes de entrar en conflicto con los Fremen: «Cuando religión y política viajan en el mismo carro y es un hombre santo viviente (baraka) el que guía dicho carro, nada puede detenerle en su camino».

APÉNDICE III

Informe sobre los motivos
y propósitos de la Bene Gesserit

Lo que sigue es un extracto de la summa preparada
por sus propios agentes, a petición de la dama Jessica,
justo después del Asunto Arrakis. La sinceridad de
este informe le confiere un valor auténticamente ex-
cepcional.

Debido a que la Bene Gesserit operó durante siglos tras la
máscara de una escuela semimística y al mismo tiempo llevó a
cabo su programa de selección genética entre los humanos, tendemos a atribuirle una importancia mayor de la que al parecer
merece. El análisis de su «juicio de los hechos» con respecto al
Asunto Arrakis traiciona la profunda ignorancia de la escuela
sobre su propio papel.

Se podría razonar que la Bene Gesserit solo pudo examinar
los hechos de los que tuvo conocimiento y que nunca tuvo acceso directo a la persona del Profeta Muad'Dib, pero la escuela
había superado obstáculos mucho mayores, de modo que su
error al respecto es mucho más grave.

El programa Bene Gesserit consistía en seleccionar gené-
ticamente a una persona etiquetada como el «Kwisatz Haderach», un término que significaba «aquel que puede estar en
muchos lugares al mismo tiempo». En términos más sencillos,
lo que intentaba era crear un ser humano cuyos poderes mentales le permitieran comprender y usar las dimensiones de orden
superior.

Buscaban producir un supermentat, un ordenador humano con algunas de las facultades de presciencia que tienen algunos de los navegantes de la Cofradía. Ahora, examinemos atentamente estos hechos:

Muad'Dib, nacido Paul Atreides, era el hijo del duque Leto, un hombre cuya genealogía había sido cuidadosamente observada durante un millar de años. La madre del Profeta, la dama Jessica, era hija natural del barón Vladimir Harkonnen y llevaba consigo caracteres genéticos cuya suprema importancia para el programa de selección era conocida desde hacía casi dos mil años. Era una Bene Gesserit, criada y adiestrada como tal, y debería haber sido un instrumento voluntario del proyecto.

La dama Jessica había recibido la orden de engendrar una hija Atreides. El plan preveía que esta hija se uniera a Feyd-Rautha Harkonnen, sobrino del barón Vladimir, y conseguir así grandes posibilidades de que de esa unión resultara un Kwisatz Haderach. Sin embargo, por razones que ella misma confiesa no haber comprendido nunca claramente, la concubina y dama Jessica se opuso a las órdenes y engendró un hijo.

Solo eso debería haber puesto sobre aviso a la Bene Gesserit de que acababa de introducirse en su plan una variable imprevisible. Pero hubo otros indicios mucho más importantes que se ignoraron del todo:

1. Ya desde niño, Paul Atreides reveló sus habilidades de predecir el futuro. Tuvo visiones prescientes que eran particularmente detalladas, penetrantes, y que desafiaban cualquier explicación tetradimensional.

2. La Reverenda Madre Gaius Helen Mohiam, Censor Bene Gesserit que verificó la humanidad de Paul cuando este tenía quince años, declaró que el muchacho había superado en la prueba una agonía mayor que ningún otro ser humano había sufrido nunca. Sin embargo, ¡no hizo constar este hecho en su informe!

3. Cuando la Familia Atreides se mudó a Arrakis, la población Fremen acogió al joven Paul como a un profeta, «la voz de otro mundo». La Bene Gesserit sabía perfectamente que un planeta como Arrakis, sometido a grandes adversidades como

sus inmensos desiertos, la total ausencia de agua en la superficie o la acentuación de las más primitivas necesidades de supervivencia, termina por producir inevitablemente un alto porcentaje de sensitivos. Sin embargo, tanto la reacción de los Fremen como el hecho obvio de que la dieta arrakena era rica en especia fueron ignorados por las observadoras Bene Gesserit.

4.   Cuando los Harkonnen y los soldados fanáticos del emperador Padishah ocuparon de nuevo Arrakis y mataron al padre de Paul y a la mayor parte de las fuerzas Atreides, Paul y su madre desaparecieron. Pero casi al mismo tiempo surgieron informes sobre la aparición de un nuevo líder religioso entre los Fremen, un hombre llamado Muad'Dib, que volvió a ser nombrado «la voz de otro mundo». Los informes precisaban claramente que iba acompañado por una nueva Reverenda Madre y Sayyadina del Rito que además era «la mujer que lo había engendrado». Los datos de los que disponía la Bene Gesserit indicaban a ciencia cierta que las leyendas Fremen señalaban al nuevo Profeta con estas palabras: «Nacerá del vientre de una bruja Bene Gesserit».

(Se podría objetar que la Bene Gesserit envió a su Missionaria Protectiva sobre Arrakis muchos siglos antes para implantar la leyenda cuyo destino era ayudar a los miembros de la escuela atrapados en ese lugar y necesitados de un refugio, y que dicha leyenda de «la voz de otro mundo» fue simplemente ignorada debido a que era el procedimiento habitual de los trucos Bene Gesserit. Pero eso sería válido solo si la Bene Gesserit hubiera procedido correctamente e ignorado todos los demás indicios sobre Paul Muad'Dib.)

5.   Cuando estalló el Asunto Arrakis, la Cofradía Espacial intentó llegar a un acuerdo con la Bene Gesserit. La Cofradía dejó entrever que sus navegantes, que usaban la especia de Arrakis para conseguir la limitada presciencia necesaria para dirigir las astronaves en vuelo, estaban «preocupados por el futuro» y que «veían problemas en el horizonte». Eso significaba tan solo que habían visto un nexo, una coyuntura con múltiples y delicadas decisiones detrás de la que el sendero del tiempo permanecía oculto a su ojo presciente. ¡Era una clara indicación de

la presencia de una entidad indeterminada capaz de interferir en las dimensiones de orden superior!

(Algunas Bene Gesserit sabían desde hacía tiempo que la Cofradía no podía interferir directamente con la fuente de la vital especia debido a que sus navegantes, a su propia inepta manera, debían afrontar dimensiones de orden superior, hasta tal punto que admitían que cualquier paso en falso en relación con Arrakis podía conducir a resultados catastróficos. Era un hecho bien sabido que los navegantes de la Cofradía no veían la manera de conseguir el control de la especia sin llegar a tal resultado. La conclusión obvia era que alguien con poderes de un orden mayor había asumido el control de la fuente de la especia, ¡pero la Bene Gesserit no se dio por enterada!)

¡Ante estos hechos, es inevitable pensar que la misma ineficacia de la Bene Gesserit no fue más que el producto de un plan mucho más vasto que se hallaba completamente fuera de su alcance e incluso de su conocimiento!

APÉNDICE IV

El almanaque Al-Ashraf
(extractos seleccionados
de las casas nobles)

SHADDAM IV (10.134-10.202)

El emperador Padishah, octogésimo primero de su dinastía (Casa de Corrino) en ocupar el trono del León de Oro, reinó del 10.156 (fecha en que su padre, Elrood IX, sucumbió al chaumurky) hasta el 10.196, momento en que fue sustituido por la Regencia, instituida en nombre de su hija primogénita, Irulan. Su reinado se conoce principalmente por la Rebelión de Arrakis, que algunos historiadores achacan al comportamiento superficial, la pompa y el lujo que caracterizaron las ceremonias oficiales de Shaddam IV. Las filas de los burseg se doblaron durante los primeros dieciséis años de su reinado. El presupuesto para el adiestramiento de los Sardaukar aumentó regularmente en los treinta años que precedieron a la Rebelión de Arrakis. Tuvo cinco hijas (Irulan, Chalice, Wensicia, Josifa y Rugi) y ningún hijo legítimo. Cuatro de sus hijas lo acompañaron cuando se retiró. Su mujer Anirul, una Bene Gesserit del Rango Secreto, murió en 10.176.

LETO ATREIDES (10.140-10.191)

Primo materno de los Corrino, llamado a menudo el Duque Rojo. La Casa de los Atreides gobernó Caladan como feudosiridar durante veinte generaciones antes de trasladarse a Arrakis.

Se conoce principalmente por ser el padre del duque Paul Muad'Dib, el Umma Regente. Los restos del duque Leto ocupan el Santuario del Cráneo en Arrakis. Su muerte se atribuye a la traición de un doctor de la Escuela Suk, y la responsabilidad de ese acto se imputa al siridar-barón Vladimir Harkonnen.

DAMA JESSICA (Hon. Atreides) (10.154-10.256)

Hija natural (referencia Bene Gesserit) del siridar-barón Vladimir Harkonnen. Madre del duque Paul Muad'Dib. Diplomada en la escuela B. G. de Wallach IX.

DAMA ALIA ATREIDES (10.191-)

Hija legítima del duque Leto Atreides y su concubina oficial la dama Jessica. La dama Alia nació en Arrakis unos ocho meses después de la muerte del duque Leto. La exposición prenatal a un narcótico capaz de alterar el espectro perceptivo es la razón por la que en todos los documentos Bene Gesserit se la cita como «La Maldita». En la historia popular se la conoce como Santa Alia o Santa Alia del Cuchillo. (Para una historia más detallada ver *Santa Alia, cazadora de mil millones de mundos*, de Pander Oulson.)

VLADIMIR HARKONNEN (10.110-10.193)

Comúnmente conocido como el barón Harkonnen, su título oficial es siridar (gobernador planetario) barón. Vladimir Harkonnen es descendiente directo por línea masculina del bashar Abulurd Harkonnen, que fue exilado por cobardía tras la batalla de Corrin. El regreso de la Casa de los Harkonnen al poder se atribuye generalmente a una manipulación del mercado de las pieles de ballena, consolidada más tarde con los beneficios de la melange de Arrakis. El siridar-barón murió en Arrakis durante la Revuelta. El título pasó, por breve período de tiempo, al nabarón, Feyd-Rautha Harkonnen.

CONDE HASIMIR FENRING (10.133-10.225)

Primo materno de la Casa de Corrino, fue amigo de la infancia de Shaddam IV. (La frecuentemente desacreditada *Historia Pirata de Corrino* relata la curiosa historia de que Fenring fue el responsable del chaumurky que terminó con la vida de Elrood IX.) Todos los testimonios coinciden en que Fenring fue el mejor amigo de Shaddam IV. Entre las múltiples misiones imperiales que ostentó el conde Fenring hay que destacar la de agente imperial en Arrakis durante el régimen de los Harkonnen, y más tarde la de siridar *in absentia* de Caladan. Acompañó a Shaddam IV en su exilio a Salusa Secundus.

CONDE GLOSSU RABBAN (10.132-10.193)

Glossu Rabban, conde de Lankiveil, fue el sobrino primogénito de Vladimir Harkonnen. Glossu Rabban y Feyd-Rautha (que tomó el nombre Harkonnen cuando fue elegido para la sucesión de la casa del siridar-barón) eran hijos legítimos del hermanastro más joven del siridar-barón, Abulurd. Abulurd renunció al nombre de Harkonnen y a todos los derechos derivados del título cuando se le ofreció el puesto de gobernador del subdistrito de Rabban Lankiveil. Rabban era un nombre de su línea materna.

Terminología del Imperio

Al estudiar el Imperio, Arrakis y toda la cultura de la que surgió Muad'Dib, aparecen numerosas palabras poco habituales. En el loable deseo de mejorar la comprensión, se ofrecen a continuación algunas definiciones y aclaraciones.

ABA: túnica holgada que llevan las mujeres Fremen. Suele ser de color negro.

ABISMOS DE POLVO: cualquier hendidura profunda o depresión de Arrakis llena de polvo y no distinta en apariencia del terreno circundante. Constituye una trampa mortal en la que hombres y animales pueden hundirse y asfixiarse. (Ver Depresión de marea.)

ACH: giro a la izquierda. Grito del timonel de un gusano.

ADAB: la memoria que pide y le exige a uno, imponiéndosele.

ADIESTRAMIENTO: aplicado a la Bene Gesserit, este término común adquiere un significado particular referido a un condicionamiento especial de los nervios y los músculos (ver Bindu y Prana) llevado a los límites extremos permitidos por la fisiología del cuerpo humano.

AGUA DE VIDA: uno de los venenos «iluminadores» (ver Reverenda Madre). Se trata específicamente del líquido segregado por un gusano de arena (ver Shai-hulud) en el momento de su muerte por inmersión en agua, y que se transforma en el cuerpo de una Reverenda Madre en el narcótico que luego se usa en la orgía tau en el sietch. Un narcótico de «espectro presciente».

AKARSO: planta nativa de Sikun (de 70 Ophiuchi A) que se caracteriza por sus hojas ampliamente lanceoladas. Sus franjas verdes y blancas corresponden a zonas alternas de clorofila activa y latente.

ALA DE ACARREO: un ala volante (llamada comúnmente «ala»). Vehículo de transporte de uso habitual en Arrakis para trasladar las cosechadoras de especia, así como todo su equipo, hasta el lugar de recolección.

ALAM AL-MITHAL: el místico mundo de las similitudes donde no existen limitaciones físicas.

AL-LAT: el sol original de la humanidad. Por extensión, el sol de cualquier sistema.

ALTO CONSEJO: el círculo interno del Landsraad, que tiene potestad para actuar como tribunal supremo en las disputas entre Casa y Casa.

AMPOLIROS: el legendario *Holandés errante* del espacio.

AMTAL o REGLA DEL AMTAL: regla común a todos los mundos primitivos según la cual una cosa debe ponerse a prueba para determinar sus límites o defectos. Comúnmente: prueba de la destrucción.

AQL: la prueba de la razón. Originalmente, las «Siete Preguntas Místicas» que comienzan por «¿Quién es aquel que piensa?».

ÁRBITRO DEL CAMBIO: oficial nombrado por el Alto Consejo del Landsraad y el emperador como interventor en el cambio de feudo, en una disputa kanly o en una batalla formal de una Guerra de Asesinos. La autoridad del Árbitro solo puede ser impugnada frente al Alto Consejo en presencia del emperador.

ARRAKEEN: primer núcleo de población establecido en Arrakis. Fue sede del gobierno planetario durante mucho tiempo.

ARRAKIS: el planeta conocido como Dune. Tercer planeta de Canopus.

ARROZ PUNDI: arroz mutante cuyos granos, ricos en azúcar

natural, alcanzan a veces cuatro centímetros de largo. Es el principal producto de exportación de Caladan.

ASAMBLEA: claramente distinguible del Consejo. Es un llamamiento formal de jefes Fremen para asistir a un combate que determine la jefatura de una tribu. (El Consejo es una asamblea que intenta resolver problemas que conciernen a todas las tribus.)

ATURDIDOR: arma a proyectiles lentos cuyos dardos están impregnados de veneno o droga en la punta. Su efectividad está limitada por las variaciones de intensidad del escudo protector y la velocidad relativa entre el blanco y el proyectil.

AULIVA: en la religión de los Nómadas Zensunni, la mujer que está a la izquierda de Dios. La doncella servidora de Dios.

AUMAS: veneno que se administra con la comida. (Específicamente: veneno en comida sólida.) En algunos dialectos: chaumas.

AVAT: los signos de vida. (Ver Burham.)

BAKKA: en la leyenda Fremen, aquel que llora por toda la humanidad.

BAKLAVA: pastel denso hecho con jarabe de dátiles.

BALISET: instrumento musical de nueve cuerdas, descendiente directo de la zithra, afinado en la escala Chusuk y que se toca rasgueando las cuerdas. Es el instrumento favorito de los trovadores imperiales.

BARAKA: hombre santo con poderes mágicos.

BASHAR (a menudo coronel bashar): oficial Sardaukar, superior al coronel en una fracción de grado en la jerarquía militar estándar. Rango creado para los gobernadores militares de los subdistritos planetarios. (Bashar de los Cuerpos es un título estrictamente reservado al uso militar.)

BEDWINE: ver Ichwan Bedwine.

BELA TEGEUSE: quinto planeta de Kuentsing. Tercer lugar de permanencia de la forzada migración Zensunni (Fremen).

BENE GESSERIT: antigua escuela de adiestramiento mental y físico establecida en un principio para estudiantes femeninas después de que la Yihad Butleriana destruyera las llamadas «máquinas pensantes» y los robots.

B. G.: siglas de Bene Gesserit, excepto cuando son usadas con una fecha. Con una fecha significan «Before Guild» (antes de la Cofradía) e identifican el calendario imperial basado en la génesis del monopolio de la Cofradía Espacial.

BHOTANI-JIB: ver Chakobsa.

BIBLIA CATÓLICA NARANJA: el *Libro de las Acumulaciones*, texto producido por la Comisión de Traductores Ecuménicos. Contiene elementos de religiones muy antiguas, incluidas el Maometh Saari, la Cristiandad Mahayana, el Catolicismo Zensunni y las tradiciones Budislámicas. Su supremo mandamiento es «No desfigurarás el alma».

BI-LAL KAIFA: Amén. (Literalmente: «Nada necesita ya ser explicado».)

BINDU: relativo al sistema nervioso humano, especialmente al adiestramiento nervioso. Citado a menudo como nervadura Bindu. (Ver Prana.)

BINDU, SUSPENSIÓN: forma especial de catalepsia autoinducida.

BLED: desierto llano e ilimitado.

BOLSILLO DE RECUPERACIÓN: cada bolsillo del destiltraje donde se trata y almacena el agua filtrada.

BORDE DE LA MURALLA: segundo borde superior de las escarpaduras protectoras de la Muralla Escudo de Arrakis. (Ver Muralla Escudo.)

BURKA: manto aislante utilizado por los Fremen en el desierto.

BURHAN: las pruebas de la vida. (Comúnmente: el ayat y el burhan de la vida. Ver Ayat.)

BURSEG: general comandante de los Sardaukar.

BUTLERIANA, YIHAD: ver Yihad Butleriana (también Gran Revolución).

CABALLERO DE LA ARENA: Término Fremen para designar al que es capaz de capturar y cabalgar un gusano de arena.

CAID: rango oficial Sardaukar dado a un oficial militar cuyas tareas consisten principalmente en tratar con los civiles. Gobernador militar de todo un distrito planetario. Por encima del rango de bashar, pero inferior a un burseg.

CALADAN: tercer planeta de Delta Pavonis. Mundo natal de Paul Muad'Dib.

CANTO Y RESPONDU: rito invocativo, parte de la panoplia propheticus de la Missionaria Protectiva.

CARGA DE AGUA: Fremen: una vital obligación.

CARGO: término general para cualquier contenedor de carga de tamaño irregular y equipado con propulsores a chorro y sistema de amortiguación a suspensor. Se usan para transportar material desde el espacio hasta la superficie de los planetas.

CASA: término que se usa para designar un Clan Gobernante sobre un planeta o un sistema planetario.

CAZADOR-BUSCADOR: aguja metálica movida a suspensor y guiada como un arma por una consola de control situada en las inmediaciones. Instrumento habitual para asesinar.

CENSOR SUPERIOR: Reverenda Madre Bene Gesserit que es al mismo tiempo director regional de una escuela B. G. (Comúnmente: Bene Gesserit con la Mirada.)

CERRADURA A PALMA: cualquier cerradura de seguridad que solo puede abrirse mediante el contacto de la palma de la mano con la que ha sido sincronizada.

CHAKOBSA: el llamado «lenguaje magnético», derivado en parte del antiguo Bhotani (Bhotani Jib: «jib» significa «dialecto»). Un grupo de antiguos dialectos modificados por la necesidad de conservar el secreto, pero principalmente el lenguaje de caza de los Bhotani, los asesinos mercenarios de la primera Guerra de Asesinos.

CHAUMAS (Aumas en algunos dialectos): veneno para comidas sólidas, que se distingue del veneno administrado de cualquier otra forma.

CHAUMURKY (Musky o Murky en algunos dialectos): veneno administrado en una bebida.

CHEOPS: ajedrez pirámide. Juego de ajedrez de nueve niveles con el doble objetivo de situar la reina en el vértice y dar jaque al rey adversario.

CHEREM: hermandad de odio (habitualmente para una venganza).

CHOAM: siglas de Combine Honnete Ober Advancer Mercantiles: la corporación universal para el desarrollo comercial, controlada por el emperador y las Grandes Casas, con la Cofradía y la Bene Gesserit como socios sin derecho a voto.

CHUSUK: cuarto planeta de Theta Shalish. El llamado «Planeta Musical», famoso por la calidad de sus instrumentos musicales. (Ver Varota.)

CIÉLAGO: cualquier *Chiroptera* mutante de Arrakis adaptada para transmitir mensajes distrans.

COFRADÍA: la Cofradía Espacial, una de las columnas del trípode político sobre la que se mantiene la Gran Convención. La Cofradía fue la segunda escuela de adiestramiento físico-mental (ver Bene Gesserit) tras la Yihad Butleriana. El inicio del monopolio de la Cofradía sobre los viajes espaciales, los transportes y todas las operaciones bancarias interplanetarias se usa como punto de partida del calendario imperial.

COLUMNA DE FUEGO: cohete químico sencillo para señales a través del desierto.

COMERCIANTES LIBRES: idiomático para contrabandistas.

CONDENSADORES o PRECIPITADORES DE ROCÍO: no confundir con los recolectores de rocío. Los condensadores o precipitadores son aparatos en forma de huevo de unos cuatro centímetros de largo. Están hechos de cromoplástico, que se vuelve blanco reflectante bajo la acción de la luz y vuelve a ser transparente en la oscuridad. El condensador forma una superficie notablemente fría sobre la que se condensa el rocío. Se usan por los Fremen para llenar las depresiones cultivables, donde proporcionan una pequeña pero segura fuente de agua.

CONDICIONAMIENTO IMPERIAL: uno de los desarrollos de las

Escuelas Médicas Suk: el más potente de los condicionamientos destinado a proteger la vida humana. Los iniciados son marcados con un tatuaje diamantino en la frente y tienen permitido llevar el cabello largo sujeto por el anillo Suk de plata.

CONDUCTOR DE ESPECIA: cualquier Hombre de las Dunas que controla y dirige maquinaria móvil en la superficie del desierto de Arrakis.

CONO DE SILENCIO: campo distorsionador que limita la propagación del sonido o de cualquier otra vibración mecánica, ahogando las ondas con una contravibración desfasada en ciento ochenta grados.

COPRIMOS: relaciones de sangre entre primos.

CORIOLIS, TORMENTA DE: cualquier tormenta de considerable magnitud en Arrakis en la que se amplifican los vientos a través de los espacios abiertos y llanos debido a la propia fuerza centrífuga del planeta hasta alcanzar velocidades de más de setecientos kilómetros por hora.

CORRIN, BATALLA DE: batalla espacial de la que obtuvo su nombre la Casa Imperial de Corrino. La batalla, librada en las inmediaciones de Sigma Draconis en el año 88 B. G., determinó la subida al poder de la Casa reinante en Salusa Secundus.

CORTADOR A RAYOS: versión reducida de una pistola láser, usada principalmente como herramienta de corte y como bisturí.

COSAS OSCURAS: idiomático para las supersticiones contagiosas implantadas por la Missionaria Protectiva en las civilizaciones susceptibles.

COSECHADORA DE ESPECIA: Ver Tractor de arena.

CRUCERO: nave espacial militar compuesta por varias secciones más pequeñas unidas y diseñada para caer sobre una posición enemiga y aplastarla. También: sistema de transporte de gran tonelaje, generalmente compuesto por secciones, de la Cofradía Espacial.

CRYS: cuchillo sagrado de los Fremen en Arrakis. Se fabrica de dos maneras a partir de los dientes extraídos a los gusanos de arena muertos. Las dos maneras son «estable» e «inestable». Un crys inestable debe encontrarse cerca del campo eléctrico de un cuerpo humano para prevenir su desintegración. Los crys estables se tratan para garantizar su conservación. Todos tienen unos veinte centímetros de longitud.

DAR AL-HIKMAN: escuela de traducción o interpretación religiosa.

DECIDORA DE VERDAD: Reverenda Madre cualificada para entrar en trance de verdad y detectar la falsedad o falta de sinceridad.

DEPRESIÓN DE MAREA: cualquiera de las depresiones de la superficie de Arrakis que ha sido rellenada a lo largo de los siglos y en la que se han llegado a detectar y medir verdaderas mareas de polvo (ver Marea de arena).

DERCH: giro a la derecha. Grito del timonel de un gusano.

DESTILTIENDA: pequeño refugio hermético de tejido microsandwich diseñado para recuperar en forma de agua potable toda la humedad existente en su interior y producida por la respiración de sus ocupantes.

DESTILTRAJE: traje inventado en Arrakis que cubre todo el cuerpo. Su tejido está compuesto por varias capas microsandwich que disipan el calor del cuerpo y filtran los residuos orgánicos. La humedad recuperada puede sorberse a través de un tubo de los bolsillos de recuperación donde se almacena.

DETECTOR DE VENENOS: analizador de radiaciones del espectro olfativo empleado para detectar sustancias tóxicas y venenosas.

DICTUM FAMILIA: regla de la Gran Convención que prohíbe asesinar a la persona real o a un miembro de una Gran Casa con una traición no formal. La regla establece unas formas de línea de conducta y limita los modos de asesinato.

DISCIPLINA DE AGUA: modo de adiestramiento muy severo que habitúa a los habitantes de Arrakis a vivir sin malgastar humedad.

DISTRANS: dispositivo que produce una impresión neuronal temporal en el sistema nervioso de los *Chiropiera* o pájaros. El grito normal de esas criaturas contiene entonces sobreimpreso el mensaje, que puede ser seleccionado por el receptor con ayuda de otros distrans.

DOLINA: una depresión habitable de Arrakis rodeada de tierras altas que la protegen de las constantes tormentas.

DOLINA, MAPAS DE: mapas de la superficie de Arrakis donde están marcadas las rutas más seguras entre los distintos refugios que pueden seguirse con ayuda de una parabrújula. (Ver Parabrújula.)

ECAZ: cuarto planeta de Alfa Centauri B, paraíso de los escultores, llamado así porque es el mundo natal de la madera mimética, planta que, a medida que crece, puede irse modelando con la simple fuerza del pensamiento humano.

EFECTO HOLTZMAN: efecto negativo de repulsión de un generador de escudo.

EGOSÍMIL: retrato de una persona reproducido a través de un proyector a hilo shiga que es capaz de representar sutiles movimientos característicos del ego de la persona retratada.

ELACCA, DROGA: narcótico que se produce quemando los granos sanguinosos de la madera de elacea proveniente de Ecaz. Su efecto es el de suprimir casi por completo la voluntad de autoconservación. La piel del drogado adquiere un característico color zanahoria. Se usa habitualmente para preparar a los esclavos gladiadores para la arena.

EL-SAYAL: la «lluvia de arena». Una cascada de arena arrastrada hasta una altura media (alrededor de dos mil metros) por una tormenta de coriolis. Los el-sayal suelen arrastrar consigo la humedad hasta el nivel del suelo.

EMPALAR LA ARENA: arte de emplazar estacas de plástico y fibra en la superficie del desierto de Arrakis para después leer las señales dejadas por las tormentas de arena y deducir previsiones meteorológicas.

EQUIPO DE DESTILTRAJE: equipo que contiene los elementos de reparación y piezas de repuesto esenciales para un destiltraje.

ERG: área extensa de dunas, un mar de arena.

ESCUDO: campo protector producido por un generador Holtzman. Este campo se deriva de la Fase Primaria del efecto suspensor-nulificador. Un escudo solo permite la penetración de objetos que se muevan a poca velocidad (según como haya sido regulado, dicha velocidad puede ser de seis a nueve centímetros por segundo) y solo se puede cortocircuitar por campos eléctricos de enorme extensión. (Ver Pistola láser.)

ESPECIA: ver Melange.

ESPÍRITU RUH: en las creencias Fremen, la parte del individuo que tiene siempre sus raíces (y es capaz de percibirlo) en el mundo metafísico. (Ver Alam al-mithal.)

ESTIGMA: planta trepadora nativa de Giedi Prime que se usa habitualmente como látigo en los pozos de esclavos. Sus víctimas quedan marcadas con señales de color violáceo que ocasionan dolores residuales durante muchos años.

EXTRAÑO: idiomático: aquello que comporta en su esencia mística o brujería.

FAI: el tributo del agua, la principal tasa de especia en Arrakis.

FANMETAL: metal formado por la adición de cristales de jasmio al duraluminio. Apreciado por su particularmente elevada relación peso-resistencia.

FAUFRELUCHES: rígida regla de distinción de clases que el Imperio obliga a respetar. «Un lugar para cada hombre, y cada hombre en su lugar.»

FEDAYKIN: comandos de la muerte Fremen. Históricamente: un grupo formado por hombres que han hecho voto de ofrendar su propia vida para enderezar un entuerto.

FILM MINIMIC: hilo shiga de un micrón de diámetro que a menudo se utiliza para transmitir mensajes en el espionaje y contraespionaje.

FIQH: conocimiento, ley religiosa. Uno de los semilegendarios orígenes de las religiones de los Nómada Zensunni.

FRAGATA: la mayor de las naves espaciales, capaz de aterrizar en un planeta y partir de él en una sola sección.

FREMEN: tribus libres de Arrakis, habitantes del desierto, últimos descendientes de los Nómadas Zensunni. («Piratas de la Arena», de acuerdo con el Diccionario Imperial.)

FREMOCHILA: mochila de fabricación Fremen que contiene el equipo de supervivencia para el desierto.

GALACH: lengua oficial del Imperio. Angloeslavo híbrido con fuertes reminiscencias de términos culturalmente especializados adoptados en el transcurso de la larga cadena de migraciones humanas.

GAMONT: tercer planeta de Niushe. Notable por su cultura hedonista y sus exóticas prácticas sexuales.

GARE: colina aislada.

GARFIOS DE DOMA: garfios que se usan para capturar, montar y dirigir un gusano de arena de Arrakis.

GEYRAT: siempre de frente. Grito del timonel de un gusano.

GHAFLA: acto de delectarse hostigando a otra persona. Dícese de una persona imprevisible, alguien en quien no se puede confiar.

GHANIMA: algo adquirido en batalla o en combate singular. Comúnmente, recuerdo de un combate conservado únicamente para refrescar la memoria.

GIEDI PRIME: planeta de Ophiuchi B (36), mundo natal de la Casa de los Harkonnen. Un planeta medianamente habitable, con un nivel bajo de actividad de fotosíntesis.

GINAZ, CASA DE: aliados durante un tiempo del duque Leto Atreides. Fue aniquilada durante la Guerra de Asesinos con Grumman.

GIUDICHAR: una verdad sagrada. (Usado comúnmente en la expresión «Giudichar mantene»: una verdad innata y edificante.)

GLOBO: dispositivo de iluminación a suspensor y autosuficiente (generalmente mediante baterías orgánicas).

GOM JABBAR: el enemigo de la mano en alto. Específicamente, aguja envenenada como alternativa mortal en la prueba de la consciencia humana.

GRABEN: larga fosa geológica formada por el hundimiento del terreno a causa de los movimientos de los estratos profundos de la corteza planetaria.

GRAN CASA: casa titular de un feudo planetario. Grandes capitalistas interplanetarios. (Ver Casa.)

GRAN CONVENCIÓN: tregua universal impuesta por el equilibrio de poderes entre la Cofradía, las Grandes Casas y el Imperio. Su principal regla prohíbe el uso de armas atómicas contra objetivos humanos. Cada regla de la Gran Convención se inicia con: «Serán obedecidas las formas...».

GRAN MADRE: la diosa cornuda, el principio femenino del espacio (comúnmente: Madre Espacio), el rostro femenino de la trinidad macho-hembra-neutro aceptada como ser supremo por muchas religiones del Imperio.

GRAN REVOLUCIÓN: término común para la Yihad Butleriana. (Ver Yihad Butleriana.)

GRIDEX: separador a carga diferencial usado para separar la arena de la masa de especia. Instrumento usado en la segunda fase de refinamiento de la especia.

GRUMMAN: segundo planeta de Niushe, conocido principalmente por las luchas intestinas de su Casa gobernante (Moritani) con la Casa de los Ginaz.

GUERRA DE ASESINOS: limitada forma de guerra permitida bajo la Gran Convención y la Tregua de la Cofradía. Su finalidad es la de reducir el número de víctimas entre los terceros no directamente involucrados. Las reglas prescriben una declaración oficial de las intenciones de los combatientes y limitan el número de armas permitidas.

GUSANO DE ARENA: ver Shai-hulud.

HACEDOR: ver Shai-hulud.

HAGAL: el «Planeta Joya» (II Theta Shaowei), cuyas minas empezaron a explotarse en tiempos de Shaddam I.

¡HAHIH-YOH!: orden de movimiento. Grito del timonel de un gusano.

HAJJ: viaje santo.

HAJR: viaje a través del desierto, migración.

HAJRA: viaje de búsqueda.

HAL YAWM: «¡Ahora! ¡Por fin!». Exclamación Fremen.

HARMONTHEP: citado por Ingsley como el sexto planeta de la migración Zensunni. Se supone que se trata del ya desaparecido satélite de Delta Pavonis.

HIEREG: campamento temporal de los Fremen en pleno desierto, sobre la arena.

HOMBRES DE LAS DUNAS: idiomático para los trabajadores de la arena, cazadores de especia y similares en Arrakis. Trabajadores de la arena. Trabajadores de la especia.

HOYA: en Arrakis, cualquier región por debajo del nivel normal del suelo o depresión creada por el desplome de su basamento. (En planetas con suficiente agua, una hoya indica una región que anteriormente estuvo recubierta de agua. Se cree que Arrakis poseyó en sus tiempos al menos una de esas áreas, aunque esta afirmación no está confirmada.)

IBAD, OJOS DEL: efecto característico de una dieta rica en melange por el que el blanco y las pupilas de los ojos se tiñen de un azul profundo (cuya intensidad indica la progresiva adicción a la melange).

IBN QIRTAIBA: «Así dicen las santas palabras...». Inicio formal de la fórmula mágico-religiosa Fremen (derivada de la panoplia propheticus).

ICHWAN BEDWINE: la fraternidad de todos los Fremen en Arrakis.

IJAZ: profecía que por su propia naturaleza no puede ser negada. Profecía inmutable.

¡IKHUT-EIGH!: grito del vendedor de agua en Arrakis (etimología incierta. Ver ¡Suu-suu-Suuk!).

ILM: teología: ciencia de las tradiciones religiosas; uno de los semilegendarios orígenes de la fe de los Nómadas Zensunni.

INCURSIÓN: acción guerrillera de ataque.

ISTISLAH: regla establecida para el bienestar general. Suele ser un preámbulo a una brutal necesidad.

IX: ver Richese.

JUBBA, CAPA: capa para todos usos (puede regularse para reflejar o recibir el calor radiante, convertirse en hamaca o en tienda). Se usa habitualmente en Arrakis sobre el destiltraje.

KANLY: disputa formal o *vendetta* dentro de las reglas de la Gran Convención y conducida de acuerdo con sus estrictas limitaciones. (Ver Árbitro del Cambio.) Originalmente las reglas se establecieron para proteger a terceros inocentes.

KARAMA: milagro. Una acción iniciada en el mundo del espíritu.

KHALA: invocación tradicional para calmar a los espíritus rabiosos de un lugar cuyo nombre se ha mencionado.

KINDJAL: espada corta (o cuchillo largo) de doble hoja con unos veinte centímetros de hoja ligeramente curvada.

KISWA: cualquier figura o dibujo de la mitología Fremen.

KITAB AL-IBAR: manual combinado religioso y de supervivencia desarrollado por los Fremen en Arrakis.

KRIMSKELL, FIBRA o CUERDA: «fibra garfio» entretejida con filamentos de la planta trepadora hufuf de Ecaz. Cuando se tira de ellos, los nudos hechos con krimskell se aprietan cada vez con más fuerza hasta un límite preestablecido. (Para un estudio más detallado, ver *Las plantas estranguladoras de Ecaz*, por Holjance Vohnbrook.)

¡KULL WAHAD!: «¡Estoy profundamente conmovido!». Una sincera exclamación de sorpresa común en el Imperio. Su estricta interpretación depende del contexto. (Se dice que, en una ocasión, Muad'Dib exclamó «¡Kull wahad!» al ver a un halcón del desierto romper la cáscara del huevo.)

KULON: asno salvaje de las estepas de la Tierra adaptado a Arrakis.

KWISATZ HADERACH: «El camino más corto». Esta es la etiqueta aplicada por la Bene Gesserit a lo desconocido y que intentó alcanzar a través de la solución genética: un macho Bene Gesserit cuyos poderes orgánicos mentales pudieran hacer de puente en el espacio y el tiempo.

LA, LA, LA: grito Fremen de dolor. («La» puede traducirse como la negación definitiva, un «no» ante el que no existe apelación.)

LEGIÓN IMPERIAL: diez brigadas (cerca de treinta mil hombres).

LENTES DE ACEITE: aceite de hufuf mantenido bajo tensión estática por un campo de fuerza en el interior de un tubo que forma parte de un sistema óptico de aumento o de manipulación de la luz. Como cada elemento lenticular se puede regular de forma individual con una precisión del orden de un micrón, las lentes de aceite se consideran el instrumento más perfecto para la manipulación de la luz visible.

LENGUAJE DE BATALLA: cualquier lenguaje especial de etimología restringida desarrollado para simplificar las comunicaciones en tiempos de guerra.

LIBAN: el liban de los Fremen es una infusión de harina de yuca en agua de especia. Originalmente, una bebida de leche agria.

LIBROFILM: cualquier registro en hilo shiga que se usa en la enseñanza para transferir un impulso mnemotécnico.

LISAN AL-GAIB: «La Voz del Otro Mundo». En las leyendas mesiánicas Fremen, un profeta de otro mundo. Traducido a veces como «Dador de Agua». (Ver Mahdi.)

LITROJÓN: contenedor de un litro de capacidad para transportar agua en Arrakis. Hecho con plástico de gran densidad y provisto de un cierre hermético de carga positiva.

MAESTRO DE AGUA: Fremen consagrado a la celebración de los ritos del agua y del Agua de Vida.

MAESTRO DE ARENA: superintendente general de las operaciones relacionadas con la extracción de especia.

MAHDI: en las leyendas mesiánicas Fremen: «Aquel Que Nos Conducirá Al Paraíso».

MANERA BENE GESSERIT: empleo de la minuciosidad en la observación.

MANTENE: sabiduría fundamental, argumento decisivo, primer principio. (Ver Giudichar.)

MANUAL DE ASESINOS: compilación de venenos usados habitualmente en una Guerra de Asesinos, redactado en el siglo tercero y ampliado más tarde para incluir todos los artificios mortales permitidos por la Tregua de la Cofradía y la Gran Convención.

MAREA DE ARENA: idiomático para una marea de polvo: las variaciones de nivel entre ciertas depresiones de Arrakis rellenas de polvo debidas a los efectos gravitacionales del sol y los satélites. (Ver Depresión de marea.)

MARTILLEADOR: bastón corto provisto de un badajo giratorio a resorte en uno de sus extremos. Sirve para clavarlo en la arena y que la golpee para producir un ruido sordo que atrae a los shai-hulud. (Ver Garfios de doma.)

MAULA: esclavo.

MEDIDAS DE AGUA: anillos metálicos de distinto tamaño, cada uno de los cuales representa una cantidad específica de agua abonable de las reservas Fremen. Estas medidas tienen un profundo significado (que va mucho más allá de la idea de dinero), sobre todo en los ritos de nacimiento, muerte y noviazgo.

MELANGE: la «especia de especias», cultivo del que Arrakis es la única fuente. La especia, notable principalmente por sus cualidades geriátricas, es medianamente adictiva si se toma en pequeñas dosis, pero provoca una poderosa adicción si se toma en cantidad superior a dos gramos diarios por cada setenta kilos de peso corporal. (Ver Ibad, Agua de Vida y Masa de preespecia.) Muad'Dib definió la especia como la clave de sus poderes proféticos. Los navegantes de la Cofradía proclaman lo mismo. Su precio en el mercado imperial llega a alcanzar los seiscientos veinte mil solaris el decagramo.

MENTAT: clase de ciudadanos imperiales adiestrados para alcanzar las máximas cotas de la lógica. «Ordenadores humanos.»

METAGLASS: cristal formado por la infusión de gas a altas temperaturas entre hojas de cuarzo jasmio. Notable por su resistencia a la tracción (unos cuatrocientos cincuenta mil kilos por centímetro cuadrado y dos centímetros de espesor) y su capacidad como filtro selectivo de radiaciones.

MIHNA: la estación de las pruebas para los jóvenes Fremen que quieren ser admitidos en la categoría de hombres.

MISH-MISH: albaricoque.

MISR: término histórico Zensunni (Fremen) para designarse a sí mismos: «El Pueblo».

MISSIONARIA PROTECTIVA: brazo de la orden Bene Gesserit encargado de diseminar supersticiones en los mundos primitivos a fin de abrir esas regiones a la explotación de la propia Bene Gesserit. (Ver Panoplia propheticus.)

MONITOR: vehículo espacial de combate formado por diez secciones, fuertemente blindado y provisto de escudos. Está diseñado para poder separarse en sus diferentes secciones y así despegar de los planetas.

MUAD'DIB: ratón canguro adaptado a Arrakis, una criatura asociada en la mitología terrena-espiritual de los Fremen cuya silueta es visible en la superficie de la segunda luna del planeta. Los Fremen la admiran por su habilidad para sobrevivir en el desierto.

MUDIR NAHYA: nombre Fremen de la Bestia Rabban (conde de Lankiveil), el sobrino Harkonnen que fue gobernador siridar en Arrakis durante muchos años. El nombre se traduce a menudo como «Demonio Gobernante».

MURALLA ESCUDO: característica formación geográfica montañosa de los territorios septentrionales de Arrakis que protege una pequeña área de la tremenda fuerza de las tormentas de coriolis del planeta.

MUSHITAMAL: pequeño jardín anexo o patio ajardinado.

MUSKY: veneno en una bebida. (Ver Chaumurky.)

¡MU ZEIN WALLAH!: «Mu zein» significa literalmente «nada bueno», y «wallah» es una terminación de exclamación reflexiva. En el inicio tradicional de una maldición Fremen contra un enemigo, «wallah» acentúa el énfasis de las palabras «mu zein» y, en su conjunto, podría traducirse como: «Nada bueno, nunca es bueno o bueno para nada».

NA-: prefijo que significa «nominado» o «el siguiente en la dinastía». Así: nabarón hace referencia al heredero designado de una baronía.

NAIB: aquel que ha jurado no dejarse capturar jamás vivo por el enemigo. Juramento tradicional de un jefe Fremen.

NEZHONI, PAÑUELO: pañuelo que se lleva anudado en torno a la frente, bajo la capucha de un destiltraje, por las mujeres Fremen casadas o «asociadas» después de haber tenido un hijo.

NO-FREYN: Galach para «el extranjero más inmediato», es decir: ni de la propia comunidad ni de entre los elegidos.

NOUKKERS: oficiales del cuerpo de la guardia imperial unidos al emperador por lazos de sangre. Rango tradicional para los hijos de las concubinas reales.

OPAFUEGO: una de las raras joyas opalinas de Hagal.

ORNITÓPTERO (comúnmente: tóptero): cualquier vehículo aéreo capaz de sustentarse en el aire batiendo las alas como si fuera un pájaro.

PANOPLIA PROPHETICUS: término que comprende el conjunto de las supersticiones infecciosas usadas por la Bene Gesserit para explotar las regiones primitivas. (Ver Missionaria Protectiva.)

PARABRÚJULA: cualquier brújula que determina la dirección de las anomalías magnéticas locales. Se usa donde hay disponibles mapas detallados así como donde el campo magnético general del planeta es inestable o está sujeto a interferencias debido a violentas tormentas magnéticas.

PENTAESCUDO: generador de escudo de cinco estratos, adaptable a pequeñas zonas como puertas o pasillos (los escudos más potentes se vuelven progresivamente inestables con el aumento de estratos) y virtualmente impenetrable para cualquiera que no lleve consigo un desactivador sincronizado con el código del escudo. (Ver Puerta de prudencia.)

PEQUEÑA CASA: clase capitalista de magnitud planetaria (en galach: «Richese»).

PEQUEÑO HACEDOR: ser mitad planta, mitad animal que vive en las arenas profundas y cuya forma adulta es el gusano de arena de Arrakis. Los excrementos del pequeño hacedor forman la masa de preespecia.

PIRÉTICA, CONSCIENCIA: autodenominada «consciencia de fuego». Nivel de inhibición alcanzado por el Condicionamiento Imperial. (Ver Condicionamiento Imperial.)

PISTOLA LÁSER: proyector láser de haz continuo. Su empleo como arma está limitado en las culturas que utilizan generadores a escudo debido a las explosiones pirotécnicas (técnicamente: fusión subatómica) creadas cuando su haz se cruza con un escudo.

PISTOLA MARCADORA: pistola a carga estática desarrollada en Arrakis para señalar una amplia zona de arena con una gran marca roja.

PISTOLA MAULA: pistola a resorte que lanza dardos venenosos. Su radio de acción es de unos cuarenta metros.

PLASTIACERO: acero armado con fibras shiga embutidas en su estructura cristalina.

PLENISCENTA: una exótica floración verde de Ecaz, famosa por su dulce aroma.

PORITRIN: tercer planeta de Epsilon Alangue, considerado por muchos Nómadas Zensunni como su planeta de origen, aunque las evidencias de su lenguaje y mitología hacen pensar en orígenes planetarios mucho más antiguos.

PORTYGULS: naranjas.

PRANA (Musculatura prana): los músculos del cuerpo considerados como una sola unidad para el adiestramiento definitivo. (Ver Bindu.)

PREESPECIA, MASA DE: estado de desarrollo de la masa fungoide creada por la mezcla de agua con los excrementos de los Pequeños Hacedores. En este estado, la especia de Arrakis produce una característica «explosión» que permite el intercambio de los materiales de las profundidades con los de la superficie que se hallan encima suyo. Esta masa, una vez expuesta al sol y al aire, se transforma en melange. (Ver también Melange y Agua de Vida.)

PRIMERA LUNA: el satélite mayor de Arrakis, el primero en surgir por la noche. Notable por un dibujo con forma de puño humano claramente identificable en su superficie.

PROCESO VERBAL: informe semioficial denunciando un crimen contra el Imperio. Legalmente: acción que se sitúa entre un simple alegato verbal y una acusación formal de crimen.

PRUEBA MASHAD: cualquier prueba en la que el honor (definido como algo espiritual) se halla en juego.

PUERTA DE PRUDENCIA o BARRERA DE PRUDENCIA: (Idiomáticamente: puerta-pru o barrera-pru): cualquier pentaescudo situado de modo que permita escapar a cualquier persona previamente seleccionada bajo condiciones de persecución. (Ver Pentaescudo.)

PYON: trabajador o campesino planetarios, una de las clases bajas según las faufreluches. Legalmente: súbdito del planeta.

QANAT: canal al aire libre para transportar el agua de irrigación bajo condiciones controladas a través del desierto.

QIRTAIBA: ver Ibn Qirtaiba.

QUIZARA TAFWID: sacerdotes Fremen (después de Muad'Dib).

RACHAG: estimulante del tipo de la cafeína extraído de las bayas amarillas del akarso. (Ver Akarso.)

RAMADÁN: antiguo período religioso marcado por el ayuno y la plegaria. Tradicionalmente, el noveno mes del calendario solar-lunar. Los Fremen señalan su observancia de acuerdo con el cielo de su primera luna al atravesar el noveno meridiano.

RASTREADORES: en un grupo cazador de especia, equipo de ornitópteros encargado del control de la vigilancia y protección.

RECICLADORES: tubos que unen el sistema de recogida de los desechos orgánicos a los filtros de un destiltraje para su tratamiento.

RECOLECTORA o COSECHADORA: máquina de gran tamaño (cerca de ciento veinte por ciento cuarenta metros) usada comúnmente para recolectar la especia de las explosiones ricas y no contaminadas. (Llamada a menudo «tractor», debido a que su avance se realiza mediante ruedas oruga fijadas independientes en patas retráctiles.)

RECOLECTORES DE ROCÍO: trabajadores que recogen el rocío de las plantas en Arrakis usando arneses especiales en forma de hoz.

REVERENDA MADRE: originalmente, una censor Bene Gesserit, una mujer que ha transformado un «veneno iluminante» en el interior de su cuerpo para alzarse a sí misma a un nivel más alto de consciencia. Título adoptado por los Fremen para designar a sus jefes religiosos que han alcanzado esa «iluminación». (Ver también Bene Gesserit y Agua de Vida.)

RICHESE: cuarto planeta de Eridani A, clasificado junto con Ix como el más adelantado en la cultura de las máquinas. Notable por sus avances en miniaturización. (Para un estudio detallado de cómo Richese e Ix escaparon a las consecuencias más graves de la Yihad Butleriana, ver *La última Yihad*, por Sumer y Kautman.)

SADUS: jueces. Un título Fremen que hace referencia a los jueces sagrados, equivalentes a santos.

SAFO: licor altamente energético extraído de las raíces barrera de Ecaz. Se usa comúnmente por los mentat, que afirman que amplifica los poderes mentales. Quienes lo usan muestran manchas de color púrpura en la boca y labios.

SALUSA SECUNDUS: tercer planeta de Gamma Waiping. Convertido en Planeta Prisión imperial tras el traslado de la Corte Real a Kaitain. Salusa Secundus es el planeta natal de la Casa de Corrino y la segunda etapa de las migraciones de los Nómadas Zensunni. La tradición Fremen dice que permanecieron como esclavos en S. S. durante nueve generaciones.

SARDAUKAR: soldados fanáticos del emperador Padishah. Eran hombres provenientes de un medio ambiente tan duro que seis de cada trece personas morían antes de la edad de diez años. Su adiestramiento militar enfatizaba la brutalidad y un desprecio casi suicida por la seguridad personal. Desde la infancia se les enseñaba a usar la crueldad como un arma cualquiera, a fin de debilitar a los oponentes mediante el terror. Cuando se encontraban en el punto álgido de influencia en la política del universo, se decía que su habilidad era equiparable a la del Ginaz de décimo grado y que su astucia en el combate equivalía a la de una adepta Bene Gesserit. Se rumoreaba que cualquiera de ellos podía enfrentarse con diez mercenarios militares ordinarios del Landsraad. En tiempos de Shaddam IV, cuando aún eran formidables, su fuerza se vio gradualmente mermada por una excesiva confianza en sí mismos y el misticismo que sostenía su religión guerrera quedó profundamente marcado por el cinismo.

SARFA: el acto de darle la espalda a Dios.

SAYYADINA: acólito femenino en la jerarquía religiosa Fremen.

SCHLAG: animal nativo de Tupile perseguido durante mucho tiempo por los cazadores hasta su casi completa extinción debido a su piel fina y dura.

SEGUNDA LUNA: el más pequeño de los dos satélites de Arrakis, notable por el dibujo de un ratón canguro que forman los accidentes de su superficie.

SELAMLIK: sala imperial de audiencias.

SELLO DE PUERTA: dispositivo obturador hermético de plástico y portátil que usan los Fremen para retener la humedad del interior de las cavernas durante el día.

SEMIHERMANOS: hijos de concubinas del mismo harén cuyo padre se ha certificado que es el mismo.

SEMUTA: segundo derivado narcótico (por cristalización) de los residuos de la combustión de la madera de elacca. El efecto (descrito como un éxtasis interminable e inmutable) se acrecienta gracias a ciertas vibraciones átonas calificadas como música de semuta.

SERVOK: mecanismo automático utilizado para realizar tareas sencillas. Uno de los limitados instrumentos «automáticos» permitidos tras la Yihad Butleriana.

SHADOUT: la que excava pozos. Título honorífico Fremen.

SHAH-NAMA: el semilegendario Primer Libro de los Nómadas Zensunni.

SHAI-HULUD: gusano de arena de Arrakis, el «Viejo del Desierto», el «Viejo Padre Eternidad» y «Abuelo del Desierto». Cabe destacar que este nombre, dicho en un cierto tono o escrito con mayúscula, designa la deidad terrestre de las supersticiones familiares Fremen. Los gusanos de arena alcanzan tamaños enormes (se han registrado en el desierto profundo especímenes de cuatrocientos metros de longitud) y viven mucho tiempo, a menos que los maten sus semejantes o terminen ahogados en agua, que es venenosa para ellos. Probablemente, la mayor parte de la arena existente en Arrakis es resultado de la acción de los gusanos de arena. (Ver Pequeño Hacedor.)

SHAITÁN: Satán.

SHARI-A: parte de la panoplia propheticus que determina los rituales de las supersticiones. (Ver Missionaria Protectiva.)

SHIGA, HILO: extrusión metálica de una liana reptante (*Narvi narviium*) que crece tan solo en Salusa Secundus y en Delta Kaising III. Notable por su extrema resistencia a la tracción.

SIETCH: Fremen: «Lugar de reunión en época de peligro». Debido a que los Fremen vivieron durante mucho tiempo expuestos a innumerables peligros, el término se usa comúnmente para designar cualquier caverna habitada por alguna de sus comunidades tribales.

SIHAYA: Fremen: «la primavera del desierto». Tiene implicaciones religiosas que indican la época de la prosperidad y «el paraíso prometido».

SIRAT: el pasaje de la Biblia Católica Naranja que describe la vida humana como un viaje a través de un estrecho puente (el Sirat) con «el Paraíso a mi derecha, el Infierno a mi izquierda y el Ángel de la Muerte tras de mí».

SNORK DE ARENA: dispositivo de renovación de aire empleado para bombear aire desde la superficie hasta el interior de una destiltienda cubierta por la arena.

SOLARI: unidad monetaria oficial del Imperio, cuyo poder adquisitivo se fijó durante las negociaciones tetracentenarias entre la Cofradía, el Landsraad y el emperador.

SÓLIDO: imagen tridimensional creada por un proyector sólido que usa señales con referencia de trescientos sesenta grados impresas en hilo shiga. Los proyectores sólidos de Ix son considerados comúnmente como los mejores.

SONDAGI: tulipán helecho de Tupali.

SUBAKH UL KUHAR: «¿Cómo estás?». Fórmula ritual de saludo Fremen.

SUBAKH UN NAR: «Estoy bien. ¿Y tú?». Réplica tradicional.

SUSPENSIÓN BINDU: ver Bindu, suspensión.

SUSPENSOR: fase secundaria (de bajo consumo) de un generador de campo Holtzman. Anula la gravedad con ciertos límites definidos por las masas relativas y el consumo de energía.

¡SUU-SUU-SUUK!: grito de los vendedores de agua de Arrakeen. Suuk es el nombre de un mercado local. (Ver ¡Ikhuteigh!)

TAHADDI AL-BURHAN: prueba final en la que uno no puede apelar (generalmente debido a que conduce a la muerte o a la destrucción).

TAHHADI, DESAFIO: desafío Fremen a un combate a muerte, normalmente para dirimir alguna cuestión vital.

TAMBOR DE ARENA: conglomerado de arena compacta cuya estructura origina que cualquier golpe dado en su superficie produzca un sonido percutante parecido al de un tambor.

TAMPONES: filtros nasales conectados a un destiltraje para recuperar la humedad exhalada con la respiración.

TAQWA: literalmente: «El precio de la libertad». Algo de gran valor. El requerimiento de un dios a un mortal (y el miedo provocado por dicho requerimiento).

TAU, EL: en terminología Fremen, la «unión» de una comunidad sietch provocada por una dieta a base de especia. Y especialmente la orgía tau provocada por el acto de beber el Agua de Vida.

THEILAX: único planeta de Thalim, notable como centro de adiestramiento para mentat renegados. Fuente de mentat «pervertidos».

TÓPTERO: ver Ornitóptero.

T-P: idiomático para telepatía.

TRACTOR DE ARENA: término general para designar la maquinaria diseñada para operar en la superficie de Arrakis en la búsqueda y recolección de melange. (Ver Recolectora.)

TRAMPA DE VIENTO: aparato emplazado en una línea de vientos dominantes y capaz de precipitar la humedad del aire para absorberla en su interior, habitualmente por medio de la diferencia de temperatura existente entre el exterior y el interior de la trampa.

TRANCE DE VERDAD: trance semihipnótico inducido por algunos narcóticos pertenecientes al «espectro de la consciencia» y en el que las falsedades deliberadas se hacen evidentes al observador en trance de verdad. (Nota: los narcóticos del «espectro de la consciencia» suelen ser fatales salvo para los individuos capaces de transformar la composición del veneno en el interior de sus organismos.)

TRANSPORTES DE TROPAS: cualquier nave de la Cofradía diseñada específicamente para transportar tropas entre los planetas.

TRÍPODE DE LA MUERTE: originalmente, trípode en el que los ajusticiadores del desierto ahorcaban a sus víctimas. Habitualmente: los tres miembros de un cherem que han jurado la misma venganza.

TUBO DE AGUA: cualquier tubo en un destiltraje o una destiltienda que transporta el agua reciclada a un bolsillo de recuperación o de un bolsillo de recuperación a la boca.

TUPILE: el autodenominado «planeta refugio» (probablemente varios planetas) por las Casas derrotadas del Imperio. Su situación (la de él o ellos) solo es conocida por la Cofradía y se mantiene inviolable bajo la Tregua de la Cofradía.

ULEMA: doctor en teología Zensunni.

UMMA: miembro de la fraternidad de los profetas. (Término despectivo en el Imperio, indicativo de una persona «extraña» que se dedica a predicciones fanáticas.)

UROSHNOR: cualquiera de los sonidos desprovistos de significado que son implantados por la Bene Gesserit en la psique de las víctimas seleccionadas con propósitos de control. Al oír el sonido, la persona sensibilizada queda inmovilizada temporalmente.

USUL: Fremen: «la base del pilar».

VAROTA: famoso constructor de balisets, nativo de Chusuk.

VENENO RESIDUAL: una innovación atribuida al mentat Piter de Vries por la que un cuerpo es impregnado con una sustancia que permanece inactiva tanto tiempo como se le vaya suministrando regularmente un antídoto. La suspensión de este antídoto provoca la acción del veneno y la muerte.

VERITE: uno de los narcóticos de Ecaz que destruye la voluntad. Hace que un individuo sea incapaz de decir una falsedad.

VOZ: adiestramiento combinado concebido por la Bene Gesserit que permite a un adepto controlar a otras personas seleccionando tan solo el tono e intensidad de su voz.

WALI: joven Fremen no experimentado en combate.
WALLACH IX: noveno planeta de Laoujin, sede de la Escuela Madre Bene Gesserit.

YA HYA CHOUHADA: «¡Larga vida a los guerreros!». Grito de batalla Fremen. «Ya» (ahora) se intensifica en este grito por la forma «hya» (un ahora extendido al infinito). «Chouhada» (guerrero) también significa «guerreros contra la injusticia». Hay una distinción en esta palabra que especifica que los guerreros no están luchando por algo, sino que están consagrados a una cosa específica y solo a ella.
YALI: apartamentos personales de un Fremen en un sietch.
¡YA! ¡YA! ¡YAWM!: cadencia de canto Fremen que se usa en momentos de significativa ritualidad. «Ya» tiene el significado de «¡Ahora presta atención!». La forma «yawm» es un término modificado que implica una inmediata urgencia. El canto se traduce habitualmente como: «¡Ahora, escucha esto!».
YIHAD: cruzada religiosa. Cruzada fanática.
YIHAD BUTLERIANA (ver también Gran Revolución): la cruzada contra los ordenadores, máquinas pensantes y robots conscientes iniciada en el año 201 B. G. y terminada en el 108 B. G. Su principal mandamiento ha quedado registrado en la Biblia Católica Naranja como «No construirás una máquina a semejanza de la mente humana».

ZENSUNNI: seguidores de una secta cismática que se separó de las enseñanzas de Maometh (el autollamado «Tercer Muhammed») sobre el 1381 B. G. La religión Zensunni se conoce principalmente por su énfasis en lo místico y por su retorno a «los caminos de los padres». Muchos estudios señalan a Ali Ben Ohashi como jefe del cisma original, pero hay pruebas de que Ohashi solo fue el portavoz masculino de su segunda mujer, Nisai.

Notas cartográficas

Bases para la latitud: el meridiano que atraviesa el Monte Observatorio.

Borde Oeste de la Muralla: una elevada escarpadura (cuatro mil seiscientos metros) por encima de la Muralla Escudo de Arrakeen.

Carthag: sobre doscientos kilómetros al nordeste de Arrakeen.

Caverna de los Pájaros: en la Cresta Habbanya.

Dolina Polar: quinientos metros por debajo del nivel del bled.

Grand Bled: un enorme desierto llano, opuesto al área de dunas de los erg. El desierto se extiende entre los sesenta grados norte y los setenta grados sur. Está compuesto principalmente por arena y rocas, con alguna escarpadura ocasional del basamento rocoso.

Gran Extensión: una amplia depresión de rocas mezcladas con el erg. Se halla a un nivel de cien metros por debajo del bled. En algún lugar de dicha extensión se halla la hoya de sal descubierta por Pardot Kynes (padre de Liet-Kynes). Hay escarpaduras rocosas de unos doscientos metros de altitud al sur del sietch Tabr y en dirección a las comunidades sietch.

Línea de base para determinar la altitud: el Gran Bled.

Línea de los Gusanos: indica los puntos más al norte donde se han avistado gusanos. (La humedad, y no la temperatura, es el factor determinante.)

Llanura Funeral: Gran Erg.

Palmerales del Sur: no aparecen en este mapa. Se hallan cerca de los cuarenta grados latitud sur.

Paso de Harg: El Santuario del Cráneo de Leto domina este paso.

Paso del Viento: rodeado por paredes rocosas. Se abre sobre los poblados de las dolinas.

Sima Roja: a mil quinientos ochenta y dos metros bajo el nivel del bled.

Vieja Hendidura: hendidura en la Muralla Escudo de Arrakeen que desciende hasta los dos mil doscientos cuarenta metros. Destruida por orden de Paul Muad'Dib.

Índice

Dune de Frank Herbert
se terminó de imprimir en marzo de 2024
en los talleres de
Litográfica Ingramex, S.A. de C.V.
Centeno 162-1, Col. Granjas Esmeralda, C.P. 09810
Ciudad de México.